懒寻旧梦录

〈增订本〉

夏衍 著

作家出版社

7岁的夏衍与家人合影

后排左起：大姐、母亲、二姐、三姐

夏衍与蔡淑馨在日本

夏衍 1924 年在日本

夏衍在"明专"

"明专"实验室一角；左立者为夏衍

1927年,蒋介石发动"四一二"反革命政变,东京的国民党西山会议派砸了左派的驻日海外总支部,夏衍被列入通缉名单。他于5月结束了将近七年的留日生活,返回祖国。

1930年4月在上海与蔡淑馨女士结婚

1938年3月29日在广州

前排左起：茅盾、夏衍、廖承志；
后排左起：潘汉年、汪馥泉、郁风、叶文津、司徒慧敏

1938年在广州

左起：沈传仁、黄苗子、丁聪、叶浅予、夏衍

1948 年在香港

左起：陈歌辛、瞿白音、夏衍、丁聪、何香凝、洪遒、廖梦醒、欧阳予倩

夏衍与他的猫

晚年夏衍

我的家史

我家原籍河南开封,宋室南渡时,才随之南迁至临安(今杭州)落籍。淮南宋、元、明、清的朝代他之间,已成为相当富裕的中上层之缙绅,从祖传的堂名(八咏堂)翁父想名字(雅言),以及亲戚姓保来看,大致是中层宦建官信之时,所谓"书香门第"。十九世纪初,在仁和县(杭州府原有两个县:仁和、钱塘)驻防桥及艮山门外军家桥,均有相当大的房产,近效也占很多土地,董家坐坡运了一千亩田(芝草家街西,名月塘寺)。但住在太平天国战争进了,家乡遭兵燹,房产被毁,田产也没有了,租很多的肩产被毁,连世袭的大平军大肆烧杀(印可的胡妁),杭属已被太平军占据,而属的指挥地陷已成占据杭州时,我祖父曾

被俘,他当时才二十多岁,因「知书识字」险已成刑成苏使时,他当了陕西成的侍从一或秘书,太平天国失败后,才回杭州,又友玩记得旧世里是了一处破小的房子,不久考中了举人,但没有去上京,因回乡当书贾,通册哀省了。祖父祖母是"钱家章民",是董宋茨妹。生二子三女,翁父是长子,名讫学谨,号融言,于子一八五七年,次子及成了女儿的女婿一八五七年,次子及成了女儿的女婿家氏,祖母(首言氏)大姑母(适李民)叔父。大姑母叫做若祈,当过可氏到校州时富三桥,二姑母叫那种季葉甫,也在安徽做过司马,二姑母民在安讽,二姑夫早陨,怀要了一位安做小陛陷已成(印的职妁),但这位二姑母还是对我家ま

《我的家史》手稿

《懒寻旧梦录》手稿

北京-丹阳-上海

一九０九年四月〇日，潘汉年、许涤新、我和地守一行〇人，从香港搭乘火车经由
巴金乌菲从贺龙到了广州，功妈哥哥（圆，他如识多很
高兴和游泳到是，此次见面，在海关俱乐部吃了饭，游龙来火车站四北
京。车津解放还不过几个月，天津街上还是那副破落萧条的样子，但是随处
都挂以着到庆祝五一劳动节的标语，处不时能听到了解放区的天〞和回
传说是力度山的歌声，侨胞到了

和我们一九０一年初在桂林分手，一阳眼已强八年多了，相见甚欢，不
知有多少话要说，刚坐定，克农就叫人来接我们的指示，他说〞我们这些人
大难不死，还坐在皇帝老爷坐位的北平见面，启该摄影留念"。陪上他设
要我们这废，自从离开香港，到听不到时局的消息，陪这一到马驻即把陆夕光
农夫妻来了。一个"小鬼"拿来了稿夹，克偏〞报告汤、潘真有资料的嫂"又来了
才从光农口中知道三解为后，我们这身亡各秘的〞嫂〞是酒豪全
生一瓶搏说是美国逢佐他的陈毅士后奉毁劝涵，但他们三个人都不会
喝酒，信便是他自的自饮，谈〞刚从香港四功解放区的邯郸王人等语深黄
卖抱邓津君等人的情况，私来不久前〇口费忌去谈判以花笑"〔圆他想起似
的指着身边说，你四"老部下全山在他这次预判中主了帅，详细的情形起他
作纳谈吧。谢是〔关剑尘迎〕 摊不完的这秩敏吻到了十一点钟才散，是夜我住
陶

在一家招待修住了一宿，次日
圆妈，翁〇灾，他记识多很
不久前

夏衍手绘

目 录

001 / 自序
009 / 日译本序（两篇）

001 / 家世·童年
011 / 从"辛亥"到"五四"
043 / 心随东棹忆华年
077 / **左翼十年（上）**
077 / 1. "四一二"之后的上海
088 / 2. 革命文学论战
096 / 3. 筹备组织"左联"
103 / 4. "社联""剧联"等的成立
116 / 5. 五烈士事件
128 / 6.《文艺新闻》及其他
138 / 7. 歌特的文章

左翼十年（下）

- 143 / 1. "一·二八"之后
- 147 / 2. 进入电影界
- 156 / 3. 阵线的扩大
- 160 / 4. "左联"的后期
- 173 / 5. 三次大破坏
- 182 / 6. "怪西人"事件
- 188 / 7. 重建"文委"
- 194 / 8. 萧三的来信
- 203 / 9. 两个口号的论争
- 220 / 10. 在大的悲哀里
- 223 / 11. 西安事变
- 237 / 12. 从"七七"到"八一三"
- 244 / 13. 郭沫若回国

记者生涯

- 259 / 1. 上海《救亡日报》
- 267 / 2. 广州十月
- 271 /   附 广州最后之日
- 276 / 3. 从广州到桂林
- 296 /   附 别桂林

300 / 4. 香港《华商报》《大众生活》
308 / 　附 走险记
318 / 5.《新华日报》及其他
367 / 6.《建国日报》和《消息》半周刊
384 / 7. 香港《华商报》《群众》

391 / **从香港回到上海**
391 / 1. 离港赴京接受任务
399 / 2. 从北京到上海
423 / 3. 迎接新中国诞生

附录

433 / 我的家史
451 / 一些早该忘却而未能忘却的往事
469 / 新的跋涉
479 / 《武训传》事件始末

自序

上了年纪，常常会想起过去的往事，这也许是人之常情。

六十岁以前，偶然碰到中学或大学时期的同学，或者听到来自故乡的消息，也不免会回想起青少年时期的事情，但除了一九三九年写过一篇《旧家的火葬》之外，从来没有写过回忆往事的文章，这主要是我很同意乔冠华的意见：写文章尽可能"少谈自己"。

我认真地回忆过去，是在一九六六年冬被"监护"之后，我记得很清楚，一九六七年五月一日，"专案组"的头目责令我在一星期之内，写出一份从祖宗三代起到"文化大革命"止的"自传体的交代"，我如期写了三万多字，可是交出之后的第三天，就被叫去"问话"，那个穿军装的头目拍着桌子怒吼："不行，得重新写过，要你写检讨，不准你替自己树碑立传。"我记得这样的"交代"前后写过三四次，后来才懂得，他们这样做的目的，一是要从"交代"中找到"外调"的线索，其次是想从前后所写的"交代"中找出一些不一致的地方，作为继续逼供的突破口。这是一种恶作剧，但这也逼使我比较系统地回忆了过去走过来的足迹。

在这之前，我从来不失眠，也很少做梦；可是也就在这个时期，

作者《自序》手稿

一入睡就会做梦，奇怪的是梦见的都是童年时期的旧事，梦见我的母亲，我的姊姊，梦见和我一起在后园捉金龟子的赤脚朋友。每次梦醒之后，总使我感到惊奇，事隔半个多世纪，为什么梦境中的人、事、细节，竟会那样地清晰，那样地详细！我二十岁那一年离开杭州，久矣乎听不到故乡的乡音了，而梦境中听到的，却是纯粹的杭州上城口音。

当时写"交代"，目的是为了对付专案组的逼供，所以写的只是简单的梗概。那时批斗猛烈，审讯频繁，既不敢说真话，也不能说假话，因为说真话会触怒"革命派"，说假话会株连亲友。全国解放后，我经历过许多次"运动"，可以说已经有了一点"斗争经验"，所以我力求保持清醒，我的对策是宁可写违心的检讨，不暴露真实的思想。

真正能静下心来追寻一下半个多世纪走过来的足迹，反思一下自己所作所为的是非功过，那是在一九七一年"林彪事件"之后。从一九七三年三月到一九七五年七月，我有了两年多的独房静思的机会，不是说"吃一堑，长一智"么，我就利用这一"安静"的时期，对我前半生的历史，进行了初步的回顾。这像是一团乱麻，要把它解开和理顺，是不容易的，要对做过的每一件事，写过的每一篇文章，分辨出是非曲直，那就更困难了。任何人都有主观，任何人都会不自觉地替自己辩护，一九六六年夏天被关在文化部附近的大庙，"革命小将"用鞭子逼着我唱那首"我有罪、我有罪"的歌，我无论如何也唱不出口，可是经过了两年多的"游斗"、拳打脚踢、无休止的疲劳审讯，我倒真的觉得自己的过去百无一是，真的是应该"低头认罪"了，这不单是对淫威的屈服，也还有一种思想上的压力，这就是对无上权威的迷信。

从"交通干校"转移到"秦城监狱"之后，获得了很大的恩典，准许看书了，准许看的是马克思主义的经典著作。这时我的右眼已近失明，牢房里光照时间很短，我就利用上午光线较好的时间，选读了马恩全集中的一些有关哲学和经济学的篇章。在秦城读书有一个最大的好处，就是不受干扰，可以边读边想，边联系中国的实际。历史唯物主义、辩证唯物主义的经典著作应该说过去已经读过不止一遍了，而这时候读，边读边联系过去几十年间的实际，才觉得"渐入佳境"，别有一番滋味了。

可惜这一段"独房静思"的时间太短了，一九七五年七月十二日清晨，专案组和监狱负责人突然宣布："周扬一案可从宽处理"，即日解除"监护"。我感到意外，但我还是冷静地对那个专案组的小头目说："关了八年半，批斗了几年，要解除监护，得给我一个审查的结论。"对方蛮横地回答说："结论还没有，但可以告诉你，敌我矛盾作人民内部矛盾处理。"这时，和专案组一起来的对外文委的项明同志对我说，已经通知了你的家属，都在等着你，先回去吧，于是我就挂着双拐离开了秦城。

和阔别了多年的家人团聚，当然是高兴的，但在当时，大地上的黑云还没有消散，审查还没有结论，"敌我矛盾作人民内部矛盾处理"，这表明我当时的身份依旧是"从宽处理"的"敌人"。监护是解除了，但"监视"则一直没有解除，我家门口经常有鬼鬼祟祟的人影在巡视，后来有人告诉我，有一个四十年代和我一起工作过的人，还向专案组和于会泳的文化部打过关于我的"小报告"。但我还是在压城的夜气中望到了光明，在炎凉的世态中感到了友情的温暖，在我回家的几天之后，首先来看望我的是廖承志和李一氓同志，承志的乐观，一氓的安详，给了我无穷的勇气。廖用两手按住我的肩膀，笑着说："居然还活着，这就好！人间不会永远是冬天。"

春天来得很迟，严冬过去之后又碰上了春寒，七六年一月，直接领导过我几十年的周恩来同志去世了，得到了邓颖超同志的关照，我得到了向恩来同志遗体告别的机会，我这个人是铁石心肠，很少流泪，这一天，我不仅流了泪，而且放声大哭了一场。这又使我回想起过去。说实话，要是没有恩来和陈毅同志，我是逃不过五七、五九、六四年这些关卡的，我再一次陷入了沉思。我静下心来读书，读的主要是中国历史和党史。条件比以前好多了，齐燕铭给我弄来了一张内部书刊的购书证，于是我买了不少有关中国革命历史的书，有中国人写的，有外国人写的，有同情中国革命的，也有敌视中国革命的，当然也买了一些过去不想看、不敢看的书，如变节者写的回忆录之类。我没有浪费时间，从"天安门事件"之后到一九七六年秋，我一直闭户读书，从实出发，又回到虚，从看史书出发，又回到了哲学。为了解决一些长期以来想不通的问题，我又读了一遍恩格斯的《自然辩证法》。这本书我二十年代就读过，后来又不止读过一次，可是现在再读，感受就很不一样了，这本书开始照亮了我的心，从辩证的认识论来回忆自己走过来的道路，才惊觉到我们这些一直以唯物主义者自居的人，原来已经走到了唯物主义的对立面！这就是公式主义、本本主义、教条主义，也就是唯心主义。

恩格斯说过："如果不把唯物主义方法当作研究历史的指南，而把它当作现成的公式，按照它来剪裁各种历史事实，那么它就会转变为自己的对立物。"这里所说的对立物，不就是形而上学和唯心主义么？

恩格斯不止一次严厉地批评过教条主义者，他说："对德国的许多青年作家来说，唯物主义这个词只是一个套语，他们把这个套语当作标签贴到各种事物上去，不再作进一步的研究，就是说，他们把这一标签贴上去，以为问题就已经解决了。……他们只是用历史唯物主义的套语，来把自己相当贫乏的历史知识尽快地构成体系，于是，就自以为非常了不起了。"——这是何等辛辣的批判啊！从这些名言回想起我们三十年代的那一段历史，这些话不也正是对着我们的批评吗？就在《自然辩证法》这本书中恩格斯还说过："的确，蔑视辩证法，是不能不受到惩罚的。"我们这些人受到了惩罚，我想，我们民族、党也受到了程度不同的惩罚。

一九七七年秋，我鼓起勇气给邓小平同志写了一封信（记得是请万里同志转送的），这样，我的"问题"得到了解决，恢复了组织关系，也真巧，这正好是我的党龄满五十年的时刻。

在"文革"中批判我最厉害的是两件事,一件是一九二八年的"革命文学论战",另一件是一九三五年至抗战前夕的"两个口号的论争"。因此,我又认真地回忆和思索了"左翼十年"的往事。对前一个问题,我的立场是站在"创造社"和"太阳社"这一边的,但当时我还不是"文艺工作者",我没有参加这一场论战,这只要翻阅一下李何林编辑的《中国文艺论战》这一本书就可以查清楚的;而第二个问题,则我是主要的当事人之一。事实上,这个问题在抗战初期已经有了结论,毛泽东同志也曾说过这是革命文艺界的内部论争,时间已经过去了半个世纪,本来就不需要我们这些受过惩罚的当事人出来饶舌了,可是一方面"四人帮"遗毒还没有肃清,"文革"之前、之中和之后的许许多多不确切的,乃至有明显倾向性的记述和评论"左翼十年"的文章还在流传,甚至还写进了现代中国文学史教材,那么,为了让青年一代了解三十年代革命文艺运动的真实情况,我们这些来日无多的当事人似乎就有把当时的历史背景、党领导文艺工作的具体情况、党内外文艺工作者之间的错综复杂的关系等等,尽可能如实地记录下来,供后人研究和评说的责任。"左翼十年",指的是一九二七年大革命失败起至一九三七年抗战为止的十年,也就是第一次国共合作破裂到第二次国共合作开始的十年。现在,对于这个时期的国际风云,国内的政治、军事、经济斗争的消长起伏,身历其境的人已经不多了。至于在这种复杂情况下领导和参加过"左翼"文化运动的人,潘汉年、钱杏邨、茅盾、冯乃超、成仿吾相继逝世之后,幸存者已屈指可数,因此,在一九八〇年纪念"左联"成立五十周年前后,朋友们怂恿我写一点回忆文章,我才动了写一本自传体回忆录的念头。

有人说我是世纪同龄人,其实,我出生于十九世纪最后的一年,可以说已经是跨世纪了,从一九〇〇年到现在,八十多年过去了,我这个人很平凡,但我经过的这个时代,实在是太伟大了。我看到过亚洲第一顶王冠的落地,我卷进过五四运动的狂澜,我经历了八年抗日战争,我亲眼看到了五星红旗在天安门冉冉升起,我在这个大时代的洪流中蹒跚学步，迷失过方向，摔过跤子，也受到过不尊重辩证法而招致的惩罚。经过回忆和反思，特别是处身在今天这样一个伟大的改革时期，觉得我们这些人有把自己走过来的道路，经受过的经验教训，实事求是地记录下来，供后人参考的必要。亲身经历过的、耳闻目睹过的记述，应该要比辗转传闻和在历次运动中留传下来的"材料"真实一些，但我能够做到的，也只能是"力求"做到而已。上了年纪的人写回忆录，不可避免地会受到主客观各方面的制约，一是记忆力远远不如往年，对几十年前的往事，大事情大概不会记错，具体的细节（时日、地点等等）就难免会有差错；二是"交游零落，只今余几"，过去一起工作过的战友，健在的已经不多，要核实或查对往事，只能从他们遗留下来的为数不多的遗著中去寻觅了；三是记事离不开论人，这就还有一个该不该"为尊者讳""为亲者讳"的问题。这本书是从一九八二年暮春开始动笔的，断断续续地花了两年多的时间，这中间动笔写的时间比较少，大概只占三分之一，大部分的时间都用于搜集和查核各种各样的资料，对此，唐弢、丁景唐、方行、常君实、李子云、黄会林等同志帮了我很大的忙，出了不少的力，有一些我自己已经记不清楚的事，还承内山嘉吉、阿部幸夫两位日本朋友给我提供了线索和资料，在这里我向他们表示衷心的感谢。

写这本书难度最大的是第四章"左翼十年"，除了前面提到过的两次文艺论争是历史遗留下来的问题之外，的确也还有一个哪些该"讳"、哪些不该"讳"的问题。这一章写完之后，曾请几位"左联"战友和现代文学史家提过意见，作过几次修改，但就在这个"讳"的问题上，意见很不一致。有的同志说："这些都是陈年旧账了，不说也罢，说了会使当事人（或他们的子女）感到不快"；也有人说："你不是在一篇文章中写过，'我们歌，我们哭，我们春秋逝去了的贤者'么，明知其有，而加以隐讳，也就是失真。"惊涛骇浪的"左翼十年"中，这一类事是不少的，我们对穆木天的误会，就是一个例子，一九三六年九月，郑伯奇和穆木天去看望过鲁迅先生，这件事现在很少有人知道了吧,但这是查核无误的事实,不仅郑伯奇和当时在场的鹿地亘和我谈过,穆木天自己也在一九四六年出版的《诗的旅途》中写过,因此,我认为讳言这一类事,对含冤去世的故人是不公道的。那么是不是已经把我知道的"内情"完全记下来了呢?那也不是,举凡涉及个人私德和政治品质的事,我还是尽可能避开了的。清人章学诚说:"秽史者所以自秽,谤书者所以自谤。"我以为这是一条应该自律的原则。

也正是写完了"左翼十年"这一章的时候,李一氓同志送给我一副他写的集宋人词的对联:"从前心事都休,懒寻旧梦;肯把壮怀消了,作个闲人。"我非常欢喜,就把上联的后句作为这部回忆录的书名。

夏衍
一九八四年冬

日译本序（两篇）

最重要的是相互理解

《懒寻旧梦录》的部分章节经阿部幸夫先生翻译，即将由东方书店出版。去秋译者来京，要我写一篇序言，向日本读者讲几句话。青年时期我在日本呆过七年，垂暮之年又担当过中日友好协会的工作，要讲的话很多，但往事如烟，真有不知从何说起之感。

我出生于十九世纪的最后一年，今年八十七岁。这一段时期对中国、对日本，乃至对整个世界，都是一个五洲震荡、四海翻腾的时代。我出世的那一年八国联军攻占北京，小学时期发生了第一次世界大战；中学毕业前一年，经受了五四运动的洗礼；二十岁那一年抱着工业救国的理想到日本求学。如所周知，这时候我的祖国已经衰亡到了快被列强瓜分的境地，军阀混战，农村破产，亿万人民处于水深火热之中。我们这一代人在小学既读"诗云""子曰"，也学过地理、历史；辛亥革命和五四运动之后，懂得了一点国家和世界时事，少年人心中就产生了一种解不开的疑问：教科书上都说希腊、印度、埃及都是文明古国，现在都衰落和亡国了，中国还没有亡，但也已经到了岌岌可危的地步，随时有被瓜分的危险；而同在亚洲，为什么印度会亡国，中国一再受到侵略，而国土小得多的日本，却蒸蒸日上，可以战胜俄国、中国，而成为称雄世界的强国？一八六八年明治维新成功，为什么三十年之后，一八九八年的戊戌维新只维持了一百天就失败了？一个二十岁的青年人带着一肚子不能回答的问题，冒冒失失地到了日本。

二十世纪初，每年都有七八千乃至一万人去日留学，要考取官费是困难的。可是我拼命一搏，居然不到一年就考进了素以严格著称的明治专门学校（现九州工业大学）。起初是认认真真地读书，可是年复一年地过去，我的工业救国的梦想开始动摇了。二十年代，中国还没有起码的现代化工业，像上海这样一个工业城市，几乎所有的工厂设备都是从外国进口的。我在"明专"学的是电机工程。那时中国不仅不能制造发电机、变压器，连最普通的机器配件也都被外国厂商所垄断，当时的情况是不仅成套设备要靠进口，连安装、维修，都掌握在外国技术人员的手里。在这样一个半封建半殖民地的中国，即使在工科大学毕了业，当上了工程师，究竟能对自己的祖国做出什么贡献呢？中国现代有两位伟大的作家——鲁迅和郭沫若，他们本来也都是在日本学医的。但是，他们后来终于感觉到治病固然重要，但更重要的还是先要治中国人民的贫穷、愚昧和甘为奴隶的"国民性"。我不自觉地也走上了和他们相似的道路，这可能是当时的一种时代潮流。当然，我的弃工从文，可能和"明专"的校训"国尔忘家、公尔忘私"有点关系，我开始察觉到没有一个独立、自主和民主的国家，单凭技术，要建设一个现代化的工业国家是不可能的。我的思想开扩［阔］了，我终于下决心走上了革命的道路。二十年代中叶的日本，是一个比较开放的时期。我读了一些马克思主义的书，参加了日本进步学生的"读书会"，结识了秋田雨雀、藤森成吉和大山郁夫先生，更重要的是我感受了日本人特有的那种顽强拼搏的"顽张"（Ganbaru）精神。

中日两国是一衣带水的近邻，两国之间有悠久的友好联系，中国人民不会忘记阿倍仲麻吕、小野妹子和空海法师，日本人民也不会忘记鉴真法师、朱舜水和黄遵宪。在古代，日本多次派遣过遣隋使、遣唐使，从中国引进了文化、艺术和工艺。可是到了十九世纪，亚洲形势发生了剧烈的变化。日本明治维新之后，废弃了锁国政策，大力吸收西方文化，锐意改革，建成了一个现代化的工业强国，而中国则在鸦片战争之后外敌入侵，内政腐败，成为一个被叫作东亚病夫的半殖民地。从这时起，以孙中山先生为首的国人志士为了挽救危亡、振兴中华，成千上万的青年人东渡日本，学习先进的科学文化。我们的革命前辈李大钊、彭湃，终身为中日友好事业而献身的廖承志，中国文学大师鲁迅、郭沫若，驰誉世界的大数学家陈建功、苏步青，都是二十世纪初和二十年代的日本留学生。

两年前，我看了一部为纪念空海法师圆寂一千一百五十周年而摄制的日本电影《空海》。其中有一段耐人寻味的对话，当空海随遣唐使留学长安，学成回国之后，有人问他对大唐有什么看法？他回答说："唐朝像一只老虎，不论怎样硬的东西，他都能把它嚼碎，吞下去，消化掉。"这是一千多年前日本人对中国的看法。可是我想，到了二十世纪，用这句话来作为中国人对日本的看法，也许是更恰当了。作为一个青年时期在日本学习和生活过来的人，我觉得日本民族有一个很显著的特点，就是他们不仅敢吸收一切外国的先进的科学文化，能够把它嚼碎、吞下和消化，而且还适应本民族的需要把它融化加工，变成为有民族特色的精神和物质财富。在古代，日本从中国引进了孔子的儒家学说，又通过中国，引进了印度的佛教文化，然后把两者融会贯通，形成了一种日本特有的人生哲学。思想意识上如此，文化、艺术、技术上也不乏这样的例子，书法、围棋、茶道乃至许多民间习俗，都是从中国传到日本的，经过千百年的溶化，提炼，加工，到了现代，都已经超过中国了。在科学技术方面，这样的例子就更多了。汽车和电子工业等等，都是从西方引进的，而现在，日本的丰田、日产已经赶上乃至超过了美国的福特、克雷斯勒和西德的奔驰。日本的电视机、录像机都已经占领了世界市场。现在，美国正忧心忡忡，深怕日本会抢先生产出第五代电子计算机，走在它的前面。日本民族对世界上的一切先进事物有一种惊人的吸收和消化能力，这已经是举世公认的事了。

中国和日本是唇齿相依的邻邦，两国之间应该和平共处，互助合作。这决不是一方面的主观愿望，而是历史和地理条件制约的必然。历史的经验告诉我们，中日两国合作则互利，对立则两伤。像我们这样上了年纪的人，不仅亲身经过半个多世纪以来中国人民经历过的伤痛，也多少知道一点战争中和战后一段时间日本人民承受过的灾难。因此，珍重两国人民的传统友谊，让二十一世纪成为两国人民更友好更合作的时代，已是历史赋予我们这一代人的庄严使命。

提到文化交流和民族传统的关系，很自然地想起了许多往事。第二次世界大战末期，美国在太平洋上进行逐岛战争的时候，我们在重庆《新华日报》编辑部议论得最多的问题是日本会不会接受"波茨坦公告"所提的条件？当时，我们这些人认为日本是不会接受的，一是日本历史上从来没有被外国征服过，有强烈的民族自尊心；二是日本人的"武士道"精神可能真的会迫使他们"一亿玉碎"。可是到一九四五年八月，事实证明我们的看法太片面了。一九四五年是我一生中最忙碌的一年，对这个问题没有进一步去思考；直到一九四七年，我在新加坡看一本美国人类学家路斯·本尼狄克（Ruth Benedict）的《菊与剑》，才使我感觉到：要了解一个国家和民族的动向（即使像日本这样一个和我们有上千年的交往的近邻），除了政治、经济、军事、外交等等因素之外，还得从人类学，乃至文化人类学的角度去研究，才能得出比较正确的答案。本尼狄克写的这本书是太平洋战争爆发之后，应美国国务院的嘱托，为了研究美国的对日政策而执笔的一份供咨询的报告。她没有到过日本，不懂日语，她用的资料主要来源于当时被美国扣留的日侨和"二世"，和大量有关日本的著作和文艺作品，所以这本书的注释中有一些不合实际的地方。但是她从人类学，也就是从"日本文化的某些类型"来研究，得出的结论是：日本会接受"波茨坦公告"，美国在战争胜利后也不能用对待纳粹德国的办法来对待日本，而必须考虑日本民族的特殊性格和感情上的承受能力。她的意见对罗斯福的决策起了一定作用。战后事态的发展，也和她的预测和建议一致。本尼狄克认为，尽管一个民族可以有百分之九十的行为习俗和邻居民族相同，但总会有一点和其他民族不同的地方；这一点尽管很小，但它对这个民族的本身的独特的发展方向，会起重要的作用。她从文化、民俗的视角来研究日本人的民族性格、人生哲学。她认为从人类学来分析，一个人在文化习俗上不可能是一张白纸，人一生下来就要接受无形的生活习惯、行为规范、道德观念等等的影响。这样就形成了一个民族特有的民族性或者也可以说是"国情"。美国人由于不了解日本的民族性格，在珍珠港事件中吃了亏，于是才集中各方面的力量，对日进行了深入的研究，在终战时期采用了既对美国有利（减轻了几十万美军的伤亡），又制定了可能为日本人所接受的政策。从这一角度来思考，我们对邻近日本的研究实在是太落后了。在明治维新之后，特别是甲午战争之后，日本成为世界强国，中国则成了任人摆布的"东亚病夫"。可以说，那时候日本的一举一动，都会影响到中国的存亡。可是，除了清末黄遵宪的《日本国志》和不久前才出全的王芸生的《六十年来中国与日本》之外，我们比较全面系统地研究日本的著作实在太少，更不用说用历史唯物主义的立场，从文化人类学来研究日本了。两个田中（决定侵华战争的田中义一和中日恢复邦交的田中角荣）之间的半个多世纪，中日两国人民由于互不理解而都付出了惨重的代价，而直到今天，我认为这种互不理解的情况还依然存在。我在日本念书的时候，日本人一直把中国看成是一个难解的"谜"。战后四十年，尽管中日友好已成为很难逆转的大势，但日本人眼中的这个谜是否已经解开了呢？对这半个多世纪的血泪史是否已经有了明确的认识了呢？我接触过不少日本的有识之士，但近年来从日本报刊上看到，似乎也还有一些人对这四十年前那一场浩劫，还有一点"天亡我，非战之罪也"的心理。反过来看，我们对日本的民族性格，对日本国运的大起大落，对日本人的既谦恭又自大、既性急又从容，一方面可以争分夺秒地拼命工作，一方面又舍得花时间慢吞吞地玩茶道、下围棋的这种矛盾心态，是否有了认真的探索了呢？我看也差得很远。八十年代的中国已经不是二十年代的中国，现在的日本当然也已经不是大隈重信时代的日本了。高科技迅猛发展，地球变小了，中日两国之间、两国人民之间的相互理解，不仅关系到亚洲，也关系到整个世界的安危。现在，是应该静下来认认真真地加深理解的时候了。我想引用黄遵宪的几句诗，作为这篇短文的结束。

"同在亚细亚，自昔邻封辑。譬若辅车依，譬若犄角立。所恃各富强，乃能相辅弼。同类争奋兴，外侮日潜匿。解甲歌太平，传之千万亿。"

一九八七年元月

为《记者生涯》作序

拙作《懒寻旧梦录》的自序和前三章，承阿部幸夫先生译出，已于今春由东方书店出版。现在，这本书的第六章《记者生涯》的日语版又将和日本读者见面了，阿部先生要我写一篇短序。

《懒寻旧梦录》是我的自传体回忆录。一九八二年动笔的时候，原来的计划是回忆和反思我一生的经历——从一九〇〇年到八十年代中期，全书共十章，但写到新中国成立后的一九五〇年就搁笔了。这是我的前半生，写了三十多万字，篇幅已经不小，可以告一段落。这之后的后三章——《十年作吏》《艰难的岁月》和《尾声》，尽管早已有了一个提纲，但大部分资料都在十年浩劫中散失，汇集起来很不容易,所以停了两年一直没有动笔。

现在译出的第六章,主要写的是我在抗日战争和解放战争时期(从一九三七年到一九四九年)的"记者生涯"。从一九三七年八月协助郭沫若办《救亡日报》起,到一九四九年离开《华商报》止,前后当了十二年的记者和编辑。那是战争时期,生活艰苦,但斗志旺盛。上海沦陷,《救亡日报》搬到广州复刊,一九三八年冬广州沦陷,再一次搬到桂林。一九四一年春发生了"皖南事变",《救亡日报》被国民党查封,又和邹韬奋、范长江一起,到香港办了《华商报》。这一年冬太平洋战争爆发,香港沦陷,翌年四月回到重庆,当了《新华日报》的记者和编辑。一九四五年,抗战胜利,奉命回上海办《建国日报》和《消息》半周刊,不久又遭到国民党政府的查禁。一九四六年到一九四九年,先后在新加坡和香港参加了《南侨日报》和《华商报》的工作,直到全国解放前夕,回到上海为止。

这十二年的历程很不平常,我亲身经历过上海、广州、香港三大城市的沦陷,而且又都是在日军占领之后,在混乱中离开的。抗战八年,在前线,靠的是"小米加步枪";在大后方,我们靠的也只能是"小米加秃笔"了。天天写,写得又多又杂,主要是政论和杂文——当然,由于三十年代和文艺界有了因缘,所以作为我的"副业",也写了一些剧本和小说。记得写《记者生涯》是一九八一年应广州《羊城晚报》之约而执笔的,当时用的题目是《白头记者话当年》。也由于此,这一章中我写到的主要是新闻方面的事,连我和文艺界的交往,以及我自己写作的剧本也都一笔带过,没有细说。

由于这一章中叙述的是我的"记者生涯",所以这十二年中,我和日本人的交往,也几乎没有提到。例如一九三八年春,我曾受郭沫若的委托,派林林到香港去把鹿地亘夫妇接到广州,然后安排他们到汉口去参加第三厅的工作。一九三九年,鹿地亘在桂林组成了"日本人反战同盟",我还翻译过他写的剧本《三兄弟》,在《救亡日报》连载。我接触过许多被俘的日本兵,其中有勇敢的反战分子,也见到过一个非常顽固的、效忠天皇的一等兵,这个人是鹿儿岛人,他的名字已经记不起了。他每天清晨总要向东遥拜,有一次他还偷了一把菜刀,打算切腹自杀。鹿地气得没有办法,要我去和他作了长时间的谈话。一九四五年九月,我乘美军飞机从重庆回上海途经南京。在机场上,再一次看到了日本兵,回忆录中记下了一笔:"五时到南京,机场没有被炸,但除了少数穿黑制服的旧警察外,全是缴了械的日本兵。九月的南京,天气很热。他们光着膀子,飞机着陆的时候,还乖乖地推舷梯,给美军的驾驶员提箱子,再没有当年空军那种威势了。"

回到上海,我两次到北四川路去探望内山完造。八年不见,这位"邬其山"先生消瘦得多了,但表情上还很镇静,握着我的手好容易才说了一句话:"这八年,够辛苦了吧。"当时,上海的日本居留民还没有集中收容,但是此时此地,在当年日本人称霸的虹口,连中国的小孩子也会向日本人投石子、吐口沫了。当然,这只是孩子们的恶作剧,总的来说,中国人——包括官方,对日俘和日侨还是颇讲恕道的。当时遣返前的日本人在北四川路一带的街道两旁摆满了地摊,出卖他们的家具、衣物、书籍和杂品,他们的处境无疑是惨淡的,但中国人并没有对他们施加侮辱、欺凌或虐待。汤恩伯还办了一份给日俘和日侨看的日文《改选日报》。由于主持这张报纸的编辑中有中共的秘密党员和进步人士,所以,我也替它写过文章,题目记不起了,讲的是我们的一贯主张,就是侵华战争的罪责主要在于日本军国主义者和政治上的当权派,日本人民也是战争的受害者。后来有人说,我的《法西斯细菌》曾译成日文在《改选日报》上连载过,但事隔四十多年,已经无法查对了。

还有一件难忘的事,就是一九三八年在广州,我曾翻译过石川达三氏的《未死的兵》,由南方出版社刊行,鹿地亘写了序言。我在一九四〇年在桂林出版的第四版这本书的《后记》中说:"翻译这本书是在前年广州大轰炸的时候。这是一本用比较严肃的态度,描写中日战争现实的日本士兵心理的作品,所以在日本和国外都引起了相当的关注。在中国，据说也已经有了三种不同的译本。在广州出版之后，一个月内就销完了初版；再版在十月初出书，印了二千册，由于广州战事紧急，印好了已无法发行。直到十月二十一日广州沦陷，还有两千多册整整齐齐地留在长寿东路的《救亡日报》的宿舍，在当时觉得有点可惜。但是后来想想，日本人进占之后也许会拿去作为'战利品'吧，作为我们留下来的赠品，让他们看看，对于反省这次战争的性质，也许还有点用处。"

五十年代中，石川达三氏访问中国，我在一次酒会上遇到他。谈起了这件事，他皱着眉头说："就是你们翻译了这本书，害我坐了班房。"其实，这是他的误会，因为《未死的兵》在广州出版于一九三八年七月。这时候他已经"预审终结了"，有鹿地亘同年五月间写的序言可证："作家石川达三最近预审终结，大概已经送进监牢去了。"

香港沦陷之后，一个姓蔡的中国台湾人偷偷地提醒我，千万别让日本兵知道你能讲日本话，否则会被抓去当翻译的。所以几次日本兵来抄家，连我的手表、自来水笔和穿在身上的西装上衣也被抢走，我一句话也不讲。只是后来坐小船偷渡伶仃洋的时候，被日本海军巡逻舰拦住，为了保护两位同难的女性（一位是王莹，另一位是黎蒙的夫人尹珍），我才硬着头皮讲了几句日本话，总算侥幸过去了。这件事我在《走险记》中写到过，不再说了。我青年时代在日本呆过七年，三十年代在上海，除了内山兄弟、鹿地亘夫妇之外，还有许多日本朋友，如尾崎秀实、山上正义等等。对这些事，可写的事太多了，甚至可以写成一本书，但是按我的年龄和精力，这当然是不可能了。

中国人常说：往事如烟，往事如梦，烟是容易消散的，而梦，则难免会牵肠挂肚。我的一生中有过好梦，也有过噩梦。即将到来的一九八八年，是中日和平友好条约缔结的十周年，让过去的噩梦烟消云散吧，我在这里祈愿：让世界永远和平，让中日两国人民世世代代地友好。

一九八七年冬日

家世·童年

一九〇〇年，庚子，清光绪二十六年，这是一个很不平凡的年头。这一年义和团起义，八国联军攻占北京，也是这一年，孙中山在香港被选为兴中会总会长。就在这一年的旧历九月八日（公历十月三十日，这一年是闰八月），我出生在浙江杭州庆春门外严家衖的一个号称书香门第的破落地主家庭。据"家谱"记载，我们这一家祖籍河南开封，是宋室南迁时移居到临安的"义民"。但是，南迁到杭州后能够在战乱中安下家来，又能在城里城外都置了房产，并和官宦人家结了亲缘，特别是我家的堂名叫"八咏堂"，因此我想，叫"义民"可能有点夸张，说"义官"也许比较恰当。浙江杭嘉湖一带姓沈的很多，大概是一个大族。可是到了我祖父那一代，经过太平天国战争，家道日益衰落，只是在离杭州城三四里的严家衖，还有一幢用风火墙围着的五开间七进深的大而无当的旧屋。据说太平天国的李秀成、陈玉成几次进攻杭州的时候，曾在这间房子里设立过总部，这都是乡间人的传说，无从考证。不过我的祖父沈文远，在十七八岁的时候，确曾被太平军"俘走"，因为他读过书，所以后来就当了陈玉成的记室（秘书），直到陈玉成在安徽寿州战败，陈才派一个"小把戏"（小鬼）陪送他回到杭州。由于这个缘故，他未曾应试，没有功名。祖母余杭章氏，是章太炎的堂房姊妹，据我母亲和姑母们说，她是一个非常能干而又十分严厉的人。我的父亲沈学诗，字雅言，是一个不第秀才，没有考中举人，就退而学医，给附近的农民治病。据说他的医道颇好，但是他在我出世后第三年，一九〇三年农历十二月二十八日晚上，在祭祖上香的时候，一跪下去就中风而去世了，终年四十八岁。当时我才三岁，因此，除了后来在"灵像"（当时还没有照相）上看到他是一个白白胖胖的人，从村人口中听得他是一个忠厚老实人之外，没有任何印象。母亲徐绣笙，德清人，我们兄弟姊妹共八人，除了两个早逝外，一个哥哥，四个姊姊和我，都是靠她一个人抚养成长的。她识字不多，但是通情达理，宽厚待人。在我开始懂事的时候，家境已经穷困到靠典当和借贷度日的程度。我的长兄沈乃雍（霞轩），十四岁就到德清的一家叫"长发当"的当铺去当了学徒。祖传的二三十亩旱地，在父亲去世前后就陆续典卖了大半。一家七口，除了老房子沿街的两间小平房出租，有几块钱的房租，和每年养一两季春蚕有一点收入之外，主要得靠我舅父和两个姑母的周济。舅父徐士骏，是德清的一位绅士、地主兼工商业者，开一家酱园，也是一家当铺的股东。我的大姑母适樊家，住在杭州城里斗富三桥；二姑母适李家，住羊坝头后市街。他们两家的上一辈都当过不小的官，我记得二姑母的公公李巽甫，做过安徽的学台，有一点政声。这三家亲戚都比较富裕，因此过年过节都给我家一点资助。至于余杭章家，在辛亥革命前和我家还有来往，后来章太炎参加革命，被认为"大逆不道"而"出族"，此后我大哥结婚、大姊出嫁，也不敢向章家发请帖了。我现在还记得很清楚的是我从小穿的衣服，乃至鞋袜，都是樊、李两家表兄们穿过的"剩余物资"。我母亲对这些周济是感激的，但是每当她带着我和姊姊们到樊、李两家去拜年的时候，总要事先告诫我，不准向表兄表姐们要东西，他们给用的或吃的东西，除非得到她的同意，决不准接受。有一次我的表兄李学灏（幼甫，民族音乐研究家李元庆的叔父）送给我两支毛笔，和一个很精致的白铜墨盒，母亲就只让我收了毛笔，把墨盒退回，说我还不到用这种"好东西"的时候，我当时真有点舍不得。这种神情给母亲察觉到了，回家后就给训了一顿。到我五六岁的时候，家境更艰难了，母亲忍痛把我的三姐（芷官）"送"给了住在苏州的四叔。为了减轻负担，又把大姐（荷官）嫁给我舅父的长子徐梦兰作了"填房"。大闺女给人作"填房"，在当时，似乎是不大光彩的，徐家是六房同居的大家庭，幸亏沈、徐两家是至亲，我舅父徐士骏又是一个有绝对权威的家长，所以在妯娌之间还没有受到歧视。家里穷，又没有劳动力，只能把剩下的十来亩旱地租给别人种。二姐和四姐，还靠"磨锡箔"之类的零活来补贴家用。可是在严家衖这个小地方，我们这一家还是被看作"大户"，因为那座老房子被风火墙围着，附近的农民就把我家叫作"墙里"，但那时候的乡下人都说，"墙里大不如前了"，"过年连供品也买不起了"，尽管这样，我母亲还是受到村里人的尊敬。每逢过年过节，樊、李两家会送给我们一些节礼，如糖果、日用杂品和鸡鱼之类，母亲总要省出一点来分送给邻里中比我家更穷困的人。我还记得她经常关心的两个人。一个是住在我们后园陈家荡北面的一位孤身老太太，我和四姐都不知道她姓什么。只是她到我们家来的时候，总和我母亲絮絮叨叨地讲个不完，而讲的又是我们不知听过多少遍的老话，主要是她死了的丈夫和出走了的儿子的故事。我们听烦了，就给她取了个外号叫"烦烦老太太"，而母亲却特别耐性地听她讲过十遍八遍的老话，也特别关心她，不单在年节，连我家自己种的蚕豆、毛豆收下来的时候，也总要叫我们送一点给她，还不止一次对我们说，别嫌她"烦"，她孤身一个，谁也不理睬她，有话无处讲，让她讲讲，心里也舒坦一点。还有一个是住在我家沿街平房东侧的一个叫"杨裁缝"的妻子兰生娘娘。因为我出生后母亲奶水不足，吃过她的奶，所以别人叫她"兰生娘娘"，而我，母亲一定要我叫她"娘娘"。她的儿子阿四和我同年，到我进城上"学堂"，他一直是我的赤脚朋友。

在我年幼的时候——就是本世纪①的初期，一般妇女都很迷信，特别是失去了丈夫的女人，不论贫富，都把烧香念佛当作生活中的常事，而我母亲却既不念佛更不烧香。有位远房亲戚送给她一串念佛珠，她丢在抽屉里从来没有用过，我有时拿来作玩具，她也不反对。离我家向东，在严家衖和新塘上之间，有个不大的寺庙叫月塘寺，相传是我家祖上兴建的，所以这个庙的一位老和尚，有时还到我家来，说些客气话，意思是希望我母亲去烧香；可是当她恭恭敬敬地送走了老和尚之后，往往笑着对我们说："我一辈子不曾跨过寺庙的门槛。"说她完全不迷信嘛，那也不是。其一是她一直"吃辛素"，就是每月逢辛的那一天不吃荤；其二是过年要杀鸡鸭的时候，她一定要念"往生咒"。为什么这样做，我当时不懂，现在也不懂。我母亲的为人，有一件事我是永远不忘的。我的两位姑母都说，她对我的祖母，是非常孝顺的，但是她对祖母的殴打和虐待婢女，却有强烈的反感，所以当我的几个姊姊出嫁的时候，她总要一再叮嘱：在任何情况下，都不准买丫头。她说，这是我们的"家规"。我的四个姊姊出嫁后，都一直谨守不渝。

母亲欢喜看戏和听书，每逢"水路班子"或者"绍兴大班"到乡下来演出，她一定要四姐和我背着条凳先去占好位置，陪她去看戏，而且一直要看到最后一出戏为止。她很懂戏，草台班子演戏，观众事先不知道演的是什么，可是角色一上场，她就会告诉我们：这是《龙虎斗》，这是《五鼠闹东京》，等等。有一次看了一出叫作"长毛戏"的《铁公鸡》，回家后她就和我们讲了许多"长毛"（太平军）故事，如"四眼狗"（英王陈玉成）大破江南大营；特别是陈玉成如何信任我的祖父，以及在寿州战败后，给了我祖父一锭银子，遣送他回乡的故事。她非常熟悉《玉钏缘》《天雨花》这一类故事，这大概是我父亲生前念给她听的吧。

---

① 指20世纪，下同。——编者注

母亲是养蚕的能手，每年都要养一次"头蚕"和一次"二蚕"。在我八岁进城上小学之前，每年要养三四张蚕纸，劳力不够，得请短工帮忙采桑叶。我从五六岁起就是一个辅助劳动力，所以从"掸蚁"一直到蚕宝宝"上山"，这一整套旧式养蚕工序，我都会做。因此，后来我改编茅盾的《春蚕》时，在明星公司的摄影棚里，我是唯一懂得养蚕的"技术顾问"。老鼠是蚕的大敌，为了防鼠，就得养猫，因此我母亲特别爱猫，并把这一癖好传给了我。记得很小的时候，就有一只和我同年出生的黄白猫睡在我的被窝里。为了喂猫，我常常到陈家荡去钓鱼，大概是六岁那一年，钓鱼时失足落水，差一点淹死。

除了爱猫之外，母亲的另一种爱好是种花种草。老房子后进的风火墙上有一棵一直爬到墙顶的荼蘼，据说那时候就有几十年的树龄了，后园还有两棵橘树，和一棵树干有碗口粗的枣树，在她卧房南边的小天井里，还有一株高大的枇杷树，这几棵树，是她的"宝贝"。每年秋冬之交，总要请一位熟悉种果树的老农来剪枝、施肥。我父亲学过医，她也懂得一些医道，因此在后园和小天井里，种了不少草药，如薄荷、藿香、紫苏、菖蒲之类。写到这里，很自然地会想起我出生之地的那间古老的大房子。这屋子兴建于十九世纪中叶，在抗日战争中被游击队烧毁，关于这件事，我写过一篇散文《旧家的火葬》，有下面这样一段叙述：

> 那是一所五开间而又有七进深的庄院……我懂事的时候，我家已经衰落了，全家人不到十口，但是这一百年前造的屋子，说得并不夸张，可以住三百人以上；经过了太平天国之乱，许多雕花的窗棂之类都破损了，但是合抱的大圆柱，可以做一个网球场的大天井，依旧夸示着它旧时的面貌。我在这破旧而大到不得体的旧家，度过了十九个年头。辛亥革命之后，我大哥为了穷困，几次想把这屋卖掉，但那时却找不到一个能够买下这大屋子的买主。大哥瞒了母亲，

从城里带了一个人来估看,我只听到他们在讨价还价,一会儿笑一会儿争之后,大哥愤愤地说:"单卖这几千块尺半方的大方砖,和五百几十块青石板,也非三千块不可!"这时我才知道,这些我日常在那里翻掘起来捉灰鳖虫的方砖,也还是值钱的东西。据母亲说,这屋子是我们祖上全盛时期在乡下造而不用的别墅,本家住在艮山门内骆驼桥,只是每年春秋两季下乡上祖坟时临时使用的住处。出太平门两三里,就可以望到这座大屋的高墙,那高得可怕的粉墙,里面住的是"书香子弟",和外面矮屋子里的老百姓分开,附近老百姓就把沈家叫作"墙里"。

辛亥革命前后,我家衰落到无法生存的田地,这屋子周围的田地池塘,都渐渐给大哥典卖了,只有这屋子,却因为母亲的反对,而保留着它像破旧的古庙般的面貌。夏天的黄昏,会从蛀烂了的空楼里飞出成千上万只白蚁,没有人住的空房子里,白天也可以看到黄鼠狼和狐狸。……

这所旧房子一直保留到我母亲一九三六年去世之后。抗战中杭州沦陷不久,我大哥在这里开了一家"正大茧行",一九三九年六月,被浙东一带的游击队烧毁。除了这所破房子之外,我家还有"一笔遗产",就是离这间房子不远的祖坟上的几株大香樟树,和一株大石楠树,其中最大的一株香樟,我七岁那一年和三个"赤脚"小朋友勉强才合抱得拢,这肯定是百年以上的老树了。樟木和楠木,都是很值钱的,所以我大哥卖房子不成,就几次想把这几株树卖掉,也约人来估过价,可是都由于我母亲的力争而未能"成交"。房子和树之外,还有一件事也在童年留下了永不磨灭的印象。前面提到过,我祖父在陈玉成失败后,从太平军中带回了一个护送他的"小把戏"(十多岁的勤务兵),由于只知道他叫阿才,不知道姓什么,于是我祖父给他取了个名字叫沈应才。这个人在我祖父家当过长工,人很能干,后来就渐渐"发迹"了，成了家，买了田地。据母亲说，我父亲在世时，沈应才还是常来"请安"的，可是当我家逐渐衰落之后，应才的儿子不仅不再像从前那样"恭顺"，反而想吞没我大哥典押给他们的三亩"坟头地"了。这件事使我母亲伤心和愤慨，我听她说过："有了几个钱，威风什么，连你家这个姓，也是我们赏给你的。"

旧家、香樟树和沈应才的儿子……在我童年的头脑里构成了一幅本世纪初农村经济破产、旧家衰落的图像。在我从事文艺工作之后，我曾不止一次想以沈应才和我家的兴衰为题材，写一个像《樱桃园》那样的剧本。一九三九年写《旧家的火葬》的时候，我还拟了一个三幕剧的提纲，后来因事忙搁下，一直没有动笔。

我是母亲最后的一个儿子，我前面又是四个姊姊，这样，母亲宠我是难免的。大姊出嫁，三姊送出之后，能管我的只是比我大十二岁的二姊。兄弟姊妹中，她和我感情特别好，因此，对我的顽皮胡闹，例如钓鱼掉进水里、捉蟋蟀被蜈蚣咬肿了手指之类，她总给我"打掩护"，不让母亲知道。到六岁那年，一次我和几个"野孩子"打架，杨裁缝的儿子阿四向我母亲告了状，这才使我母亲想起了我读书的问题。严家衖是个小村子，读书人很少，只有村东头有一个私塾，一位姓陈的先生教着五六个童生。母亲觉得不放心，这一年夏天大哥回来，母亲和他谈起这件事，大哥建议把我托给樊家或者李家，到"城里"的学堂去念书，但是母亲不同意。她总觉得我们受他们的周济已经太多了，不要再麻烦他们，于是就决定让我到陈先生的私塾去"破蒙"。这私塾设在一家叫"邬家店"的后进一间小屋里，只有三张板桌，几条板凳，先生也坐在一张骨牌凳上，前面用一个破旧的柜子当作书案，这和鲁迅先生所描写的三味书屋实在不成比较了。当然，书案上也还有一块"戒尺"，不打人，只作为"惊堂木"之用，有时候拍一下，让顽童们安静下来。入塾的那一天，母亲陪我到邬家店买了一包点心，用红纸包了一块"鹰洋"，作为孝敬先生的"束脩"，然后要我向陈先生叩了头，先生叫我坐在靠近他那个破柜子的长条凳上，这样，入塾"仪式"就完成了。第一本读的书是《三字经》，"人之初，性本善……"等等，当然还要"描红"，学写字。同学连我在内只有六七个，我一个也不认识，后来知道，住在严家衖的只有我一个，其余大部分是华家池或新塘镇来的。大概因为我是"墙里人"，陈老师对我比较客气，我在这私塾耽了一年，好像没有挨过板子。《三字经》之后，我还读了《论语》。

说到邬家店，那是严家衖唯一的一家商店，经营杂货，卖的是土烟叶、火绒（打火用的，当时乡下还很少用火柴）、"高丽布"手巾（当时还没有毛巾）、雨伞，以及瓜子、花生之类，有时也还有蛋糕、酥糖，主要是卖油盐酱醋，也卖酒，但很少有人打了酒就在柜台上喝。这小店只有一间门面，和"咸亨酒店"的规模差得远了，这因为咸亨是在城里，邬家店则在农村。

我八岁那一年正月，母亲带我到樊家去拜年，当大姑母知道我在邬家店的私塾读书，就严肃地对我母亲说，这不行，沈家是书香门第，霞轩（我大哥）从小当了学徒，可惜了；又指着我说，这孩子很聪明，别耽误了他，让他到城里进学堂，学费、膳费都归我管，可以"住堂"（住在学校里），礼拜日可以回家。大姑母主动提出，母亲当然很高兴地同意了。这一年春季，我进了"正蒙小学"，这是一家当时的所谓"新式学堂"，但是功课并不新。我插班进二年级，一年级学生念的依旧是《三字经》，不过这种新的《三字经》已经不是"人之初，性本善"，而是"今天下，五大洲，亚细亚，欧罗巴，南北美，与非洲……"了。二年级念的依旧是《论语》《孟子》，只是加了新的功课，一门是算术，珠算、笔算同时教，一门是体操，另一门是"修身"，内容我记不起了，从"修身"这两个字判断，大概是当时的思想道德课吧。这学堂有五六十个学生，二年级大约有十五个，我个子小，体操排队我排在最后，但讲功课，算术和语文我的成绩还不错。国文除教《论语》外，还要"对课"，从对两个字、三个字到对五个字，我因为在家已经看过一些父亲留下的书，似懂非懂地念过唐诗、唱本，所以对课这一门我成绩不错，特别是有一次老师出了个题"福橘"，我很快地对了"寿桃"，得到了老师的称赞和表扬。这一表扬对我影响不小，直到后来进了中学，我自己一直在学"对课"，初步懂得了格律诗中的对仗。记得中学毕业的那一年，一位姓徐的同学和一位姓柳的姑娘结婚，邀我去吃喜酒，在"闹新房"的时候，我即席作了一副对子："昔传城北徐公美；今说河东柳氏贤"，大家都说对得工。这事后来给我的国文老师谢迺绩先生知道了，也说，把柳氏"悍"改作柳氏"贤"，改得好。

在"正蒙小学"念了一年半的样子，就退了学，这是母亲决定的。我吵闹了一阵，也没有结果。作出这个决定，我后来想，可能出自两方面的原因，一是樊家是望族，大姑母的公公曾在大官僚王文韶下面当过相当大的官，和他家来往的都是达官贵人，大姑母把我这个穷孩子带在身边，可能有人讲了闲话，传到我母亲耳朵里去了；二是樊家和李家都有和我差不多年龄的表兄弟，他们穿得好，吃得好，有新的书包，有白铜墨盒、铅笔，而我则一无所有，不免有点羡慕，或者感到自卑，这种心理可能也被母亲察觉到了。不上学了，母亲就叫我"自修"，家里有一本破旧的《幼学琼林》，就要我自己读，同时还亲自教我打算盘，但她也只能教我学加减，乘除她自己也不会。余下的时间，就帮着做些农活，那时还有几亩旱地，种点油菜、蚕豆、苎麻之类，我能做的也不过是松土、拔草之类。记得有一次春旱，雇了两个短工车水，我想试一试，结果被水车的踏脚打伤了左腿，肿了几天，也就没有事了。

在这段时间内，我还记得几件事情：我八岁那年，光绪三十四年（一九〇八）冬天，光绪皇帝和西太后死了，尽管当时很闭塞，严家衖又在乡下，像"戊戌政变"这样的大事，我们也不知道，可是皇帝和皇太后"驾崩"就不同了，"地保"（相当于保甲长）打着小锣挨家挨户地通知。我听说的只有两件事，一是今后三个月不准剃头，二是一百天内不准唱戏。当时男人都留辫子，我的辫子已有一尺多长，额前还留了"刘海",所谓剃头,不过是等于修脸,这对我影响不大;但是对第二条不准唱戏,则老百姓都感到扫兴,因为那时是农历十月下旬,今后一百天,就包括农历新年在内。我听老乡们七嘴八舌地说,除了不准唱戏之外,还有过年不准放爆竹,元宵不准闹花灯,等等。这一年浙江闹了水灾,春蚕的收成也不好,老百姓穷得很,所以这些禁令,实际上也没什么影响。另一件事是皇帝死了之后的下一年,我九岁,沪杭铁路的杭嘉(兴)段通车,艮山门是从杭州到上海的第一站,通车的那一天,整个杭州——包括沿路乡村都轰动了,我母亲也很高兴地带了二姊、四姊和我,背了条长板凳,带了干粮(南瓜团子),走了两里多路,到艮山门车站附近沿线的空地,排着队去看火车这个从来没有见过的"怪物"。沿线挤满了人,连快要收割的络麻地也踏平了。在盛夏的烈日下晒了两个多钟头,好容易看到一列火车从北面开来,隆隆的车轮声和人们的呼喊声融成一片,这个大场面,尽管事隔七十多年,到现在依旧是记忆犹新。

从『辛亥』到『五四』

也许是通了火车，乡下人的消息灵通些了；也许是我长了年岁，懂事了，这时我才知道了杭州这个地方也还有日本人、英国人。当时有不少日本人住在拱宸桥，开丝厂、卖西药，"仁丹""中将汤"的广告，一直贴到了严家衖。我不知道当时的拱宸桥是不是租界，反正乡下人把它看作一个又奇怪又可怕的地方。就在火车开通那一年，拱宸桥发生过一次日本人和丝厂工人的哄斗事件，严家衖的小伙子们也摩拳擦掌地说要去打"东洋人"。至于杭州还有英国人，那是有一次我生了伤寒病，李家二姑母来看我，说大方伯有个英国医生，叫梅滕根，会说中国话，不妨去看看。但是我害怕，母亲也说伤寒这种病只要小心养养就会好，不宜多吃药，这样，尽管没有看到，我才知道了杭州有个英国医院。我生伤寒是在夏天，母亲主张的"好好的养"，主要是只准我吃素菜，特别是禁吃鱼虾（在乡下，乡下人难得吃到肉，但是小鱼和虾，是可以很便宜地从乡下孩子手里买到的）。病后正值秋天，于是每天吃茄子、葫芦、冬瓜，连续吃了几个月，我就对瓜类发生了反感（也许医学上叫过敏吧），一吃瓜就呕吐、腹泻。这样，从幼年到六十几岁，我一直不吃瓜，包括宴席上的冬瓜盅，在朋友间传为笑谈。直到"文化大革命","监护"中天天给吃窝头和西葫芦,不吃也得吃,勉强一下,居然也不再"过敏"了。

一九一一年(辛亥),我十一岁,不上学,一直在家里读"闲书",看《天雨花》《再生缘》之类,母亲也不反对。这一年夏天,表兄李幼甫送给我几本油光纸印的《三国演义》,一下子入了迷,连每年夏天我最欢喜干的事:捉知了,捉纺织娘,养金铃子之类也忘记了。可是一到秋天,忽然间连严家衖这么一个偏僻的小地方也紧张起来了。这一年的农历八月十九日(十月十日),武昌新军起义,赶走了总督瑞澂,武汉"光复"了!因为这正在中秋节之后,所以很快就传出了"八月十五杀鞑子"的反满口号。我记得那时流传得最广的一本书是《推背图》,老百姓说,那是"明朝的诸葛亮"刘伯温写的。我没有看到过这本书,但是我每次走过邹家店门前,都有许多人聚集在那里议论《推背图》上说的"手执钢刀九十九,杀尽胡儿方罢休"这两句话。他们说九十九就是一百缺一,百字去了一,就是白,因此革命军挂的是白旗。大概在旧历九月初,母亲接到我舅父的急信,意思是说杭州是省会,革命党可能会"起义",有危险,要我们到德清去避一避。这样,母亲带着四姊和我坐"脚划船"去德清,住在我舅父家里。舅父徐士骏是一个曹禺的《北京人》里的曾老太爷式的人物,表面上治家极严,我的表兄嫂们见了他,真像老鼠见猫一样;可是在这一个大家庭中,各房之间勾心斗角,乃至偷鸡摸狗之事,在我这个十来岁的孩子眼中也看得出来。只是尽管有这种矛盾,舅父对我们一家却非常宽厚。我们到德清之后不久,旧历九月十四日,杭州新军起义,逮捕了巡抚增韫,推举了本省"耆绅"汤寿潜为都督。过了一天,江苏也挂起了白旗,宣布独立。这样,地处江浙之间的德清这个小县城里也热闹起来了,绅商头面人物在"明伦堂"开会,胆小的有钱人则把细软转移到乡下,谣言很多,青年人就跟着起哄,这时候,就发生了我的剪辫子事件。有一天,我表兄徐景韩逗我,说:"杭州开始剪辫子了,你敢不敢?"我负气地说:"敢。"于是他就拿出一把大剪刀，剪了我的辫子。可是当我高兴地拿了尺把长的辫子给母亲看的时候，意想不到地引起了她的暴怒。当时杭州虽已独立，但是连当了都督的汤寿潜也没有剪辫，因此抢先剪掉辫子，分明是很危险的事了。她拉着我向我舅父"告状"，舅父是"场面上人"，家里出了这种事，对他当然是不利的，于是，除了将景韩痛骂一顿，罚他下跪向我母亲请罪之外，还命令我从今以后不准出门；后来又找出一顶瓜皮帽来，把剪下来的辫子缝在帽子里面，逼我戴上，装作没有剪掉的样子。这一场风波一直到旧历十月底，清朝政府批准资政院请求，发布了"准许官民自由剪发"的命令之后，才算告一段落。我记得我们一家是旧历过年之前，也就是"宣统皇帝"下诏退位（旧历十二月二十五日）之后，回到杭州的。临行之前，舅父和我母亲谈好，过了新年，让我到德清来读书，这里有一所县立高小，舅父是校董之一，和校长曹绪康很熟，可以不必考试。

这一年春节我过得特别高兴，因为我是严家衖唯一剪了辫子的人。现在回想起来，习惯势力、旧事物、旧观念，实在太顽固了，读过或者看过《桃花扇》的人都知道，在明末清初，蓄辫意味着向"异族"投降，而现在经过了三百年之后，要剪掉辫子，反而成了一场不小的思想斗争，老百姓是不敢——或者说是不愿剪辫子的。大概是民国元年（一九一二）的元宵节，听说城里在剪辫子，我就跑到庆春门去看热闹，果然，有四五个臂上挂着白布条的警察，有两个手里拿着大剪刀，堵在城门口（当时杭州还有很厚的城墙），农民出城，就被强迫剪掉辫子，那情景十分动人，路旁的一只大竹筐里，已放着十来条剪下的辫子。我赶到城墙边的时候，一个老年农民正跪在地上哀求，但是一个警察按住他的脖子，另一个警察很快地剪下了他花白的辫子，老农放声大哭，而一群小孩子则围在警察身边起哄。这次剪辫风潮闹了十来天，后来农民索性不进城了，市场上买不到蔬菜，于是强迫剪辫的办法才告停止。其实，这是庸人自扰，因为在这之前，"皇帝"已经下命令，准许"官民自由剪发"了。

过了年，母亲就送我到德清去读书，我进了德清县立高等小学，走读，住在舅父家里。这是一所比较正规的学校，有学生五六十人，校址是在孩儿桥北，明伦堂左侧。明伦堂是祭孔的地方，房子相当大，凡是本县出身的人考中了状元、探花、榜眼，这里都有一块匾，写着"状元及第"及某某人在某某年中式之类的字样。有清一代，德清出过几个状元，老师告诉我，最后一个状元是俞樾（曲园）——就是俞平伯先生的曾祖父。我在这里念了三年半书，到民国三年（一九一四）夏季毕业。在学校里，我谨言慎行，算是一个好学生，毕业考试名列第二。还记得考第一名的叫邱志高，是我的对手也是好友，第三名是蔡经铭，是我嫂嫂的弟弟。德清离杭州不远，坐航船只要七八个小时，所以我每年寒暑假都可以回家。辛亥革命那一年，我大哥不知通过什么关系参加了"革命党"，在陈其美部下当了一名"庶务"。可是二次革命失败，他就被遣散回乡，成了家，有了孩子，家境就更困难了，打算卖"坟头树"，和母亲吵架。就在这个时候，大哥经过了这次"革命"的冲洗，显得也关心时局了，他偶尔也从城里带回一份《申报》，告诉我一些时事，什么袁世凯派人暗杀宋教仁，以及奥国皇太子被刺引起了世界大战等等，都是从他口中知道的。

我高小毕业，回到杭州，正是欧战（第一次世界大战）爆发那一年。尽管那时还小，可是在乡下，也算是一个知识分子了。因为在小学的时候，就听老师和同学讲过日本明治维新和光绪变法的故事，记得我还从表兄徐景韩那里看到过一本叫《亡国恨》的唱本，讲的是印度、朝鲜亡国的故事。其中说，当了亡国奴之后，三人不得同行，三家合用一把菜刀之类，文字通俗，颇有煽动性。加上欧战开始之后，日本借口向德国宣战，很快就在山东登陆，占领了青岛。这样，连我也觉得亡国之痛就在目前了。也就是在这一年，东阳县农民为了反对耶稣教会的洋人占用民田，引起了官逼民反，"暴民"烧毁县署的事件。我实在憋不住了，趁一个进城的机会，到后市街李家找表兄李幼甫去打听消息。见面谈了几句，完全出乎我的意料，也许是他消息灵通，坏消息听多了，不以为意，也许是笑我这个毛孩子大惊小怪，他笑着说："那么你说，怎么办？"我说："你看会亡国吗？"他还是一本正经："谁也说不定，康有为不行，孙中山又不行，老百姓有什么办法？"我有点火，顶了几句，他却邀我去游西湖，我拒绝了，他说："不去也罢，我怕你学陈天华！陈天华你知道吗？他主张革命，可是，他后来感到失望，一气之下，跳海死了。你不会跳西湖吧？"说罢大声笑了。

这次谈话毫无所得，也许可以说，反而增加了我的迷惘。这次进城假如说有收获的话，那是从幼甫书房里借了几本一直想看的书，一本是《古文观止》，另一本是《鲁滨逊漂流记》，他还送给我一部《文选》，可惜我那时还读不懂它的好处。

一九一四年这一年，我想用"穷愁潦倒"这四个字来形容我的处境是恰当的。穷，已经到了几乎断炊的程度，连母亲的几件"出客"衣服和一床备用的丝绵被也当掉了。可愁的事，当然更多了，日本向袁世凯提出了二十一条，而袁世凯则一心想做皇帝，连外国客卿也向他递了劝进表。至于我自己，小学一起毕业的同学，大部分都进了中学，而我，却因为交不起学费而一直蹲在家里。晚上，我坐在床前，凭着豆油灯的微光看那本《鲁滨逊漂流记》，忘了时间，忽然听到母亲在被窝里饮泣的声音。我赶快吹灭了灯，偷偷地睡下，可是怎么也睡不着。这样下去怎么办？想了又想，什么主意也没有，想翻身，想哭，怕惊醒了母亲……这是冬天，夜特别长，朦胧了一阵，天亮了，终于打定了主意：去做工。十五岁，是可以做工的年岁了。

这之后，我瞒了母亲，天天进城，去找工作。当时是欧战时期，民族工业得到了一点发展的机会。浙江是丝绸之府，本世纪十年代初，丝纺染织工业已经有了初步基础，纬成、虎林公司，都是这时期开办的，除此之外，还有大小不一的作坊。在这种情况下，我终于在太平坊的一家叫作"泰兴染坊"找了一个当学徒的机会。事情是这样：有一天我在艮山门车站附近看到一张招收徒工的招贴，当即按地址去应招。绍兴口音的管事问了我姓名、籍贯，我怕他听不清，就拿柜台上的笔写了我的姓名履历。他看我拿起笔来写字似乎有点惊奇，就问："你读过书？"我回答："小学毕业，有文凭。"他笑了："用不着，可是，当学徒是没有工钱的，只供饭，让你学本事，行吗？"我同意了，他进去和老板谈了几句，回头来叫我在一张字据上画了一个"十"字。

到染坊店去当学徒这件事，是瞒着母亲做的。我也完全料到，她知道后会引起风波，可是当我详细地把我的想法告诉了她，并补充说，学手艺的时间是一年，做得好，也就是学得快，可以缩短，期满之后，每个月可以有两块钱的工钱。同时，因为我识字，能记账，那位管事说，老板正要请一位记账的人，所以做上几个月，也许就会给工钱。母亲听着，不作声。很久很久，才慢慢打开箱子，给我整理了几件换替的衣服，她的面色是凄苦的，我想不出一句话来宽慰她。直到睡下之后，我朦胧中听到她一个人在独白："……完了，有什么办法，世代书香，就在我这一代完了，兄弟两个都当了徒弟……"

当学徒的确是一件辛苦的事情。早晨四五点钟起床，下门板、扫地，和我年纪相仿的一个姓王的学徒还得替老板倒便壶，端脸水。那位管事的绍兴人看得起我，只派我做些烧火、抹桌子、摆碗筷之类的杂活。这个作坊一共有十四个人，除了老板不动手之外，连管事的也要参加操作。整个业务分为两部，一是练，二是染，前者的工作要比后者辛苦得多。当时的作坊根本没有机器，练棉纱，就在一口大铁锅里把碱水煮滚，然后把生纱搭在一根木棍子上反复煮练。练工是不戴手套的，他们的手掌长期和高温碱水接触，整个手掌就逐渐结成了一块大趼，而且由于强碱的腐蚀，厚趼上就发生了蜂窝似的孔点。染色部门，劳动就比较轻了，他们的主要本领却在于掌握染料的份量、配色比例和染液的温度。我在这染坊里做了半年，并不觉得太苦。我是兄弟姊妹中的最小一个，一般叫作"老来子"，身体瘦弱，在生伤寒症那一年，就有人背后说我可能"养不大"；可是事情很奇怪，在染坊当了半年学徒，身体倒反而结实了。工人们和我也相处得很好，主要是我能给他们写点家信之类，因此，我就安了心，打算做"满师"，就可以拿工钱了。可是，人生的路上是有偶然性的，这一年夏天，一阵狂风（台风）吹倒了我们老屋靠西南边的那座风火墙，西边空着的楼房，也倒了一片，母亲派人通知我，要我回去看看。回到家，墙塌屋倒的事已经过去了，而最意外的是大哥告诉我，浙江省立甲种工业学校因为近年来办得不错，决定升格为公立工业专门学校，原有的甲种工业学校改为工专的附校，要扩大招生，浙江每县可以保送一两个公费学生，这样，德清县因为我"品学兼优"，把我列入保送之列，学费由德清县政府负责。大哥用命令的口气，要我立即离开染坊，赶快补习功课。这个消息，对我，对我母亲乃至整个家庭，当然是个喜讯，甚至当我第二天到泰兴染坊去向老板辞工的时候，这位平时很少讲话的老板也面有笑容，并把用红纸包好的四角小洋送给我作为"贺礼"。在染坊当学徒的时间很短，但是染坊工人的生活、劳动，特别是练工们手掌上的蜂窝趼，却一直凝记在我的心中。

一九一五年九月，我进了浙江公立甲种工业学校，校址在蒲场巷场官衖报国寺。这个地方原来叫铜元局，停铸铜元之后，改为"劝工场"。由于这个历史原因，学校里附设有动力、金工、木工、铸工、锻工，以及染练设备。校长许炳堃，字缄甫，也是德清人，是清末最早派到日本去学工的留学生之一。他是一个"实业救国主义"者，对事业有抱负，处事严格，我记得入学那一天，这位校长就对我们讲了一通办学救国之道，反复讲了"甲工"的校训"诚朴"二字的意义。他主张"手脑并用"，强调学工的人不仅要懂得理论，而且要亲手会做。为了要达到这个目的，一般说来，"甲工"的功课要比一般中学（如安定中学、宗文中学）多一点，深一点。学制是预科一年，本科四年，我在学当时，一共有机械、纺织、染色、化学等科。由于许校长坚持了手脑并用，"实习不合格就不能毕业"的方针，所以这个学校的毕业生分布在江浙上海等地，对江南一带的纺织、机械工业的发展，应该说是起了一定的作用的。

"铜元局"是个好地方，三面环河，河边有一座小土山，土山外面就是靠庆春门的城墙，有供学校用的办公楼、学生宿舍、附属工厂、实验室、操场、图书馆，占地约二百多亩。

我在这个学校整整呆了五年（一九一五至一九二〇），对我说来，作为一个工科学生，应该说是一个打基础的时期。最初两年，我对外很少接触，后来（主要是一九一九年以后），我才知道在省城里，"甲工"不论在学业上还是管理上，都是办理得最严格的学校。许先生不止一次说过，他要培养的是"有见解有技术的工业人才"，对学生的要求是"有坚强的体质，健全的道德，正确的知识，果毅的精神，敏活的动作，娴熟的技能"。除此之外，大概这位许校长青年时期受过佛教思想的影响，所以除了"诚朴"之外，他还给学生订了"七戒"，这就是：戒欺、戒妄、戒虚、戒浮、戒骄、戒侈、戒惰。他对学生严，对聘请的教师，在当时的杭州也可以说是"一时之选"，我记得起名字的，就有：陈建功、徐守桢、谢迺绩、关振然、恽震、钱昌祚等；杨杏佛也是兼课教师，可惜我没有听过他的课。入校第一年，顺利地过去，两次考试都"名列前茅"。可是到第二年，就紧张了，譬如数学，一般中学只教代数、三角、几何，"甲工"这三门的进度特快，因为三年级就要教微积分和解析几何；英文的进度也比较快，因为这两门都是我的弱点，就必须加倍用功。起初，一直为数学跟不上而苦恼，不久，得到一位机械科的同学盛祖钧的帮助，也就渐渐赶了上去，可以拿八十分了。其次是英文，我每天清晨一定要硬记五至十个英文生字，也是从二年级那时开始的。在小学时期，我作文的成绩比较好，进了"甲工"，又碰上了一位最好的老师谢迺绩先生，他是绍兴人，留学过日本，他不仅学问渊博，诲人不倦，而且思想先进。当时每周作文一篇，他几乎对我的每篇作文都仔细评改，并作贴切的批语。民国五、六年，正是复辟、反复辟和军阀混战时期。当时有一种风气，一到两派军阀打仗，双方都先要发表一篇洋洋洒洒的讨伐宣言，每个军阀都有一批幕客，这类檄文骈四骊六，写得颇有声色，加上那时国事日非，民生艰苦，于是，我们这些中学生写作文，就难免也要受到这种"文风"的影响。学校图书馆里，是看不到"小说"（不论新旧）的，但在同学手里，我也看到过四六体写的言情小说，可是这些东西无病呻吟，和当时的生活离得太远，即使觉得有些句子写得很好，也不会去模仿，但是那些军阀幕僚们写的檄文，我却不知不觉地受了不少影响。一九一六年冬，黄兴、蔡锷相继去世，杭州举行了隆重的联合追悼大会，全市学生都去参加；事后我在作文中写了一篇表面上是追悼黄、蔡，实际上是反对专制政治的作文，感情激动，自己还以为写得很痛快。后来谢老师看了，在文章上加了好几处双圈，但加的批语却是"冰雪聪明，惜锋芒太露"这九个大字。起先，我还不懂得这个批语的意思，谢老师却来找我谈话了。他没有和我谈那篇锋芒太露的作文，却问："你除了学校里教的书之外，还看些什么书？"起初我不敢回答，因为有"七戒"，明明看了又不说，不也是"妄"吗？于是我说在家里看过《三国演义》，老师点点头，没有反应。我胆大了，说："最近还看过一本《玉梨魂》。"他摇了摇头，也没有反对的表情。接着又问："《古文观止》里的那几篇'列传'，例如《伯夷列传》《屈原列传》之类，都能读下去了吗？"我点点头说："有些地方还得问人或者查字典。"他高兴地笑了，然后加重了语气说："要用功读这一类文章。好好体会，然后运用它们的长处，叙事清楚，行文简洁。"教师休息室里人很多，我不便多留，站起来告辞了。他摆摆手叫我坐下，问："你常常看报吧？"我点了点头，他说："我的批语，主要是说，你受了报上那些坏文章的影响。"我红着脸承认了，又补充了一句："此外，我还看过《东莱博议》。"谢老师听了之后说："这本书也不是不可以看，但现在，在你们作文打底子的时候，看了没有好处。"

这一席话，距今已经六十多年了，但我还一直记得很清楚，他的教诲，后来在抗战时期，解放战争时期，我也不止一次忘记过、违反过，写过一些剑拔弩张的文章，但是总的来说，这位恩师的话，我还是常常想起，引以为戒的。

从童年到少年，在"甲工"这几年，可以说是我比较最幸福的时期。有良师益友，有宽敞的校舍，有图书馆，还有操场，《学生准则》里有"有坚强的体魄"这一条，所以我也练长跑、踢足球。校址靠近庆春门，所以回家也不远，大约走四五十分钟就可以到家了。一九一六年，大哥借了一点钱，在靠后门的厢房安装了两架织机，织"杭纺"，为了织绸的原料，每年的春蚕也养得比以前多了。我的嫂嫂是德清城里人，开始见了蚕就怕，因此每逢头蚕、二蚕"三眠"以后，总得临时雇两个短工，采桑叶、换蚕匾……家里的生活似乎好一点了。但是也发生了新的家庭纠纷——这是我星期六回家的晚上，母亲偷偷地告诉我的，概括一句，就是婆媳关系不好，儿子偏袒媳妇，对母亲态度粗暴。对这类事，我当然没有发言权，加上，听邻居讲，我的那位嫂嫂一般说来对婆婆还是比较恭顺的。当然，母亲有她自己的看法。她对我说，你进中学，应该说是一件大事，可假如没有李家干娘把幼甫旧衣服送给你，你像个小叫花子，能上学吗？他们（指哥嫂）现在宽裕了，你进中学连伙食、书籍零杂费……只不过四五块钱，都不肯出，这像做长兄的样子吗？……这些看来都是真话。当时学校规定，住读生的学、膳、书籍费，都得在开学后半个月内缴齐，过了期，会计处就在墙上贴榜，写明某某学生欠缴膳费或书籍费若干元，并规定必须于某月某日之前交齐，等等。这笔钱，我大哥也负担过，例如春茧收成好，茧价高，那么秋季入学时他是会出钱的；但是除此之外，那就得由我母亲向樊、李两家姑母和嫁到徐家的大姊和袁家的二姊去想办法。写到这些事，也还有点感到心酸，这倒不单是说明那个时候一个穷孩子读书不容易，而主要是每次会计处贴出的通知上，我榜上有名，在同学面前实在感到难受。穷，苦，这难道是命中注定的吗？我个子小，但身体不比别人差，我从小没有按部就班地上学，可是学业上每次考试都不在第三名之下。那时候学校里是可以向校役订买点心的，如条头糕、麻酥糖之类，这一切我想也不敢想，好朋友分一点给我，我也不敢尝……当时，当然还不知道"均贫富"的这种大道理，连康有为的《大同书》也看不懂，所以总觉得穷人总是低人一等，抬不起头来。因此，从小时候起，我就有自卑感，家里来了客人，我不敢见，到亲戚家里去，尽可能躲在角落里，我母亲一直叫我"洞里猫"。但是尽管在这种情况下，我并不服输，"舜何人也，予何人也，有为者亦若是"，这几句话我一直记在心头。不能比贫富，那么比成绩吧，我就凭这点精神——或者说志气，挺起身来，在校五年，除唱歌外，没有一门不在八十分以上。我们染色科人少，大概只有十二个人，我每次考试不是第一就是第二。有一年，我还参加过浙江全省运动会，我跑八百码得了个第三。当然，穷还是紧紧地缠着我，杭州多雨水，特别是黄梅天，可是直到二十岁毕业，我始终买不起一双"钉鞋"（当时还没有皮鞋，更没有胶鞋，下雨的时候，除了赤脚，就穿钉鞋，这是牛皮做成而在脚底上有铁钉的雨具）。因此，每逢下雨，布底鞋总是浸透，又没有换替，要一直穿到它自我干燥为止。这种又湿又冷的滋味是十分难受的。大概这件事对我印象太深，所以直到老年（到十年浩劫时），每逢伤风感冒，或者别的毛病发高烧的时候，我总是反复地做同一个梦，就是穿着湿透了的鞋子在泥泞里走路。

一九一七年，是一个风云诡变的年头。像走马灯一般的军阀混战，和连绵不断的灾荒，我记得这一年初夏，还发生过一场"浙江独立"的事变。七月，张勋率辫子军入京，拥废帝宣统复辟。当时正是欧战最剧烈的时期，英国人在上海出版了一份印得很漂亮的画报，名叫《诚报》，实际上是英国和联军的宣传品，因此，我们已经知道有飞机这种新式武器，可是飞机第一次在中国内战中出现，却是讨逆军的飞机从北京南苑起飞，向故宫投了一颗炸弹，这就成了轰动全国的特大新闻。按"甲工"的校规，学生"凡学业以外之事，概不预闻"

的，但在这时候，这种清规戒律也不知不觉地被打破了，先是学生在"修身"课堂上提问题，后来个别老师也主动和学生谈时事了。特别是这一年十一月，俄国发生了十月革命，看报看杂志的学生增加了，当时报刊上都把俄国革命党叫作"过激党"或者"赤党"，英国人办的《诚报》上更不断地登出"赤党""杀人放火"的照片，这时《诚报》上登的是列宁在演讲的照片——我记得大约是在一九一八年才看到的，形象实在被歪曲得太可怕了。可是事情也很奇怪，青年人却对这种"可怕的"人和事特别感到兴趣。学校图书室里，除了《之江日报》《浙江民报》之外，只有一份上海《申报》，可是集体宿舍里，我们却常常可以看到上海的《时事新报》和《民国日报》，因为这两张报上都有一种副刊，不断介绍各种新思潮——乃至报道俄国革命真相的文章。尽管那些文章很难懂，对各种新思潮（如无政府主义、共产主义、工团主义等等）的看法也不一致，但是我们还是生吞活剥地阅读，似懂非懂地议论。到一九一八年暑假，我从本校毕业生汪馥泉、褚保时那里看到了《新青年》和《解放与改造》，我知道李大钊、陈独秀、胡适之这些新文化领导人的名字，是从这时候开始的。说也奇怪，我那时正在用功读古文，同时还在背诵《唐诗三百首》等等，可是看了《新青年》这类杂志之后，学古文、看旧书的劲头就消失了。大概从一九一八年的冬季起，汪馥泉就经常约我和蔡经铭（同班同学）谈话，谈话的地方经常是附属在浙江省立第一师范学校里的浙江省教育会，参加谈话的人，三五个到六七个不等，谈的问题主要是反对中日军事密约，要求废止蓝辛—石井协定，当然也利用聚会交换些时事消息，总的说来，反日爱国是当时讨论的主题。当然，我还记得有一次谈话中，褚保时表示要到北京去，我们问他是否去考大学，他却似乎很秘密地告诉我们，有一位朋友要他去参加工作。这种不定期集会继续了三五次，就停止了，停止的原因也不知道，可能是因为第一次世界大战结束（十一月十一日），人们估计时局会发生变化。通过这种谈话，我认识了第一师范的俞秀松、宣中华、施存统，第一中学的查猛济、阮毅成等，并从他们手里，看到了许多报上登过的或者手抄的文章。

跨进一九一九年，国内外形势都发生了剧烈的变化。一月十八日巴黎和会开幕，北京政府派出陆徵祥、顾维钧、施肇基等为出席和会的全权代表。一星期后，中国代表在巴黎和会上提出了关于山东问题的说帖，并在全国人民的压力下，顾维钧等在巴黎公布了中日之间缔结的各项密约：二十一条、蓝辛—石井协定、巴黎和会上三国会议解决山东问题的方案……这就一下子把全中国老百姓激怒了，这年五月四日北京爆发了震惊世界的五四运动。

像闪电，像惊雷，火烧赵家楼的"大快人心事"立即传到了杭州。五月八日杭州中学以上学校学生举行了第一次游行示威。军阀和学校当局似乎没有准备，这次游行没有受到阻碍，学生们贴的标语和喊的口号，也还只是"拒签和约""反对曹章陆卖国贼"等等。"甲工"同学大部分参加了游行，据说也只是事先接到了一个从安定中学学生会打来的电话。可是这次示威之后，情势就变了，五月十二日的那次规模更大的示威，则是事先有了组织，也就是十日晚间在"一师"举行了一次各校学生代表的集会。我记得，"甲工"的代表是我们公推的机械科的班长方兆镐。由于北京、上海的学生运动已经流了血、捕了人，所以这一次的游行，就决定了要到督军公署、省长公署和省议会去请愿，同时还喊出了"不怕流血"的口号。游行队伍到督军、省长公署的时候，都大门紧闭，上了刺刀的警察站满了岗，无法进去。省议会比较开明，让我们推出五六位代表进去，听取了学生的意见，但也只是表示同情，不作实质性的回答。大家回校之后，连夜开会，商定了两件大事：一是杭市中等以上学校每校选出正式代表二人，筹备正式成立杭州学生联合会；二是以全市各校学生会名义，函请杭州总商会，即日起停止出售日货，并表示，于五月二十九日起，全市罢课，检查日货。

据我回忆和可以查到的材料，大约在六月初，北京派来了一个北京学生联合会的代表团,团长叫什么名字,我记不起了,高个子,很能讲话,是参加了火烧赵家楼的北京大学学生。为了欢迎这个代表团,杭州几千学生在湖滨公园的公共体育场开了一次大会,北大代表作了报告,然后宣布正式成立浙江中等以上学校学生联合会,并推出方兆镐为会长。大会决定,打电报、发宣言,支援京沪学生的义举,其中最激动人心的,是抵制和搜查日货。首先各校学生分别组成六七人一组的检查队,到贩卖日货的商店去演说、劝告,对于不听劝告的,就进行搜查,把查到的日货集中到湖滨的公共运动场去烧毁。这件事触动了商人,当然也激怒了官府,当时的浙江督军杨善德立即训令警务处,查禁学生结社集会,并张贴布告:"如有违抗,当即依法逮惩,切切毋违。"但是,不仅学生没有屈服,意外的是各校校长也分成了两派:一派是第一师范为代表的进步派,一派是"甲工"和体育专门学校为代表的保守派。我们的校长许炳堃是一个典型的实业救国主义者,从来就主张学生专心读书,不得干预政治。那位体育学校的校长记得是台州人,以顽固著称,一向反对第一师范经亨颐的教育改革,所以当省长齐耀珊严令各校禁止学生集会游行之后,在校长们之间就发生了尖锐的对立。在这种场合,许校长站在保守这一边是肯定的。但是,杭州学生联合会的会长方兆镐是"甲工"学生,每次游行和检查日货,"甲工"的学生参加者最多,因此,我们很快就听到了"甲工"要被解散,方兆镐要被开除的传说。果然,有一天晚上(记得那时已经是秋天了),许校长召集了二十几个人开会,方兆镐、倪维雄、孙敬文和我都在内。许校长态度很冷静,先讲了一些国家大事,然后告诫我们一定要以大局为重,行事不可过火等等,讲到抵制日货时,他还说了一些颇出我们意外的话。他的大意是说,我许炳堃从日本留学回来,不做官,不经商,办了这么一个工业学校,为什么?为的就是抵制日货,这和你们的目的一样,因为只有有了国货,才能不用日货;因此,最根本的抵制,就是好好学习,自己制造国货。在当时,这些话我们当然是听不进去的,但是他态度温和,而且根本不提惩处学生和解散学生会的问题，我们就已经感到很高兴了。

"五四"浪潮开始冲到杭州的时候，提的口号是："拒签凡尔赛和约""严办曹章陆卖国贼"和"收回青岛""抵制日货"，按性质还是以青年学生为中心的爱国反帝运动。可是六月间上海商界罢市、工人罢工之后，杭州的工人——主要是丝厂、织厂、铁工厂以及设在拱宸桥的日本人办的纱厂工人，也逐渐参加到运动中来了。据我记忆，杭州没有罢市，但是在八九月间，也有一些"京广杂货"店因为他们大量经营的日本货不能卖，不敢卖，也关了门，贴出了"本店清理、暂停营业"的告白。

从第一次世界大战爆发到十月革命之后，一种眼看不见的新的思潮，已经开始在杭州青年知识分子间流传，这样，"新旧思想冲突"就成了不可避免的趋势。上面谈到，浙江省立第一师范学校，是进步派的代表。一师的校长经亨颐（子渊，上虞人）是浙江教育界的先辈，又是浙江省教育会的会长，他受了五四运动的影响——也许可以说，他受了北大校长蔡元培的思想影响，首先实行了"与时俱进"的办学方针，并大胆地做了几件革新事业，例如学生自治、职员专任、国文改授白话文等等。特别引人注意的是他聘请了四位"新派"教员，也就是当时被称为一师"四大金刚"的陈望道、夏丏尊、刘大白、李次九。除了陈、夏、刘、李之外，还有浙江"二沈"，一位是沈仲九，一位是沈玄庐（附带一说，沈玄庐这位先生晚节不好，但是，在中国农民运动史上，他是最早创办农民协会和主张平分土地的人）。由于"一师"在浙江，也许可以说在东南一带竖起了文化革命的大旗，这个学校成了青年学生向往的中心，另一方面，它也就成了保守派首先攻击的目标。

一九一九年暑假之后，"五四"初期的"外争国权、内惩国贼"的政治口号，逐渐地增加了反帝反封建（特别是反礼教）的新文化运动的色彩。这事件，标志着中国思想界出现了进一步的伟大的分裂。《新青年》《解放与改造》等杂志，《觉悟》《学灯》等报纸上的副刊，不仅在青年学生中起了巨大的启蒙作用，而且还逐渐地把分散的进步力量组织起来，形成了一支目标比较明确的反帝反封建的革命队伍。就在这一年八月下旬，以第一师范学校的进步学生为中心，杭州的一些向往革命的青年，通过阅读《新青年》和给这个杂志写通讯的关系，开始联合起来，打算出版一份刊物，这就是这一年十月十日创刊的《双十》周刊。《双十》的同人一共有几个？有没有一个"社"和明确的领导人？我到如今还是说不清楚。现在还记得起名字的，是"一师"的俞秀松、宣中华、周伯棣、施存统、傅彬然，第一中学的查猛济、阮毅成，"甲工"的汪馥泉、孙敬文、蔡经铭、倪维熊、杨志祥和我。第一、二次集会的时候，我记得宣中华没有参加，但是《双十》出版之后，俞秀松和宣中华就明显地成了这个小刊物的领导人。俞秀松，诸暨人，比我大一岁，但比我们这些人老练得多，最少可以说，他和宣中华两个，已经不单是反帝的爱国主义者，而是明显地受过十月革命洗礼的斗士了。据倪维熊写的《浙江新潮回忆》，说参与《双十》创刊的共为二十七人，这个数目大致不错。不过《非孝》事件之后，每次来开会的人逐渐减少了，到"一师"风潮爆发，《浙江新潮》决定"迁沪出版"（后来未能做到）。那一次集会，据我记忆已经不到十个人了。

　　正如前述，一九一九年到一九二〇年，是一个新旧决裂和分化的时刻，我当年十九岁，血气方刚，受到一些新文化影响之后，就一直在思索今后的出路。有一次孙敬文介绍我去见沈玄庐，他送给我一本小册子，是克鲁泡特金的《告青年》，这本书在我思想上引起了很大的震动。在当时，我只是对现状不满，自己穷，又不想向有钱人低头，但根本想不出也找不到改变这种现状的出路，而这本小册子，才使我想到，问题的症结就在于改造社会。这样，就很自然地、积极地参加到《双十》和《浙江新潮》的行列里去了。几个中学生办杂志，经费哪儿来，我们"甲工"几个人只每人交了一块钱（当时是"袁大头"），后来听汪馥泉说，经校长、"四大金刚"和沈玄庐都捐了一点钱。

有人问:"《双十》为什么很快就改名为《浙江新潮》?"这道理是容易了解的,开始筹备的时候,参加的人互不了解,只在爱国反日和反对军阀混战这一点上是一致的,而这个刊物定在十月十日出版,这一天正是"中华民国"的国庆节,所以定名《双十》,这是可以理解的。可是一出版,大部分文章都已经超出了"爱国反日"的范围,而且也真有点"锋芒毕露",特别值得注意的是在《浙江新潮》发刊词上公开宣布的本刊的"四种旨趣"。文章是这样写的:"第一种旨趣,就是谋人类——指全体人类——生活的幸福与进化;第二种旨趣,就是改造社会;第三种旨趣,就是促进劳动者的自觉和联合;第四种旨趣,是对于现在的学生界、劳动界,加以调查、批评和指导。"从这篇发刊词可以看出,在我们这二三十个青年中,最少也可以说,其中的一部分人,已经从民族、民主革命前进了一步,开始认识到改造社会的责任要落到劳动阶级身上,而"知识阶级里面觉悟的人,应该打破知识阶级的观念,投身劳动界中,和劳动者联合一致"了。谁都知道,在那个时候,中国还没有无产阶级政党,在青年学生中,无政府主义有很大影响,像我自己也只不过是激于爱国热情、不满现状,莽莽撞撞地想寻找革命的道路而已。因此,对于上述的那一篇分明是受了十月革命的影响而写成的发刊词,由俞秀松在同人讨论会上宣读时,尽管后来事实证明,参加这个小集团的人并非完全同意,可是在当时,我记得很清楚,全体一致,连那位年仅十六岁,我已经忘记了他的名字的阮毅成的弟弟,也一致赞成了的。这份刊物,只出了四期,发行量很小,六十多年后的今天是很难找到了。今年春末,得到杭州大学陈坚同志的帮助,好容易找到了几份。现在看来,指导刊物的是十月革命的影响,而不是无政府主义的影响,这已经是无可置疑的事了。举例来说,在第一期上就转载了日本《赤》杂志的一幅"社会新路线"图,指出了新社会改造的方向,终将走向"布尔什维克"。因此,三四十年代有人写文章说《双十》是无政府主义者领导的刊物，无疑是错误的。至于后来成了无政府主义者的沈玄庐支持过这份杂志，这也是周知的事实。

在这份杂志（《双十》和《浙江新潮》）上，我曾用沈宰白的笔名，写过几篇现在看来是非常幼稚的文章。记得一篇是批评杭州四家日报的文章，和两篇《随感录》，内容也是批评杭州报纸和反对检查新闻的（从这件事看来，我后来当了十多年的新闻记者，而乐此不疲，也许可以说是有一点内因——或者因缘的）。在《浙江新潮》的同人中，我年纪较小，这份刊物也没有明确的分工，除了"初生之犊不怕虎"，敢于乱写文章之外，分配给我的工作是每次刊物印好之后，在浙江省教育会楼下的小屋子里，装信封，写地址，贴邮票而已（和我一起干这工作的是那位姓阮的小兄弟）。

由于《浙江新潮》上发表了施存统的那篇当时驰名全国的《非孝》，立即在文化、教育乃至政治界引起轩然巨浪。"忠孝节义"一直是"天经地义"，要"非"它，当然是犯了天条。我和施存统不熟，但在开会的时候也常见面，据傅彬然和我说，施存统本人是一个事母甚孝的孝子，他写这篇文章，主要是为了反对他父亲的残暴。可是在那个时机，作为引火线，这篇文章立即在教育界引起了剧烈的斗争。杭州各中学校长中的旧派人物，也就是当时的所谓"校长团"，就以《非孝》为罪名，还加上了所谓"公妻""共产"之类耸人听闻的胡说，勾结最反动的浙江省长齐耀珊、教育厅长夏敬观，对代表新派势力的第一师范校长经亨颐进行了全面的攻击。其实，这场斗争已经酝酿了好久，旧派要打击和赶走经亨颐，主要是因为他在"一师"采取了一些仿效北京大学的进步措施，深得学生拥护；更重要的是其他学校的学生都想根据"一师"的先例，要求作同样的改革。所以旧派抓住了《非孝》这个题目，只不过是作为"反经运动"的借口而已。那么，为什么发表在《浙江新潮》上的文章可以成反"一师"和经亨颐的借口，这除了施存统是"一师"学生之外，还有一个理由是由于我们经验不足，在《浙江新潮》的广告上写了"本社通讯处由浙江杭县贡院前第一师范转"的缘故。

在这场斗争中，还有一个插曲，就在《非孝》发表之后，"一师"的一个名叫凌独见的学生，也办了一张和《浙江新潮》同样篇幅的周刊，名为《独见》，专门与《浙江新潮》为敌。凌独见这个人我不认识，也未听说过，据说此人是个独眼龙，眇其一目，所以"独见"二字有双关的意思。凌独见写的文章中说，这一刊物上的所有文章都由他一个人执笔，表明一切文章都由他个人负责；但是事实是很清楚的，办这份刊物的决不是一个人，所谓"独见"也不是他一个人的见解。看到这份刊物的人都知道，"校长团"就是凌独见的后台。《浙江新潮》出了两期就被禁了，这是一九一九年十一月十五日的事。由于《浙江新潮》的被封是突如其来的事，我们事前没有准备，等到警察把我们正在印和未发完的报纸全部抄走之后，我们才约集了几个人开会，可是，谁也想不出办法。派人去问了夏丏尊先生，夏先生说，可以换个名字再出。但是，印刷所早已接到了通知，未经省府批准的报刊，一律不准承印，于是就把这一期还未印完的报纸停下来，临时拆版，加登了一条"本社特别启事"。这条启事是宣中华起稿的，全文如下：

一、本社在杭州受警察厅的压制，不能出版！所以第三号只得到上海印刷！！以后只要我们有机会，总要出版。
二、本社系少数学生所组织。和各学校并没有关系。

事实上，这条"特别启事"就等于停刊宣言。当时，因褚保时已去上海，准备去北京，所以就说了将在上海重新出版，但是没有成功。至于特别启事的第二项，则因为当时已经盛传要向"一师""一中"开刀，所以加上了这个声明。登有一条"特别启事"的《浙江新潮》第二号，据我所知，只在杭州图书馆还保存着一份"孤本"；这期的主要文章是汪馥泉的《改造监狱》、褚保时的《为什么要反对资本家》、锡康的《圣诞日感想》。我用宰白笔名写的两篇《随感录》，则发表在十一月一日出版的第一期上。我仔细看了一下，觉得有一件事值得一提，就是这份才出了四期（包括《双十》）的小刊物，在全国已经有了一个相当广泛的发行网。这份报纸中缝登有一条"本刊代派处"名单，从上海五马路亚东图书馆、四马路启新图书局、四马路中华书局内姚漱梅君起，一直到武昌中华大学校中学部新声社，一共有三十多处"代派处"，地区范围很广，远及日本、黑龙江、北京、湖南、湖北……其中特别值得注意的是："长沙马王街修业学校毛泽东君、南京高等师范学校杨贤江君"，都在其列。

　　《浙江新潮》被禁止了，但新旧斗争不仅没有平息，反而转变成了一场尖锐的政治斗争。夏敬观为了《浙江新潮》通讯处（《双十》更名《浙江新潮》后，通讯处改为"浙江杭州贡院前第一师范转"）问题，几次派人到"一师"去查讯，但终于找不到任何"支持过激党"的证据；于是，先是延长暑假，不让学生回校，后来在下一年（一九二〇年）二月，乘学生寒假回家之机，下令将经亨颐免职，并且指定所有原任教员，都要经过新任校长重新聘任。这办法的目的是很明白的，就是不仅要去掉经亨颐，而且要赶走"四大金刚"和改组整个学校。这件事，引起了浙江教育史上有名的"一师风潮"。"一师"学生和同情他们的其他各校学生联合起来，从反对"驱经"发展成为"反夏"，而且得到了北京、上海、广东各地学生的支援。反动派恼羞成怒，终于在三月间闹出了军警包围学校、殴伤学生的流血事件。"一师风潮"是一九二〇年全国学生运动的很突出的事件，全国学联和海内外爱国团体都支援了这场斗争。学生罢课继续了两个多月，由于全国舆论的支持和学生们的团结奋斗，浙江反动派终于采取妥协态度，任命了一位得到大多数学生和教职员同意的新校长，暂时平息了这场斗争。当然，在这种情势下，经亨颐和"四大金刚"都不得不离开了杭州。经亨颐后来到广东参加国民党左派，与廖仲恺、陈树人齐名，成为坚决拥护孙中山"联俄、联共、扶助农工"三大政策的中心人物。陈望道、俞秀松、施存统到了上海,就在这一年,通过苏联归侨杨明斋的介绍,和国际代表取得联系,和陈独秀、李达、茅盾(沈雁冰)、李汉俊、沈玄庐等人组成了上海的中国共产党小组。和《浙江新潮》有关的人中,施存统参加了组党的筹备工作,但不久就到日本去了,没有正式参加。俞秀松在上述的人们中年龄较小,所以决定由他负责,组织了中国最早的社会主义青年团。

我的参加《双十》和《浙江新潮》,完全是五四运动的激流卷进去的,虽则当时也读了一些进步书籍,但是既无选择,又无系统,反正只要提倡革命,反对帝国主义、封建礼教的书,什么都读,的确也"不求甚解",同时,也颇有一点偶有所得便欣然忘食的意思。由于读了这些书,看见别人写文章,有人劝我也可以写,于是我也就拿起笔来。当时办同人刊物,还没有编审程序,于是我在《双十》上写了一篇批评杭州四家报纸的文章,这篇文章有点火气,但内容是很一般的,想不到在《非孝》发表之后,陈独秀却在《新青年》上写了一篇《随感录》,对施存统和我的文章,作了热情的鼓励。这件事,对我是一种意外的感动和鞭策。文章不长,抄录如下:

随感录 七四

《浙江新潮》——《少年》

《浙江新潮》是《双十》改组的,《少年》是北京高等师范附属中学"少年学会"出版的。《少年》的内容,多半是讨论少年学生社会底问题,很实在,有精神。《浙江新潮》的议论更彻底,《非孝》和攻击杭州四个报——《之江日报》《全浙公报》《浙江民报》和《杭州学生联合会周刊》——那两篇文章,天真烂漫,十分可爱,断断不是乡愿派的绅士说得出来的。

我读了这两个周刊,我有三个感想:(一)我祷告我这班可敬的小兄弟,就是报社封了,也要从别的方面发挥

《少年》《浙江新潮》的精神，永续和"穷困及黑暗"奋斗，万万不可中途挫折。（二）中学生尚有这样奋发的精神，那班大学生、那班在欧美日本大学毕业学生，对了这种少年能不羞愧吗？（三）各省都有几个女学校，何以这班姊妹们却是死气沉沉！难道女子当真不及男子，永远应该站在被征服的地位吗？

独　秀

（见《新青年》第七卷第二号，
民国九年——一九二〇年一月一日出版。）

附带一说，我那篇文章中为什么提到《杭州学生联合会周刊》？这是因为《双十》出版之后不久，由于当局的造谣压迫，和一部分学生家长的听信了"杭州学生联合会"中有过激党的谣言，特别是社会上一些头面人物，主要是有地位的士绅，勾结官府进行破坏，因此成立不久的杭州学生联合会，就从内部发生了分裂。到我们筹备出版《双十》的时候，这份联合会周报的一部分编辑权，已经掌握在保守派手中了。

一九一九年夏天，由于教育厅下令提前放假，同时，我又受了《浙江新潮》号召的第四种旨趣的影响："对于现在的学生界、劳动界，加以调查、批评和指导"，所以我就利用这段时期，得到学校的同意，到我过去当过学徒的泰兴染坊去进行了一个月的调查。当时我已经学了两年染色，调查的目的，除了进一步"了解劳动界的生活"之外，更想知道的是旧式染坊的做法，和新式染色（也就是我正在学习的染色工艺）的差别。这时我已经是一个中专的高年生了，所以不仅一般工友，连老板、管事也对我特别客气，而且不让我干重活脏活了。不过很奇怪，好像是老板交代了的，单单不让我去接触那几口旧式的"靛青缸"，他们每天一早就要在靛青缸里加石灰水，然后搅拌，可是当我走过去，他们就把竹叶编的缸盖子盖上了。直到后来，才有一个小伙计告诉我，他们认为现在新式染坊行时，旧式染坊就要关门了，唯一"洋人"不会干的，就是中国最古老的"元靛"，因此老板吩咐，只有这一门，不能让"洋学生"知道。上了年纪的人也许会知道，第一次世界大战之前，中国用的外来染料绝大部分是德国货，欧战中，德国染料断绝了来源，这才使一部分囤积德货的商行大发洋财。由于当时"阴丹士林"还不流行，绝大部分农民还是欢喜不褪色的土靛，于是"土靛染法保密"，就成了旧式染坊苟延生命的"秘方"。这一个月的调查，我写了一份《泰兴染坊底调查》，发表在一九二〇年的《浙江甲种工业学校校友会刊》上。事隔六十二年，最近在"浙大"八十五周年校庆时看到，真有不胜今昔之感，这篇二千字左右的文章，可以说是我一生中写的第一篇"报告文学"，当然，"文学性"是谈不到的。

一九二〇年夏，我该在"甲工"毕业了，考试的成绩是好的，在染色科我还是名列第一，可是由于参加了学生运动，特别是在《浙江新潮》上写文章，因此"品行"不及格。这一件事在教务会议上似乎有过争论，因为"品行"列入"丁"等，是不能毕业的，但是这一关终于勉强通过了。据说由于当时学生运动还未平息，恐怕为了不让一个成绩优良只是因为参加了运动的学生留级，又会引起风波；同时，也有人说，像这样"不安分"的学生，还是早点送走为好，所以我还是顺利地拿到了毕业文凭。

毕业后怎么办？这个问题我和孙敬文、汪馥泉商量过，当施存统去上海之前和我告别，我也问过他有什么想法？我自己第一个想法是到法国去勤工俭学，施存统表示赞成，并说到了上海可以听听陈望道先生的意见。但是，拿了毕业文凭回到严家街，意外地发生了一出滑稽剧。一进门，正厅当中贴着一张差不多有丈把长的黄榜，上面写着："捷报：沈府少爷乃熙，民国九年庚申八月高中第一名毕业……"我一进屋，附近的邻居也一拥而入，向我母亲作揖道喜。有人说，中学毕业，等于考中了秀才，"甲工"比一般中学高，因此这次"高中"可能相当于秀才和举人之间。这件事真有点啼笑皆非之感。幸亏我哥哥出来辟了谣,说,皇帝推翻了,科举制度早已废了,今后根本不会有秀才、举人之类的称呼,好容易才把凑热闹的人们送走。客人走了,剩下母亲、哥哥、嫂嫂和我,很自然地问题就提出来了。老问题,"毕业后怎么办?"我心里想的"勤工俭学",在这种场合当然是不能提出来的,上大学,想也不敢想,学费哪儿来?留在乡下种田,当作辅助劳动力,母亲当然会反对的。沉默了好久,哥哥想出了一个办法:"我去和许校长说说,留校当'太保'吧!"(当时,毕业后留校当教职员,外号叫"太保"。)我尽摇头,有话说不出口,品行"丁"的人,肯定是不能当"太保"的。这时,我看见母亲用手指轻轻地拭了一下眼角。我振作了一下,站起身来,用坚定的口气说:"娘,放心,天无绝人之路,我去想办法。"

过了几天,我去找了二姑母家的表兄李幼甫,他也在这一年中学毕业,打算到日本去。我谈了我的打算之后,他完全同情我,说你是学工的,到法国去勤工俭学,正好,不仅可以学点本事,还可以呼吸到一点世界上的新空气。可是真的要走,也是不容易的。我在杭州的几个志同道合的人,都先后走了。要找门路,最少得到上海,施存统也曾和我说过,可以到上海去找陈望道。但是到上海的旅费哪儿来?幼甫好像看出了我的心思,约我到清河坊去走走。回到羊坝头,那里有一家很有名的"爵禄"鞋店,鞋店的小东家是幼甫的同学好友,他说你这双鞋也该"毕业"了,不能让它去上海。于是,给我买了一双直贡呢面的新鞋。在回后市街的路上,他对我说,他妈妈给了他一笔钱,置备服装行李去日本,看来钱是有多余的,所以到了家,就把包好的十块大洋交给了我,连个借字也不说,反而问,到上海来回够了罢。这是绝处逢生,太突然了,我激动得几乎流下泪来。

我瞒了母亲,说到上海去"寻生意",假如不成功,一个礼拜就回来。这是我有生以来第一次"出远门",也是第一次到上海。想得太天真了,一下车就按着施存统抄给我的地址去找陈望道,也许是地址抄错了，走了两次都碰壁，一次是说不在家，第二次又说根本没有姓陈的。我找了一家小旅馆住下，只能碰运气了，一封又一封地给我认识的或知名的人写信，写给陈望道的没有回信，写给俞秀松的退了回来，附条批了"此人已离去"五个字。……偶然在《民国日报》上看见一篇吴稚晖写的文章，我就冒冒失失地给他写了一封信，他在当时是个知名之士，我很喜欢他写的文章，所以先恭维了他几句，然后表示想到法国去勤工俭学，希望得到他的帮助和指点。说也怪，就在这封信寄出的第三天的傍晚，一个穿白夏布长衫，胖胖的中年人到旅馆来找我了，问了我的姓名，就说："我就是吴稚晖！"这一下，简直使我不敢相信自己的眼睛，一个大名鼎鼎的人物，居然会凭着一封简单的信，亲自到小旅馆来看望一个素不相识的青年人？可是他的形象，我是在登在报上的照片中看见过的，不会错，讲的又是无锡话。他挥着一把蒲扇，随便地在我床上坐下来，慢慢地说："你的信收到了，写得很好，我同情你，可是这件事……到法国去念书的事，我管不着，那是李石曾管的，他不在上海……"这当然使我失望，但对他亲自来访，还是非常感激，我说不出话来，露出了惘然的表情。吴当然感觉到了，站起来说："机会总是有的，法国方面还是要人，等一下吧，你……先回杭州，我遇到李先生的时候，可以和他说说。"我恭恭敬敬地写下了我在杭州的通讯处，他看了一下就塞在衣袋里，我送到旅馆门口的时候，他忽然说："一起去散散步，看看上海这个花花世界。"我跟着他，从四马路到爱多亚路，一直走到大世界，沿途讲了些什么，我记不起来了，只觉得他的芭蕉扇不断在挥动。我们在中国青年会门口分手，他最后对我说的一句话是："年轻人，不要怕失败！"这是我和吴稚晖的唯一的一次见面，当时，我的确是把他当作一个革命老前辈看的。到一九二四年冬，孙中山先生北上途经门司的时候，才知道，他和邹鲁、张继们一起，已经成了国民党右派的头目。人是会变的，人是要变的，生活朴素也好，平易近人也好，也可能都是假象，而这一偶然事件，我是忘不了的。

我没有用完李幼甫送给我的十块钱就回到了杭州，心情当然是暗淡的。我不出门，躲在家里。因为我去了一次上海，乡下人都知道了，甚至有人说，"墙里"又要发迹了。据大哥说，给我破蒙的那位陈老师，也来看过贴在大厅正中的那张报捷的黄榜。大概是九月中旬，"甲工"送来一封信，内容是说许校长要和我谈话。我按约定的日期进城，可心里一直在别扭。我猜测，大概是大哥向许校长求了情，有可能把我留校当"太保"。可是，不管怎样，经过五四运动，尽管当时的学生运动已经大体上被压下去了，但是，学生的情绪，是再也不能回到以前的状态了。那时候有一种风气，学校在每期毕业生中留下几个当"太保"，这几个人一定是循规蹈矩，目不斜视，不问国事，或者与学校当局——特别是和"学监"关系搞得好的人，所以留校当教职员，常常会受到学生的歧视或警惕。我参加过五四运动，而且当过小头目，又被"学监"认为品行恶劣，那么像我这样一个人一旦留校，不是很容易被人认为"叛变"么？从严家衖到报国寺，平常我四十分钟就可以走到的，这一天，惶惑的心情，却使我走得特别慢了。到了学校，因为还未开学，所以空荡荡的连校役也难看到。我直奔校长室，许先生正在和教过我三角、几何的关振然先生谈话。等关先生走了，许先生才叫我坐在他办公桌对面，问："听说你想去勤工俭学？""是的。"我回答，"可是没办成功。"许先生沉默了一阵，然后以很严肃的口气说："你功课不错，但民八（一九一九）之后，受了外界影响，不专心读书了，也做了一些学生不该做的事，比如办那张报……"由于我一路上已经想了许久，有了准备，加上毕业文凭已经拿到了手，没有什么可怕的了，所以我立即回答："许先生，这些事，讲来话长，可不可以让我……"他立即拦住了我："这都是过去的事了，不用多说了，今天找你来，是为了考虑到你的前途问题。"他面色变得和善了，慢慢地对我说："今年染色班毕业的人，蔡经铭、毛文麟，都已经决定到日本去深造。徐圭本来打算留校，可是他已经在上海找到了工作……你有什么打算？"我沉默了许久。他接着说：

"我说,一是留校,做点事,继续学,二是去日本……"这又使我吃了一惊,我从李幼甫口中知道,去日本,治装、船票、进补习学校,最少半年八个月,然后才能考"官费",这样算来,最少也得几百块钱,这对我来说不是白日梦吗?于是我也很平静地说:"许先生知道,我家境不好……"这位校长看到我的窘态,笑了:"这我知道,我的意见是,你假使愿意,可以由学校保送……费用由学校供给,到你考取官费为止。"学校保送优秀学生出国深造,这样的事我过去听说过,可是,我这个"做了些学生不该做的事",犯了"七戒"的人,能入选吗?这样的事是我根本不曾想到过的,于是我只能说:"愿意去,可是……我得和母亲商量……"突然间,这位从来不苟言笑的校长破颜一笑!"和你母亲商量?哈,你们这些青年人,你们不是主张'非孝'的吗?好了,不谈这些,两天前,霞轩(我大哥)来过,谈了你的前途,你母亲是不会不同意的。"这一说我才安了心,当我再想讲几句话的时候,他站起来了,脸色又变得严峻:"学校保送,钱是国家出的,为的是培养人才,培养工业人才……你可以和蔡经铭他们一起走,要好好用功,不要再干那些与学业无关的事了。"

事隔了六十多年,这件事我还记得很清楚,我想不出用什么话来形容我当时的心情,可以说又惊又喜,但校长最后的几句话,又像有一根无形的绳子缚住了我的手脚。工业救国、科学救国的思想依然支配着我,把我培养成为一个工业人才,我一点也不感到勉强,可是,不管怎样,我总算被五四运动这一激流冲洗了一下,并不觉得"干那些与学业无关的事"是大逆不道的事了。我下了一个幼稚的决心,熊掌与鱼,都要,试试看吧。

从学校出来,我就去找住在蒲场巷的蔡经铭,他是我同班同学,又是我嫂嫂的弟弟。他有两个哥哥,大的叫蔡谅友,虎林丝织公司的经理;老二叫蔡昕涛,正在日本藏前工业大学学纺织;老三从小学起,就是我的同班好友,他已经决定暑假后和他二哥一起去日本学习。"五四"那年,他也参加了《双十》和《浙江新潮》,并写过文章，但是后来可能受到家庭和各方面制约，对"运动"不大感兴趣了。当我和他谈了许校长要我去日本的事，他非常高兴，这样，蔡家兄弟、毛文麟和我，四人可以同行，以便相互照顾。最后蔡昕涛还出了一个主意，说四个人合伙，可以租一间较大的房子，甚至可带一个工人去，给我们烧饭和管理杂务。昕涛在日本已经耽了两年，情况熟悉，于是我不懂的事就一律请教他了。他告诉我，学校保送学生出国，一般是先发预备费二百元，按当时的中日两国币值，是一块中国银元可以兑换日币一元二三角，这样，二百块钱，最少可以折合日币二百四五十元。轮船火车一律坐三等或统舱，几十块钱就够了，外加做一点衣服，到东京最少还可以有一百几十元的余款。问题就在于在东京的住宿和学费，他的经验是：九、十月间到东京，明年三月考官费，预备期只有五个月，而留学生多，官费名额少，官费录取额不过是百分之二十，因此，万一一试不取，那么就得下一年再考。正由于此，到了东京之后留下的钱，一定要节衣缩食，作一年半的准备。我完全没有经验，当然一切由他做主，并把向"甲工"领取二百块钱的事也拜托了他。我这一年已经二十岁了，可是别说二百，连二十块钱也没有经过手。这之后事情办得很顺手，尽管不舒服，我终于第一次穿上了皮鞋。

我可以出洋留学，母亲当然是非常高兴的，但从表情和谈话中可以感觉到，也有舍不得我远行和不放心的心情。"不放心"，那是很自然的，因为进中学前，她一直说我不懂事，是只"洞里猫"，可是五四之后我带头"闹事"，这话似乎也传到她耳朵里去了，她怕我出乱子。最出乎我意外的是：大概在我离家前两天的一个晚上，她和我反反复复地讲了许多要我循规蹈矩之类的话之后，忽然爆发了一个从来不曾讲过的问题。她说："你今年二十，不小了，我……少做了一件事……和你同年辈表兄表姊……都成亲了。""争取婚姻自由""反对包办婚姻"，不正是五四运动的一个重要的口号么？她说的"少做了一件事"，不正是我衷心感激她的事吗？可是我正要开口，她把话转到了另一个话题："景韩（我表兄）看过一本《留东外史》的小说，说日本的风气坏得很。你说小不小，说大不大，这件事特别要留心！"这段话，大概在她心里憋得很久了，我用一句不吉利的话作了保证，她似乎才放了心。

我们一行五人（除了上述四人外，又加上了一个姓汪的，蔡昕涛的宁波籍同学）于九月中旬到上海，住在福州路振华旅馆。当时去日本的留学生很多——据说，在清末民初，也就是《留东外史》所记述的时代，最多时留日学生有一万人以上——买船票等等，一切都由蔡昕涛和那位姓汪的去办，一切顺利。这里还得加上一段很可笑的插话，在当时，中国人到日本去，不论是学生、商人，也不论是从东北，从天津、上海、广州，一律不必办护照，这是从晚清时代就传下来的惯例。可是现在谈这件事，就觉得不能理解了。"文革"初期，造反派小头目一定要追问我到日本去是哪一个反动派头子派去的？否则你一个普通学生凭什么能拿到"出国护照"？我说当时中日间来往根本不用护照。他们不相信，大叫大喊地说："从一个国家到另一个国家可以不办护照，这是奇谈，这只能证明你是汉奸，所以到日本去不算出国。"那是一九六六年十月初旬，"打风"还不太厉害，所以我敢于反驳，说国与国之间来往不用护照，这样的例子多得很，从法国到瑞士，乃至西欧共同体各国之间，一般都不要护照，像我们这样带了护照的人，最多也不过在边境上加盖一个印章。可是这批年轻人硬是不相信，说我诡辩，单为这件事，就被"整"了一个星期。现在想来，这当然是笑话，可是再想一下，问题也并不奇怪，例如民国初年中、日之间来往不需护照，当时中币国际价值高于日币……之类的事，青年人的确是无法知道的。历史、地理书上没有这类记载，正理八经的史书、传记上可能也不会有这种叙述的，于是我想，假如今天的青年想写清末民初，乃至五四时期题材的小说、戏剧、电影剧本，除了正史之外，看一点当时的稗官野史，读一点"文史资料"，和当时人写的游记、自传之类，还是很有必要的。

记不起动身那一天的日子了，搭的那条日本船叫什么"丸"，也完全忘记了。这是我平生第一次坐海船，一上船闻到那股油漆味就不舒服，出了海就大呕大吐，一昼夜之后到了日本近海，才开始清醒，简直是生了一场大病。这时才看到了日本特有的濑户内海的绝妙风光。大约在九月下旬到东京，很快，我和蔡经铭、毛文麟三人报名进了神田区中国青年会附近的一所专门为中国留学生进行考试预备的补习学校。同时，我们按照蔡昕涛的安排，一行五人在东京本乡区追分町二十一番地第二中华学舍暂时住了下来。记得在本乡只住了一个多月，我们就在巢鸭区找到了一家有五六间房的宿舍。随后，蔡昕涛从国内请来的服务员"阿掌"也到了东京，这样，生活就安定了下来。过了一个多月，毛文麟分住了出去，蔡、汪二人照常上藏前的工业大学，我和蔡经铭读预备学校。所谓预备，主要是学日文。在"甲工"我们已上了一年日文课，但是只读不用，到了日本，还得从头学起。至于英语、数学、物理、化学之类，由于"甲工"的程度要比一般中学高一些，所以问题不大。在当时，要考官费，政府规定一定得考取日本各地帝国大学直属的高等学校，或中日两国商定的少数几所公立专科学校（如千叶医专），才能得到官费。而九州的明治专门学校，则是一个例外，当时它是私立学校，但因这所学校的创办人和中国有特殊关系，愿意为中国培养人才，所以得到中国政府的同意，考取了也可以获得官费。在当时，即使考取了像庆应、早稻田那样有名的私立大学，也是拿不到官费的。于是，各地"帝大"的预科高等学校，和地处北九州的户畑町的明治专门学校，就成了穷学生竞争官费的热门。"明专"是一所工科专门学校，学制相当于国立大学，校风以严格著称，每年招收中国留学生的名额很少，考题难度也大。因此，一般留学生为了保险，轻易不愿冒险。我和蔡经铭下了决心，硬着头皮试它一下。尽管当时日本物价便宜，但许校长给我的二百元经费，无论如何也不能容许我"一试不中"，再等来年。蔡的家境比我好，在东京还有一个哥哥帮助他。而我，这可以说是背水一战。那么，我为什么要铤而走险,选择了这条不太保险的道路呢?原来我也还有一个幼稚的想法,就是,到法国去勤工俭学的心没有死。离上海之前我还给李石曾去过两封信,没有得到回音,到了日本之后,又给当时已经到了北京的俞秀松去了信,说我到日本"只是等待时机",希望他能给我联系到法国去的方便。俞给了我回信,时间是一九二一年春,内容是说暂时有困难,要我耐心等待。提到俞秀松,我要补充几句,不久前,我从偶然的机会,看到了俞秀松一九二一年四月十六日给他父母的家信,其中有以下这一段话:

> 我此番这样匆促地走,原因事实尚未曾报告家中,现在就简单地说明几句,使家中人不以我为突如其去了。我这次赴R,有三个目的使我不能不立刻就走:1. 第二次国际少年共产党定于四月十五日在R开会,我被上海的同志们推选为代表(中国共派两个代表,北京一个,上海一个,北京的代表也是我在工读互助团的朋友,他已先我出发,我因川资问题,所以迟到现在),所以急不容待要走了。2. 上海我们的团体有派送学生留俄的事,我又被同志们推为留俄学生代表,因此又不能不先去R接洽。3. 我早已决定要赴R,求些知识以弥补我的知识荒,乘了上面的两种公事的时机,我便不顾别的就走了。

这儿所说的R,明白的是指苏俄,他给我的复信,是在他出国前写的。这是一份极珍贵的材料(《青运史资料与研究》一○五页)。俞秀松是浙江五四运动的领导人,《浙江新潮》的实际主持者。一九二○年暑假后他到上海,就和陈独秀、李汉俊、陈望道、沈玄庐、李达等共同建立了上海共产党,他又是中国少共组织的第一任书记。后来受王明、康生等人的迫害,一九三八年牺牲于新疆。俞秀松这个光辉的名字,不仅现在的青年人不知道,连中国革命博物馆的陈列上,也没有他的一席地位，这实在太使人伤心了。写到这里，我觉得提他一下，是我们这些人应尽的责任。

　　日本一般大学（包括帝国大学附属的高等学校）都是春季始学，都在阳历二月底招考，因此我们的准备时间只有六个月，时间是够紧的。我集中精力攻日语和数学，其他的只把过去学过的温习一遍。一九二一年二月报了考，中国人报名考"明专"的有一百多人，假使取五名，那么希望也只有百分之五，但是这场背水之战居然成功了。这一期录取中国人的名额扩大了一些（记得取了九名，其中山西三人，浙江三人，四川、贵州、广西各一人），我考取了电机，蔡经铭考取了化工，还有一位不能忘记的好友和同志、广西玉林人庞大恩（他是我一九二七年入党的介绍人、上海党报《红旗》编辑，二万五千里长征中在祁连山牺牲）。"明专"的学制是本科四年，中国学生有一年预科，所以现在能看到的"卒业证明书"上写的是大正十一年（一九二二）四月入校，大正十五年三月卒业。

心随东棹忆华年

"心随东棹忆华年"是鲁迅赠增田涉诗中的一句,现在,每当我回想起六十年前在日本留学的往事,常常会联想起这一句诗。从一九二〇年秋到一九二七年五月,我在日本度过了六年八个月,先是认认真真地学电机工程,后来读了一些社会科学方面的书,认识了几位日本的进步青年,参加了政治活动,这在我人生道路上,继五四运动之后,又是一个大转折的时期。

一九二一年一月,接到了明治专门学校的"入学许可"通知,这一年"明专"录取了九个中国留学生,和我一起到日本的蔡经铭也录取了(另一个浙江甲种工业学校的同班生毛文麟,则考取了第一高等学校)。二月初,我和蔡经铭一起从东京到北九州户畑町报到。这所学校创办于一九〇七年(明治四十年),是学者兼实业家安川敬一郎和松本健次郎为了"振兴北九州工业"而出资兴办的、相当于大学程度的私立工业专门学校;安川和松本两位以工矿事业起家,成了巨富,他们请了著名学者理学博士山川健次郎当校长,提出的办学目标是:为发展工业而培养"精通技术的君子"。这三位创业者都有汉学根底,据说安川敬一郎还和清末洋务派的张之洞有过交往,所以创办

"明专"之后陆续兴建的四幢学生宿舍（日本也叫学寮），便从《前汉书》贾谊上书中的"为人臣者，主尔忘身、国尔忘家、公尔忘私"这几句话中，取了"国尔""忘家""公尔""忘私"这八个字，作为四座寮的寮名，而这八个字，也是从颜真卿帖中集录下来的。我入学的时候住的是"国尔寮"，这件事直到现在还记忆犹新。

户畑町处于九州岛的北端，二十年代初还是一个人口很少的小镇，但是西面隔着洞海的若松，西南方的八幡，都是当时日本的重工业基地；北面的门司港，则是九州最大的吞吐港；东面的小仓，又是一个繁荣的商业区，所以把这所学校设在这个地方，对学生的学习和实验，的确是很有远见的。

北九州和我国胶东半岛只有一衣带水之隔，自古以来就是日本对外往来的西大门，从隋唐一直到明清，日本的遣隋使、遣唐使、遣明使的乘船，都是从门司和下关出发的。但是在明治维新之前，这一带还是盛长芦苇的盐碱沼泽地带，直到上世纪末发现了筑丰煤田，特别是一九〇一年建设了国营八幡制铁厂（今"新日铁"的前身）之后，北九州才成了日本的重工业基地。我们在学时期，户畑町还是一个很僻静的地方，除了"明专"校园之外，人口稀疏，没有一条像样的街道，我们要买点东西或者看场电影，就非得坐电车到小仓去不可。但是离学校不远的中原，却有一片茂密的松林，和一个很漂亮的海水浴场。我们这些人从东京来，很快就爱上了这个地方。这儿环境幽美，人情朴质，尽管青年人都以"九州男儿"的刚强自诩，但从校长、教授到一般同学，对中国人都很友好，不论在课堂上，在实验室，对留学生都一视同仁，同样地严格要求，有好几位教授还对学习上有困难的中国学生进行课余时间的个别辅导，这可能和创办人安川先生对中国文化和舜水学说有很深的涵养有关。

当时"明专"设有机械、矿山、冶金、电机、化工等五个学科，校园内有教学区、实验区、图书馆、学生寮、教授住宅区，教授的资历和实验的设备，可以说和国立大学不相上下。特别是这个学校的校风很严格,在那个时代也是全国闻名的。由于办学的宗旨强调了要培养精通技术的"君子",所以除了专业课要求严格外,同时还强调学生的品德教育。例如留学生入学先要中国驻日使馆所属的"留学生管理处"的负责人填写保证书,入学后一律住寮,不得外宿;除了穿制服、剃光头之外,还有一门不记分数的、每周一节的道德伦理教育课(讲的是儒家哲学和欧洲的唯心主义哲学)。在我回忆中,这一门课程的内容,和日本茶道提倡的"和、敬、清、寂"差不多,是一种中国的儒家、释家和欧洲的启蒙主义思想的混合体。这门课讲得很抽象,也很枯燥,但是我也从中得到了一些知识。

道德伦理课之外,这个学校的另一个特点是十分严格的军事训练,除了每天清晨的体操之外,还有一门军事课,学的是"步兵操典""筑城教范",有一名退役的佐级军官(相当于中国校级)管这方面的工作。每个学生都发一支三八式步枪、背囊、绑腿、水壶等等,都和正规的步兵一样。最紧张的是每次出操,都必须在接到命令后五分钟内扎好绑腿,背上背包,拿着枪支到操场集合,迟半分钟就会受到训斥。对我们留学生来说,在军训中最大的难关是每年十二月下旬到一月中旬,总要来一两次"寒稽古"。稽古这个词出自中国古籍,是练习的意思,寒稽古则是在每年最寒冷季节的深夜,举行突击训练;办法是事先不通知,在寒冬腊月的深夜一两点钟,突然吹起军号,于是每一个人都得立刻起来扎绑腿、背背囊、挂上刺刀、拿起步枪赶到操场去站队。这时,那位退役军官早已等在那儿了,他大声地下口令:"立正、向右看齐、报数";大家照做了之后,他会忽然来一个"稍息、解散",这样,大家就一窝蜂地摸黑回寮,重新入睡。可是出乎意外的是当你蒙眬欲睡,席不暇暖的时候,又会听到一次紧急的号声,于是再得从被窝里爬起来按规定动作重做一遍。北九州地处海滨,冬天不算太冷,但在深夜连续折腾几次,对我们这些"文弱书生"来说,的确是够受的了。幸亏当时年纪轻,也有一股好胜心,日本人受得住,我们也不能示弱,终于一次又一次顶过来了。现在回过头来想，尽管这种训练也许可以说有点作弄人的味道，但是对我来说，不论在体力上、心理上，都还是有好处的，我从小身体很弱，在国内也没有受过严格锻炼，通过这种强迫训练，总算把松垮的、不守时间的习性改过来了。我后来经得住吃苦，不怕困难，做事不苟且的性格，都是从这时候形成的。近年来不少日本朋友和新闻记者问我，你在日本多年，学到了些什么？我总是回答说，学的电机专业，都还给老师们了，我从日本人那里学到了两个字，就是"顽张"。顽张这个日本特有的词很难译，Ganbaru 是坚持、不松劲的意思，在体育竞赛的紧急关头，啦啦队喊"顽张、顽张"，那就成了"加油""不要泄气"的意思了。

和我同年考进"明专"的中国人一共九个。山西省三人：张绩、康坤勋、赵汝扬，浙江省三人：蔡经铭、张黄钟和我（沈乃熙），四川省一人刘肇龙，广西省一人庞大恩，还有一位姓吴的江西人[①]，名字已经记不起了。"明专"从接收中国留学生以来，每年只录取三四个，我们这一期录取了九人，以后又逐渐减少了。我记得一九二二年只录取了两名，就是学化学工业的方履熙，和学电机的、我的挚友和同志郑汉先。据我所知，"明专"前后毕业的近一百名中国人中，出了三名共产党，即郑汉先（陈德辉）、庞大恩（吴永康）和我。汉先同志是一九三一年从上海派到武汉去主持湖北省委，翌年在汉口壮烈牺牲；大恩同志先在上海参加《红旗》编辑，也是三二年调到鄂豫皖苏区，后来随四方面军长征，在祁连山激战中牺牲；现在，幸存者就是我一个了，往事萦回，他们的音容笑貌还历历在目。他们在日本是品学兼优的好学生，在斗争中又都是大义凛然、无私无畏的好战士，提到他们，痛悼之情不能自已。

按学校的规定，中国留学生入学后先要读一年预科，主要是补

[①] 此处与第42页，"其中山西三人，浙江三人外，还有四川、贵州、广西各一人"有出入。——编者注

习日语和数学、物理等等。讲到日语，也可以说经过了强制的方法才学会的，我在东京就学了半年多日语，投考"明专"的时候，日语得了满分，一般报刊上的文章可以看懂，老师讲课只要不带方言，也可以懂了。可就是不能讲，这是一个很大的困难。进了"明专"，第一年我住的是"国尔寮"，同期的九个中国人一下子被分开了。学校的规定是每间宿舍（楼上是自修室，楼下是寝室）住六个人，五个日本人，一个中国人，这样就是一种强制性的学习，要就不开口，要开口就得讲日本话，过去怕闹笑话不敢讲，现在却非讲不可了。这办法显然很灵，不到三个月，讲话就自由了。这一年暑假我和蔡经铭一起回东京，许多留在东京的朋友都感到奇怪，因为我们两个不论买东西或者打电话，日本话都讲得很流利了。从这件事也可以得出一个结论，学外语，单靠看书和听讲是不行的，不和外国人直接交谈也是不行的，就是说学外语必须深入外国人的生活。

预科一年，对我说来，除了英文、德文之外，其他功课都比较轻松。例如数学，教的是大代数、微积分，这些我在杭州甲工都已学过，物理、化学，讲的比杭州甲工要深一些，但也很容易跟得上。德语是从头教起的，并不难。英语就不同了，课本是英文名著，预科读的是李顿的《庞贝古城末日记》。教的方法也不同，不是老师先讲，而是把课本交给你之后，让你自己先读，做好准备，上课的时候，先生随意指定书中的某一段，让一个学生站起来，先念原文，然后用日语解释，讲得不对，先生才指出你的错误，从内容和文法上加以指导。这种教法，开头几个月实在有困难，因为先生点名，是中国人、日本人"一律平等"的，谁都会被点到。站起来讲，先念英文，就有发音准不准的问题，好在当时日本人的英语发音并不高明，所以发音或者音节不正确，也不会闹太大的笑话；难就难在用日本话来讲解，意思译错了当然不行，译对了，而不能用正确的日本话来讲解，也无法通过难关。幸亏电机科同班二十四人中，英语程度大致相差不远，日本人在念英文的时候困难比我们还多，所以事先准备得好一点，勤翻字典，不久这种困难也就克服了。

为什么对这件事讲得这样多，因为这和我后来对文艺发生兴趣有很大的关系。记得我在预科读的是《庞贝古城末日记》，本科一年级的课本是R·L·史蒂文生的《携驴旅行记》，二年级的课本是德坤西的《一个鸦片瘾者的自白》，这些都是英国文学史上的名著，读了和学了这些，很自然地会对英国文学发生兴趣，特别是史蒂文生的散文和小说。

二十年代初，正好是日本军国主义兴起时期，所以除了军训之外，学生的生活起居也规定得非常严格，可以说一般是按照军队的办法，如早上吹起身号，晚上吹熄灯号，以及起身后一定要把被服折得整整齐齐、放在一定的位置等等。一日三餐，从食堂开门，到用膳完毕的时间，也是规定得死死的。伙食不错，早上是酱汤、麦饭（就是麦片和米合煮的饭），加几片腌萝卜。每星期有一两次是"洋食"（西式早点），一般是面包和咖啡，中饭和晚饭都一菜一汤和麦饭。我是南方人，一般都能习惯，但是日本人是以鱼为主要副食的，这就使三位从来不吃鱼的山西同学狼狈不堪。应该说，伙食是够营养的，但也十分单调。我不欢喜的是鱼膏、牛蒡，其他什么都不怕，其中如"茶碗煮"（就是中国的鸡蛋羹）、酱汤、"泽庵"（酱菜）等等，到今天还觉得很好吃。

预科那一年过得比较轻松，除了上课之外，傍晚还有时间可以到中原海滨去散步，听听松涛。晚饭后是"自修"时间，这段时间也是可以自由支配的，如看看别的书，或者到"忘私寮"后面的学生俱乐部去喝茶，吃一碗面，聊天，或者听音乐，同房的日本同学，包括班长是不会干涉你的。当时物价很便宜，一碗汤面只花"五钱"（五分），在街上小店里吃一碗"牛饭"（牛肉盖浇饭）也只要十钱（一毛），加上当时一块中国钱可以换日本币一元二三角，所以留学生每月官费六十元，不仅够用，而且可以有积余，买一点自己需要的书，或者作为暑假旅游之用的。当时，国内正是军阀混战时期，留学生的官费，不是中央政府而是由省政府负担的，所以一旦那一个省发生战争，那么这个省的留学生就可能得不到官费，这些事在东京就听人说过，因此我们的生活都是比较俭朴的。

预科那一年，中国留学生上课的时间还可以在一起，到第二年，分了专业，就连上课也不在一起了。我们学电机的一班一共二十五人，其中留学生三人（张黄钟、刘肇龙和我）。记得二年级时，我住在"忘家寮"，班长叫青柳良雄，新潟人，其余同班同学，除了和我比较接近的几个人，如城户、岩田、山形、和一位鹿儿岛出身的水迫平造之外，事隔五十多年，连名字也记不起了。为什么还记得起水迫这位同学，是因为他的鹿儿岛乡音很重，话很难懂，有一次上英语课，老师指定他讲解时，他认认真真地念了讲了，可是老师听了直摇头，开玩笑地说，你的话比中国留学生讲的日本话还难懂。

"明专"是工业专门学校，但是它的图书馆的藏书却和综合大学的藏书差不多，除了专业的书刊，德文、英文的手册（Hand-Book）之外，外文的哲学、经济学、文学的藏书也很丰富，如前所说，由于预科那一年功课负担不重，同时对英国文学发生了兴趣，于是一有空闲时间，我就到图书馆去看书。先是对史蒂文生着了迷，把图书馆所藏的他写的作品逐一看了之外，记得还专门利用星期天到博多的丸善书店去买了史蒂文生的继子奥斯本写的一本传记。欢喜史蒂文生，除了他的文笔清新流利之外，主要是对他的浪漫主义色彩和人道主义精神有好感，特别是他为了同情麻风病人，举家远离故园，到英国放逐麻风病人的南太平洋上的一个小岛西萨莫亚去定居那一壮举。

回想起来，一九二二年和二三年，主要读的文学书，如狄更斯、莫泊桑、左拉等，后来又读了屠格涅夫、契诃夫，最后到高尔基、托尔斯泰，说老实话，这时候只是"不求甚解"的浏览，自己觉得看懂了就算，更谈不上研究，但的确也花了不少时间，读的数量也很不少。到二三年，功课紧起来了，泡图书馆的时间少了，但读书却不单是文学书了，我读了法布尔的《昆虫记》，和吉尔勃·怀德的《色尔彭自然史》。我从小就和昆虫、植物打过交道，所以这两本书又使我入了迷。我英文底子差，书中的许多专门名词又难懂，所以我到图书馆总得带一本厚厚的英文字典（去年日本的中国文学研究者阿部幸夫先生给我从"明专"找来了一份我的学生累年成绩表，查看了一下，我的英语"评点"都在七十分左右，德语倒反而是七十三和八十四分），但是发生了兴趣，还是会"顽张"一下，一句一句地啃下去的。我后来读达尔文的《进化论》和恩格斯的《自然辩证法》，应该说是从这两本书得到启发而开始的。当然，那是一九二四年以后的事，这时候已经不是无目的地杂览，而是有选择地想学一点唯物辩证论了。

一九二三年在我的青年时代有过几件难忘的事情。这一年三四月间，我和蔡经铭一起，到博多（福冈）去访问了郭沫若，我们是作为爱好文艺的青年人，事先没有约定，冒冒失失地撞上门去的。但是自报家门，说明来意之后，很快得到了这位当时已经很有名气的作家和他夫人安娜的欢迎，还邀我们在他家里吃了午饭，当时谈了些什么，已经记不清楚了，现在还有一个印象是他非常豪爽，而他夫人则漂亮而温厚。我们本来是想和他谈谈文艺方面的问题的，可是他却对我们发了一通对国事的感慨。这是一次很平凡的见面，可是，这次会见却给抗战之后的很长一段时期的我和他合作，埋下了一粒种子。这一年暑假，我忽发奇想，一个人经朝鲜到东北、华北去作了一次旅行。当时按留日学生的规定，每三年发一次参观旅游费，是八十元还是一百元，记不清楚了。我从小在乡间长大，到日本之前，也只在上海住过几天，所以有了这笔钱，就浩然起了远游之念。七月从下关搭渡轮到朝鲜的釜山，只要七八个小时，我仿照史蒂文生的"携驴旅行"，带了一只手提箱，只身到了汉城[1]、平壤，大约在朝鲜呆了十天左右。有一天晚上，在一家日本小旅馆里，忽然听到一阵低沉的二胡声音，于是，突然又感到了异乡的寂寞；我穿的是"明专"制服，不懂朝鲜

---

[1] 今首尔。——编者注

话，只能讲日本话，住日本旅馆，因此不止一次受到朝鲜人的无言的敌视。于是第二天一早就坐火车到了奉天（沈阳），记得一位到过东北的日本同学说，哈尔滨的夏天很漂亮，于是在奉天住了两天，又北上到了哈尔滨。当然，哈尔滨是很美的，盛夏天气也很凉爽。可是住了三天，又觉得不是滋味，假如说当时的"南满"是日本人的世界，小贩会用日本话来吆喝，那么哈尔滨可以说是白俄的"势力范围"。我住在一家中国小旅馆，第二天早上，旅店的女佣人问我："要里巴（俄语面包）呢还是梅西（日本话米饭）？"没有话说，只是一阵说不出的悲哀。梁园虽好，不是久住之家，我很快就进了关。我有一位姓李的表兄住在北京东裱背胡同，可能已经有十多年不见了，但是一见面，他就邀我住在他家里，这总算是游子回到了自己的祖国了。我在北京住了一星期，每天一早就出去乱撞，上八达岭看了长城，参观了一些名胜古迹。记得偶然还在一家很小的邮票店里买到了一套大龙毛齿邮票。开始想家了，于是我就坐火车回到杭州。那是八月上旬的一个闷热的下午，从杭州城站提着那只手提箱走回到严家衖，满身大汗，一坐下，连讲话的气力也没有了。母亲和大哥都责怪我为什么要到北方去，为什么到了北京不给家写信，大哥还说，你现在翅膀硬了，连母亲也不在心里了，我只能认错，无言可答。在家休息了几天，母亲就要我去德清探望舅父和嫁在德清的大姐、二姐和四姐，一再说，做人不能忘本，你能够出洋留学，都是他们资助的结果。还有，一定要去拜访曹校长，不是他保送，你就进不了中学。当然我只能遵命去了德清。但说心里话，这次旅行，我心里感触很深，也就是家事和国事之间的矛盾，想起朝鲜和东北的情况，像一块铅压在心上。我还去拜访了许炳堃先生，谈了这次旅行的感受，但他还是强调"实业救国"，我当然不敢顶撞，但心里想，在中国目前的情况下，读死书，拿文凭，得学位，真的能救国吗？对这样一个问题，我感到孤独，没有一个人可以商量。九月初，学校就要开学了，我在八月底离杭州到上海，正打算去买船票，忽然在报上看到了日本关东大地震的消息，中国报纸报道得很迟，也很简单，但英文报则登了大半版。当时在上海我没有熟人，于是到"中华学艺社"（相当于留日同学会）去打听消息，很巧，碰上了学艺社的负责人之一的林骙先生，他告诉我说："东京几乎完全毁灭了，几千名中国留学生下落不明，我们正在组织一个'震灾调查团'，到日本去调查罹难留学生的实际情况。"在东京我也有许多朋友，所以我就自告奋勇地表示希望能够参加，林骙很高兴地表示同意，并说，这里有许多事要做，也许几天后就要出发，所以要我立刻搬到中华学艺社来帮助工作。我第二天一早就搬到中华学艺社，才知道北洋政府的外交部已经组织了一个"临时救济日灾委员会"，由熊垓负责，上海方面则由朱葆三发起，组织了"中国协济日灾义赈会"和"救护团"，由上海总商会协同各界捐助了大米一万担、面粉二万袋，救护团也派出一批医护人员，携带一部分药品，并决定由叶慎齐、徐可陞等带队，定九月八日乘"新铭号"赴日本。经林骙和义赈会方面联系，决定"震灾调查团"的一部分人也乘"新铭号"出发。九月七日下午，林骙和我上了船，帮助义赈会清点救济物资，和担任翻译工作。记得在这条船上还有一个中国红十字会代表团，他们也带了一些救济物资和医药用品，这个代表团团长姓庄，记得九月十二日，船到神户的时候，这位庄先生还拉我去当了他的翻译。

关东大地震是日本有史以来的最惨重的大灾难。地震是在九月一日中午发生的，正是人们烧饭的时候，所以很快引起了全市性的火灾。当时日本大部分民房都是木建筑，所以整个东京成了一片火海，同时横滨发生了海啸，真是水火两灾并发。死伤了多少人，烧毁了多少房屋，我说不出一个正确的数字，当时报载，说东京死八万四千人，横滨死四万人；也有报刊记载说，震灾中死亡和失踪者共十四万二千八百零七人，要比长达十九个月的日俄战争中死伤的十三万五千人还要多。全部烧毁和震塌的房屋估计为十二万七千二百所，部分破坏的为四十四万七千所，因海啸而沉没的船只为八千艘。

最近查了一下日本历史学家井上清所著《日本历史》,在译者注释中说:"关东大地震,在整个关东地区,和静冈、山梨二县的局部地区,共烧毁住房五十七万余户,受灾四百三十余万人,死亡九万余人。"真可以说是一场空前浩劫。

在这场浩劫中,在东京(其实不止东京一地)还发生了一起大举屠杀朝鲜人事件。就在震灾发生这一天,日本反动派就散布出朝鲜人要乘机暴动的谣言,于是军人、警察、浪人就大举虐杀朝鲜人,牺牲者数以千计。这是一种混乱中的疯狂,凡是面貌像朝鲜人的,或者日本话讲不好的,都会遭殃,所以中国人遭难者也很不少。我在东京时一起补习日语的冀东人郝东才夫妇,就是从大火中逃到巢鸭时,被暴民活活打死。日本知名的戏剧家千田是也,也遭到了殴打,这是因为"是也"这两个字的日本发音和"高丽"相似,所以千田的朋友叫了他一声"是也",就被认为高丽人而遭到了殴打。当然这种疯狂的屠杀也是有政治目的的,在混乱中,许多新成立的日本共产党的党员,以及著名的无政府主义者大杉荣都是这时被杀害的。

"新铭号"到神户的时候,受到了包括市政当局、红十字会、华侨和中国留学生在内的一百多人的欢迎,当叶慎齐、徐可陞等交出了救灾物资清单,和宣读慰问信的时候,群众中发出欢呼声和掌声,我还看到有不少人流了眼泪。"新铭号"是震灾后最早到达日本的救灾船,灾后的日本人的这种心情,是不难理解的。甲午战争之后,这种发自内心的对中国人的感情,现在想起来,也还是觉得很可贵的。

当时整个日本社会秩序混乱,铁道和公路破坏得厉害,救灾团和调查团要到东京去还有不少困难,加上一上岸,神户的华侨和留学生就向林骙团长讲了虐杀朝鲜人的事,所以林骙就劝我不要去东京了,已经是九月中旬,学校快开学了,于是我在神户耽了两天,就折回户畑。

这一个暑假对我说来可以说是"多事之秋",看得很多,也想得很多。天灾,是无法抗拒的。那么,这样那样的人祸呢?在釜山、汉城看到的朝鲜人——包括儿童、妇女的那种无声的敌意,在奉天车站听到的"满铁"护路警察对中国苦力的凶暴的吼声,在北京街头看到的插着草标卖儿卖女的惨状……我的心很久不能平静。学一点科学技术,当然是必要的,但再也不能心安理得地看外国小说,读"闲书"了。我重新想起了《浙江新潮》时期的往事,我不像前两年那样的"逍遥"了。我一有空闲时间还是到图书馆去看书,但读了武者小路实笃的《新村》,就觉得不是滋味了。当然,一个人的习性是难改的,我还是读了夏目漱石的《我是猫》和《哥儿》,厨川白村的《苦闷的象征》《北美印象记》等等。

大概这一年十月下旬的一个星期天,郑汉先约我到小仓去逛街,无目的地走了一圈之后,我们进了一家咖啡馆,完全出于我的意外,他介绍我认识了一位在"九州帝大"读文科的日本朋友,显然还是汉先事先约好了的。闲聊了一阵之后,这位日本朋友说,"九大"有一个读书会,叫"社会科学研究会",每周聚会一次,谈谈读书心得;他指着汉先对我说,郑君参加了,很热心,想在户畑也成立一个小组,你愿不愿意参加?又说,这是一个松散的、自由参加的研究学问的同人组织,参加或退出,都不受约束,我表示了同意。日本朋友高兴地站起来和我握了手。便问汉先,"明专"还有哪些人?郑说还有庞大恩,我问蔡经铭可不可以?他回答:"只要他同意,当然可以。"可是后来我觉得蔡一直专心在学化学,比我专心得多,就没有向他提出这个问题。我们这个"社研"小组只有五个人,郑、庞和我之外,其余两个日本人好像都是中学教员。在当时"社会科学研究会"之类的组织,还是公开的。后来我听说一些帝国大学的"社研"积极分子开会,还可以请教授来指导。我们这个小组开过几次会,不是在小仓,就是在中原的松林里。最初指定读的一本书是《社会主义从空想到科学的发展》,那位日本朋友也来辅导过一次,他的名字,我一直想不起来。去年春,"明专"的一位老同学伊势田雪男先生给我写信,寄给我当时合拍的照片,谈到当年情况时,提到这件事,他说:"这张照片是预科毕业时的纪念摄影……从阿部幸夫先生的文章中知道，你是个有思想背景的人，但我当时完全不知道，甚至也丝毫没有察觉到……我一年级的时候，好像有一位叫朝枝（？）的北九州的活动家，经常到我们学寮来，但是我也没有和他见过面。"这才使我恍然想起，这位北九州的活动家就是朝枝次郎（当然，这可能用的是假名）。我和郑汉先、庞大恩认识水平社的领导人松本治一郎，就是朝枝次郎给我们介绍的。我们偷偷地参加过水平社在小仓大街上举行的群众示威运动，我和日本的进步人士有来往，也是从这时候开始的。我和朝枝最后一次见面是在一九二四年夏，据郑汉先说，他九大毕业后，就到大阪去搞工会运动了。

一九二四年进入三年级，专业课多了，学习和读书（指的是在图书馆里读哲学、政治经济学的书）之间发生了矛盾。电气科全班二十五个人，只有三个中国人，这儿就有一个民族自尊心的问题，要么放弃读"闲书"，全部精力学专业，争取八九十分，那倒还是有信心的，最少中国人不比日本人笨，可是自从读了马克思主义的书之后，"实业救国"的念头渐渐消失了，毕业回国当工程师也觉得不值得羡慕了，思虑再三，自己作出了一个决定，叫"七十分方针"，就是说，考五六十分，名次排在全班的最后，当然不光彩，但是为了争取名列前茅，要八九十分而"目不斜视"，也不甘心，所以最少也得保住七十分，况且同班的张黄钟、刘肇龙都很用功，所以我拿七十分，也不会丢中国人的面子。现在查看一下我的"累年成绩表"，这个目标总算是达到了的。我的学业总分如下：

第一学年评分七十六
第二学年七十五
第三学年七十
第四学年七十一
毕业总平均分是七十三

中等水平，顺利毕业，但我毫不觉得反悔，因为我还是利用这个时期读了一些作为一个求进步的中国人应该读的书——尽管不完全读懂，更谈不上理论联系实际，但是我总算认识了一个方向，就是人类社会向前发展的大方向。

在这里，顺便讲一下当时日本的政治情况。日本共产党是一九二二年成立的，但第二年六月，就遭到了"大检举"（大弹压），这就是一般所说的"第一次共产党事件"，党的领导人德田球一、市川正一、野坂参三、渡边政之辅等被捕，接着就是关东大地震中大肆屠杀朝鲜人和日本共产党人。但是尽管这样，当时日本还没有脱下立宪政治这件外衣，政友会、立宪民政党等资产阶级政党还在轮流当政，"劳动总同盟"、劳动组合（工会）还是公开合法，五一劳动节还可以举行大规模的游行示威。也就在一九二四年，还结成了以安部矶雄为首的"社会民众党"，和以三轮寿壮为首的"日本劳农党"，只要得到批准，在野党和工会都可以租用会场或在广场上举行成千上万人的群众大会。不过这种群众大会倒很为别致，就是在讲台旁边坐着一个全身军服的警官，演讲的人可以批评政府，可以指名叫姓地骂首相和阁僚，只要不涉及皇室和军部。我们这些外来人初看觉得这倒有点民主的样子，可是，演讲的人偶一不当心，讲话走了火，越出了允许的范围，坐在旁边的警官就会大吼一声："辩士中止。"（发言人停止讲下去）这样，这个演讲的人就得下台，最多也不过是群众起一阵哄，吼几声"警官横暴"的口号而已。我在小仓和福冈看到，或者说旁听过几次这种群众集会，真也有一点感慨，就在前一年，在武汉江岸，工会领袖施洋不就是在这样的一场群众大会上讲话而被军阀屠杀了么？看来，日本军阀的做法要比吴佩孚"巧妙"。

也就是一九二四年，冯玉祥在北京推翻了直系军阀，皖系军阀头子段祺瑞当了"执政"，在冯玉祥的推动下，段祺瑞邀请孙中山北上"共商国是"。这之前，苏联的代表鲍罗廷已经到了广州，商定了国共两党合作。所以当我们从报上看到中山先生乘船北上要在门司停泊时，大家都想见一见这位民族民主革命的伟大先驱。大概是十一月初，我记不起具体的日子了，我和郑汉先、庞大恩就带了一些上海出版的进步刊物，和一部分日本报刊，到门司去欢迎中山先生，出乎意料之外，我们上船没有遇到困难，中山先生和夫人宋庆龄、李烈钧（辛亥革命后当过江西都督）和两位不知名的随员很高兴地接见了我们。讲了一些敬仰的话，并表示留日学生急迫希望南北早日统一。中山先生看到我们帽徽上有"明专"这两字，问这是哪种性质的学校，我们回答说是工业专门学校，他就勉励我们好好读书，回去振兴实业，记得他还问了你们中间有没有学铁路的，我们回答说没有。当我谈到五四时期认识经子渊先生时，他就问我，你是不是党员？我不自然地摇了摇头。他就说，入党吧，我们国民党要改组，要你们这样的年轻人参加。我有点兴奋，说："孙先生同意，太好了。"中山先生指着坐在他身边的李烈钧说："那么你作介绍人。"李笑着表示同意。他又说，你认识经先生，让他作介绍人也可以。这样，我就光荣地在孙先生面前入了国民党。这次谈话大概只有十分钟，接着，有十几个从长崎赶来的华侨求见，我们就退了出来。李烈钧送我们到舷梯，问了我的通讯处，并告诉我："国民党在东京有一个驻日总支部，他们会和你联系的。"这件事，是我一生中参加实际政治活动的开始。

一九二五年，四年级的功课比较紧，而且要准备写毕业论文，所以到图书馆看书和参加校外活动就比较少了。在二四和二五年，我记得还译过一本小册子，菊池宽的《戏曲论》，和向上海出版的《平民》《洪水》以及在北京出版的《语丝》等杂志投过稿，写的都是短文。在《语丝》上发表的《关于"狂言"及其他》和《从死老鼠谈到日本的路政》，后来我在东京看见过；给《洪水》和《平民》写的，连什么题目，我自己也完全忘记了。

不久，就在中山先生去世前后，我就接到了东京国民党驻日总支部特派员何兆芳的来信，说他已经收到海外部秘书许苏魂的来信，要他到户畑来见我，并和在下关、长崎一带的党组织联系，但是他忙，所以希望我暑假的时候到东京去。我正忙着做实验和查阅写毕业论文的资料，所以简单地复了一封信，就没有再联系。"明专"是一所很严格的学校，尽管我求学不专心，只求争取七十分，但在最后一年还是很紧张的。最后一年，除了英语之外，还加了每周两节德语，其他如电机设计、材料强弱学等等都比较难，非用功不可，幸亏我要求不高，都顺利通过了；困难的是毕业论文一定要用英文写，对我说来实在不容易，连抄带写，再请英文老师校阅了一通，题目是《关于绝缘油》，长六十页，抄了一段史蒂文生的文章《剪刀与浆糊》作为"代前言"，颇有点自嘲的意思。译文录如下：

给这么一本薄薄的小书作序，不免有小题大做之嫌。然而写序的诱惑，一个作家总是压制不住的，因为那是他辛苦挣来的报酬。——此时此际，采取一种不亢不卑的态度，就是当作书是别人写的，你不过浏览了一遍，适当地插上几句，只有这样，才是上策。

一九八〇年，阿部幸夫先生揭了我的老底，把这篇毕业论文从"明专"档案里复印了一份寄给我，说史蒂文生的话是"自虐"，我引用这几句"前言"是自谦。并说："据你的同班同学藤崎静一说，沈君的英文不错，受到过教授的表扬。"这当然是客气话，不过我用英文写了这六十页毕业论文，的确是花了不少工夫就是了。论文通过（当时没有论文答辩），得到了毕业证书和工学士学位，这样，我就可以向老校长许炳堃交差了。同时，在这里带便要提一下的是我在户畑五年，除了学得了日本人的"顽张"作风外，也锻炼了我的体力。我在童年得过一场伤寒病，中学时期一直身体很弱，可是经过了"明专"的规律很严的生活，严格的兵式体操（不论严冬酷暑，每天清晨一定有十分钟的体操），加上每年一度的秋季长途行军、野营登山等

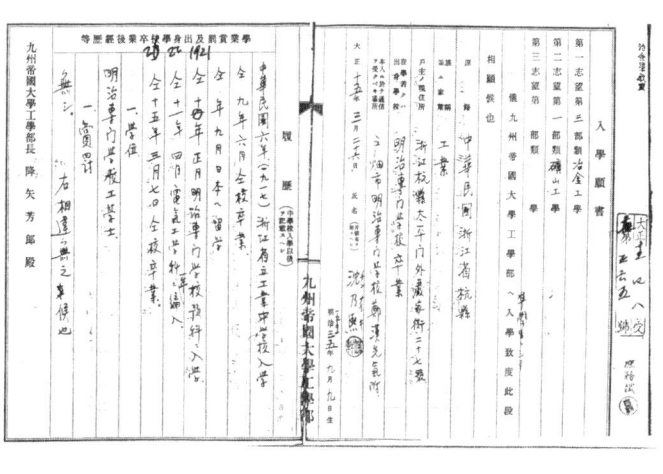

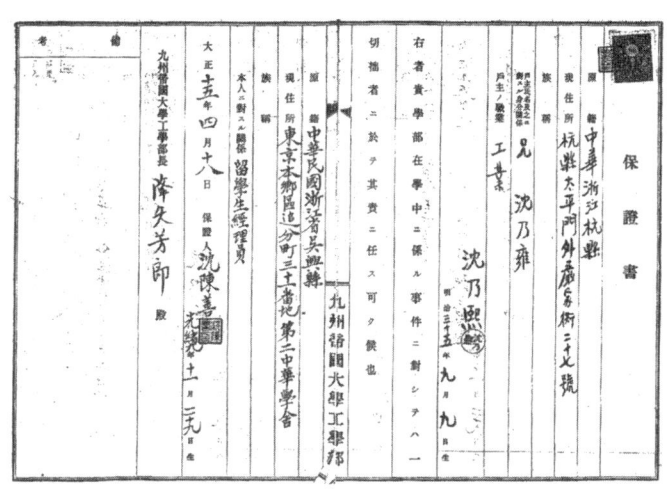

申请九州帝国大学工学部《入学愿书》《保证书》

等，我对爬山有兴趣，我攀登过户畑南面的金比罗山、花尾山和帆柱山。一九二二年，我还和日本同学们一起，到小仓附近的骑兵营去住过十五天，学会了骑马和伺候军马的一套本领。因此，"明专"毕业之后，我的体质加强了，生活有规律了。我这个瘦弱的"老来子"能活到八十多岁，恐怕和这一段时期的吃"麦饭"和操练有关系的。

我在户畑的那一段时期，中日之间的关系已经很紧张了。日本是东方的新兴强国，而中国则正处于长期的军阀混战之中。袁世凯接受了日本提出的"二十一条"之后，我在东京的那一年，"支那人"是很受歧视的，可是我在"明专"五年，从校长、教授到同学，对我们这些中国留学生是平等相待，一视同仁的，有几位教授还很关心我们，假节日邀我们到他们家里去做客等等。所以我们也就没有抬不起头来的那种屈辱感。我们和日本同学之间可以开玩笑，给对方取绰号，我没听到过留学生和日本同学吵架的事情。这也许是北九州人比较厚朴，也可能是创办人安川、山川先生办校的宗旨是培养"精通技术的君子"的原故吧。"君子"待人以敬，就可以和平共处了。

我和何兆芳保持着通信联系，他曾告诉我总支部希望我到东京去工作。这样，就发生了新的矛盾。按官费留学生条例，学校毕业，就不再给官费了，而到东京去参加总支部的工作，生活费是必须自理的，因此，我必须想办法继续获得官费，其办法，就只有是再进国立的帝国大学，于是我就向九州帝大报了名。"明专"毕业，有工学士学位，进帝大可以不必考试，只要浙江省的留学生监督写一封"保证书"就可以了，事情居然很顺利，同年四月，我就进了九州帝大工学部。帝大比较自由，不住寮，你可以由自己选若干门课，办了登记，戴上"帝大"的方帽子，去不去上课校方不管，但是为了对付留学生监督处，我还是搬到博多郊区，在一位渔民家里租了一间四席半的房间，安顿下来，也到九大工学部去听过几次课。这里有不少中国留学生，但是我已经"心不在焉"，所以和他们没有来往。我在博多大概只住了三四个月，中间还生过一场病，所以除了我生病的时候，那位房东老太太对我的殷勤照顾之外，其他的印象都模糊了。这一年九月，何兆芳又打电报来催我，于是我就退了房子，收拾行囊，于十月初到了东京。

我到设在神田中国基督教青年会的总支部去报了到，受到了何兆芳、何恐和王先强的热烈欢迎。当时，一方面还是国共合作时期，以叶挺为团长的国民革命军第四军独立团正在围攻武昌。但同时就在这一年八月，国民党右派在广州暗杀了廖仲恺，戴季陶公开发表了反共文章，国共之间、国民党内左右派之间的斗争十分激烈。因此，在日本，国民党右派就首先分裂出来，不经国民党中央海外部的同意，擅自组织了一个伪总支部（因为它的办事处在巢鸭，所以一般都叫它巢鸭总支部）。由于内部斗争剧烈，神田总支部需要充实力量，所以何兆芳才一再催我到东京来帮助他们工作。我到东京的当天晚上，总支部召开了一次扩大会，到会的有八九个人，现在记得起来的是：何兆芳、何恐、王先强、黄新英、翟宗文、李国琛，还有一位女同志，名字记不起来了。从何兆芳的介绍中知道，总支部的常委是王先强、黄新英和翟宗文。何兆芳是中央海外部的特派员，何恐（湖北人，最近看到伍修权同志的回忆录，才知道他在武汉加入共青团，何恐是他的入团介绍人）是中共旅日支部的书记，李国琛（人一）是陆军士官学校的学生，也是中共党员。总支部在神户、长崎有支部，仙台、京都各有一个小组，据黄新英说，属于神田总支部的党员人数很多，但是经常有联系、发了党证的只有二百多人，还有不少华侨是过去中山先生在日本组织同盟会时的支持者，但国共合作后还没有重新登记。至于巢鸭的"总支部"，有多少人众说不一，但最多也不过二三十人，而且都是学生，在华侨社会则可以说完全没有基础。会上介绍了总的情况之后，何兆芳提出，为了反对西山会议派，当前最主要的事情是加强组织，首先要把散处各地的华侨和留学生组织起来，所以他建议要我当总支部的组织部长，参加常委。我和在座的人都还是第一次见面，情况不了解，加上我从来没有做过党务工作，就一再推辞，但是他们好像已经商量好了，硬要把这个担子加在我身上，理由是我在日本已经耽了多年，没有语言方面的困难（何兆芳和何恐都不会日语），加上我已经毕业，没有任何牵挂。……我要求让我考虑一下再作决定，最后是何恐发言，说我们都还是初次见面，立刻要你担任这个任务，你有为难之处，是完全可以理解的，但是我们都是志同道合的人，有困难可以大家商量，我看还是少数服从多数为好。他态度很诚恳，而且他是以中共旅日支部负责人的身份讲话的，于是我只好表示既然如此，让我先试一试，不行再换别人。这样，王先强把一份已经填好了的党证交给了我，并约我明天上午再和常委见面，介绍具体情况。他们已经给我在青年会宿舍准备了房间，作为住处兼办公室。散会之后，何恐和何兆芳陪我到了这间收拾得很整洁的房间，详细地告诉了我许多我还不知道的事情。如三二〇的中山舰事件的内幕，以及国民党二届二中全会通过了所谓"整理党务案"等等。当然，他们当时对时局还是非常乐观的。他说，中国三大军阀吴佩孚、孙传芳、张作霖，现在前两个快要被打倒了；不久前冯玉祥在五原出兵，进攻陕西，和我们南北配合，叶挺、张发奎很快就会进占武汉，所以军事上是有把握的。海外部部长彭泽民是左派，他坚决拥护三大政策，反对西山会议派，所以巢鸭的那几个人是成不了气候的。何兆芳和何恐都坦白地告诉我中共旅日支部人数不多，在陆军士官学校、早稻田大学，各有一个小组，我们和王先强、黄新英、翟宗文都合作得很好，所以你可以放手地工作。

我花了一个星期的时间和常委们开会，个别交谈，初步知道了总支部的内部情况，知道东京也有好几个"社会科学研究会"和"读书会"，参加的人不少，但情况比较复杂，有的是日共领导的，有的是无党无派的进步青年自发组织起来的。在总支部直属的国民党左派，由于两年来时局变化太快，也还有一些人不了解"联俄、联共、扶助农工"的三大政策，怕接触共产党。至于外地，则主要是华侨党员的重新登记问题，也就是团结爱国华侨，加强宣传工作，使他们了解新旧三民主义的差别的问题。我原来打算在东京住几个月，初步把组织清理一下，然后到关西、九州去走走，了解一下华侨社会的情况，可是，时局激变，这个想法的第一步就没有做好，原因是我到东京之后一个多礼拜，在东京留学生召开纪念双十节和庆祝北伐军克复武汉的大会上，就因为西山会议派的扰乱会场，而引起左右两派的一场武斗，结果是日本警察来干涉，还拘捕了几个人，但第二天就由基督教青年会的总干事马伯援出面向派出所交涉，都释放了。这一年的秋季真可以说是一个风云骤变的时刻：十月十日北伐军攻克武昌，十月二十三日周恩来、罗亦农在上海举行了第一次工人起义，紧接着十二月初，北伐军歼灭孙传芳的主力，攻克了九江、南昌。这样，正如何恐所说，三大军阀中的两个已经被打倒了。加上湖南、湖北发生了农村大革命，北伐军占领地区的工人运动也蓬勃兴起，凝固了几千年的旧制度，真像很快就要崩溃了。在这种大动荡中，发现了两种情况，一是我们来者不拒地接受了许多新党员（我经手签发新党证的就有二十多人）；二是巢鸭的西山会议派散布谣言，挑动国共分裂。我们当时都还年轻，思想有片面性，总是把有利的形势估计得多，对不利的形势估计得少，例如西山会议派丑化农民运动，照旧用公妻共产那一套来唬人，我们只是一笑置之，认为不值一驳；其实，留学生中的相当一大部分是地主、商人、资产阶级出身，对反动派的这种谣言还是有影响的。我们都太乐观。不仅我们，连中央海外部给何兆芳的信中，也鼓励我们乘胜发展党员。这样，我就负着这个使命，十一月中旬到了神户，并到大阪、京都走了一转。我在神户首先拜访了老同盟会员、孙中山的财务支持者杨寿彭先生。他是世居日本的爱国华侨，认识廖仲恺、何香凝，在他会客室里还挂着一幅中山先生写的"天下为公"的横幅，他向我介绍了关西一带的华侨的情况。总的说来，这一带的华侨都是热爱祖国的，希望祖国统一强大的，但是由于文化程度不高，又不了解国际形势，所以他们大多数人还是把蒋介石、汪精卫看成是国民党的"正统"。杨老先生本人和他的儿子杨永康，都是真诚地拥护三大政策的，但是他们对时局也很担心，认为国共两党相争，正是列强和军阀所希望的，因此，他劝我对华侨多讲讲三大政策的意义，解除他们对共产党的恐惧，而不忙于发展党员。他的话很实际，对我这个"乘兴而来"的人的确是一服清凉剂，但怎样才能把这些问题向华侨讲清楚，对我说来却是一个很大的难题。我根据何兆芳给我的一张名单，分别访问了京都帝大的几个学生，和几位与东京的"社会科学研究会"有联系的留学生，他们的思想情况就和华侨大不相同了，他们之中有些人比我们还要乐观，还要左。一位京都帝大的高年级生以肯定的口吻对我说，打倒军阀已经不成问题，只要全国各地的工人农民起来，帝国主义者也不敢轻举妄动。当时在进步的青年人中产生这种左的思想，是不难理解的，首先是国际形势的确很好，世界上第一个社会主义国家苏联不仅站住了，而且开始建设了；第二是日本的工人运动也正在蓬勃兴起，显示出强大的力量，再加上京都帝大有一位河上肇这样的进步的名教授，在留学生中也有很大影响。

我到日本已经快六年了，几次经过京都，但一直没有游览过这一风景如画的日本故都。这次到京都，就被在这儿学美术的沈学诚（沈西苓）留住了，他要我住在他家里，并陪我去游了岚山、琵琶湖，还一起到奈良去参观了名胜古迹。他也是参加了当地的"社会科学研究会"，和日本的进步文艺工作者有来往，我认识彭康、冯乃超，是他给我介绍的。他们都是后期"创造社"的主要成员，当时，就和日本无产阶级文艺理论家藏原惟人有来往。他们知道我认识郭沫若，和在《洪水》《创造》上写过文章，就谈得很投机。政治上、文艺思想上可不必说，他们都是马克思主义者（当时他们还没有入党）。但我对他们的第一印象是他们都是朴质无华、认真做学问的人，待人平易、谈吐温文，后来"四人帮"及其追随者硬把他们说成"粗暴、蛮横"的人，这实在是太荒谬了。

在关西初步了解了一下华侨和留学生的情况，和神户、大阪的侨领和华侨做了一些思想工作，主要是按照杨寿彭的意见，和他们谈谈国内外的形势，新旧三民主义的区别，以及实行三大政策之必要。这一带的华侨党员不论是富商或者穷人，一般都是很守纪律。杨永康给他们介绍了我是东京总支部的组织部长，所以尽管五六个人开座谈会，也要行礼如仪，和开会前一定要读"总理遗嘱"——"余致力国民革命，凡四十年，其目的在求中国之自由平等……"这遗嘱，我当时是背得很流利的，至于思想工作起了多少影响，这就很难说了，我只对积极要求重新登记的人发了党证，记得京、阪、神三地共有五十人左右。

接着我就南下到了长崎，凭何兆芳的介绍信，首先拜访了华侨老党员简竹斌；他是一个中小商人，也是中山先生的忠实崇拜者。长崎的华侨人数很多，思想情况大致和阪、神一带相似，不过当时这儿没有什么富商，一般是经营饭馆、杂货铺等小买卖，也有给日本厂商当工人或职员，所以他们对三大政策比较容易接受，希望祖国强盛。爱国的心，也比较强烈。简竹斌是广东人，曾一再地说："只要国内不打仗了，太平了，我就回老家去。"在中日关系紧张的时刻，这可以说是大多数华侨的心声。在长崎办完了重新登记的事，我本来还想顺路回博多去看看，可是临行前接到东京的电报，要我赶快回去，于是我在十二月下旬回到东京。

回到东京，问王先强为什么要我回来，他说这电报是何恐发的，可能有什么事情要你帮忙。我就打电话约何恐在晚上见面，随即向王先强、翟宗文等报告了我在关西和长崎了解到的情况，并把杨寿彭要我暂时不要发展新党员的意见告诉了他们，大家都表示同意。当天晚上，何恐和何兆芳到了我的房间，很秘密地告诉我，说前几天日本劳动农民党的书记长细迫兼光到总支部来找何兆芳，说该党的委员长大山郁夫想和国民党驻日总支部的负责人见见面，目的是了解一下中国当前政治形势。当时在场的几个人日本话都讲得不好，所以后来用笔谈的方法约定了在本星期内细迫再来和我们联系，约定和大山见面的时间地点。何兆芳说，也曾想过请李人一当翻译，但他是陆军士官学生，恐怕不方便，所以还是要你回来当翻译了。大山郁夫是有名的大学教授，政治立场比三轮壮寿的劳农党更进步一些，不仅在工会方面，在知识界也有很高的威望，所以何恐和何兆芳认为这次会见是重要的。当时我们决定：这件事先取得总支部常委的同意，然后再由何兆芳和细迫兼光约定会见时间。

我记得是在圣诞节的下一天，也就是昭和即位的那一天，何兆芳约定了我和何恐在神田的一家吃茶店（茶室）等候，由细迫来陪我们到御茶水町附近的一问相当漂亮的日本式住宅和大山见面。当时，劳农党的报纸和宣传标语也都把大山称为"我们的光辉的委员长"的，可是见了面，他却是一个平易近人的学者型的长者。见面时由我当翻译作了介绍，何兆芳的身份是中国国民党中央海外部特派员，何恐和我都是总支部委员。大家寒暄了几句之后，先由大山提问题，主要由何恐回答。二十年代中叶，日本的新闻事业已经很发达了，但是对苏联和左派国民党的报道都带着敌对色彩，所以连大山郁夫这位大学教授出身的政党领袖，对国共关系和两党的基本差别也知道得不多。当晚问题提得很多，综合起来大致有以下几点：一、国共合作是孙中山首先提出来的，还是第三国际命令中国共产党参加的？二、两党合作有没有明文规定的共同纲领？三、现在的国民党中央委员会中，共产党有没有规定的席位？四、国民党和第三国际的关系；五、最近报纸上经常报道两党之间有矛盾，有没有分裂的可能？等等。接着是何恐回答，何兆芳作了一些补充。他从一九二三年中共第三次代表大会的决定谈起，说明国共合作的目的是为加强民族民主革命，中共党员以个人身份参加国民党，而不是两党"合并"。一九二四年一月中国国民党第一次代表大会的宣言，和孙中山提出的"联俄、联共、扶助农工"三大政策就是国共合作的共同纲领；现在的中央委员会中有中共党员，但没有规定的席位比例。关于这些问题何恐都讲得简明扼要，显示出他在政治上比我们老练得多，特别是谈到两党有没有分裂的可能时，他先是回答说"不会"；后来大山又问，假如蒋介石破坏共同纲领时，中共将会采取什么态度时，何恐笑着说，中国有句古话，就是以眼还眼，以牙还牙。我觉得他回答得很好。会见谈了两个多小时，看来他们都表示满意。最后，大山郁夫说，我们劳农党也有一个和日共合作的问题，所以我们想了解一下中国的实际情况，并表示希望今后也保持这样性质的联系。事后我们知道，正在大山约我们谈话前后，日共党内的极左派福本和夫的力量已开始抬头，也就在这个时候，有一些日共党员参加了劳农党。

第二天，总支部召开了常委会议，何恐将会见的情况向常委作了报告，王先强认为这件事很重要，建议以总支部名义向已经迁移到武汉的中央海外部作详细的报告。会议决定我执笔写一份会谈的报告，派一位横滨的华侨青年送到武汉。——到下一年五月，我回到上海，遇到经子渊先生，才知道海外部长彭泽民一直留在广州，没有返回武汉。

相隔不久，一九二七年初，发生了另一件事情，就是日共方面也派人和何恐联系，说日本共产党的领导人也希望和总支部的一位负责人单独会面，何恐同意了。因为日方要求保密，日共方面由什么人来谈也不说明，所以只由何恐一个人出面，仍由我担任翻译，见面的地方是在池袋的一家工人的家里，隔着障子（纸窗）还可以听到婴儿的啼哭声音。这位日共领导人很坦率，一见面就自我介绍，说他是日共中央委员渡边政之辅，这是一个在日本工人群众中很有声望的人，也是日共最早的工人出身的骨干。他和何恐对谈的时候，一看就是一个鲜明的对比，渡边有工人阶级的豪爽和粗犷，而何恐则是一个知识分子出身的地下党人。谈话的内容，大部分是和大山郁夫所要知道的是相似的，不过渡边提的问题就更加单刀直入。我记得他先提了一个使何恐很意外的问题，他问：中国国民党是不是属于第三国际？因为国民党这个名词的英译 Kuomintang 和第三国际的简称 Comintern，念起来声音差不多；何恐禁不住笑了，说："这是误会，只有中国共产党是第三国际的一个支部，中共加入中国国民党，是为了推动国民党进行民族民主革命，共产党员以个人身份加入国民党，但共产党在政治上、组织上仍保持独立性。"渡边要何恐再把上面讲过的话重复说了一遍，然后说在日共内部，有人把国民党估计得过高，认为它就是共产党，也有人把它估计得太低，说国民党是资产阶级政党，所以我要弄清楚这个问题。何恐问："听说你们正在反对合法主义，具体内容是什么？"渡边很果断地说："我们反对的是山川均的取消主义，山川的所谓合法斗争实际上就是取消主义。"这次见面的时间不长，大约一小时左右。最后渡边握着何恐的手说："今后还希望和你保持个人联系。"据我回忆，在"四一二"事件以前，两党负责人的会面只有这一次。一九二七年初，我了解了一下一些东京和横滨的党员思想情况，横滨华侨中广东人多，所以每次到横滨，总是和黄新英一起去的。黄新英是广东中山人，是一个实干家，当我和他成了好朋友之后，才知道他也是一个不被人知道的"跨党分子"。我还通过李人一，了解了一下在陆军士官学校的留学生情况。当时在校的留学生大部分都是各省军阀保送来的，有直系、皖系、奉系，也有四川、云南派来的。因此，在北伐战争节节胜利、北方军阀相继垮台的时候，这些留学生的思想非常复杂，也可以说非常混乱；重要的一点是，士官学校的留学生凡是国民党人都属于我们的总支部，包括汤恩伯在内，他是陈仪保送来的浙江官费生，所以重新登记的时候，他的新党证也是我签发的。在这所学校里，没有公开的西山会议派，我认识的，除李人一外，还有金诺（金则人）和张公达。李人一英俊，金诺魁梧，所以左右两派内哄时，他们两人出场，就会使右派丧胆。（李人一毕业后回国，参加了广州暴动，后来在江西反AB团事件中牺牲。金诺回国后弃武从文，三十年代在上海参加"社联"。）

二月初，总支部接到一份武汉国民党中央传来的紧急命令，说戴季陶将以疗养为名赴日，可能和日本军政方面进行秘密商谈，所以要总支部派人监视其行动。总支部开了一次紧急会议，考虑到戴季陶在国民党"二大"时仍当选为中央委员，而我们这个总支部是党在日本的唯一合法组织，所以我们有权派人去和他联系，如有可能，还可以派人作为他的随员，以便了解他的行动。经过讨论之后，会议认为这样做是必要的，也是可能的。尽管当时国共关系已经非常紧张，但在还没有公开分裂之前，我们以总支部代表名义，派人去帮他工作，他也难以拒绝。于是就讨论了派谁去担任这一工作的问题，按理，何兆芳是海外部特派员，由他去是顺理成章的，但困难的是他不懂日语，而戴季陶能讲日语，所以他用日语和日本人交谈，何兆芳即使在场，也无法知道其内容的。这样，这份为难的差使又落在我的身上。在这种场合，何恐比较老练，他告诉我，戴季陶是西山会议派的军师，但是他发表那篇反共文章（指《中国国民革命与中国国民党》）之后，不仅受到过瞿秋白的严厉批评，而且在一九二五年还被赶出过广州，加上他这次来日心怀鬼胎，所以只要我们堂堂正正以驻日总支部代表的身份去见他，他是不敢公然拒绝的，只要你客客气气的、不要使他感到害怕地去"欢迎"他，帮他去办点事，先解除他的恐惧心理，这样，接近他的目的就可以达到了。你去了，巢鸭方面的人也就无法插手了。我按他的意见，第二天就乘火车到了神户，打听到了他上岸的码头，又经过杨永康动员了十几个华侨，造成了声势，由我带着到码头上去"欢迎"。船一靠岸，我要上船，就受到日本警察的阻挡，我给他们看了"九大"的学生证，并说明了我是东京国民党总支部的代表，专程来欢迎戴季陶的，警察打量了一下我穿的大学生制服，背后还有一批拿着国民党党旗的华侨为我助威，就同意我上了船，进了头等舱；戴的照片，我早就在报上看见过，所以很快找到了他，和他一起来的是他的妻子钮有恒，和一个姓游的随员。我作了自我介绍，说我奉海外部之命，代表驻日总支部来欢迎戴委员，同时也代表杨寿彭老先生和阪、神一带的华侨，向他问候。杨寿彭这个名字，他是熟悉的，同时，他看见岸上有许多拿党旗的华侨，他似乎安心了，很客气地说了几声"谢谢"。下船的时候，我们组织好的华侨们向他鼓掌致意，我问他是否对他们讲几句话，他连连说"不必了，谢谢他们"。

这时，杨永康也来了，送上一张他父亲的名片，说代表他父亲来欢迎他，戴季陶对此似乎感到非常高兴。因为二五年他被左派赶出广州后，他在党内的名声很不好，现在居然还有这么多的华侨和总支部派的人来欢迎他，加上杨寿彭这位中山先生老友还记得他，派他儿子来欢迎，同时，当时时局多变，他也摸不清这个驻日总支部的底细，所以看得出他的态度是松弛了。杨永康陪他夫妇坐了杨家汽车，又雇了一辆汽车由我和那个随员护送他的行李，一起到了神户车站。杨永康人头熟，他和车站的人耳语了几句，就让戴季陶和他的妻子进了贵宾候车室，然后再陪那个随员去买了到东京的车票。开车前，我们还在候车室里寒暄了一阵，戴一再说他身体不好，所以此次到日本只是请日本医生诊断一下，然后找一个安静的地方去休息。这些当然是他使的花招，但我和杨永康还是顺着他，也讲了些客气话。到了开车时间，杨永康送他们上了车，然后向他告别。他们买的头等车票，所以等他们安顿好之后，就告诉他，我买的是来回票，就回到了三等车厢。坐下来估计了一下，这第一仗总算是顺利的。主要是得到杨老先生的帮助，因为这样一来，他对我这个素不相识的人，就觉得并不那样可怕了。戴季陶常常自称是四川人，其实他的原籍是浙江吴兴，钮有恒更是一口道地的湖州话。于是我就用德清话和他交谈，他们就把我当作同乡，可以肯定，他一定对我有戒心，但是这样一来，我总算有了接近他的可能，不致于拒我于千里之外了。火车颠簸着，我闭着眼睛就入睡了。

车到东京站，出了一件完全没有想到的事，使我也大吃一惊。车站月台上站着许多警察，还有一群日本人举着黑旗，抬着一个有黑飘带的纸扎花圈，拥挤在车门口，乱七八糟地喊着口号。日本警察正在拦阻他们接近车厢，这群日本人中没有学生模样的人，很容易可以看出这是一批极端反动的暴力分子。最初听见车站上人声鼎沸，戴季陶还以为有人来欢迎他，后来看到这些人举着黑旗，和抬着送葬用的纸花圈，一下子吓得手足无措，面色变白。一个便衣警察挤上车来，用日本话对戴说，为了安全，请他们慢一点下车。直到车上乘客走完了，便衣才"保护"着戴季陶夫妇下车，那群示威者挤上来想把纸花圈套在戴的头上，被日本警察推开了，好容易在日本警察包围护送下，我们一行四人才出了车站，雇了出租汽车，直奔帝国大旅馆。

这一件突如其来的事件，实际上倒是帮了我们的忙。为什么日本反动派要对戴季陶来这么一个下马威？这是因为当时日本政府承认的还是北京的段祺瑞政府，还是把国民党政府和北伐军看作是以苏联为后台的"赤化势力"的，加上这批反动派也实在太蠢，他们以为凡是国民党都是联俄联共的，所以怕戴季陶到日本来会替国民政府讲话，会宣传共产主义。而结果，这一示威对乘兴而来的戴季陶泼了一盆冷水。所以一到旅馆，当我对他说，总支部的同志们想来拜见您，请您给大家讲讲话，和合影留念时，他连连摇手，说不必了，谢谢大家对我的照料，今天车站碰到的事，你看到了，在这种情况下，我除了见见几个老朋友之外，什么集会都不参加，目的是休息和医疗。我看到他惊魂未定的样子，安慰了几句，就向他告辞。这时候，侍者来告，外面有几位记者来访问，戴立即对我说，劳驾你给我挡一下，说我身体不好，这次是私人旅行，绝对不参加政治活动。讲最后一句话时，还做了一个手势，表示坚决。这样，我就"代表"他去见记者。大家知道，新闻记者是很难对付的，提了许多问题，坚持不走，最后我只能说戴先生旅途劳累，已经休息了，这样才对付过去。我回到房间，把情况向戴作了汇报，他很高兴，指着那个姓游的随员对我说，他能讲日本话，不算好，对付不了这些人，你假如可以，明天还是请您帮帮我的忙。这是正中下怀的事，我欣然同意了。我查了一下旧报，那一天是一九二七年的二月十二日。

回到神田青年会，就向常委和何恐作了报告，大家都很高兴。何兆芳说我们能做到的，只能是了解他的行动，例如他见了哪些人？什么人来访问他？到什么地方去？至于他们说了些什么，估计他是不会让你知道的，这一点，不要勉强，顶重要的问题是看日方官方对他采取什么态度？从今天的暴徒示威事件来看，可能军方不会轻易和戴接触。但是，戴季陶过去认识黑龙会的浪人头子，他可能会通过这些人，向当局传递消息。何恐等人也同意了这种看法，认为如有机会，可以向他透露一下我是李烈钧介绍、在中山先生面前入党的国民党，不让他看出我的左派面目，逐步解除他对我的戒备。钮有恒已经向我说过戴有神经衰弱症，经常失眠，所以我第二天十点钟才到帝国旅馆。这时，已经有一个穿着和服的日本老人在和他谈话，戴很客气地给我介绍，说这是他的老朋友，是一位有名的汉医，精通气功，过去给他和胡展堂看过病，姓辻（名字记不起了）。我作了自我介绍，出乎我的意外，戴脱口而出地说，沈君是"九大"学生，我请他当我的临时秘书。这一说我就有了一个"秘书"的身份，工作更方便了。辻和戴继续谈话，主要是自夸他的医术。他对戴氏夫妇说，这是疲劳过度，我给你隔日按摩一次，一礼拜、十天就会好。戴似乎很相信，就俯卧在床上，让辻给他在肩背、脊部作按摩。大约做了一刻钟，戴季陶站起来伸伸腰，连连说，好，舒服多了，又对我说，这是古法，中国倒反而失传了。辻看见我有点不相信的样子，就说，你们年轻人都是相信西医的，这不是一般的按摩，主要是运气，我给你试一试好不好？我有点好奇，他就站起来，平举右手，很神秘地作运气状，然后把手掌按在我的肩上。我当时穿着呢制服，里面还有毛衬衫，居然感到一股热气，而且热度逐渐增加，一两分钟，竟有点灼痛之感。他问，怎么样？这就是一种内功。这一类事，我过去也听人说过，一直认为是江湖医生骗人的事，现在亲身一试，也真觉得有点不可思议了。辻老人说，人到了五十岁，常常会肩酸背痛，在日本叫"五十肩"，这种病，只要用我的手掌炙他几次就会好。姓游的随员拿了几份当天的报纸进来，戴季陶正打算接过来看，钮有恒很快抢了过去，说，别看报。对姓游的说，今后不要送报纸给他，他这次到日本来是为了静养，什么事都不管。戴默然无语，辻老人则点头称是，说看报是伤神的。看来，钮对他是很有支配权的。辻老人走了之后，戴对我说，明天上午，我打算到头山满家去探望一下，又问我，你知道头山满吗？这是位侠义之士，帮过中山先生不少的忙（钮有恒插话说，他救过孙先生），你假如高兴，一起去好不好？我表示同意。头山满的为人，和他与中山先生的关系，我是知道一点的。

这之后，我就天天到帝国旅馆去"上班"，早出晚归。开头，中午我到外面去吃饭，后来钮有恒留我和他们一起吃，"恭敬不如从命"，我同意了，饭后还在会客室的长沙发上睡午觉。他们每天的情况，我都在晚间向常委作汇报，何兆芳还按日作了记录。除了辻这位气功师隔天来替他作按摩外，来看他的人大都是和头山满、宫崎滔天等有关系的人。他们谈话不避开我，讲些过去的老话。日本人问起广州的省港大罢工，和蒋介石与汪精卫的关系等问题时，戴讲话很谨慎，只有一次他骂过瞿秋白，说了一句"对这个肺病鬼对我的攻击，我不去理他"之类的话，就不再讲下去了。我最关心的是有没有官方或军方的人和他接触，为此，我还以关心他的口吻，问过那个姓游的随员，和旅馆的服务员，晚间有没有来客，他们都说他夫人管得严，几点就上床，这看来也是事实。在一九二七年二月这样一个时局紧张的时刻，他悄悄地到日本来，可以肯定是带着政治使命来试探日本官方对蒋介石的态度的。他这个西山会议派的摇鹅毛扇子的人，也一定是不甘寂寞，希望有官方或者外交界的人士来访问他的。所以大约过了一星期左右，我试探地问他，你过去认识许多政界知名人士，要不要去看看他们？他叹了一口气说："你要知道，日本人是很势利的。"当时是田中义一当首相，他和辻老人谈话中提到过的犬养毅，也已经成了军部的眼中钉了。

我陪他出去过一两次，一次是到头山满家去，向灵堂上香默哀，一次是一个名女人（忘记了她的名字）请他夫妇去家宴，这个女人看来是五十出头了，但还是浓妆艳抹，徐娘风韵犹存，听说这个人是搞娱乐事业的，和电影界有关系，是一个女强人，对戴既恭敬又脱熟，讲了一些过去戴在东京时的往事。后来钮有恒偷偷地对我说，这个女人过去是很有名的艺妓,和"蒋先生"有关系。

也就在这个时期,国内时局紧张。二月十九日,上海工人发动了全市总罢工;二十一日,发动了第二次武装起义,但由于已经到了上海附近的蒋介石领导的北伐军坐视不救而失败。三月中旬,国民党中央在武汉召开三中全会,由于陈独秀对汪精卫有幻想,想用远在法国的汪精卫来牵制蒋介石,选出汪精卫担任了党中央和国民政府的主要领导职务,这样,蒋介石和共产党的矛盾就更加尖锐化了。在这种情况下,当戴季陶决定要到箱根去"静养"时,总支部又开了一次常委扩大会议,根据我所了解的情况,对戴季陶的日本之行作了一个估计,认为日本军方还是不分青红皂白地把国民党当作"敌性"势力,和戴有过关系的犬养毅等也已经处于自身难保的境地,所以戴季陶想要从日本当局得到援助,一时还没有可能,所以决定我不到箱根,仍回总支部工作。这时,经过一两个多礼拜的相处,戴氏夫妇对我开始了"拉拢",先是要我陪他去箱根,后来是想我真的当他的"秘书";临别的时候,戴对我说:"你是学工程的,何必去搞政治,我可以推荐你到中山大学去工作,朱家骅不安心,过一个时候,你可以接替他。"对这种露骨的"收买",我当然婉言拒绝了。附带一说,对这件四十多年前的旧事,本来在我的记忆中已经很模糊了,知道这一段往事的人,许多人牺牲了,如何恐、何兆芳、李人一等,更多的人和我失去了联系,下落不明,幸存的人,也都已经八十开外了吧。解放后,我多方探问,只有翟宗文还在安徽,所以,我和戴季陶的这一桩轶事,我自己不讲,别人是不会知道的。一九六七年初,"文革"中的专案组头头要我写"自传",我"从实交代",讲到了这件事,想不到引起了一场不小的灾难。当时的专案组和红卫兵,一般说来,不仅二十年代的事,连解放前的事,也知识很少的,可是他们居然知道了戴季陶这个反动派。于是,当过戴的"秘书",无疑是"滔天罪行";结果是连打带踢,不分昼夜,逼供了一个多礼拜。他们一起哄,我自己想想也觉得这是一件大事了,又想起了可能廖承志还知道,那时他在东京，才二十岁，是我当作有趣的事讲给他听的，但他也已经被打倒了。还有一个翟宗文，但他不是党员，讲出他来，非但不能给我作证，可能还会牵累他，我不能讲。其他，就"死无对证"了。幸亏这些人很蠢，七斗八斗，搞了一个礼拜，搞不出花样来，也只能"挂起"了。到一九七二年，批斗、"外调"少了，独房闷坐，无事可做，我才有机会仔仔细细地回忆了一下上面所记的那些事，就是在这种情况下从记忆库中寻找出来的。

总支部调回我的另一个原因，是国内时局急变，北伐军收复武汉后，国民政府的外交部长陈友仁在广大群众支持下，于一月间收回了武汉和九江的租界，在东京的留学生开了庆祝会。特别是上海工人二次武装起义失败后，终于在二月二十日举行三次武装起义，一举击败了军阀军队，占领了上海。东京的留学生兴高采烈，开会、发宣言，给国民政府打贺电。开会的那天，我看得很清楚，汤恩伯也参加了，因为保送他到日本来的陈仪是和蒋介石有交情的，而工人队伍起义成功之后，蒋介石就进了上海。几天之后，共产党领导的北伐军击败军阀余党，进占南京，发生了英国军舰炮击南京的事件。可是，也就在我们欢欣鼓舞的时刻，蒋介石通过上海的江浙财阀，勾结了英美法帝国主义，另一方面他利用刚从法国回来的汪精卫和陈独秀发表了一个国共两党联合宣言，来迷惑群众，于四月十二日在上海发动了政变，收缴工人纠察队的武器，大肆屠杀共产党员。同时，在北京的张作霖也和蒋介石遥相呼应，以突然袭击的手法，捕杀了大批共产党员，李大钊、萧楚女、汪寿华、赵世炎等壮烈牺牲。

由于汪精卫和陈独秀发表了两党联合宣言，武汉也不承认南京的国民政府，在突如其来的大动荡中，我们对武汉政府不免还有一点幻想，总支部不断开会，研究对策。就在"四一二"之后的第五天，以西山会议派方治（安徽人）为首的巢鸭总支部纠集了一批人，袭击和捣毁了神田总支部。我们在何恐寓所开了一次小会，为了保全组织，决定我和何兆芳先后回上海，相机赴武汉和国民党中央联系，我就于四月下旬，离东京经神户、长崎回国。何兆芳则带着总支部所属党员名单及空白党证先隐蔽起来，得到我从上海发来的消息之后，再定行止。我初到东京的时候，日本的"特高"（便衣特务）并不对我有任何监视，但是当我到神户去接了戴季陶之后，不仅"特高"，连一般警察也对我开始盯梢了，例如"三八"妇女节那一天，我走出青年会宿舍，一个"特高"就上来和我打招呼，说"今天有人会闹事，所以我来保护你"，讲话很有"礼貌"，还说了"多多关照"之类的话。因此这次回国，除了日用衣服之外，我什么东西都不带。可是我一上火车，刚坐定，还没有开车，坐在我对面的一个"特高"就和我攀谈，问道："沈先生，这次是到神户？"我瞪了他一眼，不予理睬，他也就沉默了。车开了之后，他一直在看一本通俗"讲谈"杂志，当然，他还是警惕地注意着我的一举一动。到静冈，许多旅客下车，他也站起身来，好像怕被别人听见似的低声对我说："请不要误会，我是奉命来保护你的……像戴先生一样，你们将来都是大人物，打搅你了，再见。"他鞠了一躬，下车去了，我报之以苦笑。火车开动了，就在这个人的空位子上，又来了一个彪形大汉，这个新来者不像前一个"特高"那样含蓄和客气，一双带敌意的眼睛一直盯着我，这时才知道，他们是在分地段交班。这样，过一个大站换一个人，一直"护送"到我在长崎上了那条二千多吨的"上海丸"为止。

我的学生生活结束了，"工业救国"的想法也就消失了。不久，国民党开除了我的党籍，官费被取消了，我被迫走上了新的征途。

从一九二〇年九月到一九二七年五月，除出三次暑假回国之外，在日本耽了六年八个月，在我的一生中，这是一个大转折的开始。

左翼十年（上）

1. "四一二"之后的上海

一九二七年春天，我在东京，任国民党（左派）海外部驻日总支部的常委——组织部长，正当我们兴高采烈地欢庆上海武装起义成功的时候，突然爆发了"四一二"事变。几天之后，在东京的西山会议派分子，由方治（安徽人）带头，纠集了一批留学生，捣毁了我们设在神田中国青年会的总支部，双方混战一场，我们奋勇夺回了总支部的全部党员名单和空白党证。平时监视我们很严的日本"特高"袖手旁观，显然他们事先有了默契。为了应付这个突然事变，总支部召开了紧急会议，决定派我尽快回国，向当时已在武汉的国民党中央党部请示，并了解党内斗争情况。当天参加会议的有海外部特派员何兆芳（湖南人），常委王先强、黄新英、翟宗文和我，中共旅日支部书记何恐（湖北人）也参加了。

我记得是四月下旬在日本"特高"的"护送"下离开东京，在长崎等船，顺便去看望了长崎侨领简竹斌。我问了他"四一二"以后华侨方面的情况，他还高兴地告诉我，两天前接到神户侨领杨寿彭的来信，说汪精卫已经回国，并和陈独秀发表了国共两党联合声明。所以他认为形势会有好转。

简竹斌和杨寿彭都是长期在日本经商的国民党左派。从一九二六年起，我和他们一直保持着联系。简竹斌为人正派老实，做的买卖不大；而杨寿彭则是一个大商人，在日本经商三代，但坚持不入日籍。他的儿子杨永康思想上也很进步，和我们相处得很好。他的商行在香港、广州、新加坡都有分店，是一位有名的爱国华侨，辛亥革命前后支持过孙中山的革命活动，他们父子都是廖仲恺、何香凝的挚友，因此我相信他们的消息是可靠的。

两天后，我乘"上海丸"回到上海。因为在船上偶然碰到一个认识我的西山会议派分子，所以我匆匆上岸，雇人力车，到福州路，在浙江人开的振华旅馆开了一个房间，赶忙叫茶房买了几份当天的报纸。报上的消息很乱，看不出时局的真相。一方面上海还在"清匪"，杀人如麻；可是从新闻夹缝里也可以看出的确有过一个汪精卫与陈独秀联名发表的《告两党同志书》，在武汉的国民党中央党部已经开除了蒋介石的党籍。晚饭之后到四马路书店街走走，偶然在《东方杂志》上看到了三月中旬国民党三中全会通过的"统一革命势力案"和全会选出的中央常委名单，直接领导驻日总支部的依旧是左派彭泽民。这在我情绪紧张的时候，看到一个"好"消息，同时又使我乐观起来，于是决定尽快买船票去武汉。

事有凑巧，第三天早上，我正要出门的时候在旅馆走廊上碰到了经亨颐（子渊）先生，他是和廖仲恺齐名的国民党元老，前浙江第一师范的校长；五四运动时，我和俞秀松、施存统等办《双十》《浙江新潮》的时候，他大力支持我们并和我们作过几次谈话。在这个时机见到他，我高兴极了。他还认识我，看见我穿的是一套日本大学生的制服，就问我："刚从日本回来？"我请他到我的房间，简单地告诉他我们在日本的情况，还讲了西山会议派砸烂了左派总支部的事。他问我：

"你……打算回杭州？……"

"不，我打算去武汉。"

他想了一下，用浓重的上虞乡音对我说：

"千万不能去杭州，那里杀人不比上海少……宣中华也牺牲了！你去武汉，干什么？"

"总支部要我去找彭泽民或许苏魂。"

"他们都不在武汉，也不在广州，到香港去了。"

"报刊上都说，不是发表过汪陈联合的《告两党同志书》吗？"

他苦笑了一下说："我这次到上海来办点事，明天就回汉口，那里的形势也很乱，谁也摸不透，不要去冒险吧。上海的许多青年人就是太天真、太莽撞，丢了脑袋的……住旅馆也不保险。"

他站起来，打算走了。我惶惑地问：

"经先生，那……我们……"

"我看，还是在上海等一等吧，不要冒冒失失地卷进漩涡里去。"

经先生走了，我茫然若失。

到南京路走了一趟，在报摊上买了一大叠报纸、小报和新出的和过时的杂志，回到旅馆，竭力想从报刊上的消息和言论中寻找一些时局的线索。许多迹象证明，经先生的话是正确的；要革命，但不能太天真，更不该冒冒失失地卷进自己也不理解的漩涡里去，特别是摸不准国共合作的前途。结果，我下了决心，暂时不去武汉，并立即写信告诉了何兆芳。可是在上海这个地方，没有钱，没有职业是住不下去的。于是我想起了蔡绍敦（叔厚），他是我浙江甲种工业学校早两班的同学，前两年从日本回上海，开了一家电机公司。我立即到虹口东有恒路一号去找他。绍敦电机公司坐落在吴淞路有恒路口，是一家双开间门面、规模不大的电料店，经营家用电器，蔡叔厚既是老板，又是技师。叫作"公司"，实际上只有一位姓张的会计、一个技工和一个学徒，公司的大小业务都由他一人承当。我去找他的时候，他正在修理一架烧坏了的"马达"（电动机）。他非常高兴地欢迎我，不顾双手油污,和我紧紧握手,当我告诉了他我的情况时,他毫不迟疑地说:"搬到这里来住,挤一挤还可以。"他比我大两岁,那一年是二十九岁,浙江诸暨人。他在日本留学时没有进大学,但在电机专业却是可以算是一个真正的专家。他不仅能修理各种电机,而且还有发明创造,上海最早设置在大世界屋顶的"电光新闻"就是他设计制造的。人世间的确也有一些奇事,他当时还是独身,也没有参加过任何革命组织,可是当我同意搬到他公司楼上暂住的时候,他才低声地告诉我,住在他楼上的还有两家,都是他的好朋友,都是革命党,也都是"四一二"以后从浙江逃出来的。骤听到这句话,我有点惊奇,他却讲得非常随便,因为我在日本搞左派国民党的事,他是早已知道了的。

第二天,我就搬进了这家公司,这时蔡叔厚给我介绍了住在他楼上的朋友,一家是张秋人和他的爱人徐诚梅,另一家是杨贤江、他的夫人姚韵漪和一个才两岁的男孩。张秋人是早期共产党员,大革命时期在广州曾在毛泽东同志直接领导下接替沈雁冰编辑过《政治周报》;宣中华同志牺牲后,他被任命为中共浙江省委书记。杨贤江的名字,我早在日本念书的时候就知道了,还看过不少他写的文章;他是浙江余姚人,浙江一师的学生。

大概蔡叔厚已经把我的情况向他们介绍了,所以他们都对我很亲切。大家都是浙江人,在反对蒋介石这一点上,有共同语言,因此住在一起,相互间没有隔阂;但是对于他们住在绍敦公司这一件事,蔡叔厚却一再要我保守秘密。杨贤江与张秋人是同乡、同志又是好朋友,但在性格作风上却有很大的区别。秋人耿直爽朗,常常和我们议论当前时政,对蔡叔厚与我这些还没有入党的人毫不掩饰他的观点。当时,陈独秀还是中共总书记,但是他对他很不恭敬,叫他"老头子""老糊涂"等等。而杨贤江则循规蹈矩,沉默寡言,待人接物非常诚恳,除了大清早用两个铁哑铃锻炼身体,整天读书写作,偶然逗弄一下他的儿子之外,简直像个"道学先生";可是每天晚上,当店铺关了门,我和蔡叔厚的朋友们在楼下聊天、吃宵夜的时候,常常会有一些我们都不认识的人来找他,而且会一直谈到深夜。

五月初,何恐、何兆芳相继从日本回到上海,我到三马路的一家旅馆去看了他们,并谈了经亨颐和我讲的对时局的看法。何恐原来是湖北省共青团的负责人,到东京后他是中共旅日支部的书记,何兆芳则是当时右派分子所说的"跨党分子"。他们和武汉的党组织有联系,所以对时局了解得比我清楚。当时,汪精卫的面貌已经逐渐暴露了,但是我们这些人对这个一直以左派自居的人多少还寄予一点幻想。当我问何恐和何兆芳我该怎么办的时候,何恐对我说:"你现在有两条路可以走,一是继续当国民党左派,国民党内也还有一些要革命的人,二是反正西山会议派已经将你开除了,你可以当一个正式的共产党员,可是,我却只有一条路,所以必须回武汉。"我问何兆芳有什么打算,他说:"'马日事变'之后,要回长沙已经不可能了,打算在上海待一个时候再作打算。"

五月中旬,何兆芳到绍敦公司来找我,说何恐已经回武汉去了,临行之前和他商定他到武汉向上面请示后写信给他,可是,等到现在一直没有消息,现在已经囊空如洗,不能住旅馆了,问我有什么办法。于是,我陪他和蔡叔厚商量,并把何兆芳的身份告诉了他,问他是否可以让何住在我的小房间里。蔡叔厚与何素不相识,同时也考虑到楼上还有张、杨两家,住进一个互不相识的人,不太方便。他考虑了一下之后,对我说:"你放心,我去想办法。"过了两天,蔡叔厚在吴淞路找了一个亭子间,把何兆芳安顿下来,并替他订了"包饭"。当然,一切费用都是蔡叔厚付的。前面我说过人世间的确也会有一些奇事和奇人,指的就是在"世风日下"的当时,竟会有蔡叔厚这样的颇有孟尝君风度的人物,甘冒政治风险,为我们这些流亡者出钱出力。从"四一二"之后直到一九二九年底,绍敦公司成为流亡人士的集散地,后来又成为中共闸北区委的联络点。蔡叔厚不仅对我们这些人供应膳宿,有人离开时还代治行装,致送旅费,大家叫他"蔡老板"，这个名称在当时左翼圈子里知道的人不少。但是实际上他并不是富有的资本家，公司每月有亏空，有时他还得向亲友借债。

过了几天，何兆芳带了我在明治专门学校的同学庞大恩、郑汉先来看我。庞大恩是广西玉林人，和我同班，学的是冶金；郑汉先是福建人，比我低一班，学的是电机制造。他们两个都是我的好友，在"明专"时期就一起参加过日本学生组织的社会科学研究会，支援过松本治一郎的"水平社"活动，一九二四年十一月，也和我一起到门司去欢迎过孙中山先生。一九二五年我毕业后到东京参加左派国民党的工作，他们则在一九二六年回到上海参加了中国共产党。在上海，他们用的是代号，郑汉先改名陈德辉，庞大恩改名为吴永康，他们都成了职业革命家。陈德辉在闸北区委工作，吴永康在党刊当编辑。我把他们两个介绍给蔡叔厚，此后，他们也成了有恒路一号的常客。

我在绍敦公司楼上临街的小房间里，度过了一个闷热的初夏时节，除了看报之外，简直无事可做。我在大学也是学电机的，蔡叔厚曾半开玩笑地对我说："请你当本公司的工程师，怎么样？"我心不在焉，只能报以苦笑。这一段时间，在上海，杨虎、陈群勾结青红帮头子，放肆地实行白色恐怖，每天报上都有"处决共匪"的消息，老百姓把杨虎、陈群叫作"狼虎成群"，并流传出了"白日青天满地红，青天白日杀劳工"的民歌，而整个时局，真的可以说是风云幻变。武汉的北伐军在郑州与冯玉祥会师，冯玉祥又表示支持蒋介石的南京政府，眼看到国共合作就要全面破裂，而我却像浮萍一样地飘飘荡荡，无所依靠。因此，一次郑汉先与我闲聊，当他说近来忙得连看望朋友的时间都没有的时候，我脱口而出："你们忙，我却闲得发慌。"于是，他就向我提出为什么不入党的问题。我说："这个问题以前何恐也曾和我谈过，你看我行吗？"他很快地说："行，特别是在这个时刻，报上不是常常可以看到有人退党吗？怕死的要退，要革命的就该进。"这样，我当天晚上就写了申请书，介绍人是郑汉先和庞大恩。五月底或六月初，郑汉先、庞大恩陪我到北四川路海宁路的一家烟纸店楼上举行了入党式。监誓的是一位浦东口音的女同志，郑、庞没有给我介绍，只说她代表闸北区委，她也只简单地讲了几句勉励的话，大意是说考虑到我过去在日本的表现，欢迎我入党，不需要候补期。过了一段时间，郑汉先告诉我，我的组织关系编在闸北区第三街道支部，并带我到虹口下海庙（什么里弄我记不清了）去找孟超，告诉我他是我们这个小组的组长。这个小组一共五个人，即孟超、戴平万、童长荣、孟超的夫人和我，代表区委、支部来领导这个小组的是洪灵菲。不久，钱杏邨代替孟超，当了组长。除我之外，这个小组全是太阳社的作家。后来据钱杏邨说，闸北区的第二、第三两个支部，都是不久前才组成的，其成员大部分是"四一二"事件以后，从各地转移到上海的知识分子、文艺工作者。组织上交给这个小组的任务是搞沪东、杨树浦一带的工人运动。洪灵菲和戴平万都是潮州人，他们在潮汕一带搞过农民运动；钱杏邨是安徽人，孟超是山东人，他们在大革命时期都搞过工人运动。因此，在这个小组里，没有群众工作经验的就只有我一个，可是他们都是外省人，不会讲本地话，所以我和他们在一起，工作上也有方便。现在回想起来，当时的工人运动，实际上也只是要我们脱下长衫、西装，到群众中去，和工人们接触，了解他们的思想、生活，有可能的时候，做一点宣传鼓动工作。对我说来，这是有生以来第一次和本国的产业工人发生接触（在日本北九州，我也曾到八幡制铁所的矿井、炼铁厂去体验过生活）。

"你们这个小组的主要工作，是搞提篮桥到杨树浦这一带的工人运动。"这句话是郑汉先对我讲的。他不仅是我的同学，入党介绍人，又是闸北区委的负责人之一（当时他在区委负责宣传工作）。尽管当时白色恐怖很严重，自己又没有经验，但我还是极力想把工作做好。我从旧货店买了一套粗蓝布短衫裤，把头发推成平顶，也不止一次和孟超、戴平万等一起到这一带去了解情况。从下海庙起向东，就是工厂区，日本人开的"内外棉"、英国人开的"怡和"纱厂，都在这一带，党内把它叫作"纱区"。到了那一带，我们就在小茶馆和马路上和工人们"接近",目的是想和他们交朋友、搭关系。可是不仅事情不那么方便,而且还不止一次闹过笑话。例如,有一次,我和孟超两人在小茶馆和一个工人"搭讪",孟超问他家里有几口人,话音未落,这个工人就勃然变色,用手把他推开,差一点就要动武。我把他们劝开了,事后才知道,当时上海工部局的巡捕绝大部分是山东人,因此,孟超的一口胶东土话立刻引起了这个工人的反感。大概从这一年冬天开始,我们小组曾经作过规定,每人每星期要到工厂区去工作两三次;但是这个小组的成员除我之外都是忙人,钱杏邨、孟超、戴平万都是文艺工作者,他们正忙于组织"太阳社",筹备办书店(春野书店)、编杂志(《太阳月刊》),所以真正搞工运的时间并不多。这个支部的其他小组,如冯乃超、李初梨等"创造社"成员的那个小组,也在同时恢复创造社出版部和出版《创造月刊》。因为在这个支部有几个小组的成员,都是从前线和日本转移到上海的文化工作者,他们在上海这个地方,除了办书店、编杂志、写文章之外,别无用武之地,因此,从一九二七年底到一九二九年的革命文学论争,主要是从闸北支部掀起来的。

在这个时期,通过钱杏邨我认识了许多文艺界朋友。首先是蒋光慈,他是早期留俄学生,在党内也是老资格,当时他已经是一个著名的小说家,他平易近人,讲话随便,也许可以说是自由主义吧,我从他口中知道了不少关于留俄学生的情况和"花絮";还有一位是我一直尊敬的杜国庠同志(当时叫林伯修,广东潮州人),在我们这些人中,他年纪比较大,做事也比较稳重,他是研究哲学、政治经济学的,但对文艺也有兴趣,因此,钱杏邨等创建"太阳社"的时候,他也是发起人之一。后来有不少人认为我参加过"太阳社",这实在是误传。尽管我在留日时期写过和翻译过一些短文,在日本时期,我在《语丝》《洪水》上都发表过一些文章,也认识郭沫若、田汉、陶晶孙和郁达夫,但我只是一个文艺爱好者,而配不上算是作家,所以,我既没有参加"太阳社",也没有参加"创造社"。

我在绍敦公司住了半年多之后，渐渐觉得不该长期当"食客"了。这一年秋冬之间，有一次，吴觉农（茶叶专家，浙江上虞人，我在日本时就认识）来找蔡叔厚，谈话中他问我为什么不译点书，可以有点收入，我欣然同意。他介绍我去见了开明书店的夏丏尊、章锡琛（雪村）。章锡琛是第一次见面，而丏尊先生则在五四运动时期就认识了，他还记得我曾在《浙江新潮》上用过的沈宰白这个名字。吴觉农和他们谈了我的情况之后，丏尊先生就从书架上拿出一本书来，要我先译几章试试，这本书就是本间久雄的《欧洲文艺思潮论》，这就是我靠翻译糊口的开始（在这之前一九二四年我曾翻译过菊池宽的一本小册子《戏曲论》）。我译了几章，丏尊先生看了表示满意，要我继续译下去，这本书大概有二三十万字，我每天译二千字，三四个月才译完。由于当时章锡琛、吴觉农都是妇女运动的积极分子，开明书店还出过一本叫《新女性》的杂志，所以，接着就要我翻译德国早期马克思主义者倍倍尔的《妇女与社会主义》。这是一部马克思主义关于妇女问题的经典著作，篇幅很大，最少也得花半年以上的时间，这样，译书就成了我的公开职业。我自己规定每天一清早起来就译书，每天译二千字，译完之后，还有充分的时间可以做别的工作。当时，译稿费大概是每千字二元，我每天译二千字，我就可以有每月一百二十元的收入，这样，在文艺界的一群穷朋友中，我不自觉地成了"富户"。附带一说，从一九二八年到一九三四年，我坚持着每天翻译二千字的习惯，因此，除了《欧洲文艺思潮论》和一些日本短篇小说外，我还译过几本大部头的书，如为陈望道先生主持的大江书铺译的高尔基的《母亲》，为与太阳社有关的南强书局译的柯根的《伟大的十年间文学》和《新兴文学论》，以及厨川白村的《北美印象记》（金屋书店）、高尔基的《没用人的一生》（生活书店）、雷马克的《战后》和普特夫金的《电影导演论》等等。

也是在一九二七年冬，广州暴动之后，许多革命者经过香港、潮汕撤退到上海。我的表兄徐景韩，一年前由我介绍他到广州去找郭沫若，但他到广州，郭沫若已随军北伐，到前线去了。于是，我又写信介绍他去找当时在叶剑英部下当团长的李国琛（李人一）。可是刚入伍就碰上了广州暴动，失败后，他和李人一、李的爱人张去非和一个护士，一起到了上海，我照料他们在旅馆住了几天。李人一找到了当时在上海的中央军委，不久就转到江西。张去非正怀孕，由徐景韩带她到德清去隐蔽。这时何兆芳就搬进了绍敦公司。

在此，要补叙一下，这之前的八月间，张秋人奉命到浙江去重建省委，可是他到杭州不久，就被一个反革命的黄埔学生发现，不幸被捕，他的爱人徐诚梅也一起被捕。蔡叔厚有一个亲戚在浙江当厅长，得到消息后，立即到杭州去营救，但因"案情严重"，无能为力，秋人同志终于在翌年二月牺牲。徐诚梅保释后回到上海，改名徐镜平，当了一所女子中学的校长，搬出了绍敦公司。张秋人的被捕与牺牲在蔡叔厚思想上起了很大的影响，不久，他就由何兆芳、陈德辉介绍入了党，也编入了闸北区的一个街道支部。由于他是一家公司的老板，有公开合法的身份，又能讲英文、日文（当时在租界，特别是在日本人集中的虹口，能讲日语是一个很有利的条件），所以他入党后不久，绍敦公司就成了闸北区委的联络点。我还记得区委的交通员叫小汪（汪极），宁波人，他的爱人施喜也是区委的交通，中央和省委的文件、宣传品都由他们送给蔡叔厚，再由各支部派人来取。小汪和施喜成了我们这些人的好朋友。可是我在一九二九年搬出绍敦公司之后，就不再知道他们的消息，直到上海解放之后，我问过好几个当时在闸北区的同志，都认识他们，但谁也不知道他们的下落。他们比我小十二三岁，祝愿他们还在人间。

蔡叔厚入党以后，很快就得到了闸北区委的重视，当时党组织经济很困难，蔡自告奋勇地为区委筹款。他本人并不富裕，筹款主要靠他的同乡、同学等社会关系，他的社会关系和筹款方法说起来可能人家不会相信，举一例，他年轻时候和汤恩伯是"结拜兄弟"，汤在日本士官学校念书时，不止一次得到过蔡的接济，因此，有一次汤恩伯从南京到上海，打电话要蔡到大东酒店去看他，蔡临走时轻声地对我说："碰碰运气，今天可能弄到一笔钱。"果然，他向汤恩伯"装穷"，说公司营业不佳、快要破产，于是，汤就给了他一张三百元的支票。蔡的姐夫蒋志澄是陈立夫的亲信部下，因此，他也从蒋志澄那里"借"了一些钱，作为闸北区委的经费。

经过了近一年的血腥的白色恐怖，到一九二八年春夏之交，党组织逐渐得到了恢复，工人运动也有了新的发展。退出和清除了一批动摇分子，增加了新的血液，闸北区的铁路、邮政、电力、纱厂等方面的群众工作，都恢复得比较顺利。"四一二"事件中遭到严重破坏的商务印书馆和沪杭铁路局的工会和党组织，都已经重建，邮务、电力工人都组织了工人俱乐部，沪东的"纱区"也通过基督教青年会中的进步分子，开办了两个工人夜校。与此同时，教育方面也开创了新的局面，大夏、劳动、群治等大学都建立了党的支部和小组。到翌年初，我和戴平万也是经过朋友的介绍，认识了一位基督教青年会在杨树浦办的工人补习夜校当教员的冯秀英（她就是后来我在《包身工余话》中提到的"冯先生"），才能在纱区找到了一个立脚之地。冯秀英是上海出生的广东人，先是在沪西某大学念书，后来因经济问题而辍学，白天当小学教员，晚间在工人夜校工作，当时，她是共青团员。也是在这个时候，住在绍敦公司的、经常和我们来往的人也发生了变化，二八年春，大约是四五月间，杨贤江去了日本，何兆芳去了湖南，陈德辉当了闸北区委书记，他经常在公司楼上约人碰头、开会。因此，我也在这时候认识了不少党内的干部，除了由张秋人介绍而认识的李求实之外，那时经常到公司来的有舒怡、黄静汶、李剑华、俞怀（莞尔）、徐大妹，还有一个我们叫他"大人物"的王克全，当时他是江苏省委的负责人之一。记得有一天，陈德辉很神秘地约蔡叔厚和我谈话，用恳求的口气对蔡说："实在没有办法，想借你的楼上开一个会。"蔡当即表示同意。于是，陈说："这次来的人不少，最少也有二十个，估计要从天黑开到晚上十二点，行吗？"蔡叔厚说可以。

陈德辉就给了我们两人一个任务，就是在楼下替他们望风，一有情况赶快向他们报告。蔡拍了胸脯说一切由他负责。他很快装了一个从楼下店堂通到楼上的电铃，约好了一有情况就按电铃通知，他们可以从后门撤走。在约定的那一天，我和蔡叔厚在楼下店堂里一直守到深夜，会开得很顺利，一切平安无事。后来蔡叔厚告诉我说开的是闸北区的代表大会，但大会讨论的是什么问题，我们全不知道。在当时，地下党的纪律是很严的，除正式文件之外，上下左右之间都要严格保密，许多人都用假名和代号，例如我们知道上海党组织有七个区委，即沪东、沪西、沪中、法（租界）南、闸北、江湾、浦东，但我们在基层，连本区的区委书记是谁也不知道——陈德辉当过闸北区委宣传部长和区委书记，后来又领导过"法电"大罢工，都是在他调离上海时才告诉我的。最突出的例子是党中央召开第六次代表大会这样的大事，我们直到三一年初传达六届四中全会的决议时才知道，但"六大"什么时候、在什么地方开的，乃至新选出的党中央负责人是谁等等，基层党员也是不知道的。

2．革命文学论战

自从翻译成了我的职业之后，我就经常到北四川路底的内山书店去买书，一是我能讲日本话，二是经常买的是一些左翼报刊和进步书籍，于是很快就认识了书店的老板内山完造。内山是一个非常好客的人，当时，不仅刚从日本回来的文化人，如冯乃超、李初梨、彭康都是这家书店的常客，鲁迅、陈望道、夏丏尊、郁达夫、田汉也都是内山完造的朋友；那时虽是日本左翼运动的全盛时期，在上海也只有内山书店才能买到左翼书店出版的书报、杂志。内山完造也可以说是一个现代奇人，我去了两三次，每次也不过买一二元钱的书，可是他很快地就掌握了我的爱好，他不仅能向我介绍我想买的书籍，而且还给我介绍了我想认识的朋友。我认识尾崎秀实、山上正义，都是他介绍的，后来他还给我介绍了从日本流亡到上海的左翼作家鹿地亘、他的夫人池田幸子。北四川路、史高脱路、窦乐安路一带是所谓"越界筑路"地段，也是日本人集中居住的地区，名义上是公共租界，实质上归日本人统治，这儿很少有白人巡捕，也没有印度"三道头"，当然，国民党警察也不能在这个地区巡逻。因此，在白色恐怖严重的时候，内山书店不仅可以买到进步书籍，我们还可以像在东京逛神田旧书铺一样，在这里看书、聊天、借打电话，甚至约朋友见面，有时内山还会拿出一些"生果子"（点心）来招待我们。大概是二八年初，总之是一个严寒的日子，也就在这家书店，我认识了鲁迅先生，是不是内山介绍的，我已经记不清楚了，但是在大书架后面，隔着一个日本式"火钵"，我用绍兴话向先生作了自我介绍，还说了曾用沈宰白的笔名在《语丝》投过几次稿的事。

从一九二七年底到一九二九年十月，在约两年的时间内，上海文艺界发生了一场猛烈的关于革命文学的论战。关于革命文学，在二十年代初，李大钊、恽代英就不止一次提到过有关革命文学的建设问题。到一九二六年第一次国内革命战争时期，郭沫若、成仿吾在《创造月刊》上，再一次提出了革命与文学的关系和革命者如何进行文学革命的问题。"四一二"事件后，鲁迅和郭沫若相继从广东回到上海，郭沫若在一篇题为《眼中钉》的文章中说：

> 当在一九二七年的末，那时鲁迅先生在上海，我也从广东回到了上海。伯奇、光慈诸人打算恢复《创造周报》，请鲁迅先生合作，这个提议我是首先赞成的。记得在报上还登载过启事，以鲁迅先生为首名。我当时并曾对伯奇不止说过一次，有机会时很想和鲁迅先生面谈；但不久我病了，所以这件事情竟没有实现。（《拓荒者》四、五期合刊）

"这件事情竟没有实现"主要是由于郭沫若为了避免国民党反动派的追捕和暗害，于二八年二月亡命到日本去了。于是，当所谓后期创造社和太阳社提出无产阶级革命文学这个口号的时候，就发生了中国近代文学史上的一场空前激烈的论战。有的文学史家对于"这件事情竟没有实现"深感惋惜，认为假如这件事情实现了，组成了以"鲁迅先生为首名"的《创造周报》，那么也许这场论战可以避免，我看，这未免把问题看得太简单了。首先要看到，本世纪二十年代末到三十年代初，不仅在中国，而且在苏联、欧洲、日本都处于极左思潮泛滥之中，苏联文艺界有一个"拉普"，日本文艺界有个"纳普"，后期创造社同人和我们这些人刚从日本回来，或多或少地都受到过一些左倾机会主义的福本主义的影响，而中国的知识分子则"由于对国民党屠杀政策的仇恨和对陈独秀投降主义的愤怒而加强起来的小资产阶级革命急性病，也反映到党内，使党内的'左'倾情绪也很快地发展起来了"。加上创造社、太阳社的成员中，除了郑伯奇、杜国庠之外都是不满三十岁的青年，他们对帝国主义和国民党反动派有满腔仇恨，但他们对中国社会和中国革命的实际认识不足，特别是对于中间阶级的两面性和反动势力的内部矛盾缺乏正确的估计，因此，在文艺界发生这场"激战"（郭沫若语），我看是要想避免也难以避免的。不少文章中都说，"无产阶级文学"这个口号是一九二八年由创造社、太阳社首先提出来的，事实也并非如此。早在一九二五年五月，沈雁冰就曾在《文学周报》一七二期上发表过题为《论无产阶级艺术》的文章。这篇文章中，他就指出过高尔基"是第一个把无产阶级的灵魂无讳饰无夸张地表现出来，第一个把无产阶级所负的巨大使命明白地指出来给全世界人看……"。

　　这一场论战，从二七年秋创造社恢复活动，筹备出版《文化批判》的时候已经有了酝酿，到二八年二月，冯乃超在《文化批判》创刊号上发表了《艺术与社会生活》，点名批评了鲁迅、叶圣陶、郁达夫、张资平，接着，钱杏邨在《创造月刊》三月号发表了《死去了的阿Q时代》之后，这场论战才公开爆发了，对这两篇文章，鲁迅在《语丝》四卷十一期上进行了反驳。据我回忆，在论战初期，党组织好像没有过问，因为这一论争开始的时候，并不像一般人所说的，只是创造社、太阳社和鲁迅之间的论战，实际上，不仅创造社和太阳社之间也有斗争，而且创造社内部也发生了分裂。前者的例子是由于创造社的李初梨在《文化批判》第二期上批评了太阳社蒋光慈的作品（《怎样地建设革命文学》），太阳社的钱杏邨就在《太阳月刊》三月号进行了反驳（《关于现代中国文学》），双方的文章语气都非常尖锐；后者的例子是前面引用过的冯乃超写的《艺术与社会生活》，同时也批评了前期创造社的郁达夫和张资平，于是，创造社内部就发生了分裂，这也就是郭沫若后来在《眼中钉》中所说的："在后期创造社的批判一开始，在内部便发生了分化。"由于一九二八到二九年，一方面是赣、粤、闽一带工农红军和国民党战争正酣，中间还有大部分领导人到莫斯科去参加党的第六次代表大会，在上海，反对陈独秀托洛茨基的斗争也很剧烈，所以据我记忆，文艺界的问题似乎还排不上党的重要议事日程，因此，文艺论争开始，党中央似乎没有予以重视。党中央干预和解决这场论战，在我记忆中，开始于一九二九年的初秋，也就是决定筹备组织左翼作家联盟的前夕。我是这一年九月下旬从第三街道支部调到一般所说的"文化支部"的，当钱杏邨把这一决定通知我之后不久，当时在江苏省委宣传部工作的潘汉年（对于他在宣传部的职务，有些文章说是秘书、干事，也有人说是副部长，最近我问了当时和潘一起工作的吴亮平，才明确他们都是"工作人员"，没有别的职称）就约我谈话（我早在一九二四年暑假回国时到"创造出版部"去送稿件的时候就认识了他，当时，他和叶灵凤都是《洪水》的编辑），他和我谈的内容主要是要我和冯雪峰、柔石等人合作，对消除创造社、太阳社和鲁迅先生之间的隔阂做一点工作，从他的谈话中可以听出，他当时已经和鲁迅有过联系。也就在这之后不久，潘汉年第一次在《现代小说》三卷一期上发表了题为《文艺通信》的文章，对文艺界的教条、宗派主义作了初步的自我批评，例如他说：

> 与其把我们没有经验的生活来做普罗文学的题材，何如凭各自所身受与熟悉一切的事物来做题材呢？至于是不是普罗文学，不应当狭隘的只认定是否以普罗生活为题材而决定，应当就各种材料的作品所表示的观念形态是否属于无产阶级来决定。

在这篇文章的最后，他还引用了李初梨发表在《创造月刊》二卷六期上的《普罗列塔利亚应该怎样防卫自己》中的几句话来结尾，初梨的文章，也是一个明显的转变：

> ……普罗列塔利亚文学的作家，应该把一切社会的生活现象，拉来放在他的批判的俎上，他不仅应该写工人、农人，同时也应该写资本家，小市民，地主豪绅。

到一九二九年冬，筹备组织"左联"的工作正在积极进行的时候，潘汉年又在《拓荒者》一卷二期发表了《普罗文学运动与自我批判》。这场"激战"或者"混战"在表面上才平息下来。我说"表面上平息下来"，因为当时的情况相当复杂，一方面说，由于党中央的干预，双方停止了论战，但在筹备"左联"时期，也应该看到"左联"成立之后，思想作风上的矛盾和斗争还在继续，因为"左"的思想、作风在当时的政治环境下是不可能很快地纠正和克服的，就我自己来说，到二九年底我还在《沙仑》等杂志上写过很"左"很偏激的文章。也还有人写文章说，在当时，只有冯雪峰没有写文章批评过鲁迅，这也是不实事求是的。当时雪峰写过一篇《革命与智识阶级》，一方面批评了创造社，同时也批评了鲁迅，他说：

（鲁迅）在艺术上是一个冷酷的感伤主义者，在政治上常以"不胜辽远"似的眼光对无产阶级，在批评上，对于无产阶级只是一个在旁边的说话者。(《冯雪峰论文集》上册六页）

年少气盛，写文章不讲分寸，欢喜讲一些尖刻的话，这是当时左翼文艺界的通病，所以后来雪峰对于这篇文章非常后悔，也说过"荒唐""这是犯罪"之类的话的。

对于这一场关于革命文学的论战，我没有直接参加，一是忙，在这一段时期内，除了组织上交给我的工作外，我翻译了不少书，还在立达学园和劳动大学教书，我还替开明书店编了一本教科书《物理学》；更主要的是当时我不是文艺工作者，尽管我也写些小文章，在文艺界有许多朋友，但是我没有参加过任何一个文艺社团。当然，不参加论争并不等于中立，无可讳言，由于思想作风上和组织上的原因，我是站在创造社、太阳社这一边的。在立三路线统治时期，我也以"左"为荣，以"左"为正确，谁都喊过"武装保卫苏联"之类的口号；在这一年多的时间里，和创造社、太阳社的朋友们朝夕相处，不谈论到这场论争是不可能的。钱杏邨、冯乃超写的几篇文章我都看过，还有，钱杏邨不懂日文，他文章中引用的藏原惟人等人的理论文章，是我翻译后向他提供的。还有一次，当二八年冬，茅盾发表了《从牯岭到东京》之后，大家对《动摇》《幻灭》有反感，钱杏邨就写了一篇《从东京回到武汉》，洪灵菲也要我写一篇批评文章，我答应了，但是，当我仔细读了茅盾的文章之后，对于他对小资产阶级知识分子的看法我有同感，觉得很难下笔，结果没有写。这也许还有另一个原因，这时，茅盾的夫人孔德沚和我同在一个小组，经常见面，还不时一起去散传单、写标语，写了文章怕伤感情。因此，我说对这场论战我没有直接参加，意思是说我没有写过争论文章。十年内乱时期,"四人帮"硬要我承认"从二十年代起就参加了围攻鲁迅的罪恶活动",则完全是诬陷,因为从张春桥、姚文元直到他们的干将和小爬虫翻遍了这一段时期的报章、杂志,也还是找不到一篇我写的"围攻"鲁迅的文章。

关于停止论争,筹组"左联"究竟首先是哪一位负责同志提出来的问题,有各种不同的说法,孟超、阳翰笙都说是当时的宣传部长李富春首先找创造社、太阳社的党员提出的。楚图南还有一个材料,说是周恩来同志开完"六大",从莫斯科到远东越境进入国境(在哈尔滨附近),从任国桢(鲁迅在北大时的学生,当时和楚图南一起在黑龙江省委工作)那里看到了鲁迅给任国桢的一封信,谈到创造社的"理论"和对这次论争的不满,恩来同志回到上海后,就要党组织干预这方面的工作。恩来同志是和瞿秋白一起回到上海的。一九六四年开中央工作会议时,我问过李立三同志,他说:"他找鲁迅谈话和决定停止论争,都是党中央决定的,所以楚图南同志提供的材料应该是可信的。"

我不是文艺工作者,为什么组织上调我参加筹备"左联"的工作呢?钱杏邨有一段回忆:

> 中央宣传部直属的文化委员会是一九二九年秋成立的。潘汉年是"文委"书记。最初筹备"左联",只很少几个。"文委"成立后,要加快这项工作,要充实力量。我曾建议调沈端先(夏衍)来参加"左联"的筹备工作。关于这个问题,我当时有些想法:一、为了争取鲁迅对"左联"的巨大支持,必须有人经常与鲁迅打交道。当时在党组织领导下几个主要从事筹备工作的人大多是原创造社、太阳社的,像乃超和我都与鲁迅有过文字之争,夏衍没有参加"革命文学"论争,不存在这个问题,而且他与鲁迅已有点往来。他同太阳社人员很熟,与后期创造社的几位在日本时就认识了,太

阳社与创造社（主要是从日本回来的几位）文字上也交过锋，记得第三街道支部还为此将双方召集在一起开过会，解决了一些问题，但彼此思想意识上都有毛病，互不服气。所以，增进团结问题仍然存在。党一再提醒我们首先要搞好党内这些同志的团结。我想，代表创造社、太阳社一些同志去做鲁迅工作，夏衍更能发挥作用，同时也有利于进一步调整两个社团成员之间的关系。加上，我同夏衍住得很近，常常交谈，他经常在创造社、太阳社的刊物上写文章，彼此比较了解，所以，我在同太阳社内的几位同志商量后，便正式同潘汉年谈，组织很快同意了这个建议。不久夏衍便作为"左联"的主要筹备人之一开始工作了。（见吴泰昌《艺文轶话》第二九九页）

关于这件事，我也在《忆阿英同志》那篇短文中，有过一段记述：

一种强烈的时代思潮，一个划时代的政治运动，都会引导或者驱使一批青年人走上新的道路，而当他们走上新路的时候，也可能由于某种偶然的因素……一九二九年冬，党中央决定革命文艺工作者团结起来，组织"左翼作家联盟"，把我从街道支部调出来参加筹备工作的时候，我觉得很惊奇。我问杏邨同志，为什么要我这个不曾写过一篇作品的非文艺工作者参加，他回答说：这是他和洪灵菲提出的，因为你认识各方面的人，又没有参加过一九二八年的那次论争。

我参加了筹备工作，这是我后来从事文艺工作的起点。

3. 筹备组织"左联"

"左联"筹备小组成员，据我记忆，一共十二个人，即鲁迅、郑伯奇、冯乃超、彭康、阳翰笙、钱杏邨、蒋光慈、戴平万、洪灵菲、柔石、冯雪峰和我。十二人中，除鲁迅和郑伯奇外，都是党员。我记得我参加党召集的第一次筹备会议，是在一九二九年十月中旬（"双十节"之后不久），地点是在北四川路有轨电车终点站附近的"公啡"咖啡馆二楼，参加的人共有十一个，即筹备小组的十个党员和潘汉年。这次会，主要由潘汉年传达中央主张停止文艺界"内战"，组成包括鲁迅在内的"左联"的意义，并且也讲了一些反对宗派主义、关门主义的话。中央并指定这个小组的任务是，尽快拟出两个文件：一、拟出"左联"发起人名单；二、起草"左联"纲领。会上决定，这两个文件拟出了初稿之后，就先送鲁迅审阅，得到他的同意后，再由潘汉年转送中央审定。这次会开得不长，我的印象却很深，大概不会记错。我还记得潘汉年说，中央负责同志和鲁迅谈话的时候，鲁迅说明他不一定参加筹备小组的工作，他可以挂名，不能每次会都参加，有必要的，非他参加不可的，他可以参加。潘要我们把每次筹备会的情况，通过冯雪峰、冯乃超和我经常向鲁迅报告。据我的回忆，鲁迅参加"公啡"咖啡馆二楼的前期筹备会，大概只有一二次，至于郑伯奇，则参加过多次，他是创造社的元老之一，在政治上思想上与我们没有什么距离。

在这里还要补充一点，在党中央决定停止文艺论战前，应该说，从一九二九年冬，创造社、太阳社方面的人，如李一氓、洪灵菲，以及吴亮平等，都不止一次和鲁迅有过接触，而且相处得很好，因为自从鲁迅同意了参加"左联"之后，他对创造社、太阳社的作家的态度有了明显的变化。正如李一氓在《记巴尔底山》一文所说："我们和鲁迅的关系，不仅政治上是一致的，感情也是融洽的。那种双方关系闹得僵的不能再僵的说法，恐未必然。"当然，感情这个问题，必然是因人而异的，例如鲁迅对郑伯奇，据我所知，一直是很友好的。

筹备会一般是每周开一次，有时隔两三天也开过。地点几乎固定在"公啡"咖啡馆二楼一间可容十二三人的小房间。筹备工作的难点是起草"左联"纲领。因为筹备会的成员，多半懂日文，参考的主要是日本"纳普"的纲领。蒋光慈是懂俄文的，但他不经常参加会，说他写作忙，不过他也谈过苏联"拉普"纲领和组织情况。至于"左联"发起人的名单，一般说来是较容易的，即绝大部分是与我们志同道合的进步作家、党员作家。但在这之中，也有经过讨论才最后决定的。例如有的不是作家，而是搞戏剧、美术、音乐，或者搞社会科学的。这个发起人的名单，讨论了不止一次，当时左翼戏剧家联盟和左翼社会科学家联盟都还没有成立，因此有些研究社会科学的和创造社、太阳社、南国社、我们社、上海艺术剧社等团体的主要成员，也被邀请列入发起人名单。据我回忆，这两个文件是在一九三〇年一月下旬基本上定稿的。这中间，冯雪峰、冯乃超和我，有时加上潘汉年，曾和鲁迅谈过筹备情况，具体时间和内容都记不起来了。

除了这两个文件外，还有一个组织关系的草案，这就是"左联"的组织机构、内部分工，以及和国内各地、国外进步作家组织联系之类的问题。上海所有的进步作家联合起来组成"左联"，鲁迅是旗手，是盟主，这是没有问题的，但也讨论过用什么名义的问题。有人建议叫委员长，有人建议叫书记长，当把这些方案向鲁迅汇报时，他坚决不同意。他说他可以做力所能及的工作，尽力多做，但他不喜欢委员长之类的名义。因此可以说，"左联"实行了集体领导，它的组织，只有一个执行委员会。同时，我们和鲁迅也讲明，他是我们的领导人，重要的事情一定要得到他的同意，他虽然没有用明确的语言表示，事实上是同意了的。

这两个文件拟好以后，筹备小组决定由我和冯乃超拿去征求鲁迅的意见。这次会见是在鲁迅家里，我们说明了筹备会讨论的经过，把两个文件交给了他。鲁迅很仔细地同时也是很吃力地阅读了那份文字简直像从外文翻译过来的纲领,后来慢慢地说:"我没意见,同意这个纲领。"又说:"反正这种性质的文章我是不会做的。"接着他又看了发起人的名单。有些他不认识的人,我们一一作了介绍,他也没有表示不同意见。最后,他提出为什么没有郁达夫参加发起?乃超说,郁达夫最近情绪不好,也不经常和一些老朋友来往。鲁迅听了之后,很不以为然地说:"那是一时的情况,我认为郁达夫应当参加,他是一个很好的作家。"我们都表示同意,不过我们说这还得征求他本人的意见,鲁迅也赞成。在我看到的一些回忆录和文科教材的有关记载中,大意都说创造社、太阳社坚决反对郁达夫参加"左联",只是由于鲁迅的坚持才勉强同意,我认为这是讲得过分了,事实并非如此。当时,郁达夫确有点消沉,但主要的原因是他和后期创造社之间有过很尖锐的论争。谈完"左联"纲领、名单和组织机构问题之后,我们还闲谈了一阵,鲁迅还讲了他家乡的一些笑话。我记得他讲了个农民想象皇帝怎样生活的笑话。他说两个农民,一个说,皇帝这么有钱,这么舒服,不知怎样过日子的,另一个农民很有把握地回答:皇帝的生活么,一只手元宝 nian nian(捏捏),一只手人参 jia jia(嚼嚼)。这两句话完全是用绍兴话讲的,讲完之后,他自己禁不住大笑起来。这一情景我是记得清楚的。

开成立大会的时间和地点,都是筹备小组几个人商谈后由潘汉年决定的。地点是在中华艺术大学,这是个党办的规模不大的学校,但为了要公开合法,经陈望道先生的同意,由他担任了校长。学生几乎都是进步的青年,是一些大革命失败后聚集在上海的文艺爱好者。开会的时间定在三月二日,因为这一天是星期日,学生都不在学校。这个学校没有宿舍,一般学生都走读。至于开会的程序、主席团的组成以及分工,都是在"公啡"咖啡馆楼上,包括郑伯奇、潘汉年在内的十二人讨论后决定的。当时还决定由冯乃超说明大会筹备的经过,郑伯奇对纲领作简要的说明,然后由几位发起人,特别是鲁迅讲话。这些,包括关于主席团、执行主席组成在内,都是经过大家商量后由潘汉年决定的。据他说,这样做是经过中央讨论过的,所以大家也没有不同意见。

"左联"成立大会是在一九三〇年三月二日下午二时召开的。大会的程序是:首先推定鲁迅、钱杏邨、沈端先三人为主席团,然后由冯乃超报告筹备经过,郑伯奇对"左联"纲领作了说明,接着由中国自由运动大同盟代表潘漠华致祝词,鲁迅、彭康、田汉、华汉(阳翰笙)等讲话。大会选出了鲁迅、沈端先、冯乃超、钱杏邨、田汉、郑伯奇、洪灵菲七人为执行委员,周全平、蒋光慈二人为候补执行委员(见《拓荒者》第一卷第三期)。大会通过了"左联"纲领和行动纲领要点,通过了成立"马克思主义文艺理论研究会""国际文化研究会""文艺大众化研究会"等机构,创刊联盟机关杂志《世界文化》,通过了与各革命团体发生密切关系、参加工农教育、组织自由大同盟分会、与国际左翼文艺团体建立联系等提案。

这个大会是在白色恐怖极端严重的情况下秘密召开的。由于时间限制,还有几位预定发言的人没有来得及讲话,到傍晚就宣布散会。因为保密的需要和缺乏经验,上述报告、演说都没有文字记录。鲁迅在大会上的讲演,即后来登载在《萌芽月刊》一卷四期上的《对于左翼作家联盟的意见》,也是三五天后,由冯雪峰根据回忆记录下来,写成草稿,并把鲁迅在会场上没有讲到而经常私下对我们讲的一些话添补进去,最后经鲁迅亲自审阅修改而定稿的。(见冯雪峰一九七三年九月十一日的回忆材料)

"左联"成立后不久,就在先施公司附近的贵州路建立了一个秘密机关,但是由于缺乏经费、资料,再加上那时把"左联"的工作主要是放在飞行集会、散传单、贴标语等事情上面,上述的马克思主义文艺理论研究会等等也都没有正式形成组织,而纯由个人分别进行工作。我担负的是国际文化研究会,但实际上作的却只是介绍一些外国进步文艺界动态和对国际左翼文艺团体的联系工作。在这里我得提一下帮助"左联"进行了许多工作的三位外国同志。一位是美国的史沫特莱,她当时是德国《佛兰克福日报》驻上海记者;一位是日本《朝日新闻》驻上海特派员尾崎秀实;还有一位是日本联合通讯社驻中国的记者山上正义。"左联"成立的情况、纲领、名单,以及以后的许多工作——特别是一九三一年柔石等五烈士牺牲的报道和"左联"告国际进步作家书等文件,都是通过他们三位分别向国外发出去的。史沫特莱对中国人民的友谊和她的革命业绩,我国报刊上已有了较多的报道,我在这里不需要多说,而尾崎秀实和山上正义这两位同志,即使在"左联"内部,知道的人可能也是不多的。我在一九二八年就认识了尾崎秀实,他是一个表面上看来是绅士式的记者,但是,他在当时却是在上海的日本共产党和日本进步人士的核心人物,他领导过"同文书院"的进步学生组织,后来参加了第三国际远东情报局,和史沫特莱有经常的联系,并把一些国际上的革命动态告诉我们。特别使我不能忘记的是在一九三〇年五月下旬,胡也频、冯铿参加了在上海举行的苏维埃区域代表大会之后,"左联"决定向全体盟员作一次传达报告,但在当时,要找一个能容纳四五十人的会场是十分困难的。我把这件事情告诉了尾崎,请他帮忙。当时,在虹口,日本人势力很大,他们的机关连工部局也不敢碰。他很爽快地说,机会很好,这个月驻沪日本记者俱乐部轮着我主管,这个俱乐部除在星期六、日外,一般是空着的,只有一个中国侍者管理,你们决定了日期以后,我可以把这个侍者遣开,但时间不能超过下午六点,过时就可能有人到俱乐部来。就是这样,我们在虹口乍浦路附近的驻沪日本记者俱乐部召开了一次超过五十人的全体盟员大会。尾崎秀实是一个非常精细、考虑问题十分周到的人,当他把俱乐部钥匙交给我时,一再嘱咐,不要大声讲话,散会后收拾干净,不要留下痕迹。但是,开会后,胡也频作报告时这个约束就打破了。有的人高呼:"苏维埃万岁!""保卫苏联!"等口号,使我跑上跑下,搞得十分紧张。幸亏这次会议没有出事。尾崎秀实回日本后继续进行革命,终于在太平洋战争后的一九四四年十一月七日，被日本法西斯以叛国罪处死。山上正义曾目睹过一九二七年十二月的广州暴动和一九三〇年工农红军占领长沙的情景，拍摄了大量国民党屠杀共产党和革命人民的照片，并在日本和外国报刊上作了大量报道。他还翻译了鲁迅的《阿Q正传》及柔石等五烈士的作品。我希望谈"左联"历史，不要忘记这几位外国同志。

提到苏维埃区域代表大会，我还得追述一下一九三〇年四月底在一个旅馆里召开的一次"左联"盟员大会。这是"左联"成立后第一次执委扩大会议。这个会表面上是为了检查"左联"成立两个月的工作，实际上是为了筹备"红五月"的行动，因为五月间有许多纪念日：五一劳动节，五四运动纪念日，五五马克思诞生纪念日，五七、五九国耻纪念日，五卅纪念日，等等。所以在这一个月内就布置了几乎每周不断的飞行集会、贴标语、散传单……不管具体情况，规定凡是盟员都必须参加。当然，在这种情况下我们受到了很大的无谓损失，有许多同志被捕。鲁迅先生批评我们"赤膊上阵"，主要指的是这一类事情。

关于"左联"发起人的名单和参加成立大会的人数，各种回忆录和教材上的说法，都有分歧，据我所知，《拓荒者》上发表的那个发起人名单，说有五十余人是对的，但由于种种原因，主要是安全上的原因，发表的名单只有三十几个人。至于出席那天大会的人数，也有种种说法。最少的说有三四十人，最多的说五六十人或五六十人以上。我是主张后者的。因为开这个会的礼堂，可以容纳四五十人。开会的那天几乎全坐满了，甚至主席台旁边还有人站着。这次会虽然是在秘密中进行的，但中华艺大的教员和闸北区委有关的一些党员，事先已经知道。举个例子，如一九三一年二月七日牺牲的五烈士之一的李伟森（即李求实），原是当时青年团中央的负责人，酷爱文学，也写过诗，他是发起人，也出席了会议，但没有发表他的名字，因为发表了对他的安全有影响。出席大会的还有许多人，是从事党的工作的，不便于公布名字，如潘漠华、庞大恩、童长荣等。——在这里我要谈一下童长荣的情况。他是安徽人，很早就参加革命，当时在党内担任相当重要的职务，是一个有很好的文学素养的青年作家，原来在太阳社，后来参加了"左联"。一九三〇年他被派到东北担任领导工作，后来在延边作为东北抗日联军的一个领导者与日伪军作战中英勇牺牲。这个人的名字，现在讲"左联"的一些书籍中几乎没有人提起。知道童长荣在东北英勇作战事迹的人，现在可能只有骆宾基一位了。

由于这种种原因，《拓荒者》上发表的名单，也是不完备的。解放后我们从国民党档案中又找到了一个所谓出席"左联"成立大会的名单，这个名单显然是伪造的，可能是国民党反动派事后听到了点风声而炮制的。因为名单中有郭沫若，而沫若当时还在日本，不在国内。名单中还有些人根本不是"左联"的，也被国民党算作发起人和大会的出席者。为什么我说这个会议的参加者至少有五六十人呢？我有个主要的理由，这次会我在主席团里，参加主持会议，必须从主席台上不断警惕地看着会场，因此整个会场坐满了人，以及不时有人出入，我看得很清楚。还有一件事也可以说一下。三月一日下午，潘汉年和闸北区委的一位负责人找到了我，说要先看看会场的情况，他们同我和戴平万四个人一起去看了。从北四川路与窦乐安路的交界，到艺大二楼的进口处，直到全校的房间，都仔细作了观察。有哪几个门可以出口，有没有后门，经过后门可以从哪条路出去，都作了周密的检查。后来潘汉年对我说，这次会筹备得久，到会的人又多，国民党反动派方面可能已经得到了些风声，因此必须特别谨慎，我们已经准备了纠察队和保卫人员。他对我说："你可以事先和冯雪峰、柔石讲明，万一有紧急情况发生，让他们两个人陪着鲁迅首先从后门撤退。在会场中我们布置了四个身强力壮的工人纠察队员，他们会一直保护鲁迅先生的。"同时他又告诉我，在会场内外，从北四川路底到窦乐安路，到中华艺大门口，安排了大约二十个纠察队员，只要我们警惕可疑人物，不粗心大意，那么，会议的安全是可以得到保证的。因此，可以估计，到会的人除正式出席会议的四五十人外，还有若干艺术大学的师生参加。这些人绝大多数是共产党员和青年团员，他们是从他们党小组、团组织或者从亲密朋友口中知道这次大会召开，而且知道鲁迅要在会上讲话，得到了门口检查人的同意而进入会场的。当然，列入发起人名单中的人，也有当天没有参加会的。例如蒋光慈、郁达夫就没有参加会议。郁达夫，经过查证，他那天因有私事没有到会。蒋光慈，则因病没有出席。

4．"社联""剧联"等的成立

"左联"成立之后不久，左翼社会科学家联盟、左翼戏剧家联盟和左翼美术家联盟等组织也相继成立。应该说，"左联"之外，在文化、思想方面影响最大的，是左翼社会科学家联盟（简称"社联"）。当时，李一氓、吴亮平（吴黎平、吴履平）、杨贤江（柳岛生）都是中宣部文化工作委员会的成员，所以它的筹备工作，实际上是和筹组"左联"同时进行的。"社联"成立于一九三〇年五月二十日（见《巴尔底山》一卷二号），最初的盟员约三十人，大部分都是中共党员，参加成立大会的，有杨贤江、吴亮平、杜国庠、彭康、钱铁如、王学文、朱镜我、许涤新、蔡咏棠等，潘汉年代表"文委"作了筹备工作及"社联"今后的工作计划的报告，成立大会还通过了"社联"纲领，选出了执行委员会，并决定出版机关杂志，介绍和宣传马克思主义。据我回忆，"社联"在介绍和宣传马克思主义方面，作出了重大贡献，他们翻译出版了许多马克思恩格斯的著作，如朱镜我的《社会主义从空想到科学》、吴亮平的《反杜林论》、李一氓的《马克思论文选译》、杨贤江的《家族和私有财产及国家的起源》等等。"社联"是最早受到王明打击的一个组织，它在理论方面的贡献，也比其他联盟更大，没有"社联"的努力，马克思主义思想是不可能在中国迅速普及的。

下面，还得回叙一下戏剧方面的情况，以及"上海戏剧运动联合会"和"左翼戏剧家联盟"组成的经过。

从幼年起一直到留学日本之前，我除了小时候陪母亲看过一些旧戏之外，可以说和戏剧完全没有兴趣。"五四"运动之后，新文化运动的大部分猛将，都是反对旧剧的，一九一九年我到上海的那一次，在天蟾舞台看了一次京戏，被"闹头场"的锣鼓搞得头昏脑涨，从此之后，也就对京剧发生了反感。在日本六年多，也看过日本的歌舞伎和新派剧，但印象和对京戏差不多，加上语言不通，票价太贵，不过偶尔一看而已。到一九二三年，当我沉溺在图书馆里看文学名著的时候，却意外地被易卜生、沁弧、契诃夫的剧本迷住了。当时日本出版界"圆本"（每月出版一本，每本定价一圆的文史哲丛书）流行，记得我还每月节省一块钱订购了一整套世界戏剧名著，但当时也还没有"话剧"这个名词。一九○七年，中国留日学生在东京组织"春柳社"，上演了《茶花女》《黑奴吁天录》，也和日本一样，把这种不同于旧剧的艺术形式叫作"新剧"。由于清末民初，上海已经有了"文明戏"，所以也有人把易卜生式的新剧叫作"新式文明戏"。我和戏剧发生关系是在一九二九年秋冬之间，就是我从街道支部调到文化支部的时候。和前面说过的一样，筹备"左联"的中心地点是在北四川路，而这地方恰好又是当时话剧运动活动的中心。加上在筹备"左联"的成员中，郑伯奇、冯乃超都对话剧有兴趣，中华艺术大学又设有一个戏剧系，主持其事的是沈学诚（叶沉、沈西苓）和许幸之，他们在日本的时候，都是学美术的，许在东京，沈在京都，可是他们似乎爱戏剧胜于爱美术，而且已和日本话剧界的秋田雨雀、村山知义、千田是也等有了交往，在"筑地小剧场"实习过导演工作。"五四"时期话剧运动的中心在京津，可是大革命失败以后，这个中心就移到了上海。当时在上海已经有不少业余话剧团体,比较有名的如田汉主持的南国社,洪深主持的复旦剧社,应云卫主持的戏剧协社,朱穰丞主持的辛酉剧社,等等。正当我们筹备"左联"、经常在"公啡"开会的时候,有一天,潘汉年和我说:"话剧运动在上海很活跃,不仅学生、青年店员也爱看,群众性很大,所以郑伯奇、陶晶孙、冯乃超、沈学诚他们打算办一个剧社,给那些很少关心政治的剧团打打气,你参加一下好不好?"郑、陶、冯、沈等人都是我的朋友,我就表示了同意。大概是这一年的十月下旬,这个名叫"上海艺术剧社"的团体就在郑伯奇办的"文献书店"成立了。基本成员除上述的郑、陶、冯、沈和我之外,还有许幸之、屈文(司徒慧敏)、朱光、俞怀(莞尔,当时,他在中共闸北区委宣传部工作)、石凌鹤、舒怡、龚冰卢、邱韵铎等,还有一批革命青年和中华艺大的学生,如刘卯(刘保罗)、陈劲生、陈波儿、王莹、李声韵、易杰、唐晴初等等。这些人中除了郑伯奇、冯乃超、沈西苓、许幸之之外,包括我自己在内,可以说除了对话剧有兴趣之外,都是十足的外行。在成立大会上大家一致推举郑伯奇为社长,沈西苓负责导演,许幸之负责美工,冯乃超和我负责宣传,其目的在于准备出一本与当时左翼文化运动相合拍的戏剧杂志,也就是后来的《艺术》和《沙仑》(英语"汽笛"的译音)。

当时的青年人干劲很大,说干就干,我记得剧本是由郑伯奇、陶晶孙和冯乃超三人决定的。考虑到演话剧不同于写小说,要公开在群众面前上演,而且工部局还要审查剧本,所以第一次公演,采用了政治色彩不太显眼,但也坚持了一定政治方向的剧本,这三出戏,都是外国剧本的翻译:一、法国罗曼·罗兰的《爱与死的角逐》;二、德国米尔顿的《炭坑夫》(矿工);三、美国辛克莱的《梁上君子》。为了尽快上演(也可能是为了给准备在一九三〇年二月成立"中国自由运动大同盟"和三月成立"左联"造声势而安排的),剧目决定之后,立即开始排演。"内行不够,外行来凑",三出戏的人选如下:

《梁上君子》:导演鲁史,演员陈波儿、刘卯、鲁史。《爱与死的角逐》：导演沈西苓，演员李声韵、石凌鹤、易杰。《炭坑夫》：导演沈端先，演员石凌鹤、王莹、唐晴初。三个导演中，叶沉算是内行，鲁史据说在广东搞过学校剧，唯有我是十足的外行，看一点书，请叶沉指教，跟别人学，如此而已。排演的地方，我记得是在北四川路底余庆坊某号楼下的一间较大的客厅。经费是捐来的，陶晶孙出了四十元，我译了一篇日本小说，由潘汉年负责去换了二十元稿费，郑伯奇、潘汉年也各捐了二三十元，其他人的钱数记不起了。

张庚同志在《半个世纪的战斗历程》中说，上海艺术剧社是"创造社创立的"，这可能是当时一般人的印象，因为社址设在文献书房，社长又是创造社的元老郑伯奇同志。其实，艺术剧社倒是一个进步戏剧工作者的联合组织，有创造社的冯乃超、郑伯奇、陶晶孙；有太阳社的钱杏邨、孟超；有刚从日本回国的叶沉、许幸之；也还有一大批爱好戏剧的文艺青年，如朱光、石凌鹤、吴印咸、侯鲁史、唐晴初、陈劲生等等。

我们一边排戏，一边筹款和预先进行推销戏票的工作，紧张而愉快地度过了一九二九年的冬天。那时，演话剧不仅剧团要准备赔本，演员与所有工作人员都得自己管伙食、赔车钱。排完了戏到施高塔路口的一家名叫"白宫"的广东小饭馆去吃一客两毛小洋的客饭，这种情景还很清楚地留在我的记忆之中。

一九三〇年一月六日起，艺术剧社在虞洽卿路（今西藏路）宁波同乡会礼堂举行了连续三天的首次公演，表面上是场场客满，事实上票房售出的并不太多，绝大多数的戏票，都是经过党组织和赤色工会向学生群众和工厂中的工人推销的。由于这种关系，绝大部分观众都是进步分子，所以，演出的效果很好，台上演到暴露资产阶级丑恶的时候，台下会发出热烈的鼓掌和欢呼。当时和我们有联系的几位外国进步记者，如美国的史沫特莱、日本的尾崎秀实和山上正义，都给我们在上海的外文报上作了宣传。特别使我们这些人高兴的是上海话剧界的所有知名之士，如田汉、洪深、应云卫、朱穰丞等都来看了戏，而且与我们发生了友好的接触。

尽管大家都很努力，戏，应该说演得并不好。第一，剧本的台词都是外文直译，听起来很难懂（比如"炭坑夫"这个名词就是日本文的直译，当时根本没有想到应该通俗一点，译成"矿工"或"煤矿工人"），加上演员很少有人能讲像样的普通话，从上面演员表可以看出，陈波儿、鲁史、屈文是广东人；凌鹤是江西人；王莹是安徽人；刘岬、易杰是湖南人；唐晴初、陈劲生是四川人，真所谓南腔北调、蔚为大观。为此，我曾在余庆坊排戏的时候，戏作过一副对联："两间东倒西歪屋，一桌南腔北调人"，上一句略有夸张，下一句则完全写实。

艺术剧社第一次公演的另一个收获，是我们这批所谓"左翼剧人"和上海话剧界人士第一次发生了联系。我和乃超、叶沉等都是在这次公演后的座谈会上和洪深、应云卫、朱穰丞等认识的。我和田汉，那是一九二三年就有过书信来往，二四年在上海见过他，但那时只是一个青年读者和作家的关系（尽管他只比我大两岁）。这次见面之后，照洪深的说法："现在我们大家都是Colleague（同行）了，都是朋友了。"事有凑巧，艺术剧社一月初公演，到二月二十二日，就发生了有名的"不怕死"事件。那时，上海最豪华的大光明电影院，放映了一部美国滑稽电影演员罗克主演的辱华影片《不怕死》（原名《上海快车》），这部影片丑化中国人民的形象，把中国人描写成野蛮、愚昧、在外国人前面卑躬屈膝的民族。于是，正在电影院看戏的洪深和一些南国社的社员——廖沫沙、金焰、张曙等忍不住了，洪深站起来大声抗议，并走上舞台向观众演讲，痛斥帝国主义电影公司侮辱中国，要求立即停演和退票。"大光明"是美国人办的，外国老板通知巡捕房派警探来"维持秩序"，并在群众抗议声中殴打了洪深和不少观众。一个英国巡捕还把洪深抓进"老闸"捕房，准备以"妨碍营业罪"起诉，这一下激怒了上千群众，包围了捕房，高呼"打倒帝国主义"等口号，而在哄乱中不讲一句英语的洪深，到了捕房，就用流利的英语傲然地对巡捕们说:"我是复旦大学教授,美国哈佛大学博士,叫你们捕房的头目出来和我讲话。"这几句话,不仅使一般巡捕吃惊,连那些英、印"三道头"也害怕了;洪深要求打电话,巡长只能同意,于是他请了一位律师(记得那是明星电影公司的法律顾问凤昔醉),要他立刻来捕房,保护人身安全。加上拥挤在外面的群众越来越多,于是工部局不得不在律师到来之前就"释放"了洪深。

洪深释放了,影片《不怕死》也停演了,但事情并没有结束。上海九个话剧团体:南国社、上海艺术剧社、复旦剧社、新艺剧社、剧艺社、辛酉剧社、摩登社、大夏剧社、青鸟剧社联名在报刊上发表了公开的抗议,抗议书上说:"愿唤起全国群众,此后对舶来影片加以注意,如再有同类事件发生,即以群众力量作直接之取缔。"这是一场胜利的斗争,这场斗争使话剧、电影界感觉到团结起来就有力量。于是,就在三月十九日成立了"上海戏剧运动联合会",这是不以个人而以团体为会员的组织。因为这个会的成立,正在"左联"成立之后不久,所以联合会的宣言发表在《拓荒者》第三号上,从这份宣言中所报导的执行委员名单的排列秩序,可以看到一个迹象,就是策划和筹备这个联合会的主要是左派,执委名单的顺序是这样的:上海艺术剧社、摩登社(这是从南国社分裂出来的左派)、剧艺社、南国社、辛酉社,话剧界资格最老的应云卫主持的戏剧协社和紫歌剧社则当了监察委员。同时从这个联合会规定要做的工作也可以看出,当时提出的也只是"发行刊物、联合公演、办讲习班、建图书馆、设俱乐部、组织剧评、确立上演税"等等(见一九三〇年三月十八日上海《民国日报》)。这里没有提到政治思想问题,所以,尽管总务部、宣传部等都掌握在刚成立不久的上海艺术剧社手里,但表面看来,它还是一个业务性的而不是政治性的组织。但是,要记住这是一九三〇年,正是政治上瞬息万变的时刻,这一年二月,成立了"自由运动大同盟",三月二日成立了"左翼作家联盟",这两个进步组织,田汉和洪深都参加了。也在这个时期,蒋光慈、钱杏邨和田汉逐渐成了亲密的朋友。《不怕死》事件对洪深也给了很大的影响，因为他从事件中感到最积极支持他斗争的是左派和广大群众。田、洪两位的向左转，直接影响了戏剧界的一大片，因此，从公开发表的文件也可以看出一种明显的变化，一方面，尽管联合会规定要办的事是业务性的，不带政治色彩，可是在这个联合会发表的"章程草案"中的"本会宗旨"却可以说是很明白地显示出了左倾的色彩。宗旨共六条："a.联络会员间的感情，俾作实力的互助；b.集中各会员的力量，一致作新时代的戏剧运动；c.领导中国的戏剧运动，并推动新兴剧团的成长；d.研究中国戏剧艺术，以争取国际上的地位；e.宣扬社会的戏剧，使民众正确认识戏剧与人生的关系；f.反抗一切妨碍戏剧运动的恶势力。"为什么同一个组织会有两种不同的任务和宗旨？当时也有两种说法，一种是说，这个联合会初期并没有做到真正的联合，也没有举行过像"左联"那样的成立大会，只是田汉"登高一呼"，大家表示同意，就指定一些人去分头起草文件，各剧团之间对重要问题没有做过仔细的探讨。我认为按当时的情况和田汉、洪深两位的性格和作风，这种说法可能是真实的。因为单就联合会成立的日期，报刊上登的也不一致。《拓荒者》上的消息说"这个组织于三月十九日宣告成立"，而前几天的三月十五日上海《民国日报》"戏剧周刊"上却先发表了这个联合会的成立宣言，表示"戏剧运动要跳出'唯美'的圈子，担负起时代的使命和社会的责任，向群众艺术的路线迈进"。更值得注意的是又过了一段时期，到四月九日，《民国日报》又发表消息，说："上海戏剧运动联合会已正式成立"，并发表了该会的工作人员名单。当然也还有另一种说法，说当起草文件时，已有过不同意见，最初的文件语调基本与"左联"的纲领相似，后来洪深、应云卫提出了不同意见，党组织也考虑到了戏剧运动的群众性，因此宣言的措辞也用了比较含蓄的词句。由于当时我正忙于"左联"初建后的一些杂务和筹备艺术剧社的第二次公演，没有参加这个联合会的筹备工作，所以对这一过程我只能从公开的消息和文件中知道大概的轮廓。

谈到中国戏剧史，人们不能不想起三位杰出的奠基人，那就是一九〇七年首先在东京创立"春柳社"的欧阳予倩，以及田汉和洪深。一九三〇年欧阳予倩在广东，田汉、洪深则都在上海，而且如上面所说，他们两个同时在思想上发生了大幅度的转变。田汉是现代的关汉卿，我私下把他叫作中国的"戏剧魂"。他从"五四"时期就和郭沫若一起，成为新文化运动的闯将，是一位热烈的爱国主义者和民主革命家。二十年代初，他就开始了戏剧、电影活动，组织了南国社。二七年大革命失败后，他思想上开始了转变，这个转变，最初是通过戏剧来表达的，例如一九二九年，他写的《一致》中就通过剧中人之口高呼："一切被压迫的人集合起来……一致建设新的光明，新的光明是从底下来的。"到一九三〇年，他公开发表了轰动当时文坛的《我们的自我批判》，这不只是一篇文章，而是一整本杂志，厚厚的一本书。对这本书，我们可以说是田汉的彻底的自我批判，但考虑到当时的"左"的政治形势、文艺界的动向以及南国社内部的一部分社员（左明、郑君里、赵铭彝、陈白尘等）的分裂，也应该看到这位在戏剧界一直被大家叫作"老大"的田汉，为了表明他彻底地和过去诀别，正如我们在六十年代初写"检讨"一样，讲了一些违心的"过头话"，也是可以理解的。我和田汉相交半个世纪，他的为人、才能、性格；他的勇敢、慷慨和助人为乐的精神；以及作为一个从旧时代、旧社会走过来的小资产阶级知识分子很难避免的过分的天真、缺乏警惕、感情用事——于是当时的国民党人就利用这个"自我批判"特别强调了田汉的所谓"唯美""颓废""感伤主义"等等，进行了恶毒的攻击。可以说，对田汉，我是了解得比较清楚的。假如说"金无足赤"，那么，田汉是一块九成以上的金子。要记述评论田汉，可以写一本篇幅很大的书，可惜，我已经没有时间和精力了。

回过头来再谈一下艺术剧社的第二次公演，这次演出只有两个剧目：一是冯乃超创作的《阿珍》；二是从德国小说家雷马克原作改编的《西线无战事》。为什么演这出戏，也有一个当时的特殊原因，因为那时候,希特勒已经在组织纳粹党,煽动复仇主义。

《西线无战事》是一出"群戏",群众演员很多,而且全剧共三幕十一场,不仅舞台条件困难,还需要相当大的一笔演出经费。好在第一次演出"成功",给了这群"初生之犊"以勇气,我们根本不把这些困难放在眼里,演员不够,所有工作人员一律得当群众演员;经济困难,大家掏腰包来解决。剩下来最难解决的是换景。按当时的技术条件,三小时内换十一堂景是不可能的,可是,后来经过陶晶孙的努力,终于找到了北四川路横滨桥的一家日本人经营的戏院,叫"上海演艺馆",座位不多,可是它有转台装置,这就解决了舞台换景的问题。当然,这个转台装置是用人力而不是电力操纵的,因此全体后台工作人员——包括导演、演员在内,换景的时候就不得不到台下去推转舞台了。舞台条件好,可是前台的条件却很不实用,因为这是一座纯日本式的戏院,观众席没有椅子,而是一片划成方格子的"塔塔米"(草席),为了演出,不能不委屈观众了,好在我们的观众绝大部分都是有组织的进步学生、店员和工人,所以大家盘足而坐,感到新奇而并无怨言。

这次演出,从艺术角度来看,也算不上成功。可是不论剧本、演出、舞台设计乃至剧院的转台,都有了一点新的尝试,所以在当时也居然颇为轰动。现在看来,由于当时艺术剧社的成员都是话剧界的新人,而且一部分人刚从国外回来,对国内话剧界情况不熟悉,但另一方面也可以说,他们就丝毫不受旧传统的影响和束缚。的确,这一次演出,使用了许多新的花样,例如《西线无战事》开幕之前先放映了一段欧战的电影(这是从外国影片中翻印出来的),同时,用字幕作了说明,陶晶孙的音响效果也做得不错,我当时管照明,试行了灯光的"暗转",这是用一块铁片浸在一个盐水桶里进行的。应该说,艺术剧社的这次公演不论从剧本到演出,都是一种大胆的尝试,而这种革新精神,在当时的话剧界发生了一定影响。当然,推动整个话剧界转变的,毕竟还是当时已经弥漫在广大知识分子中间的那种不满现状、要求革命的时代精神,大家痛感到在那个苦难的时代,群众要求于话剧的,已经不只是曲折的情节、精致的对话、成熟的演技,而是更能反映人民群众的现实生活和斗争的戏剧了。就在这次演出之后,上海各剧团之间,有了进一步的接触,组织一个上海戏剧运动联合会的建议提出来了。

国内外的反动派并没有熟睡,很快地袭来了"镇压"的暴风,艺术剧社第二次公演之后不久,上海工部局就在一九三〇年四月二十八日晚间查封了窦乐安路十二号的艺术剧社社址,当时,由我们主办的中华艺术大学也遭到了抄查。

艺术剧社被封禁后,由田汉、应云卫等发起,用上海戏剧运动联合会的名义,发表了《为艺术剧社被封告国人书》,提出了"我们要得到文化运动的自由,我们要得到戏剧运动的自由"的口号(一九三〇年六月一日《新地》月刊)。当时,正在兴起的进步戏剧运动,没有被白色恐怖所压倒,不久,南国剧社在中央大戏院演出了田汉改编的《卡门》,获得了很大的成功。但"告国人书"和《卡门》的演出,阻挡不住国民党反动派的文化"围剿",《卡门》因"内容过激,揭露社会黑暗"而勒令停演。接着,国民党上海市党部正式宣布南国剧社为反动团体,而予以查封。记得在"南国"被封后不久,潘汉年召开了一个戏剧界的小会,参加的有郑伯奇、冯雪峰、田汉、俞怀和我,研究了上海戏剧运动联合会的前途问题。因为"艺术""南国"被封后,应云卫即对外宣称戏剧协社已退出戏剧运动联合会,紫歌剧社也有类似情况。应云卫的戏剧协社在上海是一个颇有声望、没有什么政治色彩的剧团,因此,我们估计这个剧团的要求退出很可能是应云卫受到了国民党方面的压力。当时,应云卫的正式职业是虞洽卿办的"三北"轮船公司的协理,也可以说是一个上海的"场面上人",因此,国民党当然不能允许他主持的剧团和"艺术""南国"联名,向政府提出要求演出自由的宣言。讨论中有两种不同意见,一种是用联合会名义发表声明,开除或同意戏剧协社退出;另一种意见是考虑到"艺术""南国"被封，戏剧协社退出后，在一定时期内再举行大规模演出，必然会遇到很大的困难，因此，不如主动解散戏剧运动联合会，把立场坚定的剧团重新组织起来，名正言顺地改称"左翼剧团联盟"。经过讨论，大家同意了后一种意见。会后，由田汉和我去征得了洪深、朱穰丞、左明等的同意，由田汉出面，约集了郑伯奇、洪深、朱穰丞、郑君里、刘岜等十来个人，在一家茶室聚会，一致同意了不公开发表声明地让戏剧运动联合会解体，组成"中国左翼剧团联盟"，这个联盟的成立，是否公开发表过宣言或消息，我已经记不起来了。上面所说的这一段时期，即一九三〇年六七月间，正在"红五月"之后，政治活动频繁，各剧团的活动分子很难从事戏剧工作，于是，又经过潘汉年向"文委"请示，经过批准，把左翼剧团联盟再改为"左翼戏剧家联盟"，其理由有二：一是"剧联"用个人名义参加，而不再吸收团体会员，这样就可以让一些政治色彩不太暴露的剧团（如"复旦""大夏""辛酉"等）得以继续争取公演；其二，把个人和团体分开，那么，洪深参加了"左联""剧联"，复旦剧社仍可保持公开合法的地位；另一方面可以让当时急迫要求进步的戏剧工作者——如朱穰丞等，可以以个人名义参加"剧联"，但对外不公开他们的"盟籍"，这样他们在"剧联"的领导下依旧能公开地进行戏剧活动。我记得这个建议首先是由洪深提出来的，事实证明，这样做是对的，因为经过田汉、洪深两位对应云卫做了工作，他欣然同意，在戏剧协社退出戏剧运动联合会之后，他自己"秘密"地参加了左翼戏剧家联盟。这里要特别提一下朱穰丞同志，他原先只是一个话剧的爱好者，他是一家外国洋行的高级职员，生活比较富裕，他领导的辛酉剧社，最初是以"爱美"和"提高话剧艺术水平"为号召的，辛酉剧社曾提出过"难剧运动"的口号，上演过契诃夫的《万尼亚舅舅》（由袁牧之主演），尽管卖座不如理想，但他毫不灰心，更奇怪的是，一九二九年底到一九三〇年，他思想上起了很大的变化，不仅参加了左翼戏剧家联盟，而且在一九三一年上海白色恐怖最严重的时候，他向我提出决定自费经欧洲到苏联去进修。不久，他就离开了他美满的家庭，自费到了德国，经过千辛万苦，于一九三二年以一个德国马戏团的丑角的身份进入了苏联。战后我听从苏联回来的袁牧之说，他曾在"莫斯科小剧院"当过助理导演。一九三六年在苏联"大清洗"运动中失踪，从此就和国内（包括他的妻子）断绝了消息。全国解放后，他在德国结婚的一位德籍夫人到上海来找我，对我说朱穰丞一九三六年离开莫斯科后，她一直认为他已经回到中国，担任秘密工作，要我告诉她现在的工作单位；我再次向当时任文化部电影局局长的袁牧之查询，袁一再表示不知道朱的下落。到一九五五年，袁牧之才含着眼泪告诉我，朱穰丞在一九三六年苏联肃反时失踪，肯定已不在人间。这是一个悲剧，我希望在中国近代话剧史上，不要遗漏这个先驱者的名字。

"剧联"成立后的第一任党团书记是杨邨人，杨叛变后，一九三二年由刘保罗继任，刘在杭州被捕后，由赵铭彝接替，三三年尤兢（于伶）由北京到上海后，协助赵工作，三五年赵铭彝被捕，于伶任党团书记，直至一九三六年"剧联"解散。

"剧联"成立之后不久，在同年七月成立了"中国美术家联盟"。大革命失败后，上海一带已经有了几个进步的美术团体，其中之一就是由鲁迅领导的、成立于一九二八年的"朝花社"；其次是一九二九年成立于杭州的"一八艺社"（因为一九二九年是民国十八年，故名"一八艺社"），这是以国立西湖美专为中心的进步学生的组织，参加者有胡一川、刘梦茵、李可染等；第三个是"时代美术社"，这也可以说是和上海艺术剧社同时成立的姊妹团体，参加者有沈西苓、许幸之、王一榴、汤晓丹等；还有一个是"上海漫画会"，这个会成立于一九三〇年春，参加者有叶浅予、张光宇、张正宇、鲁少飞、胡旭光等。这几个美术团体，在三〇年初开始有了相互联系，到三〇年"左联"成立后，由于许幸之、沈西苓等的奔走，对上述几个团体进行了一系列的思想上、组织上的帮助之后，于一九三〇年七月中旬，终于组成了"中国左翼美术家联盟"。由于"文委"委托我代表"文委"去参加他们的成立大会,我还依稀记得成立大会是在旧法界环龙路的一间双开间二楼的前厅举行的,参加者约三十人,除许幸之、沈西苓外,还有"一八艺社"的胡一川,上海美术专科学校的学生张谔,新华艺术专科学校的学生陈烟桥,"白鹅画会"的代表周熙(江丰)等。大会由许幸之主持,于海(山东人)任秘书,选出了执委九人,即许幸之、沈西苓、于海、胡一川、张谔、陈烟桥、姚馥、周熙、刘露。执委会又推出许幸之为主席,于海为秘书。由于许幸之与沈西苓都不是党员,所以"美联"成立后,没有组织党团,具体工作由许、沈二人负责,党的关系暂时由我与于海联系。和"左联""剧联""社联"比较起来,"美联"人数不多,党员也少,因此也没有独立的机关刊物,当时有关美术方面的文章,如许幸之写的《新兴美术运动的任务》《中国美术运动的展望》等也都是在上海剧艺社办的《艺术》和《沙仑》上发表的。我还记得,艾青以美术家身份从法国回到上海时,也是由"左联"介绍他和于海接上关系的。

为了联合和统一行动,一九三〇年"红五月"之后,中央决定组织一个"左翼文化总同盟"(简称"文总"),作为"左联""社联""剧联""美联"的联合机构,由于各盟性质上是党与非党的联合组织,所以"文总"也还是相当于现在的"文联"的群众团体。因此,党中央的"文委"就成了"文总"的党团,"文总"的第一任书记是谁?也有不同的说法,我也记不清楚(我看到的一些回忆文章,有些人把"文总"与"文委"混为一谈,其实"文委"是中央宣传部的一个工作机构,而"文总"则是统一战线性质的组织)。关于"社联"的事我知道得不多,只是三二年我当了"文委"成员之后,在"文委"开会时才了解一些。"社联"这个组织后来和"社会科学研究会"("社研")合并,所以从盟员人数来说要比"左联"还多,我记得一九三四年担任"社联"党团书记的杜国庠对我说,"社联"盟员约有五六百人,因为"社联"下面还组织了好几个专业性的组织(如教育界的"教联"、妇女界的"妇联"、新闻界的"集纳协会"等等），后来，教育界联盟又分成了"大教联"和"中小教联盟"，所以它的范围比其他几个联盟都广，统一战线工作也做得较好，知名人士很多，除上面提到的之外，还有熊德山、周新民、宁敦五、朱理治、李东明（艾思奇）等，也由于此，它的影响也比较大，到"淞沪"战役之后，不仅上海各大学（复旦、交通、大夏、光华等）、各大书店（商务、中华、世界等）、各报刊（《东方杂志》《申报月刊》等）都有"社联"的小组乃至支部。

"文委"直接领导的革命文化组织，除了上述的四个联盟之外，一九三三年三月，还组成了"左翼电影小组"和"左翼音乐小组"，由于当时这两方面的党员人数不多和便于公开活动，并未组成"电联"和"音联"。"文化大革命"中"四人帮"的专案组一口咬定说"文总"下面有一个所谓"八大联"，也有些不了解实际情况的人也用过"八大联"这个名称，这一点我可以负责说明，他们把电影、音乐、教育、新闻都说成和"左联""社联"并列的联盟，这是不确切的。我是电影小组的组长，音乐小组则在一九三五年以前一直由"文总"委托田汉单线领导，影响较大的"教联""新联""妇联"则都是"社联"的外围组织，不是由"文委"和"文总"直接领导的。

5．五烈士事件

写到这里，有必要追述一下当时上海和苏区根据地的形势。一九三〇年的确是难忘的一年。因为正当在"文委"领导下建立起左翼文化工作的各种组织，在严重的白色恐怖下，宣传马列主义思想、扩大共产党的影响的时候，党中央在李立三主持下，四月间决定筹备"红五月"行动，五月五日（或七日）那一天，在南京路举行了一次规模空前的飞行集会，损失很大。六月上旬中央政治局会议通过了《新的革命高潮与一省或数省的首先胜利》的决议，同时取消了党、团和工会的正规组织，成立了各级"行动委员会"（我只记得闸北区的行动委员会书记是黄烈文，同时，还把"左联"的洪灵菲、孟超调到闸北区"行委"去担任宣传工作）。从此，左倾错误统治了中央领导机关，同时还决定了以武汉为中心的全国总暴动计划，并集中红军进攻中心城市。我还记得当时闸北区"行委"的油印刊物上还出现过"会师武汉，饮马长江"的口号。那时，为什么会有这样的"豪迈气概"？原因是很多的，除了第三国际不了解中国革命的实际，实行"瞎指挥"之外，三〇年五月间的蒋、冯、阎战争和赣、闽、鄂、豫、皖红军的胜利和根据地的扩大，也是使一部分领导人头脑发热的原因。为了要"饮马长江"、促发"全国总暴动"，所以中央在七月间就命令红军进攻长沙。因为取消了党团组织，准备"全国总暴动"，所以各方人事也有了很大调动。大革命失败后一直作为闸北区委的一个联络站的"绍敦电机公司"，由于蔡叔厚调到"特科"工作，就不能像以前那样作为接头和开会的地点了，杨贤江夫妇去了日本，我也在三〇年初搬到虹口塘山路业广里。为了"迎接新的高潮与一省或数省的首先胜利"，李立三主持的党中央和江苏省委也从文化方面调走了许多党员干部，如李初梨调到中央宣传部；洪灵菲、童长荣调往华北、东北；郑汉先调到湖北（不久，即在汉口被捕牺牲）；也还有一些人调到"特科"，一些人调到"互济会"等组织。因此从三月到七月这一段时期，文化方面除了建成了"文总"领导下的各个联盟和不断地参加飞行集会、游行示威，在联盟办的杂志上发表一些不切实际的教条主义的文章外，可以说文化方面的实际工作做得很少，而且在历次飞行集会中不少干部被捕，刚成立的组织受到了很大损失。那么在文艺、文化界对这种左倾错误是不是有所怀疑与不满呢？我想肯定是有的，如一次在南京路飞行集会，闸北区委负责人布置了一二百人去"占领"山东路附近的一个"慈善"机关（这是商会办的一间冬季对贫民施粥的院子），结果二十余人被捕，我侥幸脱险后，在外滩碰到李求实，他就很气愤地对我说："这样就等于把同志们主动地送进巡捕房。"我听了有同感，但是连"我同意"这句话也不敢说。又如，有一次我所在的一个小组，晚上到三角地小菜场附近去写"武装保卫苏联"之类的标语，当时下雨路滑，同组的孔德沚（茅盾的夫人）不小心滑倒，弄得满身泥水，我们把她送回家去的时候，她发牢骚说："连自己也保卫不住，还说什么保卫苏联。"我们还批评了她。我们这些人不都是知识分子吗？为什么会这样傻？一方面说当时组织纪律很严，而党内又缺乏民主生活，当时，我们最怕被说成"右倾"，像陈独秀这样的大人物，不也因为右倾而被开除出党了么？当然，根本的问题还在我们自己对国内外形势缺乏正确的认识。我们自己当时也曾相信过全国乃至全世界的革命高潮会很快到来。不过，失败迟早会从反面起教育作用的。同年九月，中央就在瞿秋白、周恩来同志领导下召开了六届三中全会，指出了李立三的错误，停止了"全国总暴动"和进攻大城市的冒险行动。但是在我记忆中，六届三中全会的决议并没有向"左联"党组传达。大约在"双十节"前后，潘汉年曾和我说过，李立三挨了批评，到苏联去了，我问为什么？他就不肯再讲。因此，直到三〇年底，文艺界大部分人对于这一段时期的政治形势和党内斗争，可以说知道得很少，很不清醒。九月以后，飞行集会之类的事是减少了，但是思想上、工作上，还是"左"得可观，别的部分我不清楚，在"文委"系统一切做法是和六届三中全会以前几乎没有差别。举一个例，蒋光慈写了一部有错误的小说《丽莎的哀怨》，就在六届三中全会之后不久的十月间被开除出党（对蒋光慈的批评，"左联"曾开过两次会，我参加了第一次会，那次会上决定给他以党内严重警告处分，并要他写书面检讨。但是后来终于将他开除出党。因此，我曾说过，对蒋光慈的处分是党内严重警告，直到一九八二年，看到一份当时的党刊，才知道他被正式开除出党）。当然，这样的事不止一两件，也不限于中国文化界。三〇年十一月初，在苏联哈尔科夫召开

的"世界文学大会"也批评了法国著名革命作家巴比塞,这个大会的整个调子也是很"左"的。(见《文学导报》一卷三期)

近几年来不少关心和研究党史、中国现代文学史的同志因为知道我是二十年代入党的,所以经常来信或要求面谈,了解六届三中全会到四中全会之间的党内斗争情况,我也写过复信和接受过询问,但说实在话,由于我当时所处的地位(新党员、在基层工作)和当时党的组织生活不健全,在一九二九年以前,我们能够接触到的只是区委一级,调到文化支部以后,党的政策方针,能了解的也只是通过江苏省委宣传部和潘汉年的口头传达,能看到的中央文件很少,加上白色恐怖严重,上级的传达也只是大方向和一些原则,具体的事——例如,六大以后,为了强调领导干部的工人成分,向忠发当了党的总书记,徐锡根当了江苏省委书记等,那时我们都是不知道的。三一年六月,向忠发被捕,区委也只告诉我们"老太爷"(向的代号)出事了,和他有过来往的人都要搬家,其他情况,包括他的被杀害等等,也一律保密。至于米夫到上海,扶植王明等二十八个布尔什维克上台,我们这些基层党员更是一无所知了。在白色恐怖下工作,保密和纪律当然是非常重要的,但是现在回想起来,当时的做法实在有点过分。常有人问:"你们为什么老去参加那种赤膊上阵的飞行集会?"我只能回答:"当时上级布置的一切任务,不仅党员,甚至非党的盟员也是必须服从的。"每次运动之后,小组长和支部书记都得向上级汇报:哪些人没有参加。田汉和蒋光慈就是因为很少参加飞行集会而不止一次受过批评,乃至公开警告。记得有一次在南京路示威,田汉从外滩雇了一辆黄包车从东向西、经过日升楼(示威的中心地点)被人发现了,认为他胆小,不敢上街,支部决定由孟超去警告,后来据孟超说,结果是吵了一阵,因为田汉不承认这是犯了错误。

一九三〇年五月,是立三路线的高峰时期,也正是上海的左翼运动搞得最起劲的时候。这一年夏天,李立三以党中央的名义,命令工农红军(红四军、红三军、红十二军)进攻长沙,计划是红一军进攻武汉，红十军进攻九江。七月底，红军一度占领长沙，这消息传到上海，引起了很大的兴奋，可是，由于众寡悬殊，八月初，红军退出长沙，但李立三还是主张继续进攻，相持了一段时间之后，红军终于撤回江西，损失很大。事实证明了"会师武汉，饮马长江"是一种空想。这时，第三国际也察觉到不该再继续冒险了，瞿秋白、周恩来相继回国，于九月二十四日在上海召开了六届三中全会，纠正了立三路线的错误，停止了全国总起义，重新恢复了党、团、工会的正常组织。这些大事，我们本来是不会知道的，那时，蒋光慈住在我住处（业广里）的楼下，因为他屡次受到党内的批评，情绪不好，我和他谈话时，他才简单地和我谈了一些三中全会的情况。他是最早的留苏学生之一，他认识的人很多，所以他知道一些留苏学生之间的派系斗争。他和我说："你不要以为三中全会平安无事，实际上会场上斗争是很激烈的，瞿秋白认为李立三犯的是左倾机会主义路线，但李立三只承认是策略上的错误，经过一场争论，秋白同意了在决议上写了策略上的错误，后来米夫和王明到上海后，就抓住这个问题把瞿秋白说成是调和路线，把他排除出了领导集团之外。"

六届四中全会是在一九三一年一月七日在上海召开的。会上王明等人在共产国际驻华代表米夫的指使下，以"执行国际路线""反对立三路线""反对调和主义"为旗号，指责李立三的错误是在"左"的词句掩护下的"右倾机会主义"，接着就提出了一系列比李立三的冒险主义更"左"的错误观点。通过这次会议，王明等人取得了在中共中央的领导地位，这次会议之后，米夫与王明一方面提拔了一些没有实际经验的教条主义和宗派主义者到中央的领导岗位，另一方面"无情打击"了犯过冒险主义错误的同志及被认为调和路线的瞿秋白同志。这种宗派斗争，一直扩大到白区的基层单位——何孟雄、林育南和李求实等同志都受到了打击。

王明等人的左倾路线支配了党的领导地位之后，左翼文化界就受到了第一个最惨重的打击，这就是中国无产阶级革命文艺史上用鲜血写下的一页——五烈士殉难事件。

就在四中全会之后不久,可能是一月十六日,冯雪峰通知我"左联"要在洛阳书店(南京路王盛记木器店楼上,"文委"的机关,为了伪装,在二楼门口挂了一块洛阳书店筹备处的招牌)开一次党员大会,由"左联"执委的几个人分别通知,并给了我一张要我通知的十来个人的名单。因为时间紧迫,我放弃了到暨南大学去上课,连夜通知。有人问开会的内容,我说传达中央的决议。开会的时间是十七日下午二时。按通知规定,要在一点钟以后分批陆续入场。和我同时到场的是戴平万和钱杏邨。到会场一看,不仅"左联"的党员到得很齐,连"社联""剧联"的一些负责人也参加了,总共大概有四十人左右。会上由当时"文委"书记潘汉年拿着一迭油印的文件照本宣科地宣读了四中全会的决议(其内容就是王明的《为中共更加布尔塞维克化而斗争》)。由于四中全会前后,党内已经有了相当激烈的斗争,参加这次会议的一些做过实际工作的同志可能已经知道了一些内部情况,所以读文件时,场内很不安静,我记不清楚念到哪一段的时候,胡也频突然站起来责问,他的话讲得很快,我听不清楚,我只听到潘汉年很冷静地回答:"我只负责传达,有意见将来可以讨论。"经过胡也频这一责问,会场内窃窃私语的人就更多了,是不是还有人起来讲话,我就记不清楚了。这个会大约开了两个半小时,时值严冬,散会的时候,天色已经很阴暗了。我和阳翰笙、钱杏邨三人一起走出会场时,冯铿和柔石从我后面挤上来,冯铿大声地说:"老沈,对今天的文件很多人有意见。"我还来不及回答,柔石制止了冯铿的高声讲话,对我们说:"轻声一点,出去再谈吧。"我们沿着南京路向东走,这时柔石才说:"这次全会有问题,我们几个人一起谈一谈,好不好?"我拿不定主意,望着钱杏邨和阳翰笙。在我们这三人中,阳、钱都比我有经验,阳翰笙想了一下就说:"有问题仔细想一下再讨论,好不好?"我和钱杏邨都表示同意。看表情,冯铿显然是很不高兴的。我们走到跑马厅附近,阳翰笙才说,中央全会作出了决议,未经过组织许可,就开会议论恐怕不好吧,我看冯铿他们太兴奋了(大意)。这样我们在西藏路口分了手。坦率地说,在当时对于全会的决议我们的确分辨不出正确与错误,只有一点,把瞿秋白说成调和主义觉得太过分了。因为六届三中全会之后,"文委"在具体工作中有了一些改变,如飞行集会之类的行动的确少了一些,所以像我们这些在基层的党员都认为那次会议是开得好的。

突然的事情发生了,两天之后的清晨,一月十九日,蔡叔厚慌慌张张地到塘山路业广里来找我,把一张英文《泰晤士报》递给我,说:"你看,这事情可大了。"我看了大标题是大批共党开会被捕,内容是说一月十七日晚共党在东方旅社开会,被当局发觉后,逮捕了二十七人。东方旅社是一家中小型的西式旅馆,坐落在汉口路六六六号(这和以后扩建的东方饭店不同),当时蔡叔厚已经转到特科,消息当然比我灵通。我问他被捕的是哪些人,有没有重要人物,他也说不知道,只是要我这几天行动小心,最好住在家里,说完就匆匆忙忙地走了。由于当时中文报上还没有发表这个消息,所以我还有点怀疑。到第三天,我实在憋不住了,就到离我家不远的下海庙去找钱杏邨,钱也知道出了问题,但他的消息是从找不到柔石、殷夫等人而引起的。我和他一起到南强书局去找了林伯修(杜国庠),他和我们一样,风闻有几十人被捕,但不知道具体情况。但是他知道,这些被捕的人肯定是反对陈绍禹的,因为十七日之前,冯铿已经在南强书局和戴平万谈过,说何孟雄等许多人都认为四中全会是不合法的。同一天下午,我在内山书店碰到尾崎秀实,他也悄悄地告诉我,说东方旅社发生了问题,但看情况,他并不那么紧张。他说,史沫特莱告诉他,孙夫人主持的"互济会"已经请了潘震亚大律师向工部局要求保释,因为这些人都是政治犯。

不久,中文报上都发表了国民党中央社统发的消息,说共产党在东方旅社开会,被巡警查悉,逮捕了共党四十六人,但没有发表被捕者的身份和名字。同时,上海的英、法、俄、日文报纸都发表了这一事件，所报导的内容互不一致，有的说被捕者为三十六人，其中有中共中央委员；也有的说这一事件是共党内讧，有人向工部局告发而发生的。不久，尾崎告诉我的那个希望落了空，工部局把全部被捕者向国民党上海市政府引渡，旋即转送到龙华淞沪警备司令部，经过严刑拷问，但被捕的同志们团结一致，坚决斗争。特别可贵的是他们中间有不少人知道党的机关和中央领导人的住址，但他们绝不让敌人得到一点线索。这样，就在他们被捕之后的二十天——二月七日傍晚，就将林育南、李求实、何孟雄等二十三人枪决，其他十三人则判处六年至十五年徒刑。遭屠杀的二十三名烈士中有五位是"左联"的盟员，即李求实、柔石、胡也频、殷夫、冯铿。事后，蔡叔厚告诉我，被杀害的二十三人中有不少党的重要干部，如蔡博真、龙大道、欧阳立安等等。蔡博真是闸北区委书记、反帝大同盟党团书记；欧阳立安是共青团江苏省委兼上海总工会青工部长（即《我的一家》的作者陶承同志之子）；龙大道是上海总工会秘书长。烈士们牺牲后集体掩埋在刑场附近的荒丘。上海解放后，已发掘认明了的只有十九人，还有四人已不能辨认。被判刑的十三人大部分一直关到一九三七年国共第二次合作经过协商才获释放。这里要提一下，在这十三人中，有一位陈曼云，是后来蔡楚生的夫人，当时她是潘汉年的"交通"。

关于五烈士殉难事件，当时的报导和事后回忆文章，都有许多不一致的地方，例如：一般记载都说一九三一年一月十七日晚工部局巡警在东方旅社逮捕共产党人三十六名，一月十九日解送上海警察局，二月七日，林育南、李求实、何孟雄等二十三人在龙华殉难。经查核，上述记载不完全准确。第一，这次"大逮捕"不是公共租界工部局的单独行动，而是"公共租界捕房与市警察局组成联合行动队于周六（按即一月十七日）中午开始行动，延至今日（按指十九日）凌晨"进行的，逮捕的地方也不是东方旅社一处，而是"东方旅社、中山旅社和华德路小学"三处（引文见三一年一月十九日英文《上海泰晤士报》，同日英文《字林西报》所载略同）；第二，二月七日在龙华被害人数,有二十三人、二十四人、二十余人等不同记载,经核查,应为二十三人。据三一年二月十二日中共中央机关报《红旗日报》所载:"确息,龙华卫戍司令部于二七纪念日晚七时,秘密枪杀二十三名被拘在狱的革命战士,其中最后一个被枪杀时,高呼'共产党万岁!''打倒帝国主义国民党'等口号,使行刑的士兵都掉下眼泪";第三,一九七九年"党史资料丛刊"第一期所载吴贵芳回忆文章中说:"一月间被捕的三十六人中,除二十三位同志牺牲外,尚有十三人被分别判刑,其中有黄理文、李初梨、柯仲平等。……"事实上,李初梨、柯仲平两同志虽被判刑,但不属东方旅社一案,也非同时被捕。李初梨同志(李宜兹)是三一年一月二十日去找沪东区委书记时被捕,柯仲平同志是三〇年十二月九日为纪念广州暴动参加示威时被捕的;第四,当时何孟雄、李求实等同志在东方旅社开会,确是为了不同意王明在六届四中全会的报告,他们牺牲后,王明一派也的确诬蔑他们为"反党小集团分子",但当时党报还是把他们认为"革命战士"和"烈士"的。如同年三月十二日的《群众日报》曾发表社论,明确地肯定:"何孟雄等二十三个同志,他们都是无产阶级的先锋战士,他们大多数都有英勇的阶级斗争历史。"由此可见,有些人把六届四中全会以后的党的领导一律说成"王明一派",把当时的中央政治局看作铁板一块的"王明派",是错误的。

这时,潘汉年已负责特科工作,所以在我们获悉五烈士牺牲之后,就由冯雪峰主持召开了一次"文委"和"左联"执委的扩大会议(郑伯奇、许幸之也列席了)。组织上传达了这次东方旅社事件的经过,由于当时国民党大小报纸的大肆宣传,制造各种谣言,如共党内部分裂,一部分"匪首"已向国府投诚等等,因此会议决定除与被捕者有密切联系的人必须迁居或隐蔽外,其他照常工作,不要轻信谣言。同时决定立即起草一份抗议宣言,并向国外发表文告,要求全世界革命作家声援,向国民党提抗议。在这之前,由于许多"左联"的刊物被禁,所以在三〇年秋,"文委"曾决议创办一份"左联"的机关杂志，并由鲁迅定名为《前哨》，当时已在《文化斗争》上发表过消息，并征求直接订户。但因白色恐怖严重，过去和我们有关系的印刷厂，都不敢承印。因此，这次会上决定为了尽快让这些重要文件早日发表，应尽一切可能，提前出版《前哨》。据我回忆，上述宣言和声明都请鲁迅和茅盾起草，由冯雪峰直接联系。对国外宣传，则决定由我去找史沫特莱商定。考虑到尾崎秀实已经把这一消息向日本报刊上作了报导，而他又和史沫特莱很熟，所以我就在一天晚上和尾崎秀实一起到卡德路一家公寓楼上去找了史沫特莱，我英语讲不好，尾崎给我当了翻译。史沫特莱先是紧张地问我党中央有没有被破坏，当我把已经知道的情况告诉了她，她才安静下来，但是当我谈到"左联"有五位盟员牺牲有冯铿在内的时候，她竟失声痛哭。因为三〇年，史沫特莱等人在一家荷兰餐馆为鲁迅祝寿的时候，冯铿发表过一篇激昂慷慨的演说，所以史沫特莱对她的印象很深。当晚决定，所有"左联"要发的文件，都由他们两人负责翻译，并通过最妥善的途径送发到北美、欧洲与日本。第二天，我把情况向雪峰作了汇报，他说宣言和声明已由茅盾起草，然后再由鲁迅定稿，但同时，他焦急地说，已经同意排印《前哨》的那家印刷所，又拒绝承印了，所以，现在必须立即想办法找印刷所。我记起二九年冬天，潘汉年曾介绍我认识过现代书局的沈松泉和卢方，我说是否可以托他们想想办法，雪峰连连摇手，说这些人早已吓得不敢和我们见面了。于是我提出，在《前哨》出版之前，为了扩大国际影响，两个文件定稿后，可以先送到外国去发表，雪峰同意了我的意见。日文是由尾崎秀实和山上正义分头翻译，而且很快在日本左翼文艺杂志上发表。山上正义同时还提出了一个建议：编辑、出版一本《五烈士作品选集》，尾崎也表示同意。当时在上海有一个日本人办的"同文书院"，一般人都认为这是一个日本帝国主义者在中国训练特务的场所，但很奇怪，这所学校里面，有十来个日本共产党员和同情者，他们都和尾崎、山上有联系，"社联"的王学文还经常去辅导他们学习马克思主义，这些学生中有几个后来成了日共的领导干部。这本《五烈士作品选集》后来经过考虑，为了便于在日本出版发行，决定这本书的封面只写鲁迅的《阿Q正传》，在《阿Q正传》后面加上五烈士的作品。这本书的译者是山上正义，由尾崎秀实用白川次郎的笔名写了序文，这可以说是纪念五烈士的最早的一本外文译本，关于此事，戈宝权曾作过长文考证。

经过了数不尽的周折，《前哨》直到四月中才找到了一家小出版所，书页上印的出版日期是四月二十五日，但实际上到五六月间才正式出版。这是因为杂志的内容印好后，印刷所老板突然坚拒在封面上套印"前哨"这两个红字和五烈士的照片，于是，只能用手工办法来解决这个问题。据冯雪峰的回忆，杂志印好之后，"刊物的名字《前哨》这两个战斗性的字也只得空着，让刊物拿到我家里后，再用木头刻的这两个字一份一份地印上去。五个烈士的照片也设法在别处印好后再一份一份地贴上去的。"（《冯雪峰论文集》二二三页）由于《前哨》的出版经过了一场极端严重的斗争，这本杂志可以说是中国报刊史上的光辉一页。当时，我曾保存了一份，这一份的《前哨》两个字，由于红墨水用完，而用蓝墨水印的，我还在刊物的左角，用毛笔写了 T·S·这两个字。这一珍本经过辗转隐藏，一直保留到解放以后，我还把它当作珍品一样地给朋友们看过。可是，不幸的是这一珍本也在"文化大革命"中被抄走了。

由于宣言和对外申诉书，早在《前哨》出版前已经在国外发表，所以就在《前哨》创刊号上，除登载了《中国"左联"为国民党屠杀大批革命作家宣言》《为国民党屠杀同志致各国革命文学和文化团体及一切为人类进步而工作的著作家、思想家书》，以及LS（鲁迅）的《中国无产阶级文学和前驱的血》等文章外，同时还发表了"无产阶级革命作家国际协会主席团"和美国《新群众》给"左联"的慰问函件。同年十一月，在苏联哈尔科夫召开的"世界文学大会"上，"左联"代表萧三为此事发表了演讲，也引起了全世界进步文艺工作者的强烈反应。经办这件事的，是刚从日本回来的楼适夷（楼建南），他出了很大的力，我记得，六十年代初，他曾写过一篇回忆这件事的文章。

写到这里，我又想起了与此有关的另一件事。当尾崎、山上把《阿Q正传》（及五烈士遗稿）译毕，寄到东京去付印后不久，山上又约了尾崎和另一位我认识的同文书院的日本学生在一家小中国饭馆吃饭，山上说，日本人民大众中，对中国的无产阶级革命及革命文艺运动的情况知道得太少了，而相反，资产阶级报刊却不断地制造谣言，诬蔑中共，所以他建议再出一本小册子，来介绍中国革命概况，他经历和目睹过广州起义和红军进攻长沙，所以他可以写一些报导性的文章，大家表示同意，但由于要介绍中国无产阶级革命概况，所以他们要我负责编辑校定，实际事务工作由那位同文书院的同志负责。我已记不起他的名字，后来我问当时和他常在一起的袴田里见，他也记忆不起了。由于他住在一家泥水匠的楼上，门前挂的招牌是"水木两作"，很像一个日本人的名字，所以他写文章就用了"水木两作"这个笔名，这一件事很有趣，所以我还能记起。但是如前所说，当时白色恐怖严重，加上这几个月大家都忙，稿子集不起来，只有山上正义交来了一篇题名为《广州起义和长沙占领》的短稿，出小册子的计划没有成功，山上的文章换了一个笔名"伴成一"，一直放在我的书橱里，经过八年抗战，我转辗迁移，年深月久，这件事就完全忘记了。奇怪得很，一九七八年我平反后，"专案组"把一堆乱七八糟的旧书杂稿退还给我，才又发现了这篇文章，时间隔了近四十年，文章用的笔名既不是山上正义或林守仁，而是伴成一，更使我回想不起这件事了。但是，当时亲身经历过广州暴动和进攻长沙的日本记者，除山上之外无第二人，所以就把这篇稿子寄给了正在研究山上正义的戈宝权，请他考证一下。经他再三研究，对证笔迹，才证实了这的确是山上的遗稿，然后把此文来历作了研究，并翻译出来，在一九八二年六月出版的《革命文物》上发表。山上正义是一位杰出的革命的新闻记者，大革命年代在广州与鲁迅缔交，翻译了《阿Q正传》，还以广州起义为题材，写过一部题名为《震撼中国的三天》的剧本。山上是日本共产党员，对中国革命寄予了极大的希望，上述的那篇短文的结尾是这样写的："我的这篇没有条理的回想……它记录了在这两次大事件中的印象，不论什么时候回忆起来，都是使人寄予希望的东西。"当他的希望达到了的时候，他早已在北平去世了，但他的遗稿居然历经沧桑而保存下来，不能不说是一件幸事。我补写了这一段，为的让中国读者不要忘记在我们最最困难的时候，还有那样热爱中国人民的日本朋友。

6.《文艺新闻》及其他

四中全会和五烈士事件，使上海党的地下活动受到很大的损失，但"文委"所属各联的活动并没有完全停止，加上此事之后不久，工农红军"二十万军重入赣"，"前头捉了张辉瓒"，五月中旬歼敌三万，粉碎了国民党对苏区的第二次"围剿"。因此，进步作家的情绪，还是很振奋的。这时候，瞿秋白已被排除出中央政治局之外，王明在米夫的庇护下，当上了中央代总书记，假借国际驻华代表的权势，发号施令，竭力把过去反对过他和与他意见不同的干部调开，或者罢免，逐渐形成了一个以他为中心的小集团。为了要统治苏区，他派夏曦到湘鄂西；派沈泽民、张国焘到鄂豫皖，同时作出决定，要把中央政治局迁往江西，由博古负责。为了护送张国焘去鄂豫皖，中央派顾顺章先到汉口去安排张国焘的交通路线，想不到，顾顺章送走了张国焘之后，就在汉口被捕、叛变。引起了轰动一时的所谓"顾顺章事件"。

顾顺章本名顾凤鸣，上海吴淞人，原来是上海南洋兄弟烟草公司的工人，参加过"五卅"事件和上海工人三次武装暴动……成为一个工人领袖。六大强调了要在党的领导集团中增加工人成分，于是向忠发当了总书记，顾当了政治局委员。三十年代初，他在周恩来领导下负责特科的日常工作，被捕后成了叛徒，遭到了惩处，在现代史上，倒真可以说是一个典型的流氓无产阶级，一个传奇式的人物。他当过工人，入过青帮，又会"变戏法"（魔术），一时还被叫作和莫悟奇齐名的"化广奇大魔术师"，在汉口、上海演出过。二七年大革命失败后，党中央设在上海，这是一个大家知道的五方杂处的"冒险家的乐园"，也是英、法、美、日等帝国主义在东方的政治、经济据点，于是，顾顺章这个冒险家也在党内窃据了重要地位。由于他表面上的"精明强干"，在长江一带有许多社会关系，就让他担任了特科的日常工作。特科是一个重要部门，在当时的特殊环境下是完全必要的，它的任务是"保卫中央机关的安全；搜集敌方情报；管理秘密交通和铲除叛徒、特务"。谁也不会想到，顾顺章送走了张国焘之后，居然在汉口登台表演魔术，被叛徒发现，四月二十四日被捕。他被捕之后，立即向国民党屈膝投降，第二天拂晓，国民党武汉绥靖公署主任何成濬提审时，他就供出了我党在武汉的地下组织和红二军团驻武汉办事处的地址，有十几位同志惨遭杀害，其中有一位我的好友——明专同学，刚从上海调到湖北省委的郑汉先（陈德辉）同志。何成濬无意中抓到了一条大鱼，想独吞这一份果实，他直接用密电告知南京中统特务头子徐恩曾，因顾顺章希望能见到蒋介石，把中共中央所有机关和党中央主要负责人的地址全部交代，所以何成濬决定用兵舰把顾顺章送到南京，由蒋介石亲自处理。可以说是不幸中的大幸，那一天正是星期六，徐恩曾不在南京，接到这份密电的恰好是我党安插在徐恩曾手下当机要秘书的钱壮飞同志（电影导演钱江同志的父亲）。壮飞同志知道了这一紧急情况，立即连夜赶到上海，向李克农同志报警，于是周恩来同志当机立断，采取紧急措施，把中央秘密机关全部转移。这样，四月二十七日，当蒋介石从顾顺章口中得知瞿秋白、周恩来以及其他机关、电台的全部地址，派出大批特务，会同工部局前往搜捕时，结果全部扑空，一无所获。这件事，当时上海、南京的报纸都大肆宣传，所以不在这里多说了。顾顺章事件在党内震动很大，王明吓破了胆，就把他担任的工作交给博古，自己回到苏联去了。王明走了之后不久，同年六月二十五日，当时党的总书记向忠发在沪被捕，当"文委"各联得到通知时，蒋介石已下令将他枪毙了。

在四中全会之后，还得补记一件事情，就是袁殊和马景星夫妇从日本回来，在上海办了《文艺新闻》的事。这份刊物出版于一九三一年三月十六日。袁殊是湖北人，留日时间不长，但日语讲得不错，他在上海有一些特殊的社会关系，表面上又没有左派色彩，所以这张以"客观报道"为标榜的四开小报（周刊），居然能在白色恐怖最严重的时期，在上海出版，而且很快地就成了"左联"的外围刊物。我认识袁殊，是冯雪峰介绍的，任务是帮助他们写一点文章和文坛消息（实际上我写的主要是介绍外国文坛消息的短文）。和我一起到《文艺新闻》去工作的还有楼适夷、叶以群等。袁殊经过什么途径和冯雪峰接上关系我不了解。由于我当时已经译过几本书，写过一些文章，所以袁和我见面时，就一见如故，表示十分亲切；他对我说，他决心以新闻为终身事业，并很得意地说，把英语的 Journalism 译成集纳主义是他的首创，看来抱负很大，颇有把《文艺新闻》办成一份有分量的文艺刊物的想法。在当时那种政治形势下，他虽然没有向我表示他自己的政治身份，却明白地表明，他愿意为"左联"效力。如前面说过一样，上海当时的大出版社、大印刷厂可不必讲了，连只有五六个工人的小印刷厂也不敢承印左派刊物，因此我们就抓住了袁殊，力图使他靠拢我们。这个刊物出了几期之后，由于敢于报道各方面的文艺消息，所以销路很好，我、楼适夷和袁殊也渐渐熟了，才知道在这个刊物工作的袁的妻子马景星、经理翁毅夫（从六）思想上都很进步，和我们相处得很好。特别使我对他发生好感的是，他精明强干、善于处理人事，这份报纸一共只有五六个人，从写文章、采访、翻译以至跑印刷厂和报贩打交道都由这几个人包办。我们参加工作后，袁殊就当众声明,这份报纸的特点一是客观报道(看来这是表面文章,因为他就用这一口号,"客观地"报道了"左联"关于五烈士牺牲的宣言);二是尊重读者的意见和为读者服务;三是定期出版,决不脱期。这几点,袁殊、翁从六都是以很大的努力来实现了的。袁殊一方面主持和编辑这张报纸,同时又与新闻界(大、小报)广泛联系。在文艺界,一般总是能写的不能搞社会活动,能搞社会活动的就不大能写,袁兼二者之长。因此,我不止一次和冯雪峰、钱杏邨等人称赞过袁殊的积极和能干。

我当时主要是在搞小剧团和学校剧的工作,事情很多,到《文艺新闻》也不过每星期去一两次,可以说是打杂性质。到了《文艺新闻》小编辑室,和袁殊等人闲聊几句之后,就分头写文章,他要我写什么,我尽可能满足他的要求。日子久了,人也熟了,报上的言论似乎逐渐偏左,和"左联"的机关刊物差不多了,这时我问袁殊:"在目前这种情况下,对这份报纸为什么国民党不来干涉?"他先是笑而不答,后来就告诉我,他和当时的国民党上海社会局局长吴醒亚有同乡关系,出了问题,由他向吴解释一下就可以了,所以按这个样子办下去,估计是不会出毛病的。我又问了翁从六,翁讲的更坦率,说这是一种"利用",袁殊利用吴醒亚,吴醒亚也利用袁殊,前一句是容易了解的,后一句就很难捉摸。吴醒亚为什么要利用袁殊?有什么目的?当时我的想法是国民党内部有许多派系,对上海这块"肥肉",争夺得非常剧烈,吴醒亚的社会局和主管文化的潘公展之间有相当严重的矛盾,因此,潘公展办的《晨报》上有不点名的指责《文艺新闻》的文章。

大概是一九三一年夏,已经有五六个月没有见面的潘汉年,通过一家书店的关系找我,约我到爵禄饭店的一间房间里见面,从下午四点一直谈到薄暮。一开头,我先谈了一些"左联"和"剧联"的工作情况,对于这些他似乎都已经知道了。于是,我就幼稚地问他这段时期他到哪里去了?他说什么地方也没有去,只是换了一个工作岗位,我再问他什么工作,他就不肯讲了,只是谈到《文艺新闻》时,他说你不要想得太简单,潘公展和吴醒亚有矛盾是事实,但在反共这一点上,他们是完全一致的,因此,要我在适当的时候和袁殊讲不要对吴醒亚有幻想。从这句话我猜想潘和袁殊可能也有联系。这之后,我讲了四中全会和五烈士牺牲之后国民党受到了国内外(特别是国外的知名人士)的强烈谴责,表面上"文化围剿"似乎放松了一点,《文艺新闻》能够出版可以看作一个例子。但是,"左联"成立前后的领导骨干,调走的调走,牺牲的牺牲(调走的有李一氓、冯乃超、洪灵菲、童长荣等),领导力量薄弱,工作困难。这时,潘才说:"现在我可以告诉你了,中央已经决定上海一带的文化工作由瞿秋白来领导,他经验丰富,和鲁迅、茅盾的关系也很好,今后,'文委'开会时,他会来参加的。"(不久后,阳翰笙也悄悄地告诉了我这个消息。)这对我们当然是一件值得高兴的事,一是因为在这之前,我们只知道瞿秋白挨了批评,不知道他的具体情况;二是他本人也是一个文艺工作者,今后事情可能好办一些。谈了一阵之后,天色已经晚了,就和潘到一家俄国餐馆吃了饭,饭后,我和潘分手时,问他是否要离开上海,他没有正面回答,只说了一句,老呆在上海也没有意思。当时完全没有想到,这一别,直到一九三七年抗战前夕才在上海见面。

一九三一年春夏之间,"文委"和"左联""剧联"的人事方面都有了一些变动,冯雪峰任"文委"书记;"左联"党团书记则因冯乃超调往武汉,由冯雪峰兼任了一段很短的时期,之后,由阳翰笙担任;翰笙当了"文委"书记之后,"左联"党团书记改由周扬继任。"剧联"成立时,党团书记是杨邨人,杨变坏后,由刘保罗继任,但刘不久到杭州流动演出中被捕,改由赵铭彝接替。在这一段时期内,文化运动的情况也有了一些变化,文艺界参加飞行集会之类的行动少了一些,但整个"文委"系统的"左倾风气"几乎没有改变。我记得瞿秋白第一次参加"文委"扩大会议是三一年的夏天在福煦路的一间弄堂房子的楼上召开的,这是我和他的第一次见面,我对他的第一个印象也可以说是颇出意料之外的。二十年代初我就读过他的文章，后来也听过关于他的"冒险主义"错误的传达，他痛斥戴季陶的那篇有名文章，我读过不止一次，但是相见之下，我觉得他不像一个叱咤风云的政治家，而是一个温文尔雅的书生、作家。这一次会议，主要是我们向他汇报各联盟的工作，他对不了解的问题问得很详细，谈到一个他不知道的人名，他就用铅笔记在纸上。那时候，他被王明贬出政治局不久，油印的党刊上还可以看到批评他的"调和主义"的文章，但从他的言谈中，却丝毫看不出一点抑郁的表情。我曾在一篇追念他的文章中写过："他给我的第一印象，是出乎意外的安详，他的态度很舒坦，布置工作很细致，这恰恰和当时某些同志的激昂、焦躁乃至轻率的态度成了一个明显的对比。"他大概已经看了许多"左联"的书刊，所以当田汉谈到戏剧工作的时候，他还对田汉写的那篇长达七八万字的自我批评提了一些意见。有他这样一个人来领导文艺工作，我们当然是很高兴的。秋白的文艺思想是马克思主义的，对当时上海文艺界的情况，是有正确的判断的，可是，"形势比人还强"，秋白当时也还有"左"的倾向，例如，对文艺和政治的关系问题，无产阶级文艺要不要同盟军的问题，他还是同意"左联"一九三○年八月执委会通过的那个决议。很明显的例子表现在同年初冬和胡秋原、苏汶等人的关于"自由人"与"第三种人"的论争。

"左联"成立之后，尽管在左倾路线的领导下花了很大的精力去做那些飞行集会之类的事，但是在无产阶级文艺的奠基工作上，的确也还做了一些有益的工作。如介绍了国际无产阶级文艺理论（尽管这些理论还带有左倾教条主义的色彩），又如翻译了许多马克思、列宁主义的著作，瞿秋白、鲁迅、冯雪峰、周扬都写过不少阐述马列主义世界观的文章。但是，也必须考虑到，在当时党中央左倾路线的支配下，特别是瞿秋白当时所处的地位，像他这样一个正直的知识分子，他对左倾路线的指示，是不可能来一个一百八十度的转变的。茅盾在他晚年所写的"回忆录（十二）"《"左联"前期》中主张把"左联"的活动分为前后两期，即从一九三〇年三月成立到一九三一年十一月为前期，从一九三一年十一月起到一九三六年春"左联"解散为后期（见《新文学史料》一九八一年第三期一〇页）。这种分法，茅盾本人也说过"这是值得讨论的问题"。从总的来说，我同意"左联"有前后期之分，但茅盾所说"从'左联'成立到一九三一年十一月是'左联'的前期，也是它从左倾错误路线影响下逐渐摆脱出来的阶段；从一九三一年十一月起是'左联'的成熟期，它已基本上摆脱了'左'的桎梏，并开始了蓬勃发展、四面出击的阶段"。的确，一九三一年十一月的决议，对"左联"今后的活动、工作方针起了一定的影响，我也认为从这个时期起，"左联"工作的确有了"蓬勃发展、四面出击"的势头；但是说从那时起"已基本上摆脱了'左'的桎梏"，则未免太早了一点，也太肯定了一点。理由之一是：茅盾自己在同文中也说："（这个决议）还有某些左倾流毒，如在形势分析中提出特别要反右倾以及组织上的关门主义"（其实还不止这两点）；其次是由于这个决议没有强调反对关门主义，也没有认真执行对小资产阶级文艺家的团结，所以此后还是花了一年多的时间，进行了一场反对"第三种人"的斗争。至于茅盾说"促成这个转变的，应该给瞿秋白记头功"，我完全同意。因为没有瞿秋白的威望和睿智，没有他和鲁迅、茅盾的亲密合作，要在王明路线时期在文化界扭转这个局面是不可能的。茅盾在这篇回忆中有一段话，也说明了当时"左联"内部的真实情况，他说："当然，鲁迅是'左联'的主帅，他是坚决主张这个转变的，但是他毕竟不是党员，是'统战对象'，所以'左联'盟员中的党员同志多数对他是尊敬有余，服从则不足。秋白不同，虽然他那时受王明路线的排挤，在党中央'靠边站'了，然而他在党员中的威望和他文学艺术上的造诣，使得党员们人人折服。所以当他参加了'左联'的领导工作，产生了这样一种奇特的现象，在王明左倾路线在全党占统治的情况下，以上海为中心的左翼文艺运动，却高举了马列主义的旗帜，在日益严重的白色恐怖下，开辟了无产阶级革命文学的道路，并且取得了辉煌的成就。"在此，我要补充一点，除了上述的原因外，还有一个更重要的客观形势，就是我们不能忽视一九三一年十一月这个特定的时间——这是"九一八"之后，"一·二八"之前，也就是说尽管我们还不能从理性上认识到民族矛盾已经开始迅速地上升，但我们在当时地下工作的实际中却已经明白地感觉到人民群众对共产党的看法开始有了变化。从一九二七年到"九一八""一·二八"以前，我们地下党人的社会活动，不管是租房子、住旅馆，或者和书店、报贩打交道，只要你有一点"左"的嫌疑或表现，一般人即使不怀敌意，也是不敢和你接近的，他们怕和共产党打交道会带来危险。可是"九一八""一·二八"以后，形势有了明显的改变，就是说人心变了，老百姓反对蒋介石对东北的不抵抗和对十九路军的不支持，这就使他们知道共产党是主张抗日的。过去，我们地下党人租一个亭子间，假如房东察觉到你这个人有左派的嫌疑，他会把你赶走，甚至向捕房告密。但是"一·二八"之后，就有了很显著的改变，一般人对左派和共产党就不觉得那样可怕，反而把我们看作是爱国抗日的人了，这种形势我认为是迫使我们开始摆脱左倾路线最主要的原因。为此，我同意茅盾把"左联"分为前后期的意见，但是我以为"开始转变"不是一九三一年十一月，而是一九三二年的夏秋之间，也就是"淞沪战争"失败之后。而使这个转变在党内得到合法地位，这是在歌特一九三二年十一月三日在党刊《斗争》上发表了《文艺战线上的关门主义》之后。

至于一九三一年十一月"左联"发表的题为《中国无产阶级革命文学的新任务》这篇文章，的确是在秋白领导"文委"之后，由他提议开始起草的。因为，他认为三〇年八月的决议"有些论点不妥"（因为那是立三路线时期发表的），执委会决定由冯雪峰起草一个决议。我记得这个决议在"文委"和"左联"的会议上讨论过几次，开头意见也是很不一致的，特别是对小资产阶级文艺家的态度问题，最后由瞿秋白亲自执笔修改后定稿。当时，"左联"的行政书记是茅盾，所以定稿后秋白建议再请茅盾润色一下，也还有人认为不必，这件事我是记得很清楚的。（顺便在这里说明一下一些现代文学史上常常弄错的一个问题，这就是"左联"在党内有党团书记、党小组，但它毕竟还是一个群众团体，因此它的执委会还设有一个实际办事的行政书记。"左联"党团书记最早是冯乃超，冯调武汉后，雪峰暂时兼了一段时期，就由阳翰笙担任，阳翰笙任"文总"书记后，三二年底由周扬任"左联"党团书记，直到三六年"左联"解散为止。至于行政书记，则是经常轮换的，非党盟员也可以当。我记得除党员阳翰笙、钱杏邨、丁玲之外，胡风也当过。）

茅盾在他的"回忆录（十二）"中认为一九三一年十一月的这个决议是"'左联'成立以后第一个既有理论又有实际内容的文件"；"分析了形势、明确了任务，并就文艺大众化问题、创作问题、理论斗争与批评等问题，提出了自己的主张，特别是一反过去忽视创作的倾向，强调了创作问题的重要性，就题材、方法、形式等方面作了详细的论述"。最近，我把这个决议重读了几遍，我觉得茅盾似乎对它估计得太高了一点。这个决议的确初步纠正了三〇年八月决议的一些错误，但整个基调还是"左"的，除了批评忽视创作的倾向，就题材、方法、形式等问题，的确做了一些比较明确的阐述外，对分析形势、明确任务等等，左倾教条主义的味道，依然是很浓厚的。最突出的一点就是对中间作家的态度问题，也就是把所谓"自由人""第三种人"应该看作是敌人还是友人的问题。一看就可以知道，就在上述决议发表之后不久，同年十二月，"左联"就发动了一场对"自由人"的批判。这场论争，开始于一九三一年十二月胡秋原在《文化评论》创刊号上发表了题为《阿狗文艺论》起，到一九三三年七月鲁迅发表《又论"第三种人"》止，历时一年半以上，这场论争的实质可以说是一九二八年——一九二九年那场论争的延续。所以论争开始时，鲁迅、茅盾都没有参加。论争的中心问题，依旧是文艺和政治的关系；革命文艺家对小资产阶级作家的态度问题。胡秋原的《阿狗文艺论》和以后继续发表的《勿侵略文艺》《钱杏邨理论之清算》与《民族文学理论之批判》，以及以为胡秋原抱不平的姿态出现的苏汶在《现代》上发表的《关于"文艺新闻"与胡秋原的文艺论辩》《"第三种人"的出路》……这些文章根本否认文艺的阶级性、宣扬超政治文艺观，当然是错误的，应该批评的。但是胡秋原同时也强烈地批评了国民党反动派炮制的所谓"民族主义文学"，说这种文艺"是比所谓颓废派更下流万倍的东西""是中国文艺界上的一个最可耻的现象"。应该说当时他还是一个站在民族资产阶级、小资产阶级立场的文艺家，而不一定是"反动派的走狗"。可惜的是"左联"在一九三一年十一月决议之后，一开始就把胡秋原定性为敌人，说成是"反对普罗文学，已经比民族主义者站在更前锋了"。当时（一九三二年春），"左联"方面不仅冯雪峰、钱杏邨，而且瞿秋白也是站在反"第三种人"论争的前线的。冯雪峰写了《"阿狗文艺"论者的丑脸谱》《关于"第三种文学"的倾向和理论》；瞿秋白也用史铁儿和宋阳的笔名写了《普洛大众文艺的现实问题》（一九三二年四月二十五日《文学》）、《大众文艺的问题》（同年六月十日《文学月报》）。从这些文章可以看出，争论的中心依旧是文艺与政治的关系和左翼文艺要不要同路人这两个问题。在"左联"和胡秋原的论争初期，鲁迅没有参加，只在苏汶提出了"第三种人"和《文学月报》第四期上发表了芸生的《汉奸的供状》之后，他才写了《辱骂和恐吓决不是战斗》，和为了批评苏汶的"第三种人"论，才在一九三三年写了《论"第三种人"》和《又论"第三种人"》，这两篇实际上是结束了这场论争的文章。到一九三二年十一月歌特在党刊《斗争》上发表了《文艺战线上的关门主义》的文章之后，冯雪峰也在一九三三年一月写了《并非浪费的论争》和《关于"第三种文学"的倾向和理论》，开始检查了过去一段时期左翼文坛的"宗派性"和个别同志"指友为敌"的错误。茅盾当时是"左联"的行政书记，他曾对我和叶以群半开玩笑地说过："排斥小资产阶级作家，'左联'就不能发展，批'第三种人'的调子，和过去批我的

《从牯岭到东京》差不多。"这种"左联"内部思想的不一致，从鲁迅为了芸生的那篇文章，给《文学月报》编者写了《辱骂和恐吓决不是战斗》这件事也可以看得出来。当时《文学月报》（主编周扬）接到这封信时，就征得了鲁迅先生的同意，决定把这封信在下一期《文学月报》全文发表，但是这个决定，在"左联"内部也是有人不同意的。

7．歌特的文章

现在应该谈一谈用歌特的笔名发表在临时中央的机关刊《斗争》上的那篇文章的事了。这篇文章是一九八一年中央文献研究室整理张闻天著作时发现的，文章的题目是《文艺战线上的关门主义》（见《新文学史料》一九八二年第二期一八〇页），署名是歌特，发表于一九三二年十一月三日出版的《斗争》第三十号。经查对，同文经过删改又在翌年三月十五日出版的"左联"内部刊物《世界文化》第二期上转载，但署名则改为"科德"。这之后不久，"歌特"又在《斗争》第三十一号（三二年十一月十八日）上发表了《论我们的宣传鼓动工作》，首先提出了反对宣传工作中的党八股作风。这两篇文章，应该说是左翼真正开始摆脱极"左"路线的重要标志。这两篇文章不论内容和体裁都可以肯定作者是临时中央的负责同志，但遗憾的是，直到现在还不能确定歌特是哪一位负责同志的笔名。更奇怪的是当时担任"文总"书记的阳翰笙、"左联"党团书记的周扬，和"文委"成员的我，当时都没有看到过这两篇文章，而且，领导文化工作的瞿秋白除了一九三二年夏秋之间曾和我谈起过统一战线和反对"左倾空谈"之外，也没有在"文委"谈到过要反宗派主义的问题。（但在实际工作中，就是从"一·二八"以后，"左联"和其他各联的工作作风,则确实开始有了一些改变。)据我的回忆,秋白从来没有在"文委"提起过这两篇重要的文章。因此,当文献研究室给我看了歌特的文章之后,由于秋白曾和我谈起过统一战线的问题,加上他一再强调过创作和作品的重要性,所以我认为歌特可能是秋白的笔名,可是后来查阅了瞿秋白一九三二年以后发表的文章,这个想法就动摇了。有人认为歌特是冯雪峰的笔名,这可以肯定是不对的。但事实证明,冯雪峰是读到过这两篇文章的,因为他在一九三六年八月("两个口号"的论争平息下来的时候)曾用吕克玉的笔名发表过一篇题名为《对于文学运动几个问题的意见》,其中说到:"在三年前有一位'科德'先生曾说过,我们对于作家应该爱护……我认为,如有某些人对于鲁迅先生和茅盾先生的态度,都不是我们的好榜样。"如前所说,"歌特"的前一篇文章删改后又用"科德"的笔名发表在《世界文化》上,而当时冯雪峰是《世界文化》的编委之一。在此,使我百思不得其解的是:为什么他不把这两篇重要文章的主张向"文委"所属各联的党员传达?那恐怕也只能由党史研究家来考证研究了。(一九八一年文献研究室发现了歌特的文章之后,为了弄清歌特是谁的问题,立即向当时在上海与临时中央和"文委"方面有关系的同志,从吴亮平、李一氓起到周扬、阳翰笙和我,逐个进行了询问,没有一个人能够回答这个问题。)也有人认为这可能是张闻天同志的笔名,因为当时他在临时中央担任过宣传部长,但是从一九三一年九月以博古为首的临时中央在上海成立起,到一九三四年中央红军开始长征为止,临时中央一直由博古和张闻天主持。在这个时期之内,临时中央依然推行极"左"的政治路线,如反"罗明路线"、执行"关门主义",而拒绝了对陈铭枢等领导的"福建事变"的援助,以及作为王明左倾路线最高峰的六届五中全会,错误地断定中国已存在直接革命的形势,把第五次反"围剿"斗争认为是争取中国革命完全胜利的斗争等等,张闻天同志当时还是博古的主要合作者,因此,我认为歌特即张闻天之说,也还是值得研究的。现据文献研究室的同志告诉我,后经当时也在宣传部工作的杨尚昆同志证明，这两篇文章的作者的确是张闻天同志。

但是无论如何，歌特的两篇文章无疑是上海左翼文化运动开始摆脱左倾教条主义的一个重要标志，因为这两篇文章是针对"左联"批判"自由人"与"第三种人"的时候发表的，它明确地批判了"使左翼文艺运动始终停留在狭窄的秘密范围内的最大的障碍物，却是'左'的关门主义"。还正式指出小资产阶级文艺家是革命文艺运动的同盟者，对于他们要用"忍耐的解释、说服与争取"，要"实现广泛的革命的统一战线"，并严厉地批评了文艺是"政治的留声机"论，和"文艺只是某一阶级'煽动的工具'"。在《论我们的宣传鼓动工作》中第一次提出了"反对党八股"这个口号，文章强调了宣传鼓动也要利用图画、唱歌、戏剧等形式，并指出了"党八股"（又名"十八套"）的危害性，要求立即改正"死板的、千篇一律、笼统武断的"公式。

为什么对这件事我花了这么多的篇幅，问题不在于歌特是谁的问题，也不单是为了说明"左联"后期的开始应该在一九三二年"一·二八"以后，最主要的原因是我学习"十二大"文件"有感"。迄今为止，我们党已经走完了六十二年的路程，一九二七年党还只有六岁，一九八二年则已经是六十一岁了，在这六十多年中，我们党经历了两次伟大的历史性转折，一次是一九四五年的"七大"，另一次是一九八二年的"十二大"。胡耀邦同志在"十二大"报告中，开头就说"历史性伟大转变的胜利实现"主要的标志之一是："我们在思想上坚决冲破长期存在的教条主义和个人崇拜的严重束缚，重新确立马克思主义的实事求是的思想路线。"接着在论述到"文化大革命"的严重危害时，他说："'文化大革命'和它以前的'左'倾错误，影响很深广，危害很严重。"我读后，感触最深的是，"长期存在的教条主义"和"'文化大革命'和它以前"这两句话。长期存在、严重束缚着我们的教条主义是什么？就文艺领域来说，最主要的是左倾教条主义，即文艺必须从属于政治、一切文艺都是宣传、作家必须成为一个唯物的辩证法论者，以及作为"左联"纲领的"我们的艺术是反封建阶级的，反资产阶级的，又反对'失掉社会地位'的小资产阶级"等等，归结起来依旧是前面说过的文艺从属于政治、文艺为政治服务、文艺必须为当前的政治服务，以及无产阶级文艺不要同路人的宗派主义。由于这种思想长期束缚着我们，因此，"十二大"报告中用了"和它以前"这四个字，也就是说从一九二七年到一九八一年，这种错误的左倾思想一直没有被"坚决冲破"。为什么束缚得那样紧？因为上述的"理论"不是一九二七年的中国产品，而是从苏联的"纳普"输入（引进）的。为什么一九四五年那一次伟大的转折中还没有冲破？一是当时是战争时期，的确需要把文艺作为宣传工具；二是第三国际在一九四三年解散了，但还有一个斯大林，我们还有个人崇拜和国际崇拜。"和它以前"这四个字，特别使我触目惊心，因为这四个字不单适用于解放后的十七年，而且也适用于一九二七年以后，说穿了，就是这种"左"的教条主义和个人崇拜在我们这些人的头脑中已经束缚了半个多世纪，已经身体力行了半个多世纪。这样说并不是想把责任推给历史根源、国际根源，而是说我们这些人当时的思想水平、认识水平和所处的环境很容易接受这种"左"的思想。一九七九年四届文代大会是在十一届三中全会以后召开的，在当时，我们也还只是开始"有所察觉"，开始认识到"左"的教条主义已经到了该冲破的时候，但是对于我个人来说，只觉得一旦思想上想通了，要冲破就不难了。可是再过了三年，特别是经过了八二年秋召开的文联全国委员会，我才懂得了任何一个概念、一种思想、一种作风，行之日久，成了习惯势力，要冲破就很不容易了。"十二大"报告给了我很大的启发，使我从长期的迷雾中跨了出来，我也感到"和它以前"的一切，我们这些人应该承担责任。但是，我同意李一氓同志的意见："今天重翻一过，稍嫌它幼稚一点、过火一点。然而我——至少我个人还是至今不悔。幼稚一点是自然的，整个阶级、整个党那时都没有成熟。"(见《一氓题跋》)一是幼稚,二是一九二七年春夏之交,我们这些二十几岁的青年人没有别的选择,要么在国民党的屠刀前面屈服;要么不计成败地起来搏斗。许多人在这场搏斗中牺牲了,我们这些幸存者的回忆,只不过是记录一下学步时期的歪歪斜斜的足迹而已。

左翼十年（下）

1. "一·二八"之后

一九三二年是极不平凡的一年，日本军国主义在侵占了东三省之后，接着又在一月二十八日发动了淞沪战争，当时驻扎上海的以蒋光鼐、蔡廷锴为首的十九路军在全国人民要求抗日的影响下，违抗了蒋介石的命令，奋起抗战。中共中央临时政治局一方面号召上海市民全力支援十九路军抗战，但"左"的思想却还是不赞成抗日反蒋的各政治派系的联合。二月初，上海日本人办的纱厂工人首先发动了总罢工，沪东、沪西的工人也纷纷起来响应，战火烧近租界，于是不仅一般市民，连民族资产阶级以及一部分亲英美的买办资产阶级也不能不参加到联合抗日的阵营来了。我记得当时的沪东区委曾在东华德路的一家停工了的小工厂里召开了一次紧急会议，约有二三十人出席，分头到东洋纱厂去做宣传鼓动工作，和组织工人到前线去劳军。"文委"所属的各团体也分头进行动员。当时正值严寒，十九路军还穿着单衣作战，所以我们就发动了募集"棉背心"运动——名义上叫募集棉背心，事实上凡是可以御寒的衣物一律都收。由于"九一八"以来在上海的日本人不断挑衅,上海人民早已憋着一肚子怒火,所以一经号召,"为十九路军捐助寒衣"的运动就像野火一样地蔓延扩大,学生、工人、店员一起来,小商小贩,后来连资本家、"社会名流"也觉得"不甘落后"了。这是一场民族爱国运动,其势之猛,动员面之广,许多人都认为远远超过了"五卅"当时的情况。"左联""剧联""社联""美联"都组织了前线服务队和慰劳队,田汉还带了一批话剧演员和音乐工作者,不止一次到前方去慰问伤兵,用活报剧、歌唱等文艺武器,去鼓舞士气。

"左联"成立初期,就提倡过"工农通讯员"运动,事实上就是号召盟员到工农民众中去写反映工农生活的通讯报导,但忙于搞运动,实际响应者不多。"九一八"后沪西"内外棉"厂工人为了反日罢工,我参加了"上反"(上海工人反日同盟)的"壁报组"工作,写了一些反映工人斗争的报告,这只是一种报告文学的雏形,根本谈不上文学性,但也得到了壁报编辑部一部分人的欢迎;现在淞沪战争爆发,大多数"左联"盟员"都上了前线",于是我们再一次鼓动大家写前线报导和劳军通讯,这次有不少人写了这一类文章。据我记忆,钱杏邨、楼适夷、丁玲、白薇……都写了不少"战地通讯"。这时《文艺新闻》也开了一次会,大家觉得"周刊"不能迅速地反映战事情况,于是决定,从二月三日起,改出日刊,报头是《文艺新闻》战时特刊《烽火》,大量报导前线情况和刊登有关团结抗日的文章。我记得在《烽火》特刊上还发表过瞿秋白和鲁迅的文章(用的都是笔名)。《烽火》特刊大概连续出了两个星期,到三月底,因战事紧张,我们去前线有困难,于是重新恢复为周刊。这份刊物一直出版到同年六月下旬停刊,除《烽火》外共出了六十号,可以说是"左联"成立以来延续出版最长的一种刊物,也就是说,在五月五日蒋介石和日本签订"淞沪停战协定"之后,还坚持了一个半月。在这个时期在《文艺新闻》和各报刊上发表的"左联"作者的报告通讯和速写,很快地由钱杏邨编辑成书,题名为《上海事变与报告文学》,由南强书局出版，这大概是中国最早出版的一本报告文学专集。有人说在这本书中也有我写的文章，这有可能，但是我写了哪几篇，连我自己也认不出来了，因为那时跑到《文艺新闻》编辑室，一坐下来就写，写完就由翁从六拿到印刷厂去排印，除了常常在编辑室的袁殊外，常到的是楼适夷、叶以群和我，我写了就走，大部分没有标题，也不署名，有许多用了大号字标题，这些标题不少是袁殊加上的。

在淞沪战争前后，"左联"内外还有一场关于文艺大众化的讨论。如前所说，"左联"成立之初，就号召过工农通讯员运动，提倡文艺大众化，但是在大众化的实践问题上，"左联"却落在"剧联"的后面。茅盾在"回忆录（十五）"中，说一九三二年的文艺大众化讨论是瞿秋白提出的，事情的经过是这样：即瞿秋白第一次参加"文委"、各联盟党团书记向他汇报工作情况的时候，田汉谈了"南国剧社"和"艺术剧社"被禁止演出和勒令解散之后，"剧联"就组织了"蓝衫剧社"等小剧社，分散到学校、工厂去演出活报剧，以及淞沪战争中"剧联"盟员到前线去作慰问演出的情况，秋白就提出了"左联"也应该到学生、工人群众中去，用群众能够听懂的形式，来进行团结抗日宣传。接着，他就用宋阳的笔名，在同年六月创刊的《文学月报》上发表了题为《论文学的大众化》的文章。"文艺大众化"这个问题，早在三○年春就在《拓荒者》《大众文学》等杂志上讨论过，但是当时的种种情况，连工农通讯员运动也还没有认真去做，秋白的文章发表之后，"左联"党团和《文学月报》编辑部都开会讨论过，由于这个问题涉及的面很广，对"大众化"的意义又有各种不同的看法，为此，秋白和茅盾的意见也不一致，他们之间还发生过一场相当尖锐的论争。《文学月报》编辑部开座谈会的时候，冯雪峰曾指名要我写一篇文章，但是由于我对文艺作品用地方话（例如上海话、广东话）是否能达到"大众化"的目的这个问题有怀疑，加上我不同意秋白的"汉字拉丁化"和"废止汉字"的主张，所以雪峰催了我几次，还是没有交卷。在这里附带一说，我不反对拉丁拼音，但对于废止汉字，那是直到今天,我还是一个"顽固派",秋白是身体力行地主张用拉丁化来代替汉字的。记得三二年底,秋白曾花了很长的时间,向我宣传拼音文字的好处,和汉字的难学难懂,认为用拼音文字代替汉字是大势所趋,尽管当时我没有和他争论,但是我心头的疑虑一直没有解开。解放后,国家成立了文字改革委员会,我亲耳听过周恩来同志对文字改革问题的讲话,他提出用拼音来普及普通话,有计划地简化汉字,但并没有说一定要废止汉字,因此我和不少主张废止汉字的急进派作过脸红耳赤的论争。我的想法很简单,第一是中国是世界上独一无二的有四千年文字纪录的文明古国,十三经、二十四史、诸子百家、类书、传奇、小说,古籍浩如烟海,废止了汉字之后,试问如何对待这笔精神遗产?能把它们都译成拉丁拼音字么?即使译了出来,在乡音未改的情况下,有多少人能看懂?这是一个很现实的问题,但是主张废止汉字的急进派(其中有许多是我的长辈和好友),似乎很少加以考虑。大家都说汉字太多,难学难懂,我也不敢苟同,一部《康熙字典》,大概有五万多字,但是一般人只要认识七八百字到一千多字,一般地说就可以记账、写信、看报了。学英文如何呢?据说最少得学五万字,因为除每年每月增加的新字、俚语外,基本就有十六万字。举一个简单的例子,汉字只要识得一个羊字,有关羊的一切就都可以看懂了;英文呢,单讲与羊有关的字,就有母羊、公羊、山羊、羊毛、羊肉等五六个完全不同的字,这能说汉字难学难懂吗?秋白是我尊敬的领导和师友,但对他的这个主张,我还是认为太偏激了。当然,比他更偏激的人现在还有,记得鲁迅先生逝世之后,香港开的追悼会上有一副对联:"先生虽死,精神永生;汉字不灭,中国必亡"。这是香港新文字研究会送的,上联我完全赞同,下联则未免有点荒唐。解放后已经三十多年,我们依旧在用汉字,中国不是没有亡吗?因为三二年初的这一场大众化讨论发展到下一年,重点就转到了文字改革,所以我把从那时起一直憋在心里,想讲而不能讲的话,借此机会发泄几句。

淞沪战争结束之后,我从塘山路业广里搬到了爱文义路(今北京西路)普益里,这幢一开间半的二楼弄堂房子,是蔡叔厚给我介绍的,"顶费"二百五十元,在当时不算太贵,而其好处,则在于它有一个前门和两个后门,就是这所房子的门牌在爱文义路,而另有一个后门却在麦特赫斯特路,所以虽非狡兔,却有了三穴,万一有事,可以从后门溜走。由于有这一点好处,所以这地方就成了"文委"几个成员的碰头的地方,除周扬、钱杏邨、杜国庠、田汉之外,瞿秋白也来过两次。

2. 进入电影界

这一年初夏,大概是五月下旬,钱杏邨来找我,说他的同乡好友、明星影片公司负责人周剑云托他,邀请三位新文艺工作者到这家公司去当"编剧顾问",杏邨说:"你不是在《艺术》和《沙仑》杂志上写过有关电影的文章吗?我看这是一个好机会。"还说,他和郑伯奇谈了,郑表示愿意,所以一定要我参加。我对电影的确有兴趣,但是要我当编剧顾问,却是一个十足的外行,加上对左翼来说,这是一件新事,也是一件大事,必须经过"左联"乃至"文委"的讨论和批准。杏邨同意我的意见,就先在我家写了一个给"文委"的报告。不久之后,在"文委"碰头会上就讨论了这个问题,这次会由瞿秋白主持,我记得参加者除杏邨和我外,还有杜国庠、田汉和阳翰笙,好像丁玲也参加了。由于这件事来得突然,所以钱杏邨谈了周剑云和他的关系及明星公司的情况后,与会者意见很不一致,田汉首先表示赞成,但也有人反对,主要是当时"电影界"风气很坏,名声不好,当时的所谓国产电影又都是武侠、恋爱、伦理之类的东西,因此秋白也认为应该进一步了解情况,慎重考虑。会后,我想起了洪深,他社会关系多，和明星公司"三巨头"（张石川、郑正秋、周剑云）都很熟悉，于是我和杏邨就一同去找洪深。我们说明来意之后，洪深笑着说，这件事"首先是我策动"的，事情的经过是明星公司为了《啼笑因缘》的摄制权问题，打了一场官司，而"九一八"事变前后，当时红极一时的电影明星胡蝶到北京去拍外景，又传出了沈阳沦陷之夕，张学良正和胡蝶在六国饭店跳舞的传说，这一传说更因为马君武那首有名的打油诗"赵四风流朱五狂，翩翩胡蝶正当行"传诵一时，使明星公司的老板处于困境，加上"九一八""一·二八"之后，广大群众的爱国抗日情绪高涨，对老一套的武打片、伦理片失去了兴趣，于是，作为张石川的智囊人物的洪深就向"三巨头"提出了"转变方向"，请几个左翼作家来当编剧顾问的建议。当时上海有十来家电影公司，但出片较多的只有"明星""联华""天一"三家。这三家中，按当时的情况，"联华"算是比较开明的，它的主持人罗明佑是基督教徒，后台是民族资产阶级，所以他不拍色情片和《火烧红莲寺》之类的武打片，也有了孙瑜、沈浮、卜万苍、谭友六这样的导演。天一公司（也就是现在在东南亚和香港电影界很有势力的邵氏兄弟影业公司的前身）的老板是邵醉翁，在三家大公司中可以说最保守，他是宁波人，上海话说"算盘打得顶精"，只要能赚钱，什么片子都拍，例如德国海京伯马戏团到上海演出轰动一时的时候，他敢于出高价包下来，在一个晚上拍成一部纪录片，赚了一大笔钱。至于明星公司，则张、郑、周三位过去都和"文明戏"有关，郑正秋是文明戏的编剧兼"名演员"，以"言论老生"闻名，周剑云是"剧评家"，有事业心，也比较开通，张石川则一般说来在政治上是一个中间偏右分子，但对洪深这位留美名教授却十分信任，因此，在"一·二八"之后的特定环境中，洪深提出聘请几个左派人士来当顾问，帮他们出点新的主意，就表示了同意。钱杏邨和我在洪深家里从傍晚一直谈到深夜，为了解明星公司的内情，我们向洪深提出了一大串问题，知道了"三巨头"的性格、心理和对我们的要求，归纳起来大致是三条：一、编剧顾问的任务是每月开编剧会议一两次，讨论公司打算开拍的剧本，更希望提出电影剧本或故事素材；二、对公司内外可不用真名，公司担保不暴露我们的政治面貌；三、每一顾问每月致车马费五十元，写剧本另致稿酬。之后几天，杏邨和我又去找了郑伯奇，交换了意见。伯奇在我们这些人中是一个"长者"，敦厚朴质，待人宽厚，二九年我们办上海艺术剧社，他就是我们的"社长"，因此谈到电影，他就表示了异常的热心，认为这是一个很好的扩大进步文艺影响的机会，只要组织上同意，他愿意参加。大概是六月底，我们在"文委"会议上向秋白汇报了我们了解到的情况之后，就得到了秋白的同意。他说，在文化艺术领域中，电影是最富群众性的艺术，将来我们"取得了天下"之后，一定要大力发展电影事业，现在有这么一个机会，不妨利用资本家的设备，学一点本领；当然，现在只是试一下，不要抱太大的希望，更不要幻想资本家会让你们拍无产阶级的电影，况且他们只请你们三个人，你们既没办电影的经验，又没有和资本家打交道的本领，所以特别要当心。"你们特别要当心"这句话，我们三个人琢磨了很久，大家都认为这句话涵义很深，一是要我们谨慎小心，坚持立场，同时，由于电影界情况复杂，风气不好，所以要我们防止沾染不良习气。

　　在一个盛夏的晚上，杏邨、伯奇和我在善锺路、霞飞路口的一家外国人开的DD咖啡馆和周剑云见了面（在DD咖啡馆见面是我约定的，因为这地方安静，我常在这个地方约人见面，店主的外国老太太，把我当作常客，相当客气）。可能是钱杏邨已经向周剑云介绍了我们的姓名，所以周剑云对我们非常客气，讲了一些"久仰大名"之类的客套话之后，就单刀直入地说："这次'明星'请你们帮忙是有诚意的，主要是请你们对公司今后的方向出主意，最好还是要请你们写剧本。"我试探了一句："听说电影是要经过工部局和国民党市党部的检查的，我们写的剧本怕通不过吧。"他点了点头说："要检查，但只要'不太刺眼'，还是有办法的。"接着他带点神秘的口气说："各位也许不了解，工部局也好，市党部也好，只要有熟人，必要的时候'烧点香'，问题还是可以解决的，顾问的聘书上不署三位的大名，就是为了这个，当然，我相信你们会了解公司所处的环境的。"这是一次相当坦率而又相互间心照不宣的谈话，最后约定了下个星期参加他们的编剧会议。

我们三个人都取了一个化名，钱杏邨叫张凤梧，郑伯奇叫席耐芳，我叫黄子布。参加第一次编剧会，是在下了一次阵雨之后的晚上，在杜美路明星公司召开的，参加者除张石川、郑正秋、周剑云外，还有三位明星公司的主要导演，即程步高、李萍倩、徐欣夫。开会之前，先由周剑云一一作了介绍，在会客室里寒暄了几句，然后正式开会。从日本回国以后，我总算接触过不少社会上的各式人物，但不论在开明书店、立达学园，乃至"左联"，绝大部分都是知识分子，而现在，真的得和资本家打交道了，于是秋白的"你们要特别当心"这句话，又重新浮上心头。张石川的魁梧和郑正秋的瘦小，是一个很鲜明的对比，张颇有点"老板"气派，而郑正秋则不像文明戏演员，举止谈吐都像一个很有涵养的书生。在三位导演中，程步高和李萍倩都是知识分子，程步高还能讲流利的法语，而徐欣夫则颇有一点江湖气，后来才知道他还是上海工部局的一个"特别巡捕"（所谓"特别巡捕"既不是"包打听"，也不是"三道头"，按性质可以说是志愿警，平时有自己的职业，有特殊情况时可以穿上警装，替工部局服务）。这一天除了张石川讲了开场白，对我们表示欢迎和希望之外，主要的发言人是洪深，"洪老夫子"的口才是有名的，那一次会上我们正好像听了一次他口若悬河的演说，他从"一·二八"以后的国内形势讲起，讲到电影对社会的影响，以及中国电影目前所处的危机，结论是电影一定要革新；这些大道理，他事先都和我们谈过，却想不到当着三位老板和三位导演（还有一个叫王乾白的秘书），特别放大了声音说，工部局、市党部对电影都要审查，但是"没有一个定律没有例外"（这句话他讲的是英文），"没有一个条例没有空子可钻"，所以，请你们三位先研究一下审查条例，然后想出一些对付它的办法。……这一席话，我们听了颇感意外，可是张石川、郑正秋也居然微笑点头，似乎也表同意。至于剧本问题，好像他们都还没有准备，除了程步高说，前一年五省大水灾，他到汉口去拍了一点外景，也看了不少"救灾"场面，他想以水灾为背景，编一部故事片，等写出草稿后再请各位指教之外，没有多谈。我们也只说了几句客气话，会议就算结束。周剑云送我们出来，看见有一辆漆着明星公司商标的汽车停在门口，周剑云客气地请我们上车，说要送我们回去，但我们都婉拒了，理由很明白，在当时的情况下，我们的住处——甚至方向，都是不能让别人知道的。

过了一天，我们三个又在赫德路杏邨家里开了一个小会，研究今后对策，根据前天晚上开会的情况，与洪深和我们谈过的明星公司的过去和现况，以及对张、郑、周等人的作风性格，我们得出的初步看法是：一、这次"三巨头"邀请我们是有相当诚意的，不像是有意设置的陷阱；二、"三巨头"中张石川有决定权，而张对洪深是信任的；三、我们懂得洪深的政治态度和性格，但觉得他那晚上讲话似乎有点过火，于是我们商定，"初出茅庐"，还是稳重一点为好，一是不要暴露自己的政治身份，二是不要因为资本家有求于我，就认为可以为所欲为。万事开头难，我们一定要先和老板、导演们搞好关系，解除他们对"左"派的疑虑，待人以诚，认真地帮助他们拍出几部好影片来，站定了脚跟，然后再看具体情况，稳步发展。在这次讨论中，伯奇起了很重要的作用，例如"待人以诚"这句话，就是他提出来的。这一方针后来我们分别和秋白、雪峰、翰笙、周扬谈过，并得到了他们的同意。

要在荒凉而又荆棘丛生的电影园地上去建立一个进步文艺工作者的立足点和逐渐发展的基地，单凭我们这几个人显然是不够的，单靠我们这几个外行人写剧本，到票房价值至上的电影界去打天下，也显然是不够的，于是我们就和洪深、田汉、阳翰笙商量，想出了一些为进步电影奠定基础的方案。这就是：一、通过当时在报刊上已有的戏剧评论队伍，把重点逐渐转到电影批评，批判反动的外国电影和宣传封建礼教、黄色低级的国产电影，为进步电影鸣锣开道；二、把当时在话剧界已经初露头角的、有进步思想的导演、演员，通过不同的渠道，输送进电影界去，培养新人，扩大阵地；三、翻译和介绍外国（在当时，主要是苏联）进步电影理论和电影文学剧本，来提高我们的思想艺术水平。事隔半个世纪，现在回想起来，这几项工作中做得最成功的是影评工作。我们很快地组成了一支有力的影评队伍，打进乃至占领了包括《申报》在内的各大报的电影副刊。其次，对我们陌生的电影界输送新人和争取同路人，也取得了很大的成绩。从一九三二年秋到一九三三年冬（这一年十一月十二日，国民党组织了一批自称"上海电影界铲共同志会"的暴力团，捣毁了艺华电影公司），在短短的一年多时间内，就有一批"左联""剧联"的盟员和革命文艺工作者加入了"明星""联华""艺华"公司，初步形成了一支新的队伍。至于创作进步电影剧本问题，解放后的许多记述和回忆这一时期的文章和史料中（如《中国电影发展史》），我认为对这方面的工作，有不少过誉或溢美之词。以明星公司出品的《狂流》为例，把它说成我的"创作"，和作了过高的评价，我认为是欠妥当的。对此，我得说明一下当时编剧方面的情况（这里讲的是明星公司，联华公司有孙瑜这样在美国留过学的导演，也许会正规一些），据我们所知，在明星公司，不论张石川或郑正秋拍戏时用的还只是"幕表"，而没有正式的电影剧本，所以我们参加了明星公司，参观了他们的拍戏现场之后，对于他们用这种办法居然能拍出像《孤儿救祖记》那样的影片，真有点感到吃惊。他们拍戏之前，先由导演向摄制组（当时也还没有这个名词）全体讲一遍故事，所谓"幕表"只不过是"相逢""定情""离别"……之类的简单说明，开拍之前，导演对演员提出简单的表演要求，就可以开灯、动机器，而且很少 N.G.，我真的佩服他们的本事实在太大了。由于这种情况，作为"编剧顾问"，我们和导演们交换了意见之后，我觉得应该和可以帮助他们的，首先是根据他们已有的故事情节，给他们提一些意见，和写一个成文的提纲乃至分场的梗概。程步高的《狂流》，就是通过这种程序拍出来的，我听他讲预定的故事，记录下来，然后我们三个人（有时洪深也来参加）仔细研究，尽可能保留他们的情节和结构，给他写出一个有分场、有表演说明和字幕（当时还是无声的所谓"默片"）的"电影文学剧本"，经导演看后再听取他们的意见，作进一步的加工，最后在编剧会议上讨论通过或者重新修改。我和程步高最初合作的"剧本"如《狂流》等，都是这样定稿的。这样做有许多好处，首先是解除了刚认识不久的导演们对我们的戒心，觉得我们尊重他们的原作，不强加于人，目的是为了提高电影的质量，在意识形态上我们也可以"渗入"一点新意，他们不仅不觉得可怕，而且还认为拍这样的片子可以得到观众和影评人的赞许（当时的国产电影观众主要是青年学生、店员、职员和小资产阶级，所谓"高级华人"是不大看得起国产片而迷信美国片的）。这样，经过几部片子的合作，一方面，他们就很自然地成了我们的朋友，同时，我们这些外行人在合作中也逐渐学会了一些写电影剧本的技术。

从一九三二年起，不到一年，电影界就有了一支相当可观的新生力量，一方面是许多"剧联"成员参加了电影工作，如郑君里、金焰、王人美等加入了"联华"，沈西苓、司徒慧敏、柯灵（高季琳）、王莹、陈凝秋（塞克）等加入了"明星"，同时，我们和程步高、李萍倩、田汉和史东山、卜万苍、孙瑜、蔡楚生等也建立了良好的合作关系。由于我们"待人以诚"，真诚地帮助他们提高质量，所以这些当时电影界知名导演，绝大部分都成了进步电影的同路人，后来有不少人还加入了中国共产党，举程步高为例，在白色恐怖最严重的一九三四年，他可以在约定的时间把他华安大厦七楼住房的钥匙交给我，作为地下党开会之用。

在这里我要着重地记述一下影评工作。当时在上海，除了地下发行的党刊之外，没有一家我们自己的报纸（《文艺新闻》前后发行了六十期，终于在一九三二年六月二十日停刊）。因此，要发表影评，非在公开合法的大报上争取版面不可，我们通过各种渠道（如剧评家和各报副刊编辑的私人关系，及各电影公司广告部和各报经理部关系等），先后把上海各主要大报的副刊争取过来，在副刊上开辟了影评园地。当时实际从事电影工作的人还不多，还没有建立党的电影组织，但"剧联"却已有许多盟员在从事剧评工作，所以经"文委"同意，先在"剧联"领导下成立了一个"影评人小组"，这是一个党领导的松散的群众组织，通过茶话会、座谈会等形式欢迎影评工作者自由参加。由于它是公开的、合法的团体，所以参加的人很多，接触的面很广，《申报》的"电影特刊"、《时事新报》的"电影时报"、《晨报》的"每日电影"、《中华日报》的"电影新地"、《民报》的"电影与戏剧"，几乎全部为这个小组所掌握，主要的影评工作者有王尘无、石凌鹤、鲁思、毛羽、舒湮、李之华等，我和郑伯奇、陈鲤庭、沈西苓、施谊（孙师毅）、于伶（尤兢）、宋之的、聂耳也写了不少影评。这个组织成立得最早（一九三二年七月），持续得最久（八一三抗战后大部分进步文艺工作者离开上海，这个组织的不少人还留在"孤岛"继续工作），也可以说斗争得最剧烈，这件事，在中国进步电影发展史中，是值得大书一笔的，因为这支队伍不仅为进步电影扫清了道路，而且为左翼文艺工作挣脱宗派主义、关门主义的束缚，树立了一个榜样。

我已经记不起是哪一个月，大约是在一九三二年初冬，当我们在电影界初步占领了一些"立足之地"之后，田汉、杏邨和我向"文委"作了一次比较详细的报告，这次会，秋白也参加了，他对我们报告的内容，似乎感到新奇，很高兴地同意了我们的做法，但还是再一次提醒我们，不要因为初战告捷而放松警惕。

我在前面说过"左联"后期的起点应该划在"一·二八"战争之后，这不单是由于主观上的工作方法的改变，也还有由于民族矛盾

的上升而出现的一些客观条件。我们可以按时间次序,看一看以下的事实:

一九三二年五月,明星电影公司请钱杏邨等三人任编剧顾问;

同年秋,田汉(陈瑜)任联华影片公司编剧;

同年七月,蔡元培、杨杏佛等筹备组织"中国民权保障同盟",十二月十七日正式成立,鲁迅应邀参加了这个组织;

同年七月十五日,《申报》馆出版《申报月刊》,编辑部有不少进步分子;

同年十一月,《申报》副刊"自由谈"改组,黎烈文任主编;

同年十一月(十六日),商务印书馆复刊《东方杂志》,由胡愈之主编。

这一客观形势,迫使"文委"及其所属联盟逐步改变了过去那种"作茧自缚"式的"左"倾路线和关门主义。在瞿秋白的领导下,"文委"决定了乘机四面出击,各联盟成员可以在《东方杂志》《申报月刊》上撰稿,同意了"剧联"成员打入各电影公司和各报副刊,不少党员走出"地下",如石凌鹤当了《申报》"电影专刊"的编辑,王尘无当了《晨报》"每日电影"的编辑,等等。当然我们也不能忘记,那时还在王明路线时期,"文委"(包括领导"文委"的秋白在内)要一下子冲破"左"倾路线和宗派主义是不容易的。我记得"一·二八"之后,我们到沪西美亚绸厂去支援工人罢工,散发的传单中还有"武装保卫苏维埃"的口号,沪西区委对工会干部讲话中,也还在宣传"全国革命总爆发",但是无论如何,上海市民、小资产阶级乃至一部分民族资产阶级(如《申报》的史量才),对国民党的不抵抗政策已经有了强烈的不满情绪,这对我们革命文艺工作的发展,给了有利的条件。我想,上面谈到过的歌特的两篇文章,就是在这种特定的形势下发表的,这也说明了在当时"临时中央"内部,也已经有人感到有反对关门主义、宗派主义之必要了。

3．阵线的扩大

一九三三年是特别多事的一年！这一年，正如茅盾所说，左翼文化工作在瞿秋白和鲁迅的亲密合作下，"产生了一种奇特的现象"，就是"在王明左倾路线统治全党的情况下，以上海为中心的左翼文艺运动，却高举马列主义的旗帜，在日益严重的白色恐怖下，开辟了无产阶级革命文学的道路，并取得了辉煌的成就"。这里所说的成就主要是指的这一年从春到秋，革命文化工作的迅速开展，和在宋庆龄的支持下，"民权"运动兴起，与国民党法西斯进行了英勇的斗争。

茅盾所说的"辉煌成就"，可以概括为以下几点：

一、上海最大的日报《申报》副刊"自由谈"改组，鲁迅（何家干）、茅盾（玄）、瞿秋白等发表了大量杂文、评论；

二、"左联"的一批新作家初露头角，沙汀、艾芜、欧阳山、葛琴、张天翼等人的作品相继发表和出版；

三、茅盾的长篇小说《子夜》出版，一时传诵；

四、一批进步电影上映，在观众中获得好评，其中有田汉的《母性之光》《三个摩登女性》；夏衍的《春蚕》《上海二十四小时》；沈西苓的《女性的呐喊》；钱杏邨的《盐潮》；阳翰笙的《铁板红泪录》；郑伯奇的《时代的儿女》，等等；

五、"剧联"领导的"影评人小组"和同年三月组成"文委"直辖的"电影小组"，占领了几乎上海所有大报的电影副刊，开始有计划地介绍苏联电影理论，乘苏联电影《生路》《金山》等在上海首次公开放映的时机，发表了大量评介文章，据统计，单在《晨报》副刊"每日电影"上，一九三三年内，共发表了五十五篇介绍苏联电影的文章；

六、田汉、阳翰笙、夏衍打进了艺华电影公司。

在这期间，当时在吉鸿昌部工作的黄浦一期毕业生宣侠父，通过阳翰笙向"左联"捐助了一笔经费，我们就开办了"湖风书店"。

这之外，胡愈之主编的《东方杂志》，以及《申报月刊》等综合性杂志上，还发表了许多"社联"和进步作家的政论和时事评论，用马克思主义观点，评介了德、意、日法西斯主义的抬头，并指出了它们反苏、反人民的本质。

对上述情况，国民党反动派当然不会熟视无睹的，就在这一年三月，反动刊物《社会新闻》就发表一篇题为《左翼文化运动的抬头》的文章，说："《申报》的'自由谈'现在已在'左联'手中了。鲁迅与沈雁冰现在已成了'自由谈'两大台柱。"随着这种喽啰们叫喊，国民党当局又对史量才进行了威胁；于是黎烈文不得不在同年五月下旬，在"自由谈"上发表了一则当时颇为轰动的启事，其中有几句话讲得非常幽默，如"天下有道"，"庶人"相应"不议"，"编者谨掬一瓣心香，吁请海内文豪，从兹多谈风月，少发牢骚，庶作者编者两蒙其休"。那么，是不是"从兹"之后，真的"多谈风月"了呢，并不如此。为了"两蒙其休"，"自由谈"的版面，不过是减少了一些刺眼的文章，作者改换了笔名，而"风月"中还是有"牢骚"的，这种情况一直延续到一九三四年十一月史量才被国民党暗杀为止。在此补充一点，黎烈文离开之后，接替他的是张梓生，他是浙江绍兴人，过去我曾在开明书店见过他，他和夏丏尊、宋云彬、章雪村都很熟，所以他接编了"自由谈"之后不久，还特意找我谈话，说不要以为黎烈文离开，"自由谈"就变了。他很神秘地告诉我，他去见过鲁迅先生，他同意继续给我们写稿，所以他要我转告左翼的朋友，希望他们继续供稿，态度似乎还很真诚的，至于具体情况如何，则因为我那时还忙于电影方面的事，所以知道的就不多了。这类事说明了一个问题，报纸也好，杂志也好，决定它们的信誉和销路的，归根结底还是广大读者，权势和金钱，是无法改变读者的选择的。

差不多同时，也在三三年五六月间，有一次周剑云找我谈话，说自从《狂流》《铁板红泪录》公映之后，潘公展（国民党在上海专管文教的特务头子）曾两次对他警告，前几天还打电话给他，说明星公司如不改变作风，今后就不能得到银行贷款。周剑云说，上海有一个以杜月笙为首的名叫"恒社"的银行界的俱乐部，这个机构的实际负责人是潘公展和陆京士，所以这件事使他"大伤脑筋"，他和张石川商量后，专门去向潘公展作了解释（后来有一种传说，说周曾向潘公展送了礼——明星公司的股票），最后潘提出了条件，他也要介绍一个人来当编剧顾问。周剑云用恳求的口吻对我说："这件事我知道你们一定会反对的，我问过杏邨，他一口拒绝，说'他来我们就走'，真是这样，明星就会垮台，所以我请你们从长远合作着想，帮公司的忙。"我说："请你设想一下，我们这些人能和潘公展派来的人坐在一起开会吗？"周剑云压低了声音说，派来的人叫姚苏凤，这个人我很熟，他就是《晨报》的"每日电影"的主编，你们不是常在"每日电影"上写文章吗？假使不是他，我是不会同意的。于是我说，我一个人不能做主，等我们商量一下，再作答复。在明星公司，周剑云是当权派，很威风的，可是这一天他却显得十分谦恭，看来，银行不借钱，对他是一个重大的威胁。

我们向洪深了解了姚苏凤这个人的情况，然后，"电影小组"开了一次会，会上，王尘无对姚苏凤的为人作了详细的介绍，因为我们在"每日电影"上写文章，最初是通过尘无介绍的。据尘无说，姚是苏州人，过去是鸳鸯蝴蝶派，近年来有了些改变，也看一些进步杂志，有时也对时局表示忧虑，可是他的确是潘公展信任的人。会议决定了两个方案，一是我们三个人同时退出明星公司，并在报刊上发表声明；二是在公司当局保证我们写的剧本不受干扰的条件下，同意姚苏凤参加编剧会，经过一段时期的考察，再决定去留。这件事在党内外都有不同意见，洪深同意第二方案，还告诉我们，潘公展派姚苏凤来还比较容易对付，这个人满心想当编剧，只要拍他写的一个剧本，他就不会捣乱了。钱杏邨也从周剑云口中知道姚不是顽固派，和黄天始之类的顽固反共分子比，他还是可以谈得通的。当然，反对第二方案的人也不少，主要的一条，就是我们怎么能和潘公展派来的人一起开会。为了这件事，明星公司的编剧会两次停开，最后，第二方案终于得到了当时"文委"党团书记阳翰笙的同意，但向明星当局提了一个附带条件，即假如姚在编剧会议上反对乃至否定我们的剧本，我们三个人就集体离职，周剑云拍胸脯作了保证。这样，阳翰笙和我向冯雪峰汇报的时候，他也说，你们认为可以，那就观察一个时期再说。

完全出于我们的意料之外，姚苏凤在参加编剧会议之前，就分别找了洪深和王尘无，向他们表示了"心迹"，愿意和我们合作；在他首次和我们见面的时候，也讲了一些客气话，如愿意向你们学习之类，我们也相应的"以礼相待"，不使他感到紧张。过了几天，姚苏凤忽然通过尘无约我到南京路靠近外滩的一家咖啡馆喝茶，寒暄了几句之后，竟然开门见山地对我说，自从去年（一九三二年）七月"每日电影"连载了你和席耐芳先生的《电影导演论》和《电影剧本论》之后，《晨报》的销路增加得很快，今年六月，是"每日电影"创刊一周年，我想趁这机会，请你和洪深先生等以"每日电影同人"名义，发表一封告读者的公开信，表明这个副刊的今后编辑方针，同时，请你转告张凤梧、席耐芳两位，从今以后，请尘无先生当"每日电影"的主编，"为了对付上面，我可以依旧挂一个主编的虚名"。这几句话讲的是"每日电影"，实际上是他向我们的表态，他还一再说："我挂名，发表什么文章，全由尘无兄负责。"意思是明白的，就是要我们信任他，他在明星公司当编剧顾问，决不会反对我们。我和尘无接受了他的意见，于是在六月十八日的"每日电影"上由洪深、尘无、柯灵、朱端钧、陈鲤庭、鲁思、沈西苓和我们一起联合发表了一个题为《我们的陈诉，今后的批判》的"通启"。这样，这个副刊一直掌握在我们手里，直到一九三四年十二月副刊"改组"为止。由于姚苏凤对我们正式表了态，并真的把副刊的编辑权交给了尘无，因此我们也就把姚苏凤当作可以合作的朋友。这件事，在当时看来，似乎很奇怪，但这不过是一个从敌对阵营中也可以争取合作者的例子。我在这里还要说明一下，姚苏凤从这之后一直和我们保持着良好的关系，经过抗战的孤岛时期、解放战争时期，解放后他在《新民晚报》当编辑，用"月子"的笔名写文章，拥护党和人民政府，直到去世为止。

4．"左联"的后期

如上所说，一九三三年是"左联"后期的第二年，也是革命文学蓬勃发展、"四面出击"的一年，但同时，也应该看到，这是因为"九一八"和"一·二八"而稍稍放松了一点的国民党文化"围剿"再一次加紧的一年，可以看看下列的一些事实：

三月二十六日，廖承志、罗登贤被捕；

五月初，史沫特莱的秘书冯达被捕、叛变；

五月十四日，潘梓年、丁玲被捕，应修人拒捕牺牲；

五月二十五日，黎烈文受到警告，在"自由谈"发表了《多谈风月》的声明；

六月十八日，中国民权保障同盟总干事杨杏佛被暗杀；

七月十四日，伊罗生在英文《中国论坛》上发表了国民党密谋暗杀进步文化人的黑名单的抄本，其中有鲁迅、茅盾、杨杏佛等人，这份材料，据说是地下党送交伊罗生的；

十一月十二日，国民党特务三十余人捣毁了艺华电影公司摄影场和良友图书公司，并散发了"上海电影界铲共同志会"署名的传单，威胁说："各电影公司、电影院不得摄制、放映黄子布、陈瑜、金焰等人编、导、演的各项鼓吹阶级斗争、贫富对立的影片，否则必以暴力手段对付……"与此配合，十二月一日国民党办的《现代电影》上提出了"软性电影"的口号。

事实说明，由于左翼阵线的扩大，国民党的文化"围剿"，单靠检查书报、电影和禁止封闭书店，已经不能生效了，于是他用暗杀、绑架等法西斯手段。据刘顺元同志回忆，"仅一九三三年上半年，不到半年之内，上海被捕的共产党员约六百人左右"。

那么，在这种白色恐怖下面，革命文化、文艺运动是否真的被"剿灭"了呢？没有！围剿和反围剿的斗争顽强地继续下去，形势也和一九三一年很不一样了。在"左联"前期，我们自己办书店，出机关杂志，禁了再办，办了再禁，不仅孤军作战，损失很大，而且由于极"左"思想的影响，我们的地盘很窄，作用不大；现在，在"左联"——也该说左翼的后期，我们已经逐渐团结和争取了中间力量，甚至能够在牛魔王的肚子里去作战了，反"软性电影"的斗争，就是一个例子。我们在电影界没有一张自己的机关报（一九三三年初，我和王尘无曾利用一家小印刷厂办了一张小报《电影评论》，所有文章都由我们两个人包办，但是出了一期就被禁了），从三二年底一直到三七年，可以说，电影小组领导的影评工作，都是在各大报的副刊上进行的。当时，上海各大报的电影副刊，除了《时报》的"电影时报"外，《申报》的"电影专刊"、《晨报》的"每日电影"完全由我们掌握，还争取了《新闻报》的"艺海"、《中华日报》的"银座"、《大晚报》的"剪影"、《大美晚报》的"文化街"等等，我们就在这些公开合法的大报副刊上，使用各种形式，如杂文、影评、打油诗、漫画等等，对反动派提出所谓"软性电影"——"给眼睛吃冰淇淋，让心灵坐沙发椅"进行猛烈的批评。现在回忆起来，我开始学着写杂文，也是在这场论争中开始的，我用韦彧、沈宁（其实当时沈宁还不满三岁）、子布等笔名在各种副刊上写了《玻璃屋中的投石者》《白障了的"生意眼"》等十几篇杂文。在这场论争中，尘无、聂耳、唐纳、鲁思、陈鲤庭、宋之的……都写了不少犀利而又有说服力的文章。

自从一九三三年三月成立了党的"电影小组"之后，我就解除了"左联"的工作，集中力量从事电影工作。新成立的"电影小组"的成员是：夏衍、钱杏邨、王尘无、石凌鹤、司徒慧敏。田汉、阳翰笙也在艺华、联华写剧本,但由于阳翰笙是"文委"书记,田汉是"剧联"党团书记,所以除了田汉仍分管一部分"影评人小组"的工作之外,他们都没有参加"电影小组"。这时候的"左联"党团书记是周扬,"社联"党团书记是杜国庠。由于我的组织关系从"左联"调到"电影小组",当了组长,因此三三年以后,我就很少参与"左联"的实际工作,同时,正如茅盾所说,这一年是"多事而活跃的岁月",白色恐怖严重,大家工作又很忙,所以,"文委"也不能像以前那样定期开会,特别是三月中旬丁玲、潘梓年被捕,"文委"在昆山路的机关被破坏,冯雪峰紧急通知要我暂时隐蔽,所以直到六月下旬,周扬约我讨论筹备欢迎巴比塞等人来上海召开反帝大会的事,才和以群、周文等见面。这个会的全名是"世界反对帝国主义战争委员会",是"一·二八"战争之后不久,由巴比塞、罗曼·罗兰等人发起的;这个委员会一九三二年八月在荷兰召开大会的时候,宋庆龄曾去电祝贺,所以他们就决定下一年派巴比塞等到中国召开第二次反帝大会,同时还邀请了日本、朝鲜的知名人士参加这次会议。对这件事,史沫特莱和伊罗生都曾和我谈过,但都还不知道什么时间在中国的哪一个地方召开。据史沫特莱说,因为国际联盟派到中国来的李顿调查团发表了一个有利于日本帝国主义的报告,所以世界反帝战争委员会的代表打算到东北去调查视察,时间原定是三三年六月。因为巴比塞是法国知名作家,所以江苏省委决定除孙夫人外,还要组织一个以鲁迅为首的欢迎委员会。周扬和我商量了委员会人选,就要叶以群去告诉茅盾,请他参加,并希望他写一篇欢迎反帝大会代表团的文章。可是到七月底或八月初,史沫特莱告诉我,说会议已推迟到九月,而且巴比塞因病不能来了,我把这情况告诉了周扬,又忙着去帮孙师毅写《新女性》的分场剧本了。可是到九月下旬,冯雪峰忽然找我,非常秘密地告诉我,反帝大会的代表已经到了上海,由孙夫人把他们安顿在外滩华懋饭店,他只说了两个人名,一位是英国的马莱爵士,另一位是法国的伐扬·古久列。冯雪峰说,鲁迅已去看过他们,但旅馆有包打听监视,所以省委决定,为了安全,鲁迅和茅盾都不参加大会了。他知道我有些社会关系,所以要我想办法把马莱等人从华懋饭店送到指定的开会地点,时间很紧迫,因此他要我立刻想办法,一定要在次日清晨到内山书店杂志部和他见面,告诉他具体办法。我想了许久,终于决定去找洪深,一是洪深很讲"义气",又有胆量;二是他能讲英语,便于和外国代表直接交谈。我先向洪说,党有一件重要的事想请你帮忙,不论你愿意不愿意,千万要守秘密,他立即表示愿意,我才把接送马莱的事告诉了他。我说,开会的地点要到明天清早我才能知道,所以请你明天不要出门,在家等我的电话。临走时,他忽然拍了一下我的肩膀说:"有办法了,你放心,保险不出毛病。"第二天(查明是九月二十九日)一早,我把打算托洪深的事告诉了雪峰,他表示同意,把开会地点的门牌号码告诉了我,但要我陪洪深一同去接送外宾,因为这个地点事先不能让任何人知道。这样,我和洪深约定下午五时在慕尔鸣路"中社"会面。"中社"是一个俱乐部办的茶室,比较安静,是我和他常去的地方。我按时赶到,茶室门口已停着一辆车门上漆着明星公司商标的汽车,我很快就懂得了洪深的用意,因为这是一辆明星公司接送"电影明星"的专用车,用这辆车,比雇出租汽车要安全得多,因为包打听和三道头是不会把电影明星和外国反帝代表联想在一起的。我和洪深在茶室喝了一杯咖啡,等天色渐渐暗了,才和他一起到华懋饭店。这一天洪深穿了一套深色西装,吸着雪茄,俨然是高级华人的气派,所以直入华懋七楼,找到了马莱和古久列,并陪他们下楼,按洪深后来的说法,"简直是如入无人之境"。——他对马莱、古久列说:"奉孙夫人之命来接你们去开会。"这是事先约定的口号和马莱联系的。洪深后来还告诉我,他陪着这两位代表下电梯的时候,还用英语讲了"到了上海,总得看看京戏,今晚给你们安排了一台好戏"之类的话,有意让暗探们听到,出门之后就坐上了明星公司的汽车。我只在车上等了十来分钟的时间。他们上车后,本来是应该过白渡桥向东走的,可是洪深却要司机先到永安公司一带闹市绕了一圈，看看后面没有人盯梢，然后再掉头向东，高速开往大连湾路。记得大概到荆州路附近，我已经察觉到，有几个骑自行车的纠察队在守卫了。我们按指定的地点下车，这是一座并不显眼的普通楼房，但门口却有一小片草地，我和洪深陪两位外宾下车，向守卫在门口的一个中年人讲了一句约定的口号，这位中年人就很高兴地和外宾握手，因为洪深在汽车上告诉了马莱，说我们的任务只是送他们到开会地点，不参加会议，所以他们进会场的时候只对我们轻声地讲了一句："教授先生，希望再能见到你。"

后来我才知道，这次大会是经过许多曲折才开成的，孙夫人主持了这次大会，正式的会只开了一天，鲁迅和茅盾都没有参加。解放后，孙夫人和我谈起过这件事，她说大会从深夜开始，直到第二天傍晚结束，有中央苏区和东北义勇军的代表参加。她还说，这样的会，对她是平生第一次，会场没有桌椅，连外国人也席地而坐，为了照顾她，一位女同志给她找来了一张小板凳，等等。这之后过了一天，《字林西报》和《大美晚报》就发表了"反帝大会已经在上海东区某地举行"的消息，因为除了地下党散发了一些传单之外，只有小规模的示威行动，而且马莱爵士还向记者发表谈话，说"不日即将离沪"，加上，马莱是英国爵士、上议院议员，古久列是法国《人道报》主编，所以工部局对他们的警戒也放松了。十月三日，田汉和洪深来找我，说他们准备举行一次文化界欢迎反帝大会代表的宴会，经费由艺华公司老板严春棠负责，这是一次非常奇特的集会，田汉在他的《影事追怀录》中有详细的记载：

> 我还曾怂恿严春棠做东道主，在新新公司酒楼举行过欢迎马烈（莱）与古久列的盛宴。据《艺华周刊》创刊号的记载和我的记忆，那晚参加的人，艺华有严春棠、周伯勋、舒绣文等；明星有周剑云、郑正秋、程步高、胡蝶等；联华一、二厂有史东山、卜万苍、金焰、王人美等；天一只到许

幸之一人。此外有陈瑜（田汉）、黄子布（夏衍）、张凤梧（阿英）、孙师毅、郑君里、曹亮、娄放飞、杨霁明、叶灵凤等共四十余人。翌晚（四号）七时，马、古两人由程步高引导入场，介绍与到会人一一握手，随即签名，……席间由严春棠、郑正秋、卜万苍等相继致欢迎词，继由马烈爵士致答词（曹亮翻译），他首先说明此次来华之意义，然后谈到东西方被压迫民族怎样才能联合起来，共同反对帝国主义瓜分殖民地的战争。古久列同志也起立致词（娄放飞翻译），他慷慨激昂地陈述全世界热爱和平、不愿做奴隶的反对帝国主义战争的必要。他的富于热情和煽动力的发言，使到会者的精神为之一振。最后，到会者提出了许多问题，马、古二人一一回答。马烈爵士也提出一个问题请大家回答。他说，他"常常看见租界的巡捕可以任意殴打黄包车夫，何以黄包车夫毫不反抗，而中国人士也视为家常便饭，不以为意？"

当时大家公举郑正秋作答。郑正秋首先说明，由于清朝以来中国遭受帝国主义列强的侵略，订了许多不平等条约，才有今天的租界。在深重的内外压迫下，黄包车夫的处境很苦。但中国人民也不是不反抗的，一九二五年五卅南京路事件就是一个例子。

马烈爵士对郑的回答，表示满意。并表示回国后当向上议院提出反对英租界此种非人的暴行。马烈回国后有没有向他们的上议院做这样的提议我们不知道，连这位红色贵族本人的消息，后来我也一点没有收到。但上海黄包车夫的确不再受人殴打了，甚至"黄包车夫"这一职业也快成为历史名词了。这当然不是由于英国上议院的恩惠，而是由于中国人民赶走了帝国主义，消灭了封建主义、官僚资本主义，彻底解放了自己，建设了自己的社会主义祖国。这次盛宴到深夜十时才尽欢而散。人们说：这是充满矛盾的宴会。"严春棠"

的棠字，原来是堂皇的堂字，一次夏衍同志俏皮地说他"以土起家"，他才改成棠字的。一位上海的烟土大王、大流氓黄金荣的徒弟会欢迎英国红色贵族和法国共产党中央委员？因此有人告诉他，说他"上了共产党的当"。但我以为我们是对得起他的，我们用了他一点点造孽钱，替他做了一桩他所做不到的好事。

上面田汉所举的出席人名单中，遗漏了一个很特殊的人物，这就是"南社"诗人林庚白。那晚他穿的那一件宝蓝色缎子长袍特别显眼。他出席这种宴会，也显得很不调和。林庚白是一个有名人物，鲁迅日记中曾有记载，一九二九年十二月二十四日："下午，……林庚白来，不见。"二十六日又有记载："晚，林庚白来信谩骂。"这说明，林的思想是反动的。但到"九一八""一·二八"以后，他受了柳亚子的影响，思想有了转变。他参加这次宴会，也是田汉邀请的。他后来一直和柳亚子一起，支持抗日战争。一九四一年冬，香港沦陷时，他中流弹牺牲。一九四六年，开明书店为他出版了一本《丽白楼自选诗》，由叶圣陶题签，柳亚子作序，其中有一首《法国共产党人古久列挽诗》。这也说明，人的思想、立场是可以改变的。

第二天，田汉、程步高又陪了马莱、古久列到大场去参观。在《影事追怀录》中也有一段记载：

> 我们利用了艺华公司一些特殊条件，让他们尽可能地访问了郊区农民、工人，也顺便让他们接触了陶行知先生的教育事业。我们用艺华公司的汽车领他们访问了大场的山海工学团。农民和农民子弟对学校的热爱和小先生制等引起了他们很高的兴趣。露露——那位刚由舞台走向银幕的女青年艺术家，很快地成为古久列同志的小友，他对她做了很挚切的鼓励。

据沙汀同志回忆，上海文艺界还在西藏路某处开了一次欢迎马莱、古久列的小会，施蛰存、苏汶也参加了，当天杨刚当了翻译。

这件事，不但在中国电影史上，在左翼文化运动中也是一件很重要的史事。但是，现代文学史料方面，完全没有人提起。因此，我在这里补记一下。

但是，这一件事也激怒了国民党反动派。不久，就发生了"铲共同志会"捣毁艺华影片公司的事。对此，鲁迅在他的《准风月谈》的后记中剪录了几段《大美晚报》的新闻记载：

> 昨晨（十一月十二日）九时许，艺华公司在沪西康脑脱路金司徒庙附近新建的摄影场内，忽来行动突兀之青年三人，向该公司门房伪称访客，一人正在持笔签名之际，另一人遂大呼一声，预伏于外之暴徒七八人——一律身穿蓝布短衫裤——蜂拥夺门冲入，分投各办事室，肆行捣毁写字台、玻璃窗，以及椅凳各器具。然后又至室外，打毁自备汽车两辆，晒片机一具，并散发白纸印刷之小传单，上书"民众起来一致剿灭共产党"，"打倒出卖民众的共产党"，"扑灭杀人放火的共产党"等等字样。同时又散发一种油印宣言，最后署名为"中国电影界铲共同志会"。约逾七分钟时，由一人狂吹警笛一声，众暴徒即集合列队而去。迨该管六区闻警派警士便衣侦缉员等赶到，均已远逸无踪。该会且宣称昨晨之行动目的仅在予该公司一警告，如该公司及其他公司不改变方针，今后当准备更激烈手段应付。联华、明星、天一等公司，本会亦已有严密之调查矣云等。
>
> 据各报载该宣言之内容称，艺华公司系共产党宣传机关，普罗文化同盟为造成电影界之赤化，以该公司为大本营，如出品《民族生存》等片，其内容为描写阶级斗争者，

但以向南京检委会行贿，故得通过发行。又称该会现向教育部、内政部、中央党部及本市政府发出呈文，要求当局命令该公司立即销毁业已摄成各片，自行改组公司，清除所有赤色分子，并对受贿之电影检查委员会之责任人员予以惩处等语。

事后，公司坚称：实系被劫，并称已向曹家渡六区公安局报告。记者得讯，前往调查时，亦仅见该公司内部布置被毁无余，桌椅东倒西歪，零乱不堪，内幕究竟如何，想不日定能水落石出也。

接着十一月十六日《大美晚报》又登有这样的纪事：

影界铲共会　警戒电影院
　　　　拒演田汉等之影片

自从艺华公司被击以后，上海电影界突然有了一番新的波动，从制片商已经牵涉到电影院。昨日（十五日）本埠大小电影院同时接到署名上海影界铲共同志会之警告函件，请各院拒映田汉等编制、导演、主演之剧本，其要文云：

敝会激于爱护民族国家心切，并不忍电影界为共产党所利用，因有警告赤色电影大本营——艺华影片公司之行动。查贵院平日对于电影业素所热心，为特严重警告，祈对于田汉（陈瑜）、沈端先（即蔡叔声、丁谦之）、卜万苍、胡萍、金焰等所导演、所编制、所主演之各项鼓吹阶级斗争、贫富对立的反动电影，一律不予放映，否则必以暴力手段对付，如对艺华公司一样，决不宽假，此告。

上海影界铲共同志会十一月十三日

同时，这个暴力团体也打碎了北四川路良友图书公司的大玻璃窗，还散发了盖有长条紫色木印传单，内容如下：

敝会激于爱护民族国家心切,并不忍文化界与思想界为共党所利用,因有警告赤色电影大本营——艺华公司之行动。现为贯彻此项任务计,拟对于文化界来一清算,除对于良友图书公司给予一初步的警告外,于所有各书局刊物均已有精密之调查,素知贵(处)对于文化事业热心异人,为特严重警告,对于赤色作家所作文学,如鲁迅、茅盾……沈端先、钱杏村(邨)及其他赤色作家之作品、反动文学以及剧评,苏联情况之介绍等一律不得刊行,或登载发行。如有不遵,我们必以对付艺华及良友公司更激烈更彻底的手段对付你们,决不宽假。此告。

上海影界铲共同志会
十一月十三日

按当时电影界的情况,拍进步影片最多的是明星公司和联华公司,讲到写"阶级对立"的电影,开头也是明星公司的《上海二十四小时》《女性的呐喊》,和联华的《母性之光》《三个摩登女性》(均田汉编剧),而艺华公司则创办于这一年的九月,到被"铲共同志会"捣毁,还不到四个月,而且上映的也是查瑞龙、彭飞两位大力士主演的,加了一点"革命内容"的武打片。那么,为什么国民党反动派要先从艺华开刀呢?于是不少人就认为可能和严春棠参加了那次欢迎反帝大会代表的宴会有关,为此,在"文委"开会时,杜国庠就对田汉和我提出了批评,一是田汉不该和烟土贩子合作,其次是白色恐怖还很严重的时候,不应该过早地暴露,我们也承认犯了"性急病"的错误。可是后来听洪深说,国民党先从艺华开刀,正因为严春棠是黑社会人物,社会上没有名气,更没有地位,所以只要吓唬他一下,他就会俯首投降,而明星、联华就不同了,他们是"大公司",有社会地位,也各有后台,照洪深的看法,国民党在玩杀鸡吓猴子的办法,对艺华用武,对明星、联华用文,严春棠屈服之后,他们先占了一块阵地，然后逐步施加压力。洪深还告诉我，姚苏凤来明星之前，周剑云就向潘公展送了一笔"干股"，所以假如他下一步棋子可能是联华而不是明星。事实证明，洪深的估计是对的。大概在十二月下旬，也可能是圣诞节前夕，明星三巨头请我们吃饭，只在闲谈中有意让我们知道，潘公展"发了脾气"，但还是对付过去了，不过今后写剧本要当心一点了等等。那天沈西苓也在座，郑正秋先夸奖了沈西苓几句，然后张石川正面提出了警告，说《女性的呐喊》送审时先是决定禁映，后来"烧了香"（即行了贿），还是剪掉了一千多呎，今后这样的题材可不能用了。我们知道，张石川的话，显然是讲给我们听的，因为沈西苓进明星不久，又是一个"弱者"，所以讨论他的《船家女》时，就受到了不少的阻碍。这之后，姚苏凤也告诉我，他在《晨报》也挨了批评，但他还是似乎很有把握地说："不要紧。""每日电影"的方针不变，理由是《晨报》的销路，主要是靠这一版副刊。

在这里要谈一下党中央对"文委"的领导情况，因为就在一九三三年十月反帝大会之后不久，冯雪峰就离开上海到中央苏区去了；事先我们都不知道，直到十二月下旬或一九三四年一月，就是上面谈到过的明星公司请吃饭之后，我去找茅盾时，他才告诉我。雪峰和瞿秋白都已经调到中央苏区去了，这件事，作为"文委"书记的阳翰笙也不知道。我去找史沫特莱，她说的也和茅盾所说相同，就是说冯雪峰先走，秋白是三四年一月初离开上海的。到三四年阴历春节前后，一次我到沈兹九家去找沈西苓（他们是同胞姐弟），偶然碰到了朱镜我，他才对我比较系统地谈了中央局和江苏省委的一些情况，知道了瞿秋白、冯雪峰去苏区，不单是个别人事调动，主要是党的组织有了新的变动，这就是一九三二年党中央机关迁移到江西中央苏区之后，中央决定成立上海中央局（即一般所说的上海临时中央局），书记是李竹声，负责宣传工作的是盛岳（盛忠亮）。瞿、冯走后，"文委"可能由中央局宣传部管，也可能由江苏省委宣传部代管。当时朱镜我在江苏省委工作，由于他的夫人赵独步是沈兹九的好友，所以我和他约定，必要时可以在沈兹九家见面。

正在我们为这件事而发愁的时候，国民党的文化围剿又加紧了一步，二月底，国民党市党部正式宣布，奉国民党中央宣传部命令，查禁"反动"书籍一百四十九种，举凡鲁迅等人著作，一律禁止印行和出售。禁书名单中涉及的作家计二十八人，即鲁迅、郭沫若、陈望道、茅盾、田汉、沈端先、柔石、丁玲、胡也频、周起应、华汉、冯雪峰、钱杏邨、巴金、高语罕、蒋光慈等。这是一种"格杀勿论"的办法，凡是点了名的"反动文人"的著作、翻译，一律禁止。我不是"作家"，被禁的都是翻译，如高尔基的《母亲》（这本书是第二次被禁，第一次是三〇年的大江书铺版，后来开明书店将书名改为《母》，译者改为孙光瑞，但这次也未能幸免），以及柯根的《伟大的十年间文学》和《新兴文学论》、倍倍尔的《妇女与社会主义》、雷马克的《战后》（译者署名为沈叔之）、藤森成吉的《牺牲》、厨川白村的《北美印象记》等等。有人说低能的国民党中央党部根本不看书的内容，连钱杏邨编的《新文艺描写辞典》也禁；其实，这种"格杀勿论"在反动派看来还是起作用的，因为当时我们这些人都以"卖文为生"，所以乱禁一通，总还是可以使左翼文人在生活上受到折磨的。禁书、杀人，同时也加强了对书店的控制，从此之后，上海四马路以出售进步书刊而勉强维持下来的一些小书局，如现代书局、光华书局等等，也只能"改变方向"，卖些与政治无关的书籍来维持门面了。从二月底到三月，上海二十几家书店联名，由开明书店领衔，向国民党市党部作了两次"请愿"，市党部总算看邵力子（他是开明书店的董事长）的面子，说是"放宽"了禁书尺度，对一部分书籍允许删改后重新出版。但是，围剿是不会放松的，"明禁"之外还加了"暗禁"，就是"密令"上海及各地邮局"没收反动书刊"，据我所知，《文学月报》就经常收到订户来信，说某卷某期"迄未收到"之类。

洪深的估计是对的，在这次围剿中，首先屈服的是艺华公司，田汉、阳翰笙和我全部退出，严春棠乖乖地把公司交给了CC分子。姚苏凤尽管对我们说"每日电影"的"方针不变"。可是拖到一九三四年初夏,在潘公展的强压下,终于让一批软性电影论者钻进了编辑部,尘无退了出来,但姚苏凤还是要我们写稿。于是出现了一种奇怪现象,例如同年六月十三日,"每日电影"发表了我写的《软性的硬论》,接着又在六月二十八日发表了不指名地批评我的《软性电影与说教电影》的长文。看样子,这个局面是不能继续下去了,尘无和唐纳找我商量,决定由唐纳去告诉姚苏凤(他们是苏州同乡),我们了解他的处境,但我们不能和刘呐鸥之流共处,"每日电影"今后走哪一条路,希望他妥善自处。从此之后,"影评人小组"的人就不再在"每日电影"上写稿。这一年冬,"每日电影"上发表了一篇《告读者书》,其中写道:"在新的电影文化运动之建设的使命上,我们曾经忠诚地努力过……最近由于一种不幸的误会,失去了几个扶植过'每日电影'的朋友(尤其是洪深先生、沈宁先生、唐纳先生)……"这之后,"每日电影"的编辑权从姚苏凤转到了穆时英手里。差不多同时,反动派再一次对明星公司施加了压力,办法依旧是银行停止了对明星公司贷款,和不准电影院上映宣传阶级对立的影片。这一次,周剑云出面请钱杏邨、郑伯奇和我在"大三元"吃饭,告诉我们,压力太大,不能不"敷衍"一下了,他们提出的"敷衍"办法是,明星公司正式宣布解除我们三个人的顾问职务。但是,周剑云说:"这是一种遮眼法",实际上"你们依旧是顾问,依旧可以替明星写剧本,车马费照发,不过今后编剧会不在公司开就是了";周的态度很诚恳,并说,这是张石川、郑正秋一致同意了的。他说:"请你们放心,经过两年来的合作,我们不会做对不起朋友的事。"我们也说,经过这一段时期的合作,彼此都有了了解,不管当不当顾问,我们之间依旧是朋友。周剑云的话还是兑现了的,记得就在一九三四年的"外国冬至"(即圣诞节)前夕,明星三巨头和洪深在当时上海的游乐地"丽沃丽它"举行的一次编剧会,程步高、李萍倩也参加了,记得那次会上讨论了洪深的《劫后桃花》和沈西苓的《船家女》这两个剧本。至于"车马费",则因为不经常开会,我们就婉谢了。

5．三次大破坏

这一年六月下旬,上海中央局书记李竹声被捕,经叛徒劝降,很快自首叛变,并供出了上海和苏区的不少机密,同案被捕的秦曼云,也同时自首投敌。这是临时中央局的第一次大破坏。在李竹声被捕之前,江苏省委宣传部负责人李少石(廖梦醒的爱人)和我接上了关系,但因当时白色恐怖严重,"文委"不能经常开会,所以我只能把了解到的情况分别告诉其他"文委"成员。在这种情况下,我的活动范围只能局限于电影、戏剧界,连和周扬、杜国庠也来往不多了。国民党反动派从李竹声、秦曼云那里知道了上海局内部的秘密情况之后,立即进行了第二次突击,三四年十月上旬,刚刚接替李竹声当了上海局书记的盛忠亮被捕。盛忠亮任上海局书记才三个多月,中央机关内部还留着不少李竹声的亲信,所以第二次大破坏的损失特别严重,除大量机要文件外,和中央苏区联系的电台也遭到了破坏。盛忠亮被捕后也很快地叛变自首。从这之后,李少石同志也和我失去了联系。

就在上海中央局第二次大破坏之后不久,有一天周扬到爱文义路普益里来找我,说阳翰笙建议,冯雪峰走后,好久没有向鲁迅报告工作了,所以要我先和鲁迅约定一个时间,阳、周和我三个人去向他报告工作和听取他的意见。我第二天就到内山书店,正好遇到了鲁迅,我把周扬的意思转达了之后,他就表示可以,于是约定了下一个星期一下午三时左右,在内山书店碰头,因为星期一客人比较少。到了约定的时间,我在我住家附近的旧戈登路美琪电影院门口叫了一辆出租汽车等待周扬和阳翰笙,可是,意外的是除了周、阳之外,还加了一个田汉。当时我就有一点为难,一是在这之前,我已觉察到鲁迅对田汉有意见(有一次内山完造在一家闽菜馆设宴欢迎藤森成吉,鲁迅、茅盾、田汉和我都在座,开头大家谈笑甚欢,后来,田汉酒酣耳热,高谈阔论起来,讲到他和谷崎润一郎的交游之类。鲁迅低声对我说:"看来,又要唱戏了。"接着,他就告辞先退了席。田汉欢喜热闹,有时在宴会上唱几句京戏,而鲁迅对此是很不习惯的),加上,田汉是个直性子人,口没遮拦,也许会说出使鲁迅不高兴的话来,而我和鲁迅只说了周、阳二人向他报告工作,没有提到田汉。可是,已经来了,又有什么办法让他不去呢?我们四人上了车,为了安全,到北四川路日本医院附近就下了车,徒步走到内山书店。见了鲁迅之后,看到有几个日本人在看书,于是我说,这儿人多,到对面咖啡馆去坐坐吧。鲁迅不同意,说:"事先没有约好的地方,我不去。"这时内山完造就说:"就到后面会客室去坐吧,今天还有一点日本带来的点心。"于是内山就带我们到了一间日本式的会客室,还送来了茶点。开始,阳翰笙报告了一下"文总"这一段时期的工作情况,大意是说尽管白色恐怖严重,我们各方面的工作还是有了新的发展,他较详细地讲了戏剧、电影、音乐方面的情况,也谈了沪西、沪东工人通讯员运动的发展;接着周扬作了一些补充,如已有不少年轻作家参加了"左联"等等。鲁迅抽着烟,静静地听着,有时也点头微笑。可是就在周扬谈到年轻作家的时候,田汉忽然提出了胡风的问题,他直率地说胡风这个人靠不住,政治上有问题,要鲁迅不要太相信他。这一下,鲁迅就不高兴了,问:"政治上有问题,你是听谁说的?"田汉说:"穆木天说的。"鲁迅很快地回答:"穆木天是转向者,转向者的话你们相信,我不相信。"其实,关于胡风和中山教育馆有关系的话,首先是邵力子对开明书店的人说的,知道这件事的也不止我们这几个人,而田汉却偏偏提了穆木天,这一下空气就显得很紧张了。幸亏阳翰笙巧妙地把话题转开,才缓和下来,又谈了一些别的事。临别的时候,鲁迅从口袋里拿出一张一百元的支票,交给周扬说:"前清时候花钱可以捐官、捐差使,现在我身体不好,什么事也帮不了忙,那么捐点钱,当个'捐班作家'吧。"说着就很愉快地笑了。

这是一九三四年深秋的事,我还记得那一天,我穿了骆驼绒袍子,可能是十月下旬或十一月初,谈话时间大约一小时多一点,除了谈到胡风问题时紧张了一点之外,并没有其他争执。对于上述我们和鲁迅谈话的情况,一九五七年"作协"扩大会议批判冯雪峰的时候我讲过,"文化大革命"后我在一篇回忆文章中也写过,我自信对这件事的叙述没有掩饰,也没有夸张,可是,谁也不能设想,"文革"前后,这件事竟变成了"四条汉子围攻鲁迅"的"罪恶行动"!

回忆起动荡多变的一九三四年,我还得追记一下英文《中国论坛》和它的主编伊罗生的事情。伊罗生,美国人,二十岁出头一点的进步新闻工作者,我是一九三二年经史沫特莱的介绍认识他的。他的本名是哈罗特·伊赛克斯,据他自己说,伊罗生这个中国名字,是茅盾给他取的。他到中国的时候,正是"左联"成立之后,我和他第一次谈话,他就告诉我,他是美国共产党派来的,同情中国革命,作为英文《大陆报》的记者,曾到湖南、四川去考察过中国农民生活。一九三一年初,他办了一份英文《中国论坛》周刊,除史沫特莱外,他还认识斯诺和《密勒氏评论报》的鲍威尔。他非常自傲地说,《中国论坛》得到鲁迅的支持,给他的刊物写过文章。记得周扬、杨潮也和他有来往。"左联"五烈士被难后,"左联"的一些对外宣传的文件,也在这份刊物上发表过,可是一九三四年春,《中国论坛》忽然停刊了,伊罗生也离开上海到了当时的北平。这个刊物为什么停刊,史沫特莱说,伊罗生成了托派,所以美共就停止了对他的资助。可能因为这是党内的事,史沫特莱似乎没有把这个秘密告诉鲁迅和茅盾,因此他到了北平后,不仅继续和鲁迅、茅盾有来往(主要是关于编译中国革命作家小说集《草鞋脚》的事),也还得到孙夫人的信任。当时美国共产党也很"左",所以我对伊罗生是不是真的成了托派,也还有点怀疑。《中国论坛》停刊后不久,史沫特莱又介绍给我另一位美国朋友格莱尼契，继"论坛"之后，又在上海出版了一份名叫《中国呼声》的英文周刊。格莱尼契是美共著名作家麦格尔·戈尔特的弟弟，人很诚实，办事也比较踏实，他和我谈起伊罗生的时候，也说伊的确参加了托派组织。伊罗生和格莱尼契两位现在都还健在，解放后都来过中国，伊罗生在一九八〇年到北京，还见过孙夫人，因此对于他的政治历史问题，在我心里一直带着一个疑问。到去年（一九八二），我偶然看到一本中国托派的"老头子"王凡西写的《双山回忆录》，才大致弄清楚了这个问题的经纬。王凡西的书中说："易洛生成了托派，决心写一部关于中国革命的历史。他结束了杂志（指《中国论坛》），把印刷机捐给了组织（指托派），自己择居于当时的北平，雇用刘仁静作他的翻译。其时，北京有几个青年学生，团结在刘和易的周围，从事于比较积极的反对派活动。"同时，王凡西又说："今天……易洛生已退回到资产阶级民主主义了。"这些话说明了两个问题，一是伊罗生在三四年的确参加过托派，并把印刷机捐给了"组织"，到北京后，又和托派刘仁静混在一起，这证明了茅盾在"回忆录（十七）"中，说伊罗生在编选《草鞋脚》时、忽然把"新进作家的作品"全部删去的原因，茅盾所说的"为什么伊罗生作了这样的变动，是否在北平受了什么影响？"的问题，也就迎刃而解了；其次，王凡西的话也说明了伊罗生后来"退回到资产阶级民主主义者"，说明他不是顽固不化的托派，因此，解放后他还是受到了孙夫人的接待，这个问题也就可以理解了。伊罗生当时还很年轻，作为一个在中国的外国记者，在那种复杂的政治环境中一时迷路，也是不难理解的了。

一九三四年的农历除夕，田汉邀我们到他山海关路的家里去度岁，阳翰笙、周扬、孙师毅和我都参加了，说是吃"年夜饭"，实际上是"文委"的一次碰头会。在谈到当前的形势时，田汉和我还很乐观，认为尽管国民党的文化围剿很猖獗，但是，我们的阵地还是比较巩固，不仅新作家辈出，茅盾和郑振铎发刊了大型文学杂志《文学》，

"社联"盟员还创办了"新知书店""读书生活出版社",并和"生活书店"建立了良好的关系。戏剧方面尽管大型演出有困难,但学校、工人剧团依旧保持着频繁的小型演出活动;电影界不仅明星、联华依旧采用我们的剧本,大量电影刊物还掌握在我们手中,而且这一年初还通过司徒慧敏的关系,新建了"电通影业公司"。我记得很清楚,那天晚上只有孙师毅比较头脑清醒,他认为国民党在军事围剿取得了"胜利"(红军开始长征的消息,十一月间就在中外报纸上出现),可能会双管齐下,同时加强对革命文艺运动的"镇压"。师毅不是"文委"成员,对外也还保持着公开合法的身份,但他的连襟刘进中先在特科工作,后来转到国际情报局,所以我们也知道师毅和党中央有联系,由于这种缘故,师毅的话引起了我们的警惕。

那天是除夕之夜,田汉的老太太又给我们做了不少湖南菜,饭后谈兴未已,我们同意了孙师毅所提的意见,田汉引用了古人所说的"民生之不易,祸至之无日,戒惧之不可以息",对艺华公司被捣毁的事,作了自我批评。于是,我们很自然地想起了秋白对我们的告诫,当他同意我们参加明星电影公司的时候,他曾提醒我们:"不要性急,不要暴露,保存力量,培养干部。"所以我谈了我们在明星也犯了性急和暴露的毛病,按当时实际情况,拍《上海二十四小时》和《女性的呐喊》,不仅犯了自我暴露的错误,也使资本家受到了经济上的损失(这两部片子因被删剪而很不卖座)。这样,这次除夕晚餐之后,还作了一些组织措施,决定影评和音乐两方面的工作仍由"剧联"领导,"电影小组"协助,这样做的原因,主要是因为当时"剧联"的党团书记是赵铭彝,党团成员尤兢(于伶)、张庚的政治色彩还不太浓,而音乐小组开头是从百代公司的任光和张曙、吕骥以及刚从北平到上海的聂耳搞起来的,那时"救亡歌曲运动"还在萌芽状态,任光是百代公司的高级职员,留法学生,聂耳又在"明星歌舞团"呆过,所以他们比较的不为反动派所注意。这一次"文委"碰头会直到深夜才散,想不到这是"旧"文委的最后一次集会。

谈到音乐小组、任光和聂耳，就得补充一点这个小组形成的经过。我是"音盲"，这一领域和这个小组，主要是田汉开拓和领导的，所以在这里引用一段田汉写的追怀聂耳的文章：

> 任光同志回国后任百代公司音乐部主任，住在哈同路民厚南里。我当时任职中华书局，住民厚北里，我们过从颇密。他参加了"苏联之友"社的音乐组，由于他家里有一架很好的钢琴，他自己不仅是一位不错的钢琴家，还是一位钢琴整音专家。他在外国（法国）公司做事，比较有钱，也比较不被统治者注意，音乐组很自然地多在他家里集会。吕骥、张曙、聂耳等是他家经常的客人，他们在这儿讨论作曲方面的得失，相互帮助艺术上的成就，也在这儿研究国内外的革命形势，参与一些拥护苏联、拥护苏区，保卫和平和人民民主权利的政治活动……

在"文总"所属的艺术团体中，"音乐组"成立得比较晚——记得"苏联之友"社设音乐组，是在一九三三年，但是它所起的作用却非常大。三五年"一二·九"运动之后，群众歌咏运动风起云涌，成了一个全国性的群众运动，抗日歌曲唱遍全国，聂耳的《义勇军进行曲》成了抗日斗争的号角。音乐组的人，吕骥、孙慎还健在，聂耳、张曙、麦新、任光……都已经成了故人。当时"在外国公司做事"的任光，后来参加了新四军，牺牲在皖南事变的乱军中，这样的好同志，是永远值得怀念的。

过了春节，农历元宵节的第二天，即二月十九日下午，为了电通公司的事，我到山海关路去找田汉。谈完了公事之后，他问我晚上有没有事，我说没有，他说那么在这儿吃了饭，一起去看一个朋友。原来梅兰芳不久要到苏联去演出，这个剧团的顾问张彭春是田汉的好友，住在四川路新亚旅店，约他去谈谈在苏联上演的剧目，和苏联戏剧界的情况。田汉说，张是天津南开大学教授，比较开明；梅兰芳去苏联，这是京剧第一次到社会主义国家演出，所以应该让他了解一下苏联的情况。我说对于京剧我一无所知，无从发表意见，田汉坚持说，张也想了解一下上海话剧运动和电影方面的事，所以他也约了钱杏邨，可以随便谈谈，对张做一点工作。这样，晚七时光景，我们在四川路桥邮政局门口和杏邨会合，一起到新亚旅店去见了张彭春。我和钱杏邨都是初次和张彭春见面，张也没有谈到话剧、电影方面的事，所以我们两人只是喝着咖啡，静听田、张二人对京剧问题的对谈和辩论。田汉是"苏联之友"社的积极分子，所以他还向张彭春介绍了这个团体的活动。大约晚十时，我们离开新亚旅店，步行过四川路桥，然后分别回家。

第二天一早，还不到七点钟，我还没有起床，钱杏邨气急败坏地敲门进来，把我叫醒，说昨晚他回家时，发现弄堂口停着一辆工部局的警车，走进弄堂，远远看见他家三楼灯火通明，他就感觉到不妙，因为三楼是他的书库，平常在深夜是不会开灯的，加上弄口有警车，肯定出了问题，于是他赶快离开，在朋友家里借宿了一夜。今晨起来忽然想起，昨晚田汉曾和他约定，今天下午要到他家里去看书，所以要我赶快通知田汉，叫他千万不要去了（钱不知道田的住处）。我立即起床，匆匆忙忙地赶到山海关路田家，事有凑巧，我正要叩门，田家的娘姨拿了热水瓶到老虎灶去打水，看见我，立刻做了手势，要我不要进去，我跟她退出到弄口，她才告诉我："先生被抓走了。"楼上还有包打听等着。这时，我才知道昨晚上一定出了问题。回到家里，烧掉了一些文件，再把我家本来锁着的、可以通麦特赫斯脱路的后门打开，做了必要的应变准备，然后去找蔡叔厚，告诉了他田、钱两家出事的情况，请他通过"特科"，了解具体情况。

大约过了两天，蔡叔厚了解到大体情况，就是国民党根据李竹声、盛忠亮这两个叛徒的告密，勾结工部局，又来了一次全市性的大逮捕，这次大逮捕中，破坏了上海中央局机关，被捕的有中央局代书记黄文杰、组织部长何成湘、宣传部长朱镜我、文委书记阳翰笙、负责"剧联"工作的文委成员田汉、"社联"党团书记杜国庠、"社联"党团成员许涤新、中央秘书处负责人张唯一等共三十余人，中央发行科、印刷厂也被查封。

从一九三四年十月到三五年二月，反动派配合对中央苏区的军事围剿，连续进行三次大破坏，正像国民党在军事围剿方面改变了作战计划一样，他们对地下党的围剿也采取了不同于过去的方法，他们先和租界当局订立了秘密协定，只要国民党提出名单和线索，工部局就可以派出巡捕，和国民党特务合作，进行搜捕或者绑架。同时，他们又利用叛徒，让他们在马路上盯梢或者指认，他们有时还把叛徒招供的地下党机关暗中监视，用放长线钓大鱼的方法，扩大了打击面。因此，二月十九日的突击行动不仅逮捕对象和机关都相当准确，而且使中央局机关、组织部、宣传部、文委、左联、社联、印刷厂等，同时受到了打击。事实很清楚，没有李竹声、盛忠亮这两个王明死党的告密，二月十九日的大破坏是不会那样严重的。"文委"成员五个人，阳翰笙、田汉、杜国庠被捕，幸免于难的只剩了周扬和我两个。当我通过特科了解到周扬没有被捕之后，我给他捎了一个口信，要他赶快隐蔽，并告诉他，我必须暂时离家，相约今后可以通过孙师毅（电通公司）或郑伯奇（良友图书公司）联系。我有一个中学同学在徐家汇一家肥皂厂当技师，我暂时住在他家里，可以通过电话和孙师毅联系。

二月十九日的第三次大破坏，损失之严重，远远超过了一九三一年的顾顺章叛变和向忠发被捕，由于上海中央局从一九三三年春到一九三五年二月这短短的时期内连续遭到三次大破坏，两个中央局书记（李竹声和盛忠亮）叛变告密，国民党掌握了白区地下党的许多机密，加上中央局的两处电台和电台负责人、报务员被捕，因此从"二一九"事件之后，党中央在白区的领导机关就不再存在，更为严重的是第三次大破坏是在苏区红军开始长征之后不久发生的，所以国民党认为"围剿""大获全胜"，大肆宣传"江西剿共全胜""残匪西窜""上海的共匪组织已全部扑灭"。但是，尽管他们的血腥镇压暂时取得了成功，他们高兴得还是太早了。单就上海地下党来说，上海中央局和江苏省委是被破坏了，但是它们领导下的党组织并没有被"全部消灭"，"文委"成员剩下了周扬和我；"剧联"党团书记赵铭彝被捕，但它所属的剧团、影评小组依然存在，于伶、张庚担任了"剧联"的领导；"社联"的杜国庠、许涤新被捕，钱亦石继任党团书记，所属团体和书店照常工作。"左联"除个别盟员被捕外，整个组织没有太大的变动。至于音乐小组，则不仅没有受到损失，这一年在吕骥、张曙、聂耳等领导下，还有了飞跃的发展，聂耳的几首最杰出的救亡歌曲，也是在这一年创作和开始传播的。这一年冬，我和周扬粗粗计算了一下，"文委"所属各联盟的党员还有一百二三十人，"盟友"在这一年增加了多少，就更难统计了。至于中央局和所属单位，也还保留了不少骨干，如中央机关的杨之华，电台系统的毛齐华，工会系统的马纯古、周林，特科的王世英，共青团的林里夫、陈国栋……他们虽暂时和党中央失掉了组织上的联系，在短时期内隐蔽或者转移了一个时期，很快就重新集合起来，继续独立作战。中央局、江苏省委破坏了，红军在长征，因此，从这时起，上海地下党失去了上级领导。在当时，我们的工作是艰苦的，心情是沉重的，但是一分为二，也未尝不可以说，让一个未成年的青少年独立地担当起沉重的任务，的确也是一种锻炼和考验；更进一层，我们当时所处的是一个抗日群众运动狂飙突起的时代——这就是"何梅协定"之后，"一二·九"运动之前的那个有典型性的时期，要在这样的环境下进行革命工作，形势逼着你非接触实际，深入生活，和群众打成一片不可，这也就是逼着我们进一步抛弃宗派主义、关门主义，投身到抗日统一战线的洪流中去了。

从二月中旬起，我在徐家汇的一位同学家里隐蔽了一个多月，那里很安静，可以打电话和孙师毅联系，所以我利用这段时间把田汉留下的《风云儿女》故事改写成电影文学剧本，从电通公司得到一点稿费,让我妻子分送给林维中和唐棣华作为她们暂时的生活费。接着,我也接触了一下肥皂厂的工人生活,试写了一个短篇《泡》,第一次用夏衍这个笔名,发表在郑振铎主编的《文学》六卷二号。接触到工人生活,又想起了《包身工》这个题材,可是正在构思的时候,又碰上了一桩"飞来横祸"。

6. "怪西人"事件

一九三五年五月,上海发生了所谓"怪西人"事件。所谓"怪西人",指的是一个被国民党军统以国际间谍罪而逮捕了的外国人,因为这个人被捕后拒绝回答一切询问,连姓名也不讲,所以报上都把他叫作"怪西人"。那么这件事为什么会牵涉到我呢?这得从办过《文艺新闻》的袁殊说起;袁殊在《文艺新闻》停刊后参加了特科工作,这是我知道的,他还一再要我给他保守秘密,也有相当长的时期,我们之间没有来往。大概在三三年春,他忽然约我见面,说他和特科的联系突然断了,已经有两次在约定的时间、地点碰不到和他联系的人,所以急迫地要我帮他转一封给特科领导的信。按规定,特科有一个特殊的组织系统,为了安全、保密,一般党员是不能和特科工作人员联系的,因此我对他说,我和特科没有组织关系,不能给他转信。但是他说情况紧急,非给他帮忙不可,又说,把这封信转给江苏省委或者任何一位上级领导人也可以。当时白色恐怖很严重,他又说"情况紧急",于是我想了一下,就同意了他的要求,把他的信转给了蔡叔厚。我也知道,蔡这时已从中国党的特科转到了第三国际远东情报局,但他的组织关系还在中国特科(吴克坚),所以我认为把袁殊的信交给蔡转,是比较保险的。想不到那时国际远东情报局正需要袁殊这样的人,于是袁的关系也转到了国际情报局。当然,这一关系的转移,蔡叔厚没有跟我讲,我是不可能知道的,当蔡叔厚告诉我袁殊的问题已经解决了之后,我就不再过问了。国际远东情报局,是和以牛兰为代表的远东劳动组织差不多同时,是三十年代初在上海建立的。情报局的主要负责人先是佐尔格,佐尔格调往日本之后,主要接替他的是华尔敦(立陶宛人,又名劳伦斯,也就是所谓怪西人)。这个组织的主要任务是搜集有关日本帝国主义和国民党方面的情报,特别是国民党反动派和德、日、意之间有关的动态,中国党支援他们一部分骨干,佐尔格和华尔敦也通过中方负责人刘进中、萧炳实等,发展了一些工作人员。这一年五月,这个组织的一个叫陆海防的人在上海被捕叛变,并招供出了他和华尔敦的联系地点,于是华尔敦和与这个组织有关的不少人被捕,袁殊也在其内。这一案件涉及苏联,所以国民党军统特务采取了严格的保密措施(上海《申报》报导"怪西人"事件是在七月底或八月,这时候案情已基本告一段落),因此,袁殊被捕的事,起初连蔡叔厚也不知道。大概在五月下旬,有一天,我已从徐家汇回到家里,正在电通公司拍戏的王莹转来一封袁殊给我的信,约我到北四川路虬江路新雅茶室和他见面,袁的笔迹我是很熟悉的,所以我毫不怀疑地按时去了,但是坐电车到海宁路,我忽然想到虬江路是"越界筑路"地区,这个地方由租界工部局和国民党市政府共管,到这地方去不安全,于是我就下车到良友图书公司和郑伯奇谈了一阵,就回家了。就在第二天,孙师毅告诉我,他接到袁殊打给他的一个电话,问他黄子布(我在电影公司用的代名)的电话,师毅很机警,立即回答他:"黄子布早已不在上海了。"把这两件事凑在一起,我们两人都感觉到可能袁殊出了问题,果然,差不多同时,王莹在环龙路寓所被军统特务逮捕。这时她正在拍《自由神》这部电影,所以她一"失踪",不仅电通公司,连整个电影界都知道了,国民党的小报也登了"自由神不自由"的新闻。我立即去找蔡叔厚,蔡告诉我所谓"怪西人"案的大致轮廓,他说,他是和华尔敦直接单线联系的,而叛徒陆海防知道的只是湖北、江西一带的组织,所以只要华尔敦什么话也不回答,他是不会有危险的。他还说现在主要的危险是袁殊,王莹被捕就是一个例子,所以当务之急是救援袁殊,可是有什么办法才能救他,一时也想不出办法。临别,我们带着沉重的心情紧紧地握手,我告诉他,这次不像二月间的那次破坏,我这个和情报局无关的人,却因为替袁殊转了一封信,倒成了军统追捕的目标了,我决定隐蔽一个时期,希望他也不要大意,还都暂时避开一下为好。他点了点头,沉默地望着我离去。

就在第二天晚上,当我正在收拾衣物的时候,蔡叔厚忽然又来找我了,他把一张天津出版的报纸递给我,指着一条新闻对我说:"你看看,我想出一个救袁殊的办法了。"这条新闻的内容是日本驻天津总领事向市政府提出严重抗议,要求国民党释放一名被捕的"亲日分子",结果是国民党不仅释放了这个人,而且还道了歉。我看了这条消息思想还转不过来的时候,叔厚说,袁殊认识许多日本人,日本驻沪总领事馆的岩井英一是他的好友,在日本人眼中,袁殊无疑是亲日派,所以只要日本方面知道袁殊被军统逮捕,他们一定会出来讲话的。国民党就是怕日本,日本人出面讲了话,军统再厉害,也就不敢再从袁殊这根线上进一步追查了。我说,那么有什么办法让日本人知道这件事呢,他说这容易,我有办法。他非常高兴地说,你当然还得隐蔽一下,但我估计袁殊的事,不会再扩大了。我夸了他的机智勇敢,又再一次要他暂时避一下风头,他很有把握地说,那个外国人是一个了不起的人,他是决不会让敌人知道一点秘密的,当然,我也决定很快去南京找汤恩伯,这个"常败将军"是会"保护"我的。我们约好了今后通电话的暗号,直到午夜他才离去。

我在第二天就在爱文义路卡德路口找到了一家白俄女人开的公寓,这是一座古老的西式二层楼房,一共只有四间客房,可以包伙食,但除住着一个老洋人外,其他都空着,房租相当贵,可是比较安静和安全。我在这个地方约住了三个月,也就是在这个地方写了我的一个多幕剧《赛金花》。

蔡叔厚的计谋果然起了作用，不久，上海两家日文报纸——《上海每日新闻》和《上海日日新闻》同时登出了"知日派"袁殊被蓝衣社绑架的消息，并用威胁的口吻说："帝国政府正在考虑必要的对策。"这是三五年六月，日本帝国主义正在华北制造事端，向国民党政府提出要在华北建立伪政权的时候，所以这一消息一发表，蒋政府就怕得要命，立即命令军统特务把袁殊送到武汉去"归案"，不再在上海追查了。蔡叔厚到南京去找了汤恩伯，回来后打电话告诉我两件事，一是由于华尔敦的拒绝回答询问，国民党方面对蔡这一条线一无所知，所以他已经渡过了难关；第二是尽管袁殊已送到武汉，但国民党特务可能还在追查与我有关的线索，要我作较长时期的隐蔽。我当即请他转告孙师毅，要他利用电影界有关人士代我散放空气，说黄子布已经去了日本，或者说去了北平，等等，借此分散特务的注意（后来《赛金花》发表后，我在报刊上写的文章中也说我于三五年夏季到了北平，这也是一种遮眼法）。所谓"怪西人"案，军统本来想彻底扑灭第三国际远东情报局在上海、武汉等地的组织，但是除了陆海防、袁殊及一些不很重要的人之外，萧炳实、蔡咏裳、刘思慕等都安全脱险，王莹被捕后大约关了两个礼拜，因为一则她根本与情报局无关，又查不到任何证据，加上无缘无故地抓了一个"电影明星"，在社会上影响很大，所以也就将她悄悄地释放了。

当我躲在白俄公寓里写剧本的时候，七月间，日本华北驻军司令官梅津美治郎迫使国民党华北军分会代委员长何应钦签订了所谓"何梅协定"，把河北、察哈尔两省的主权拱手让给了日本；接着，日本军阀又策动汉奸殷汝耕在冀东搞所谓"华北五省自治运动"，成立了"冀东防共自治政府"，这样，不仅华北，而且在全国范围内掀起了抗日救亡运动的高潮。如前所说，国民党破坏了上海中央局和江苏省委，但是党在白区的基层组织，依旧健在，不仅没有被扑灭或打散，相反地由于华北危机的加深，抗日浪潮的迅猛高涨，所以在上海也和平津一样，很快地组成了比以前更为广泛而有力的群众运动。单从文化界来说,这一年的二月十九日大破坏之后,革命文化运动不仅没有被剿灭,反而有了波澜壮阔的发展,最突出的是"剧联"和音乐小组领导的救亡歌曲运动。这个运动的参加者已经不像以前那样地局限于革命文艺工作者,而已经是包括工人、学生、店员、银行、海关、邮局职员,乃至一部分民族资产阶级在内的抗日统一战线的队伍了。由于抗日爱国运动的发展,形势迫使狭隘的左翼团体,真的变成了包括各爱国救亡组织的群众性的大联合,不少人写回忆文章谈到一九三五年的三次大破坏之后,往往片面强调了当时革命文化运动所遭受的困难,而较少谈到党领导的革命文化运动抗着困难参与了各阶层的爱国救亡活动,而在白区掀起了一场空前壮大的要求国民党"停止内战,一致对敌"的民众运动的高潮。应该说,从三五年二月十九日大破坏到同年七八月,也就是在北平"一二·九"学生运动之前,上海各阶层群众已经为即将到来的救亡抗日高潮准备了条件。"文委"所属的各联和小组都在这一段时期内单独作战,推动了"文委"工作方法的改变,自觉或不自觉地实行了一条抗日救亡的统一战线。具体的事例是很多的,我们不仅组织和领导了上万人的救亡歌咏运动,不仅依旧掌握着电影制作和影评的领导,而且还通过"社联"及其外围,建立了可靠的出版发行机构,"读书生活""新知"两家书店是"社联"盟员直接领导的,"生活书店"是通过邹韬奋、由黄炎培的职业教育社支持的,有了"公开合法"的书店,就可以有计划地出版书刊,从三五年到三六年,左派掌握的杂志就有十种以上,单讲邹韬奋主持的生活书店,就出了《世界知识》(胡愈之主编)、《文学》(茅盾、傅东华主编)、《妇女生活》(沈兹九主编)和《光明》(洪深、沙汀、沈起予主编),更不同于从前的一点,是这些杂志不再是昙花一现,出两三期就被禁,也不像从前一样每期印两千册,而是长期出下去,而且每期可以行销上万份了。

我在卡德路小公寓里度过了一个黄梅时节,过了七月,也就是"何梅协定"的消息一发表,给上海的救亡运动点了一把火,我就再也耽不下去了。我和蔡叔厚、孙师毅保持着电话联系，知道了文化界的一些情况，大概在八月初，一个炎热的晚上，我到西爱咸斯路去找了周扬，主要是想知道他们有没有和上级领导接上关系。周扬和我说，董牧师（董维键，他以基督教牧师为掩护）不久前找过他一次，正在准备重新组织江苏省委，但是因为红军在长征途中，所以董也无法和中央取得联系。我简单地谈了"怪西人"事件，周扬对于我能安全渡过难关，表示高兴，并希望我能早日出来恢复工作。当时，我的确也有一点矛盾，因为从二九年参加筹备"左联"的时候起，我一直在文化文艺界做跑腿工作，翻译是为了糊口，杂志编辑要我写点文章，也不过是为了应景，或者匆匆忙忙写了，发表了，自己也不再过目（如报告文学《劳勃生路》）。有人说我"空头文学家"，也很想发愤一下，写一点东西，但是自从参加了明星公司之后，搞组织工作，写影评，实在没有静下来写作的时间。"怪西人"事件对我当然是一场"飞来横祸"，但这件事却意外地给了我几个月的闭门索居，可以安安静静地伏案写作的时间，但是这种矛盾是不难解决的，当孙师毅告诉我危险期已经过去的时候，我就把《赛金花》初稿再修改了一遍，就在八月下旬回到家里。在这之前，我还在八月十六日悄悄地参加了聂耳的追悼会。聂耳在日本不幸去世的消息，我是在报上看到的，对这位杰出的天才作曲家的逝世，我十分悲痛，因为他入党那一天，组织上要我作为监誓人去参加，田汉被捕后，他还向我"抢任务"，我把《义勇军进行曲》的作曲任务交给了他，想不到他一去就不回来了。那次追悼会开得很隆重，蔡楚生致悼词时泣不成声。但是就在这时也发生了一场惊险。我是在开会后才偷偷地入场的，也没有和熟人打招呼，可是当蔡楚生致悼词的时候，有人扯了一下我的衣服，一看，原来是王尘无，他低声对我说："快走。"他又指了一下我前两排坐着的一个穿黑长袍的大汉，我才知道，工部局的包打听正在"钉人"。

当我结束了三个月的宁静生活，恢复工作的时候，我感受到首先要做的事是了解文化界各领域的情况,我召开了一次电影小组的会议,但能参加的只有凌鹤、司徒慧敏和我三人。钱杏邨的父亲和妻子都在二月十九日那天晚上被捕,他通过泰东书局的赵南公和几个安徽同乡,好容易把他们保释出来,送回安徽老家,这时还在隐蔽之中。王尘无前一天忽然咯血,不能参加。因此我临时约了郑伯奇、孙师毅参加,算是扩大了的小组会。从大家汇报的情况来看,革命力量在电影界还相当巩固,电通公司在困难中屹立着,《桃李劫》受到了广大观众的欢迎。特别是这部影片的主题歌《毕业歌》,由百代公司制成唱片,在电台广播之后,立即成了风靡一时的救亡歌曲。特别使我们高兴的是影评小组虽则失去了《晨报》"每日电影"的阵地,但《民报》的"影谭"(鲁思主编)异军突起,对反动电影进行了顽强的斗争。这也说明三五年二月大破坏,杜国庠、田汉、阳翰笙、许涤新被捕,我和钱杏邨暂时隐蔽之后,革命电影不仅没有受到太大的挫折,而且还有了新的发展。应云卫、袁牧之、陈波儿等参加了电通公司,影评队伍也日益扩大,宋之的、陈鲤庭、于伶、欧阳山、袁文殊、柯灵、吴天……都写了不少富于战斗性的文章。电影小组的扩大加强了我们的信心。

7. 重建"文委"

这之后,我和当时"社联"负责人钱亦石去找周扬,讨论了"文委"失去了和中央联系之后,如何才能适应风起云涌的抗日救亡群众运动的问题。几个月来,"文委"所属各联都在单独作战,都扩大了自己的队伍,建立了新的阵地。"左联"成员的许多新作家,如沙汀、艾芜、欧阳山、张天翼、陈荒煤、夏征农、何家槐、林淡秋等在《文学》及其他刊物上发表了许多新的作品;"剧联"组成了"业余剧人协会"，恢复了剧场演出；特别是"社联"的工作有了划时期的发展，他们的活动范围早已经超出了文化界、知识分子的圈子，而已经在职业、妇女、学术团体、高级职员乃至法律界建立了各自的小组。例如由店员、职工、中小资产阶级为基础的"蚂蚁社"，就是一支很强大的队伍，据我回忆，王纪华、袁庶华、顾准、李伯农、徐步等，都是这个团体的积极分子，也是"一二·九"以后沙千里领导的"职业界救国会"的前身。看形势，三十年代初组织起来的左翼文化运动，已经冲破了原来的左派的圈子，抗日救亡、反对内战、反对华北自治等等口号，已经把成千上万的中小资产阶级和上层爱国人士吸引到我们的阵营中来了。因此，当我们谈到今后工作的时候，首先接触到的就是如何恢复"文委"的领导问题。听周扬说，七月间开始重建江苏省委的董维键又被捕了，红军正在长征，当然不可能在短时期内取得联系；而由于华北事变，整个大江南北的爱国运动又盼望着我们这支还有一百几十个党员的核心力量，加上还有一个更重要的问题，就是今后工作的路线、方针和方法问题，这除了应顺当前抗日救亡的大形势之外，我们是无法作出新的决定的。当时，我们处于一个非常奇特的状态，一方面是爱国群众运动一浪高于一浪，另一方面是我们在白区得不到一星一点党中央和红军的消息，内外反动通讯社和报章宣传的是"剿共大捷"之类的谎言，连遵义会议这样的大事我们也一无所知。我去找过史沫特莱，自从"怪西人"事件之后，她也得不到红军长征的真实消息。于是我们决定了两条：一是由我们三人分头召集各联盟和小组的党团负责人开会，进一步了解具体情况和听取他们对今后工作的意见；其次是通过我们的外围组织，接触中、上层爱国人士，了解新的国内外形势和听取他们的意见。九月初，我和蔡叔厚一起去找了胡愈之，并通过章秋阳认识了章乃器，再由章乃器介绍认识了沙千里。我在一九二九年认识胡愈之，他在大革命时期就和共产党合作过，他在商务印书馆工作时，和杨贤江、沈雁冰是同事和好友，他精明干练，是当时为数不多的国际问题专家。他认为国际形势对我们有利，因为一个世界性的反法西斯战线正在酝酿成熟。章乃器是银行家，他的夫人胡子婴是我妻子的中学同学，他的弟弟章秋阳是中共党员，二十年代和我同在闸北区街道支部；所以第一次见面就谈得很坦率，他以多少有点责备的口气问我，在目前这种形势下，"你们共产党为什么不出来领导？"我也坦率地告诉他，目前抗日救亡运动的各个领域都有共产党参加，不少救亡团体都是共产党员组织起来的，只是上海的党组织遭到严重破坏，所以我们只能积极地参加各行业、各阶层的救亡工作，但由于我们现在暂时失去了和上级党组织的联系，所以还不能用党组织的名义来发表对具体问题的主张。我这样讲，是因为他说了"我在银行界工作，也许你们会把我看成是资产阶级，那么你们让不让资产阶级也来参加救国运动"。对此，我作不出正面的回答，现在看来的确是太幼稚了，我当时真的分辨不出民族资产阶级和买办资产阶级的差别。沙千里比较平易，没有章乃器那一股霸气，更由于他领导的"蚂蚁社"（简称蚁社）主要由职员、店员组成，他本人是律师，所以他很高兴地希望能和中共合作。

　　从九月到十月，我们大致了解了"文委"各联的工作情况、党员和群众的意见，同时和各界抗日救亡团体的负责人有了接触之后，周扬、钱亦石和我就积极筹备组织新的"文委"。当时，周扬是"左联"党团书记，钱亦石在杜国庠、许涤新被捕后，代"社联"党团书记，我仍分管"剧联"和电影小组，这段时期内，"社联"的群众工作有了很大的发展，它领导或联系了教育界、妇女界、职业界、新闻出版界等各界救亡组织，加上还和不少上层进步人士，如郑振铎、傅东华、章乃器、沙千里等有联系，很明显，新的"文委"一定要增加组成人员。这时候我的工作很繁重，因为"剧联"还领导着日益扩大影响的音乐小组和影评小组，电影方面钱杏邨还没有恢复工作，王尘无病了，所以我只能把于伶、吕骥（有时是张曙）拉过来，形成了一个戏剧、电影、音乐三方面的联席会议性质的临时组织，没有新的名称，只是不定期地开会来讨论具体工作。这方面的事情实在太多，所以对吸收新人来参加"文委"的事，只能由周扬和钱亦石去负责。

大概在十月上旬（旧国庆节前后），周扬约我到他家里去，介绍我认识了章汉夫和吴敏（杨放之），他们也和我们一样，这一年的二月地下党大破坏之后就和上级失去了联系，我们几个人一起讨论了当前国内外形势和原"文委"所属各联的工作之后，一致同意重建"文委"，并推举周扬为书记，"文委"成员为周扬、章汉夫、夏衍、钱亦石、吴敏。由于当时不能和中央取得联系，所以决定新的"文委"是临时性的组织，待江苏省委重建或和中央取得联系后，请求追认或改组。同时，上海党遭受到三次大破坏，当前又是群众运动空前发展时期，情况复杂，所以暂时不发展党员。"文委"成员的分工是周扬抓总，仍兼"左联"党团书记，章汉夫协助钱亦石领导"社联"及其所属团体，我依旧分管电影、戏剧、音乐。同时，根据各联具体情况，加强了各党团及其常委。据我记忆，"左联"党团书记仍为周扬，行政书记是徐懋庸；"社联"党团书记仍为钱亦石，行政书记是李凡夫（王翰、陈家康为党团成员）；"剧联"党团书记是于伶（张庚、章泯等是党团成员）；电影小组照旧。由于戏剧、电影方面的党组织除了赵铭彝被捕之外，骨干没有受到损失，于伶、张庚、石凌鹤、司徒慧敏、吕骥、张曙这几个人可以担当起实际工作，所以周扬要我分出一点时间来做一些上层的联络工作。在此前后，周扬还和胡乔木、邓洁取得了联系。

新"文委"组成后不久，大约在十月下旬，我在史沫特莱处得到一份在法国巴黎出版的《救国报》（不是一般所说的《救国时报》）。在一九三五年十月一日的这张报纸上，以专载的形式发表了一份题为《中国苏维埃政府、中国共产党为抗日救国告全体同胞书》的文件，文件后面签署的是：中国苏维埃中央政府和中国共产党中央委员会。由于这个文件是八月一日签发的，所以后来就叫作《八一宣言》。这个宣言第一次以党中央名义提出了：停止内战、共同抗日救国、组织国防政府和抗日联军等政治口号。这对我们来说，也正是和党中央失去了联系之后第一次得到的中央的指示。这之后不久,我们又从南京路惠罗公司后面的一家外国书店里买到了一份九月份的第三国际机关报《国际通讯》(英文版),这上面登载了季米特洛夫在共产国际七月二十五日至八月二十日举行的第七次代表大会上所作的长篇政治报告,其主要内容是根据当时的国际形势,提出了在资本主义国家建立工人阶级反法西斯的统一战线,和在殖民地,半殖民地国家建立反帝国主义侵略的民族统一战线的方针。

正像大旱遇到甘露,"文委"成员一遍又一遍地阅读了《八一宣言》和季米特洛夫报告,然后分别向各联和所属单位的党员进行传达。这在思想上是一个很大的转变,特别是组织国防政府和建立抗日联军这两个问题,所以我们决定先在党内讨论,取得一致意见后再向党外传达。

在这里得说明一下,巴黎《救国报》是中共驻莫斯科代表团办的中文报纸,编辑部设在莫斯科,印刷发行则在法国巴黎;也就是在莫斯科编辑排字,打好纸型,然后寄到巴黎去印刷发行的。当时中共驻国际代表是王明和康生,这份报纸的主编先是李立三,国际"七大"以后则是吴玉章。《救国报》创刊于一九三五年五月,到十一月被法国政府封闭,但得到法国共产党的援助,把报名《救国报》改为《救国时报》,于同年十二月九日复刊。《八一宣言》发表在十月一日的《救国报》上,所以一般所说的"在《救国时报》上看到了《八一宣言》"这种说法是不确切的。事实是《救国报》从五月到十一月共出了十六期,《救国时报》则从三五年十二月九日起一直出版到三八年二月十日(详见吴玉章所作《关于〈救国时报〉的回忆》,载一九七八年出版的《社会科学战线》第四期)。

对于《八一宣言》和季米特洛夫在共产国际七次代表大会上的报告的传达和讨论,花了差不多一个月的时间,"左联"的情况我不太清楚,戏剧、电影、音乐、美术和"社联"方面,对《八一宣言》的方针、路线可以说没有人有不同意见,但对组织"国防政府"和"抗日联军"的问题，则就有许多疑问。简单地说，就是有没有可能的问题，也就是那时国民党自以为军事围剿已经取得了"胜利"，按国民党报刊的话来说，所谓中华苏维埃政府已经不再存在，那么，蒋介石能不能在这个时候放下屠刀，和共产党合作抗日呢？记得有一次我和章汉夫去参加一个"社联"领导的"国难教育会"的约有二十人的讨论会，就听到几个青年教员的反对意见，他们认为提"国防政府"只是一种空想；也有人说，即使国民党同意了，共产党也不应该参加。章汉夫根据"文委"讨论过的方针，作了耐心的解释，但是要说服这些青年人的确也很不容易。当然，党内的意见则比较一致，因为《八一宣言》的内容是和季米特洛夫报告中对中国党提的意见是一致的，而第三国际又是无产阶级革命的至高无上的权威。说老实话，我们自己思想上也并没有完全想通，主要的思想障碍是对蒋介石的问题，在一九二七年和以后在内战和白色恐怖下杀了千千万万革命者的人，能和他"联合"吗？把华北五省拱手送给日本的亲日派，能和共产党合作组织抗日的国防政府吗？反动国民党军阀和亲日派，能和红军合作组织抗日联军吗？"文委"其他的人怎样想我不知道，老实说，我思想上也没有完全想通，只是对第三国际有一种牢不可破的信任和尊重，这个问题，直到一九三七年潘汉年到了上海，向我扼要地传达了毛泽东在瓦窑堡十二月会议的讲话（《论反对日本帝国主义的策略》）之后，才初步得到了解决。

要扩大抗日联合战线，很自然地要考虑到"文委"所属各联盟的组织形式问题。"文委"讨论了这个问题，有一个共同的意见是："左联"等等都用了"左翼"这个名称，而且和"第三种人"——也就是中间派有过一场论争，那么怎么能要求"中间派"来参加这个"左翼"的团体呢？特别是"社联"，事实上它已经是一个相当广泛的联合战线的组织，它不仅已经吸收了不少知名人士（如邓初民、张志让等）参加，还和生活书店的邹韬奋、毕云程、徐伯昕等等发生了联系。因此，当时还没有解散"左联"的设想。

8. 萧三的来信

到这一年十一月中旬,"文委"开会时,周扬给我们看了萧三从莫斯科寄给"左联"的一封长信,从这封信才明确地提出了要求"解散左联"。这封信是由史沫特莱转给鲁迅,再由鲁迅转给周扬的。

萧三是"左联"驻苏代表,他的信,不论从哪方面看,都可以看出并不是他个人的意见。主要的一点,就是"解散左联"的目的,是为了"扩大文艺界的联合战线",这和国际第七次代表大会的决议和《八一宣言》的宗旨是一致的。萧三的这封信写于八月十一日,也就是共产国际七次大会闭幕之后,也就是《八一宣言》发出之后不久,鲁迅收到这封信的具体日期不详,从鲁迅于同年十二月十二日致徐懋庸的信上说:"萧君有一封信,早已交出去了,我想先生大约可以辗转看到。"这里写的是"早已交出",可以肯定是在十二月以前,还有,现存鲁迅博物馆的这封信的许广平的抄本,在信尾:"S3敬启。八月十一日",在这之后,还有一个写在括弧里的日期,即(十一月八日),这很可能是鲁迅收到这封信的日期,或者是许广平抄写那一天的日期。总之,萧三这封信经过内部交通送到上海,由史沫特莱转交给鲁迅,花了约两个月时间。鲁迅看后要许广平抄了一份交给茅盾,茅盾看后交给周扬。因此我们看到这封信的日期,可以肯定是在十一月中旬。

这封信的开头是:"左联的同志们:这封信愿和你们谈一件事,一件很重要的事。"接着,他提了"左联自成立至今五年余以来","在严重的白色恐怖之下,而能积极努力,克服一切困难,作了不少工作"。下面举了六条成绩,如"一、创作方面,量和质都有成绩,二、各地左倾文学团体蜂起……"这六条中,也提到出版了许多刊物,介绍了苏联作品和文艺理论,以及"在戏剧、电影方面更有大的努力与成绩",其中还提到了当时已开始流传的救亡歌曲。这之后,他指出了"左联"存在的缺点："由于左联向来所有的关门主义——宗派主义，未能广大应用反帝反封建的联合战线。"这儿萧三所举的缺点，主要是引用了"左联"一九三四年致 IURW（国际革命作家联盟）的报告。这一段写得很长，最后，这封信的主要意见是："因此我们的工作要有一个大的转变，我们认为：在组织方面——取消左联，发宣言解散它，另外发起，组织一个广大的文学团体，极力争取公开的可能。……"他提的口号是："凡是不愿作亡国奴的作家、文学家、知识分子，联合起来。"

从这封信的内容和口气，谁都可以看出，这不是萧三个人的意见，而是中共驻共产国际代表团对"左联"的指示。而这一指示，又和国际七大决议、和《八一宣言》是一致的；这时，我们和中央失去组织关系已经九个月了，一旦接到这一指示，我们就毫不迟疑地决定了解散"左联"和"文委"所属各联，另行组织更广泛的文化、文艺团体。当然，这是一件大事，除了必须先征求党内外盟员的意见之外，还得广泛地听取一下没有参加"左联""社联""剧联"等组织的文化界人士的意见。在"文委"讨论时，钱亦石首先表示"社联"外围早已经有了国难教育社、农村经济研究会和青年、妇女方面的姐妹团体，所以解散"社联"一定会得到党内外的同意。但我们也考虑到"左联""剧联"问题比较复杂，一是秋白、雪峰离开上海之后，特别是田汉、阳翰笙被捕之后，由于白色恐怖严重，更由于我隐蔽了几个月，我们和鲁迅的联系中断了一个时期，九月下旬，我恢复工作之后，有一次（记得是十一月），我在内山书店遇到鲁迅，他对田汉在南京公开活动很有意见，说了"你看，他唱戏，唱到南京去了"的话——这件事，我当即向周扬作了报告，并立即决定请有公开身份的"社联"盟员曹亮去南京，希望田汉停止公开活动，田汉知道了这是周扬和我的意见，就表示了同意；其次是从"文委"被破坏之后，国民党报刊和上海的许多小报上散布了很多谣言，也有人利用我们不能和鲁迅联系的时机，进行了离间挑拨，因此，我们商量之后，决定请茅盾代表我们去征求鲁迅对解散"左联"和另行组织一个统一战线性质的文艺团体的意见。当时，我们还天真地认为鲁迅是会同意的，因为他看过了萧三的来信，肯定会知道这是党的意见。至于党外文化界人士，我们更认为这一决策一定会得到他们同意的。事实上，萧三信中提到的"郑、陈、巴、王、叶"（按指郑振铎、陈望道、巴金、王统照、叶圣陶），郑和陈早在新"文委"组成之前，就和我们有过多次交谈，我和周扬并把登在《救国报》上的《八一宣言》送给郑振铎看了，他不仅赞成，而且要我把那份《救国报》留下，他要给朋友们看看，因此，我认为只要鲁迅、茅盾同意，那么通过茅盾向振铎、巴金、王统照、叶圣陶征求意见，他们是一定会赞成的。

我们把萧三的信给各联盟的党团成员看了，经过讨论，一致同意解散原有的左翼组织，另行组织各自的广大的统一战线性质的新的团体。我记得讨论这个问题的时候，也有一种意见，因为那时青年、妇女、职业界都在酝酿组织各界救国会，所以有人认为左翼团体解散后，是否可以加入各界救国会，而不再组织新的团体。但是赞成这种意见的只是少数。

这之后，我先和陈望道、郑振铎谈话，告诉了他们萧三来信的内容，并对解散"左联"和组织更广泛的文艺团体这个问题征求了他们的意见。他们都表示同意。陈望道还提了一个很好的意见，他说新组织的团体最好把戏剧、美术、音乐、电影等方面的人都包括在内，这样，新的组织可以叫作文艺家协会，而不单是作家协会，我们同意了这个意见。

正在这时，北平发生了"一二·九"事件。

"一二·九"事件的消息传到上海之后，立刻引起了全市人民的空前愤慨。单从下面摘录下来的新闻报导就可以看到群众运动来势的汹涌。

十二月十九日晚，正在筹备中的上海学生救国会立即在复旦大学召开紧急会议。决定从二十日起，上海全市学生罢课，到国民党市政府请愿（实际上是示威），参加的学校有：复旦、暨南、大夏、同济、交大、光华、两江女校等十五个大中学校，人数在七千人以上。在十二月的寒夜中把市长吴铁城包围了两天一晚，直到吴铁城同意学生们的要求为止。

十二月二十一日，上海妇女界救国会在北四川路召开大会，正式成立了以史良为主席的全上海妇女救国会。并选出了史良、沈兹九、胡子婴、杜君慧、陆慧年等人为理事。特地从南京赶来支援的曹孟君、胡济邦、王枫等也参加了会议。会后，参加者排成队伍，由北四川路经南京路闹市举行示威，许多市民、女工、学生、教员都参加了这个行列。工部局的马队也不能冲散这支队伍。据我记忆，史沫特莱、格莱尼契也参加了这次示威。

十二月二十三日，上海学生约万余人分头占领了上海北火车站，决定到南京去请愿。国民党如临大敌，调动大批军警包围了整个车站，并切断了公共租界和华界的交通。这个消息传到了史良耳中，她立即派胡子婴把消息告诉了沈钧儒，得到了章乃器、胡愈之、沙千里等人的支持，捐助了两卡车的面包。由胡子婴陪同何香凝借用了张发奎夫人的小汽车带头，冲破军警的封锁，把面包送给了在车站上挨饿的学生。

十二月二十七日，上海最有威望的爱国人士，包括年近百龄的马相伯，以及沈钧儒、章乃器、沈兹九、沙千里等三百余人集会，组成了上海文化界救国会。选出了宋庆龄、沈钧儒、马相伯、陶行知、章乃器、王造时、李公朴、沙千里、胡愈之等三十五人为执行委员，发表了《上海文化界救国运动宣言》，提出了八项抗日民主救亡的政治主张。这八项主张中，首先具体地提出了开放民众运动，保护爱国运动，建立民族联合战线，停止一切内战和保障集会、结社、言论、出版的绝对自由，罢免一切卖国的亲日官吏等等要求。除文化界救国会外，先后还组成了职业界救国会（负责人沙千里）、大学教授救国会（负责人王造时）和国难教育社（负责人陶行知）等等。事实上，蔡廷锴、蒋光鼐等前十九路军负责人也参加了。

一九三六年一月二十八日（淞沪战争四周年），由文化界救国会、妇女界救国会、职业界救国会等团体联合发起，筹备组织全国性的各界救国联合会。这个联合会的主要负责人，除宋庆龄、何香凝、马相伯、"七君子"外，还组织了一个实际办事的理事会，理事会中处理日常事务和奔走联络的是徐雪寒、胡子婴、朱楚辛、周钢鸣；这个联合会还出版了《上海文化界救国会会刊》和《救亡情报》（都是不定期刊物）。从救国会成立以后，三月八日、三月三十日、五月九日、五月三十日等纪念日，每次都举行规模相当大的游行集会，譬如"三八"国际妇女节举行的救亡反日大示威，参加的男女群众总在一万人以上。因为当时救国会已成为带有政党性的全国性组织，和全国各省市的救亡组织都有联系，也有不少地区派代表常驻上海参加。据我回忆，就有广东的石辟澜（石不烂）、北京的"老张"（忘记名）、武汉的何伟、南京的孙晓村、天津的黄敬、东北救亡协会的"老陈"（即刘芝明）等。

从"一二·九"事件起到一九三六年夏秋之间，我的工作主要是在帮助章汉夫、钱亦石等组织文化界救国会和被沈兹九、胡子婴等拉住，帮助她们编《妇女生活》和组织妇女界救国会。文化界救国会及其有关救亡团体，"一二·九"以前，基本上是"社联"的外围，而妇女界救国会则因《妇女生活》主编沈兹九和我是同乡，还有一点儿远亲，编辑部主要负责人之一的朱文央是蔡叔厚的夫人，这本杂志又由生活书店出版，她们又把我过去翻译的倍倍尔的《妇女与社会主义》这本书，作为妇女读书会的课外读物，曾要我编写过一个阅读纲要，所以我和妇女救国会的关系较深（《妇女生活》上用朱蕙笔名写的"时事述评"，也都是我执笔的）。由于这样，在这段时期内，我写的文学方面的东西不多，连电影、话剧方面的工作也顾不上，具体事情都由于伶、张庚、司徒等人在做。大约在十二月中旬，周扬在他家里召开了一次"文委"的扩大会，除"文委"成员外，我记得沙汀、立波、于伶也参加了，对于解散"文委"所属各联的问题，大家没有不同意见。"剧联""美联"解散后，盟员可以参加中国文艺家协会，不再组织新的专业协会；只有"社联"，问题就不同了。因为它原来所属的外围团体都已经组成了学生救国会、妇女救国会、职业界救国会、大学教授救国会等等，所以，钱亦石主张，"文总"解散后可以不必再组织新的、统一战线的"社会科学家联盟"，只要成立一个新的党团来领导就可以了。我们都同意了这个意见，认为有一个上海文化界救国会的党团就可以统一党的领导。这次会上，主要讨论了两个问题，一个是中国文艺家协会应该争取哪些人来参加，二是解散"左联"的问题一定要取得鲁迅和茅盾的同意，以及由谁去和鲁迅联系的问题。前一个问题比较容易，因为新团体的范围在萧三来信中已经有了一个原则，就是除了郑振铎、王统照、夏丏尊、巴金、曹禺、谢冰心等一定要争取之外，凡是主张抗日救亡的文艺工作者都可以参加，我记得当时没有谈到"礼拜六派"可不可以吸收的问题，而只有人提出过不能让黄天始、穆时英等公开反共的人参加。后一个问题，最初的想法是先由周扬和我征得茅盾的同意后，由茅盾、周扬和我一起去征求鲁迅的意见，后来考虑到萧三的信鲁迅和茅盾都已经看过，他们把信转给"左联"时没有发表过意见，所以最后决定还是由我先找茅盾，向他了解一下鲁迅对萧三来信的意见，然后再和茅盾一起去见鲁迅。

鲁迅接到萧三的来信是在十一月中旬，不久就由茅盾转给了周扬，这样一件重要的事为什么不早一点去征求鲁迅的意见，而一直拖到了"一二·九"之后？据我了解，这里有两个原因，一是解散"左联"，必须先在党内取得了一致的意见，这花了约半个月的时间；二是自从秋白、雪峰离开上海之后，"左联"和鲁迅之间失去了经常的联系，加上一九三四年至三五年之间党组织遭到三次大破坏，白色恐怖严重，周扬和我都隐蔽了一个时期（我看到的许多回忆或评述这一段往事的文章，似乎很少注意到这段时期的特殊环境），加上就是在这一段时期，上海的反共小报散布了许多谣言，其目的就在于挑拨"左联"和鲁迅之间的关系，加上田汉在三四年秋向鲁迅提到过胡风问题，引起了鲁迅的反感，加深了相互之间的隔阂。鲁迅对"左联"不满，当时在文化界已经是公开的秘密，郑振铎和我谈过，连夏丏尊也对我说，鲁迅近来心情不好，和他谈话要特别当心。的确，对解散"左联"，另组文艺家协会的事通过什么方法去征求鲁迅的意见，我们也考虑了许久。

我约茅盾在郑振铎家里见面，以及茅盾和鲁迅商谈经过，茅盾在他的"回忆录（十九）"——《"左联"的解散和两个口号的论争》（见《新文学史料》一九八三年第二期）中有了详细的、比较客观的叙述和评论。但是事隔四十多年，任何人写回忆录都可能有一些细节上的误记，例如茅盾说："一九三六年正月初，沈端先（夏衍）托郑振铎转告我，他有重要的事和我谈，要我约一个时间。"事实上我和茅盾在振铎家见面，不是"正月初"，而是一九三五年十二月二十四日，这一天是"圣诞节"前夕，当时我为了要在宗教界做一点工作，想知道一点宗教界的情况，事先约好了施谊（孙师毅）和蓝兰要到一位虔诚的基督徒家里去过"圣诞节"，所以我记得很清楚，和茅盾谈完了之后，就匆匆忙忙赶到萨波赛路去找施谊和蓝兰。还有，茅盾文中说："第三天，我又和夏衍在郑振铎家中会面。"这也有些出入，事实是我和茅盾约好了第三天下午在北四川路新亚旅社先和周扬见面，然后茅盾去找鲁迅，我和周扬在新亚旅社等回音，大约在四五点钟，茅盾把鲁迅的意见告诉我们，我的确讲了"我们这些人都可以参加新的文艺家协会，就可以形成一个领导核心"的话。我还记得，茅盾转达鲁迅的意见中有很重要的一点，就是假如"左联"要解散，一定得发表一个宣言，说明"左联"成员仍将为原来的目的而奋斗。这一点，"文委"也讨论过，周扬和我都表示了同意。那么，后来为什么没有发表宣言呢？那是因为后来考虑到"左联"在解散时发一个宣言，那么"剧联""美联""社联"——乃至"文总"是不是也都要发宣言呢？"文委"的几个人商量之后，觉得这几个团体同时发表解散宣言，可能会造成一种不好的影响。记得我和章汉夫一次在"社联"的一个外围组织谈到"左联"快要发表一个解散宣言时，就有人问：一旦国防会议乃至国防政府成立了，共产党是不是也要宣布解散的问题，这是非党人士提的意见，但在当时的情况下，确也是一个难于回答的问题，"文委"考虑了这些具体情况，就把发表宣言的事搁下了。现在看来，这种考虑事先没有再向鲁迅报告并取得他的同意，无疑是我们的错误。对我自己来说，所以会造成这场纠纷，除了急于求成，粗心大意之外，最主要的思想原因在对于共产国际的迷信。自从我看到萧三的来信之后，我不知有多少次在党内外的集会上讲话，总把共产国际的七次代表大会和季米特洛夫的讲话作为"必须贯彻的方针"来传达的，也正因为这样，我也一直把萧三的来信作为中共驻莫斯科代表团的"指示"来传达的（当时，一九三五、三六年，我们这些和党中央失去了联系的人，根本不知道遵义会议对王明、博古的批评，更没有可能知道王明所犯的路线错误），特别是我先入为主地认为萧三给"左联"的信是经过鲁迅、茅盾转给周扬的，他们看过这封信，他们知道要解散"左联"并不是周扬个人的意见，所以我就一直主观主义地认为鲁迅也一定会同意萧三来信中所提出的意见的。当然，这些之外，还有另一个原因，就是从一九三二年我参加了电影工作之后，对"左联"的事情知道得不多，所以茅盾"回忆录（十九）"中所说的"从这件事也反映出了当时鲁迅与周扬等'左联'领导人之间的隔阂之深，以及胡风在其中所起的作用"，应该说，对这些，我也是估计不足，认识不足的。

至于茅盾"回忆录（十九）"中所说"左联"内部刊物《文学生活》对鲁迅"保密"的事，我当时完全不知道。现在再把一九三四年底出版的那期《文学生活》找来看了一下，我看最大的可能是由于一九三五年二月十九日的大破坏而没有送给鲁迅和茅盾，因为那一期刊物的内容主要是对一九三四年"左联"工作的总结，着重对工作中的宗派主义、关门主义作了自我批评（这主要是前面谈到过的一九三四年除夕晚上在田汉家里谈到的、对教条主义和宗派主义的自我反省），按这期刊物的内容来看，绝对没有对鲁迅、茅盾"保密"的必要。必须记得一九三五年二月十九日大破坏之后，周扬和我都隐蔽了一段时期这一事实，"左联"工作停顿了一两个月，没有把《文学生活》送给鲁迅是很有可能的。当然，也很难说，有人借此进行了挑拨。更由于我当时工作重点不在"左联"，所以上述看法只是我的常识性推测。

大约在一月中旬，一次遇到徐懋庸，他很高兴地告诉我，经过他的奔走，鲁迅已同意解散"左联"了，他讲话有点责备我们的意思，说这件事为什么不直接和鲁迅谈？托人传话，反而会把事情弄僵。他说，他自告奋勇地和鲁迅谈了两三次，鲁迅还是同意了，只提了一条意见，就是解散时发表一个宣言。我夸了他几句，并要他今后多和鲁迅联系（当时徐懋庸是"左联"行政书记，和鲁迅的关系一直很好）。

从这之后，我又忙于救国会和电影戏剧方面的工作，还一时兴起，写了一个独幕剧《都会的一角》。大约在二月初，"文委"碰头时周扬对我说，现在我们在政治上要搞抗日联合战线，文艺方面也要有一个相应的可以团结多数人的口号。所以我们打算根据《八一宣言》的精神，提出"国防文学"这个口号。我问他"文委"研究过没有，他说汉夫、乔木都同意了，于是我也表示了同意。这是很自然的，因为一则"国防文学"这个词早在一九三四年周立波就提出过，苏联也用过，加上汉夫、乔木不论在理论上，党的工作的经验上都比我强，所以我还自告奋勇地表示由我到戏剧、电影界去传达。（据我所知，早在一九三四年十月二十七日，周扬曾用"企"的笔名在《大晚报》副刊"火炬"上介绍过苏联的"国防文学"，接着，周立波于一九三六年一月十日的《读书生活》三卷五期，同月，何家槐在《时事新报》副刊"每周文学"十七期上，都写过介绍"国防文学"的文章。）

9．两个口号的论争

"国防文学"这个口号是一九三六年二月提出的,我在戏剧、电影界传达时,可以说没有人提出不同意见。立波、家槐等人也和我说,郑振铎、王统照、方光焘等都同意用这个口号。事实上不仅上海,在北平、广州,乃至东京的"左联"盟员和文化界也发表了不少赞成这个口号的文章。至于"两个口号的论争"的另一个口号"民族革命战争的大众文学",则是在同年六月一日,由胡风在《文学丛报》上提出来的,对这件事,茅盾在"回忆录(十九)"中有以下一段话:

> 中国文艺家协会经过四个月的酝酿、筹备,终于决定在六月七日开成立大会,会址已租好,章程、宣言也印好,通知已发出,一切都筹备就绪了。可是六月一日的《文学丛报》上登了胡风的文章《人民大众向文学要求什么》,提出了"民族革命战争的大众文学"的口号。胡风这篇文章的口气,好像这个口号是他一个人提出来的,既没有提到鲁迅,也没有说明这个新口号与"国防文学"的关系。给人的感觉是,胡风要用"民族革命战争的大众文学"的口号来代替"国防文学"口号。我看到胡风的文章大吃一惊,因为胡风这种做法,将使稍有缓和的局面再告紧张。我跑去找鲁迅,他正生病靠在床上,我问他看到了胡风的文章没有,他说昨天刚看到,我说怎么会让胡风来写这篇文章,而且没有按照我们商量的意思来写呢?鲁迅说,胡风自告奋勇要写,我就说,你可以试试看,可是他写好以后不给我看就这样登出来了。这篇文章写得并不好,对那个口号的解释也不完全,不过文章既已发表,我看也就算了吧。我说,问题并不那样简单,我们原来并无否定"国防文学"口号的意思,现在胡

风这篇文章一字不提"国防文学",却另外提出一个新口号,这样赞成"国防文学"的人是不会善罢甘休的,鲁迅笑笑道,哪可能这样,我们看看罢。"

这是一段比较客观的记述,这件事的经过,在抗战前和抗战中,茅盾也不止一次和许多人讲过,我相信是符合实际的。那么,为什么会使茅盾处于这种困难的地位?因为他和鲁迅"商量的意思"和写一篇并不否定"国防文学"口号的文章,是得到了当时已在上海的冯雪峰的同意的,于是,茅盾又去找冯雪峰,要冯出来收拾这个局面。茅盾文章中说:"冯雪峰也有点着急了,埋怨道:'胡风这人也太英雄、太逞能了,我要批评他。'"雪峰是否批评了胡风,我不知道,不过茅盾说的"冯雪峰也有点着急了"这是事实,因为胡风的文章中并没有说这个新口号是鲁迅提出来的,所以"赞成'国防文学'的人"就纷纷起来反对这个口号,从六月上旬起,形成了一场剧烈的"两个口号的论争"(我曾在一篇文章中写过,假如胡风的文章中说明这个新口号曾得到鲁迅的同意,或者说,他的这篇文章是鲁迅要他写的,那么,这场论争也许可以避免的)。由于论争几乎是一面倒的,赞成新口号的文章不多,加上国民党的反动小报又大肆进行幸灾乐祸的宣传,于是四月下旬到上海后一直不和我们见面的冯雪峰,才在七月中旬(具体日子记不清楚了)通过王学文约我在"大世界"后面一家小旅馆里见面。

这里,我得补记一下冯雪峰从陕北回到上海的事。据雪峰自己说,他是四月下旬到上海的,但我们一直不知道,直到五月底,王尘无告诉我,他从一个朋友口中听说,党中央已经派人到了上海,但他不知派来的人是谁。过了不久,这个消息就传开了。当时,"文委"的几个人——包括周扬、钱亦石在内,听到这个消息真有欣喜若狂之感,而且相信这位从陕北来的人一定会找到我们的。我为此还去找了王学文和搞工会工作的马纯古,告诉他们这个喜讯,并约定,任何一方先接上关系，就赶快相互通知和联系，可是等了一星期、十天，一直没有人来和我们联系。直到六月初，我去找章乃器，他才告诉我，他已经和中共中央派来的人取得了联系，特别使我吃惊的是章乃器说，你们中央派来的人今后要和他直接联系，所以关于救国会的事，你可以不必再找我了。我问他中央派来的人叫什么？章笑而不答，只说了一句是浙江人，大同乡。我再问，他就说了一些使我听了也不敢相信的话，这里不赘说了。我把这事告诉了周扬，他也怀疑章乃器的话是否可信。可是不久，就有人告诉我，说他在内山书店看到了冯雪峰。上述这两件事，是和胡风提出新口号和文艺家协会成立大会差不多同时发生的。自从一九三五年二月上海局和江苏省委破坏之后，我们这些人（也就是有些写那一段时期回忆录中习用的一个词"周扬他们"，也就是当时团结在"文委"周围的一百几十个党员和更多更多的同路人）在极端困难的条件下保存了组织，团结和扩大了外围群众，"从三二年起，'左联'的工作有了很大的转变，基本上克服了初期的左倾盲动的做法，采取了合法斗争的手段，在文化的各条战线上打开了局面，取得了巨大的成绩。"（见茅盾"回忆录（十九）"）盼星星盼月亮地盼了近一年，盼望中央能派人来领导我们，这个人终于盼到了，而且来的人又是我们的老战友，那么他为什么不理睬我们？上海情况复杂，对我们这些人有怀疑么？那么他当过"文委"书记、江苏省委宣传部长，为什么不找他信得过的人，对上海文化界的情况实事求是地调查研究一下呢？当时我们这些人的凄苦和愤懑，实在是难以言喻的。

现在，雪峰终于和我在一家被叫作"燕子窝"的小旅馆里见面了，他很热烈地和我握手，似乎很高兴，他谈别后情况，谈中央苏区，谈长征，也谈他回到上海后看到的文艺作品（他称赞了张天翼、沙汀的小说），但是始终不谈瓦窑堡十二月会议，不谈两个口号的论争。我实在按捺不住了，就打断了他的话，直率地问他："中央派你到上海来的任务是什么。"冯想了一下之后说，主要是要建立一个和延安通报的秘密电台，其次是和鲁迅、沈钧儒等联系，了解上海抗日救国运动情况。我再一次问他对上海文艺界两个口号论争的意见，他说中央没有交给他这个任务（这和雪峰后来写的回忆文章，特别是一九六六年写的材料中所说"四项任务"是不同的）。这样，话是谈不下去了。我只能说，上海文艺界的事你是熟悉的，再争论下去对大局不利，你请示一下中央好不好？他迟疑了一下，就点了点头。我们一起走出旅馆，他给我叫了一辆出租汽车，并掏出钱来给我付车费，我拒绝了。

这之后不久，冯雪峰也和周扬见了面，但他们谈话的具体情况我没有问过，因为从六月下旬开始，戏剧界发生了反对工部局禁演《都会的一角》的事，同时，为了业余剧人协会要上演《赛金花》，我着实忙了一阵，因为这两件事都和我有关。这时，两个口号问题还在继续争论，从我和雪峰谈话之后，我觉得连冯雪峰都可以不管，那我又何必再费心呢，还是多做一点实际工作为好，好在救亡运动已经在群众中扎了根，谁也扭转不了了；于是，我把救国会方面的事也交给了钱亦石、章汉夫，又把一部分时间转到戏剧、电影方面去了。

大概是六月下旬，上海星期实验小剧场在新光大戏院举行第二次公演，剧目中有我写的独幕剧《都会的一角》，这是一出很不成熟的戏，但只是因为剧中一个小学生念国文课时有一句："我国地大物博，土壤丰饶……东北以东三省接俄国东海滨省及日领朝鲜……"这句话就遭到了工部局的禁演，这件事引起了戏剧界的极大的愤怒。六月底，张庚、于伶、唐纳、陈鲤庭、鲁思、欧阳山、李一、毛羽、唐瑜、柯灵等二十余人联名发表了"反对工部局禁止演剧通启"，其中有这样一段话：

> 现在，外敌日益深入，国家民族的生命更加危迫的时候，不论什么人，都有着爱国家、爱民族的自觉心，都应奋勇地用各自不同的武器，对抗侵略，来保卫他们的国家、民

族与文化。

由于当时我们已经懂得了一点策略，所以这后面又加了一段颇有分量，也颇有分寸的话：

> 据工部局声称，所以禁止两剧团演出的理由，说是为了"东北是我们的领土"这么一句台词，"东北是我们的领土"，那是世界各国一致承认的，而工部局却否认这铁一般的事实，这更是侮辱我中华民国的国体，侮辱我整个的民族！为了国家、民族与文化的尊严，我们一方面应当督促政府向工部局严重交涉，一方面要求我国文化工作者一致起来，向工部局提出抗议，争取一切爱国运动、文化及艺术活动的自由！

这个通启是"影评小组"起草的，其中像"督促政府向工部局抗议"这样的话，在一年以前是不会出现的。这一抗议运动虽则得不到具体的结果，但无疑地也使工部局当局感到了一种强大的压力。这样，从一九三六年下半年一直到抗战开始，我们话剧运动进行得比较顺利，尽管我们还得用一点曲笔或隐喻的方式，工部局在审查剧本方面确是比以前宽一点了。当然，这之外还有一个更大的原因，这就是随着日本帝国主义在华北侵略的加剧，英美帝国主义也觉得中国人民联合抗日，对他们不是不利的事了。英美帝国主义和日本帝国主义之间的矛盾，的确促使工部局放宽了一点审查和戒备的尺度。从一九三六年起，工部局对群众性的救亡运动，特别是群众性的救亡歌咏运动，一般都采取了不干涉的态度。特别使我不能忘记的一件事，也是一九三六年六月底，宋之的写了一篇文章《论国产电影的创作倾向》（署名怀昭），谈的是电影题材问题，他要求电影工作者联合起来，"一面充实内容，一面提高技术水平而慎重创作"，他提出"我们的题材应该扩大，广泛到包括中国生活的情态，但这种情态，必须统一在国防这一意义之下"。这是一篇响应"国防文学"这个口号的文章，但从这篇文章中也可以看出，这个口号除了号召文化界团结抗日之外，也提出了扩大写作题材范围，和提高影片质量的问题。

关于"东北是我们的领土"这个问题，日本帝国主义者还拍了一部和我们针锋相对的反华影片《新土》。这部日本和德国合拍的影片极端露骨地宣传"侵略有理"，公然把我国的东北说成是"大和民族"的"新土"，号召日本"国民"向这块"新土"进发，去寻找他们的"新生活"。这部影片在上海日本电影院上映，立即激怒了上海的爱国民众，文化界为此发表了两次抗议宣言，一次是由欧阳予倩、应云卫等电影、戏剧界三百余人联名；另一次是由茅盾领衔，我记得郑振铎、巴金、许广平、任白戈……都签了名。

这一年八月上旬，当我正在为业余剧人协会内部纠纷和电影方面的工作而忙碌的时候，忽然看到了鲁迅《答徐懋庸并关于抗日统一战线的问题》这篇文章，才知道"左联"的问题又变得更尖锐了。我当时很生气，徐懋庸为什么要写这封信？信里为什么要写"胡风之诈，黄源之谄"这种人身攻击的话？尽管他是"左联"的行政书记，但他不能不和大家商量，而用这种方式去激怒鲁迅。

我去找了沙汀、以群，后来又找了周扬、章汉夫，大家都有和我同样的看法，认为这是一种不顾大局的、莽撞的行动。周扬告诉我"左联"已经开过一次扩大会，批评了徐懋庸，但他不仅不听，而且还坚持要写公开信答复鲁迅，这使我更生气了，决定单独找他谈话。"一·二八"以前我和他不认识，直到一九三四年，一次我在夏丏尊家里第一次见到他，一听口音就知道他是余姚、上虞一带的人。尽管初次见面，但谈得很熟脱。据他说，一九二九年我在劳动大学教书时，他还是这所大学的中学部学生。那时我到劳动大学去教书，是吴觉农介绍的，吴觉农也是上虞人，加上劳动大学的教务长沈仲九，是五四运动时期浙江第一师范的教员，也是浙东人，这样，我们都算是浙江大同乡，而且彼此的师友都熟悉，不久我和他就成了很谈得来的朋友。他很用功，读的线装书比我多，下笔也很快，在申报《自由谈》上写过不少好文章；但是，他和冯雪峰一样，有一种浙东人特有的倔脾气，少年气盛，也有一点傲气。我和他在一家咖啡馆谈了两小时，我批评他不顾大局，个人行动，使刚要成立的中国文艺家协会陷于被动，还以强硬的口气不准他再写答复鲁迅的文章；但是他不仅不听，反而反唇相讥，说八月一日给鲁迅的信是他个人写的，但讲的内容却是"左联同人"的意见（他当时用的是"左联同人"这个词，在他后来写的"回忆录"中则成了"周扬他们"）。我不能说服他，争得面红耳赤，不欢而散，但也还在临别时为了争付茶钱而破颜一笑。这件事我记得很清楚，我对于他的鲠直、不讲假话，还是有好感的。

劝说无效，徐懋庸还是写了一篇《还答鲁迅先生》，在《今代文艺》上发表。我看了这篇文章，耽心会引起更大的风波，就给冯雪峰写了一封信（托内山完造转交），说明徐懋庸给鲁迅的信，和登在《今代文艺》上的文章，完全是他的个人行动，我们劝阻无效，希望他能把这点意思转告鲁迅先生。我写这封信也没有和周扬商量，也可以说是个人行动。过了几天，我又见到内山，知道这封信第二天就交给了雪峰，但是一直没有得到他的回信。《今代文艺》是一份不太为人注意的杂志，因此我们也希望鲁迅可能不会看到。

我是"国防文学"这个口号的支持者，也在戏剧、电影界提倡过这个口号，认为这个口号通俗易懂，容易为广大的文艺工作者所接受，甚至连国民党人也不敢公开反对，所以我认为在爱国运动风起云涌的白区，作为一个统一战线的口号是适当的。老实说，直到看了鲁迅答徐懋庸的公开信之后，我还是觉得"民族革命战争的大众文学"这个口号一方面还带有"左"的痕迹，另一方面也不容易为"大众"所接受，这可能是我从一九三〇年参加"左联"以来，一直在搞实际工作，理论水平太低的原故。在徐懋庸问题发生之前，茅盾就曾两次和我说过，鲁迅并不反对"国防文学"这个口号。茅盾也对周扬、沙汀说过，鲁迅认为两个口号可以"并存"。解放后，有一些现代文学史家把这场两个口号论争说成是"一九二八年创造社、太阳社和鲁迅的论争的继续"，到了一九六六年之后，又进一步"发展"，把一九三六年的两个口号的论争说成是"围攻鲁迅"，这种说法显然是错误的。好在这两场论争的资料都还容易看到，茅盾也在文章中说明了鲁迅认为"并存"的意见。特别应该注意的是在徐懋庸的两封信发表之后，经过茅盾的劝说，九月中旬，冯雪峰和茅盾、郑振铎通力合作，终于发表了一个《文艺界同人为团结御侮与言论自由宣言》，在这个宣言上签名的计二十一人，包括了论争双方的作家，也包括了茅盾开始不同意的所谓"礼拜六派"的知名人士。这二十一人是：鲁迅、郭沫若、巴金、王统照、包天笑、沈起予、洪深、林语堂、茅盾、陈望道、夏丏尊、周瘦鹃、叶圣陶、谢冰心、张天翼、傅东华、郑振铎、郑伯奇、黎烈文、赵家璧、丰子恺。这个宣言在九月下旬出版的《文学》七卷四号和《新认识》第二号上同时发表，可以说是使这场论战逐渐停止的很重要的文件。宣言内容是茅盾、郑振铎起草，由冯雪峰定稿的。周扬是不是看过我不知道，但我记得郑振铎给我看了这个宣言草稿之后，委婉地问我，你和周扬要不要列名时，我曾说，为了不让这个宣言染上太浓的政治色彩，我看还是不列名为好，因为郑振铎说，这二十一个人联名，是雪峰同意了的。"文革"前后不止一次有人问过这件事，但我一直找不到这个宣言的全文，直到一九八〇年七月，我向茅盾提到这件事时，才从他那里看到了这个宣言。这份宣言很少在现代文学史上被引用，一般人要找这两份杂志可能也不容易，所以我在这里引用较为重要的一段：

> 我们是文学者，因此我们亦主张全国文学界同人应不分新旧派别，为抗日救国而联合。文学是生活的反映，而生活是复杂多方面的，各阶层的；其在作家个人或集团，平时对文学之见解、趣味与作风，新派与旧派不同，左派与右派

亦各异，然而无论新旧左右，其为中国人则一，其不愿为亡国奴则一；各人抗日之动机，或有不同，其抗日的立场亦许各异，然而同为抗日则一，同为抗日的力量则一。在文学上，我们不强求其相同，但在抗日救国上，我们应团结一致以求行动之更有力。我们不必强求抗日立场之划一，但主张抗日力量即刻统一起来！为民族利益计，我们又甚盼民族解放的文学或爱国文学在全国各处风起云涌，以鼓励民气。我们固甚盼各方从事文学者能急当前之应急，但救亡之道初非一端，其在作家亦然。故在文学上我们宁主张各人各派之自由发展，与自由创作。其次，我们主张言论的自由，急应争得。言论自由与文艺活动的自由，不但是文化发展的关键，而在今日更为民族生存之所系。国民自由发表其救国意见，文学者自由发表其救国文艺，在今日已不仅为人民之权利，亦且为人民应尽之天职。除非不要人民爱国，否则，予人民发表救国意见之自由，在今日实属天经地义，无可怀疑。因此我们要求政府当局，即刻开放人民言论自由，凡足以阻碍人民言论自由之法规，如报纸检查刊物禁扣等，应立即概予废止。我们深信唯有言论自由，然后能收全国上下一致救国的效果。我们敢吁请全国的学者，新闻记者，作者与读者，一致起而力争言论自由，促其早日实现。

这个宣言之所以重要，是因为在两个口号论争中，除了国民党顽固派指使的、被外国人叫作"蚊子报"的许多小报散布了蓄意挑拨离间的谣言之外，托派也插了一手。一个署名陈仲山的托派写信给鲁迅，就是一个例子。对陈仲山这个人，当时谁也不了解，为了这封信，小报上也幸灾乐祸地制造了不少谣言，如臆造说，陈仲山是某某人的化名等等，直到去年我看到了托派头子王凡西写的《双山回忆录》（英国牛津大学出版社出版，有中译本），才知道陈仲山就是陈其昌（托派骨干）。王凡西对这件事有详细的论述，其中有一段说：

> 这个内部论争（按指两个口号论争）传到了我们耳中，陈其昌知道了这消息后非常兴奋，于是写了一封信，附上《斗争》及另外几册中译的托洛茨基的小书，由内山书店转送鲁迅。鲁迅当时已病得很重，不能执笔，乃由O·V笔录他的口授，给了答复，公开登载在一本名叫《现实》的文学杂志上，书信俱在，不必赘述。总之，他说他看到了我们的这些印刷得"很整齐"的书报吃惊，怀疑这是从日本人方面拿钱来办的，又说我们"有背于一个中国人的做人道德"云云。其昌做这件事时我在香港，事前他也没有和其他同志商量，故事后颇受到同志们的指责，尤其是在南京监狱中的陈独秀，知道了之后大发脾气，问我们为什么会对鲁迅发生幻想？……其昌从"北大"时期就热烈崇拜鲁迅，很敬重他的骨气，幻想发生，即由于此。（其昌）看到了鲁迅的那封满纸诬陷的复信后，很觉得痛苦，他又写了一封长信给鲁迅，当然没有得到答复。……

从上述这些事，就可以看到，在党的路线、政策大转变关头，包括文艺界在内的上海各方面的政治情况是何等复杂和尖锐。在这里有一个奇怪的巧合，就是徐懋庸写信给鲁迅是"个人行动"，托派陈其昌写信给鲁迅也是"个人行动"，这也许可以说是历史的恶作剧，但这些都已经是过去的事了。正如茅盾所说："八月十五日鲁迅答徐懋庸的信发表之后，两个口号的论争进入了结束的阶段，除了国民党小报的造谣挑拨，和徐懋庸写了两篇文章外，没有人写文章反对鲁迅，虽然还有人写文章讨论'国防文学'，但也有不少文章逐渐认识了这场论争的意义，同意了两个口号可以并存的意见。"上面所说的二十一个人联名的宣言，就是在这种情况下发表的，现在的现代文学史家很少提到这个宣言，但像我们这些经历过这一事件的人们看来，组织发表这样一个宣言很不容易，因为联名发表这个宣言的二十一人中既包括了萧三来信中提到的巴金、叶圣陶、王统照，而且争取了林语堂这样的人也同意签名，更不用说像包天笑、周瘦鹃这样的作家了。促成发表这个宣言，茅盾和冯雪峰起了很大的作用，但我认为也不能忘记"二郑"（郑振铎、郑伯奇）的功劳。郑振铎一九三五年从北平回到上海之后，就和"左联"保持了很密切的联系。为了在《文学》上发表"左联"作家的文章，他不止一次和傅东华"争吵"过。鲁迅以前在文章中讽嘲过振铎，在周扬和胡风之间，他也是亲周扬而不满胡风的。但是在坚持联合、反对分裂这个问题上，他表现了难能可贵的高尚品质。郑伯奇是创造社的"元老"，当时，在文艺界他也是唯一一个能代表创造社和向郭沫若进言的作家（到三五年，在上海的创造社作家彭康、朱镜我、阳翰笙、李初梨已被捕，李一氓、冯乃超已调离上海）。因此，流亡在日本的郭沫若在这个宣言上签名，伯奇起了决定性的作用。这个宣言是第二次国内革命战争时期文艺界第一个大联合、大团结的文件，在现代文学史上，应该说是有很重要的意义的。

茅盾在"回忆录（十九）"中，有一段话提到《赛金花》，文中说："后来夏衍的《赛金花》发表了，有人写文章把它树为'国防文学'的标本，鲁迅见了哈哈大笑道，原来他们的'国防文学'是这样的。"对此，有些情况得说明一下：

一、我从一九二九年参加文艺工作之后，除了写过一些报告和杂文之外，一直没有写过作品。所以我想试写一点作品，一九三四年秋中央上海局被破坏，我在一位在肥皂厂当工程师的朋友家里隐蔽的时候，写了一篇小说《泡》，由于信心不足，为这个短篇在什么地方发表而考虑了好久，给"左联"机关杂志或者我的朋友们编的杂志，那是肯定会发表的，即使不合格也会照顾我的"面子"。于是我把原稿请人抄了一份，托人带到杭州，由我的表兄李学灏代我寄给郑振铎、傅东华编的《文学》，这样做的目的，就是想试一试我写的东西是不是合格（因为郑、傅两位都是熟人，我的笔迹他们认得出，假如他们知道是我写的，难免也会有照顾），结果，这篇东西居然登出来了（《文学》六卷二号），这是我第一次用夏衍这个笔名。这一试作的发表，也增进了我写作的信心。不久，"怪西人事件"发生，我又在卡德路的一家小公寓里隐居了三个月，一是"闲来无事"，二是"何梅协定"和"冀东事件"连续发生，国民党实行"叩头外交"（这个词，我记得最早是在天津的一家报上看到的），再碰上报上看到了赛金花晚年潦倒的新闻。于是我就想用"赛金花"这个题材，写一个讽喻剧，来讽刺一下当局的屈辱外交，这个剧本写好之后，也搁了很久，直到一九三六年初，再润色了一下，仍旧请人抄了一遍，再托人从北平寄给《文学》。因为这个剧本的写作，我一直是"保密"的，所以在《文学》六卷四号发表后，连当时领导"业余剧人协会"的于伶、张庚、章泯等也认为夏衍是一个"新进作家"。上述茅盾文章中所说的"有人写文章把它树为'国防文学'的标本"的"有人"，谁都知道指的是周扬，因为周扬的确在一篇文章中提到过这个剧本，意思是说用这类题材也可以成为"国防文学"（大意），并没有"树标本"的意思，更重要的是当时周扬根本不知道这个剧本是我写的，因此，把"周扬写文章为《赛金花》树标本"，说成我和周扬"一唱一和"，完全是"不实之词"。周扬知道夏衍就是我，是在一九三六年五六月间，我参加《光明》半月刊的编务，把《包身工》的原稿请他提意见的时候才"暴露"的，至于"文革"中专案组把"周扬吹捧《赛金花》"作为"围攻鲁迅"的罪行之一，那就更是荒唐可笑了。

　　二、鲁迅先生是否看过这个剧本，我不知道，这个剧本在《文学》上发表，以及生活书店出单行本的时候，鲁迅正在病中。因为有了这件事，所以除生活书店在三六年出了一版之外，在整个抗战时期、解放战争时期和解放以后，我一直不让这个剧本重印；解放前后，也不止一次婉拒了剧团要求排演。这个剧本是我第一次写的多幕剧，我自己并不满意,不论在政治思想上、创作方法上,也肯定有缺点和错误,但是要说它是"汉奸文学",则我就不能接受,最明白的事实,就是此剧在南京上演时,立即遭到了国民党主管文化工作的张道藩的捣乱和禁演(对此,柯灵、金山、吴仞之等同志都写过替我辩诬的文章)。但是由于我主动地不让这个剧本再版,所以看不到这个成了问题的剧本的人,就无法判断我是不是真的写过"汉奸文学",最显著的例子是连我的朋友何其芳,在"四人帮"垮台之后,还在报上写文章,说夏衍在三十年代写了《赛金花》这样一部坏"电影"!在文艺界,以耳代目之风,实在太可怕了。所以最近中国戏剧出版社要编印我的戏剧集时,我同意了把《赛金花》照一九三六年生活书店版原样不动地重新发表,让读者和评论家来严肃地批评指教。

关于"左联"解散和两个口号的论争,我直接参与的事就止于此。"文革"中专案组为了要"定案",纠缠不休地要我"供"出我支持"国防文学"、反对鲁迅的文章。我一开头就承认了我不仅支持"国防文学"这个口号,而且还在我编辑的报刊上发表了不少这一类文章,但他们无论如何也不相信我这样一个笔头很滥的人,会没有写过一篇拥护"国防文学"和反对"民族革命战争的大众文学"的文章。他们的确花了很大的工夫遍查当时报刊,结果还是一无所得,正像他们查不到一九二八年我写过任何一篇反对鲁迅的文章一样。事实如何呢?拆穿了讲,自从《文学》发表了我的《都会的一角》《泡》和《赛金花》之后,可以说从一九三五年到一九三六年这一段时期是我"创作欲"最旺盛的一年。除了以上三篇之外,我还写了《包身工》《黑夜》《秋瑾传》(即《自由魂》),连后来发表的《上海屋檐下》,也是在这时候打好了腹稿的。不管成败得失,一心想写点东西,一心想摘掉"空头文学家"这顶帽子,加上我又不是搞理论的,所以我没有写过有关两个口号的文章,是毫不足怪的。

关于解散"左联"和两个口号论争的是非功过,从五十年代起,一直是一个有争议的问题。从一九六四年文化部整风起,直到十年浩劫时期，不仅林彪、"四人帮"，连一些不明当时真相的人，也把解散"左联"和提出"国防文学"这个口号说成是"当时'左联'的某些领导人""执行了王明右倾机会主义路线"，有人写回忆文章，甚至把《八一宣言》也说成是王明右倾投降主义的产物。很明白，这种看法是不对的。王明在三十年代犯过左倾机会主义，一九三八年在他负责长江局时期又犯了右倾机会主义错误，这是事实，历史已作出了结论，但不能因此就把他在一九三五年八月间为了执行共产国际第七次代表大会决议而发表的《八一宣言》，和要萧三写信给"左联"负责人要求解散"左联"、扩大文艺界联合阵线，也说成是右倾机会主义。解散"左联"是在一九三六年初，王明右倾机会主义则发生在抗战之后的一九三八年，怎么能把两者混为一谈呢？至于"国防文学"这个口号，直到"四人帮"垮台之后，也还有人或明或暗地把它说成是右倾投降主义的口号，对此，引用一段毛泽东同志对这个问题的讲话，对澄清这个口号的是非功过，是有必要的。一九三八年五月下旬，毛泽东在延安听了徐懋庸谈到两个口号的论争之后，他就对徐懋庸发表了如下的结论：

一、关于两个口号的争论问题，周扬同志他们来延安以后，我们已基本上有所了解。今天听了你们所谈的，有些情况使我们更清楚一些，具体一些。二、我认为，首先应当肯定，这次争论的性质，是革命阵营内部的争论，不是革命与反革命之间的争论。你们这边不是反革命，鲁迅那边也不是。三、这个争论，是在路线、政策转变关头发生的。从内战到抗日民族统一战线，是一个重大的转变。在这样的转变过程中，由于革命阵营内部理论水平、政策水平的不平衡，认识有分歧，就要发生争论，这是不可避免的。其实，何尝只有你们在争论呢？我们在延安，也争论得很激烈。不过你们是动笔的，一争争到报纸上去，就弄得通国皆知。我们是躲在山沟里面争论,所以外面不知道罢了。四、这个争论不但是不可避免的,也是有益的。争来争去,真理越争越明,大家认识一致了,事情就好办了。五、但是你们是有错误的,就是对鲁迅不尊重。鲁迅是中国无产阶级革命文艺运动的旗手,你们应该尊重他。但是你们不尊重他,你的那封信,写得很不好。当然,如你所说,在某些具体问题上,鲁迅可能有误会,有些话也说得不一定恰当。但是,你今天也说,那是因为他当时处境不自由,不能广泛联系群众的缘故。既然如此,你们为什么不对他谅解呢。六、但错了不要紧,只要知道错了,以后努力学习改正,照正确的道路办事,前途是光明的。(《新文学史料》一九八一年第一期,徐懋庸:《我和毛主席的一些接触》)

以上是徐懋庸的回忆。他说:"我听这个指示的时候,神经十分紧张,把每字每句抓得很紧,一个字没有放过。"这段话的内容,他后来也不止一次和别人讲过,应该说是可信的。当然,有人也可以说这是徐懋庸的个人回忆,是"孤证",那么,还可以引一段《毛泽东选集》里的文章,在他一九三七年七月二十三日所写的《反对日本进攻的方针、办法和前途》中,有这样一段话:

国防教育。根本改革过去的教育方针和教育制度。不急之务和不合理的办法,一概废弃。新闻纸、出版事业、电影、戏剧、文艺,一切使合于国防的利益。禁止汉奸的宣传。

这明白不过地说明毛泽东同志提过"国防教育"这个口号,同时也要求"戏剧、电影、文艺,一切使合于国防的利益",也就是说,他并不忌讳使用"国防"这个字眼。

那么,在当时"左翼"内部,是不是有人对《八一宣言》中所提的"国防政府"这样的提法有疑虑呢?那是有的,"文委"所属各联和小组讨论这个问题时,如我前面所说,有人提出过怀疑。我记得在"社联",党内外都有少数人不赞成这种提法。在东京的郭沫若最初也不肯轻易表示同意。林林不止一次说过,当郭沫若第一次看到"左联"提出的"国防文学"的口号时,表示要考虑一下,暂时不肯签名。最近我看到臧云远的《东京初访郭老》中,也有一段有关此事的记载:

> 一九三六年春,在《质文》社的一次编委会上,听任白戈谈上海方面提出的"国防文学"的口号,郭当即表示:用"国防"二字来概括文艺创作,恐怕不妥吧,因为对"国"这个字有所犹豫,国是蒋介石统治着的。不久,林林送来了《八一宣言》,仔细读后,经过几天的思考,体会到宣言的中心思想,民族矛盾超过了阶级矛盾,国是被帝国主义欺侮侵略之国,这才接受了"国防文学"这一口号。

这也就是后来林林在郭沫若纪念会上引用过郭沫若当时讲的话:"党决定了,我就坚决拥护,我愿意当党的喇叭。"从这些事实都可以说明,提出"国防文学"这个口号,总的说来是从《八一宣言》中的"国防会议""国防政府"得到启发的;提出之前,也是经过仔细考虑,而决不是一两个人随意决定的。

经过《二十一个人的联合宣言》,到了九月底,两个口号的论争基本上已经停了下来(外地报刊上还有一些讨论这个问题的文章),但在我的记忆中,这一段时期,革命文艺阵营内部的问题也还不少。好容易在"一二·九"以后作风上有了一些改变,工作上也取得了一些成就,但是经过"两个口号"论争,"左联"内部少数人的门户之见反而加深,甚至公开化了——这中间,我们某些同志的宗派主义,和反动派小报的流言蜚语，当然也起了不小的作用。

也就在这个时候，戏剧方面又发生了一件麻烦的事情，这是为了我的《赛金花》这个剧本的上演。这本子在一九三六年四月《文学》六卷四号上发表之后，由于是用了夏衍这个新的笔名，所以连"剧联"的人也都认为是北方的新作家的作品（现在的年轻人看来，也许觉得不能相信，但事实上，连亲自参与其事的洪深、于伶、凌鹤等人也不知道，这只要查看一下发表在一九三六年六月出版的《文学界》第一期上的"《赛金花》座谈会"，就可以知道的）。业余剧人协会决定上演，一是因为他们当时还不知这位作者是谁；二是怕被别的剧社抢去首演。记得为此业余剧社还登了一条广告：招聘扮演赛金花这个角色的演员。但是麻烦不出在社外，而出在社内，主要是角色的安排问题。金山和赵丹都争着要扮演李鸿章，王莹和蓝苹也争着要扮演赛金花。双方各有人支持，也各有人反对。业余剧人协会为此也开过一次会，也还是没有结果。人事上的矛盾尖锐起来，于伶、章泯两位来征求我的意见——在业余剧人开会之后，我才把这个剧本是我写的这件事告诉了章泯和于伶，因此，他们认为这个矛盾应该由我来作决定。双方的演员都是我的熟人，而且赵丹和金山还都向我表示过一定有把握可以把这个角色演好。出于无奈，我出了一个糊稀泥的主意，认为可以分 A、B 两组，赵丹和蓝苹，金山和王莹，让他们在舞台上各显神通。这个设想章泯同意了，而于伶则面有难色。因为他知道蓝苹不论做戏还是做人，都有一丝一毫也不肯屈居人下的"性格"，而要她担任 B 角，她肯定是要大吵大闹的。后来事态发展不出于伶所料，业余剧社的名称依旧，实际上已经分裂，这就是金山、王莹、蓝兰、顾梦鹤等另组了一个"四十年代剧社"。"业余剧人协会"把《赛金花》的首演权让给了"四十年代"，这出戏由金山、王莹在同年十一月于上海公演。和现在也没有什么太大的区别，话剧界是没有什么秘密的，自从这个剧本是我写的这件事被人知道之后，我就突然成了"忙人"。对剧本内容和写作方法都是有争论的，这在我写的一篇《历史与讽喻》中可以看得出来。其实,我写这个剧本完全是一个偶然的触动。当时我独居在一家白俄人开的小公寓里,除看报外别无他事。我在天津《大公报》上看到了赛金花晚年的一些不幸遭际,特别是在一篇杂记中看到她入狱室时对革命志士沈荩的一段讲话,的确使我产生了当时庙堂上的大人物的心灵远远不及一个妓女这样一种感想。这也就是我在最后一幕中抑制不住地对她所表示的同情。这个剧本算是我的第一个多幕剧,拙劣是可以肯定的。从发表之日起,提到它时我一直把它叫作"戏作"。戏作者,逢场作戏,写出来逗人一笑之谓也。因为有了争论,使我也受到了教育,不但以后不再写这种"戏作",还把这个本子不再出版、不再上演,将它冻结了五十年之久。这出戏我只混在观众中看了一次,也只在看到那个满清小吏叩头的那一场戏时跟着观众破颜一笑,以后,就连这个剧本的情节也忘记了。这是真话,但同时,在那年九十月间为了这件事而忙碌了一阵,也是真事。

10. 在大的悲哀里

十月中旬的一天,《中国呼声》的主编格莱尼契突然告诉我,鲁迅病情严重。格莱尼契是美国进步新闻记者,他办事慎重细致,讲话不多,当他要我们写文章,或者要修改我写的文稿时,却总是用商量或征求意见的态度。我认识他,最早是杨潮给我介绍的。那一次的见面,也是在霞飞路杨潮家里。他和我讲到鲁迅病情的时候,嗓音嘶哑,几乎流了眼泪,他是一位真正热爱中国的国际友人。他两眼凝视着我,要我把这一不祥的消息告诉所有的中国革命作家。他把"所有的"这几个字重复了两遍。他的心情,我当然是能够理解而又感到惭愧的。当天我就去找周扬,但只有苏灵扬一人在家;接着就去找了沙汀，他也不在；因为当时我想只有沙汀也许可能去探望鲁迅（前两天叶以群去探望，就遭到许广平的拒绝）。回家路上碰到沈西苓，我告诉他鲁迅病重，他还不相信，说不久前他在八仙桥青年会见到过先生，觉得他精神很好。

不幸的事终于到来了。两天之后，我正在吃早饭，章汉夫急匆匆地打电话给我，说鲁迅先生在这天清晨去世了，要我立即到周扬家里去。"文委"的几个人商量了一下，恰恰这时茅盾回乌镇老家去了。鲁迅寓所在北四川路"越界筑路"地段，周扬和我都不能去，所以只能推沙汀、艾芜（是否还有叶以群、何家槐，我记不清了）代表我们去向遗体志哀。当天晚上，我和汉夫又去找了沙千里，知道丧事已由宋庆龄和沈钧儒在主持，并说冯雪峰已向党中央发了电报。治丧委员会的名单也已由雪峰和许广平商定，还决定停灵在万国殡仪馆，定于十月二十三日出殡。沙千里还告诉我们，从鲁迅去世的消息传出之后，国民党市党部就派了一些特务去监视鲁迅的丧事。所以，他要我们特别保持警惕。这之后几天，"文委"几个人分头和救国会的沈钧儒、李公朴、章乃器、沙千里分别联系，大家的意见是治丧委员会由宋庆龄主持，沈钧儒、沙千里、王造时、史良又都是上海有名的大律师，所以，治丧吊唁时期，估计工部局、国民党都不敢捣乱。但是，鲁迅是一位驰名世界的作家，所以从他去世以后，外国记者，塔斯社的、路透社的、哈瓦斯的，以及几家日文报馆的记者，就一直赖在鲁迅寓所的门口不走，从北四川路到万国殡仪馆，还有一大段路，所以，假如在出殡路上有一些反动分子出来捣乱，问题就难办了；加上送殡人士中有不少知名人士，所以"看热闹"的人一定会很多的，这件事一定要预先做好防卫准备。于是一方面由孙夫人以治丧委员会名义要求工部局维持秩序，同时，通过"文委"所属各联和有关人民团体，连夜组织了一支以"文委"所属各联为主的送殡队伍，包括了学生、店员、女工、家庭妇女，这支队伍粗粗估计大约会有五六千人。他们随着灵车行进，各行各业，每一集团，都安排一个有经验的"队长",以便前后呼应,传递消息。群众沿途高呼口号,在口号中还加入了不少爱国救亡口号。这是一次"四一二"以来规模最大的游行示威,它的意义已经超过了追悼一位伟大的作家,而成了一次要求国民党停止内战、团结抗日的示威。鲁迅逝世以及出殡前后的情况,当时,上海中外大小报纸上都有很详细的报道,但其中也不免有不实和杜撰之词。宋庆龄在《追忆鲁迅先生》中有一段详细的叙述:

> 一天早晨,我忽然接到冯雪峰的电话,在鲁迅家我曾见过冯一面。当我这次去鲁迅家时,冯同我走进卧房,只见这位伟大的革命家,躺在床上溘然长逝了。他夫人许广平正在床边哭泣。
> 冯雪峰对我说,他不知怎样料理这个丧事,并且说如果他出面就必遭到国民党反动派的杀害。当时我想到一位律师,他就是年迈的沈钧儒。我立即到沈的律师办事处,要求他帮助向虹桥公墓买一块墓地。沈一口答应,并马上去办理。……

在宋庆龄帮助下,商定了鲁迅治丧委员会名单,包括蔡元培、宋庆龄、沈钧儒、马相伯、内山完造、史沫特莱、茅盾、萧三、胡风、周作人、周建人等,在商定名单时,冯雪峰提了毛泽东的名字,宋庆龄也表示同意,但当时一般报纸都不敢刊登,只有日文的《上海日日新闻》在这一报导的副题中特地标明毛泽东也是治丧委员会委员。

由于事前考虑得比较周到,所以鲁迅出殡在几百万上海人中成了一次政治性的大示威,对革命人民来说,这也成了一次最有力的革命大检阅。这儿还得补写一笔,就是二十一日我到电影界去组织送殡群众时,要求参加的人比我们设想的要多得多。特别是程步高出了一个主意,他说:"上次请马莱爵士和古久列吃饭,忘记带个摄影机,这次一定要把这个大场面拍下来。"张石川欣然同意,并慷慨地给了两盒胶片。鲁迅诞辰一百周年纪念时放映的那部短纪录片就是他和王士珍拍下来的。

鲁迅去世那一天,《光明》十一月号已经截稿待发,洪深和沙汀商量后,决定立即组织稿件,增加了悼念特辑。我也写了一篇悼文《在大的悲哀里》。

11. 西安事变

全上海、全中国"在大的悲哀里";也正在这个时候,在遥远的中国西北角,正酝酿着一件覆地翻天、扭转乾坤的大事件——西安事变。

谈到西安事变,很自然地会想到一九三六年十二月十二日这一天。但事实上,为了粉碎蒋介石的"攘外必先安内"的反动政策、对国民党内各阶层和军队的争取工作,应该说在《八一宣言》发表后就开始了。毛泽东早就指出,"目前是大变动的前夜,党的任务就是把红军的活动和全国的工人、农民、学生、小资产阶级、民族资产阶级的一切活动汇合起来,成为一个统一的民族革命战线",他还严肃地批判了党内长期存在的左倾关门主义。为了建立抗日民族统一战线,一九三六年一月,毛泽东、周恩来、朱德联名发表了《致东北军全体将士书》,申明党的主张,表示愿意同正在陕北进攻红军的东北军首先停战,共同抗日。(其实在东北军中要求抗日的情绪是非常深切的。除这以前的马占山、李杜等人之外,早在长征以前,在中央苏区与红军作战的东北军将领赵博生、董振堂率二十六军一万余人在江西起义就是一个例子。)蒋介石的所谓中央军与各路地方军之间的矛盾是众所周知的,而当时在西北"剿共"最前线的却正好是张学良的东北军和过去与冯玉祥有过关系的杨虎城领导的西北军。这两支部队在与红军作战中屡受挫折，特别是吴起镇一仗对张学良一次重大的打击。同时，历次作战中我军的优待、释放俘虏政策，在这两个军队里也产生了很大的影响。他们——特别是中下级军官目睹日军席卷华北五省，而蒋介石还要驱使他们与红军作战，故"中国人不打中国人"这个口号在张、杨部下已经传播得很广。由于上述情况，张、杨两军的中下层军官早在《八一宣言》以前，就不断有人经过曲折的途径要求与我党建立联系。杨虎城本人在大革命时期已结识过一批共产党人，受到过一定的革命思想影响。我党中央就在这个关键性时刻，派遣了一些干部如王炳南、汪锋、李克农、刘鼎等，分别和张、杨两军将领有联系的进步人士进行联络。杨虎城部队和我们的联系比东北军还早一些，例如一九三五年秋，我方代表南汉宸已派人把《八一宣言》送给了杨虎城，并得到了杨的赞同。同年冬，毛泽东还派汪锋带了他给杨虎城、邓宝珊、杜斌丞的亲笔信到西安与杨虎城、杜斌丞等作过多次会谈。从这以后，事实上西北军与红军之间已在暗中达成了互不侵犯的默契。一九三六年三月，李克农奉命到洛川与张学良和他的亲信王以哲会面，和东北军也初步达成了互不作战的口头协定。

在这里，还该说明一下，《八一宣言》是在共产国际"七大"以后从莫斯科发出的，当然，国民党的特务机关也不会不感觉到事态的严重。因此，一九三五年秋，国民党政府驻苏大使馆武官邓文仪曾不止一次向我驻国际代表团进行过试探。这样，中共中央就派当时正在莫斯科的潘汉年到南京和国民党直接谈判。这是蒋介石惯用的一种外交权术。他这样做，一方面给苏联以一个国共有可能合作抗日的信号；另一方面是向美国暗示，他正在准备抗日，以期获得更多的援助。由于这是一幕毫无诚意、故弄玄虚的丑剧，因此潘汉年与陈立夫在南京的谈判很快就破裂了。与此相反，为了团结抗日，争取国共第二次合作，《八一宣言》之后，中共中央采取了一系列真诚而果敢的措施：

一九三六年一月，发表了《致东北军全体将士书》；

三月，中央派李克农到洛川会见张学良，传达了中共愿意和东北军联合抗日的诚意；

四月九日，应张学良的邀请，周恩来亲自到当时还在东北军控制下的延安，和张学良进行了诚恳的会谈，分析了当时国内外的形势，谈到了红军与东北军、西北军合作，有迫使蒋介石参加抗战的可能；

八九月间，经张、杨两方的同意，叶剑英受中共中央的委派，作为红军代表常驻西安，疏解张、杨之间的某些矛盾，并帮助他们培养军政干部。

这样，我党提出的抗日民族统一战线的政策，首先在西北地区取得了胜利。共产党领导的红军、东北军、西北军联合抗日的民族统一战线，开始建立了起来。

当然，这种敏感的局势蒋介石是不会不知道的。只是由于一九三六年的夏秋之间他正处在一个十分头痛的困境之中，一时还腾不出手来对付就是了。"一二·九"之后，全国各界救亡运动风起云涌，势不可挡；在三六年的六七月间又出现了所谓"两广事变"，迫使他把主要的嫡系部队南调；加上八月间西安的国民党省党部逮捕了在张学良身边工作的北平学联代表宋黎，张学良派兵包围了省党部，搜缴了国民党特务所有的秘密档案，然后，再电告蒋介石"自请处分"，蒋也只能批了一个"应免置议"的复电。直到蒋采用威胁、利诱、分化、瓦解的传统伎俩平息了"两广事变"之后，他于十月、十二月两次亲自飞到西安，妄图以他的权威和兵力消灭使他寝食不安的西北的抗日力量。张学良、杨虎城虽已下定了联共抗日的决心，但对蒋介石还存有一些幻想，对于如何逼蒋抗日的方针、政策也还没有认真考虑。而蒋介石两次到西安却自认为已经有了解决张、杨两军的充分把握。因为"两广事变"解决以后，他就把调到南方去的嫡系精锐部队（约计三十个师）陆续调回到平汉线至郑州一带。所以蒋介石一到西安，就向张、杨正面摊牌。他提出了两个方案，逼迫张、杨选择。第一个方案是要张、杨服从"剿共"命令，将东北军和十七路军全部开赴陕甘前线,进攻陕北苏区;第二个方案是:如他们不愿"剿共",就将东北军和十七路军分别调驻福建、安徽,陕甘两省让给中央军去"剿共"。张学良、杨虎城表示绝对不能接受这两个方案。在这种情况下,实际上张、杨已被迫到除了"逼上梁山"之外,再无其他选择的境地。

张学良下定决心向蒋表示,他们一不再打内战,二不离开西北。但是由于张、杨思想上的局限性,因此他们一方面表示要坚决抗日,而另一方面对蒋介石则采取了"苦谏"乃至"泣谏"的方法。十二月七日,张学良抱着破釜沉舟的决心向蒋进行了一次"涕泣陈辞",他想以"至诚"感动和说服蒋介石。他慷慨陈词,声泪俱下,其结果却遭到了蒋介石的严厉"训斥"。"劝谏"毫无结果。正在这个时刻,又发生了两件大事:一是国民党在上海逮捕了救国会"七君子"(原定还有陶行知,因陶已出国未遭逮捕),引起了全国救亡运动的进一步高涨;二是十二月九日,在党的地下组织和当地进步人士领导下,西安市一万五千多名学生为纪念"一二·九"运动一周年,举行了规模空前的爱国请愿运动,这支队伍立刻遭到了国民党宪警、特务开枪射击,不少学生受伤。这时,学生群众决定步行到五十里以外的临潼华清池向蒋介石请愿。蒋介石闻讯惊恐万状,电令张学良派兵弹压。张学良赶到十里铺,站在土台上向群众讲话,他说:"我张学良讲话是负责任的,一星期内以事实回答大家。"这句话感动了学生,但也激怒了蒋介石。至此,张、杨感到慷慨陈词、委婉劝说都已经不能动摇蒋介石的"剿共"决心,于是他们就被迫做出了逮捕蒋介石、实行"兵谏"的决定。

这样,从十二月十二日起,到十二月二十五日,从"捉蒋"到"放蒋",中国近代史上最富戏剧性的一幕史剧"西安事变"开始了。

西安事变是一出情节复杂的传奇,国共之间、日本与英美之间、国民党内各派系之间,一切一切的矛盾都集中在西安。在这儿我没有可能和必要记述事变的经过,我只能说一下我们在上海突然碰到这一冲击波之后各方面的反应。

蒋介石在西安被捕这一消息,我是在十三日上午才知道的。我从钱亦石家里出来,埋头疾行,忽然迎面而来的一个人紧紧把我抱住,使我大吃一惊。这个人原来是石辟澜,他两手发抖,嘴里一直在说:"好极了,真痛快!"我怕引起路人的注意,把他拉到一边,问:"你怎么了?出了什么事情?"

他用发亮的眼睛盯着我,以责备的口吻对我说:"你还不知道?蒋介石抓起来了!"

"你怎么知道?"

"一个可靠的朋友说的。今早上外国电台都广播了。"

为了证实这个消息,我来不及和他详谈,就打电话问了胡愈之和蔡叔厚,他们都说这是事实。我花一块钱雇了一辆出租汽车,赶到福煦路绍敦公司去找蔡叔厚,他正在卧室里用日本话打电话,好像是在谈一桩代装发电机的生意。等他挂上电话,我问:"这件事你从哪个来源知道的?"他看了看表,似乎怪我耳目不灵,说:"从今天一早起,所有外国电台都广播了。不过,报导的内容很不一致,有的说蒋受伤后被捕,有的说红军已经到了西安。"我乍听到这一消息的时候,真有点不敢相信,经他再三说明后,又觉得兴奋到不能克制自己,认为这是天网恢恢,疏而不漏,蒋介石的末日终于到来。而蔡叔厚却比我沉着得多,他关上了门,然后说:"大家都很高兴,可是,事情来得太突然了,真相还不清楚,外电所说有些话也互相矛盾。究竟是张学良、杨虎城干的,还是我们也参加了?"我说:"那我去找找史沫特莱,她可能知道得多一些。"蔡叔厚又笑了:"你怎么的?史沫特莱早已经到西安去了,这一次可真给她碰上了。"我们俩人相对无言,因为"怪西人"事件以后,蔡也和他的上级断了关系。

我生来不会喝酒,从来也没有喝醉的经验,可是这一天,真有点像喝醉了酒的感觉。从绍敦公司出来,无目的地向东走,去找了叶以群、王尘无,他们都和我一样,毫无所知。已经近中午了,尘无还躺在床上。我把消息带给了他们,他们高兴得手舞足蹈。现在想想,那时的确是兴奋过度,只为蒋介石被捕而高兴,根本没有想到这样一件大事会得出一个什么样的结果。我在以群家里吃了饭,在回家的路上看看市面上毫无变动,又怀疑自己是在做梦。下午,施谊打电话来,第一句话就说:"闹翻天了,你还坐在家里!快来!一起谈谈!"我急忙赶到萨波赛路,我一上楼,施谊就吩咐他的女佣人不论什么人来,就说我们都出去了。蓝兰殷勤地给我倒了一杯咖啡,说:"你们谈,我给你们放风。"就出去了。施谊用沉重的口吻对我说:"西安的事,你一定已经知道了,可是,现在出了一件怪事。"我茫然不解。他接着说:"方才苏联塔斯社发了一条消息,说西安事变是张学良受了日本的策动而干出来的,这实在太奇怪了。"他讲话时脸都涨红了,似乎有一肚子气。我也不相信自己的耳朵。施谊拿出一张记录的纸条,补充说:"这条电讯一开头就说西安事变是日本阴谋所制造的……还说张学良左右和他的部队里暗藏着一些日本特务,利用张的野心,甚至利用抗日这个口号,制造中国的混乱,若听任其发展下去,中国将出现长期内战,抗日力量因之完全丧失,日本便可坐享其利,故苏联决不为这种阴谋所利用,也不会给予任何支持。"他把这张纸条递给我,一边说:"这完全是胡说,八九月间的两广事变,苏联也说是日本煽起的,现在又来这一套,究竟用心何在。"我把这份记录看了一遍,说:"也可能是一种表态吧!说明张、杨此举与苏联和中共无关。"施谊不以为然:"第三国际提出要我们搞统一战线,我们搞了,又反过来说这是日本特务搞的阴谋,这不是替南京亲日派打气吗?"我们沉默了好久,然后施谊说:"你考虑一下,你们是否要表个态,支持张、杨,不同意塔斯社的讲法。"这件事我当然不能决定,第二天(十四日),我去找了钱亦石和章汉夫(当时我的工作完全是在救国会和它所属的群众团体,主要是为"七君子"事件而奔走,文艺方面的事除偶然写几篇短文外,几乎完全没有管),相互汇报了所听到的情况外,三个人都像猜谜一样地研究苏联为什么要这样做。钱亦石说:"这件事已经传开了,章乃器、王造时系统的人都大感不解,他们还说:'毛泽东九月间托人转给章乃器和陶行知等人的亲笔信还说他们支持张、杨反蒋抗日,那么现在对苏联塔斯社的讲法究竟怎样来判断呢?从毛泽东的来信可以看出,中共和张、杨之间是已经有了联系的,这怎么能说是日本挑动的呢?'"由于章汉夫在美国工作过,知道一些共产国际和它所属支部之间的关系,所以我们推他去向救国会的领导人做一些必要的解释。当时,我们的确处于一种很困难的地位,既要支持救国会的争取张、杨抗日的主张,又不能否定塔斯社电讯的说法。章汉夫和我一起去找了胡子婴和张志让,只能说我们还不了解西安的具体情况,但是,我们坚决主张和张、杨联合抗日;有些年青人要到塔斯社分社去提抗议,我们还是劝他们暂时不去为好,我们相信不久的将来中共方面一定会发表他们的意见的。这时,上海的进步青年完全像发了疯一样,有人在墙上写"杀蒋介石以谢天下"的标语,我们也未能制止他们去向塔斯社分社提抗议。后来,据胡子婴说,有一批青年学生把抗议书交给了塔斯社分社的一个女负责人,她也只说:"我们只发消息,是奉命办事。"这个哑谜,谁也不能解答。

西安事变这件事实在是太复杂了,的确也震动了世界。日本不必说,英国、美国都在暗中插手。蒋介石之所以能够获释,第一,是靠中共的从大局着想,为了避免内战,进行了大力的斡旋;其次,也是由于英、美方面极力支持宋美龄、宋子文对蒋介石进行了说服。按当时的情况,由于人民群众对蒋介石卖国政策的仇恨,左翼不必说,连救国会的领导人和大批中间干部主张杀蒋的是不少的,这种人在张、杨部下也很不少。因此,十二月二十五日蒋介石获释回南京,左翼和救国会内部就有许多人向我们质问,为什么中共同意放蒋回京,我们也难以置答。就在二十五日晚间,上海街道上忽然有人放炮竹,表示祝贺。后来知道这是张学良"护送"蒋介石回京路经洛阳时,国民党特务就打电报给南京、上海要组织"党政警宪"鸣炮致庆。当然,这一突如其来的消息也使我们十分惊愕。第二天一早,我又去找施谊,他先是故作不了解,问我对此有何看法。我坦率地告诉他,正因为想了解这件事情的内幕,所以才来向他请教。这时,他才说:从一个"十分可靠的消息来源"知道,这件事的经过是,"双十二事件"发生后,中共中央就派周恩来为全权代表,向张、杨分析了当前国内外的形势,揭露了何应钦等亲日派准备发动内战的阴谋,说服了张、杨在坚持他们提出的八项要求的原则下,逼蒋联共抗日。因为当时在军事上蒋介石还占绝对优势,所以让何应钦以讨伐为名而发动全面内战,对于组织包括国民党在内的抗日统一战线、对于促进第二次国共合作,都是十分不利的。这样,才争取到由宋美龄、宋子文保证蒋介石同意八项要求之后,使事情得到和平解决。施谊所说的"十分可靠的消息来源",我有一定的了解,因为他曾和我说过,他有一位姓陈的江西同乡,是蒋介石的亲信。我就在孙家打了一个电话给胡愈之,问他"哈瓦斯社"有什么新的消息。胡回答说:英国、法国的通讯社都还在猜谜,但已经有人听到可靠消息,说放蒋是中共和张、杨三方一致的意见。他把他所知道的内情告诉了我,并说这是冯雪峰告诉他的。这样,我就觉得既然放蒋是中央同意了的,那么各联盟和救国会内的党员就不该再讲反对和平解决的话了。同时,我也想到,不把这一重大动向向党内传达,否则大家扑朔迷离,也可能会出乱子。于是,我和于伶、凌鹤商量,决定召集电影小组、音乐小组和影评小组的党员开了一个小会(附带一句,自从"七君子事件"之后,上海租界上二三十个人开会已经不太引人注意,工部局也不来干涉了),把我知道的事情向大家做了传达。但是,事情出于我的意料之外,在平时十分遵守纪律的党员之中,也有不少人对中共劝说张、杨释放蒋介石这件事思想不通,特别是对塔斯社所发的那条消息表示不满。有人反映,在"青年界救国会"("青救")、"妇女界救国会"("妇救")方面,这种情绪特别强烈。有人知道蒋介石脱险的消息而痛哭流涕;有人把登载这条消息的报纸撕得粉碎。为了统一思想,继续推进"逼蒋抗日",我们召开过原"社联"系统负责人的一系列的会议,最后,还请章汉夫来作了一次报告。他从当前国际形势出发，说明"西安事变"的和平解决，推动了国共两党的再度合作、团结抗日，是进行民族抗日战争的一个重要转折点。不久之前，我看到罗瑞卿、吕正操、王炳南写的《西安事变与周恩来同志》这本书，才知道这种情况不仅上海有，西安也有。书中有这么一段话：

> 当时在西安工作的一些共产党员，对和平解决西安事变也缺乏思想准备。周恩来同志注意到这一点。鉴于当时有些地下党员身份不能公开，周恩来同志专门在西京招待所租了一间房间，亲自找这些同志谈心，传达党中央、毛主席关于和平解决西安事变的指示，和他们一起分析民族矛盾上升为主要矛盾后的形势，告诉他们：阶级斗争要服从民族斗争。共产党人在民族生死存亡的关头，要从民族利益出发，顾全大局，挽救民族的危亡。……周恩来同志勉励所有在东北军、十七路军中工作的我地下党同志，在自己的工作岗位上对群众进行说服教育，为和平解决西安事变作出贡献。

记得蓝苹这个所谓"电影明星"，当时也是以"左"的面貌出现，在公开的集会上表示反对和平解决西安事变。所以，我曾要于伶约她单独谈话，做一些思想工作。当时上海的托派活动得很厉害，在谈话中于伶可能讲了一句"不要让托派利用"之类的话吧，这个以左派自居的人竟大为不满，和于争吵了一阵。在这个时局大转折关头，有过左思想的人当然不止她一个，为了影剧界的团结抗日，这种个别谈话和争论也不止一次两次。直到一九三七年春，"双十二事变"的真相和中共在这次事变中所起的作用逐渐为人们所理解之后，这种来自"左"的情绪也就逐渐地消失了。可是，奇怪的是，在十几年以后的解放初期，有一次，蓝苹请赵丹、君里、楚生和我在北京一家小饭馆吃饭，杂谈中她忽然敛起笑容，咬牙切齿地说："抗战前夕有人说我是托派,这件事我一直记在心上,这是对我的政治打击。"这一突如其来的发作,不仅君里、赵丹,连参与过这件事的我也不知道她讲这些话的用意。直到"文革"时期,上海派来的一个专案组要我写"交代",当我在提纲中看到:"一九三七年二月,你借反对托派为名,打击过哪些人"时,我才恍然大悟。

一九三七年上半年,我的大部分时间都花在"救国会"及其所属各团体的组织、宣传工作上。由于一九三六年十一月下旬国民党逮捕了沈钧儒、邹韬奋等救国会"七君子",在上海和全国各地都激起了更猛烈的救亡抗日运动,"全国各界救国联合会"(简称"全救")所属的各种各样的救亡团体经常开会讨论时局,各进步报刊也不断地要我们写时事述评之类的文章,"文委"分工钱亦石、章汉夫和我分管这方面的工作。当时我三十七岁,精力饱满,但在那一段时期的确也忙得不可开交。西安事变解决之后党中央提出的五点建议、四项保证,经过当时在西安的史沫特莱、斯诺等人的努力,或先或后都在上海外文报上发表了全文。二月间,国民党召开五届三中全会,长期以来不参加这类会议的宋庆龄、何香凝都到南京去参加,而且在上海外文报上发表了宋庆龄、何香凝、冯玉祥等十余人联名提出的要求国民党重新恢复孙中山制定的"联俄、联共、扶助农工"三大政策的紧急建议。在英文《密勒氏评论报》上,我们还可以看到中共中央给国民党三中全会关于重提五点建议、四项保证的电报。我们这几个人除了写文章、作报告之外,还得和各救亡团体的积极分子进行个别谈话。有时候一天之内跑三五个团体,和这个人谈完了话,又去找另一个人。我曾自嘲地对汉夫说:"你看,我们现在也成了现炒现卖的宣传小贩了。"

写到这里,还得补记一下,一九三六—三七年之间"文委"和上海纱厂大罢工的关系。表面上看,三六年的这次上海纱厂大罢工(主要是日本人办的纱厂,也包括一部分中国人办的纱厂)是从反对虐待工人和要求增加工资开始的,但也应该看到,这次大罢工是和华北事件之后的日本大举侵略而激起的爱国运动分不开的；也和陶行知领导的国难教育社和"社联"发生了联系有关系的。据我回忆，首先是国难教育社的钟民和钱亦石发生了关系，不久，国难教育社就成为"社联"领导的外围团体。其时，一个化名叫"老蔡"的积极分子在引翔港附近搞了一个平民夜校，他和钟民有工作关系。这个学校的学生大部分是纱厂工人，所以钱亦石就把这所学校作为发展工人救国运动的据点。老蔡（韩念龙）是我党工会系统（上海纱厂工人委员会）的负责人之一，因此，"社联"的一部分人就通过国难教育社，参与了"纱委"（日本纱厂工作委员会）的工作。也在同时，我为了写《包身工余话》，进一步了解包身工问题，又去找了过去向我提供过材料的沪东工人夜校的冯秀英，通过她认识了在同兴纱厂的席守庸。大概在一九三七年春，由于工会系统的"纱委"加入了国难教育社，而国难教育社当时是归"社联"领导的，因此"文委"就和党的"工会白区工作执行局"发生了联系。钱亦石、章汉夫和我谈过："工会白区工作执行局也和我们一样，与中央断了联系，所以，马纯古和钱亦石谈过，希望'文委'或'社联'协助'纱委'的工作。"这样，章汉夫就和韩念龙有经常来往。同时，由于我对沪东纱厂的情况比较熟悉，所以，大约有三五个月的时间，我也卷进了"纱委"的工作去了。这次纱厂大罢工，首先是一九三六年二月从杨树浦的大兴纱厂开始的。接着，日商的大生、大丰等厂，以及沪西的日商纱厂内外棉、丰田都参加了。现在回顾起来，"左联"，乃至"文委"，真正和工人运动发生直接联系，应该说是从这个时候开始的。我们派了一些人到工人夜校去当教员，帮助他们编壁报，写传单，做宣传工作，并把这一场罢工的真实情况，通过我们的关系，在《中国呼声》等外文报刊上发表。我也曾和陈家康一起到"内外棉"罢工的工人集会上做过时事报告。同时，我们还通过"纱委"的韩念龙、周林、雍文涛等动员工人参加救亡活动。例如：鲁迅出殡、反对国民党逮捕"救国会七君子"、"三八"妇女节等的群众示威运动，都有大批工人参加，特别是纱厂女工，她们受压迫最深重，所以她们的革命情绪很高。"文委"与"纱委"，在当时是一种"相濡以沫"的关系，双方合作得很好。我们曾把翻译和油印好了的季米特洛夫在七大的报告（关于中国部分）送给"纱委"；章汉夫也从周林（当时他是"纱委"的负责人之一）那里得到了一份题目为《白区职工运动提纲》（据说是雍文涛从华北局方面得来的）。这次纱厂工人罢工从三六年春起，此起彼伏，绵延不断，到这一年的十二月，才以"上海地方协会"（负责人杜月笙）和上海总工会（负责人朱学范）的调解，迫使资方基本上接受了工人提出的"五项条件"（一、工资增加百分之五；二、废除月赏工资制，改为奖励成绩优良者，酌情升级加工；三、今后不得无故开除工人；四、不得打骂工人；五、每日工作十二小时，星期日可工作十四小时，但增加的两小时须另补工资）而胜利结束。据我所知，这是上海过去十年以来难得的一次罢工胜利。为什么我们同意了由杜月笙来调停？为什么连日本资本家也终于"让步"？这里有两个原因：第一是《白区职工运动提纲》拨正了上海工运的方向，斗争是按照这个提纲进行的；也是按照提纲的精神说服了工人中冒进分子的（事后陈家康告诉我，当"纱委"同意让杜月笙出面来调停时，曾遭到不少人的反对，激进派认为："老板吃不消了，应该乘胜前进"，而"纱委"则根据"提纲"精神，主张"适可而止"）。这是白区斗争的实践经验；第二是这件事发生在"七君子"事件前后，结束于西安事变发生之后（工人于十二月十五日复工），这正是国民党和日本帝国主义处于十分困难的时刻。对这件事，我只是间接参加，没有出太大的力，但这次罢工对我们这些人却是教育很大，也是感慨颇深的。假如大革命失败之后，我们不接二连三地犯左倾教条主义错误，上海的工人运动是可能会有较大的发展的。谈到知识分子和工农群众的关系，一般都说在白色恐怖严重的情况下，文艺工作者没有和工农接触的可能，而其实，这样说也是不全面的。只要方法对头，实事求是，不搬外围的教条，知识分子要接近工人、体验他们的生活，还是有可能的。（还有，请看上述五个条件中的第五条:"每日工作十二小时,星期日可工作十四小时",这还是经过斗争才取得的结果!今天的读者看了,会有什么感想呢?这场罢工断断续续地历时一年,有人被捕,有人挨打,有人丢了性命的。)

这一段时期我的确很忙,写作的时间不多。但也还用朱蕙的笔名给《妇女生活》、用韦或及其他的笔名为《世界知识》写了一些"时事述评"之类的文章。有时,看了话剧、电影,也还在《舞台与银幕》上写过几篇剧评(记得是用了韦春亩这个笔名);此外,还写过一个短篇《黑夜》和《七二八这一天》,这是我写的唯一的一个广播剧。当然,这些杂七杂八的东西都谈不上艺术和技巧,只是"文艺为当前政治服务"而已。

国民党的五届三中全会上,以汪精卫为首的亲日派,和以宋庆龄为首的抗日派之间发生了一场剧烈的斗争,尽管蒋介石狡猾奸诈,对联共抗日下不了决心,但是经过西安事变的教训(一、他口头上同意了中共提出的要求,说了"言必信、行必果"的话;二、宋美龄、宋子文对蒋的口头承诺向周恩来作了"人格担保";三、汪精卫匆忙从外国赶回南京,提出了针锋相对的"剿共政治决议案"),因此,三中全会虽然没有明确坚定的抗日方针,也没有批判过去的错误政策,尽管决议吞吞吐吐,但在对内、对外政策方面,还是做了某些改变——如明确了停止内战、国共合作的原则;表示了"如果让步超过了限度,只有出于抗战之一途"。请注意,自从"九一八"以来,在国民党的一切文件上,"抗战"这个字眼,这是第一次出现。这样一来,我们写文章,可以公开用"联共抗日"这样的词句了(过去,你写了"抗日",书报检查官会把它改为"抗×")。肤施(延安)方面的消息,也可以在电讯上看到了。五月中旬,在文化界被叫作"乌鸦"的曹聚仁告诉我,说有人在杭州看到了周恩来,这可以说明国共之间正在秘密谈判,我将信将疑,但曹聚仁则说,这是他的一个"浙一师"(浙江第一师范)的同学、现在浙江当厅长的人告诉他的可靠消息。

写到这里,我想替曹聚仁讲几句公道话。他也是浙东人,五四时期在浙一师毕业。经亨颐、陈望道、夏丏尊都是他的老师,俞秀松、施存统都是他的好友,但我们办《浙江新潮》时,他没有参加。他国学底子很好,线装书读得很多,也读了一些十八九世纪欧洲启蒙学派和空想社会主义的书。二三十年代,他一直在上海,以教书和卖文为生。他敬佩鲁迅,也和左翼文艺界有来往。但那时他自称"不偏不倚",敢讲真话,因此他写文章既反对国民党的高压政策,也反对左派的幼稚行动。由于他得罪了两方,他办《涛声》时,以"乌鸦"自居,自称"报忧不报喜",所以上海文化界就给他取了一个绰号,叫作"乌鸦"。抗战开始,他便脱下蓝布长衫,跑战地新闻,写了不少比较真实的报导。四十年代初,他被正在赣州当专员的蒋经国看中,当了蒋的高参。一九四三年春,他曾到重庆找我,要见周恩来同志,说蒋经国这个人很有一点事业心,想在东南大干一番,蒋的身边没有军统、中统分子,却对他很信任,所以,他可以对蒋做一点工作。恩来同志对他进行了鼓励。抗战胜利后,他一直住在香港,在《星岛日报》上写文章,依然以"中立派"自居。但在抗美援朝之后,他的态度有了明显的转变。一九五五年我到北京后,他几乎每年都回来一次,跑了不少地方,写了许多赞扬新中国的建设和新风尚的报导,这一类文章大概出过四五本集子。"炮轰金门"那一年,他又到北京找我,开口就说:"过去人家叫我'乌鸦',现在我却自愿当了'喜鹊',讲了不少大陆的好话。这一来,香港报纸就说我是大陆派驻香港的统战分子,而国内文化界却依然说我是'反动文人'。'反动文人'能在香港、新加坡,乃至东南亚许多报纸上写那些为大陆报喜的文章吗?"我说:"这是你独来独往,不和国内文艺界的老朋友多接触的缘故。"他说:"人家说我'反动',我怎么能和他们去接近呢?"他回香港后,有一次恩来同志和我说,曹聚仁终究还是一个书生。他爱国,宣传祖国的新气象,这是好的,但是他还是把政治问题看得太简单,他将来是会碰壁的。我问总理为什么?恩来同志说,他没有跟你说?他想到台湾去说服蒋经国"易帜",这不是自视过高了吗?他是否去了台湾,我不知道。但是,他依旧在香港写文章,字里行间还在希望祖国早日统一。在那个时候,我想,这种精神是可贵的。最少,他是一个爱国主义者、民主主义者,他的骨头是硬的,他的晚节是好的。海关把他在香港出的书作为反动书籍而扣检,是不恰当的。

12. 从"七七"到"八一三"

六月间(已记不起具体的日子),我接到王莹转来的一封信,说是一个不认识的人送到电通公司,请她转交的。我一看,信封上写的是:"请交黄子布先生亲收"。信是密封的,后面只有一个"严"字。因为不久之前有过袁殊那一件事,所以王莹要我特别当心。可是我看了信封上的笔迹和那个"严"字,就知道这是潘汉年写的。我拆开信封,只有一张便条,内容大意是:他已回到上海,要我于七月×日晚八时到爵禄饭店×号房间一晤,具名是一个"凯"字。我们过去一直叫他"小开",所以"开""凯"与"严"(年),都是他常用的代名。我要王莹放心,说这是一个从外地来的熟朋友。

到了约定的日子,为了保险,我动身前先给他打了一个电话。一听声音,果然是他。我就急急忙忙地赶到爵禄饭店。从一九三二年他离开上海之后,转瞬已经五年多了。我推门进去,他正躺在沙发上看书,我们紧紧地握手,一时讲不出话来。他锁上了门,不等我开口,也来不及寒暄,他就说:"你们这里的事,我大体上都知道了。不容易,大家都熬过来了。"我打断了他的话说:"这儿的事情很复杂,我也有许多事情要告诉你……"

"我问过雪峰,也问过刘晓。"

"刘晓?"

"你可能不认识,以前在浦东当过区委。你们这里的事,我在陕北就听到过。譬如两个口号的问题、救国会的问题等等。"

"那是报上登的,或者一方面的意见。我得告诉你事情的前后经过。"

"这些事,愈之和我谈得很多,他知道得很详细。他还和我谈了茅盾、郑振铎等人的看法。"

"那,我只想问一个问题,中央对文委和所属的各盟的一百几十个党员,以及他们这几年来的工作,有什么看法?说得坦率一点,就是承认不承认他们都在为党工作?"

他连忙做手势要我平静下来,带着笑说:"谁说不承认你们?连反对你们的人也没有这样说。否则,我为什么找你?"

"你到了上海,总会知道目前救亡运动、救国会的工作(我讲的不单指文艺界)是哪些人在领导,哪些人在跑腿,在做组织、宣传工作。蒋介石回南京那一段时候,我们的工作真是好难做啊!"

"还问这些干什么,事情是明摆着的,不讲也知道。中央不会不知道的。对你们这几年来所做的工作,特别是打开了联合战线的局面这一点。告诉你,我今天找你,也是中央几位领导人的意思。"

我不作声,咀嚼着他讲话的意思。

"过去的事当然要讲清楚,但现在不是时候……时局变得很快,思想跟不上,任何一个人都会犯错误,都会因为认识不清楚而做错事。"

"对,这一点我同意。"

"现在放一放,将来再讲也不迟。党中央促成西安事变和平解决,就是为了大局。我知道,有委屈情绪的不只你一个,所以先找你谈一谈,把一时弄不清的问题搁一下,从大局着想,目前最重要的是要你们放手去工作。"

我想了一下,然后说:"你召集文委的几个人开一个会好不好?"

"我会找他们的,但不一定要在一起开会。因为形势变了,中央决定白区的党员要有个分工。原来在上海的,有的人要求去陕北,留下的人也要分工。有的人已经和刘晓的'临委'(临时工作委员会)接上了关系,但像你这样实际上已经暴露了身份的人,得和'临委'的人分开。我们正在和国民党方面交涉,要在上海设一个公开的办事处——等蒋介石正式承认了工农红军改编之后。也许这个办事处就要挂出国民革命军××军驻上海办事处的招牌。"

因为他谈的这些对我说来都是新鲜的事情,所以,他讲的时候我洗耳静听。

他继续说:"这是客观形势的需要。因为蒋介石口头答应了联共抗日,实际上他是不会真正停止反共的,所以我们必须防他一手,就是要有两套班子。一批人公开和国民党打交道,另一批人则不暴露身份,继续做地下工作。因此,我们的意思是把过去的组织形式改变一下……"

"怎么改?"

"就是把公开和秘密分开。一部分人搞公开的民主运动,例如'全救''上海文救'等等,这是第一线,公开活动,像我这样,面对面地和陈立夫、宋子文等人打交道。其余的大部分人,就是尚未暴露身份的那些人,依旧做他们的地下工作,这是第二线。这是我和刘晓、雪峰他们商量后的想法,当然,这样做要得到中央的批准。刘晓到上海前,和他谈话的领导同志也有类似的想法,要他重建的江苏省委仍旧是不公开的。所以,我先把这个想法告诉你,让你们先有一点准备。等中央同意了之后,'文委'就可以解散,你们现在在工作的那些救亡团体中,可以组织一个党委,或者党组。"

"这是一件大事,我个人……"

"那当然,我和刘晓也不能先做决定。但是,我们想中央是会同意的。"

我又问:"有人说,周恩来同志到过杭州,在和国民党谈判,是真的吗?"

他不直接回答，只说："从'双十二事变'以后，双方谈判没有停止过。"这之后，他才讲，公事就谈到这儿为止，这几年来在电影、音乐方面，你们搞得很不错。

"有些事做对了，也有些事做错了。"

"那是谁也免不了的。"接着，他问了我的家庭情况，问起了他以前熟悉的朋友，也谈了一些身边杂事，可是，就没有谈他自己。

看时间不早了，我问他今后如何和他联系，他告诉了我一个电话号码，还说最好清早和深夜打，叫小开或严先生都可以。这一点很出我意外。从二九年以来，他的住地和电话一直是保密的。临别的时候，我问他今天所谈的可不可以告诉"文委"的同志，他说当然可以，不过很快他会和周扬见面的。

这之后不久，七月七日就爆发了卢沟桥事变，守军奋起反抗，全面战争终于爆发。我打电话给潘汉年，等了很久，他才从电话里告诉我，说他正在开会，现在分不出时间，但要我尽快通知上海文化界救亡协会的党员和我们的朋友，对他们说："全面抗战已经开始，（国共）合作已成定局，因此，所有救亡团体，国民党人可能会来参加。假如有些国民党方面的著名人物要求参加'文救'，你们也可以接受，乃至欢迎，而不要再予拒绝。"最后，他要我两天之后再打电话跟他联系。

我很快就到了"文救"，时间还早，主要的负责人都不在，只见到了当时在"全救"工作的周钢鸣、石辟澜和"妇救"的顾留馨，我作为自己的看法，把潘汉年的意见告诉了他们。这时，大家正忙着打听卢沟桥事变的情况，讨论宋哲元等是否能够坚持到底之类的问题，所以我告诉他们的事好像也没有引起太大的反应。到九点多钟，张志让来了，我又把潘汉年所讲的话对他重述了一遍，张志让也是一位知名的律师，为人沉着，他听了我的话之后说，今天中央社发表的新闻还在说"希望以和平方式求得卢沟桥事变的解决"，所以他认为国民党人似乎不可能很快就改变态度。他说，从"七七"事变以来，南京方面发表的文告好像还没有下定全面抗战的决心。因此，他主张如潘公展要来参加，我们可以表示欢迎；但在他主动提出之前，我们也不必去邀请他们。在座的都同意了他的意见。接着，我要周钢鸣去通知叶以群，要他把潘汉年的意见告诉左联方面的同志，以便事先有个精神准备。然后，我和阿英一起去找了郑振铎，可是出乎我的意外，他不等我开口，就兴奋地说，国共合作的基本条件已经谈妥。蒋介石将在庐山召开政治协商会议，并邀请了茅盾参加。我有点不相信，他说："邀请信是我昨天亲自交给他的，看来这是一个好的迹象。"于是，我就顺着说，这件事一公开，潘公展之流可能会要挤进"文救"来，你看可不可以让他们参加？郑很有把握地说，可以"来者不拒"。接着，他用爽朗的口气说："这种想法，我和雁冰已经和圣陶、统照通过电话，他们也没有反对意见。"他的口气很肯定，我猜想潘汉年可能已经见过他和茅盾了。

"七七"之后，上海很快地又掀起了一场空前规模的抗日救亡运动。文艺界不甘落后，于伶、张庚等人和我说，要赶快编出一台新戏，在大剧场公演，以壮声势，并借以团结话剧、电影、音乐界人士。我们在"卡尔登"后台开了一次会，洪深、应云卫、章泯、凌鹤、张庚、冼星海都参加了。好像他们已经谈得很具体，连这个戏由哪些人执笔，也已经决定了。洪深首先提出要我参加集体创作，主要的任务是：每一场戏写完之后，要我做一点衔接、加工和润色的工作。这是一种宣传鼓动性的"群戏"，不要求太多的艺术加工，所以我也就随口答应了。

七月九日晚上，我如约给潘汉年打了电话，他要我下一天晚八时在大光明咖啡馆等他。他陪我去见一位朋友。

七月十日，"七七"事变后的第三天（这个日子我记得很清楚），我和潘汉年在大光明咖啡馆会面。我们叫了一辆祥生汽车往西走，到蒲石路下车。我问他，去看什么人？他说，你见面就知道了。我们走进了一幢双开间的石库门房子的二楼，轻轻地叩门，开门迎接我们的是一位穿着白衬衫和深灰色西装裤的中年人,他和我重重地握手,第一句话就说:"还是叫你沈端先同志吧。这是我们第一次见面。"我正要开口,他又说:"我,周恩来。"我真的吃了一惊,难道这样一位儒雅倜傥、最多也不过比我大一两岁的人,竟会是党中央的军委主席、率领工农红军转战两万五千里的传奇式人物吗?我端详着他,一时讲不出话来。因为不久之前,当时在上海的一位波兰同志希伯(一九四一年冬,在沂蒙山区反扫荡战中牺牲)曾给我看过一张德文报纸,上面有他在中央苏区的照片,那照片上是一个满脸胡须、戴着八角帽的军人,下面注明是周恩来。这两者之间,实在相差得太远了。大概主人已经看出了我和他第一次见面的拘谨,先给我倒了一杯茶,说:"天气很热,把上衣脱了吧。"又说:"大约在三〇年,我从莫斯科回来的时候,就读过你翻译的小说。"潘汉年接着开口了:"上次和你谈过的方针,中央已经同意了,你,还是做上层统一战线工作为好。以前的事,恩来同志都知道了。对今后的工作,他想和你谈谈。"

为了镇定自己,我脱下上衣,点上了一支烟,只说:"中央决定了,我没有意见。"恩来同志以谈家常的口吻,问了我的籍贯,老家还有什么人,有几个孩子,在日本呆了几年,等等。又说:"听汉年说,你本来学的是工科,对吗?"我一一做了回答,然后说:"我在上海正好已经呆了十年,情况也比较熟悉了。所以,我还是想在上海工作。"

"上海失守了呢?"恩来同志问。

"我过去一直是地下党,日本人占了上海,我相信还可以呆得下去,我还有一些社会关系。因为,上海是一个文化中心……"

没等我说完,他就笑着说:"你的社会关系,我也知道一些,你认识蔡老板,还有萧炳实他们。"

我点了点头:"还有一些杭州中学的同学,和在日本的中国同学。"

他看出我不太拘束了,就转入了要谈的本题:"我们很快就要到外地去，跟蒋介石谈判合作的事，大致上已经定了。党今后要公开，有许多事情要和国民党合作。汉年说你在日本当过国民党驻日总支部的书记？"

"不，当过总支部常委、组织部长，后来就被他们开除了。"

他又笑了，继续说："现在是第二次合作，我们需要一批过去和国民党打过交道的人。总支部常委，相当于省党部常委，你认识国民党内的哪些人？彭泽民？"

"没有见过面。和我联系的是海外部秘书长许甦魂，当然，我还认识经亨颐，还有吴稚晖、戴季陶。"

"现在，有过这种经验的人不多了。在党内的年青人，听到国民党三个字就冒火，这怎么能和他们共事呢？他们是被迫合作的，但要抗日，得争取他们一起打日本。所以我们想让你今后以进步文化人的身份和各阶层，包括国民党在内的人做统一战线工作。"

我默默地听着，边听边想，但好容易才下决心，讲出了我自己的想法："我学的是工科，这些年来，搞的是文艺和电影，搞统战工作，实在没有经验。"

他分明是看出了我面有难色，便鼓励我说："你不是在日本当过组织部长吗？你开始搞电影的时候不也是外行吗？干着干着也就懂了、会了。"

我看了潘汉年一眼，说："我不像他，我怕和上层的大人物打交道。"

他耐心地给我分析了当前的形势，然后说："抗日战争不是很快能够结束的，今后，在一个相当长的时期内，你要在国民党统治区域工作，做宣传工作、统战工作。当然，你可以编杂志，办报，写文章，但一定要争取公开，只有公开合法，才能做统一战线的工作。宣传和统战，都是党的重要任务……"

我不能再讲别的话了，下了决心回答："组织上决定了，我一定尽力去做。"

"这就对了。"他停了一下,又继续说,"在国民党统治区域,要做的事很多。我们要办一张党报,昨天已经决定了,由潘梓年和章汉夫负责。此外,还要办一些进步性的杂志、剧团、歌咏团等等,总之,要做的事是很多的;而形势又肯定是很复杂的。不过,你不要怕,困难会使人受到锻炼。"

这是我第一次和恩来同志见面。也是这一次谈话决定了我今后几十年的工作方向。我从小就怕见陌生人,怕别人注意我,所以,家里人叫我"洞里猫"。在上海工作了十年,但接触的人也还都是文化界和知识分子。现在,经过这次谈话,我得抛头露面去做达官贵人、商人、买办的工作了。

临别的时候,恩来同志握着我的手说:"我明后天就离开上海。今后,由汉年和你联系。"国共合作尽管还有许多细节要谈,但听他的口气,大体上已经定了。要我今后进行公开活动,看来也已经定了。于是,我就把家里的电话号码告诉了汉年。

戏剧界演出了《保卫卢沟桥》,可是,北平、天津相继沦陷了。上海的学生、工人、店员,甚至资产阶级,这个时候都卷进了救亡运动。工部局也不敢公开干涉。当然,我们这些人就忙得不可开交。

我和潘汉年保持着电话的联系,彼此都忙,很少见面。他只从电话里告诉我,周扬、胡乔木都已经决定转道去延安。这期间,我不止一次遇到章汉夫,他没有和我谈到要他办党报的事。我也只能说,我大概会留在上海。

13. 郭沫若回国

八月二日清晨,潘汉年打电话来,要我下午三时到"老地方"等他。所谓"老地方",指的就是上两次和他见面的大光明咖啡馆。我如期赶到，他已经等在门口。我们就叫了一辆汽车，他边上车边对我说："一个老朋友回来了，就是郭沫若，你和他熟吧？"我说："见过面，但不熟。"他说："我们一起去看看他。"我觉得有点奇怪。中日两国已经打起来了，日本人怎么会放他走呢？潘汉年大概已经料到我会提出这个问题，就说："这当然是冒险，他太太和孩子们都还留在日本。"

郭沫若住在法租界高乃依路的一家捷克人开的公寓里。汉年和我走进他的房间，沫若正在和阿英谈话。我和他握手时，他已经不认得我了，汉年赶快做了介绍，他再一次紧紧地和我握手。我说："一九二三年我们在博多见过，十多年不见了。"坐下来寒暄了一阵之后，潘汉年说："这儿比住旅馆安静一些，但不知道伙食合不合你的口味？"

沫若只回答了前一个问题，他说："安静，又意味着寂寞，好在我流亡了十年，已经寂寞惯了。"

没等他说完，汉年说："不会，要见你的人太多了，我正在发愁，怕你太劳累。"

"这次我回来，不是易地疗养，也不是图安逸，一个人住在这个大房间里，空空荡荡的，会感到孤独……"

"所以，我把夏衍找来了。关于上海文艺界，特别是文化界救亡协会的事，你可以问问他，至于日常生活方面的事，已经和林林他们讲好了，每天会有人来替你料理的……"

十四年前，我到博多去看他的时候，给我印象最深的是他的豪放和爽朗。现在呢？经过了大革命的暴风骤雨、十年的流亡生活，尽管豪情未减，但是人到中年（那一年他四十六岁），言谈举止之间似乎有点凝重和感伤的味道了。我把上海"文救"组成的经过，目前实际负责人的情况，扼要地对他作了介绍，最后我说："假如这一次国共两党在庐山的谈判成功，那么，这个组织也可能成为统一战线的团体，国民党方面的人可能会参加进来。"

这时，潘汉年加了一句："这种可能，前两天已经谈过了。"

沫若反应很快地说："这些人我倒不怕，怕的是十年前的老朋友，现在他们是红是黑，是好是坏，我都弄不清了。"

汉年笑着说："在西安，恩来同志还去看了蒋介石，蒋介石还叫了一声恩来'同志'呢。今后，夏衍每天都会来，他可以给你当参谋，那些你真正不愿意见的人，也可以要夏衍替你挡一下。"

这件事汉年事前没有和我谈过，我听着，就了解到这是组织上决定的新任务了。我想了一下，指着阿英说："这一类事，杏邨也可以帮忙。"

阿英接上来说："你们来之前，我正在讲，与其让他们一个一个地来拜访，不如由'文救'出面，开一个欢迎会，集体见见面，看来国民党也不敢下禁令的。"

"对，也可以壮壮声势，你们先去和振铎、愈之他们商量一下。"

有点使我觉得不解的是沫若讲得很少。冒着险回到祖国，渴望了多年的抗战终于实现了，这不是他可以大展宏图的时候么？为什么会从他的眼神中看出惆怅的神色呢？我想，他一定是牵挂着现在滞留日本的安娜和几个孩子吧！为了使气氛轻松一点，我们给他讲了一些可能会使他高兴的事，如西安事变中华清池捉蒋的事等等，他笑了一下，回过头来对汉年说："可是，现在我们还得和这种人打交道呢！"

傍晚，林林、姚潜修和于立群来了，那时，汉年、我和他们都还只有一点点工作上的联系，所以汉年和我就告退出来。两个人就在附近的一家小馆子里吃了饭。这时，汉年才把要我给沫若当助手的任务交给了我。他似乎有点兴奋，话讲得很多，大意是说，郭沫若是个大作家，而且是个战士，国内外都有影响，在这个时候回来，对党、对抗战可以起很大的作用。但是，他究竟过了十年书斋生活，对微妙的时局、对十年来变化很大的人事，就难免生疏了，因此，至少在上海时期，要我当他的助手，主要是政治上的助手，至于生活方面的事，林林他们"质文"社一帮人会来照顾的。有些人要来看他，你可以把这些人的政治态度讲一讲,让他谈话时有个底。来看他的人一定会很多,他有各方面的朋友……

我急于想知道他这次回来的经过,汉年不做正面回答,只说:"他是下了决心的,可是一上岸,就碰上了国民党方面的人,这可能是驻日使馆向南京发了电报,他是二十七日到上海的,第三天我才知道,把他从沧州饭店搬到这儿,知道他住在这儿的人还不多,阿英、沈起予,还有林林他们。我已经报告了中央,这几天,你可以把其他的事放一放,有要研究的事,打电话给我。"

"这当然可以,不过我和他阔别多年,生疏了。而且,我看他似乎有什么心事似的。是不是安娜他们出了问题?"

"这是个难以两全的事情,也有可能。可是,事到如今,只能用一切办法使他宽解。他写了几首诗,会给你看的。"

过了两天,他果然给我看了他写的诗,其中一首他步了鲁迅那首名诗的韵:

又当投笔请缨时,别妇抛雏断藕丝。
去国十年余泪血,登舟三宿见旌旗。
欣将残骨埋诸夏,哭吐精诚赋此诗。
四万万人齐蹈厉,同心同德一戎衣。

他说:"步鲁迅韵,因为我非常喜欢鲁迅那首原诗。"还说,"那首诗大有唐人风韵,哀切动人,可称绝唱。"并且表示,"我的和作是不成气候的。"这些话,不单表明了他对鲁迅的崇敬,而且的确也表明了当时"别妇抛雏"的情绪。

消息一传出之后,来看他的人就多了,除了郑伯奇、张凤举、沈尹默、沈起予,还有叶灵凤、陶亢德等等。我和阿英轮值,几乎每天都去看他一次,并把他的情况随时告诉汉年。当时的形势是:华北打起来了,国共合作依旧在谈判中。他拒绝了要他去南京的请求,汉年又没有和他谈今后的工作。所以，尽管林林、于立群、姚潜修，还有郁达夫的侄女郁风等来看他时，也谈得很高兴，但是他的那种彷徨寂寞的心情还是掩盖不住的。

这一段时间里，有几件可以一记的事。首先是张发奎来看他，邀他去游了嘉兴的南湖。张向华是他北伐时的老友（但在南昌起义时他们分了手，距离此时正好也是十年）。陪他一起去的是不是林林和姚潜修，我记不清楚了。

来探望他的还有两位女士，一位是锦江饭店的店主董竹君（她和沫若是同乡，现任全国政协委员），大概是看到这家公寓的饭菜不好吧，所以常常给他送来名厨烹调的四川菜，这使沫若非常高兴。他对我们说，他在上海这个十里洋场居然遇到了"漂母"。另一位是黄定慧，她是北伐军中的女兵，"四一二"以前是党员，南昌起义后也曾和沫若有联系，随部队到潮汕，现在是上海名律师陈志皋的夫人。沫若在《革命春秋》中写到过她，原来他回到上海之后，才发觉把他的一支黑色的派克笔丢在日本了，所以定慧特地送了他一支派克真空笔。前面引用过的诗中所说的"投笔"，以及《革命春秋》中所写的"黑色的笔"，就和这件事有关。我还记得，黄定慧还带了一位西装裁缝来给他做了一套西服。这两位女士都是我们的熟人，那时的锦江饭店还是一家不大的川菜馆，在白色恐怖严重的日子，于伶、章泯和我常常可以借她的菜馆碰头、开会，乃至"挂账"（实际上这种账是不会还的）。黄定慧和陈志皋也和进步文化界有来往，我在《包身工余话》中所说的"C律师"，指的就是他。

沫若回到上海大约十天后，潘汉年向沫若和我传达了恩来同志的口信，由于当时已经考虑到《新华日报》不可能很快出版，所以明确地决定，由上海"文救"出一张日报（这之前，救国会有一份不定期的会刊《救亡情报》）。于是，我们和胡愈之、郑振铎、张志让等商量后，决定出一张四开的、有国民党人参加的、统一战线性质的"文救"机关报，由郭沫若任社长。为了争取公开合法，在得到了"文救"的同意后，八月中旬，沫若、汉年和我三人直接去找潘公展。在上海这个地方，这可以说是十年来国共两党第一次公开对话。在这次会谈中，潘公展同意了发刊《救亡日报》，决定这份报纸以郭沫若为社长，国共双方各派总编辑一人（夏衍、樊仲云），并各出五百元作为开办经费。于是，《救亡日报》就于"八一三"之后不久的八月二十四日出版。这短短的几天，真可以说是风云激荡的时刻：

八月十三日，上海爆发了抗日战争。

八月十四日，蒋介石发表"自卫宣言"，同日，国民政府同意工农红军改编为"国民革命军第八路军"；

八月二十一日，中国和苏联在莫斯科签订"互不侵犯条约"；

八月二十二日，中共中央发表"抗日救国十大纲领"；

九月二十二日，国民党中央社发表了拖延已两个月的"中共中央为国共合作宣言"；

九月二十三日，蒋介石发表谈话，承认中共的合法地位，从一九三五年八月一日中共提出停止内战合作抗日的主张算起，历时二年又一月二十三日，总算才达到了目的。

这之后，我把"救国会"和"文救"方面的日常工作交给了阿英，替郭沫若当助手的事，也和编《救亡日报》的事联系起来了。"八一三"以后，高乃依路郭沫若的寓所门庭若市，其中有许多人是他北伐时期的旧友。值得一提的是，陈诚从前线派了一个过去认识郭沫若的参谋来访，代表陈诚请郭沫若给他组织三个战地服务队，分别到陈诚总部和张发奎、罗卓英部队负责宣传服务工作；每队三四十人，人选一律由郭决定，生活费及服装均由军部供应。对这件突如其来的事，沫若开始有点踌躇，后来说，他到上海不久，情况不熟，要求让他考虑两天再做答复。当天晚上，他约了汉年和我商量，汉年说，这件事是恩来同志在庐山和陈诚谈起过，但由于另一个问题而没有落实；这就是国共双方有一个口头协定，即一方不在对方军队中发展党的组织。现在既然陈诚提出来了，我们就可以同意，组织一批爱国的革命青年到国民党部队去工作，不仅可以在战地群众中做些宣传、组织、服务工作，在中下层军官和士兵中也可以交些朋友，加强团结救亡的教育。这样，再由汉年和我约了刚从苏州释放出来的杜国庠、左洪涛和钱亦石、阿英等人开了一个小会，由于"八一三"之后不久，戏剧界已经由于伶、张庚负责，组织了十二个救亡演剧队到后方去进行宣传工作，文学、戏剧、音乐方面的骨干大部已陆续或即将离开上海，所以，这次组织战地服务队，主要要从过去和"社联"、工会、青年团有关方面物色人选。钱亦石自告奋勇地要求参加，并说，单从"职救""教救"和难民救济会这几方面，招一二百人没有问题，要紧的是防止坏人混入这支队伍。当时决定，这件事由杜国庠、钱亦石和我三人负责。事实上我因《救亡日报》的事情太忙，工作做得不多。最初拟由我们三个人分别担任三个队的队长，后来也因为我离不开《救亡日报》，而另由左洪涛担任了队长。事情进行得很顺利，要求参加的人十分踊跃，我们有了从政治上进行挑选的可能。当时前线战局紧张，这三个队组成后，郭沫若把队长和队员的名单交给了陈诚的参谋。这时正是外国报纸所说的国共第二次合作的"蜜月时期"，所以这位参谋接过名单看也不看，就把一笔筹备费交给了沫若，急急忙忙地问哪一天可以出发。为此，我们在大陆商场楼上由郭沫若主持，开了一次动员大会，沫若作了形势报告，并根据他过去当过北伐军政治部主任的经验，对队员们提了一些组织纪律方面的要求。散会之后，当天晚上潘汉年又约了三个队长（杜、钱、左）和我开会，宣布了一条纪律，就是前面讲到过的国共谈判时两党之间有一项默契，双方都不在对方军队中发展党员。所以，战地服务队虽则不算正规军，但为了避免不必要的麻烦，三个服务队中的党员不公开党的身份，不发展党员，也不和所在地方的地下党发生联系。当时还没有"隐蔽精干、长期埋伏、积蓄力量、以待时机"的十六字方针，但是这种策略，汉年讲话中是交代了的。这三支队伍到一九三八年因杜国庠参加了政治部第三厅、钱亦石病逝，两个队进行了改组，只有在张发奎部的左洪涛那一队一直坚持到抗战胜利。参加服务队的，除三位队长都是党员外，我记得起来的党员也还不少，如刘田夫、陈国栋、杨应彬、何家槐、孙慎、林默涵等等。

回过头来再记述一下救亡演剧队。这是在演出《保卫卢沟桥》的后台提出来的，在当时那种抗战热潮中，这一倡议很快得到了戏剧、电影、音乐界的响应。最初决定组织十二个队，十个队分赴各个战场，两个队隐蔽在上海，后来因为大部分人都要求"奔赴前方"，上海看来也不可能久守，所以留在上海的两个队就不采取演剧队的形式；这十个救亡演剧队，可以说是"左翼十年"中在上海这个地方积蓄、成长起来的文艺界的精英。这只要看一下我还记得起来的这几个队的队长名单就可以知道的。一队正、副队长是马彦祥、宋之的，二队是洪深、金山，三队是郑君里、徐韬，四队是陈鲤庭、瞿白音，五队是左明，八队是刘斐章，九队是吕复（六、七、十队队长的名字我已经记忆不起来了）。这十个队转战南北，到一九三八年在武汉会师。改编为由政治部三厅直接领导的"抗敌演剧队"，经过三次"反共高潮"的锻炼，一直奋斗到抗战胜利或全国解放。可是，谁能想到，这十个队战士们在"十年浩劫"中竟被诬陷为"国民党的反共别动队"！

在这段时期内，我曾和郭沫若、田汉一起，到张发奎、罗卓英部去劳军；也参加过一些社会活动——如欢迎"救国会七君子"出狱等等。但大部分时间用于《救亡日报》的具体业务。到十月底，潘汉年要我到十八集团军驻沪办事处去，正式告诉我，看形势上海不能久守，所以恩来同志有电报来，要我在上海失守后，即到广州去复刊《救亡日报》。我没有办报经验，同时也有点自信可以在沦陷区工作；同时，在这三个月内我和沫若接触中，明显地察觉到郭沫若对他自己今后的工作，还没有打定主意，在性格上，他依旧是个浪漫主义诗人，他为了"请缨、投笔"而"别妇抛雏"之后，在抗战激流中，他的情绪却是不稳定的。当他知道周扬、初梨等人去了延安（这是潘汉年在八月初告诉他的），他就责怪汉年为什么不让他同去。当我和他谈到《救亡日报》经济困难，是否可以派人到南洋去向华侨筹款的时候，他又毫不思索地说："我去！那边我有朋友，也可以做华侨工作。"总的说来，他有点"前途渺茫"之感。我把这种感觉到的情况告诉了汉年，他说：郭今后的动向，要等恩来的指示。这件事可以由他去做工作，而《救亡日报》要由你负责在广州复刊，则已经确定了的，所以你必须及早做好准备。当天晚上发稿后，我把阿英、林林、周钢鸣、叶文津等人留下，把上海失守后《救亡日报》迁穗复刊的决定告诉了他们，我想了解一下哪些人可以和我同去广州。这时，除了阿英已和黄定慧、陈志皋约定，打算在沦陷后办一家书店，出一份杂志，所以决定留在上海之外，其他的人一律表示愿意"和《救亡日报》共存亡"，因为也只有这样，才能形成一支力量，来对付国民党的干扰和破坏。我们决定了以林林、周钢鸣、叶文津三人为主，准备迁穗的筹备工作。

这之后，沫若的情绪似乎安定了一些，可能是汉年和他谈了恩来同志的意见和想法。有时，晚间也到大陆商场《救亡日报》编辑部来找我们聊天。这段时间经常和他在一起的总是于立群和姚潜修。有一次我问立群："你要求去延安，我已经给你安排了，可能下个月有机会和两位女同志一起走，行不行？"她很快回答说："随时可以走，连冬衣也准备了。"这样，我就在准备去广州的先遣队的名单中，把她的名字划去了。

组织上决定了要我去广州，当然我也有不少事情要做准备——我也有一个"抛雏别妇"的问题（我母亲已经在一九三六年八月在杭州去世）。一家四口，女儿沈宁已经六岁，儿子旦华则是在"八一三"后的第二天出世的。好在我在开明书店和生活书店还有一点版税，我走之后，还有蔡叔厚等朋友可以照料，可以说是后顾之忧不大。成问题的是于伶已经从汉年那儿知道了我要离开上海，颇有一点舍不得放我远行之意。上海戏剧界的骨干大部分已经走了，一旦上海沦陷，八路军驻沪办事处必然要撤离,那时他还没有和正在重建中的江苏省委接上关系,当然会有任重道远之感。这时还有一个小插曲,有一天孙冶方来找我,说新成立的江苏省委由他分管文化方面的工作,所以他希望我留在上海,我告诉他,组织上决定了我到广州去办《救亡日报》;他不同意,说这是刘晓决定的,我只能说,请你告诉刘晓,我去广州,也是组织上的决定。

到十一月中旬,战火逐渐接近上海,我们决定,派林林、周钢鸣、叶文津、彭启一等做好先去广州的准备。同时,还去找了一次潘公展,把郭社长"万一上海失守,《救亡日报》迁穗复刊"的意思告诉了他。上海不能守这件事,他们肯定是早已心中有数了,所以,当我问他:"迁到广州后报社经济怎么办"的时候,他就比较老实地和我说:现在市政府的职员正在闹遣散费,这些事"我实在无能为力了"。

上海是十一月二十一日沦陷的。前两天,我已请沫若写好了一篇悲壮的《和上海市民暂别》的社论,我记得文中有:"我们只是和你们暂别,上海光复之日,即本报和你们再见之时"的话。这篇社论发表在十一月二十一日的报上,记得一九四五年日本投降,《救亡日报》(改名《建国日报》)在上海复刊之日,我又把这几句话在"复刊词"中重复了一遍。

就在上海沦陷这一天,潘汉年要我到办事处去,他和刘少文一起,正在和沙千里、胡子婴,还有两位救国会的朋友谈话,我参加了进去。只听得胡子婴在说:"目标最大的,是沈老(钧儒)和韬奋,日本人和汉奸是会下毒手的。"他们分明是在讨论头面人物从上海撤退的问题。因此,我也补了一句,"郭沫若是从日本回来的,目标也不小。"刘少文拿来了前一天的《新闻报》,查了一下到香港的客轮班期,从上海去香港的船,几乎每天都有,为了保险一点,觉得法国邮船公司的"皇后号"比较适当,这是条三万吨的豪华客轮,定于二十七日启航。于是汉年立刻就决定赶快去订船票,让韬奋、沫若和他们的陪同人员先走。接着，汉年对沙千里和胡子婴说，救国会方面要撤退的人，请你们两位和愈之商量，先决定名单，然后分批撤退。沙千里站起身来了，胡子婴忽然想起似的说，还有一位马老先生、马相伯，前几天我去看过他，他说已经决定经广西去安南，要我顺便告诉你。他们走了之后，我把和潘公展的谈话及我们的准备工作告诉了他，汉年说："沫若得先走，但让他一个人去香港也不好，你们的先遣队也赶快走吧。年轻人，坐小一点船也不要紧。"我问："你们这个办事处还能……"他笑了："当然办不下去了，不过我们可以'名亡实存'，今后由少文负责。"刘少文接着说："这个地方当然不行了，他走后，我们就搬家。"我问汉年："我什么时候走？"他说："等上面决定了，我打电话给你。"八路军驻沪办事处成立以来，我只去过两次。

我回到大陆商场，林林、钢鸣、启一、文津，还有一个国民党派来的张镛正在等我。我对大家讲了一些鼓劲的话（回忆起来，当时我也免不了有"速胜"思想），然后宣布了赴港先遣队的名单。对于樊仲云和汪馥泉，我说欢迎他们一起去广州，当然这还得征求他们的意见；其余不能去广州的人，已和救国会方面联系，都可由"文救"安排工作。大家情绪很高，当晚就把一部分有用的物资和文稿清理好，装了两个麻袋，由阿英设法保存。然后由钢鸣领头高唱《义勇军进行曲》，离开了大陆商场。

对于上海沦陷后的工作，我记得"文救"还开过一次理事会，郭沫若、胡愈之、张志让、郑振铎、阿英、萨空了……都参加了。郭沫若对《救亡日报》决定迁穗的事作了简单的报告，我作了补充，说明这份报纸尽管移到广东去复刊，但仍拟在报头上标明"上海文化界救亡协会机关报"字样，社长仍由郭先生担任，国共双方的总编辑不变，这张报纸必须坚持团结、民主、进步的方针。参加的人，除振铎和阿英已决定留在上海之外，其他大部分人都将陆续撤离，所以沫若建议，"上海文救"今后在上海的工作，请郑、钱两位和各爱国救亡团体联系，可以根据具体情况，有必要时也可以改换名称，分散作战。这时，我记不清哪一位激奋地高呼："上海沦陷了，但是人心不死，我们一定要筑起一条精神上的防线！"这句话对我这个即将离沪的人印象很深，后来我写了一个以"孤岛"文化人对敌斗争为题材的剧本《心防》，可能与这一悲壮的呼号有一点关系。

十一月二十二日起，上海大小中文报纸一律停止出版，中央社早已逃之夭夭，中国人办的电台也噤若寒蝉。当然，日文报不必说，英文报也照样出版，但能看外文报的人，究竟是少数。于是日本人、汉奸、亲日派就大造谣言，说什么抗战必败，日本政府已经在和国民党内的主和派对话等等，引起了上海的人心浮动。上海本来有数十家大小报馆，街道上有数以千计的报摊——大街小巷叫喊着卖报的"报童"还未计算在内，中文报纸一下子停刊，必然会造成成千上万人的失业。大约在十一月底，梅益（当时他叫梅雨，左联盟员，已和刘晓主持的江苏省委接上了关系）和姜椿芳（他原来是中共东北局的宣传部长，三六年到上海，是通过我接上了组织关系的）和我谈起了这件事，他们说，拥有几百万人口的大城市，没有一张报总不行啊，尽管上海周围被日本人占领了，但是租界还是依旧，看看有没有办法冲破它？我忽然想起，租界当局不让中文报出版，主要是怕中文报纸登载对日本不利的消息和文章，事实上，英文报纸上还不断在发表战事新闻，甚至还在发表世界各国对中日战争的评论。是不是可以办一张只登外国电讯和外文评论的小报呢？梅益、椿芳对我这个想法很感兴趣。事有凑巧，也正在这个时候，电通公司管总务的赵邦镕有一位替《大公报》招揽广告的朋友丁君匋，他正为报纸停刊、广告商失业而感到困窘，据说，《大公报》停刊，印刷厂工人全部失业，于是，这几件事偶然地联系起来，我们这几个人想出了一个出一张《译报》的计划。那就是由丁君匋拉广告，可以得到一笔广告费，利用《大公报》停用了的机器，让工人有活可干。我们呢，从外国报纸上翻译有关中日战争和世界舆论的文章，以"为新闻而新闻"的姿态，出一张中文的"述而不作"的世界上独一无二的报纸。这个构想居然得到了文化、新闻界许多人的同情，《译报》居然很快出版了。当时的分工是：赵邦镃管总务，丁君匋负责广告，编辑部则是一个集体，姜椿芳译俄文，于伶协助；梅益译英文；我也译一点短稿，另外还有一位姓江的同志译法文，办公的地方就在《大公报》楼下。这批"乌合之众"的编辑，大家不约而同的午后在《大公报》集合。梅益常常早到，先在几份英文报上把可以译用的消息和文章做一个记号，然后这些"志愿译者"来了就译，译完了就走。《救亡日报》停了，郭沫若及林林带领的先遣队也已经走了，我没有事，就做些画版样、凑补白等等的打杂工作，要记住这是抗战初期，所以除了印刷工人有一点很低的工资，丁君匋的广告部可能有一点回扣之外，译文章、跑腿，一律都是义务，不仅没有稿费，连买外国报刊的钱也由各人自掏腰包。因为这是上海沦陷后唯一的一张中文报纸，所以一出版就受到了广大读者的欢迎，不仅销路好，而且广告也多。可惜的是正当我们办得高兴的时候，工部局受到日本人的压迫，不久就被封了。那时期，上海秩序大乱，各人有各人的打算。我一天到晚不知忙了些什么，加上随时还要等汉年的电话，所以忙忙碌碌、昏昏沉沉，连《译报》哪一天出版，哪一天被封，现在也记不起来了。但办《译报》是我在上海的最后一战，这是不会忘记的。

记不起具体日子，大约是十二月十六七日，汉年突然把一张赴香港的船票交给我，并说到了香港，会有认识你的人在码头接你。一看船票，那是一条名叫"凡提伯爵号"的法国大邮船，还是二等舱，启航日期就在拿到船票之后的第三天。我匆匆忙忙地跑到书店，结算了一百几十元版税，作为安家之用。倒霉的是在公共汽车上一不小心，被扒手割破衣袋，偷走了六十元，这是我在上海第一次遇窃，偏偏又在关键性时刻（当时大米是七元一担，六十元不是小数）。回到家里，我又写了一封信给开明书店的章锡琛、夏丏尊先生，告诉他们，我不日离沪，家属仍留上海，必要时请赐酌情照顾。我把行期告诉了妻子，她没有意见，两个小孩，当然被瞒在鼓里。

第二天，我一早出门去买了一点出远门必备的日用品，到内山书店去还了一笔书债。正在这时，偶然碰上了鹿地亘夫妇。他们扭住了我不放，因为在北四川路一带，日本人都知道他们是反战的亲华分子，房东怕出事，他们不敢再在日本人区域住下去了，加上穷，没有钱租房子，要我给他想办法，而且要住在可靠的地方，这真是太棘手了。在中日已经全面爆发战争的时候，愤怒的老百姓见了日本人就要打，有谁肯或敢收容一对日本人夫妇呢？加上我要走了，没有时间替他想办法，幸亏内山提醒了我，说你有没有外国朋友可以帮助他们？这时史沫特莱早已北上，有一位波兰共产党人希伯和我很熟，但他本人也是工部局监视对象。于是，不管三七二十一，叫了一辆出租车，把他们夫妇带到法租界《中国呼声》格莱尼契的家里。知道了他们的困境之后，格莱尼契和他的胖夫人二话没说，很慷慨地说："那就在我们这里住下来吧。"鹿地、池田流着眼泪和我告别。

这一天晚上，忽然想起了于伶，因为他是反对我离开上海的，于是去向他告别。我们两人无目的地在马路上边走边谈，当然，要讲的话是很多的。在阴暗的路灯下，走到午夜才分手。

在一个寒风刺面的日子，大概是十二月十六日或十七日，我一早起来，收拾了带走的行李，对妻子吩咐了要注意的事情，又轻轻地在熟睡中的沈宁、旦华额上吻了一下，就直奔公和祥码头。那艘漂亮的"伯爵号"大邮船装满了急于要离开上海的"难民"（能上得了这条邮船的，即使是三等舱，都是富商巨贾和国民党文武官员的家属，按身份都不能用"难民"这个名词来称呼的）。

汽笛发出了钝重的声音，船慢慢离开了码头。黄浑色的江面上，有几艘挂着太阳旗的兵舰，两岸几乎没有行人。出了吴淞口，想上甲板上去看看，太高兴了，原来潘汉年也在这条船上。我是一九二七年五月从日本到上海的，在中国人民最苦难的时候，我在这里耽了十年零七个月。

这十年,是中国无产阶级文化的开创时期,这十年,也是年轻的革命文化工作者粉碎了国民党"文化围剿"的时期。到今年,参加了筹组"左联"的十二个人,幸存下来的很少,连"左联"的发起人,在世的也为数不多了,我们算是参加这场斗争的幸存者。我说不出在这场斗争中牺牲了的殉难者的人名,他们之中有人留下了姓名,有人连姓名也不被人知道,他们大部分是共产党员、共青团员,有的则是共产党的同路人,他们不计成败,用血、汗、泪和生命,和中外反动派作了殊死的斗争,这些青年人走过弯路,也犯过错误,但是也正是他们,打退了三十年代的文化围剿,也就是他们,埋下了四五十年代无产阶级文化的种子。毛泽东同志给这些人作了一个结论:

二十年来,这个文化新军的锋芒所向,从思想到形式(文字等),无不起了极大的革命。其声势之浩大,威力之猛烈,简直是所向无敌的。其动员之广大,超过中国任何历史时代。

记者生涯

1. 上海《救亡日报》

从抗日战争开始到全国解放，我由于偶然的机缘，当了十二年新闻记者。最初是在上海、广州、桂林的《救亡日报》；皖南事变后，到香港和邹韬奋、范长江等同志一起创办《华商报》；太平洋战争发生，香港沦陷，我到重庆进了《新华日报》。抗战胜利后，回上海恢复了《救亡日报》（改名《建国日报》）和《消息》半周刊，出了不久，都被国民党封闭；接着我去新加坡，参加了胡愈之同志主持的《南侨日报》；在那里干了半年，被当地政府"礼送出境"，重返香港，又参加了《华商报》的工作，直到一九四九年上海解放前夕，奉调离开香港。这十二年的记者生涯，说来是十分坎坷的，其中《救亡日报》被国民党禁止出版，前后共两次；因为所在地被日本帝国主义侵占而发生的停刊事件也有两次。但是尽管环境艰难，国民党的文网严密，但我觉得这十二年是我毕生最难忘的十二年，甚至可以说是我工作最愉快的十二年。现在，先谈一点《救亡日报》的情况。

《救亡日报》是上海文化界救亡协会（"上海文救"）的机关报，

每天出四开一张。这张报最初是打算由"上海文救"独立举办的。但是在筹备期间，发生了——也可以说终于实现了——中国共产党和中国国民党的第二次合作，这年七月下旬郭沫若同志从日本回到了上海，"文救"也成为有国民党人参加的统一战线团体，因此，这张报也就有了国民党人士参加。这中间的经过，现在只有很少人知道了。因为在郭沫若回到上海之前，也是在一九三七年九月国民党中央社正式宣布国共合作的消息之前，国民党上海市党部虽然不敢对声势浩大的"上海文救"公开迫害，但是一直采取敌对态度，不予合作。最明显的例子，就是当"上海文救"在南市开会欢迎郭沫若归国的时候，上海市国民党负责文化工作的潘公展还纠集了一些流氓特务来进行捣乱。但不久周恩来同志在庐山和蒋介石谈定了国共合作的具体方案，继而在上海又成立了第十八集团军驻沪办事处，形势发生了变化。国民党方面，最初是以潘公展为首，反对"上海文救"出机关报，这时候才被迫改变态度，企图挤进"上海文救"，对这张报纸插上一手。记得在八月中旬的一个下午，十八集团军驻上海办事处主任潘汉年约我到郭沫若的寓所去谈话，去了之后，才知道郭、潘两人已经约好到浦东大楼（"上海文救"所在地）和潘公展谈判合作办《救亡日报》的事情。这时候我才知道周恩来同志决定要我协助郭沫若办这一张文化界抗日统一战线性质的报纸。我们三人到了浦东大楼潘公展的办公室，寒暄了几句之后，潘公展主动提出说，现在沫若先生回来了，那么这张报纸就请郭先生当社长。表面看来他似乎很慷慨，事实上这是理所当然，众望所归的事，也是"上海文救"主要负责人和群众所公推的，潘公展自己也知道无法抗拒，因此乐得表示一下慷慨。他接着说，既然是双方合作来办，那么应该有两位总编辑，两位编辑主任，经费由双方负责。郭沫若表示同意，并立即根据我党的决定，提出我方由夏衍任总编辑。潘公展看来也已经有了准备，说他想请暨南大学教授樊仲云任总编辑，接着他又提了要汪馥泉任编辑部主任，由周寒梅任经理，此外还派了一个叫张镛的当了干事。当时郭沫若和潘汉年对其他人事没有预先商定,因此说,我方的编辑主任、副经理以及其他工作人员都由社长来决定。至于经费,因为国民党方面估计这张报纸办不长,所以平常装得气派很大的潘公展,这时候吞吞吐吐地讲,他们先出五百元办起来再说。接着潘汉年表示,那么我们也出五百元。这就是国共合作办《救亡日报》的第一次商谈。由于第二次国共合作刚开始,包括潘公展之流在内的一些国民党官吏,还摸不透蒋介石对于国共合作的真正意图,所以当天尽管相互戒备,但是潘公展的态度显然有了一点变化。他在不久之前还派上海滑稽演员刘春山等一批流氓破坏欢迎郭沫若的大会,他本人对郭沫若连招呼都不打,可是这一次却似乎很客气了。最后他还说:"就这样谈定了,以后如有经济、发行等困难,我们再谈;报社的事情,例如要哪些人当记者,哪些人管发行,都请郭先生决定,没有太大的事情,我就不参加讨论了。"这样,除国民党派定的樊仲云等人之外,其余的编辑、记者以及工作人员,绝大部分都由郭沫若和我和"上海文救"宣传部协同决定。当时决定以钱杏邨(表面上由林林出面)对付汪馥泉,担任实际上的编辑主任;专业记者只有周钢鸣、彭启一和叶文津三人。其他则由"上海文救"的成员自动供稿。初办时,每天到社办公的,除上述几个人之外,还有姚潜修、郁风等人。特别要提出的是,胡愈之、郑振铎也以"文救"宣传委员的身份,也几乎每天来社参加工作。我们同意潘公展推荐的樊仲云、汪馥泉、周寒梅等人,也还有一些具体原因:樊仲云我过去认识,他和我的朋友吴觉农很熟,同时他不是潘公展的嫡系,也不是有经验的反共分子;至于汪馥泉,那是我中学同学,五四运动时,他也参加过《浙江新潮》的工作,他还在国共第一次分裂以后,在上海帮陈望道先生办过大江书铺,也替中间的一些杂志写过文章,这个人可以说没有什么坚定的政治见解。因此,潘公展派这些人来参加《救亡日报》的工作,他也明白自己这边在版面和文字方面处于劣势,因此他就想通过亲信周寒梅、张镛从经济上、发行上做手脚,使这张报纸无法在上海生存下去。大家知道,当时上海有十多家大报，几十张小报，在这种情况下，出一张既无广告，又无小市民喜欢的猎奇新闻的报纸，要存在下去很不容易。因此，我们的做法是：一方面与潘公展合作，利用他的名义争取公开合法；一方面控制编辑大权，不让他们插手。事实上，在这个时期，潘公展除了用周寒梅在发行、印刷方面捣些乱之外，在编辑、言论方面没有起任何作用。

这份报纸在一九三七年八月二十四日创刊。当时全社不过十来个人，相约一律不拿薪水，写稿不取稿费，甚至于到报社办公的交通费也由自己负担。我们的依靠，是当时参加"上海文救"的绝大部分进步文化工作者。所有当时在上海的知名进步人士，首先是宋庆龄、何香凝、邹韬奋、胡愈之、郑振铎等等，此外，还有文学界、戏剧界、社会科学界、电影界的各方面人士，都替我们写稿，甚至自愿替我们奔走采访消息，有的还替我们跟报贩打交道，劝说他们帮助这份在上海很难打开局面的正派报纸。

当时正是沪战最激烈的时刻，在前线的几个国民党将领都是郭沫若在武汉北伐时期的相知。蒋介石的嫡系陈诚首先派人来访问郭社长，表示支持《救亡日报》，并订了二百份《救亡日报》到前线去散发，同时还似乎很诚恳地请郭社长替他组织三个战地服务团，到前线去担任宣传慰劳和救济难民的工作。当时经组织上同意，郭沫若同志答应了他的要求，组织了以杜国庠等三人为团长的战地服务团，每团二三十人，成员完全由郭沫若决定。有一个团本来由我担任团长，但后来沪战告急，郭沫若得到周恩来同志的指示，决定在上海沦陷后把《救亡日报》搬到广州去出版，继续由我负责，因此让左洪涛代替我担任了团长。在这个时期，田汉同志也从南京到了上海，他是一个坐不住的人，一到上海，就几乎每天带着他所熟悉的人慰问伤兵，救济难民，还同郭沫若和我不止一次到张发奎、罗卓英的司令部去劳军。他是一位酒豪，又是才思敏捷的诗人，一到这些司令部，酒罢纵谈之余，当场挥毫赋诗，来慰劳前线将士。回到上海，他还到大陆商场《救亡日报》的编辑部来写文章，写当天的报道。有一次国民党空军来轰炸停泊在黄浦江对面的日本"出云舰"，正值田汉在大陆商场我们编辑部。目击此举，他立即提笔写了一篇关于日本海军，特别是关于"出云舰"的详尽报道，得到了读者的很大好评。

国民党派到《救亡日报》的樊仲云几乎是不负责任的，只在出版后几天，每晚八九点钟到大陆商场的编辑部来走一走，就算完成了他的任务。很显然，他对抗战没有信心。汪馥泉倒是每天来办公，他要求供应他来回的车费，要求给他点香烟和茶叶等等，我们都破例满足了他的要求。至于周寒梅，那是个进行破坏的幕后人物。他每天早晨到报社一次，向报贩收报费，然后对我说，今天销了多少份，卖了多少钱，这样办下去，一千块钱肯定会很快赔完的，等等，借此来对我们进行威胁。但是我们并不气馁，只是在出版了一个星期以后，因为周寒梅的破坏，担任出版、印刷、排字的工厂要求增加印刷费，为了换印刷所，停刊了七天，以后又继续出版。当时上海已经很危急了，日本军队包围了市区，直迫南市，我们的记者进出都很困难。这时候出于意料之外，也可以说是出于意料之中吧，两党筹措的一千元已经告罄。但由于得到了何香凝先生和广大读者的支持，我们没有再向潘公展要钱，而报纸仍然出版下去，这就使周寒梅对报纸失去了控制权，他要想继续担任向报贩收钱、向印刷所交钱的职务，就非得向潘公展要钱不可，而这是他办不到的。一九三七年九十月，尽管被上海的外文报纸说成是国共合作的"蜜月时期"，但是这种合作，从一开始就充满着矛盾。除了前面讲过的经济问题以外，由于报头是郭沫若同志写的，下面又写明"上海文化界救亡协会机关报，社长郭沫若，总编辑夏衍"，因此出版之后，不到两天，樊仲云就通过汪馥泉问我，是否应按"协议"在总编辑名字后面，再加上樊仲云的名字，这遭到了我的拒绝。因为实际上他并没有参加实际工作，而且，汪馥泉也不敢公开把这件事情向郭社长提出，因此我们置之不理，他也没有办法。从此以后，樊仲云再也不到《救亡日报》来了。

在上海,《救亡日报》形式上和一般小报相同,但内容上不登中央社和外国通讯社消息,而是专靠特写、评论、战地采访以及文艺作品为内容的报纸,要在上海这个地方站住脚,困难确实很多。上海的报贩组织是相当厉害的,它不卖你的报,它不替你发报,你就无法把报纸送到读者手里。最初,那个报贩头子对我们《救亡日报》是毫无兴趣的。我和汪馥泉第一次同他(他的名字我记不清了)谈判,他简直不相信这张报纸能出到一个星期;关于销数,他说能销到五百份已经很费劲了。但是,出乎报贩头子的意料,这张报纸一出版,由于坚持团结抗日的旗帜和方向,有精辟的战局分析和实际的战地采访,不讲假话,把真实的战况报告给人民群众,而且把日本占领上海后可能发生的祸害告诉大家,希望人民群众有一定的精神准备,因此,《救亡日报》尽管处境困难,每天仍能销到一千份以上,最多的时候能销到三千五百多份。《救亡日报》是在上海激战之际开办的,因此,"上海文救"的主要负责人,特别是郭沫若同志,天天忙得不可开交。那时,每天到报社办公的人,只有钱杏邨、林林、我以及三个固定的记者。当然,来我们这里义务帮忙的人,还有很多。偶然有事要办,而人手不足,打个电话给"上海文救",他们就会派人来帮忙。这个时期,汪馥泉每天还来办公,也写点文章,没有什么反共的表现。到了上海沦陷的前夕,我们作了一些必要的准备,主要是商量哪些人到广州去,以及到那样一个我们大半都感到人地生疏、语言不通的地方去办报,应该做些什么准备。我们还定了谁去广州,谁留上海。当报纸要转移到广州去出版的决定一传开,几乎全报社的人都要求跟着一起去广州,但是《救亡日报》缺乏经费,到广州能不能办得起来,还没有确实的把握,所以只定了我、林林、周钢鸣、叶文津、彭启一等五六个人去广州。有几位本来不算报社固定工作人员,而只是常来帮忙的人,像郁风、姚潜修等,也愿意跟我们到广州;当然还有些广东籍的文艺工作者,更乐意到广州继续为《救亡日报》帮忙。

不管怎样,《救亡日报》名义上还是国共合作的报纸。决定迁到广州，事先还得听听国民党方面的意见。于是我又去找了潘公展，把《救亡日报》的情况，以及我们准备在上海沦陷后，迁到广州去出版的事告诉了他。他带着很感意外的表情问："到广州，怎么办？上海文化界救亡协会的报纸，到广州去出版？"我说："是的。因为上海快沦陷了，但是我们团结抗日的目的没有达到，我们的宣传还要继续，我们认为广州是个比较适当的地方——一是交通方便，接近香港；二是可以联系东南亚的华侨。"他听了没有发表意见，只说："好吧，既然你们这样决定，那就这样办吧！"我说："今后的经费呢？"他说："现在上海市政府，连日常经费都发不出，我不能说出一个具体的办法。你们既然决定去广州，那就先办起来再说。有事情可以跟我联系。我可以要樊仲云、汪馥泉到广州去。"这是我们跟国民党方面关于《救亡日报》的最后一次交涉。

上海在十一月二十一日沦陷，第二天，包括《救亡日报》在内，全上海的所有中文报纸，《申报》《大公报》以及各种大报小报，全部停刊。能继续出版的，只有洋人办的外文报纸。市民既看不到报纸，又听不到广播，完全得不到任何新闻。汉奸、特务就乘机造谣，恐吓群众，并且大肆宣扬国民党即将投降的消息。这时候《救亡日报》把一部分器材、资料从大陆商场搬到一位朋友家里的小灶披间，暂时安顿下来，同时还在浦东大楼的"上海文救"宣传部，开了一次小会。参加者有郭沫若、钱杏邨和我，此外还有胡愈之、张志让、郑振铎、萨空了，其他的人我记不起来了。总的方针是稳住阵脚，除《救亡日报》迁穗，和已经离开上海的十个救亡演剧队、三个战地服务队之外，还得保留一支力量，准备在后来被叫作孤岛的上海继续宣传抗日。钱杏邨、孙冶方、于伶、梅益、姜椿芳等同志担任了这一艰巨而危险的任务。

大约在十二月初，梅益和姜椿芳来和我商量，上海的老百姓急迫希望有一张中文报纸，以便知道一点战争情况，甚至出一张油印小报或者传单都可以。我们想到了过去在"电通制片公司"担任过总务工作的赵邦镠，他是一个精明强干、熟悉上海各方面的社会情况的人，我和梅益找他商量，终于想出了一个办法，就是日本虽则占领了上海，但租界依然存在，租界上的外文报纸依然出版，外国通讯社路透社、哈瓦斯社、塔斯社也还继续发稿，我们也还可以听到外国广播，所以我们可以出一张以选译外国通讯社消息为主的报纸。这个计划果然得到了各方面的支助，赵邦镠和被禁止出版的《大公报》广告部主任丁君匋很熟，丁也正因为报纸停刊、工人失业、广告无法刊出而发愁，于是我们就请他给我们去拉一点广告，用广告费来作为我们办报的资本。上海中文报纸停止出版以后，广告商没有生意可做，所以丁君匋对此事也很积极。《大公报》的工人们正在闹失业，也很愿意帮我们出这一张报纸，于是我们借了《大公报》的印刷厂，借了一间房子作为编辑室，出了一张中外新闻史上未曾有过前例的报纸，这就是《译报》。《译报》在十二月上旬开张。它的内容是上海附近的战事消息，和全国抗日的战局的报导，所有文稿都是从外国通讯社翻译过来的，每一条消息都注明出处。同时上海还有两张英文报，一张俄文报，一张法文报，我们也从它们的战争报道里摘录一些在《译报》上发表。这是上海沦陷后唯一的中文报纸，因此一出版，不仅销路好，而且广告商要登广告的也很多。但是大约出刊十来天后，还是被工部局查封了。到一九三八年，梅益、姜椿芳、于伶、赵邦镠，又请了一个英国人作经理，作为"洋商"重新向工部局登记，继续出版，仍名《译报》。"译报"的实际负责人是梅益同志。我在上海沦陷初期，也每天到报社去帮他们翻译一些英文的消息。

　　这时，郭沫若同志已经离开上海经香港到了广州。经过他的努力，得到了当时在广东掌握军事实权的国民党将领余汉谋的支持，捐款毫洋二千元，作为《救亡日报》在广州复刊的经费。我接到郭沫若发来的电报后，立即乘船经香港赴广州。《救亡日报》广州版便于一九三八年一月一日复刊。

2. 广州十月

上海沦陷后，大批文化工作者和救亡青年都撤退到武汉和广州。而广州则又是一个对外——特别是对东南亚华侨宣传团结抗战的重要基地。为了争取《救亡日报》早日在广州出版，我们先派了一个由林林、姚潜修、叶文津、郁风、于立群、彭启一、周钢鸣同志组成的先遣队先后到香港。这些人中，只有叶文津是广东人，他在香港有亲戚，因此，他是这个先遣队的主要联络人员。据郭沫若同志在《洪波曲》中所述，他于十一月二十七日离沪经港赴穗。我已记忆不起林林他们赴港的确切日期，但郭老到香港后第二天就遇到林林等人，因此他们动身的日期该在上海沦陷后不久。我大概是十二月二十日和潘汉年同船到香港的，我们去见了廖承志，汉年留在香港，我于二十五日到广州。

当时正在国共第二次合作初期，两党关系还比较融洽。特别是由于粤系军阀和蒋介石之间还有不少矛盾，因此郭老抵广州后就由一位前十九路军的团长吴履逊介绍，去拜访了余汉谋。余对《救亡日报》在广州复刊表示欢迎，并捐助了毫洋（广东的地方货币，当时一毫洋折合国币七角）二千元作为开办费用（郭老在《洪波曲》中说，余汉谋答应每月捐助毫洋一千元，似为误记。因为假如每月捐助毫洋一千元，我们不至于在开办二三个月后就感到经费拮据了）。同时，通过郭老的关系，在长寿路（现名曙光路）找到了报社的办公地址。并经沫若的一位朋友、一位橡胶厂厂主陈辅国的帮助，在官禄路（现名观缘路）找到了一处宿舍，这样，《救亡日报》就在一九三八年一月一日在广州复刊。不久，应陈诚的电邀，郭老就和于立群同赴武汉。《洪波曲》中所说：在车站送行时，我曾对于立群说："到了那边，不要和别人'拍拖'呀！"这是事实。因为上海抗战初期，于曾和我谈过要去延安学习，我同意了她的意见。后来情况改变，我察觉到郭老需要有她这样一位助手,就又同意了她留在武汉。

《救亡日报》当时没有印刷所,是委托一家当地报纸《国华报》印刷厂代印的;也没有发行机构,是委托《新华日报》驻穗发行所代办的。工作人员除了上面提到的几位之外,国民党方面派来的汪馥泉、张鏞也相继到了广州。潘公展派的另一位总编辑樊仲云,则到了香港以后就停下来,为香港的国民党党报工作,一直没有到广州来。一九三九年后,他就偷偷回到上海,参加了汪伪组织。由于人地生疏,语言不通(当时在广州对于大批涌到的"外江佬"是看不顺眼的),我们又吸收了一些广东籍的同志参加了报社的工作,其中有华嘉、陈子秋、谢加因、蔡冷枫等同志。欧阳山、草明、司马文森、黄新波等同志也当了我们的义务记者。至于义务为我们撰稿的,那是很多的,我说得起来的就有:蒲风、雷石榆、黄婴宁、林焕平等。我们还是照上海的办法,工作人员一律不支薪水,写文章不付稿费,每月只发五元的零用费(有人记得是三元)。和上海不同的是,对外地来的人由报社提供宿舍,大家在一起吃大锅饭。后来还有不少流亡到广州的人参加了报社的工作,如高灏、高汾等。值得一提的是,我们还在马路上"拣"到了一个十来岁的名叫阿华的孤儿,作为报社的勤务员,他一直跟着报社到了桂林。

这里要补述一下,在经过香港时,廖承志同志曾转给我们一份周恩来同志发来的电报,指示两点:一、《救亡日报》必须争取公开合法,因此,社内的党组织不和当地党组织(广东省委)发生联系,也暂不吸收新党员,有事由我和十八集团军驻广州办事处主任云广英单线联系。有难于解决的问题,则可去港向廖承志或潘汉年同志请示。二、抗战后有不少在欧洲和美国的党员、爱国人士将回国参加工作,他们经过广州时,指定我以《救亡日报》总编辑的身份和他们联系,有证明文件或我熟悉的,可根据他们的希望介绍到大后方或解放区;没有证明文件和我不熟悉的,则要他们去香港与廖承志同志联系。因为当时国共两党关系较好,所以广东省委书记张文彬就派了蒲特(饶彰风）同志以作家身份和《救亡日报》经常联系。

当时在广州有不少有名望的教授、文化工作者，现在记得起来的就有尚仲裔、钟敬文、姜君宸、左恭、孙大光、石辟澜、梁威林、左洪涛（在张发奎部当战地服务队的队长）等同志。因此，文化界经常有集会讨论问题的机会。这些同志也经常给《救亡日报》撰写评论和文艺作品。现在回想起来，由于我缺乏办报的经验，这时的《救亡日报》的版面还是和上海时期一样，没有什么改进。新闻性较弱，而以长篇的文章、文艺作品为主。这个问题，直到报社撤到桂林以后才有所察觉、进行改革。

《救亡日报》在广州时期，有值得一记的几件大事。一是一九三八年四月，廖承志、潘汉年以中共代表的身份从香港到了广州。广州文化界，包括一些国民党人士在内，曾开过一个盛大的欢迎会。廖承志同志发表了对时局的讲话，对当地的进步文化运动起了很大的推动作用。二是同年四月下旬，我和叶文津一起到武汉向郭社长请示今后办报方针，我和郭老一起去见了周恩来同志。他对我们的工作作了很具体的指示，临别时，恩来同志说，你到了武汉，得去看一看王明，因为他是长江局的书记。于是，我在第二天到了王明的寓所，这是我第一次，也是最后一次见到王明。很奇怪的是，他和孟庆澍非常客气地像接待一位民主人士一样地接待了我，并给我看了许多他在莫斯科时期的照片。我向他请示《救亡日报》的工作，他说："一切按郭沫若同志的意见办，我没有什么意见。"这也许可以说是一次礼节性的拜访。我在武汉住了一个礼拜，记得"五一"节那天，苏联援助我们的空军和日本空军在武汉上空发生了一场激烈的空战。我和两位《新华日报》的记者一起去看空战时炸毁的街道，看到有一位外国记者拿着手提摄影机在拍电影。经人介绍才知道他就是世界知名的"飞行的荷兰人"伊文思。从此之后，他就成了我的朋友。他当时用的那架手提摄影机，后来送给了八路军驻武汉办事处。也就是由徐肖冰同志带回延安，组成"延安电影团"的唯一的一架摄影机。第三，就是同年五月的广州大轰炸。在这之前，广州也经常发警报，敌机只在郊区投炸弹，但广州仍可以说是"升平世界"。说来也奇怪，这次日本空军来轰炸时，广州市面上照样人来人往，若无其事，因此损失就特别严重，市民被炸死者约数千人。我当时正在官禄路宿舍写稿，附近落下一颗炸弹，竟使写字台上面的电灯泡撞到墙上而爆破。接着我们全社动员，去采访轰炸后的惨状，当时遍地都是被烧焦了的尸体，这是我毕生看到的最惨的情景。我曾给《新华日报》写过一篇报道：《广州在轰炸中》。由于这次轰炸，汪馥泉仓皇逃往香港，不久后，张镛也因贪污问题被揭发，而离开《救亡日报》。从此之后，这份报纸就没有一个国民党方面的人了。

在当时广州有大小报纸十多份，而《救亡日报》又是知识分子看的报纸，因此销路不广，二千元毫洋几个月后就赔蚀殆尽。这时，广东省长吴铁城的秘书黄祖耀（黄苗子，是三十年代在上海和我相识的一位画家）给我出了一个主意，他说："广州白报纸价格很高，因为这些纸从香港进口时要付一笔关税。你不妨用郭沫若代表的名义去见一次吴铁城，请求《救亡日报》所用纸张进口时予以免税，数量可以多报一些，然后把多余的纸张在市场上出售，就可以得到足够的经费。"我照计而行，果然得到了吴铁城的同意，这样我们就用出售多余白报纸的办法维持了报社的经济。

经过了大轰炸，广州老百姓深受家破人亡之惨，就开始大量地向香港、澳门撤走（当时从广州到港澳不需要任何手续和签证）。我记得有几家地方报纸也相继停刊。但是我们这张穷报，全体工作人员还是同心同德、坚持到底。十月初，日本帝国主义开始进攻广东，由于没有认真的准备，日寇登岸后就长驱直入，没有遇到太大的抵抗。这些情况老百姓是都已知道的了，而可笑的是，国民党政机关还在十月十日"国庆节"那天晚上组织群众举行了一次"祝捷"火炬游行。我们报社还接到通知，要求都去参加。我们的确派了一些记者去，但回来后，大家在编辑室相对无言。因为，在当时的情况下，既不能说战局危急的真话，也不能不报道火炬"祝捷"游行这一事实。从这之后，党政机关就开始在晚间悄悄撤退。不必说那些国民党官吏的家眷，他们是早在日寇登陆之后，就撤退到香港去了。大约在十月十五日左右，我们曾约了一些文化界的朋友商量，经过讨论，决定凡是有合法身份与职业，可以随同余汉谋司令部和省政府撤离者，都可以先撤到韶关一带。这样，尚仲衣、钟敬文、郁风、司马文森、黄新波等同志就参加了动员委员会，在沦陷前几天离开了广州。

提到一九三八年十月二十一日"广州沦陷"，可能现在四五十岁的人记忆都很淡薄了。可是，这对于亲身经历过这场浩劫的人却是一个难以忘却的日子。《救亡日报》在许多报纸相继停刊，连长堤一带的报贩都已很难找到的时候，还是坚持每天出版。我们动员了全体工作人员亲自上街卖报，直到二十一日日寇逼近广州东区时，我们散发了当天的报纸，一行十二人徒步离开了报社。当时的情景可以说是悲怆的，也可以说是悲壮的。关于这一天的情况，很感谢李以庄同志给找到了一篇我所写的文章：《广州最后之日》，读了以后，连这篇文章什么时候所写、发表在什么刊物，我自己也记忆不起来了。为了让今天的年青人知道广州过去有这么一场悲剧，就把这篇短文附在后面，作为"广州十月"的结尾吧。

附

广州最后之日

十月十九日上午，我打给汉口郭社长的电报上还写着："社友一部拟暂撤梧州，此间尚安，报决维持至最后一瞬。"

但是，就在这一天下午，在我托一个朋友带到香港去交给廖承志的一封信上，我却只能这样写了：

看模样，广州的失陷已经是时间上的问题了。当局好像早已决心放弃这个中国仅有的富庶的城市了。警察无秩序地在驱逐市民，在仓惶地逃避了的市民后面，他们就从容地收拾了他们剩下的东西！对于战事，任何机关都守口如瓶地不发表一点消息，而一切公用机关，邮政、电报、银行，都已经自动地停止了工作。整个广州像被抛弃了的婴孩似的，再也没有人出来过问。"保卫大广州"的口号也悄悄地从那些忙着搬家眷的人们嘴里咽下去了。我贪馋地想多看一眼这使我留恋了十个月的城市。

这天晚上，广州文抗会发起的鲁迅先生逝世两周年纪念会，还照常开会，还到了近百的革命青年。我心里想，一个礼拜乃至十天，总还可以支持吧，看改了十月二十日的报纸大样，带着夸示的心情再校读了一遍特派战地记者草明和胡危舟的战地通讯，回宿舍去睡了。自从日寇南犯以来，特派记者到前线去的只有《救亡日报》一家，草明、胡危舟和欧阳山三位从前线带回的文稿，也是在广州报纸上发表的最初的战地通信。

像患了急病而又无人过问的病人一样，二十日清晨广州的形势又急变了，报纸的印刷、发送都发生了问题，同业《国华报》《越华报》《环球报》都宣告自动停刊。我们开了一次社友的紧急会议，决定另觅印刷所继续出版，并且立刻动员将这一天无法邮递和发行的报纸无代价地分送给了西濠口黄沙车站一带的"难民"。

十点半，《中山日报》的唐遂九打电话给我，说情势紧急，敌人已经过了增城。我想弄清楚这消息是否可靠，打电话去问省府的黄祖耀，但是打了半个小时也没有人接；接着，《申报》的陈赓雅从香港来，说要上前线去看一看，我们还设法让他能够顺便搭上蒲风、许介诸位当晚到增城去的卡车。广州的谣言一句来实在太厉害了，所以对于增城失守的消息，谁也不敢也不愿相信。

写了二十一日的社论，我直率地表示了一切愿意留守在广州的市民的愿望，我说："假使当局认为广州需要守、可以守的话，那就应该给愿意留在广州，愿意参加保卫广州工作的人们和市民以一定的办法，至少，也该使他们能够工作，换句话说，就是政府当局要维持广州的秩序；假使说广州已经不能守，不必守了，那么也应该明白表示，使几十万市民能够及早离开，能够及早毁弃一切可以资敌的财物！"哪里知道，连这点意见也没有和读者见面的机会了。

正午，一切消息隔绝，闷慌了。我到战区民众动员会去打听一下，遇见了钟天心先生、谌小岑先生，他们还很镇定地在布置办公室的桌椅；姜君宸兄伏在桌上写一个计划草案，门口，成群的青年在探问参加服务队的手续，谁也没有一点惊惶的样子。我安了心，将增城失守的消息去问钟天心先生，他坚决地说："这是不可信的。"

再到财厅前去走了一转，关门休业的店铺比前两天更多了，但是照常营业的也不少，我买了一些日用必需的东西。这，也就是我在广州市街最后的散步。

回到报馆，猝然地遇到了前天已离开广州的《新华日报》分馆的张尔华（敏思），衣服上血迹犹新，脚跛了，他们的船在途中遇到轰炸，许多人受了伤，他的太太伤最重，满身是血，已经抬放在报馆营业部的那狭窄的走廊上了。接着，一下午尽是不祥的消息，某某地方丢了，某某大员失踪了，敌人离广州已经只有几十里，等等。中央社早已不发稿了，广州的晚报，一律停刊了，电讯断绝了，要发稿的时候，除了欧阳山的战地报告外，什么战事消息也没有，打电话问，什么地方都没有人接。没有消息，出什么报呢？再召集编辑部会议，决定了在二十一日之后，暂行停刊。黯然地写了一篇社论：《忍着眼泪和广州的市民暂别》。我们是不能用捏造的消息来欺骗读者和敷衍自己的，我们的休刊只为了"无法获得正确的消息"！我们备函将暂时休刊的经过，报告了一年来热心地帮助了我们的几位本报的顾问，但是送信的回来说，大部分的机关，都已经迁走了。

我们作了必要的撤退准备，毁弃了可供敌人参考的一切通讯地址和文件，收拾了必要带走的东西，并且决定：将二十一日的报纸分送之后，于下午四时，西撤三水。

大样还没有送来，一切准备都完成了。对于《救亡日报》，万一广州沦陷之后，敌人总不致于轻轻放过的吧？我们利用空闲时间，在墙上遍写了对敌的宣传标语，编辑室正对面的墙上，林林用红黑两种墨水从容地写了一种套色的标语。我在整理残稿的时候，发现了一张大轰炸时的一群孩尸的照片，就把它贴在墙上，旁边用日文写着："这是日本空军的'战绩'！你们也是有父母妻子的人，看了这照片有什么感想？为着人道，打倒使中日两国人民陷于不幸的日本法西斯军阀！"膳室墙上，又写了一条："即使你们占了广州，占了武汉，我们的抗战还是不会终止的，你们打算打十年二十年的仗吗？"

一点钟看了十月二十一日的大样，好像了了一桩心事似的回到宿舍，闭上眼睛就睡了。

记不清什么时候，邻室有人在讲话：

"再听，再听……"这是彭启一的声音。

"没有，去睡吧。"林林回答。

启一似乎有点不服气似的回到自己房里去了，但是不一刻，他又喊了：

"听，这不是炮声！林林！"

远雷似的炮声，大家都听到了，有风的时候，还夹杂着炒豆似的机关枪声音，这时候，我们才真正相信敌人已经近广州了。

我们决定了做紧急撤退的准备，启一到报馆去唤醒其他的社友。但是，不到三分钟，邝礼来说，印刷所的工友接到工会的临时紧急通知，一律编队出发了。我们还想把二十一日已经组版的报纸印出，把版子拆下抬回报馆，但是还有什么方法可以印呢？

接着，是广州已经几个月不曾有过的夜间警报，警报未完，飞机已经在头上了，满街是汽车的鸣声，远远的火车的吼声，炮声，铁甲车碾地的那种可怕的声音……全市漆黑，没有月亮，也没有星光。全社十二个人，只拿了些日用必需的东西，广州天气还很热，秋冬用的衣服也完全抛弃了，拿了些报馆重要的文件，不辨路径，决定了向西出发。这是广州夜间从来不曾有过的黑暗。要再看一眼我们居留了十个月的广州市容，也不可能了。

上午四时左右到了黄沙，伸手不见五指，一直到前面的哨兵大声喝叫为止，才发觉了我们已经闯进了正在撤退的一团机械化部队的中间，凭着向我们这一群盘问的哨兵的手电，我们才隐约地看见了四周全是装甲车、坦克、大炮。

除了在六二三路附近遭遇到一队伤兵之外，路上不曾遇到逃难的百姓，可怜他们都在梦中吧，想一想他们明天将遭受的悲惨，这是如何难堪的事啊。

前面是白茫茫的水，不渡过白鹅潭，还是没有法子可以到达石围塘的。但是一只渡船也没有，冒着冷风，声嘶力竭地喊着，谁也没有回答。一小时之后，好容易有一条船靠岸，但立刻被一个军官模样的汉子用武力劫去了。我们避开了他们，边走边叫，终于以平时十倍的价钱，雇了一艘小船，十二个人分两批，于五时左右渡过了河。

在石围塘车站遇到"锋社"的朋友们，他们早一天出发，在车站上已经等了一日一夜了。六点，最后的一批火车撤退，我们侥幸地挤上了车，但是开了不多一会，警报又响了，大家下了车，决定步行去三水。天已亮了，从老百姓的炊烟，东望广州，还没有什么变化，但是不多一刻，震耳的轰响连续地从背后传过来了。

这一天傍晚抵达三水，敌人的兽蹄也在这一天的下午踏进了大广州的东郊。

一九三八年
《救亡日报》《十日文萃》一九三八年第四期

3. 从广州到桂林

一九三八年十月广州沦陷，我们《救亡日报》同人在战火纷飞中离开广州，经肇庆、柳州，于十一月七日晚到达桂林。当晚，我和林林就到桂北路二〇六号八路军驻桂林办事处，找到了李克农同志。当时，《救亡日报》的社长郭沫若同志已由武汉撤退到长沙，广西政治情况又很复杂，因此，《救亡日报》复刊后的方针政策，以及筹备复刊必需的人力物力，都要尽快向郭社长和当时也在长沙的周恩来同志请示。于是，当即决定，由我第三天只身赴长沙。《救亡日报》同人（除了广州撤退到桂林的十二个人之外，已在广西探亲的周钢鸣也参加了）的住宿生活，一切由办事处用郭社长名义，通过在桂林的进步人士，妥善安排。根据克农同志的意见，为了争取"合法"，让"桂系"当局安心，要我在动身去长沙之前，先请刘仲容陪我去拜访了广西文化教育界元老李任仁先生，然后再由李任仁先生和我一起，对当时的广西省省长黄旭初作了"礼节性"的拜访。和黄旭初，我们只谈了十来分钟，而李任仁先生则把我约到他家里，详细介绍了李、白、黄之间，和"桂系"同蒋介石之间的十分微妙的关系。其中我记得清楚的一点是：他问我郭沫若对"太子"派（孙科、梁寒操）的看法和态度，然后说，孙科想在广西插手，话讲得很漂亮，实际上他和CC关系很密切，因此李、白对他采取了"敬远"的态度，将来你们在桂林办报，我看他们也会对你们采取同样的态度的。这是我和任仁先生的第一次见面，但是谈得非常诚恳坦率。

我在十一月九日晚坐火车赴长沙，路上从北向南开的列车拥挤，不时停车，直到十日下午才到长沙（郭老在《洪波曲》中说我于八日到长沙，是误记）。一下车，我很快地感到长沙的治安已经十分混乱，特别奇怪的一点，就是大街上有许多店家都已经在临街的门前筑上围墙，或者用木板把大门钉死；这种情况，在广州陷落之前我们也曾见过，所以很自然地感到国民党当局并没有"保卫"这个重要城市的决心。十一日上午，好容易找到了郭社长和周恩来同志，他们对我的到来似乎既感宽慰又有点惊奇。恩来同志办公室里挤满了人，认识的、不认识的，穿军装的、西装笔挺的，各色人等都有。恩来同志和我握了握手，说："对不起，等我十五分钟。"我就和人丛中唯一的熟朋友孙师毅同志走出办公室，在走廊上相互谈了从广州撤退的遭际。等了十五分钟，半小时，一小时，师毅建议一起去吃饭了，这时恩来同志才匆匆出来，就站在走廊上说："我已经接到克农发来的电报，你们从广州出来的情况，大体也知道了；报纸决定在桂林复刊，很好，但是现在情况紧急，具体怎么办，现在还没有想好，沫若也很忙，你先休息一下，明天下午四五点钟，到'三厅'再谈。"于是，师毅慷慨地要请我去吃湖南菜。可是一到大街，幻想就消灭了，大大小小的馆子都关了门。师毅还是不死心，说到"八角亭"去看看，结果还是接受了我的意见，买了几个大饼充饥。第二天，一九三八年十一月十二日，这就是抗战史上有名的"长沙大火"的日子，我按时到水风井三厅，恩来同志正忙着"紧急疏散"，来不及谈《救亡日报》的事了。他对我说："你这次来得不巧，没有时间详谈，但也可以说来得正好，现在要交给你两个任务，一是给你一辆汽车，由你和孙师毅、马彦祥护送于立群、池田幸子去桂林，把她们俩安顿好之后，可以先和克农商量，自筹经费，尽快恢复《救亡日报》；第二，现在战事紧张，第三厅不能再和散在各地的抗战演剧队联系，但考虑到《救亡日报》是公开合法的报纸，所以今后一段时期，各地演剧队由你和他们联系，如有不能解决的问题，可向八路军驻桂林办事处请示处理。"这样，我们就在暮色苍茫中离开长沙。当我们的那辆"老爷汽车"到达下摄司的时候，长沙就发生了大火，我们一行五人，于立群和池田幸子都是孕妇，池田还带了一只她最欢喜的花猫。在崎岖不平的公路上，挤满了达官贵人和军官的家属，和"逃难"的大小车辆，真可以说"步履艰难"。我们在衡阳、冷水滩各休息了一日，记不起是十一月二十日或二十一日才到达桂林。这时,由于克农同志的协助,和林林等同志的努力,《救亡日报》同人已经找到了一处临时安顿的地方。但是,"人地生疏"而又赤手空拳的十几个人,要在物价飞涨的情况下办起一张报来,经费就成了一个首要的问题。八路军办事处不可能供给我们经费,即使有钱,办事处"津贴《救亡日报》"这句话一传出去,这张以文化界统一战线为标志的报纸也就会被反动派叫成伪装党报。出路在哪儿?我和李克农同志商量了两天,决定"自力更生",不向国民党和桂系伸手(那时据李任仁先生和杨东莼同志说,只要以郭沫若名义向李宗仁申请,一定数目的津贴是可能获得的)。我托克农同志给正在长沙处理善后工作的恩来同志打了个电报,提出复刊的具体工作由林林、周钢鸣同志积极筹备,我则立刻经广州湾赴香港,通过廖承志同志筹募经费。恩来同志同意了我们的意见,并告诉我们有必要时,可以赴新加坡去向陈嘉庚先生求援。这样,我就不等郭沫若同志预定的十二月四日赶回桂林,就在十二月三日搭公路车南行。五日到广州湾(今湛江市),乘上一条不足两千吨的货轮,慢吞吞地在海上漂着,好容易到十二月十二日才到了香港。这次到香港的筹款任务,出乎意外地顺利。原来恩来同志已经电告廖承志同志,要他尽力协助,所以他就很快地决定从海外华侨捐赠的经费中,拨给了一千五百元港币。也正在这个时候,郭老派阳翰笙、程步高到香港购买交通工具和国内缺乏的文化用品,从他们口中得知,恩来同志途经桂林去新四军时,曾和郭老见过李宗仁、白崇禧,谈到了《救亡日报》即将在桂林复刊,并希望得到他们的协助。据说,桂方表示"欢迎",而且答应了补助一笔经费作为开办费用。这件事对我说来是一个最好的消息,一是桂系表示"欢迎",我们就和《广西日报》《扫荡报》等有了同样公开合法的地位;二是我离开桂林之后,每天报上看到物价飞涨的消息,就一直在耽心着桂林《救亡日报》同人的生活。有了这两笔捐款,复刊的可能就具备了,我就通过廖承志打电报给李克农转告林林,不要等我回来,最好能在一九三九年一月一日复刊。

这次旅程很短，据我当时写的一篇文章（《长途》）记载：我于十二月十二日到香港，又于一月十二日回到桂林，时间正好是一个月。

我回到桂林的那一天，正好是《救亡日报》桂林版出版的第二天，对这件事，在郭老写的《洪波曲》中似有误记。《洪波曲》中说，《救亡日报》在桂林于一月一日复刊，个别的同志在回忆中则说是一月三日复刊，但去年经华嘉同志亲自到桂林八路军办事处纪念馆去查了旧报，才证实正确的复刊日期是一月十日。延期出版的原因，是十二月二十四日敌机滥炸桂林市区，《救亡日报》暂时借住的房屋被炸，加上接洽印刷所等等关系，只得延迟了十天。

《救亡日报》为什么能在桂林出版？这还得追述一下我党和桂系的关系。李宗仁、白崇禧和蒋介石之间有矛盾，这是"众所周知"的，但这中间不能忘记周恩来同志在武汉时期对李、白二人作了耐心、细致的工作。一般人认为桂系只是李、白、黄（旭初）三个人为首的军阀集团，这看法是片面的。在李、白、黄之外，还有李济深、黄绍竑，他们在桂系都有相当大的影响，和蒋介石也有根深蒂固的矛盾。因此，一九三八年在武汉时期，恩来同志就对白崇禧进行了诚挚而又坦率的"统战"工作。例如，毛主席的《论持久战》出版后，恩来同志亲自将这本书送给白崇禧，叶剑英同志也向白详尽地解释了这一著作在整个抗日战争中的战略意义。白崇禧是一个自作聪明、以"小诸葛"自居的人，所以他曾商得李宗仁的同意，将这本书印发给桂系师长级干部阅读，然后又提出了"积小胜为大胜，以空间换时间"的口号，报请蒋介石批准，遍发全军，作为"对日作战方针"。我讲到这里，还得追记一下不久前去世的刘仲容同志。他是留俄学生，早在一九三六年西安事变前夕，正是两广事变结束之后不久，仲容同志就奉恩来同志之命，从延安秘密来到南宁，通过他的留苏同学王公度（曾与托派有关，后来成了李、白的智囊）的关系，会见了李宗仁，传达了中共中央团结抗日的方针和我党愿意和桂系真诚团结的意愿。据仲容同志后来对我说，由于一九二七年第一次国共合作分裂时桂系站在蒋介石一边,所以当他第一次同李宗仁见面,提出这个问题时,李简直不敢相信,只是当时时局动荡,因此李宗仁一方面对他"以礼相待",但同时又表示现在还谈不到这一类"十分敏感"的问题。可是不久之后西安事变爆发,蒋介石同意了合作抗日,李宗仁才把刘仲容视为上宾。当时,刘仲容和刘士衡都同我们在广西的八路军办事处有联系。抗战开始后,二刘都任桂林行营主任白崇禧的"参议"。我从广州撤退到桂林,李克农同志安排李任仁先生陪我去见黄旭初,也是由刘仲容同志带我去见李任老的。由于以上的这种关系,加上桂系和蒋介石之间存在的历史性隔阂,以及李、白对蒋介石蚕食广西这块地盘的戒心,因此,在抗战初期,和其他蒋管区比较起来,广西不论在政治上、文化上,特别是对待爱国的知识分子和"救亡青年",态度都是比较开明。桂系对当时政局保持这种"八面玲珑",以抗日、民主为号召的态度,所以《救亡日报》在桂林复刊的筹备工作尽管十分艰苦,总的说来还是比较顺利的。我们在太平路十二号找到了一所办公的地方,后来又在桂西路二十六号租借了一间很小的"营业部",工作人员除了从广州撤退来的十二个人之外,逐渐吸收了不少从内地流亡到西南来的文化界人士和"救亡青年",当时在一起工作的,我记得起来的有周钢鸣(他从创办时就是采访主任)、谢加因、华嘉、冯晖、乔章棣、萧聪、王仿子、薛传谋、林仰峥、高静、水声宏等等。看这个名单就可以知道,没有一个懂得和能够管印刷、发行,以及经济开支的经理,于是经我向李克农同志呼吁之后,他介绍翁从六(毅夫)同志来当经理。说也奇怪,当克农同志把翁从六介绍给我的时候,我们两个都禁不住惊喜交集,原来我们是一九三一年在白色恐怖最严重的时候,出版"左联"外围刊物《文艺新闻》时的同事。翁从六是一个精明干练而又和蔼可亲的人,在社内除我之外,他比较年长,所以从此之后,报社除编辑工作之外,一切经济、对外交涉,以至全体同人的衣食住行……一切都由他管理,而且办得深得人心,使全社人员在一律吃大锅饭、不拿薪水稿费的情况下,团结一致、毫无怨言，一直坚持到报社被封闭为止。

周恩来同志要我办《救亡日报》的时候，就决定了我的工作重点是宣传和统战，因此，当报纸复刊之后，我就得分出一部分（也许可以说大部分）时间去做统战工作。当时的桂林，在大后方被叫作"文化城"。由于那时的桂系在政治上还算比较开明，所以蒋介石的复兴社，陈立夫陈果夫兄弟的CC，孙科的"太子派"，宋美龄的"夫人派"……当然还有坚持与中共合作的进步组织，都要在这个地方建立据点，于是有人说，当时的桂林（乃至广西）是一个"群雄割据"的局面。白崇禧是行营主任，但是他下面也不是清一色的桂系，例如行营政治部主任就是孙科系统一个颇有野心和善于权术的梁寒操。在文化方面，有两个不由桂系控制的机构，一是中央社广西分社，社长陈纯粹；二是新闻检查所，所长是一个姓周的前西北联大教授，自称和鲁迅先生是"近亲"的绍兴人。这两个机构及其负责人，都是由CC控制的，对《救亡日报》当然负有监视的任务。在报纸方面，当时除桂系的《广西日报》、"中立"的《大公报》之外，还有一张国民党军委会直属的以反共著名的《扫荡报》。早在《救亡日报》复刊之前，我就对黄旭初坦率地表明了态度，即我们赞赏和拥护广西当局的团结抗日、进步的立场，对广西内部政务，保持友好态度，也希望广西当局对《救亡日报》予以支持。因此，直到皖南事变之后我离开广西，我们同《广西日报》之间一直维持了友好的关系。中央社广西分社的社长陈纯粹，五四运动之后，曾参加过进步活动，是欧阳予倩的老友，在我看来是一个谨慎而又懦弱的人。我回桂林后向他作礼节性访问的时候，他首先说："我对郭先生很尊重，我保证对你们和对《广西》《大公》《扫荡》一视同仁。"所以我们和他也相处得很好。至于新闻检查所的那位周所长，情况就不同了，我认为他是一个典型的两面派。他一方面对我表示十分友好，认同乡，叫我"乡长"；有时候在我们送审稿中作了删改之后，第二天甚至还要到我们报社来"解释"，说什么下面的检查员删改了，盖了印子，我不好坚持，等等。

关于这位先生,我还想起一件有趣的事。有一天(大概是一九三九年夏)他特意约我"饮茶"。他说,桂林过去有一个浙江同乡会,有一座三进深的会馆,后来被别的机关占用了,他去看了一下,觉得房子修一下还可以用,可以安排七八户人家。接着他又用"悲天悯人"的口吻说:现在浙江人流亡到这里来的很多(似乎他还举了宋云彬、张梓生等人的名字),大家挤在江东的草棚里,为什么我们不可以把这个会馆收回来,供同乡们居住呢?接着,他对我说:"你老兄带头,我们联名写一个报告给省政府,要求发回这个会馆。"当时桂林的确房荒严重,太平路十二号《救亡日报》的小会客室里,就常常有不速之客来睡地铺,他的那个主意不是不可以考虑。但是他向我(我在桂林的政治面貌,已是尽人皆知的了)提出这个问题,又要我带头签名申请,就使我感到意外。于是我就回答他说:"你的主意我赞成,但一定要由你带头,因为你是现职官员……"他谦辞了一番,表示这件事一定要办。可是从这之后,直到我离开桂林,不止一次遇到他,他却再也不提这件事了。对《扫荡报》,即使在各报记者聚会的时候,我总是要我们的记者保持警惕。因为,那时候一位《广西日报》的记者告诉过高灏、高汾,说《扫荡报》的一个女记者是军统特务,专门想从《救亡日报》探听在桂林的共产党人的情况。但是完全出乎意料之外,有一次在行营举行的"纪念周"之后,《扫荡报》的总编辑钟期森,竟约我单独谈话,而且单刀直入地说:"您不要把我和重庆的《扫荡报》联系起来,在桂林,我们两家的处境是差不多的,都是'寄人篱下',加上现在是抗日时期,我不会在版面上发表不利于团结的言论的。"这件事开始我感到惊奇,但再一想,他的话不一定全是假话。事后,他的确也一直对我们保持了"友好"的关系。在抗战时期,从敌对阵营中意外地伸出友谊的手来这样的事情是常有的。至于《大公报》,当时的主持人王文彬先生,是一位爱国民主人士,他对我们诚恳坦率,有时候还告诉我们一些重庆的所谓"内幕"消息。这些事实说明,在抗日战争时期,国民党和它下面的各种派系,都不是铁板一块，都可以分化争取和我们合作（即使是一段时期之内）。现在不少人写回忆录或文艺作品，对国民党人、各军阀派系都一律写成"反动派""顽固分子"，我认为是不符合历史真相的。

在国民党掀起第一次反共高潮之前，一般说来把桂林叫作"文化城"，看来是可以当之无愧的。除了当时李、白、黄的态度比较开明之外，还有一个原因是广西在我们到来之前，在文化、新闻、出版、文艺等方面，进步力量都已经有了相当可观的基础，其中最突出的，是以广西文化界元老李任仁先生为主任的一个颇有声势的"广西建设研究会"。这个组织表面上是一个学术研究团体，会长是李宗仁，副会长是白崇禧、黄旭初，常委主任李任仁是白崇禧的老师，委员中包括了李四光、胡愈之、欧阳予倩、杨东莼、张志让、姜君宸、千家驹、范长江等知名人士（《救亡日报》迁桂之后，我也接到了一份"聘书"，请我当了委员）。这个组织只出一份叫《广西建设》的杂志，不搞什么抛头露面的政治活动，但它实际不仅是桂系对外炫耀进步的一块金字招牌和各方政治势力联系的纽带，而且是李、白、黄的一个最有力的智囊集体。这个组织看起来"名士如林"，而实际主持大计的是李任仁、陈劭先、陈此生等等，这些人在国民党看来都是不折不扣的李、白"嫡系"，只要蒋桂不正式撕破脸，CC也好，军统也好，要对这些人下毒手是不可能的。同时，在一定的范围之内，李、白集团通过这个机构支持了当时从外省迁来的进步组织和个人；必要时，也可以通过这个机构，和中共及其外围保持联系。当然，桂系在当时采取这种态度，也还有它"自卫"——也就是巩固和壮大地方势力的作用，最明显的例子，就是李宗仁以"礼贤下士"的姿态，聘请知名教育家杨东莼（中共秘密党员）当了广西建设干部学校的教务长，双方还订了"君子协定"：这个学校的教育方针、用人行事，一律都由教务长决定。这样，在我党的支持下（为了加强这个学校，八路军驻桂林办事处还从《救亡日报》调去了周钢鸣、司马文森、蔡冷枫等同志到"干校"去任教），这个被叫作大后方"抗大"的广西干校，就在这一段时期里为桂系——也为各民主党派培养了许多骨干。

一九三九年之后,蒋介石的反共本性又逐渐显露,在所谓"大后方"的革命知识分子相继受到迫害,纷纷撤到桂林。于是,这个本来只有十来万人口的地方,真正成了人才荟萃的所在,除了八路军驻桂林办事处、《新华日报》发行所和《救亡日报》之外,胡愈之、范长江、陈侬菲(同生)等同志又办起了"国际新闻社""中国青年记者协会",还有刘季平等同志办的"生活教育社"。杂志(副刊)、专业文艺团体,也如雨后春笋:文学方面,有司马文森主编的《文艺生活》,聂绀弩、孟超、秦似、宋云彬等主编的《野草》,《广西日报》辟了一个文艺增刊《漓水》,由艾青主编。据我回忆,到一九四〇年,在桂林的文化界人士,除前面提到过的之外,文学方面的有茅盾、田汉、洪深、周立波、杨朔、胡风,美术方面有丰子恺、叶浅予、关山月,舞蹈方面有吴晓邦、戴爱莲、盛婕……音乐方面有张曙(他到桂林较早,在一九三八年十二月的敌机轰炸中牺牲)、贺绿汀、林路等同志。由于我们坚决执行了周恩来同志的指示,尽可能保持了《救亡日报》的公开合法地位,所以太平路十二号这个地方,很自然地成了各地进步文艺工作者的通讯联络、碰头和临时"落脚"的地方。当时,有人说我们这家报社实行的是"原始共产主义",外地来人没地方住,就在"客厅"里睡地板,碰上吃饭的时间,一起吃大锅饭。当然,这些文艺工作者给《救亡日报》写文章,有时帮我们跑腿,也一律不给报酬。这种情况一直维持到一九四一年春这家报纸被封,大家不仅没有矛盾,而且在事隔近四十年的今天回忆起来,大家也觉得这一段时期的工作和心情都十分痛快。

现在,让我回头来再谈谈这张从上海辗转迁徙到桂林的报纸。老实说,《救亡日报》从开办的那一天起,所有的工作人员都是"杂牌军",或者叫"散兵游勇"。从郭老起,到编辑、记者……都是摇笔杆子的书生,没有一个人当过记者(当然,其中也有些人如阿英、凌鹤、王尘无等和报馆有过联系,如办过副刊,或在副刊上写点杂文之类），更不用说和印刷所、报贩打交道，以及管理收支账目之类的事了。在上海时期，这一类事完全交给了国民党派来的周寒梅；在广州这些事主要也还由张镛管，直到张镛私卖白报纸事件发觉后，才勉勉强强地把发行权收回。可是到了现在，《救亡日报》已经完全和国民党划清了界线，局势暂时稳定，加上，我们要以一张四开小型报纸和《广西》《大公》《扫荡》《力报》之间取得一个站住脚的地位，那么，整顿和改革版面，加强发行管理工作，就成了迫在眉睫的问题。在经济方面，郭老离桂之前，国民党政府军委会政治部曾同意"每月"津贴二百元，但是实际上，除在一九三八年十二月领到了二百元之外，以后就用"拖"和"赖"的方法，不再支付了。我在香港筹来了一千五百元港币。郭沫若同志和三厅同人为了支持我们，在重庆上演了一出话剧——我在广州写的《一年间》，也给我们筹集了一点经费（这时，我已经把财权全部交给了翁从六同志，所以我说不出这笔钱的具体数目）。但是，当时报纸是委托三户印刷厂代印，花费不少，报纸初创，销路不到二千，因此到了这一年夏季，就不得不用"征求长期订户"等办法来周转了。要报纸有销路，有特色，"以小胜大"，我不止一次向胡愈之、范长江等同志请教。研究的结果，总的意见，就是一定要改变在上海、广州出版时的那种既不像杂志，又不像报纸的形式——那时主要的毛病是："书生办报"，不懂得办报的"基本规律"；具体的表现是：登长文章，发空议论，"有啥登啥"，靠"名人"的文章撑场面。除了第四版《文化岗位》是文艺副刊之外，一、二、三版内容混乱，有时一篇文章占了第一版，把当天的国内外重要新闻（当时正值第二次世界大战爆发前夕）都挤到二、三版，甚至无法刊出。我们为了改革版面，社内开了几次不拘形式的民主会，大家出主意，对外还虚心地听取所有有办报经验的同行（如《大公报》的王文彬——乃至《扫荡报》的钟期森）的意见。同时，还采取了一种社内外"每日评报"的制度，就是每天一早报纸印出来之后，先由我校看一遍，从版面安排，到新闻内容、形式，以及误植、衍文，一一用红笔批点，或者提出我个人看法，征求大家意见。我把这件事当作早餐前第一项工作。批改后，把这份报纸贴在通道墙上，让每个社员都有"评报"的权利。据我回忆，大概到一九四〇年五六月间，这份小报的编辑发行、管理方面都有了一定改进。我们打破陈规，把当天国内外大事（主要是国民党中央社通发的新闻）简编成几百字到一千字；然后规定，每天一定要有一篇不超过一千二百字的"社论"。社论内容，从国际大事、抗战形势，一直到社会风气、人民生活。写社论基本上由我负责（我生病的时候廖沫沙代写，沫沙同志是在长沙出版的《抗战日报》被封后到桂林参加《救亡日报》的）。其他，二版主要登国内政情，广西和桂林的社会消息；四版除固定的《文化岗位》之外，有时也出音乐、戏剧、美术方面的专刊。此外，我们还利用上海文化界救亡协会的老关系，分别约请在桂林和外省、香港的文化界知名人士写文章。这种稿件都有针对性，也都是由报社根据时间变化，特约有专长卓见的作者写的，而且，为了引人注意，每篇文章的题目上面都加上一个"本报特稿"的标志。同时，由于当时国内外时局多变，中央社、塔斯社发的新闻稿中有些事件、人物、地名一般读者不了解，于是我们就办了一个看起来似乎很有气派，而其实只由两三个青年人（我记得最早负责这一工作的是于逢和易巩同志）主持的资料室，一有问题，第二天报上就可以看到简明介绍的"本报资料室特稿"。除此之外，我们还对报纸的文风作了一些改革，力求做到通俗易懂，反对教条八股，并革除了新闻报道中常用的一些对读者不负责任的语汇，如"云""云云"之类。这些改革，都是通过"每日评报"的形式来进行的。当然，由于《救亡日报》在桂林只办了两年，所以要真正做到文风改革，是困难的。还有一件事，不久前胡愈之同志问我："你是不是在桂林'造'了两个新字？一个是'垮'，一个是'搞'。"我承认，这是我根据实际需要而试用的，但不久，这两个一般字典上没有的新字，就被其他报刊接受了。由于我们逐步进行了改革，特别是得到进步文化界人士的支持，《救亡日报》从两千份增加到三千份、五千份，销路扩大到湖南、江西、广东、四川乃至香港和南洋一带。

在这里应该一提的是：一九三九年冬，一方面是第二次世界大战爆发，另一方面是国民党反动派发动了抗战开始后的第一次反共高潮，特别是汪精卫公开叛国，打算建立傀儡政府，于是，在上海，这个被叫作"孤岛"的上海，我们的救亡抗敌工作更显得困难和复杂。为了加强上海地下工作，李克农同志通知我，要调翁从六、彭启一两位同志到上海去工作（记得从"国际新闻社"也调走了两三位同志），同时，介绍《新华日报》负责发行经理工作的张尔华（敏思）同志接替《救亡日报》的经理。很巧的是翁从六和张尔华都是宁波人，而且同样的精明干练，这样，我们这支"杂牌军"经过辛苦经营，终于开始正规化了。对我自己来说，也在这时候开始，真心实意地爱上了新闻工作。第一，直到现在，我还觉得搞文艺工作不如搞新闻工作痛快，不论是大的国际大事，或者小的社会现象，人民群众有意见，要讲话，要表扬，要抗议，我们当天晚上十一点钟以前写好社论，第二天清早就可以和读者见面，这是一个政治上、写作上、编报技术上的最好的锻炼机会；其次，在当时，办报是和恩来同志交付给我们的统战工作分不开的。而我这个人，在三十年代虽则也曾做过一些统战工作，但当时接触的人还都是上层知识分子、救亡青年，当时潘汉年要我和"九流三教"的人打交道，我还感到非常委屈，一位负责特科工作的同志还批评过我"戴了白手套休想搞革命"。但是到了桂林，担起了《救亡日报》这个担子之后，我的思想才开始发生了变化，我不仅被迫着不能不和中央社社长、新闻检查所所长、《扫荡报》总编辑打交道，而且还得做一些现在想来还是颇有兴趣的工作。举一个例，当时孙科、邵力子等在重庆办了一个"中苏文化协会"，这个组织实际上由左派人士负责（如王昆仑、张西曼、郁文哉、蒋燕等同志），做了一些介绍苏联的工作，因此，不少人提出，桂林也得成立一个"中苏文协"分会，对此，"孙科派"的行营政治部主任梁寒操一开始就认为分会会长非他莫属。因为一则他还打着"孙科派"的"亲苏"的招牌,二则他当时已经和CC派拉上了关系,在第一次反共高潮中表现很坏;于是,为了不让梁寒操掌握这个机构,我们几个人(当时,胡愈之、范长江、张志让、姜君辰、杨东莼和我,经常每星期以聚餐为名,聚谈一次)决定了一个对策,就是由我去找李宗仁的夫人郭德洁,请她出面担任"中苏文协"广西分会会长。郭德洁一口答允,同时,对于我们打算办俄文训练班、翻译和出版苏联书籍等等计划,她都表示同意。她还主动对我说:"会址、经费等等由我负责,文化界我熟人不多,先请你和劭先、此生先生商量再作决定,至于实际办事的人,那就由你和劭先、此生先生去安排了。"这样,梁寒操就失去了一个他起初就认为唾手可得的"会长"职位。对这类事,在过去,我是绝对不肯干,也是不会干的。

在此期间,我还想起一件事来。就是越南的胡志明同志(当时叫阮爱国),被国民党软禁在桂林,由一个越南出生的中国特务陪(盯)着他,和他一起的只有一个二十岁左右的越南姑娘。有时特务盯得不紧的时候,他常常派这位姑娘来看我,主要是打听一下解放区的消息,和借一些我们从八路军办事处拿来的《新华日报》和塔斯社的电稿。大约是一九四〇年的一个夏天的晚上,胡志明同志独自来到太平路我的住处,见了我就说:"今天晚上'侍候'我的那位先生(指中国特务)赴宴去了,所以我来看看你,并给你们写了一篇稿子。"文章不长,但我记得他以非常乐观的态度,分析了东南亚民族革命的形势和前景。我们初次见面,但谈得非常坦率,主要是对蒋介石的反共政策表示了深刻的仇恨。他写的那篇文章,我故意请他再写了一个信封,装进一篇不用的稿子,投邮寄给我"亲收",然后再把文章发表。这样做的目的,就是万一国民党派人来追查,我可以凭这个盖有邮戳的信封来对付。这件事经过了近二十年,一九五七年我率文化部代表团到河内去签订年度文化交流计划。到达河内的第二天傍晚,忽然得到通知,说要我晚上九时单独到主席府"喝茶"。我准时去了,胡志明同志在他的办公室兼卧室的房间里接见了我。他是国家主席,我是一个普通的代表团团长,所以尽管天气酷热,我还是匆忙刮了胡子,穿得整整齐齐去拜见,可是一进他的办公室,他却穿着中国式的短衫,赤脚穿着拖鞋,和我热烈拥抱。茶几上放着一盘水果,服务员开了两瓶汽水。我讲了几句礼节性的话之后,他立刻打断了我公式化的寒暄,开门见山地说,谈谈桂林的事吧,"我一直记得,我那篇文章你给了我五块钱稿费,五块钱,当时是很派用场的。"说罢,又紧握着我的手大笑起来,并把一张亲笔签名的照片送给了我。——在这篇记事中我提起这件事,并非为了表示《救亡日报》有这样一件光荣的往事,而是想起今天的中越关系,真是不胜感叹而已。(附记:很巧,写到这里,我收到了黄文欢同志亲笔题名送给我的一本《黄文欢汉文诗抄》。)

到一九三九年底,《救亡日报》发行数接近了八千大关,这在当时可以说是一个奇迹。同年,爱国侨领陈嘉庚访问延安后来到桂林,参观了《救亡日报》。由于林林同志是闽南人,用家乡话向他介绍情况,使他特别感到亲切,当他知道我们白手起家,大家吃大锅饭,不拿薪水的时候,非常高兴,并一再问我们经济上还有什么困难。很明白,他表示愿意帮助我们。但是,也许那时倒是真的"穷过渡"吧,我们说,有七八千份销路,有一批支持我们的长期订户,有时候我们还得到桂林戏剧界的帮助,给我们"义演"筹款,所以我们可以支撑下去。事实上,在那一段时期,我们经济上确实没有太大的困难。我们想尽办法节流开源,例如把每天销剩的报纸积累起来,订成每月一册的"合订本";把登在《救亡日报》《新华日报》和香港《星岛日报》(当时的总编辑是金仲华同志)上的知名作家文章选辑出来,发刊了一种综合性的《十日文萃》,都有相当数量的销路。于是,在"站定"之后,我们就想到了"发展"的问题。继翁从六同志之后担任经理的张尔华同志,是一位理财能手,他向我提出了一个很重要的问题,就是《救亡日报》要发展,必须有一个自己的印刷厂。如前所述，我们的报纸，是委托冯玉祥将军主办的"三户图书印刷所"代排代印的。在当时来说，"时间"是办报的关键问题，托人代印，常常会发生矛盾。加上，这家印刷厂的铅字（特别是五号字）都已经老掉了牙，残缺不全，印在黄褐色的土报纸上更使读者难以辨认；而号称"文化城"的桂林，却还没有一副完整的可以铸字的铜模。于是我们就决定，由我再去一次香港，筹款买一副新的五号字铜模；其二是向当时在港的文化界友人（特别是国际问题专家金仲华、乔冠华等）约定了一批关于欧洲战事的"本报特稿"。这样，我们自铸了一副铅字，在漓江南岸的白面山找了一块荒地，搭了几间茅屋，招募了十来个流浪在桂林的印刷工人，吸收了几个救亡青年作为排字工的学徒。于是，从三七年八月开办以来，我们第一次有了自己的印刷厂。

为了适应当时社会环境，我们有意把报社、出版社（"文萃"和合订本的发行所）和印刷厂这个整体分成三个部门，出版社叫"南方出版社"，由萧聪同志任经理，印刷所则定名"建国印刷厂"，由张尔华任经理。同时为了避免轰炸，把夜班编辑部附设在印刷厂，由廖沫沙、林林同志分值夜班，校看清样。白面山是一个很荒凉的地方，离城较远，步行要花四五十分钟时间。有时我在太平路写好社论，觉得要和沫沙同志商量，就得步行到白面山去定稿。这条路上几乎没有人烟，还得经过一块坟地。我不止一次在路上踢到一块既不像石块又不像树根的东西，擦亮火柴一看，原来是一个骷髅。当时我正好四十岁，胆大包天，根本不把野鬼放在眼里。

从一九四〇年春到同年十月，可以说是桂林这个"文化城"最繁盛的时节，但是也在这个表面看来似乎很平静的时期，一股暗流正在一次又一次的冲击。由于昆仑山之战的失利，蒋桂之间的矛盾激化起来。蒋介石撤销了以白崇禧为主任的桂林行营，广西的军队划归驻在柳州的第四战区司令长官张发奎指挥，同时，依旧是又打又拉，把白崇禧调到重庆去当了副总参谋长，并任命了李济深为军委会驻桂林办事处主任。只是由于李济深继续采取团结抗日的方针，张发奎和郭老在北伐时期就是"老友",所以桂林文化界的情况,还没有受到太大的影响(记得那时李克农同志还要我以"救亡日报郭沫若、夏衍"的名义,向张发奎发了一个贺电)。

可是到十月间,我就知道,散在西南各省的抗战演剧队有被迫解散或集体入党(国民党)的消息,他们就推吕复同志为代表,到桂林来和我们研究对策。当时李克农同志告诉我,第二次反共高潮就要到来,必须"放弃和平观念",作好应急准备。正如他所预料的一样,一九四一年一月下旬,皖南事变终于爆发了。我于一月二十二日,得到李克农同志的通知,知道了"事变"的简要消息,并要我立即告知《救亡日报》全体党员,作好应变准备。不久,预料中的事终于到来了。那一天中午,我接到那位向来对我很客气的新闻检查所周所长的电话,依旧用非常委婉的口气说:"本来想到贵社来面谈,怕别人碰到不便,所以请你原谅,今天发的中央社通讯稿,务请全文照登。"他用一种似乎很为难的口吻说:"这是中央党部的命令,全国报刊一律照办,我知道你们为难,但兄弟实在没有办法。"我立即给克农同志打电话,说:"方才我的同乡周老板送来一份很重的礼物,我们打算不收,你看怎样?"李只回答了一个"好",然后补充了一句:"但得十分细心,能做得不伤情面最好。"所谓"礼物",指的就是中央社统发的诬蔑新四军"叛变"的文稿。怎样才能做到"不伤情面"呢?我们经过仔细研究,决定把中央社发来的电稿全文付排,并把它放在头版头条地位,然后和往常一样,不动声色地连同其他稿件一起"送审",得到检查所在清样上盖上"审讫"的红色图章之后,在晚上打纸型时,再将这篇电稿抽掉,另登他稿。事情办得很周密,连社内也有许多人不知道。但是第二天出版后一定会发生问题,这是大家预料到的。果然,第二天清晨在桂林所有报摊和零售店都看不到《救亡日报》,原来国民党发现我们拒登这条消息后,就下令扣押了当天的全部报纸,而且"新检所"还用书面正式给了我们一个严重警告。这一天,除了太平路十二号附近有几个鬼鬼祟祟的人来往徘徊之外。没有什么动静。晚饭前后,我还在客厅里看编辑部的几位青年人在打乒乓,忽然,一个穿着棉大衣、把帽子压得很低的人走进来,在暗淡的灯光下还来不及认清是谁,他讲话了:"好悠闲啊,看打球。"听声音就知道,这是李克农同志。我和他进了我的卧室,他告诉我,南方局来了急电,说国民党中统就要在桂林下手,要我尽快离开桂林,到香港去建立一个对外宣传据点。

这一通知,倒真的使我怔住了!《救亡日报》在桂林办了两年,有了发行所、印刷厂,连编辑部在内,总共已经是一个有四五十人的"小据点"了,我走,其他的人怎么办?报纸还能否出下去?这都是立刻就得决定的问题。克农同志详细地把重庆来电的内容告诉了我,他说:"分几步走,第一步你先走,留下的事由林林、张尔华负责,只要国民党一天不来封门,我们就继续出版。但是,八路军驻桂林办事处看来也是保不住的,所以整个进步文化界人士,都得做好妥善的安排。他已经向南方局请示,建议凡有公开职业,可以得到广西方面保护者(如广西干校的教职员),都照旧坚持岗位;一些名气较大的文艺界人士,色彩不太明显者,也可以暂时留在桂林。《救亡日报》的骨干(印刷厂工人、南方出版社职员除外)等到报社被封后一律撤往香港。"克农同志还说:"这些事,都可以由我处理,明天,你得去找黄旭初,坦率地告诉他《救亡日报》当前的处境,并向他表示,为了'好来好去',希望得到他的帮助,准许你买一张去香港的飞机票。"我说,假如他避而不见,怎么办?李说:"这可以放心,我已和李任仁先生谈妥,他已经和黄旭初通过电话,我此刻来报社,还是任老用他的汽车送我来的。"

第二天一早,我去省政府看黄旭初,见面后寒暄了几句之后,我们之间进行了一段很有趣的对话。

我说:"《救亡日报》在桂林出版,已经满两年了,按照郭沫若社长和我与黄省长的约定,这张报纸同广西省政府,同广西建设研究会,乃至同《广西日报》之间,关系一直很好……"

黄答："唔，关系倒是……倒是……"

"但是，黄省长一定了解，目前局势起了变化，我再留在桂林，恐怕对李先生、黄先生都可能引起很难处理的麻烦……"

"这……局面嘛，倒是……"

"因此，根据'好来好去'的原则，今天来向黄省长辞行，我打算几天之内，离开桂林……"

"几天之内？这个……"

"对，希望早走，为此，请黄省长给我代订一张去香港的机票……"

"这个（他一只手按了一下办公桌上的电铃），倒是……"（一个副官进来了）他说，"给夏先生订一张到香港的飞机票，明天或者后天……"

我站起来告辞，这时候他才说了一句有内容的话："时局是会好转的，那时候，欢迎你再来。"由于他除了最后一句话之外，都用"倒是""倒是"……来敷衍，所以以后提到这位黄省长，我便开玩笑地把他叫作"倒是"先生。

当天下午，刘仲容亲自给我打来电话，要我拿钱到欧亚航空公司桂林办事处去取机票。动身的日期，我已经记不起了，但可以肯定，那一天正是农历除夕。我们匆忙地召开了社务会议，把已经调到广西干校的周钢鸣、司马文森等同志也请来了。除了说明一下当前的形势和我们的对策之外，主要讨论的是，哪些人可以留下，哪些人在报纸停刊后必须撤退的问题。好像有人写过回忆文章，说八路军驻桂林办事处拨了一笔经费，把《救亡日报》同人疏散到香港，这是不真实的。因为当天的会议上就作出决定，把已经初具规模的建国印刷厂的器材相机出让，用这笔钱作为疏散的经费。也有人回忆说，是陈劭先先生派汽车送我去机场的，这也出于讹传。在这里要提一下当时在桂林以工商界人士身份（汽车修理厂、三中烟草公司）为党工作的张云乔同志，他的工厂是我们党秘密地安置在桂林、由周恩来同志直接掌握的联络点,所以那天是云乔同志亲自驾汽车送我去飞机场的。八路军驻桂林办事处被撤销之后,为了克农同志及其家属的安全撤退,云乔也尽了很大的力量。

我走之后,林林、张尔华同志一直坚持到报社正式被封闭为止,他们在十分困难的情况下进行了大量善后工作。为了筹集一笔经费让大部同人撤退到香港,由张尔华同志主持,把由他一手经营起来的建国印刷厂出售,当时,正在反共高潮的最猛烈时期,把印刷厂出让给冯玉祥先生办的三户印刷厂,也会引起麻烦。所以尔华同志决定,形式上把印刷厂出让给张云乔同志,正式办了出售手续,然后,再由张云乔转售给广西干校的屠天侠同志。三月初,办完了善后工作之后,《救亡日报》同人分两批撤退到香港。其中有廖沫沙、林林、张尔华、胡敏、陈紫秋、邹任洪、华嘉、高灏、高汾、张秀、何迅明、林汝珽、林仰峥、陈秉佳、高静等同志。

我是旧历除夕的傍晚离开桂林的,后来我写过一篇《别桂林》的随笔,开头有下记的一段文字:

> 阴历除夕,我离开了滞在几近三年的桂林。那一天不仅寒冷,而且阴森,北风怒扫着在两广一带萌芽得很早的春草,这突然袭来的寒气也夺去了正在准备迎春者的轻快和欢欣。到飞机场的时候,彤云四合,暗到和黄昏一样,难道真的要下雪了吗?

这几句话,是我到达香港之后不久写下的。因此,其中描述的情景,应该是真实无误的。

《救亡日报》桂林版于一九三九年一月十日复刊,到一九四一年二月二十八日正式被禁止出版,一共出版了两年一个月十五天。"国际新闻社"的范长江同志,在我走后不久也被迫离开了桂林。接着,邹韬奋同志由于蒋政府下令封闭了大后方所有的生活书店,愤然从重庆到了桂林，得到李任潮（济深）先生的协助，也安全飞抵香港。尽管白崇禧在皖南事变中当了"炮手"，但从整个形势看来，蒋桂之间的矛盾并没有消减。由于这种原因，留在桂林的进步文化界人士并没有受到迫害。《救亡日报》被封后清理后事、疏散人员，也没有受到太多的阻难。三月中旬，林林、张尔华等二十余人也平安撤退到了香港。

桂林这个地方我只耽了两年，但我对它的感情却特别深切。这种感情，在我前面提到过的《别桂林》一文中，有一段离别这个城市时的叙述：

> 当时心情的黯然是可以想见的。在桂林有着尊敬的战友和先辈，有着无数诚朴而热血青年，更有着三年来筚路蓝缕，好容易才奠定了基础的一个文化的堡垒——我们有一张可以勉竭驽钝，为国家民族尽一点力量的日报，一个很小规模的印刷厂，一个通讯社，一个出版部，两种有近万读者的期刊，和一所预期能在今春开工的造纸厂……而这一切，都在一只无形的黑手的威胁下，在应该是"友人"的人们敌视下，俨然宣告：这一切文化的力量，再也不准为国家服务了。

我们从广州到桂林的时候，只有赤手空拳的十二个人，而在两年后被迫停刊的时候，却有了一支近五十人的"队伍"；报纸、出版社、通讯社、期刊、印刷厂……都是靠坚持抗战、团结、进步的读者，爱国华侨和无酬地为我们撰稿的文化界人士的心血凝结起来的。在回忆这一段经历的时候，我永远不能忘记在极度困难中支持过我们的朋友和同志，而这些朋友和同志中，有不少人，如杨东莼、田汉、司马文森、孟超……都已经在林彪、江青反革命集团的迫害下，永远离开了我们。对我个人来说，在桂林的两年，是我作为一个新闻记者的入门时期。从这时开始,我才觉得新闻记者的笔,是一种最有效的为人民服务的武器。

附

别桂林[①]
——《愁城记》代序

去年阴历除夕,我离开了滞在几近三年的桂林。那一天不仅寒冷,而且阴森,北风怒扫着在两广一带萌芽得很早的春草,这突然袭来的寒气也夺去了正在准备迎春者的轻快和欢欣。到飞机场的时候,彤云四合,暗到和黄昏一样,难道真的要下雪了吗?

尽管战乱损钝了易感的心,但是离开一处住惯了的地方,总还是一件黯然的事情。战争以来,经验这样的离别在我也已经不止一次了,我别离过妻儿所在的上海,我也别离过使我至今眷念的羊城,但是第一次别离我抱着振奋与斗志,第二次别离怀着愤怒与信心,而这一次呢?我带着的是一种错综而又苦痛的心情。

前一天,我向欧阳予倩先生告别的时候,在我的《心防》剧中演过一个角色的一位十七八岁的小姐向我提出了一个天真的,可是难以置答的疑问:

"你在《心防》中不让刘浩如离开上海,那你自己为什么这样的离开了桂林?"

我黯然的回答:

"那是因为逼着刘浩如走的是正面的敌人和国贼,而现在使我非走不可的,却是我们直到今天还是诚心诚意地期待着和他们合作的'友人'!"

当时心情的黯然是可以想见的。在桂林有着尊敬的战友和先辈,

[①] 本文最初发表时题为《一个旅人的独白》。

有着无数诚朴而热血的青年,更有着三年来筚路蓝缕,好容易才奠定了基础的一个文化的堡垒——我们有一张可以勉竭驽钝,为国家民族尽一点力量的日报,一个很小规模的印刷所,一个通讯社,一个出版部,两种有近万读者的期刊,和一所预期能在今春开工的纸厂……而这一切,都在一只无形的黑手的威胁下,在应该是"友人"的人们敌视下,俨然地宣告:这一切文化的力量,再也不准为国家服务了!

在削骨的寒风中,我悄悄地离开了桂林。从逐渐爬高的飞机中,我再贪馋地看了一眼已经包藏在暗云中的山城,"赴难"而来,"避难"而去,又是一个亡命者了。

这样,我以一个又经历了一次战役的"文化兵"的感觉,到了没有轰炸,没有警报,物质上是润泽,而心灵上是枯燥的地方。三年来的疲惫,突如地逆袭过来,待我舔愈了创伤,平复了疲倦,香港的雨季又到来了。世界正在战争的坩锅中鼎沸,同胞被追迫到黑暗的角落里焦伤;因与果逆置,黑与白混淆,是与非颠倒,为着爱、为着憎,我禁抑不住从心底迸发出来的呼号,可是被窒息了的地上,哪儿有我们自由地呼喊的地方?在绵绵春雨中,我在郊外痴望着一个及时地耕播着的农妇,我感到冲击,我又陷于无底的忧伤,我已经是一个失却了土地的农民,尽管生平习惯于勤谨,可是现在,已经是欲耕耘而无地了!

"因为我要,所以我能!"意志驱散了我的忧伤,意志命令着我向另一条战线转进,三年半的记者生活迫使我懈怠于剧作,现在应该是复归到这一战线的时候了。

颠沛三年,我只写下了三个剧本:在广州写了《一年间》,在桂林写了《心防》和《愁城记》。这三个戏的主题各有不同,而题材差不多全取于上海——一般人口中的孤岛,和友人们笔下的"愁城"。为什么我执拗地表现着上海?一是为了我比较熟悉,二是为了三年以来对于在上海这特殊环境之下坚毅苦斗的战友,无法禁抑我对他们战绩与运命表示衷心的感叹和忧煎。《心防》和《愁城记》,同是在去年春末执笔的,本来的计划是后者在前,前者在后,但是,以去年三月末日来的那一幕丑剧为中心,上海新闻戏剧界友人们的壮烈战斗激动了我,在北欧战事最剧烈的两周间,我草率地写完了《心防》,而《愁城记》,则为着要使之在愁城里上演,临时执笔的时候在构思和布局上又费了绝大的周章。中途搁置者二月,垂成复废者再三;是年七月,世局如棋,惊涛骇浪,法兰西帝国的迅速崩溃,与贝当、赖伐尔之流的空前无耻的出卖,对于在人类史上曾经有过伏尔泰,有过左拉,有过公社战士们的有光荣的民族的运命,给与了我以无边的愤怒与无底的悲怆。我得自承不能涵养,我忿然地写了《资产阶级无祖国!》和《起来!法兰西的人民》这两篇短论。事出意外,这两篇文章对于我主持着的那张小小的报纸招来了绝大的非难,和贝当之流有着血缘亲谊的徒辈,对我们开始了卑怯的罗织与攻讦,恐吓,禁压,和封锁,必要的抗辩和处置化[花]费了我这以后的三个月的时间。三国同盟成立,滇缅公路重开,国际上再换了一个局面,我喘了口气,再把《愁城记》的底稿翻开,时候已是仲冬,上海剧艺社已经把这难产中的剧本作为预告,而发表在他们的印刷品上了!

在多雨的冬天,我又匆忙地赶完了这剧本的初稿,时间不许我推敲,保留了上演前的修改,脱稿的下一天,就把这营养不良而又早产了的胎儿寄到上海去了!

现在,我到了海蓝山紫,窗明几净的香港。第一个愿念,我想趁这时机,写下蓄意经年的另一个六幕剧——《中国的黎明》。这本来是《上海屋檐下》之后就准备着笔的了,"八一三"的暴风把我卷进了兴奋的漩涡,"十·二一"广州沦陷失散了我苦心搜集了的文献和札记,在桂林偶然找到了一些记述甲午战史的小说和笔记,重新又唤起了写作的冲动;而这一次仓促的离开,又丢掉了这些在个人看来是心血,在别人看来是草芥的东西,想写而应该写的,总还是写下来吧,明知微力不一定能战胜这艰巨,我把这工作排上了在香港最初的日程。而正在这时候,上海友人来告,《愁城记》在剧艺社的安排,已经决定了要在五月中旬上演了。

在复杂而又还是不安的心情下,我又把《愁城记》加笔了一下(我得自白,这只是加笔而已),我懊丧于写作当时之轻率,骨格和性格都已经决定了的剧作,要改作是如何困难的一件事啊!第一,我只若干地纠改了一个事实上是骨干的人物(李彦云)的刻划,在嘲讽和机智的反面,我给了他以表白真情与沉痛的机会,只有这样,才能使他的印象不流于冷酷和轻浮;其次,我堵塞了一个容易使主人公从独善走向侥幸的缺口,在上海那种情况,在何晋芳之类的摆布下,一对善良洁白而又不懂得机诈的小儿女,是决无侥幸成功,获得遗产的可能性的。

相呴相濡,在个人是美德,这是无疑问的,可是,在涸辙中,于人于己,究有些什么好处?我相信,有的人可以用力量来使涸辙变成江湖,而这些方才感觉到自己是处身于涸辙的懦弱者,呴濡之后的运命,不是可以想象的吗?于是"不若"和"不得不"相忘于激荡的江湖,也许是这些善良的小儿女们的必然的归结了,我又遐想到上海,也许在这情境下,从涸辙到江湖,并不是困难的事吧。

正像读者无法究诘这些小儿女们今后的行踪和运命,作者也不能更多地关注这一类习作的运命了。这算是从《上海屋檐下》以来的一个小小的终结。除出预想着上海的舞台以外的困难,而终于曲曲折折地突破了这一难关之外,我如实自供,我没有任何的喜悦与欢欣。

夜尚未央,路还辽远,但值得自慰的是我们也正还年轻。没法避开崎岖,我们就不辞一再的挫败,不能跨过黑夜,我们为什么会怕在黑暗中捱磨,尽管风雨如晦,尽管甚至于听不到鸡鸣,可是地球在转,地球在转!有谁比企图阻挠这回转的人更可怜?有谁比清楚地知道这些人之可怜的更值得自傲!

一九四一年五月

4．香港《华商报》《大众生活》

皖南事变之后，我于一九四一年二月初（农历除夕那一天）离开桂林赴香港，搭的是欧亚航空公司的只有二十四个座位的飞机，傍晚起飞，到香港已经是午夜了。在启德机场降落的时候，是一片"送旧迎新"的爆竹之声。香港依旧是那样地繁华、热闹、嘈杂，但从我这个"内地"出来的人看来，这儿似乎还是一个世外桃源，一点战时的空气也没有。在尖沙嘴买了份当天的晚报，尽管中日之间，英、法、德、意之间正在进行着激烈的战争，而这里的报纸版面上还是感觉不到战争的气氛。

在国际新闻社住了一夜，第二天就去找廖承志同志。从他的谈话中，知道了周恩来同志要我到香港，不单是为了"避难"，主要是为了要在香港建立一个对"南洋"（现在叫东南亚）和西方各国华侨、进步人士的宣传据点。他一提，问题就明白了。因为"皖南事变"之后，国民党不仅加强了新闻检查和"邮检"，还查封了各地的生活书店，这样，香港同胞和广大华侨，就看不到《新华日报》《救亡日报》和一切进步刊物了。而重庆的国民党和南京的汪伪集团，配合德意日三国同盟，通过他们各自的新闻传播系统，正在大肆制造"汪蒋合流"、反苏反共的舆论。因此，利用香港这个地方，建立一个对外宣传据点，让香港同胞和散处世界各地的千百万华侨和外国进步人士，能有机会知道中国共产党的方针政策，揭露帝国主义玩弄的"东方慕尼黑"阴谋，就成了我们当前最迫切的任务。廖承志同志还告诉我，为了反击国民党顽固派发动的第二次反共高潮，从重庆、桂林等地将有一大批文化、新闻界人士撤退到香港，所以必须尽快出一份统一战线性质的报纸和一些文化、文艺刊物。

香港是我旧游之地，九九寒天，这里还是繁花似锦。许多老朋友（金仲华、胡仲持、乔冠华、张明养等）对我说，你紧张了几年，也该松散一下了，可是我这个人好像命中注定了没有清闲的福气。我到香港后不久，范长江同志跟着来了，他告诉我，韬奋先生已经到了桂林，正由李任潮先生给他安排来港的机票，因为他是"参政员"，又是秘密离开重庆的，所以很可能会遭到国民党特务的暗算。这样一来，办报的筹备工作就得提前开始。据我记忆，韬奋是二月十日或十二日平安到达香港的。他是一位十分讲究工作效率的人，同时对于蒋介石查封了各地的生活书店这件事非常愤慨，所以，在廖承志同志为他举行的欢迎便宴上，他说，当然最好是办报，但是为了尽快给国民党顽固派以反击，他已经决定先把《大众生活》复刊。因为生活书店在香港有分店，还有几位追随他多年的战友，所以办周刊可能比较容易。可是，事情并不是这样简单，在香港办报或出期刊，都得先向香港英政府注册，而向英国当局申请注册，一定要有一个在香港有声望的"法人"出面，同时还要先付港币两千元的"按金（保证金）"。对此，廖承志说，申请办报的"法人"已经商定了，这个人是他的表兄、香港华比银行华人帮办邓文田，具体事情则由邓的弟弟邓文钊负责，可以说注册问题已经解决，而《大众生活》周刊的复刊，则遇到了先得找一位出面申请注册的"法人"的问题。

第二天，廖承志同志约了邹韬奋等七八个人开会，讨论办报的具体工作。参加的人是：邹韬奋、金仲华、范长江、乔冠华、羊枣（杨潮）、张明养、胡仲持和我。开会的地点是邓文钊安排的，在哪一条街，我已经记忆不起了。第一个讨论的问题，是这张报纸的名称。大家知道，香港是一个很奇特的地方，既是一个远东唯一的自由港，在当时，又是英美法荷的、德意日的、蒋记国民党的和汪记国民党的情报活动中心。我们要在这个地方办一张主张团结抗日和反对德日意法西斯的统一战线性质的报纸，必然会遭遇到各种各样的阻挠。当时，在香港办报办刊物，也和蒋管区一样，稿件在付印前是要受审查的。因此，为了尽可能让报纸能够公开发行，能够邮寄到南洋各地，廖承志同志想出了《华商报》这么一个报名，理由之一是申请注册的"法人"邓文田的确是商人；其次是用这个名称，工商界和一般市民看了也不会感到害怕。至于办报方针，则是大家一致的，就是对内要求团结、民主、进步，反对分裂、独裁、倒退；对外是反对英美对日妥协，揭批绥靖政策和"东方慕尼黑"阴谋。这样的会连续开了几次，到三月下旬，我们接到了党中央的一个指示，即《打退第二次反共高潮后的时局》。于是对办报方针又作了一次认真的讨论。因为皖南事变的斗争"迫使蒋介石重新考虑他自己的地位和态度"，所以我们也相应地考虑了斗争的"有理、有利、有节"的问题。在香港办报，不注意"有理、有利、有节"这个方针是不行的。我们经常讲，后来还把自己办的印刷厂定名为"有利印务公司"，但也常常因为时局的变化，而忘记了这个"节"字。最近我翻看了一些当时的旧报，我自己写的文章中，也不止一次掌握不好"有节"这个分寸。

大概在三月底，桂林《救亡日报》同人由林林、张尔华同志带队，平安地到达香港。我们又开了一系列的会，总结经验，妥善地安排了善后工作：一部分同志参加了《华商报》，一部分人回乡隐蔽或另谋工作，张敏思、林林则和杜埃一起到菲律宾去参加侨报工作。从三月到五月，大批文化、文艺工作者从重庆、桂林相继撤退到香港，知名人士有茅盾、胡绳、张友渔、韩幽桐、宋之的、戈宝权、胡风、章泯、萧红、胡考等，同时于伶等人也从上海撤退到香港。大批文化人的撤离蒋管区，在国内外都引起了强烈的反响。

《华商报》的筹备工作进行得很顺利，于一九四一年四月八日正式出版。当时，组成了一个社务委员会，实际上也就是编委会，每星期开会一次，讨论的主要是时局问题。据我记忆，对版面之类的问题议论得很少，经理部由邓文钊负责，黎兆芳任经理，张惠通任营业主任。经济方面的事我们这些人就根本不管。反正是"书生办报"，颇有一点"八仙过海"的味道。分配给我的任务是每月写几篇社论或时事述评之类的文章，并主持一个通俗性的文艺副刊。这样，和办《救亡日报》比较起来，我肩上的担子就轻得多了。

在《华商报》，韬奋也写过不少文章，开社委会的时候，他也积极参加，但是他的工作重点还在《大众生活》。为了要找一位"港绅"或者所谓"太平绅士"来做这份周刊的"督印人"，他花了不少气力。可是，真是"踏破铁鞋无觅处，得来全不费工夫"，这样一位"港绅"，居然于无意中得之。关于这件事，茅盾在一篇回忆文章中说：

> 当时的香港充斥着各式各样的特务——蒋记的、汪记的，等等，他们要破坏韬奋的活动，自不待言。香港政府自然也不会欢迎韬奋这样一个人来办刊物，不过，既然还标榜着"言论自由"，就不好公然不许，而只能在刊物登记的条件上做文章。照那条例，刊物的负责者是发行人，而发行人则须是"港绅"，因而韬奋当然不能自任发行人去申请登记，而必须另找一位港绅来"合作"……所谓"有志者事竟成"罢，韬奋终于找到一位发行人了。原来有一位曹先生（他的父亲是所谓"港绅"），早已登记好了要办一个周刊。但因找不到适当的主编，故而那刊物还没问世。这位曹先生年纪还轻，读过韬奋的著作及其所编的刊物，可以说是对于韬奋的道德文章有相当认识、对于韬奋怀着敬佩之心的一个人。经过第三者的介绍，事情就成功了。

这位曹先生叫曹克安，登记的周刊仍叫《大众生活》。应韬奋之约，我参加了编委会，除韬奋任主编外，编委有千家驹、茅盾、金仲华、乔木（乔冠华）、胡绳和我共七人。《大众生活》和《华商报》紧密合作，在宣传战线上起了很大的作用。回想起来，在当时当地，《大众生活》的影响可能比《华商报》还大。一是《华商报》初创，而韬奋和《大众生活》在香港和东南亚早已有相当大的影响，因为早在一九三五年，韬奋和胡愈之等就在香港办过《生活日报周刊》；其次是《华商报》除了在政治上廖承志等同志经常有原则性指示外，说得好一点是集体领导,事实上是编委们"各显神通"。而《大众生活》则有韬奋这样一位"主编",而这位主编又的确抓得很紧。这个刊物雷打不动地每周开一次编委会,讨论时事之外,还要决定下一期的主要内容,并在这个范围内每个编委担任一篇以上的文稿。韬奋的特点是用他特有的精神和品德来团结作者和读者,同时又以科学的管理方法来编辑和经营这份刊物。他不止一次说过,他办刊物的经验是亲自抓"一头一尾"。"头"是社论,"尾"是答读者来信(就是"信箱"和"简复")。社论绝大部分是经过编委讨论题目后由他亲自执笔的,而他花精力最多的,则是答读者来信。有一次私下谈话,他对我说:"我们这些知识分子或多或少是脱离群众的,在香港这个特殊的地方,要接近群众也不容易,所以我只能从读者来信中摸到一点群众的脉搏。"

《大众生活》是一九四一年五月十七日在香港复刊的,比《华商报》晚了四十天。由于韬奋抓得紧,每次编委会上都要"派"任务,分派给我写的主要是"周末笔谈"和散文、随笔,我用的是夏衍和另一个笔名任晦。现在回想起来,这个时期我在《大众生活》写的文章可能不比在《华商报》上写的少。这一年秋,当《大众生活》登完了茅盾的中篇小说《腐蚀》之后,因为编委中除茅盾外只有我一个算是搞文艺的,于是韬奋就硬要我写一篇连载小说;在我的感觉中,总觉得韬奋要我做的事,是难以推拒的,"打鸭子上架",于是我写了一生中唯一的中篇小说《春寒》。这是一篇很不成熟的作品,小说没有写完,香港就沦陷了,所以《春寒》的后半是我回到内地后才续完的。

到一九四一年六月,也就是希特勒进攻苏联前夕,在香港这个小岛上建立起一个宣传基地的任务,基本上完成了。除了《华商报》和《大众生活》之外,茅盾主编的《笔谈》《文艺阵地》,郁风主编的《耕耘》,张明养主编的《世界知识》,张铁生主编的《青年知识》,马国亮主编的《大地画报》等,都相继出版。由于叶浅予、丁聪、特伟、胡考都到了香港,所以辛辣的漫画不仅经常在进步报刊上发表,而且还打进了《星岛日报》之类的中间偏右的报纸。

《华商报》和《大众生活》先后出版，正值盟军在巴尔干战败，希特勒准备进攻苏联的前夕。同时，在远东战场，日本为了准备发动太平洋战争，力图制造汪蒋合作，全力谋求结束"中国事变"。因此一报一刊的编委会，势所必然地成了讨论国内和国际问题的场所。当时在香港有一张"汪记"日报，不断地向重庆伸出诱降的触角，为此在五月底，韬奋和范长江、金仲华、沈志远、于毅夫、韩幽桐、沈兹九等，联名发表宣言《我们对国事的态度和主张》，严正指出，只有团结、进步、民主，才能坚持抗战，适应瞬息万变的国际形势。时间已经过去了四十多年，在我记忆中，一九四一年可以说是国际形势变化最剧烈的一年，"四海翻腾云水怒，五洲震荡风雷激"这两句诗，用在这时候是最适当了。六月下旬，希特勒突然进攻苏联。九月底，德军进逼莫斯科郊区，苏联党政机关东撤。于是，莫斯科会不会失陷？希特勒法西斯军队会不会蹈一八一二年的拿破仑的覆辙？就成了《华商报》编委会议论的中心。这个编委会中有不少国际问题专家，我记得有几次会从下午一直开到深夜，乔冠华和羊枣争论得面红耳赤，其实争论双方都没有实质性的矛盾，一个说莫斯科一定能守住，另一个则说希特勒即使侵占了莫斯科，冬天即将到来，他一定也会被"严寒"这个强敌所挫败。在那个时期，我不仅给《华商报》《大众生活》写文章，也还在《笔谈》《文艺阵地》上撰稿。

希特勒的"闪电战"失败，苏德战争出现了胶着状态之后，日美关系就成了大家关注的中心。十月底，东条英机在"翼赞会"发表演讲，说"日美谈判假如不能得到妥协，那么日本就要实践三国同盟的义务"，而日本要求美国妥协的条件，又有一条是迫使美国同意日本的解决中国问题的方案（内容实质是蒋汪合流，成立中日联合反共政府）。这样，罗斯福会不会妥协？日军会不会南下？也成了《华商报》编委会上和我们日常谈话的中心。当时我和乔冠华同住在九龙弥敦道山林道口"雄鸡饭店"楼上，为了日美谈判问题，杨刚、胡绳、于伶等同志常常到我们住处来议论。我记得很清楚,十二月一日那天晚上,乔冠华为《大众生活》写了一篇《谈日美谈判》的评论,其中谈到:"日本纵使不能接受(美方提出的条件),美日谈判也不会因此寿终正寝,日本更不会马上就发动战争。"对这一意见,我们之间有过争论,只是由于当时罗斯福的态度比较坚决,日本海陆军之间也还有矛盾,所以我们也认为日本还不敢冒失地发动战争。这篇文章发表在十二月六日的《大众生活》新三十号上。可是就在发表后的第三天,八日清晨,我还没有起床,忽然有人猛烈地敲门,我起身开门,进来的爱泼斯坦大声地说:"War(战争)!"原来日本不仅偷袭了珍珠港,而且战火已经波及到了香港。

我和乔冠华匆忙地赶到香港,当天上午,廖承志就召集了紧急会议,工委和文化、新闻界的朋友都参加了。这次会议上讨论的已经不是日本会不会南侵的问题,而是香港能不能守住,和在港的大批民主人士如何应变的问题了。大家分析了形势,认为港英当局可能会抵抗一阵,但是要在这个小岛上长期作战,显然是不可能的。于是,讨论的重点就集中在爱国民主人士如何疏散的问题。廖承志同志当机立断,决定立即派人和东江纵队联系,要曾生同志尽快派一支别动队到九龙来协助疏散工作,因为从九龙翻过一座山,就是东江纵队的游击基地。日本飞机已经在九龙投弹,香港可以听到枪炮声,看来港英当局对这场突如其来的战争也没有认真的准备,所以当天就决定《华商报》和《大众生活》要做好停刊的准备。这样,《华商报》于十二月十二日停刊,《大众生活》则在十二月六日的新三十号之后就不再出版,连韬奋同志写的"暂别读者"也未能发表。十二月九日,《华商报》本来已经写好了一篇纪念"一二·九"的社论,临时压了下来,改登了《一致打倒日寇》,十二日停刊那一天的社论是《团结动员抗拒敌寇》,加了一个副标题是"在香港纪念双十二"。

我从这天早晨离开九龙之后,就一直留在香港。不久,渡轮就停止了。又是一次"倾家荡产",我在香港置备起来的衣物、书籍,连替换的衣服，也完全丢了。

在炮火声中，还有一个小小的插曲，大约是十二月十二或十三日，一位澳大利亚籍的英国记者贝特兰（他在一九三七年十月，曾在延安访问过毛主席。见《毛泽东选集》第二卷《和英国记者贝特兰的谈话》）向廖承志同志提出，说香港当局想和中国共产党在香港的负责人会晤，讨论协同保卫港九的问题。这样，下一天，廖承志、乔冠华和我，和香港总督杨慕琦的代表辅政司（忘其名）以及居间人贝特兰，在香港大酒店三楼举行了会谈。我方表示，我东江纵队可以协同驻港英军和加拿大军队保卫港九，但是英方得供应必要的武器弹药（当时提的不过是轻武器）；这位辅政司似乎很诚恳地表示立即向港督报告，尽可能满足我方要求，可是从此之后，就如"泥牛入海"，没有下文。事情是很清楚的，英国人有他们自己的想法。他们知道，港九这块弹丸之地是保不住的，让日本占了，英美联军打败日本之后，日本还得把香港交还给英国，而一旦中共部队进入港九，那么战争结束之后，问题就复杂了。在这一点上，他们的阶级立场是鲜明而坚定的。十八日（？）下午，在日机猛烈轰炸之后不久，廖承志同志在哥罗斯它大酒店楼下大厅，分批分组地会见民主党派负责人和文化界人士。这时，东江纵队的先遣队已经到达九龙，因此这一天就把撤退方案和途径征求了大家的意见，决定了撤退时的小分队负责人、行前联系地点以及港九沦陷后的应注意事项，并分发了隐蔽和撤离时必需的经费。人数不少，其中也有一些人和我们关系不深，所以我还记得廖承志以严肃的态度讲的一句话："这是一个非常时期，可能会碰到预期之外的险恶环境，那时，如何处理，就只能请你们自己抉择了。"幸亏布置得及时，考虑得周到，同时也亏得东江纵队的一个抢救文化人的突击队及时赶到，和工委取得了联系，所以在一九四一年十二月二十五日，正好是"圣诞节"这一天，港督手持白旗向日军投降之后不久，所有和党直接或间接有联系的民主人士和文化工作者（除诗人林庚白中流弹牺牲外），都陆续安全地撤离了香港。绝大部分人——

廖承志、柳亚子、韬奋、茅盾、胡绳、于伶……都是先到东江游击区，然后再经韶关分批回到桂林和重庆；韬奋和范长江则先后经江西、浙江、上海，转到新四军根据地；我和蔡楚生、司徒慧敏、金山、金仲华、郁风、谢和赓、王莹等，则是坐小艇经澳门、台山、柳州回到了桂林。对这一段往事，我在一九四二年写过一篇《走险记》，就不再赘述了。

附

走险记

> 世乱遭飘荡，
> 生还偶然遂。
> ——杜甫

一

自从香港改用了东京标准时间之后，天亮得格外慢了，上午六点，天上还没有一点的微光。

S兄的老太太为着送她唯一的爱子远行，大约是整夜不曾入睡吧，四点半钟，就给我们准备了早饭。打好了每人可以自己背负的行囊，换上了临时收买来的粗布短服，再把准备最恶场合使用的"大票子"夹在纱布里面，用橡皮膏粘在脚底中央，然后相互地发出苦笑，谁也没有话讲，呆坐着等待天明。

（用这种方法夹带纸币，还是S夫人的发明。从香港经长洲大澳到澳门，除出日寇的盘查劫夺之外，更大的危险还是海盗的"洗劫"。而这一带的海盗懂得了出门人把纸币缝在衣服里的诀窍，所以除出行李财物之外，照例会掷给你一套他们早已准备了的衣服，而将你全身衣服——从内衣到鞋袜完全地剥去。因此用橡皮膏紧粘在脚心，是一种比较的安全的方法。）

本来是约好了七点钟在西环的一个最冷僻的码头集合的，可是六点半天还黑得像午夜一样，我们住的屋子对面正是一所日本兵房，所以四五个人在天未明的时候出街又似乎不大妥当。时间走得很快，而天却亮得很慢，每个人都感到了自己心脏的跳动。离集合时间只有二十分了，东方才现出了隐隐的微光，我们轻轻地走下楼，一个跟着一个，沿着墙，不管黑暗高低地疾走。从德辅道绕出西环，路上才遇见了行人，拿着棍棒和铁尺的街坊自卫团员懒洋洋地坐在路旁打盹，打算偷渡到九龙去的人却已经麇集在海边等候机会了。

到码头的时候，船还没有到。负责联络的人认为一大群人等候在码头上不方便，把我们带到一家"鱼栏"的楼上。准备同乘这一条船的"难友"们陆续地会合了，二十一个人和三四十件行李挤满了这壁缝里也会发出鱼腥来的屋子。大部分是战争开始以来不曾见过面的朋友，道着平安，讲着战争时期的险难，告诉别人自己的假名和职业，和相互地调笑着"化装"了之后的形相。漂亮的小姐变成了褴褛的乞婆，一位著名潇洒的名演员今日扮成了一个沦陷后的香港最横行的"烂仔"小姐，用锅煤涂黑了面庞，看模样很像一个捡煤屑的穷妇，于是她的这种彻底的化装引起了同行人的争论。一位先生批评她上半身过火，下半身不足，说："穷女人决不会穿长统丝袜吧。"

"不，这是纱的。"

"纱的也太那个了一点。"

可是，另一面，一对夫妇开始争执了：

"瞧人家，我叫你搽点煤，你偏不，还来得及，涂上了。"

"现在那儿有锅煤？"女人后悔似的说。

男的很快把吸着的香烟在桌上擦熄，指着烟灰：

"烟灰也好，擦上一点，……唔，脖子上，对了……"

从七点等到九点，人们有些不耐了，楼梯响，负责与船家交涉的人回来报告，因为联系不好，雇好的一条大船开走了。

"糟糕，那怎办？"

"现在再雇，小一点的也许可以有。"

"今天能走吗？"

"大概可以……"

"大概可不行啊。"

"可是，谁能担保？"

愈是粮食恐慌，人愈会容易饥饿，每个人都有饥意了，轮流地到街头去搜买食品。我凭着窗，望着沿封锁线一艘艘偷渡过九龙去的小艇，和不断地从港外开进来的日寇搬运物资的船舰。香港沦陷之后，每晚上有靠十条运输舰和商船出口，搬运出去的当然是尽量搜括了的物资和"战利品"了。春的南海真是特别地美，太阳安详地照着，海面比湖水还要平静，上面跳跃着细鳞似的闪烁。

十一点，小船雇定了，二十一个人，每人船费港币七十元，用一百元五十元的"大票子"支付须照额面七折，谁也不争持这些，离开香港，早一分钟也好，这是每个人头脑里唯一的问题。

我简直不相信这样的小船可以渡海，我们要渡过的还是有名的伶仃洋呢，但，谁也没有迟疑，趁岸上没有日寇的哨卒，一窝蜂地挤上这条长不满三丈，阔不满三尺的渔船去了。吹来了一层微风，船家仔细地点明了人头银数，撑开岸，喊了一声"上帆利市"，载着二十一个亡命客的小船便这样轻轻地滑出海面去了。

南中国海沿岸在我不是一条陌生的海路，但是每次搭船的时候，总要打听一下船的大小。我坐过三万吨以上的大邮船到上海，也搭过不满一千吨的"小广东"号到安南，可是坐这差不多没有吨数可言的小渔船偷渡伶仃洋，却还是最初的一次。海真是太奇妙了，没有风波的时候，她竟会驯良安静到和内河一样！

顺风的时候，六小时可以抵达澳门，这一天没有风，出发又太迟了，所以决定了在长洲过夜。出口的时候，要经过一次日寇守军的查询和明目张胆的掠夺，所以人们一上船就忙着把手表，自来水笔，羊毛衫，钱钞之类隐藏在不容易被发现的地方，两小时之后，渐渐地和日寇巡船驻在地相近了。船家用紧张的声调警告：

"藏几个到舱底去，人多了会有麻烦。"

硬把九个"化装"不很妥当的朋友塞进了狭隘腥臭的渔舱，巡船可以望见了，人们的心骤然沉重起来。这是第一个关口，命运等着决定：能够平安脱险或者遭遇意料之中的不幸。船终于和日寇的小汽艇靠拢了，汽艇上坐着三个日本兵，不等船停，两个拿着棍棒的水兵跳上来了。

"出来，出来，……"大声地喊，"不准躲在里面。"

像待宰的牲口，面无人色的人们一个个地走出舱面来了。水兵不怀好意地将我们看了一遍，事出意外，对于"化装"不佳的人不加注意，而对那位彻底地涂了锅煤的小姐开始留难了。

"瞧，这是涂上去的。"

另一个好奇地挤拢了："对了，故意改扮的。"

船上的一个伍长之类的高声地喊：

"带进来，仔细研究一下。"

其他几个女客也遭了同样的盘诘：

"姑娘，几岁？"一个用不像样的广东话问，一面用棍棒拨弄着她们还留着卷痕的头发。

我怕闯出祸来，硬着头皮用日语和他们交涉。

"我们都是商人和家属，疏散到长洲去的。"

"商人也好，什么也好，一律要查问。"可是一瞬间之后，他意外地发觉我讲的是日本语了，"什么，你能讲日本话？到过日本的？"面部表情立刻和缓下来。

"在日本做过买卖。"

"什么地方？"

"神户。"

"到长洲去？为什么？"

"香港粮荒，疏散到乡下去。"

"还回来吗?"

"打算在长洲住下来。"

"她们为什么故意改扮?"

"为了怕。"

"怕什么,告诉她们,别怕。你们以为日本人见了漂亮的女人一定会干坏事情吗?"

"不是这么说……"

"漂亮,尽管漂亮就是了,涂得像个什么样子?"

"好,我叫她们洗掉。"

艇上的和船上的一齐哄笑起来,紧张的空气缓和了。他们再和我杂谈了几句,连行李也不看,挥手说:

"开吧。"

大约是一种怀乡病的原故吧,在香港的日本兵遇到能讲日语的人常常是非常的优待。我在香港曾在快要遭受劫夺的一瞬间讲过一次日语,结果是态度立刻改变,絮絮地问我在日本的情形和现在的生活了。我们像是绝路逢生,连这种场合必需的客气话也不讲一句,匆匆地命令吓瞪了眼睛的船夫:"快,开船!"

这段插话就是后来形成了我们一行在走澳门途上遇难这谣言的实际。事实上前半虽则不无紧张,但后半却并不如流言所说的那般"悲壮"。

在旧游之地的长洲过了一晚,次晨五时开船,这一天一帆风顺,过内伶仃洋的时候船身颠簸如奔马,同行者呕吐狼藉,但是靠着风力,下午二时安抵了澳门。这正是一月九日,一个太平洋战争爆发周月纪念的日子。

二

在澳门,我们耽搁了十天。

最初决定了走澳门,一是为着在这儿可以得到一些香港所不能得到的消息，其二是为着期待着也许可以有到广州湾的定期船只，可是一到澳门，这两个期待都失望了。澳门名义上是葡萄牙的租借地，可是实际上已经等于被日寇征服了，警察、邮务、海上警备，完全操纵在日寇手里了。中立国和葡萄牙的船不能开，日本船忙于搬运香港掠夺来的赃物，所以从澳门到各口岸的交通一律中断了。剩下来从澳门到内地去的路，只有两线：其一是由歧关至石歧，经沦陷区走肇庆，这一路要领"良民证"，从沦陷区到游击区的地带又常常有洗劫的土匪，其二是由澳门坐小艇到北水，换船到台山都斛，那便是我们自己的国土了，这一路比较快捷，但是事先没有"捞家"（海盗）的关系，就随时有被劫的危险。

再三权衡之后，我们决定了走都斛的一路。一礼拜，我们忙于路线的打探，和"捞家"关系的索摸。一月十九日，和前后到达澳门两批朋友们汇合，以每人国币二百八十元，每艇二十人以上的条件（就等于每艇代价五千六百元！），雇好了两条在南北水一带颇有一点势力的某氏所有的快艇。这是一种彻头彻尾的"走险"。第一要乘黑夜偷越过日寇在澳门港外的警戒；第二要提防海盗；第三要偷渡过三灶岛的日寇海军船坞码头；第四还要提防南北水伪军的骚扰。但是谁也没有考虑到这一切的危险，我们一行里面有大半是没有任何政治主见和人生磨练的青年，女学生，银行职员，青年会干事，家庭主妇，但大家只有一个百折不挠的回祖国的意念！再换一次装束，再整一次行装，怀着兴奋和若干冒险的心，二十日傍晚再上了征途。

请想象一下学校时代竞赛用的端艇。我们雇的"扒艇"比端艇更短，没有篷，也没有搭客坐的地位，这样一条小艇里面装上三四十件行李，和连船夫舵工在内一共二十九位乘客。假如说坐这种小艇冒险是"艇而坐险"，那么现在简直是"同舟共挤"了。这条船前两天还经过一次修补，但是因为载重过多，所以船底还是不断地漏水，把二十几个人的一切托付了这样一条小艇，在黑夜里远涉重洋，到今天回想起来似乎还有点余悸。

五点钟上船，在港内等待天暗，一只日寇快艇驶过，于是慌忙逃到一群三桅樯的大船后面去躲避。六点正，暮色罩住了海港，我们就趁这时机出发。这一天正是旧历十二月初二，眉月升得很早，六支桨打在水上发出银丝闪亮的萤光，飞也似离开了这动荡不安的半岛。

艇在一群不知名的小岛间缝驶过。海平静得像湖水一样，除出朦胧的远山轮廓之外，没有一片帆影。澳门的灯火渐渐地远了。一小时之后，预期着紧张和不吉的心渐渐地平静下来，单调的桨声之外，乘客们以一种已经脱出了险境的欢愉的心情，开始轻轻地谈话了：

——又算渡过了一关。

——还早呢，问题在明天清晨的南北水。

——什么时候可以到南水？

——顺风顺水，深夜一点钟可以了。

——可是今晚上没有风啊。

——算好运气，海上没有一条日本船。

我们这一群里面唯一个懂得台山话的S向船家低声地问了几句话，指着前面岸上的山麓，回头来对我说：

——盘过这座山，转弯，就没有危险了。

我们的船已经离这山麓很近了，照船的速度估计，再十分钟就可以脱离危险区域。山峻峭而黑暗，不像是有人潜伏的地方，我也感到了安堵，从随身带的藤筐中取出一点干粮，算是这一天的平和的晚饭。船愈近山麓，一切都很恬静，我听见了疲乏了的同伴们的轻缓的鼾声，可是，突然——真是太突然了，从黑暗的山坳里，射来了一道闪耀的电光，二十几个人的心在这一秒间失去了他们的安静，在意识到惊惧和恐怖之前，从那电光的发源处，一个粗暴声音喊了：

——靠岸，靠岸！

我无法形容那一瞬间的人们的反应。像被探照灯射中了的飞机，船中人都被那强光照射得感觉到眩晕，人们都凭本能反射地处理了他们的身体，有的像鸵鸟一般地把头都埋进行李中间，有的不管一切地把身体挤向底舱,也有的茫然若失,不知道如何适应这突然的袭击。我从电光中隐约看到了船主的紧张了的颜面,岸上的喊声愈紧了,船夫们开始了慌张,舵工失却了主张,像虾一般弯曲着身体,着力地扳着舵,船开始向岸行近了,这时候,船主发出了沉着而有力的声音:——丢!搞乜鬼,快掉开!

在这严厉的命令下,舵工利用了电炬闪灭的一两秒时间,绝望地扳住舵柄,作了一个一百八十度的回转。我们屏息着,等候着命运的决定,船掉转头,正和岸壁成了一个直角,飞一般地向大海前进了。岸上的喊声渐渐地离远,但是电光依旧闪灭地照在我们身上。不靠岸,逃走,这是每个乘客的希望,但同时每个人也意识着我们还处身在枪弹射程之内,五秒,十秒,听不到枪声,人们的意识恢复了,船主正以低重的声音,在对那在紧急关头动摇了的舵工责骂:

——靠岸,你当然不怕啦,你有什么?一条×,可是人们怎样啊,几十个人的身家性命!

船已经在无涯际的海中央了。电光还像不服气地在岸上闪耀,可以算是脱险了。可是第二个问题又立刻提出在我们前面,回澳门去?还是再冒一次险。

船在漆黑的大海中漂荡,惊魂甫定的乘客谁也捉摸不定船主的意志,谁也辨别不出船的方向,兜了一个大圈子之后,船转了一个方向,又渐渐地和岸接近了,澳门的灯火重新映入我们的眼帘,我听见了一个女客的悲叹一般的声音:

——回澳门去过夜?

一个船夫回答了:

——走路湾!

我们胸中又发出新的希望。从澳门到斗斛,通常航线必须经过路湾这个出口,但在那儿停着日本和葡萄牙的专为缉捕走私船的汽艇,现在,取巧的路不行,又绕回到走险的路了。算是侥幸,十点四十分,在日寇汽艇探照灯扫射下,我们躲在一只挂葡国旗的货船后面,居然偷渡了路湾的海口。这之后是比较平静的一段，船从日寇占领了的横琴岛和三灶岛的北面擦过，向西南直驶，预期着有危险的三灶岛，也安然渡过了，虽则在可以望见三灶岛日本海军码头的那一瞬间每个人都捏了一把冷汗！

照预定，午夜十二时前可以到南水的，可是因为在海上兜了一个圈子，到南水的时候已经是上午四点半了。天还未亮，但是海上已经有一点可以辨别岛影的微明，这儿是伪军"南支海军陆战队"驻防的地方。假如在午夜，船先在这儿海上停泊，等候预先约好了的"防船"（保镖船），就在天未明前直放都斛，可是现在，我们的船又被陆上的伪军发现了！又是一次神经紧张到爆裂的场面，喊停船和照电筒无效，终于实弹射击了，海面狭到和内河一样，这一次是欲逃无路了。我们被迫着靠岸，几个赤脚短裤，手拿木壳枪的伪军已经站在我们前面了，我们以为土匪，偷偷地问了船夫。

——捞家？

——别怕。

——要抢吗？

——是伪军，要搜货。

——你们带着货吗？

——搜去了也不要紧，这一带，对于×家的船他们不敢惹的。

船主开始和岸上人谈话了，并不像要决裂的样子。为头的一个伪军装腔作势地骂着，但船主上了岸，几个伪军便跟着他同去"交涉"了，局势缓和下来，伪军开始胡乱地检查我们的行李。

——别怕，只要不带货。

——有货的拿出来！

大概是知道"搜了去也不要紧"的原故吧，船上人把一大包鸦片和一些私货交出来了。对于客人的行李，除出香烟之类的小零件随手掠夺了一些之外，还没有多大的骚扰。天渐渐亮了，我们放弃了当天到都斛的计划，七点，船主回来，我们决定了在北水上岸。

南北水是一个奇妙的地方，这儿有反日的革命传统和首先攻入三灶岛的抗日渔民领袖，有专营澳门台山间走私的私枭，有打船劫艇的"捞家"，也还屯驻着挂汪精卫杏黄三角旗的"南支陆战队"，而在北水和都斛之间的一苇之水，更盘据着一千以上的帮派纷歧的海盗。我们在一片丛生着荆棘的沼地前面靠岸，脱了鞋袜，渡过了泥泞及腰的一里路的泥滩，在这荒凉而奇妙的渔村里作了暂时的休息。这一天的防船，已经开出了，势非在此过夜不可。正午，戴了少校领章和带了两个木壳枪卫士的伪军连长来访，讲了许多似恐吓似打探的客套话之后，问道：

——你们有担保吗？

——都是做生意的，用不着担保吧。

——明天去都斛？

——是的。

——不怕强盗吗？外面有千多个捞家等着你们呢。

——我们都是此地的×家的朋友，他们可以替我们请防船保护的。

——出门总还是仔细一点好吧。——对我们投掷了奸猾的一笑，懒散地走了。

这连长的出现给了我们新的不安，从要"担保"出发，有可能牵涉到劫掠财物以外的问题，这一天下午，他又带了他的那位两手戴了三双金镯和一只手表的"压寨夫人"，来访问了我们一次。我们赶快和×家商量，经过他们的斡旋，结果圆满，每人奉送"保护费"十五元了事。

剩下来的是雇"防船"的问题了。再三奔走之后，讲定了的代价是"防船"四艘，每艘枪十二条，由北水保护到都斛为止，每人国币七十元。在断续的犬吠声中过了不安的一夜，第二日正午开船，在全副武装的防船"保护"之下，浩荡地开出了没有一片帆影的大海。船出北水，是珠江另一入海口的崖门，那便是国军势力范围与沦陷区的交界处了。

下午三时，船已经开入了我们自己防守的海面，防船渐渐地落后，而终于和我们分离。问了船家，说：不再需保护，他们已经回北水了，从离开澳门以来，我们最初地从每个人的脸上看出了安堵的微笑。

傍晚到都斛的港口，经过了一次愉快的检查，因为这已经是挂着中国旗的巡船了。香港沦陷之后，第一次看到国旗，第一次遇见祖国的武装兵士，也再度地踏上了祖国的土地，每个人都有感慨，但每个人都用意味深长的沉默，来表现了衷心感激的情绪。

都斛一宿，翌日清晨再整行装，一部分朋友坐"单车尾"先行，我们押着仅存的行李，九时出发，经斗山冲，以十小时九十华里的速度，下午六时进入了台城。

一九四二年

5.《新华日报》及其他

香港脱险归来，我于二月五日上午，乘火车从柳州到了桂林南站，出乎意外，一大群朋友已在月台上欢迎我们，其中有田汉、洪深、洪镇、徐桑楚、杜宣；还有新中国剧社的许多不认识的朋友。当时的情景，田汉在一篇文章中作了详细的叙述：

> 留着加拉罕式短髭的夏衍，中分的头发披到高高的颧骨上，弯着背脊的司徒慧敏，戴着小呢帽，围一条花毛巾，不改洋场才子风度的蔡楚生……这样大难后的重逢不是容易的。我们学"老毛子"的作风，来了无数无数的拥抱。洪深兄也赶来了，他那巨人般的拥抱，使夏衍在欢呼声中陡然发出了惨叫，原来夏衍插在胸前的自来水笔也给折断了。……

> 真的，夏衍们像一个失掉了耕地的农人似的回到了他旧日的田园来了。他的陇亩间的伙伴怎能自禁其欢跃之情。

皖南事变之后，八路军驻桂林办事处已经被撤销了，我们一行从都斛到台山不断地受到海盗和"烂仔"的掠夺，都已经两袖清风，桂林戏剧文艺界的老朋友又都是穷人，于是我就寄居在南环路张云乔的家里。第三天，金山来找我，说他有"门路"，可以搭资源委员会的货车去重庆，于是我就写了一封给恩来同志的信，连同我用锡纸包好藏在牙膏管子里的一份香港疏散时、我经手的账目，请他交给孙师毅，再由师毅送交恩来同志。当时桂林和重庆之间的交通非常困难，尽管有每周两次的欧亚航空公司的小飞机，但不经过"军统"的批准，一般老百姓是买不到机票的。在香港和廖承志分手时，他曾告诉我广西已建立了地下党，但像我们这种要公开露面的人，是不允许和秘密的地下党联系的。我分别拜会了李任仁、陈劭先、杨东莼和陈此生，了解了一下广西的现状。陈劭先先生很乐观，说反共高潮已经过去，怂恿我重新出版《救亡日报》。但是杨东莼则认为白崇禧表面上缓和了一些，但是他在皖南事变中当了炮手，所以在反共这一点上，他是不会改变的，这样的事还是慎重一点为好。事实上，我的那套班子已经散了，没有廖沫沙、张敏思，要重起炉灶是不可能的，所以我放弃了这个念头，分头托人买车票或者机票。张云乔认识一个欧亚航空公司的姓郑的负责人，所以劝我还是等飞机，由他去想办法，说是像我这样的人单身搭公共汽车不保险，而且，他的确给我订到了一张三月十九日的飞机票。可是当我向朋友告了别，准备起身的前一天，航空公司突然通知，说那一班飞机省政府包了，所以要再等机会。这样的事反复了两次，结果是我在桂林整整等了两个月，直到四月五日，才离开桂林去重庆。

当然，这两个月也并不安闲。桂林的朋友们很热心，欧阳予倩还给我们举行了一次压惊宴会，这儿也可以引用一段田汉的文章：

二月十三日，予倩招待夏衍一行于美丽川菜馆，夏衍原来短衣蓄须作商人状，是日尽剃其须，光鲜夺目。有严小姐者是他们的旅伴，能歌程砚秋腔，并善操琴，予倩高兴起来，引吭而歌，甜脆宛转不减当年。我席间写了一首诗："高歌一曲动华筵，老凤新声似昔年。碎玉正悲香岛远，衔杯何幸桂江边。剃须不作行商状，抵足曾同海盗眠。且把犁锄收拾好，故园犹有未耕田。"

这一天，真可以说是一次难得的盛会，中国话剧界的三位奠基人：欧阳、田汉、洪深，以及在桂林的戏剧、文艺界的朋友，对我们这些大难不死的人，真像欢迎亲人那样的兴奋和高兴。田、洪两位都是酒豪，而我却是滴酒不沾，喝一小杯绍兴酒就会眼花头晕，可是这晚上，我居然喝了一大杯啤酒。偷渡伶仃洋，夜宿海盗窝，以及从下水到台山，日行一百里过程中的那种狼狈相，都成了有趣的话题。洪深灵机一动说，我们现在正闹剧本荒，我们可以突击一下，把这场悲喜剧写一个剧本，田汉表示同意，予倩当场表示，你们三个写，我来导演，酒酣耳热，一言为定，《再会吧，香港》这个剧本居然很快地写出来了（这剧本主要是田、洪二位写的，我初到桂林，有许多事情要办，只是讲故事，动笔不多），可是，这样一个剧本也在送审时被禁演了。剧本审查处不宣布禁演的理由，我想，大概是因为我们把进步文化人和共产党写得临危不惧，从容撤退，而把国民党的那些大官巨富写得毫无准备，事发后放弃了国家的大量物资财富而仓皇逃窜，揭了一下他们的痛处而已。杨东莼对我说桂林的情况是外松内紧，从这件事看，内紧是事实，外松则未必。

离开桂林一年，表面上看不出什么变化，直接感觉到的，只是人口增加了，而市面上商品倒并不少，什么尼龙丝袜、香水、蔻丹等等，却应有尽有。我是提着一只小藤箱从香港出来的。幸亏桂林的三月按说是不会太冷，可是就在我们到桂林的第三天，忽然下了一场春雪，住在云乔家里，不愁膳宿费用，但到了桂林，总不能再穿离香港时在黄苗子的大哥家里随手拿来的那件"唐装"了。不知哪一天才能买到飞机票，那么，买一套旧西装，置一点日用品，就不能向朋友们伸手了，加上买飞机票得花一大笔钱，正在为这些事烦恼时，真可以说"天无绝人之路"，一天田汉跑来告诉我，说予倩组织的"广西艺术馆"决定上演我上一年在桂林写的剧本《愁城记》，这剧本也已经出版了，有一点版税，必要的话，予倩那里也可以预支一点上演税。这个消息实在太好了，我一九三九年从西贡乘车到同登，下一年坐汽车到宾阳，前后翻过两次车，都没有死，甚至没有受过伤，朋友们开玩笑说我是"福将"，现在还在愁穿的时候，忽然得到版税，命中有福，似乎是真的了。我拿了版税，买了一套半新不旧的西装，还约几位同难者和田汉吃了一顿桂林特有的马肉米粉。这时我给田汉看了蔡楚生画的一张《黄坤逃难图》，田汉大为赞赏，立即挥笔又写了一首诗。对这件事，田汉写过下面这么一段话：

> 蔡楚生兄画的《黄坤逃难图》最为生动有趣，原来他们在逃难中都换了姓名，如郁风改名陈毓芳，夏衍改名黄坤，某日他由下水出发逃到台山某地，离台山尚远，而日色已暮，星月暗淡，夏衍以洋伞挑楚生之藤箧和他自己的行囊，高卷其西装裤管，忐忑而行，这一狼狈的姿态在楚生笔下成为动人的画面。

楚生不是画家，但这幅画十分传神，可以说是神来之笔，田汉赞叹之余，挥笔写了一首五古：

> 风云香岛恶，游子只顾返。昨过蛟龙窟，今遇铁门槛。疾趋都斛镇，途远日已晚。衫如孔乙己，须如加拉罕。更如

张伯伦,肩挑破洋伞。眼昏路不熟,心急脚愈懒。四海正蜩螗,一心尽肝胆。仆仆道路间,唯恐文明斩。幻作流民图,聊以寄有产。

这幅画和诗给予倩看了,他也在画侧写了一首七绝。这张"流民图"我一直珍藏着,作了难得的纪念品,不幸是在"文革"中也被红卫兵抄走了。这次同难的人,经过十年内乱,田汉、楚生、金仲华、王莹、金山……都离开人世了,走笔至此,泪下不能自已。

等到四月八日清晨,张云乔才高兴地告诉我,说机票买到了。我走访了几位老友,向他们告别,这时才从张志让先生口中知道,中共广西省委负责人是李亚群。这个名字我听说过,但在那种情况下,只能托志让代我向他致意而已。晚上,我才在高升戏院的后台找到了田汉,告诉他我明天可以走了,问他有没有话要告诉郭老、翰笙和林维中,他说,你告诉他们,我在这儿还有做不完的事,就是了。

四月九日清晨,我坐欧亚航空公司的送客车到了二塘机场,天下着毛毛雨,原定是八点起飞的,后来说重庆大雾,不能起飞,等到九点半,准许上机了,引擎也响了,忽然又要大家下来,理由是要等一位要人,只能下来再等。这时田汉也赶来了,还从机场外面的草地上采了一束杜鹃花来给我送行,说这可以供你在万里云程中欣赏。飞机没有起飞的动向,我劝他先回,他一直不肯,还说昨天你问我有什么话,我想不出来,晚上想到你的《愁城记》,倒有点意见想讲,可现在不是谈创作的场所,有时间,我写篇文章吧。我说,请你一定写,你的意见我一定接受,他点了点头。——后来他真的写了,这就是他四月间写的《序〈愁城记〉》。我这个人很少伤感,看顶苦的悲剧也不会流泪,可是,想起那一天的情景,他冒着雨去采了杜鹃花,兴冲冲地送给我的时候,我的眼眶湿润了,这是何等真挚的友谊啊!我们在机场上等了三小时,十一时起飞,毛毛雨还在下,望下去已经看不清人影了,这架十四个座位的螺旋桨小飞机进入贵阳时又碰上阵雨,机上的乘客几乎全吐了，好在我既不晕船，又不晕飞机，所以，任凭飞机摇摆，我还是安安稳稳地到了重庆珊瑚坝机场，行前张云乔给师毅打了一个电报，所以师毅用文化工作委员会的汽车来接了我。

四月九日下午到重庆，当天晚上就在中一路孙师毅家里见到了恩来同志，这是恩来同志事先约好的。一见面，他就和我紧紧拥抱，他说："长沙一别，我两次到桂林，你到香港筹款去了，一转眼四年过去了。"我打算系统地向他报告香港沦陷前后的情况，才开了一个头，他就说，总的情况，我已经知道了，除了金山带来的口信之外，前几天还看到了张文彬的电报，这是一次很大的成功。我们现在最耽心的是韬奋和柳亚子的安全，韬奋不肯回重庆，决定去新四军，可是这条路要经过上饶、上海，很不保险，而亚子先生是一个目标很大，又是一个性格很倔强的人，怕关系搞不好。我说，我听第一批经过东江到桂林的人说，曾生、林平下了命令，要不惜一切牺牲保护他们的安全，估计目前已经脱离危险期了。我尽可能简单扼要地汇报了香港撤退前后的党的布置，并告诉他，除了萧红病逝，和南社诗人林庚白在混乱中中流弹去世外，所有和我党有联系的人都已经安全脱险，以及香港工委还妥善地选择了一批政治上可靠而又没有政治色彩的党员长期隐蔽下来的情况，然后把问题转到我今后的工作。我说，办了几年报，有点上瘾了，这次回到重庆，让我到《新华日报》工作吧。我以为这个要求是会得到同意的，恩来同志说，你今后的工作，我们考虑过，也和郭沫若、阳翰笙、杜国庠谈过，潘梓年和章汉夫当然会欢迎你，你也可以给《新华日报》写文章，但是，你在重庆还得争取公开合法，以进步文化人的面貌，做统一战线工作。重庆这个地方很奇特，国共之间既有明争，更多的是暗斗，对这些，师毅会告诉你，我也已经要徐冰和你详细地介绍。接着完全出乎我的意外，恩来同志要我先去见见潘公展。这句话真的使我茫然不知如何回答。于是恩来同志对我作了仔细的分析，《救亡日报》开办的时候，本来商定是国共两家合办的，上海失守后他们撒手不管，皖南事变后，查封这家报

323

纸,又是CC干的,这一点他们亏了理,你可以不亢不卑地和他算算这笔账。现在正是皖南事变之后的"缓和"时期,他不敢得罪你,你先去见了他,主动在你这边,你后面还有郭沫若,这样一来,你就争得了公开合法的地位。你去拜访他,他会感到意外的,但你在重庆工作所需要的就是这种公开的文化人的身份。你主动地和国民党的头面人物见面,以后就可以在《新华日报》和其他报刊上写文章,就可以大摇大摆地到化龙桥和曾家岩五十号。这样一讲,我心里踏实了,谈到九点多,就由师毅陪我到天官府见郭老。沫若和我紧紧地握着手,用日本话说了一句"御苦劳样(你辛苦了)",海阔天空地谈了一阵,然后把恩来同志对我的指示告诉了他。当时,重庆闹房荒,他就留我住在天官府文工会。郭老、翰笙的住宅都很挤,我就在文工会对面二楼的一间会客室搭了一张"行军床",暂时安顿下来。我还记得一件事,就是当时轰动了重庆的《屈原》,四月十日还有最后一场,沫若一定要我明天晚上去看戏,这是难得的机会,他不邀我,我也会争取的。

第二天上午,我就去见了潘公展。这对他说来是突发事件,所以见我的时候,显得很不自然。我照例寒暄了几句之后,开头就向他"报告"了《救亡日报》在广州和桂林的情况,还有意地讲了些余汉谋、李宗仁、白崇禧对这份报纸的支持。我还没有讲到皖南事变,他就插话打断了我,说这些事我知道了,这也都是过去的事了,这次你们在香港受了惊,道藩先生很关心从香港回来的文化界人士,他派人到桂林去了,和你们联系上了没有?我说不知道这件事。于是他缓和了语气说,其实,有许多事,都属误会,像亚子先生、雁冰先生,有什么必要要到香港去呢,现在平安回来了,很好,我和道藩有一个计划,想请一二十位从香港回来的文化界朋友当文化运动委员会的委员,当然只能送一点微薄的车马费。他讲的是湖州官话,我也用杭州官话回答他(我的经验,在封建社会,乡音是一种有用的统战工具)。我表示感谢,说:"我觉得卖文为生,还是不参加政府机关为好。"他敏感地反问，那么你也不参加郭沫若先生的文化工作委员会。我肯定地回答，文工会也是属于军委政治部的，所以我也不参加。话不投机，谈不下去了，我起来告辞，他也客气地送我到门口。这样，我总算向他挂了一个号，我要在重庆以卖文为生了。

回到天官府，我把和潘公展谈话的经过告诉了阳翰笙、冯乃超。张道藩派了几辆汽车到桂林去接香港回来的文化人这件事，他们都知道，并告诉我，CC派这样做，主要是因为太平洋战争爆发之后，中国成了英美的同盟（现在许多人已经忘记了，中国和日本从一九三七年起已经打了五年仗，可是直到太平洋战争开始之后，蒋介石的国民政府才宣布正式对日宣战！）；因此，为了争取更多的美援，不得不做出一点"民主"的样子。在天官府我会见了许多老朋友，也认识了许多新朋友，我也一遍又一遍地讲了香港逃难过程中的那些"惊险""滑稽"的故事。这一天晚上，郭老在国泰电影院订了一整排座位，请朋友们看《屈原》的最后一场演出。剧本好，演出也可以说是"明星大会串"，金山的屈原、白杨的南后、张瑞芳的婵娟，真是珠联璧合。那天晚上，郭老特别兴奋，终场后，还约我到后台去和导演、演员和工作人员见面，这出戏是应云卫主持的中华剧艺社演出的，基本上是三十年代"业余剧人协会"的班子，当然也加上了不少新人，我们在后台照了相，一直谈到午夜。这件事登了报，但消息传到桂林就变了样，说我飞到重庆的第二天就在《屈原》演出时当了客串，田汉为此而又写了首打油诗，我只能写信去更正，因为我一辈子不曾上台演过戏。

不久，我就到曾家岩五十号去找了徐冰。一九二八年他在上海，也是绍敦电机公司的常客，所以我们是熟人，他早已奉恩来同志之命，要他系统地向我介绍国内外情势和南方局的情况，所以他已经准备好了一个提纲。传达是从皖南事变后，一九四一年一月，南方局在重庆召开会议开始的，主要是讲了恩来同志在这次会议上的讲话，就是为了认真执行中共中央关于在国民党统治区实行"长期埋伏、积蓄力量、等待时机"的十二字方针，以及针对当时的党内思想情况，恩来同志提出的"三勤"任务，这就是"勤学、勤业、勤交朋友"。总的说来是党的领导机关要熟悉国民党统治区各方面的情况，善于估计形势、运用策略、创造各种各样的工作方法，使上层工作和下层工作、公开工作和秘密工作、党内的联系和党外的联系相互配合。这次传达整整花了一天，徐冰是个乐观主义者，和廖承志一样地爱开玩笑，所以传达文件之间，也讲了不少战时陪都的"奇闻怪事"，这使我大开眼界，知道了国民党内部各派系之间的矛盾，和一些民主人士，进步文化、文艺界人士的性格特点。他告诉我，不能把国民党看作"铁板一块"，也不能用一个尺度去要求民主人士，也就是说，这里的情况既复杂又微妙，要看到这是一种"我中有你，你中有我"的局面。我在这个被国民党特务严密监视的"周公馆"吃了中饭、晚饭，除恩来同志外，我还认识了许多初次见面的同志，如钱之光、童小鹏、龚澎、陈家康、王梓木、章文晋、张颖、陈舜瑶、张剑虹等等。假如我记忆不错的话，邓颖超和徐冰的夫人张晓梅，也是在这一天认识的。我把和潘公展谈话的情况告诉了恩来同志，他同意了我既不参加"文运会"，也不参加"文工会"的做法，同时还指示我，在你到《新华日报》去看望潘梓年、章汉夫、许涤新这些老朋友之前，一定要先到张家花园全国文艺界抗敌协会去，拜访老舍，和到中华剧艺社去看望应云卫，他说，"勤交朋友"要尽可能多交新朋友。对老舍，我久闻大名，也读过他的小说，但只在一九三八年五月在武汉见过一面，没有深谈。几天之后，我专程拜访了他，我们一见如故，他还和我到一家小茶馆闲谈了一个多小时。应云卫则是三十年代的老朋友了，他陪我到国泰电影院对面的一个大杂院去看了"中艺"的宿舍，二十多个人挤在两间破破烂烂的屋子里，见到了陈白尘、赵慧深、贺孟斧，然后他指着这些为了话剧运动而茹辛耐苦的穷朋友对我说，在重庆，我们过的是这样的生活；然后又说，《屈原》演出成功，松了一口气，但现在还是剧本荒，你来了，第一件事是向你"订货"，今年雾季的开场戏靠你了。我初来乍到，要了解的事、要做的事很多，只能姑漫应之，而老应却认了真，拍了拍我的肩膀说："好，够交情，一言为定。"

五月以后，从香港脱险回来的人陆续到了重庆，胡绳、乔冠华、胡风、吴全衡、宋之的、于伶、凤子，还有王苹、王莹、虞静子、戴浩等等。我记得先后开过三次欢迎茶话会，一次是郭沫若主持的，在"文工会"，一次是"全国文协"由老舍主持，在张家花园，还有一次是张道藩出面在"文运会"。前两次都开得非常热烈，文化界朋友有的是小别重逢，有的是初次见面，留在重庆的人谈了听到香港沦陷的消息时对我们这些人的关怀和忧虑，从香港回来的人则谈了香港沦陷后和途经东江游击区的所见所闻，大家都情绪欢畅。而在张道藩召开的那次会就很不相同了，尽管张道藩对大家很客气，讲了一些言不由衷的欢迎词，简又文、王平陵等人也参加了，但一是出席的人不多，二是大家都是客套一番，谁也不讲真心话。这是我第一次和张道藩见面，我很想对三六年他在南京捣乱"四十年代剧社"演出的事挖苦他几句，结果还是自己控制住了，张道藩和宋之的在武汉同台演过戏，这一天他对宋之的谈了许多话。散会出来，之的就对我和于伶说，张道藩说要请他当"文运会"委员，不必上班办公，月致车马费一百元，还说他们已向从香港回来的文化人，发了十几份聘书，问我如何对付是好？我把这件事告诉了徐冰，请他向恩来同志请示。很快徐冰就回答我，组织上决定，党员一律不接受聘书，非党同志则可以由他们自己决定，并说，可以告诉之的，受了聘，我们也决不会见外，因为在当时的情势下，"拿他们的钱，做我们的事"，也是有先例的，而且这也是一种可以取得合法地位的办法（当时，史东山、白杨、舒绣文等都在"中央电影制片厂"和"中国电影制片厂"当导演、演员，但他们都在我们办的剧团演话剧，当"中电"和"中制"厂方拍片要分配角色时，他们也都有愿意不愿意的自由）。我把这个决定告诉了宋之的，并说，现在大家都穷，拿他们一百块钱也不无小补，可是，之的却断然拒绝了，他说，党员不拿，我也不拿！他真有点燕赵豪侠之气，连不必"折腰"的"五斗米"也还是不接受的。

　　重庆的雾很出名，重庆的热也真出奇。一到六七月，气温就在三十五摄氏度以上，我在广州、桂林一直以不怕热出了名，可是重庆的闷热可真有点受不了。我从来不曾睡过席子，现在，只能听于立群的劝告，买了一张篾席铺在行军床上。从上海到四川来的"下江人"都说，重庆、武汉、南京是中国的三大"火炉"，其实，用"火炉"来形容是不一定恰当的，重庆的热，正确的说法应该是"蒸笼"，使我吃惊的是在篾席上睡一晚，早上起来，在席子上会留下一片很深的人形的汗迹。在这种高温气候下，尽管应云卫急如星火地催我写剧本，这笔债还是一天一天地拖下来不能还。有一天晚上，大概是七月中旬的一个晚上，我索性把天官府那间斗室的门打开，把席子铺在门口的地板上，关了灯，好容易睡着了。到半夜，突然听到一声啊哟的叫声，黑夜中一人扑倒在我的身上，打开灯一看，原来应云卫又来逼债了；他满面愁容，连连讲了几句"对不起"之后说，半夜三更打搅你，实在不应该，可是，今晚又和陈白尘再三研究，还得请你帮忙，你答允写的本子，一定要在八月内交货，没有剧本，不排戏，谁肯借钱给我，你是"快手"，无论如何得在八月内赶出一个剧本来。他不断地揩汗，看他的衬衫都湿透了，他放弃了一家轮船公司的优裕职务，为了话剧事业，挈妇携雏，跑到这个烽火连天的山城，典当度日，还要低声下气地请朋友们帮助，这种精神实在使我太感动了，我毫不迟疑地回答，一定写，按期交稿，写得好不好就不管了。于是，他脸上就露出了笑容，好，这一下子我放心了，中艺有的是演员，最近又从香港回来了一批，你放手写，角色多，服装布景多，你都不要管，一切由我负责。这时他才从地上站起来，紧紧地握着我的手说，这儿太热，我给你到北碚去找一个安静的地方，但千万千万，一定要尽快写好。他走了之后，我一夜不能入睡。我想起了一九二九年冬第一次和他见面的情景，想起了为了话剧事业，弃家远渡重洋，到苏联去学艺的朱穰丞,也想起了为了戏剧事业而在雨花台流血牺牲的宗晖……当然也还有正在战地艰苦奋斗的抗敌演剧队,没有这些无私忘我的先驱者,话剧这种外来的新兴艺术,是不可能在中国成长发展的。不计成败,不计工拙,一定得写,于是我又想起了在桂林被禁的《再会吧,香港》。香港沦陷前后的许许多多亲身经历的事,可歌可泣的事,实在太多了。当时在重庆,曾流传过一阵"文艺与抗战无关论",这件事,郭沫若和老舍都和我谈起过,实际上,这种"理论"早在三十年代在上海就有过争论,就是"政治不要干涉文艺"。很巧,我到重庆不久就遇到阔别多年的丁瓒,和认识了也刚从香港回来的吴在东,他们都是医生,和他们交谈中,都谈起过从事医学、搞科学的人很少关心政治的问题,这就触动我想写一个以"科学与政治"的关系问题为主题的剧本,这就是我向应云卫交账的《法西斯细菌》。听了吴、丁两位的谈话,知道了许多"善良的、真纯地相信医学的超然性的医生们,都被日本法西斯强盗从科学之宫,驱逐到战乱的现实中来了,他们被迫着离开了实验室,放下了显微镜,把他们的视线转移到了一个满目疮痍的世界——我想,这一类的事,该不止限于医学界吧,正像过去有过(现在也还有)为艺术而艺术的艺术家一样,自然科学界同样的也会有许多为科学而科学的科学家吧"(见《法西斯细菌》代跋之一)。

七月下旬,云卫给我在北碚找到了一间靠山的小屋,地方很安静,一个人住,中午和晚饭都包给了附近的一家小饭馆,更有利的是在不远的地方,有一个小小的北碚图书馆,随时可以去读书看报,从抗战起,乱哄哄的过了五年,一到北碚,真像是到了世外桃源,安静、舒适,真是一个安心写作的地方,活了四十二岁,这样的静寂生活还不曾有过。

我从丁瓒和吴在东那里借来了一些医书,也经过"文工会"的关系,向重庆图书馆借了一些有关的书籍,当我读到当代细菌学家泰斗,同时又是一个杰出的诗人曾沙(Zinsser)教授的名著《老鼠·虱子和历史》(Rats, Lice and History)我完全被迷住了。我贪馋地读完了这本书，又到图书馆去找到了一些他发表在前年《大西洋》杂志上的那篇有名的自传：《比诗还要真实》(More Truth Than Poetry)，我决定了把一个善良的细菌学者作为我打算写的戏剧里的英雄，同时，把我的意图集中在《老鼠·虱子和历史》这本书的结语上：

> 伤寒还没有死，也许，它还要续存几个世纪，只要人类的愚蠢和野蛮能给它有活动的机会。

野蛮和愚蠢是什么？有常识的读者可以想到：贫穷、牢狱和战争。——这一切，都和法西斯主义有着不可分的关联。对于传染病，现代医学是有法子可以预防和治疗——最少也可以阻止其发展了，可是法西斯的侵略战争，恰恰阻止了医学技术的进步，而助长了疫病的传染。在第一次世界大战中，Zinsser早已证明了战争、虱子与疫病之间的关系，西班牙战争之后发生在佛朗哥集中营里的伤寒和其他的疫病，这也是谁都知道的事了，我不忍想象希特勒铁蹄下的黑暗欧洲的卫生状况，我更不忍想象日寇蹂躏下的沦陷区里的同胞生活！可是，这还是"随伴"着战争而来的灾害呢，法西斯还不是在大量的制造和散布霍乱、伤寒、黑死病乃至"黄雨"之类的细菌弹吗？死于自发的和人为的疫病之外，"战争"本身不还每天每天的杀伤着千万个年轻有为的人之子、人之夫、人之父吗？我禁不住借了一个剧中人的口，讲出了我自己要讲的话来：

> 伤寒和其他的疫病，每年不过死伤几万乃至几十万人罢了，可是法西斯细菌在去年一年内，不已经在苏联杀伤了千万人吗？——法西斯主义不消灭，世界上一切卫生、预防、医疗的科学，都只是徒托空言，真正为人民服务的科学，只有在和平、民主自由的土地上才能生根滋长的。

这个原来题名叫《第七号风球》的剧本，如期在八月底交卷，应云卫看也不看，连连说"够朋友"，就拿去油印了。事实上，老应也是够朋友的，他明知我过去写的剧本都不上座，这出戏他却选了最好的演员和舞台工作人员。为什么用《第七号风球》这个名字，主要是当时文网森严，怕戏剧检查处看到"法西斯"这三个字就会扣检。当我七月间去北碚之前，我到化龙桥《新华日报》编辑部去过两次，第一次见到章汉夫的时候，还来不及叙旧，他就向我诉苦，说在这个地方办报，当编辑实在太困难了，他拿起一张前一天的报纸给我看，说你看看这版面就知道了，这是七月七日的报，一方面登了冯玉祥、张发奎、郭沫若、沈钧儒和日本人反战同盟负责人鹿地亘等为纪念"七七"五周年而写的题词和文章，但是第一版上的中共中央纪念抗战五周年的宣言，和董必武写的社论，却被检删了许多地方，留下了一块块的空白。汉夫还拿出几份旧报给我看，几乎每天都有一、两条奇特的"编者启事"：

　　本版今日原拟发表的×××先生的文章，被新闻检查处检扣，未能发表，特向作者致歉。

章汉夫对我说，你在广州、桂林，环境也许好一点，我在武汉、重庆，麻烦就多了，武汉那一段是"内忧"，在这儿则是"外患"。我不懂他的意思，他说，在武汉主要是王明的刁难和挑剔，每天早上就提心吊胆，一个标题，一句话他认为不妥，就要挨骂，譬如三八年三八妇女节登了一张邓颖超的照片，没有登孟庆澍的，他就大发雷霆。现在恩来、董老在管，这类事不会有了，可是国民党的"新检处"实在太不讲理，送小样去审查，要么用红笔打一个大×，有的则盖一个戳子："免登""缓登"。我们把扣发的文章开了"天窗"，第二天还要打电话叫梓年和我去"听训"，跟他们吵也没有用。你大概也听说了，抓报贩，邮局扣报，打人……真是花样繁多。听了他这些话，我才把《法西斯细菌》这个剧名改为《第七号风球》。"风球"这个词，大家都不懂，因为这是东南亚一带的常用名词，那一带地方七八月间经常有台风，当地气象台就用风球来传递信息，二三级大风，香港就挂风球，风愈大，风球就升级，所以《第七号风球》，意思就是特大的台风即将袭来的紧急警报。但郭老看了这个剧本之后，不赞成用这个古怪的剧名，他说，还是用原来的名字好，现在美国参战了，美国、英国报上也在讲反对法西斯，你可以看看重庆报纸，"反法西斯"的话，都没有被扣检。我查了一下《新华日报》，果然也有反德日意法西斯联盟的文章，于是又把剧名改了过来。

这出戏是十月二十日左右在国泰电影院上演的，当时，我还住在北碚，首场演出没有看。大概在三天之后，恩来同志派人通知，要我当天下午进城，因为他请了几位医生看这出戏，要我去作陪。到了曾家岩，恩来同志很高兴地对我说，这出戏写得不错，我打算请几位医生看看，听听他们的意见。他说，皖南事变之后，重庆文艺界万马齐喑，我们在这个时期钻了国民党的一个空子，沫若的《屈原》打破了十个多月来的沉闷，连国民党的"要人们"也去看了，当然他们也知道，戏里骂的是什么人，但这是古代的事，是历史，他们也没有办法。吃晚饭的时候，我问徐冰、张颖，这出戏卖不卖座，他们都说第一天大概有八九成，在重庆已经很不错了。恩来同志说，我在延安看过你的《上海屋檐下》，在这里看过《一年间》，我还是喜欢这出戏，清淡当然也是一种风格，但我觉得你的戏写得太冷。饭后一起到了剧场。恩来同志请了五六位中外医生，除了丁瓒之外，我还记得还有一位后来成了我的邻居的奥地利人弗来茨·扬生。恩来同志都给我作了介绍，但我现在都已经记不起名字了，其中有一位姓韩的著名牙科医生。这几位医生对我的习作有什么意见我不知道，但是帮助我写成了这个剧本的吴在东和丁瓒，都是为我这个剧本的演出而感到非常高兴。这出戏能够上演，我就天真地认为出单行本是不成问题了。因此，美学出版社要去了这个剧本的修订稿之后，我曾写过两篇短短的"代跋"，但是真是出于意外，"戏剧检查处"通过的剧本，还是被"书报检查处"禁止了。因此，直到一九四六年上海开明书店出我的剧本集时，我才有机会在扉页上写了"献给W（吴）T（丁）"这一句献词，没有他们，这出戏是写不出的。书被禁了，事情却还有余波。到了下一年，一九四三年七月，一位评论家对这个剧本提出了颇有一点火气，也还用了不少教条八股语汇的批评。批评的论点是：一、我给主人公俞实夫"布置"的上海、香港、桂林这几个都不是"典型环境"，假如这位科学家处身在"一个战争尚未直接波及的地方"，那么他就不会放弃他的研究工作而去参加红十字会的工作了，因此他断定俞实夫的转变是不真实的；二、他认为要"勉强"科学家参加战时实际工作，是一种"前线主义"。我读了之后，认为这只是与战争无关论的翻版，不打算和他争辩。可是事有凑巧，正在这时，经龚澎介绍，我认识了一位刚从美国回来的参加抗战医务工作的刘秉扬博士（更巧的是他是《老鼠·虱子和历史》作者的私淑弟子），也和他谈到了《法西斯细菌》的问题；他告诉我，美国虽则已经参战，但他们所在的大学还处在"一个战争尚未直接波及的地方"，可是在美国，不仅专攻细菌学的中国人和他自己，美国一参战，Zisser研究所的全体人员，都已经离开研究所，到盟国的"前线"去了。那时候，德日意三国同盟的败象已经显露，墨索里尼已经垮台，于是我又在《新蜀报》上写了一篇也带有一点火气的文章，《公式、符咒与"批评"》，这篇文章居然漏过了检查网，全文发表了。

  从一九四二年六月份起，我开始给《新华日报》的副刊写文章，也在国际版上写一点时评之类，有被扣被删的，也有好运气登出来的，客观形势使我学会了用曲笔，懂得了"摸气候"，当时是罗斯福的新政时期，西方记者把那时的美苏之间的关系说成是"蜜月时期"，所以只要下笔用心一点，还是大有空子可钻的。由于恩来同志嘱咐我要以"公开合法的文化人身份"从事统战工作，所以我在《新华日报》写文章,很少用夏衍这个笔名,记得起来的,大部分用的是余伯约,至于用司马牛的笔名写杂文,这大概是在四三年以后的事了。

一九四二年夏,重庆有三个剧团(中华剧艺社、中国万岁剧团、中国青年剧社)的导演演员们都在北碚"避暑",这正在我写《法西斯细菌》的时候,按我的习惯,一般晚上是不写作的,所以每天四五点钟,我就有和戏剧界的新老朋友聚谈的机会。我离开重庆之前,恩来同志曾交给一个任务,要我利用这段时期,"勤交朋友",记得他曾对我说过,你有一个有利的条件,就是你在广州、桂林、香港办报的时候,认识了一些国民党的党政军方面的人,和一些"左翼"以外的文化界人士也交上了朋友,例如你在桂林和国民党的师长韩练成成了好朋友,在香港认识了反过共的林庚白,这样做很好,不要把这类事看得不重要。现在到了重庆,交朋友的面要更广一些,对于政治上、文艺思想上意见不同的人,对他们也要和和气气,切忌剑拔弩张,这方面我们犯过错误,吃过亏,千万不要再犯。他又说,你是搞戏剧、电影的,这方面,在重庆就有许多可以团结和必须团结的人,对过去不认识、不了解的人,第一件事就是要解除他们对共产党的疑惧,只有把对方当作朋友,人家才会把你当作朋友。——这样的话,恩来同志不止和我讲过一次(在桂林,李克农同志也对我讲过同样意思的话,不过,他讲得更加直率一点,例如他说,在国统区,菩萨要拜,鬼也要拜,等等)。三十年代左倾路线时期不必说了,抗战以后,我一直在白区工作,有时还"独当一面",实践经验也告诉我,在工作顺利或形势严峻的时候,我们这种小资产阶级出身的知识分子,最容易犯的毛病是骄傲和急躁,前者是总以为党员比人家进步,高人一等,后者是在团结人和争取人的时候,总想"毕其功于一役",懒得做耐心细致的工作。恩来同志这些话我一直铭记在心,特别是读了毛泽东同志的《整顿党的作风》之后。

当时在重庆,即使在戏剧界我也还有许多人不熟悉,因此,"勤交朋友"得先从戏剧界做起。经陈白尘的介绍,我首先认识了吴祖光，这时，我还没有看过他的成名之作《风雪夜归人》，但他的剧本《文天祥》，我是看过的。第一次见面是在我去北碚之前，我们一见如故，他是生长在北京的南方人，熟悉老北京的许多奇闻轶事，又是一个讲故事的天才，他和我讲了不少曹禺在江津剧校时的故事，所以我就经他的介绍，在北碚认识了曹禺和张骏祥。我和他们两位都是初交，但我早就读过《雷雨》《日出》，还特别喜欢《原野》，这三个剧本对我都有启发，特别是在刻画人物性格上。张骏祥的剧本，贺孟斧曾借给我看过他用袁俊笔名写的《小城故事》，吴祖光还特别和我说过，他是留美专攻戏剧的专家，所以在一个盛暑的晚上，在北碚的一个露天茶座第一次会见的时候，一点不假，我是怀着向他们求教的心情。但事情常常和主观臆想相反，他们温文平易，没有一点大作家、名导演的"架势"，特别是曹禺，我的第一印象是过于拘谨。北碚地方不大，但文化艺术界在这儿避暑的人不少，应云卫、陈鲤庭、贺孟斧，以及在重庆出了名的"四大名旦"（白杨、舒绣文、张瑞芳、秦怡），也在这儿度过长夏。每天晚饭后，我下坡来散步，总可以碰到许多熟人，房子里太热，北碚又没有文娱场所，于是在露天茶室喝一杯茶或者"玻璃"（白开水），就可以消磨两三个钟头。戏剧界的朋友在一起，谈得最多的是大后方搞戏剧运动的困难：租剧场困难，可演的剧本少，以及审查严、捐税重等等。记得我和陈鲤庭、张骏祥有过一次长谈，谈的主要是提高话剧质量的问题，话是从"转型期"这个问题谈起的，我说，二三十年代，像田汉的南国社、朱穰丞的辛酉社，他们对戏剧运动都有一种也许可以叫作"殉道者"的精神，吃苦赔钱，在所不计，但话剧的观众都还是局限于知识分子和中等生活水平的职员、店员。抗战之后，十几个救亡演剧队赤手空拳地奔赴战地，除了爱国主义之外，也不能否认还有一种"为剧运"而奋斗的理想。现在抗战已经五年，话剧开始为工农群众所接受了，我们的戏剧工作者也已经逐渐从"业余"转向"职业"了，我认为这是话剧运动的一个"转型期"，在这个时期，审查严、捐税重是外在的困难，也许可以说是我们的疏忽或者错误，就是太看重剧本，而忽视了导演和演技的提高。重庆当时有三个"职业剧团"，但即使在雾季，也不是每个剧团都有经常性的演出，让大批戏剧工作者窝工、坐茶馆，为什么不利用这个时间，让编剧、导演、演员等等都来做一些提高业务水平、艺术水平的工作呢？像我这样的还没有下海的票友，写了些不成样子的剧本，也感到内疚，那么已经下了海的票友，就不该心安理得了，所以我说，就应该利用这个困难时期，来打好话剧艺术的基础，为将来的正规化剧院作准备。鲤庭正热心地在研究斯丹尼斯拉夫斯基，骏祥则是学有专长的"青艺"的院长，所以他们都同意我的想法，下一年，骏祥还要我把那一天的谈话整理出来。我就写了一篇题为《论正规化》的文章，发表在什么杂志上已经记不起了。这篇文章也引起过争论，我自己也觉得在那个乱哄哄的时代论正规化，的确也有点"不合时宜"。

我在北碚住到十月下旬，才回重庆，一面给《新华日报》写文章，一面为改编托尔斯泰的《复活》打腹稿。改编这出戏，有两个原因，一是由于陈鲤庭和白杨的怂恿，鲤庭想把这出戏搬上舞台，白杨则很想演卡秋莎这个角色；其次是当时有个中苏文化协会，会长是孙科，主持实际工作的是张西曼（因为他公开地亲苏亲共，所以有人给他取了个绰号叫西曼斯基），中苏文协表面是"太子派"的团体，而具体的支持者，驻会工作者除张西曼外，还有葛一虹、郁文哉、蒋燕等等。张西曼看了《法西斯细菌》之后，就一再要我写个剧本，为"中苏文协"义演。这两者交叉在一起，鲤庭和白杨就逼着我改编《复活》。我在日本时读过一些俄国小说，但我也说不出什么理由，我最喜欢的是契诃夫、果戈里和屠格涅夫，而对托尔斯泰则既钦佩，又有点嫌他动不动就大讲哲理，可是现在已经逼上梁山，那就只能硬着头皮，来冒一次失败的危险了。从四二年冬到四三年二月，我一有空就到重庆图书馆去读有关《复活》和托尔斯泰的书，我居然找到了一整套日本中央公论社出版的《大托尔斯泰全集》，和耿济之译的《复活》。我这个人有一个坏习惯，要么随意浏览，不求甚解，但一旦钻了进去，就会着迷。读了这些书，一方面觉得对托尔斯泰有了进一步理解，另一面也就越来越感到改编的困难。这部小说不止一次改编过戏剧，先是法国的巴大叶，其次是田汉，同时我也看过英国和苏联改编的电影，这些都可以作为参考，当然也能搬用。任何一个改编者对原作都会有不同的看法，对戏的主题，也不可避免地会有所偏重。田汉改编的本子很出色，但他似乎太着重于俄国的土地制度问题。贵族出身的托尔斯泰一直想接近农民，替农民做些好事，他说过："学习使你们自己和人民血肉相关"，但他也加上了一段话："我还想加上，学习使你们自己成为人民所不可缺少的部分，但是这种不该单用你的头脑（用头脑来同情是容易的），而应该用你们对人民的爱，用你们的心。"我曾经在一个时期热心地读过一些英国女作家维季尼亚·渥尔夫（Virginia Woolf）的文章，她不止一次地引用托尔斯泰的这句话来自勉，于是我就把这一段托翁自己的话，来作为改编的脉络。

《复活》于一九四三年完稿，经陈鲤庭的精心排练，于同年四月作为"中苏文协"筹款而正式公演。首演那一天苏联驻华大使和文化参赞费德林来看了戏，还到后台去会见了导演和演员。剧本送审的时候，据应云卫说，"戏剧检查处"的负责人看也不看就盖了一个"审讫"的图章，理由很简单，"中苏文协"的会长是孙科。托尔斯泰是大作家，导演、演员都是一时之选，时间又碰上了苏德战场上苏军开始反攻的时候，因此，这出戏在我所写的（改编）剧本中是比较卖座的。

戏上演了，但我却并不感到轻松。在当时，以至到"文革"，这出戏一直是我的一个沉重的包袱，文艺界每次搞运动，总有人算我的老账，要算的是什么账呢？正像我改编《祝福》时加了一段祥林嫂砍门槛的戏一样，就是我把卡秋莎的性格加强了一点，她最后拒绝了那位贵族的忏悔。关于祥林嫂那一案，尽管直到今年（一九八四）还有一位批评家扭住我不放，但那倒是我亲自请示过毛主席，他老人家点

了头,说"可以,现在,结尾不必写得那样凄惨了";而卡秋莎这一案,现在依然是"悬案"。为什么这样写,我在一篇文章中说过:

> Virginia Woolf曾经不止一次引用过托尔斯泰上述的那一段名言,但是最近有人正确地批评她,由于她过于洗练的感觉,终于限制了她只能停止于"懂得了应该",而实际上还是不能和人民血肉相关。要使被压损(strain)了的物体恢复原状,要使为了要适应这个奇怪的"社会"而变形变性了的、曾经被叫作"人"的动物重新回复到正直、朴质、具有正常感觉的human being,这是如何困难的事啊——在《复活》这两个字前面,我真的有点感到恐惧。

已经是四十多年以前的事了,我的想法一直没有改,看来也是没有办法的事了。

一九四三年是个很不寻常的年头,苏联红军开始在东线反攻,从收复了罗斯托夫之后,接着又传出了哈尔科夫大捷的喜讯。这一年初,红军大举向基辅、向斯摩棱斯克,以闪电般的速度进攻,同时,美国参战之后,用空军和海军向苏联支援了大批军火,在这种情势下,被占领了的法国地下军也开始活动了,法共的《人道报》也在继续出版,《新华日报》创刊五周年的时候,英共的《工人日报》还发来了贺电。这时乔冠华用于怀的笔名,在《新华日报》写"每周时事述评",很受读者的欢迎。南方局外事组的成员(王炳南、龚澎、乔冠华、陈家康……)都是我的熟朋友,他们那里有不少外面看不到的外文书刊,所以一有空就到他们那里去看报和聊天。我也经过他们,认识了当时在重庆很活跃的外国朋友,就是苏联驻华使馆文化参赞费德林,美国驻华使馆文化参赞费正清,这两位"费先生"都讲一口流利的中国话,苏联不必说,美国在罗斯福执政时期也派了一些很开明的甚至同情中共的外交官和记者到中国来,费正清又是汉学家,所以很快就成了相处得很好的朋友。我在这时期给《新华日报》写了不少谈国际问题的文章,记得起来的还有《欧洲的地下火》《英国事象》《兴奋之后》,以及庆祝法国国庆一百五十四周年的《祝福人类抬头的日子》等等,这些短文不涉及中国内政,"新检处"都开恩放过了,只有一篇:《我的心不能平静》,那是为祝贺红军在斯大林格勒大胜而写的,不知为了什么,这篇文章遭了"腰斩",开场白之外,全部开了天窗,费德林知道了这件事(因为文章前面还留了一个副标题:"致苏联友人"),他为我不平,把原稿要了去,译成俄文全文在《真理报》上发表了。

也就在这一年春季,我们从美国记者口中常常听到一种很奇怪的议论,说你们中国共产党是在农村发展壮大起来的,党员里面农民也占多数,那么为什么要自称共产党而不称农民党呢?对那些年轻的美国记者,跟他讲理论,他们是听不进去的。他们的意思是:因为你们是共产党,所以美国政府只能援助国民党,假如你们改名中国农民党,那么美国就可以放手帮助你们了,我们反问他,罗斯福不是正在援助苏联共产党吗?于是他们只能用"那是国家与国家的关系"来回答。到这一年六月,这个奇怪的问题,才使我们明白过来,原来是英美政府利用苏联急需军援和希望英美早日在欧洲开辟第二战场,就乘机对苏联施加压力,这是从许多外国共产党改名为工人党、劳动党,以及一九四三年五月,第三国际执行委员会主席团正式向国际各支部建议解散共产国际这一步骤可以看得出来的。六月中旬(记不清具体的日子)恩来同志在红岩召开了一次扩大干部会议,宣布了这一决定,大意是:"今年五月,共产国际执委会主席团为适应反法西斯战争的发展,并考虑到各国斗争情况的复杂,需要各国共产党独立地处理面临的问题,建议解散共产国际。我党中央表示了同意共产国际的建议,同时还指出,中共在长期的革命斗争中曾经获得过共产国际的帮助,但很久以来,中国共产党人能够完全独立地根据中国的具体情况和特殊条件,决定自己的政治方针、政策和行动。"在白色恐怖严重的情况下，领导上的报告、指示，是不许作笔记的，所以上面括弧中的话，是我凭自己记忆，回到曾家岩后又和陈家康作了核对，抄在一本闲书的扉页上的，现在居然找到了这本书，所以上述传达大致是可靠的。恩来同志在这次报告中也含蓄地谈到了一些我党"六大"以后共产国际和我党之间的关系，并对"为适应反法西斯战争的发展"，及"各国斗争情况的复杂"这两点，作了详细的阐述。我们这些人过去也知道一些共产国际的历史，但一直是把第三国际和苏联共产党看作是至高无上的权威的，所以乍听到共产国际的解散，思想上的震动是很大的。由于此，我们对希特勒侵苏以前的许多国际间的大事，特别是苏芬战争、苏联进兵波罗的海三国，以及苏德协定等等，都是以共产国际和苏联"划线"的，对苏联出兵波兰、斯大林和松冈洋右拥抱等等，我自己也写过一些为苏联辩护的文章。因此对这一突如其来的决定，思想上的波动是很大的，当然，回头来想想过去，对恩来同志所说的"长期以来中共已能够完全独立地根据中国的具体情况和特殊条件，来决定自己的政治、政策与方针"，则是很快就可以想通，是完全同意的。

这种大事有非常复杂的国际政治背景，所以国民党是不会放弃这一"千载难逢"的机会的。从六月份起，重庆的国民党中央宣传部给他的各级党部发了一个秘密指令，立即发动了第三次反共高潮，他们叫嚷，共产国际解散了，中国共产党也应该解散。一犬吠影，百犬吠声，连平时不会公开反共的报刊也随声附和起来，《新华日报》和《群众》首当其冲，当然不能缄默，不能不起来应战。但是反动派除了可以运用"新闻检查"这一工具之外，还派大批特务抢走报童手里的报纸和其他印刷品（有一段时期，我们曾把被扣检的党的文件、社论、文章等等印成小册子，由报贩随报赠阅），甚至不止一次在《新华日报》发行部放火。最突出的一个例子是这一年七月一日，报社前两天将一篇社论《纪念中国共产党成立二十二周年》送审，"新检处"不仅不准发表，而且把原稿扣留。七月七日，中共中央发表的《七七宣言》前三天送检的时候说要"研究",约定下一天去取,先说没有收到,给他们看了送稿回戳时才说"此稿免登",熊瑾玎亲自到"新检处"去交涉,才勉强说"可以登,但要删节",一看小样,竟被删去了两千多字,这还不算,到七月六日,突然又下命令,这篇宣言不准发表。当然在这种情况下,宪兵、警察和便衣特务的包围化龙桥一带是不可避免的了。我当时写过两篇杂文,一篇是历史小品,一篇的题目是《口谤与腹谤》,连借古喻今的曲笔也不放过,在小样上都盖上了"免登"。

与此同时,胡宗南还结集兵力,准备进攻陕甘宁边区,全面的内战危机一触即发。但是反动派实在太蠢,最突出的一点是他们不识时务,当他们把大半个中国丢给了日本,而美国正打算在中国这块土地上建立空军基地来加强在远东的军事力量的关键时刻,反动派想要发动全面内战,显而易见,这种做法,不仅在国内,而且在党内也引起了强烈的反对,连他们的外国主子也不会同意的。这一次反共高潮的时间比前两次都短,一方面很快遭到了国内进步民主人士和国际舆论的强烈抗议,美苏两国也对蒋介石施加了压力,所以除了一小撮托派分子和特务组织喧闹了一阵之外,到秋末,要"解散共产党"的声音就听不见了。当然,延安三万群众召开了紧急动员大会,表示了"人若犯我,我必犯人",也是使这一场丑剧迅速收场的一个重要因素。

由于共产国际宣告解散,蔡叔厚也在这时候从上海赶到重庆,代表参加了共产国际工作的中国党员向南方局来请示他们今后的工作——特别是组织关系问题。他先找到了徐冰,徐冰约刘少文(张明)和我商量,请示了恩来同志,恩来同志要他们继续长期隐蔽,今后由刘少文和他们单线联系。

在这里得补记一下戏剧界的事情。应云卫主持的中华艺术剧社演出了《复活》之后,为了经济上的原因,决定到成都一带去巡回演出了,张骏祥不愿意再当"中国青年剧社"的社长,辞了职,于是CC派的阎折梧就想继任社长这个职务。这件事张颖告诉了我,我请示了恩来同志，他考虑了一下之后对我说，你去请马彦祥来接替张骏祥。他分析了形势，对我说，"三青团"的负责人是张文伯（治中），他是不会把剧团交给CC派的，马彦祥政治色彩不浓，只要他肯出来，张文伯是会同意的。我说"三青团"的名声不好，进步文化人是不愿意沾手的，张骏祥不干，可能也是这个原故；恩来同志果断地说："你去劝他出来勉为其难，他假如不肯，你可以说，这是我的意见。"果然，马彦祥再三推辞，直到我说了这是恩来同志的意见，他才接替了这个职务。由于"中艺"走了之后，我们不能没有一个新的剧团来填补空白，所以得到恩来、沫若两位的同意，决定由于伶、金山、宋之的和司徒慧敏来组织了"中国艺术剧社"（"中术"）。这一批人都刚从香港回来，在戏剧界有声望，国民党也不敢公开禁止，所以为了争取公开合法，还请了张道藩等国民党人为挂名理事，并举行了一次"盛大"的成立大会。好在尽管"文网森严"，在文艺、新闻界进步力量还有很大的影响，我们事先和《新民报》《新蜀报》等川系报纸及《时事新报》（当时唐纳在当编辑，他是孔令侃的同学）打了招呼，所以"中术"成立的消息在许多报上都刊登了。"中术"在重庆一直坚持到抗战胜利之后，除了党的灵活策略之外，主要靠的广大群众的支持，在"大后方"干任何一件事，没有群众的支持，是寸步难行的。

在一九四三年春，我大部分时间忙于"中术"的创建和演出工作。在重庆，关于《整顿党的作风》和毛泽东同志《在延安文艺座谈会上的讲话》，我们知道得较晚，看到的文件也不多，据我记忆，毛泽东同志四二年一月在延安中央党校的讲话《整顿党的作风》，到四二年五月中旬才在《新华日报》上发表；《在延安文艺座谈会上的讲话》，则直到一九四四年一月一日，才在《新华日报》上发表了一个"摘要"。对于整风，《新华日报》曾发表过一篇社论：《敬告本报读者——请对本报提出全面的批评》，社论说："本报既为中共的机关报，又以人民喉舌自期，就更加要切实执行整顿三风的工作"，"本报与读者，是相依为命的，有如鱼水之不可或离，如本报不能得到读者的诚恳而又大胆的批评，那就像盆鲜花缺少了清水的灌溉，而终于枯萎。"我已经记不起具体的时日，大概是在九月初，在董老的主持下，还对《新华日报》的工作人员和作者，进行了一次"整风"，这是我经历过的第一次整风，受到批评的有章汉夫、陈家康、乔冠华和我。章汉夫是当时实际上的总编辑，他的失误最大的一件事是国民党政府主席林森去世的那一天（一九四三年八月），报上全文登载了中央社发的消息和照片，并围了一个很大的黑框，在当时的政治形势下，作为中共党报，这样做显然是不对的；对乔冠华、陈家康和我，主要是在副刊上写的文章没有站稳无产阶级的立场，尤其是对罗斯福的"新政"作了不正确的看法，宣传乃至欣赏了资本主义国家的所谓"自由、民主"。前面提到过的我写的那篇《祝福！人类抬头的日子》，就是一个例子。这次小整风批评是坦率、尖锐的，但并没有什么"残酷的斗争"。我们这些人在"大后方"工作久了，夸夸其谈，自以为是，几乎已经成了习惯，所以在国内外斗争严峻的时刻，这次整风对我来说是完全必要的。我们这几个人都作了自我批评，但并不觉得因此而背上了包袱，所以我们还是继续不断写文章。在第三次反共高潮前后，除了在《新华日报》上用余伯约、姜添、韦彧等笔名写了不少杂文之外，我还在《新民晚报》《新蜀报》《天下文章》《国讯》等报刊上写过文章。如前所说，给《新华日报》写的政论性的杂文，被扣检的不少，但关于戏剧、文艺方面的评论、杂文，大部分还是能够登出来的，如《论正规化》《人、演员、剧团》《论戏德》等等。我还记得《论戏德》这篇文章，是读了李健吾的新作《云彩霞》之后，联想到当时话剧界某些演员的争名争利，有感而写的，的确在重庆戏剧界也引起了不小的反响。后来，在我和宋之的、于伶集体创作的《戏剧春秋》中，又塑造了一个唐倩倩这样的、有才无德的人物，来加以鞭挞。了解一点中国话剧史的人都知道，唐倩倩这个人物不是完全虚构，而是有模特儿的，这个人在演技上是个好演员，而其后果，则是十分凄惨的。大概可以说，一九四三年，是我在重庆时期杂文写得最多的一年。

第三次反共高潮过去之后，由于进步民主运动的兴起，再加上苏美双方都对国民党施加了一些压力，所以到一九四四年初，国民党假惺惺地作了一些骗人的小动作。大概在一九四四年四月中旬，一位苏联驻重庆的记者告诉我，说国民党的中央宣传部长梁寒操，举行了一次外国记者招待会，对一大批洋记者说："我们坦白地承认，过去几年的新闻检查的办法，有一些不适当之处，致使新闻界感到不满，使你们遇到了不少麻烦，现在政府正在检查研究，准备放宽尺度。"这位苏联记者是我的老熟人，他是当作一个"好消息"来告诉我的，我坦率地告诉他，不要太天真。第一，这些话是对外国记者说的，特别是对美国记者说的，因为美国报上有过几次对国民党的"不民主"提出了批评，有些文章甚至公开指名骂了国民党的"最高领袖"，所以他们不能不做一些姿态，但即使真的"放宽"了尺度，也只是对你们外国人，对我们中国记者是轮不到的；第二，梁寒操这个人是"太子派"，尽管他现在已经投靠了CC，当了宣传部长，但他的话的"实际价值"是有限的。这位苏联朋友听了之后只能耸耸肩膀，说原来如此。事实也是这样，正在这个时候，《新华日报》上还可以经常看到"某某一文不能刊登，特向作者致歉"的编者启事。

在这之前，梁寒操还和潘公展、张道藩合作，由文化运动委员会张道藩出面也举行了一次招待会，宣布政府决定，每年二月十五日为"戏剧节"，表示国民党对戏剧工作的重视；当有人问戏剧审查的尺度能不能放宽，压得戏剧界喘不过气来的"娱乐税"能不能减免时，张的一个小喽啰只能支支吾吾地说："政府正在研究。"对此，我也写了一两篇文章：《不止于祝颂》和《我们在困难中前进》等等。

一九四三年七月，我的妻子带了子女到重庆来了，一家四口，就不能再挤在文工会的会客室里了。唐瑜给我在临江路附近的一个大杂院里挤出了一间小屋，我们就在那里暂时安顿下来；当时沈宁十二岁，沈旦华六岁，到晚上，四个人横排着睡在一张床上，用一张条凳搁脚，这件事四十年后记忆犹新。唐瑜是个热心人，他卖掉了在缅甸经商的哥哥送给他的半只金梳子，在中一路下坡盖了两间"捆绑房子"（战时重庆穷人住的泥墙、竹架的一种特殊建筑）。唐瑜和我各住一间，没有门牌，为了寄信方便，我在屋前树了一块木板，上面写了"依庐"这样一个很好听的名字，还养了一头名叫"来福"的狗，我们一家在这里一直住到抗战胜利。《戏剧春秋》《离离草》《芳草天涯》这几个剧本，都是在这间风雨茅庐中写的。

"依庐"这两间房子从租地皮、"设计"到施工，都是唐瑜一手经办的，我一分钱也没有花，一分力也没有出，文艺戏剧界朋友们，称赞他居然成了一个"建筑师"。他也对造房子发生了兴趣，不久之后，他又狠了狠心，把他原来在昆明和夏云瑚合资经营的一家电影院的股本转让给别人，用这笔钱又在离"依庐"不远的坡下租了一块地，"亲自绘图设计"，又造了一间可以住十多个人的大房子，呼朋引类，让当时没有房子住的朋友都住了进去，这就是"文革"中喧闹过一阵的所谓"二流堂"。唐瑜搬到"二流堂"去之后，他又把我隔壁那一间房子无偿让给了进步的奥地利医生弗里茨·扬生。当时住在"二流堂"的，有吴祖光、高汾、吕恩、盛家伦、方菁、沈求我，他们之中，除高汾是新闻记者之外，其他都是没有固定职业的文艺界的"个体户"。这些人都有专业，如吴祖光是剧作家，方菁是画家，盛家伦是音乐家，吕恩是演员等等。战时重庆谈不上有文艺界集会的地方，朋友们碰头主要的方法是"泡茶馆"，加上当时茶馆里几乎都有"莫谈国事"的招贴，现在有了这样一所可以高谈阔论的地方，有时候唐瑜还会请喝咖啡，于是，很自然地这地方就成了进步文化人碰头集会的地方。这"二流堂"所在地可能是一块"风水"很好的"福地"，因为在这儿住过的人，除盛家伦在五十年代去世外，其他的人都还能活到现在。至于"二流堂"这个名字，也是颇有来头的，有一次郭沫若和徐冰到这地方会见朋友，杂谈中提到延安传到重庆的秧歌剧，如荣高棠、韦明同志等在《新华日报》演出过《二流子改造》等等，郭老看了一下周围的人，开玩笑地说，住在这里的都没有固定职业，都是二流子，你们这个地方可以叫作"二流堂"；这是一句开玩笑的话，在座的人不仅不以为意，而且还要郭老写下来作为"堂名"来自嘲一番。想不到正像《十五贯》里的"戏言成巧祸"，十几年之后，一九五七年，这句"戏言"居然成了"大祸"，硬把"二流堂"说成"裴多菲俱乐部"和"反党小集团"，一直到"文革"时期，凡是在这里住过的人，无一不受到株连，"二流堂分子"这顶帽子直到十一届三中全会之后才能摘掉。唐瑜这个"堂主"不必说了，连我这个不住在"二流堂"，但经常到那里去的人，也加上了比"分子"更厉害的"后台"这样一个罪名。《十五贯》的祖本"错斩崔宁"中规劝世人"颦笑之间，最宜谨慎"，现在看来还是有道理的。

一九四三年秋，国内外形势都发生了明显的变化。在各抗日根据地，军民大生产运动取得了很大的胜利，创造了"劳力与武力相结合"的新的斗争方式，大生产运动发扬了自力更生艰苦奋斗的传统，克服了日、伪对解放区的进攻和封锁，以及蒋介石的"消极抗日，积极反共"所造成的困难，为争取抗日战争的胜利奠定了基础。在大后方，以团结、抗日、民主为口号的统一战线深入发展，即使在重庆，包括国民党内的进步人士和民主党派、无党无派的民主人士在内的反对一党专政，要求民主宪政的力量日益壮大。

在欧洲和太平洋战场，希特勒和日本军国主义节节败退，德日法西斯的败象已日益明显。这一年冬，林伯渠、王若飞同志从延安到重庆，郭沫若同志在天官府文化工作委员会举行了一次有三四十位进步民主人士参加的欢迎宴会，林老和王若飞同志作了国内外形势的报告，详细地介绍了解放区军民"自力更生、丰衣足食"的生动情景；他们还带来了陕北的小米、红枣，和大生产中"自己动手"生产出来的手工业品、毛织衣料，质量超过重庆的延安火柴，特别使大后方文化人高兴的是他们还带来了延安出版的毛泽东著作和文艺书籍。这是一次重庆很难得的盛会，许多民主人士都发了言，那晚上林老在棉袄外面又加上一件延安毛料的上衣，王若飞则是一个胖子，于是有人说，林老"丰衣"，若飞"足食"，这就是大生产胜利的象征。酒酣耳热，心情振奋，直到深夜才散。第二天，徐冰约我到曾家岩，把来自延安的土特产品和书刊分送给和我们有联系的各界民主人士，送毛料的不多，送小米、小册子的则相当普遍。我记得送给冯玉祥将军的是徐冰亲自送去的，送文艺界人士的则由我分头送去。大家收到这些珍贵的礼物都非常高兴，连得到一盒延安火柴也感到光荣，只有我把一包礼品送给张恨水先生（他当时写了有名的《八十一梦》，我是经过张慧剑的介绍和他认识的）时，他迟疑了一下，然后说，红枣和小米拜领了，这毛料，我不能受，因为做了衣服穿在身上，人家就会说我和延安有关系了。他的考虑是对的，后来我和徐冰都觉得在当时的重庆，送礼物也是一门学问。我也给"二流堂"送去了延安带来的礼物，他们高兴极了，说把小米和红枣留下，到阴历除夕那晚上熬粥作宵夜。除夕晚上，我参加了他们的集会，并传达了林老所作的解放区大生产情况的报告。

话说回来，再谈谈一九四三年雾季话剧界的情况。这一年九月七日，是应云卫四十岁生日，他不在重庆，但戏剧界的朋友都很怀念他。在当时，要开会是不容易的（记得在"中国青年剧社"曾举行一个小规模的座谈会），于是，我们相约写几篇文章在报刊上发表，来祝贺他的生日。我在《新蜀报》上写了一篇，其中有一段话说："假如要以一个人的经历来传记中国新兴戏剧运动的历史，那么云卫正是一个最适当的人选。"宋之的对这句话发生了兴趣，因为应云卫在当时说来，似乎可以说是一个"奇人"。他是三北轮船公司的副经理，很受到浙江财阀虞洽卿的重视，可是他偏偏对话剧着了迷。他假如"安分守己"，本是可以在"十里洋场"过舒舒服服的生活的，可是他就是为热爱话剧，一辈子为"剧运"而含辛茹苦。他是一个好人，但他不是一个完人，他在三十年代初白色恐怖最严重的时候毅然加入了"剧联"，他先是为"剧运"而献身，经过战争年代的锻炼，而终于成了共产党的忠实的同路人,终身为民族解放、人民民主而奋斗。我们这些人和他共事几十年,我们看到他的勇气和毅力,当然也看到他从旧社会留下来的生活上、作风上的弱点。宋之的找了我和于伶,几乎是作了决定似的说:"写几篇文章是不够的,得写一个剧本。"抗战以来,我们写过歌颂军队、歌颂农民的戏,也写过表扬教育界、新闻界的戏。曹禺写了《蜕变》,是以医护人员为主人公的。可是为什么不写以戏剧工作者为主人公的戏呢,现在我们三个人来凑一下,写一个叫《戏剧春秋》的剧本吧。我和于伶都觉得"春秋"这两个字很好,我们可以歌颂,也可以作一些批评与自我批评。当时,"中术"正演过于伶的《杏花春雨江南》,本来打算演李健吾的《云彩霞》,可是连这个剧本也通不过。于是我们三个人就来了一个"突击"创作,起初是三人鼎坐议定提纲,然后是讨论故事人物,最后是分幕分场地各人自认承包。大概我只写了两幕一场,从起意到脱稿,大概一共只花了三个多星期,后来再由我从头润色了一遍。戏上演后,我写过一篇短文,其中有以下一段话:

> 最初,我们是打算献给一个人的,但结果,还是使我们改变计划,而成为献给一群人了。我们虚构了一个故事,而在这虚构的故事中,却容纳了我们的笑声与泪影。朋友们,要索隐某一个人,考证某一件事,这努力会是白费的,甲中有乙,乙中有丙,这一群人中,我们计划着写进了我们大家的成功、失败、光荣、耻辱、长处和缺点。

由于导演、演员和舞台工作者的努力,这一炮居然打响了,上座很好,演出的场次也最多。我很少看自己写的戏,而这出戏我却看了四五遍。有几位演员的演技非常精彩,特别是蓝马演的陆宪揆、黄宗江演的咖啡馆侍者(他刚从上海到重庆,这出戏里他扮了三个不同的角色)、蒋天流扮的唐倩倩等。宋之的、于伶和我都沉浸在剧中人的悲欢哀乐之中。我这个人从来不敢写诗，但也破例地写了一首不像诗的《献词》：

> 献给一个人，
> 献给一群人，
> 献给支撑着的，
> 献给倒下了的；
> 我们歌，
> 我们哭，
> 我们"春秋"我们的贤者。
> 天快亮了！
> 我们赞颂我们的英雄，
> 已经走了一大段路了，
> 疲累了的圣·克里斯托夫
> 回头来望了一眼背上的孩子，
> 啊，你这累人的
> 快要到来的明天。

《新华日报》小整风，和"放下包袱和开动机器"激励了我，除了用余伯约、姜添的笔名在《新华日报》和《群众》写文章外，我又换了"司马牛"这个笔名，开始给"新华副刊"写"补白""漫谈"这一类四五百字的短文，由于这类文章是供副刊作"补白"用的，后来就变成了几十个字一段的"三言两语"。司马牛大概是和袁水拍的"马凡陀"前后出现的，这些短文和讽刺诗一直写到一九四五年九月我离开重庆为止，写了多少篇，我自己也记不起了。

跨进了一九四四年，国际国内都出现了风云变幻的局面，欧洲方面由于苏军猛烈西进，迫使罗斯福和丘吉尔都不得不考虑战后的欧洲"势力范围"的问题——这些问题原则上都已经在德黑兰会议谈定了的，但战争是非常讲实际的，一旦一方先越过了商定的那一条线，"迟到"者是必定会吃亏的。因此，开辟第二战场就成了"不能再拖"的事了。乔冠华（于怀）当时在《新华日报》写"时事述评"，他在香港是以"军事评论家"著名的，这时候他也摩拳擦掌，搜集了许多有关资料，他的房间里挂满了地图，像指挥官那样地随着苏军的西进，每天在地图上插上一面面小红旗。我和汉夫也要求他在英美联军登陆的那一天（当时的暗号是：D.day），一定要写出一篇好文章来。可是天有不测风云，就在一九四四年六月六日那一天前夕，他患肠梗阻进了医院，李灏（法国文学翻译家李青崖之子，吴祖光的表兄，有名的外科医师，也是《新华日报》的义务医生）给他做了开腹手术。手术进行得顺利，但诺曼底登陆这篇"述评"，就落在我的肩上了。从这一天起，到八月底乔冠华出院止，每周一篇，我用余伯约的笔名写了七八篇欧洲战事述评。我没有当过兵，更没有学过军事，写这些文章主要靠外国通讯社的资料，和一些外国朋友的帮助（如爱泼斯坦、扬生）。这些文章记得起和查得到的，有《前进吧，时间》《震撼世界的两周间》《人民战争颂》《向法西斯的巢穴进军》《第二战场一个月》《向着自由民主的方向》《维斯杜拉河的声音》《黎明之前的设计》《解放了巴黎之后》等等。当龚澎和我带着报纸到医院去探问这位"乔老爷"（这个封号是四一年在香港就叫开了的）的时候，他苦笑着对我说："这是你运气好，别得意，出院之后，我会写得更多更好的。"

在开辟第二战场之前，国内还曾出现了一件十分惊险的事。从四月中旬起，日本帝国主义为了挽救他在太平洋战场上的失利，援救他深入东南亚的孤军，以及摧毁美军设在江西、粤北、安徽一带的空军基地，首先从河南发动了"打通大陆交通线"的作战；五月，日军攻占了郑州、许昌，打通了平汉线；从六月到八月（也就是国民党发动第三次反共高潮的时候），向湖南进攻的日军占领了长沙、衡阳；十一月，向广西进攻的日军攻占了柳州、桂林、南宁；至此，日军打通大陆交通线的作战完成了。由于国民党政府的"观战、避战"政策，所以这一次日军在大陆上的进攻，真可以说是"所向无敌"，不到半年的时间之内，国民党宁愿把河南、湖南、广西三省送给敌人，而一心想把嫡系部队集中起来进攻西北解放区！国民党军不战而退，日本军的胃口就越来越大，进占广西的日军继续向西挺进，一度打到了贵州的独山。这一下不仅国民党慌了手脚，连美国人也着急了，因为他们正在成都建设一个规模很大的空军基地。那时候，"前方吃紧，后方紧吃"的国民党的达官贵人的家眷又在作逃跑的打算了，他们有的是汽车、飞机，他们可以近逃昆明、远逃美国，老百姓的死活，他们是不管的。南方局又开了一次紧急会议。徐冰通知我，要我尽快统计一下民主人士和党内文艺界人士的妇孺的名单和人数，粗粗估计，老弱病残和儿童最少也有二三百人，单靠"八办"和《新华日报》的交通工具是无法担负这一任务的。徐冰和我去找了冯玉祥将军，他答允可以想办法弄几辆卡车；但他毕竟是军人，他还是说，我看日本人是不会打重庆的，理由是他们战线太长，兵力不足。后来正如他的估计，日军到了独山之后就停步了，这总算是一场虚惊。

经过三次反共高潮的失败，和国民党军队的一退千里，一方面国民党的威望一落千丈，另一方面重庆和大后方的反对一党专政，要求召开各党派联合会议的运动却一天比一天高涨了，中共代表林伯渠在国民参政会上正式提出了废止一党当政，召开各党派会议，成立民主联合政府的议案，国民党当然不会同意，但这一建议在广大人民群众中却引起了巨大的反响。具体的例子是九月下旬，张澜、冯玉祥、沈钧儒等五百余人召开一次要求国民党结束一党专政、实行民主的大会，接着十月间在"银社"（"中术"租用的剧场）举行的追悼邹韬奋逝世的群众会上，黄炎培致悼词后，郭沫若、张澜等发言，都对国民党的独裁统治表示了极大的愤慨。同年双十节，中国民主同盟发表了《对抗战最后阶段的政治主张》。在这种空前强烈的民主运动前面，国民党除了派特殊警察将登载了"民盟"的那篇宣言的《新华日报》全部没收和打伤了几个报童之外,再也没有以前那样的威风了。

假如我记忆不错的话,周恩来同志十一月初从延安回到重庆(荣高棠同志一九八三年十二月二十九日在"南方局党史资料征集工作协作会议"上讲话中,提到:"一九四四年十一月七日,'南方局'改为'重庆工作委员会',这时,恩来同志在延安,董必武和林伯渠也要回延安。"那么,恩来同志回到重庆的日子应该是在十一月七日之后),于十一月十八日,在化龙桥《新华日报》向全体工作人员作报告,内容是"国内外形势和解放区的情况",这次会议我是参加了的。几天之后,恩来同志又在曾家岩开了一次小会,徐冰、乔冠华、陈家康和我向他汇报了前一段时期的统战、外事、文艺方面的情况,恩来同志传达了文艺座谈会讲话的精神,及文艺整风以后解放区文艺工作的动向。为此,我重新把四三年秋到四四年十月这一段时期用"司马牛"笔名写的很多(几乎每隔两三天一篇)的"杂感""漫谈"之类的短文看了一遍,所以"司马牛"暂时中断,直到一九四五年二月,才重新连续发表。

写到这里,要补记一件重要的事。从一九四四年八月二十一日到十月七日,为了筹备建立联合国,英美苏和英美中分别在美国华盛顿郊区的敦巴顿橡树大厦召开了两次首脑会议。章汉夫要随同董老赴美国,代表中共参加中国代表团的工作,所以董老决定由我接替章汉夫的工作。我建议只用"代总编辑"的名义,因为章汉夫还是要回来的,董老同意了我的意见,所以大概在九月间我就搬到化龙桥去住了。当了代总编辑,就不像以前自由撰稿或特约评论员那样清闲了,好在原来的班子都没有动,如许涤新、胡绳、乔冠华、熊复、石西民等也都是我的熟人,上面是先由王若飞同志领导。周恩来同志回到重庆后,《新华日报》的社论、代论以及重要的文章,都可以先请恩来同志审阅,他对这件事是抓得很紧,审稿是非常认真的,有时一篇社论经他修改后还不满意,就责成我们重新拟稿。和以前不同的是住进了化龙桥,就不能像以前那样随便进城,到朋友们家去串门、聊闲天了。当时不像现在，报馆的"编制"很紧，跑外勤的记者更少，每天得讨论和设计版面，安排专访，组织外稿，特别是每天要上夜班，一定要到深夜两三点钟看了大样之后才能休息。好在《新华日报》的排字工友是很出色的（前一年重庆各报举行过一次排字竞赛，在十来家日报中，《新华日报》得了第一名），校对也很认真，所以看大样时，只要看一看各版的大标题，再把社论或代论校阅一遍就可以签字付印了，加上我当年四十五岁，精力饱满，所以还可以随便写一点"司马牛"来作补白。戏剧界的那种自由主义、松松垮垮的情况，《新华日报》是没有的，内部团结一致，工作忙，但心情愉快。对付新闻检查处的事都由潘梓年、石西民去负责，我可以不出面了。

一九四五年是所谓"胜利年"，自从英美盟军在诺曼底登陆之后，德国法西斯遭到了东西两方的夹击，溃灭已成定局。美国在太平洋上进行了逐岛进攻，山本五十六战死，长期以来一直吹嘘"赫赫战功"的日本"皇军"，这时候也只能"创造"一些古怪的名词（如把败退叫作"背进"，把全军覆灭叫作"全员玉碎"等等）来遮羞了。在这一年春，我记得有几件事值得一提：一件是一月中旬（十五日？），孙科在重庆官邸接见《新华日报》记者，对雅尔塔会议和当前中国内部政治问题发表谈话，他说："必须认识联合政府是遵循民主方式，解决阶级问题的途径。"在不久之前还派出大批特务扣抢《新华日报》的情势之下，这位院长先生居然对《新华日报》记者发表这样动听的谈话，不受到什么外来的"气候"影响，显然是不可能的。另外一件事是大约在四月下旬（也就是在希特勒垮台之前不久），就是董老到了华盛顿之后，美国方面不止一次制造谣言，甚至发表所谓"董必武谈话"，所以董老给《新华日报》发来了一个电报，电文是：

> 我在国外的一切谈话，都将交《新华日报》正式发表，以免远道误传，请予鉴察。

这个声明在《新华日报》上发表之后，孔祥熙系统的《时事新报》依旧在五月间译载了一篇用李查氏署名的完全歪曲事实的文章。于是《新华日报》又在五月二十六日发表了《重要声明》：

> 前美国李查氏所发表的关于董必武同志的谈话，从头到尾都是诬蔑之辞，董必武同志已在美国中外各报上予以否认，不意本月二十四日《时事新报》又予译载，殊感诧异，恐读者不明真相，特此声明。

为什么会在这个时期发生这一类事件呢？因为苏联红军于五月二日攻克柏林，五月八日德国正式向盟军无条件投降，而这之前，罗斯福突然去世，杜鲁门当上了总统，在美国，一种反苏反共的潜流已经蠢蠢欲动了。

希特勒服毒自焚和德国无条件投降之后，我们在兴奋和忙碌中迎来了重庆的炎夏。由于兴奋与忙乱，这一段时期内我做了些什么，自己也记不清楚了。我常常利用上午十时后到下午四时这一空隙，奔走于化龙桥、曾家岩、天官府之间，连回"依庐"去看看孩子们的时间也没有。这是一个四海翻腾、五洲震荡的时代。中国现代史上的一个伟大的"团结和胜利"的大会——中国共产党第七次全国代表大会在延安召开（四月二十三日至六月十一日）。我只记得六月二日《新华日报》上发表了"七大"召开的消息，毛泽东、刘少奇、朱德、周恩来、林伯渠等同志在开幕式上的讲话和朱总司令的报告：《论解放区战场》。七月六日，又发表了毛泽东同志在"七大"所作的政治报告：《论联合政府》。当时中国已成为"四强"之一，中国共产党已经有了一百二十万党员，八路军和新四军在华北、东南及其他地区抗击和包围着大量日军，国民党还不敢公开破坏"国共合作"，所以这些文件还可在《新华日报》上发表。但是毫无疑问，他们肯定会用"邮检"、没收等等办法来阻止《新华日报》的发行的，因此，我们动员全馆职工，把这些重要文件印成单张或小册子，通过各种渠道（这一点，我们永远不能忘记国民党内的革命派、民盟和许多进步民主人士的帮助），分送到大后方各地和海外侨胞——当时香港还在日本占领中，所以只有滇缅路是唯一的通道。当时在昆明、缅甸都有一些爱国的、和我们有联系的工商界人士，通过他们，就可以邮寄到欧洲和美国。紧接在"七大"之后，七月二十六日，中英美三国发表了波茨坦公告，促令日本帝国主义无条件投降。八月六日，美国用B29型轰炸机在日本广岛投下了第一颗原子弹；八月八日，苏联政府宣布对日宣战；八月九日，美国在长崎投了第二颗原子弹；同日，苏联红军进入中国东北，向日本关东军进攻，作恶多端的日本帝国主义的崩溃已成定局。

就是在美国在广岛投下了第一颗原子弹之后的第三天，八月九日，我在《新华日报》写了一篇题为《从原子弹所想起的》的"时评"，开头就说：

> 原子弹的发明和初次使用，震撼了整个世界。科学革命和战争革命在同一天发生了。从科学的见地来说，原子弹的发明，和由于原子分裂所发散的"能"的实际应用，无疑地是一个划时代的革命，一旦控制这种"能"的装置的完成，过去的产业革命将会黯然失色，蒸汽引擎、内燃机、水力发电机……都将逐渐成为时代的遗物，由煤炭和石油的竞争，而引起的政治角逐，也将会逐渐失去它的意义。把这种"能"应用于建设性的动力，及和平工业生产的时候，人类文明必然会有划时代的改进，可是在今天，不幸而这一个足以影响人类历史的重大发明，却初试锋芒于杀人盈万的战争中了！……
>
> 科学掌握在人民手里的时候，它可以造福人群，而当它掌握在法西斯侵略者手里的时候，就可以使人类受到巨大的

灾难……作为人类智慧的最高成果的科学发明，应该为全世界爱好和平的人民全体所共有、所使用、所控制，这种科学发明——无尽藏的"能"，应该使用在为人类谋福利的方向，而这种一举手间就可以杀伤千万人民的武器，应该由联合国安全理事会来控制。在今天，这已经是加在世界进步科学家和人民群众肩上的责任了。让科学属于人民，让科学成为保卫和平、造福人群的工具！

这些话都是常识，也未免有点过分乐观，但正当"广岛事件"震惊世界，许多人瞠目不知所措的时候，对于"核分裂"所产生的能量这个新问题，至少在重庆是唯一的一篇从全人类立场发表的文章。事隔三十九年，重读此文，除了对联合国安理会抱有一点幻想（当时，董老是代表中共在联合国宪章草案上签了字的）之外，我并不觉得有什么严重的错误，而且这篇"时评"是经过领导审阅后发表的。谁也想不到一九五九年反右倾、一九六四年文化部整风，以及"文革"中，这篇文章都成了我的"罪名"，戴上了"和平主义""宣传核恐怖"的帽子。——这些早已过去的事，本来不想再提起了，碰巧我写这段回忆的时候，正碰上中国代表团出席了一九八四年的广岛"反核爆"和平大会的时候，所以还是将这一段文章摘录下来，让后人评述。

这期间的确很忙，但我一天也没有停过笔，除了写过二三十篇司马牛"杂感"之外，记得起来的还有《为中国剧坛祝福》和《悼沈振黄》这两篇文章。前一篇发表在《新华日报》，这是为了祝贺我的一位亲密的难忘的战友洪深五十初度而写的。当时他不在重庆，但在战乱中他看到这篇文章之后，专门给我写了一封长信，说我对他有褒有贬，是"别创一格"的祝辞，因此他说只有"知己者"才会写这样的文章；后一篇是我在张家花园"全国文协"理事会欢迎邵荃麟同志从敌后回到重庆的那一天，从他口中知道了沈振黄同志在黔桂公路上因车祸去世而写的。沈振黄是一位不知名的画家，生活书店店员，抗战开始就由我介绍他参加了钱亦石同志（后左洪涛）为队长的战地服务队，长期"隐蔽"在张发奎军中，历尽艰辛，终于在日军进占桂林后，受命到重庆来和我联系时牺牲的。他真可以说是一个"无名英雄"，当我后来看到他的夫人带了三个孩子回到重庆的时候，我这个很少流泪的人终于也禁不住流下了眼泪。这之外，就是我在全国解放之前写的最后一个剧本《芳草天涯》，有人在文章中说这个剧本写于一九四五年春，其实，这个本子的初稿完成于一九四四年秋，也就是我到化龙桥之前，但后来又作了较大的修改，所以交给"中术"，则的确是在一九四五年春。这个剧本是应"中术"的几位演员的一再要求而写的，他们说我没有写过一个以爱情为题材的剧本，希望我"试一试"，同时他们也希望有一个"出场人物少"，而又"有戏可演"的本子，所以全剧只有六个角色。我过去写剧本从来是"交出就算完成任务"，很少有"较大的修改"的，这次却破了例，因为这出戏的初稿是以悲剧结束的，但一九四五年春，我在《新华日报》编辑部看到了毛泽东同志在"七大"预备会议上的讲话，其中有一段话：

> 我们现在还没有胜利，困难还很多，敌人的力量还很强大，必须谦虚谨慎，戒骄戒躁。

他号召全党"要团结得和一个和睦的家庭一样。家庭是有斗争的，但家庭里的斗争，是要用民主来解决的"。最后这两句话，显然是为了加强全党团结而讲的，但他用了家庭这个比喻，使我联想到了《芳草天涯》的悲剧的结尾，我作了一次较大的修改，我把剧中男女主人公的决裂改成了和解，由于我用了"容忍"这个词，后来一直被批评为这是"资产阶级"思想。这出戏和我其他的戏一样，我自己并不满意，但对我说来最"不幸"的是这出戏的演出恰恰是在抗战胜利之后的那一特定的时期，加上也恰好是演出于茅盾的《清明前后》之后。"中术"演出时我已经"复员"到了上海,所以《新华日报》对这出戏的评论文章是在同年十月才看到的。从此之后,这个连我自己也不满意的剧本,就一直成了我的一个包袱,像寺院门前的一口钟一样"逢时过节总要敲打一番"。何其芳同志一九五九年写的《评〈芳草天涯〉》就是一个例子。我丝毫不否认像我们这样的人的头脑里有"资产阶级思想",但我还是想不通:对敌人当然不该容忍,但是不是夫妻之间有一点容忍就一定是资产阶级思想?尽管对这个问题想不通,我还是坚信:对作者来说,最寂寞的莫过于作品发表之后听不到任何声音。听听逆耳之言,是可以使人清醒,使人谨慎的。

一九四五年八月十五日,日本接受波茨坦公告,正式宣布无条件投降,亿万中国人民——解放区的、大后方的、沦陷区的——用血、泪和汗换来的这个日子,终于到来了。对于这日子很快就要到来,我们并不是没有精神准备,那可以说,从八月九日苏联宣布对日宣战,美国对长崎投下了第二枚原子弹的那一天,就已经肯定无疑的了。特别是八月十日,南方局(重庆工作委员会)接到了延安发来的毛泽东同志的《对日寇的最后一战》那篇声明,全报社作了迎接这个日子的准备。从那一天起,我们每时每刻都在等,我们的心每时每刻都在翻腾,就算从甲午战争算起吧,田中奏折、二十一条、九一八、一二·九、七七、八一三,这近百年的耻辱的历史,终于走到尽头,中国成为战胜国了!日本投降的消息一传播,《新华日报》的全体同人发疯了,也可以说,全重庆,全国人民都发疯了。"发疯"这个词也许有点贬义,那么,就用"欣喜若狂"的"狂"字来形容吧,有人欢呼雀跃,有人无言流泪,这一天我没有睡,凌晨看完报纸清样,就想进城去看一看毕生难得看到的举国欢腾的场面。五点钟我就下了山,化龙桥街上挤满了人,上了公共汽车,也是一片欢声,认识和不认识这一条界限——男女老少,本地人、下江人都可以相互攀谈,这个喜讯明明是大家都知道了,但是谁都想讲话,谁都想把自己的喜悦传达给别人。四川人是善于摆"龙门阵"的,挤满了人的车厢里一片欢声,一个花白胡子的老汉大声地说:"老子能盼到这一天,明天早上就死,也甘心了。"

两路口下车,遇到了一批新闻界同业,《新民报》的,《时事新报》的,也有一个《中央日报》的,大家都想知道一些更多、更新的消息。我问那位《中央日报》的记者,你们还有什么新消息,他坦然地说:"还不是一样,中央社发的……"于是不知谁首先说,去找美国新闻处,听说有一个日本天皇的"诏书"。于是我也跟着他们到了美国新闻处。特别是在这个时刻,对这些不速之客,美国人是招待得十分殷勤的,果然有日皇裕仁亲自广播的《停战诏书》,而且是日文记录本,用的是明治时期的古文,还是"朕告汝臣民"那种口气。美国人讲了一些"花絮",说太平洋某些岛上的日军还在顽抗,并告诉我们麦克阿瑟的坐舰"米苏里号"正驶向东京。

我到了曾家岩、天官府、张家花园,见了些什么人,谈了些什么,兴奋过了头,什么也记不起了。回"依庐"吃了中饭,午觉也没有睡,就又赶回了化龙桥。

"不浇水,不培土"而偏想抢"桃子"的斗争开始了。从八月十一日起,蒋介石对他的那批"外战外行,内战内行"的常败将军们发了命令,一是要他们"积极推进,勿稍松懈";二是要早已和他有了默契的汪伪部队"切实负责维持地区治安",同时却对八路军、新四军下达"命令",要解放区人民军队"就地驻防待命",不得向敌伪"擅自行动"。杜鲁门政府和蒋介石密切配合,八月十二日(日本投降前三天)以远东盟军总司令的名义,对日本政府和中国战区的日军下令,只能向国民党政府及其军队投降,不得向中国人民的武装力量缴械。他们都以为这个计划很精明,可以坐享其成,使日、蒋、汪"合三为一"。可是时代不同了,一九四五年不同于一九二七年,他们再也不能称心如意,为所欲为了。中共中央来了个针锋相对,八月十三日,朱德、彭德怀打电报给蒋介石,坚决拒绝了他的错误命令。十五日，朱德电令南京日军最高指挥官冈村宁次及其所属部队，立即停止一切军事行动，听候中国解放区八路军、新四军及华南抗日纵队的命令，向我方缴械投降；同一天，朱德总司令还向美、苏、英三国政府致送说帖，说明中国人民武装力量，在延安总部的指挥下，有权接受被我军包围的日伪军队投降。一切反动派都是怕硬的，这一手使他们慌了手脚。在胜利即将到来的时候，国民党政府最怕的是苏联援助共产党，所以蒋介石就派宋子文、蒋经国赴苏联会见斯大林。就在日军投降前夕，八月十四日，签订了《中苏友好同盟条约》，还有外蒙古独立，也是这次斯宋会谈时商定的。

就在这个关键性的时刻，时局发生了出人意外的变化。从八月十三日到八月十六日，四天之内，毛泽东同志发表了两篇措辞强硬的文章（《蒋介石在挑动内战》《评蒋介石发言人谈话》），和以朱总司令名义给蒋介石的两份同样措辞强硬的电报。但在这之后十天，八月二十六日，中共中央发出了《关于同国民党进行和平谈判的通知》。对于这一政策上的大转弯我们当时不懂，后来也不敢问，直到一九五八年，康生这个伪君子才向我泄了密，他说，那是早在德黑兰会议上就决定了的，正当国共双方针锋相对、一触即发的时候，斯大林派特使到了延安，说服中共和蒋介石进行和平谈判。这件事，在《中共党史大事年表》中，也有扼要的叙述：

> 同时，斯大林也致电中共中央，说中国应该走和平发展的道路，要毛泽东赴重庆同蒋介石谈判，寻求维持国内和平的协议，如果打内战，中华民族有毁灭的危险。（人民出版社版，第七十八页）

在这种情况下，所以八月二十六日晚，潘梓年把一条简短的"毛泽东同志即将来渝"的"本报讯"给我，要我明天在第一版显著的地位发表时，我简直不敢相信自己的眼睛，《新华日报》从编辑部到排字房,看到这条消息立即沸腾了。当然,大家的心情是十分兴奋的,也正在这个时候,我们才知道了蒋介石已经发了三封电报,请毛主席来渝"共商国是"。

八月二十七日,这条消息震动了整个"陪都",徐冰后来对我说,"你们只摇摇笔杆子,我可腿也快跑断了",主要是要把事情的经过(根据八月二十六日的《通知》)告诉各方民主人士。徐冰说,"他们又惊又喜",也有人"不以为然";他们认为重庆是"虎穴",毛主席到重庆太危险了。

八月二十八日,我上午就到曾家岩,吃了饭,下午一点就赶到九龙坡机场,等到三点半,赫尔利的专机着陆。发表在二十九日《新华日报》的"本报讯",是恩来同志要我写的,这条消息是当天在曾家岩二楼乔冠华的房间里赶出来的,因为六点以前要送给恩来同志审阅,实在写得很粗糙,但是这一"现场新闻"现在知道的人不多了,所以抄在下面:

(本报讯)八月间充满了伟大的日子,伟大的新闻。昨天上午本报发表了毛泽东同志来渝的消息,重庆市民间是如何的激动,如何的喜悦啊!本报门市部挤满了打听消息的热心的读者,"毛先生来了!这一下好了!"好多公务员、军人、学生热烈地向营业部的同志们握手,毛泽东这个伟大的名字象征着和平、团结与光明。

下午一点半,九龙坡机场已经很热闹了。外国记者们欢迎了"巴丹之战"的温锐特将军之后,就不断地打听延安专机的消息。邵力子和雷震先生来得很早,接着是各民主党派领袖,和中国记者,张表方、左舜生、章伯钧、谭平山……先生都来了,新从苏联归来的郭沫若先生和夫人也赶来了,沈衡山先生快活得像个青年,听说他昨天听到了消息,就一直兴奋到不能休息。机场上的警戒是严密的,美军宪兵之外，蒋主席派了警卫组长陈希曾来帮同照料一切。

人们在酷热中等候了两个钟头，但是每个人脸上都遮掩不住由衷而发的喜色。机场负责人报告专机在十一点半由延安起飞，计时三点可到重庆。

一架标名"美国姑娘"的银色飞机下降了，人们像潮水一般地涌过去，可是美国同业们知道这不是赫尔利大使的专机，三点三十分，两架飞机渐渐地接近了，在低空盘旋了两周，机身上的一颗五角星也可以看到了，休息室里的人奔出来，宪兵和机场人员忙着维持秩序。

待望着的人终于到了！机门才开，就是一片鼓掌的声音。最前列是排齐了的几十位摄影记者的阵势。毛泽东！坚强地领导着中国人民为抗战、团结和民主而斗争的人，就站在大家前面了！一片闪光和摄影机发动的声音，赫尔利大使陪着毛主席下机，接着是张治中将军和周恩来、王若飞同志，外国记者喊了："站近一点，大使先生！"

摄影竞赛继续了十分钟之久，赫尔利大使对毛主席说："好莱坞！"的确，这是好莱坞影片里习见的情景。

毛泽东同志是健康而愉快的，蓝灰布中山服，巴拿马帽，站在飞机前面频频地向欢迎者含笑招呼。人们包围拢来，七月间去过延安的五位参政员是异地重逢，其他各位也经过恩来同志的介绍而一一交换了热烈的握手。新闻记者开始自我介绍，毛主席发表了简短的谈话（见另条）。

四点正，一列汽车从机场出发，路上的市民很敏感地感到了："毛泽东，毛泽东来了。"有人向汽车挥手，每人都是带着欢喜和仰望的笑容的。

赫尔利大使一直把毛、周、王三位送到曾家岩张部长公馆，小憩之后，就回十八集团军驻渝办事处休息。

这条消息经恩来同志审阅，并作了一些修改，我记得起来的有两处：一、在"机场上的警戒是严密的"下面，加了"蒋主席派了警卫组长陈希曾来帮同照料一切"，这一句是恩来同志加上的；二、在毛主席下飞机时，原来我写的是："第一个露面的是赫尔利大使，他右手挥着帽子，以美国西部片中的牛仔的姿势，连蹦带跳地走下舷梯"，"毛主席满面笑容，口中说：'青山绿水，好地方，好地方'"。这两句话，恩来同志用铅笔删去了。

两党开始谈判前，恩来、若飞同志对南方局、"八办"、《新华日报》的干部作了指示，在这重要时刻，大家一定要在各自岗位上认真工作，严守纪律，未经授权，不得传布会谈消息。我从二十九日起就一直在化龙桥工作，很少下山。从这时起，《新华日报》编辑部加强了审稿和仔细校看清样的工作。因此，毛泽东同志九月四日到民生路《新华日报》营业部探访和慰问工作人员的事，以及到《大公报》宿舍拜访王芸生的事，也都是后来才知道的。

九月一日，中苏文化协会会长孙科、副会长邵力子出面，在中苏文协举行盛大酒会，欢迎毛泽东、周恩来、王若飞同志，同时庆祝中苏友好条约签订。我和潘梓年等都收到了请帖。我们先到曾家岩，恩来同志对我说："今天你是酒会的客人，又是《新华日报》的编辑和记者，所以你得写一篇'特写'，明天见报。这样，会前会后，会内会外，你都得去看看、听听。"我问："这篇'特写'要着重哪些方面？"恩来同志想了一下说："一是要强调团结，提一下中山先生的三大政策，因为这是毛主席一九二四年以来第一次和国民党领导人的会见；二是出席这次酒会的人，不论他们过去如何反共，都要把他们的名字写上。"为此，酒会七点开始，我四点多就到了"中苏文协"，先向王昆仑和张西曼了解了一下这次酒会的准备经过，然后从六点起，就守在会场门口。等酒会散后，我就回到"依庐"写稿。为了让读者知道一点当时的情景，这里也把这篇特写抄录如下：

（本报特写）下了一场夜雨，山城已经是新凉时节了。中苏文化协会孙、邵两会长为了庆祝中苏友好同盟条约，昨天下午七时，在会所举行了一次盛大的鸡尾酒会，同时还举行了苏联各民族友好的照片展览预展。下午六时左右，黄家垭口一带的街上就挤满了人，各式的汽车一辆辆的停下来，苏大使彼得罗夫夫妇、罗申武官、孙夫人、孙院长、冯焕章将军、覃理鸣副院长、翁文灏副院长、邵秘书长、王世杰部长、陈辞修部长、张治中部长、鹿钟麟部长、梁寒操先生、朱家骅部长、陈立夫部长、吴铁城秘书长、贺市长、沈钧儒先生、马寅初先生、左舜生先生、郭沫若先生、傅斯年先生、谭平山先生、王芸生先生、冯夫人李德全先生、王昆仑先生、许宝驹先生、张申府先生、高崇民先生、史良先生、曹孟君先生、刘清扬先生、贺夫人倪斐君先生、茅盾先生、侯外庐先生、张西曼先生、阳翰笙先生等，和文化、新闻、戏剧界人士三百多人，一个个准时到会了，这样的集会，在战时陪都是常有的，可是，今天的情景却显得很不平常。天下起细雨来了，可是人和汽车终于越聚越多的拥塞了这带斜的坡道。六点半，几千市民几乎把交通都阻塞了，交通警察和宪兵忙着维持秩序，傍晚的街头充满了汽车喇叭和市民们兴奋地谈话的声音。

今天这个会的意义是重大的，可是今天因为一个人的参加，而更显得重要。几千双眼睛望着"中苏文协"的大门，几千个人谈论着一个人的名字。"毛泽东！""今天毛泽东要来参加的。"

报上没有发表过消息，举办者方面甚至于守口如瓶地保守秘密，但，这千余的市民终于在细雨中停下脚步了。"什么，毛先生要来参加？"一位老公务员模样的人向他同行者问，脸上浮出笑容来，"瞻仰一下丰采吧"。他挤到文风书店屋檐下站定之后，感慨地说："咳，毛先生啊，真说得上是一身系天下之安危了。"

"中苏文协"二楼已经挤得满满的了，是一片欢笑的声音，一片期待的眼色。全陪都的知名人士，党政军要人，文化艺术界人士，都聚会在这今天特别显得狭窄的屋子里了。这一边孙夫人在和郭沫若先生握手，那一边陈立夫先生在和孙院长碰杯，是冯焕章先生洪亮的笑声，是谭平山先生风生的谈笑，彼得罗夫大使忙着和已知未知的朋友们招呼，当主人的孙哲生先生今天更是满面春风。准七点，楼下一片哄动，多少双眼睛望着大门的入口，在一片鼓掌声中，大家待望着的毛主席和周恩来、王若飞同志到会了。

大家紧随着他，楼下的人一起的拥到楼上来了。数不清的热情的握手，洋溢着真情的招呼，一个十五六岁的小女孩恭恭敬敬地握了一下毛泽东同志的手，立刻跳跃地回到她妈妈的身边，骄傲地说："妈，我握过手了。"

在毛泽东同志脸上，是欢喜和感动的表情。当覃理鸣先生和他相见的时候，紧握着手久久说不出话来，终于眼圈红润，流下泪来。这是一个何等动人的场面啊，今天集合在这儿的不是有许多民国十三年时代的老朋友、老同志吗？冯焕章先生两手握住了毛泽东同志的手，看了又看，然后举起酒杯来说："您来了，中苏友好条约缔结了，来，来，让我们为总理的三大政策的实现而干杯！"毛主席兴奋地干了杯，瞧，冯先生不也已经悄悄地用手帕在擦眼泪了吗？谭平山先生是在九龙坡飞机场已经见面过了，今天还像是初见似的热烈的握手，干杯。……今天的会见，是具有历史意义的，"民十三"的老同志们重新在一起握手言欢，相互问好，"三大政策"的精神洋溢今天的会场。多少人在怀旧，多少人在期待着一个和平、团结、民主的新中国啊！

正厅正中挂着中苏两国的国旗,在这辉煌的国旗前面,苏大使和毛泽东同志握手了,"干杯!"为了中苏两大民族的友好同盟,为了新中国的和平建设。

毛泽东同志和周恩来同志在各室巡历了一周,每个人都向他举起了衷心祝福的酒杯。毛主席脸上已经泛起红晕了,冯焕章先生说:"今天,您会喝得躺下来的。"时间飞一般的过去了,为了晚间八时还有吴秘书长铁城的约宴,毛主席只能向大家告辞了,"有机会再谈谈吧","一定要的","真是,老朋友二十年不见了"。人们用恋恋不舍的感情目送着他,又是一连串的握手,许多人一直送到门口,旁边听见一位作家在对一个朋友说:"你的眼好贪馋啊。"

薄暮的门口还是挤满了人。"来了,来了,"毛主席临上车的时候,门内外的人齐声鼓掌,"毛先生","欢迎欢迎!"人像潮一般推动,"毛先生,欢迎你!"这是发自内心的渴望着团结、和平、民主的人民的声音!

在这期间,我一直住在化龙桥,而且还碰上了一次"水灾"。一天上午,嘉陵江江水猛涨,我正在编辑室伏案写稿,忽然听到一片"大水来了"的呼声,来不及躲避,水已经渗到小写字台的下面,赶快站起来,洪水已经没到腿部,等我把桌上的一叠文稿收起,那张小桌就被大水冲走了,幸亏得到工友们的抢救,把我背到地势较高的坡上,才幸免于难,但是我为了写司马牛"杂感"而剪贴的一些资料,却全被大水卷走。直到下午水势停止上涨,我们才派人涉水进城向恩来同志作了报告,表示值此时局重要时期,《新华日报》一定要排除万难,继续出版。

由于"重庆谈判"开始,重庆乃至成都,反独裁争民主的声势大振,连过去不大出面讲话的人也要求废止新闻检查制度了。九月一日,重庆《国讯》等八家杂志发表联合声明,主要内容是国民党设置的新闻杂志检查处,原来冠有"战时"字样,也说明这只是"战时"的一种临时性措施,现在战争结束了,这个机构就应该立即撤消。这个声明得到成都二十多家通讯社、报纸、杂志的响应,接着,九月十五日,重庆二十家杂志正式向国民党中央宣传部、参政会提出,即日起,不再向"新检处"送审稿件。在强大的舆论压力下,国民党政府终于不得不宣布废止审查制度。当然,他们是不会放下屠刀的,据一位熟悉内情的朋友告诉我,所有检查人员都调到北平、上海、汉口这些"收复区"去工作,并给他们发了奖章。

这一段时期内,除写几篇"杂感"之外,还应《中学生》杂志之嘱,写了一篇《九一八杂记》。

不久,我奉命回上海,准备《救亡日报》的复刊,我匆忙地结束了《新华日报》的工作,答复了一些读者的来信,连文艺界的朋友也来不及告别,就单枪匹马地飞回上海。

6.《建国日报》和《消息》半周刊

抗战胜利后不久,一九四五年九月初的一天凌晨,我在化龙桥《新华日报》看过了当天报纸大样,在编辑室的藤榻上休息了一刻,就下山坐公共汽车到赖家桥文工会驻地,去看鹿地亘夫妇。日本投降后,他们写信约我谈话已经不止一次了,主要要谈的是他们是否可以尽快回国,和"反战同盟"的那些盟员今后的工作问题。对他们两个,我劝他们"少安毋躁",还是等待美军占领下的日本局势明朗一点之后再说,"反战同盟"的问题,我认为他应该向郭老请示,事前不要轻率发表意见。鹿地和池田似乎都有一点神经质,一方面想急于回国,但同时谈话中也可以听出也还有不少顾虑。和他们谈了大约一个半小时,就进城回到中一路坡下的"依庐",那时正是毛主席和国民党进行"重庆谈判"时期，报社工作很忙，我已有十多天不曾回家了，可是到家不久，恩来同志就派人来通知，说有要事要我立即去曾家岩。我赶到五十号，恩来同志放下正在批阅的文件，对我说："有一项紧急任务，中央决定要你立即回上海。"这对我说来，当然是一件非常高兴的事，我离开上海已经八年多，也很想去看看"光复"后的上海。恩来同志说："国民党的中宣部下了一道命令，规定在北平、上海、武汉这些地方，只有在抗战前或抗战中登记出版过的报纸，方准重新出版，国民党方面已经同意《新华日报》一家在南京或上海复刊。我们已派徐迈进到上海去进行筹备，但估计国民党还会设置障碍，所以想起了《救亡日报》，昨天我已和郭老谈定，由他通知潘公展，《救亡日报》是在抗战开始时就在上海出版的，按他们的规定，可以在上海复刊。所以决定你尽快去上海，会同徐迈进赶快复刊《救亡日报》，因为这是以郭沫若为社长的公开合法的报纸，又是四开一张，办起来比较容易。"当时"重庆谈判"正在进行，我方提的条件中，还有由刘长胜任上海市副市长这一条，所以我也觉得复刊的困难不大。恩来同志又说，上海这个地方很重要，一定要尽快建立我们的宣传阵地，我们会很快通知华中解放区和上海党组织，全力支持你们；当然，这张报纸，仍旧要以群众面目出现，即使谈判有进展，也还要注意"有理、有利、有节"。最近出版的《毛泽东新闻工作文选》中，收辑了《尽快去上海等地办报》一文，这就是毛泽东、周恩来一九四五年九月十四日给中央和华中解放区负责人的一份电报：

  上海新华日报及南京、武汉、香港等地，以群众面目出版的日报，必须尽速出版，根据国民党法令，可以先出版后登记，早出一天好一天，愈晚愈吃亏。

因此，那一天恩来同志要我赶快去上海复刊《救亡日报》，就是发出这一指示之前决定的。我欣然接受了这一任务，只问，现在交通阻塞，坐船或长途车都会耽搁时间。恩来同志看出了我跃跃欲试的神情，笑着说，这些问题你可以不管，给你安排坐飞机去，只是你家里有什么问题要组织上帮你解决？我很快回答，没有问题，孩子大了（当时沈宁十四岁，沈旦华八岁），他们可以等《新华日报》复员时同走。恩来同志高兴地说，好，那你赶快去作准备，接到通知随时就走，报馆的事，我今晚就和梓年他们商量，你可以不去上班了。我说："那不行，还有一些未了的事要交代，这几天还得去上班。"恩来同志点点头，"最好能在两三天内准备好。"

回到家里，把这件事告诉了妻子，她知道我可以先回上海也很高兴。说到准备，其实也很简单，除了把我一九四二年从香港回到桂林时在地摊上买的一套旧西装找出来洗烫了一下之外，只打算带一只手提箱，里面装的是延安和重庆出版的几本小册子，和我在桂林、重庆写的几个剧本——对了，还有半条"骆驼牌"香烟，那是赫尔利送给中共代表团的"礼物"。

当时我是《新华日报》的代总编辑，由于恩来同志说了报馆的事由他和梓年商定，所以谁来接替我的工作也没有过问，我只把要去上海的事告诉了王炳南、胡绳、乔冠华、熊复、陈家康，他们都对我的这个"好差使"表示羡慕，同时也告诫我上海这个地方情况复杂，要我特别小心。

我一直等着，可是，五天，一个礼拜，一直没有消息。我又去找了恩来同志，他似乎也有点生气了，他说申请信早已交出去了，一直没有答复，我今天晚上再向张文伯交涉，再不回答，我们就在谈判时提正式抗议。这一交涉果然发生了效果，两天之后的傍晚，恩来同志要我去曾家岩，把一张美军军用机的搭乘许可证交给了我，起飞的时间就在下一天上午八时。这时，恩来同志再一次向我交代了，报名可以改为《建国日报》，一定要争取公开合法，办报的宗旨依旧是团结、民主、进步，但重点要放在反对内战，争取民主这两个问题。他把到上海后联系的地点和口号告诉了我，然后说，你是"老上海"，但离开久了,凡事要听取和尊重"二刘一张"(刘晓、刘长胜、张执一)的意见。我已经给上海发了电报,你这次去是单枪匹马,但张登(沙文汉)、梅雨(梅益)都会帮助你的,还有先到了上海的徐迈进,但要注意,你和徐工作上要合作,但两份报的性质一定要分开,《新华日报》是党报,《救亡日报》是民办报,千万不要混为一谈。天快黑了,我打算在五十号吃晚饭,多听听恩来同志的指示,同时也想和冠华、龚澎、家康等人讲几句告别的话,但恩来同志不同意,他说,明天恰好是旧历中秋,你得回去和太太、儿女吃顿团圆饭再走。

九月二十日一早,《新华日报》派了一位同志(很遗憾,连这位总务处的同志的名字都记不起了)用一辆吉普车送我到了飞机场。这是一架双引擎螺旋桨军用机,除了美军的机上人员之外,这架可以乘四五十个人,可是乘客只有十来个国民党的公务人员,看样子,没有一个高级官员,我一个人也不认识,飞机准八时起飞。这架飞机大概是运货用的,没有座位,大家就席地而坐。有雾,下面连嘉陵江也看不到,我就靠着机壁睡着了,十一点钟到了武汉,停机加油的时候我没有下机,美军的机组人员也在机舱里铺了一块地毯,像吃野餐似的在吃中饭,我啃着一块硬面包,一个好心的美军还送了我一瓶可口可乐。一小时后继续起飞,这时才看到了沿江一带被炸了的房屋,和池塘一般大的弹坑。五时左右到南京,机场还没有被炸,但除了少数穿黑制服的旧警察之外,全是缴了械的日本兵;九月的南京天气还很热,他们光着膀子,飞机着陆的时候,还乖乖地推舷梯,给美军驾驶员提箱子,再没有"皇军"那种威势了。我下机后跟着那些国民党的公务人员走出机场,门口停着一辆涂了防空色的大卡车,大家一起上了车,一直开到市内的一个美军机关门口,什么手续也没有。那些国民党人大部分是有人在那里迎候的,只有我一个人提着箱子下车,想找一个旅馆过夜,可是跑了好几家都是客满。时间还早,我就到路旁一家相当高级的理发店去剃头,可是一进门就使我吓了一跳,几个理发员一起站起身,非常恭敬地说:"请坐,请坐。"原来他们看见我手提箱上有一张上飞机时美军服务员给我贴上的到南京的标签，所以他们就认出了我是"重庆来的人"了。他们非常客气，而且还讲了"好容易盼到你们回来了"之类的套话。接着，还有一位穿白衣的女服务员端了一张矮凳坐在旁边，给我修指甲（这是我毕生第一次遇到的事）。理完了发，要付钱的时候，又发生了没有想到的问题，我身边只有"老法币"，而当时南京使用的还是"伪币"，国民党也还没有规定"法币"和"伪币"之间的比值。我拿一张五块的法币，理发员愣住了，跑去和店主商量，店主也似乎没有办法，走过来恭恭敬敬地说："您先生在内地辛苦了，这，我没法找，不用付了。"这种好意当然是不能接受的，我只能说，我刚下飞机，只有"老法币"，你随便给我换散了吧，反正我要有零花钱。推让了好一阵，他才把五块钱收下，等了好一会儿，才找还了我一大把伪钞。我数也不数地塞进衣袋，然后在他们"恭送"中出门。

沿着闹市找旅社，事有凑巧，当我走进中央大饭店的时候，迎面碰上了卜少夫。卜是反共专家，原是在重庆办一份叫《新闻天地》的杂志，但三十年代初他在中华艺大读过书，所以见了我还叫我"老师"。这一下我觉得有办法了，我说，刚下飞机，找不到旅馆，你给我想想办法。他说现在复员的人太多，找房间不容易，然后很慷慨地说："如不嫌弃，就在我房间里挤一下吧。"原来他月初就到南京，租了一间双人房，还空着一个床位。于是我就实行"国共合作"，在他房间里睡了一夜。

第二天一早，我就坐三轮车赶到火车站，不明市价，抓了一把伪币给他，可能是给多了一些，这位三轮车夫十分巴结，给我叫来了"红帽子"（从前火车站的搬行李的工人都戴红帽子），给我提行李，还特别关照，"这位先生是重庆来的。"到售票处，已经挤满了人，这位"红帽子"对我作了一个眼色，要我跟他走，就顺利地通过检票处，一直送上了头等车，我正要付钱，他就给我找来了车上的服务员，并代我说："这位先生是重庆飞来的，你给车上补票吧。"我掏出伪币来，"红帽子"却笑着说："先生，给我一张老法币吧。"我满足了他。我不知道到上海要多少钱，就把伪币全拿出来放在桌上说了一句"到上海北站"，指着伪币让他取，他数了一下，说还不够，于是我又只能拿出五块老法币来，他高兴地给我补了票，还给我沏了一杯上好的龙井。这种做法，现在看来，也许可以看成是一种特殊优待或者特权，也可以说是不正之风吧，可是在那个时候，千千万万受尽了敌伪压榨的人，对从大后方来的人表示一点好意，给一点方便，也未尝不可以说是沦陷区人民的一点爱国的心意吧。

火车开得很慢，到上海已经下午两点多了，我到爱文义路至德里我岳父家里住下，第二天一早就到指定的地点去接关系，地点好像在愚园路，我已经记不起了。奇怪的是不待我说约定的口号，开门接我的竟是我的老熟人沈德均。二十年代末我就在蔡叔厚家里认识了她，她的爱人江闻道也是我的朋友。我交了介绍信，她说这儿是联络站，介绍信立刻可以转去，但是老刘（刘长胜）这几天不在上海，你休息几天再说吧。我告诉了她组织上交给我的任务很急，"报纸早出一天好一天"，所以把我的住址和电话号码告诉了她，希望尽快见到梅益或者徐迈进。

当天晚上就接到了梅益的电话，约我明天上午到朱葆三路二十五号二楼十一号见面。

朱葆三路二十五号是一幢中等水平的办公楼，我上二楼就看见一块"新华日报筹备处"的招牌，推门进去，徐迈进和梅益已在等我。他们租了两大间办公室，很宽大，够得上二十来个人办公，但是只有一个书架、两张写字台和几把椅子，所以显得空空荡荡。坐下来我讲了一些前天在南京的"中秋奇遇"之后，梅益就说，他们已经接到恩来同志的电报，要他们全力帮助我早日出版，所以问我哪些事要他们帮忙，如要不要租办公楼，要几个记者、编辑等等。我想了一下说：办一张四开小报，你们已经租了这两大间房子，只要给我一张写字台，在这里挤一挤就可以了，但是恩来同志再三叮嘱，一方面要迈进和我通力合作，但《救亡日报》仍旧要保持民间报纸的特点，不要和党报合在一起，所以还得帮我租一间小小的编辑室，最好在离此不远的地方，便于联系。至于记者和编辑，我看只要介绍一位能跑能写的记者，和一个传递信件和管杂务的工友就够了，反正这张报有一个靠当地文化界支持的传统，所以只要老梅开一张可以给我们义务撰稿人的名单就可以了。我在重庆就知道姜椿芳他们办了一个时代出版社和一张《时代日报》，所以我说，必要的话，我可以找老姜那里的人帮忙。他们都同意了我的意见，决定租编辑室的事和找记者、工役由梅益负责，迈进则帮助我代管一下总务工作。最后我说，这张报不管办得如何，无论如何要尽快出版，所以一切准备工作都要在一星期内办妥。

我利用这一星期的时间，拜访了留在孤岛奋斗的先辈、旧友（郑振铎、夏丏尊、傅彬然……）和梅益开给我的名单上的知名人士（马叙伦、周建人、许广平、周予同），转达了郭沫若社长对他们的问候，和希望他们对即将出版的《建国日报》的支持。这之间特别要提到的是当我去访问卧病中的夏丏尊先生的时候，他表示开明书店愿意出版我在大后方写的那几个剧本。这件事对我个人说来，是一件很重要的事，因为一九四六年我去新加坡和香港之后，我在上海的家用，就靠这几本书的版税。其次是我去拜访了李健吾先生，我和他素不相识，但在孤岛时期，他自告奋勇地当了我在上海的著作权益代理人，上海进步剧团演了我的剧作，他就代我收上演税，把它送给我的妻子。他是一个十分仗义的人，我向他道谢，他还说事情办得不够周到及时。也是在他家里，我认识了顾仲彝和苦干剧社的几位演员，我认识钱锺书先生和他的夫人杨绛，也是健吾给我介绍的。

《救亡日报》复刊的事进行得顺利，梅益帮我在泗泾路美生印刷厂楼上找了一间厢房作为"编辑部"，并介绍顾家熙同志作为报社唯一的记者。一切筹备就绪之后，我就根据国民党中宣部发表过的"凡抗战前或抗战中出版发行过的报刊可以先复刊后登记"的规定，给国民党市党部发出了一封《救亡日报》改名《建国日报》、申请登记的公函，这张小报就在一九四五年十月十日正式复刊。

《建国日报》除报名外，依旧用了原来的报头，即："上海文化界救亡协会主办，社长郭沫若，总编辑夏衍。"在第一版上，我写了一篇《复刊词》开头就说：

> 民国二十六年十一月二十一日，敌骑侵入淞沪，我军奉命撤守，在那个最黯澹的日子，本报发表了社长郭沫若先生的一篇悲壮的社论："我们失掉的只是奴隶的锁铐"，忍泪暂时和上海的读者告别。……但是八年以来，我们永远没有忘记告别词中的一句充满自信的预言："上海光复之日，就是本报再和读者相见之时。"现在，抗战胜利，淞沪重光，我们便间关万里的回到上海，再把这一张小小的日刊贡献给暌别了八年的读者。"我们失掉的只是奴隶的锁铐"，在当时，我们实在是除了奴隶的锁铐之外，再没有可以失掉的东西了。这锁铐在我们民族身上已经戴了近一个世纪，使我们中华民族一直停留在半封建、半殖民地的状态。日本军阀想要灭亡中国，征服世界，在"八一三"那个时候，他们以为是这个戴了锁铐的东亚病夫，是决不会成为他们征服世界这雄图的障碍的，可是，出于日本军阀的意料之外，中国人民终于不顾一切地站起来了。日本军阀希望我们不抵抗，我们抵抗了；希望我们不团结，我们团结了；希望我们不进步，我们进步了。从一年打到八年，从上海打到黔桂边境，不屈服，不沮丧，以血肉之躯来抵抗飞机大炮，用无比的坚韧来渡过了长期的苦难，这是二十世纪的一个奇迹，这是中国人民有史以来最大的试炼，而现在，戴在我们民族身上近一百年的锁铐终于打碎了。在抗战中，作为新闻记者，我们以文章报国之心，我们呼吁团结，呼吁进步，呼吁全国人民一心

一德，把抗战进行到底；而今，抗战胜利，建国开基，我们必将以更大的努力，号召全国同胞在和平、民主、统一的大旗之下，为建设新中国而奋斗。抗战八年，民亦劳止，为了中国的民主团结，为了世界和平，我们必须迎头赶上，致力于政治、军事、经济、文化等各方面的建设。……复刊之始，感慨万端，《建国日报》是人民的报纸，我们必当一如既往，永久地以人民的意志为意志，以人民的立场为立场，这一小小的刊物，能否对国家、民族的前途有所贡献，还是期待于广大读者的支持与指示。

一张四开报纸的版面，是很难安排的。我们仍旧辟了一版名叫"春风"的副刊，创刊号上我也写了一篇题为《杂谈副刊》的发刊词。此外，考虑到沦陷了八年的上海人民不太了解所谓"大后方"的真实情况，而国民党的党报又不断地制造谣言，美化他们的"领袖"和吹嘘那批常败将军的"战果"，我们也就针锋相对地用"记者"署名，每天发一篇四五百字的"乱离人语"，来揭露大后方的多种奇闻怪事。

十月十二日，恰好有一位外国的进步记者飞重庆，我就把十份《建国日报》托他带给了龚澎。

报纸虽小，五脏六腑俱全，所以一出版，就颇受上海市民的欢迎。记得出到第五、六期，就销到五六千份，这在报摊完全在国民党控制之下的上海，总算是不容易了。还有一件事，我们捅了一下当时以太上皇自居的美军的马蜂窝，这就是从中央社发的二十几个字的短消息中，我们看到了美军打死了一个三轮车夫臧大咬子的消息。我们唯一的外勤记者顾家熙根据线索，访问了死者的家属，写了一篇专访，并鼓励他们提出抗议，在舆论界引起了不大不小的抗议美军"残杀臧大咬子"的风波，使国民党陷于十分被动。由于这张小报"敢讲话"，所以我写过一则只有五十来个字的补白：

（一）上海人最怕两种人，一种是从天上飞下来的，一种是地下钻出来的。（二）要在上海找房子，必须要两种条子，一种是金条，另一种是封条。

我把这五十来个字画了一个小花边，本来是一种讲怪话出口气的意思，可是想不到这两句话很快就传开了，外埠还有几家进步报纸转载，我也觉得很高兴。

但是好景不长，这张报出了十二天，到十月二十二日，国民党市党部就下令查封。我立即赶到市党部去抗议，一个姓陈的党棍（是不是陈训悆，我记不清楚了）大摇大摆地接见了我，凶狠狠地说："这张报没有登记。"我拿出重庆报上登过的国民党中宣部的规定，"凡在抗战前或抗战中出版过的报刊可先出版后登记"给他看，并说："我们在十月七日就用挂号信向你处登记。"他居然脸也不红，说了一句："禁止发行，这是政府的命令。"背转身就走。我说："政府违法，我要抗议！"他躲得快，装作没有听见。

十二天，这大概可以说是最短命的报纸了。我分别向恩来同志和郭老作了报告，希望就此事向国民党提出抗议。当然，我也知道，这种抗议是不会得到结果的。因为，《建国日报》复刊那一天——十月十日，国共两党在重庆签订了"双十协定"，但不久就发生了"较场口事件"，郭老被特务打伤。同时，蒋介石也在美国的帮助之下，进攻东北解放区。所以，十月二十五日我和刘长胜、梅益等商谈《建国日报》被封的善后问题时，我们考虑的已经不是争取《建国日报》复刊，而是防止国民党对《新华日报》筹备处进行迫害和袭击的问题了。也就是这一天，我接到了王若飞托人带来的一封信，内容是说，他和董老看到了《建国日报》的创刊号，非常高兴，并说董老和郭老看了我写的那篇"复刊词"，都认为写得很好，措辞也很得体，一方面对我们"孤军作战"表示赞许，同时也讲到尽管缔结了"双十协定"，但东北、华北，乃至华中形势继续恶化，要我们保持警惕。

《建国日报》出了十二天，有人说我"唱独角戏"，也有人说所有文章都是我一个人写的，是"单口相声"，而事实并非如此。社论、副刊上的文章，及"乱离人语"，的确是我写的，但当时还没有公开出面的恽逸群同志也写过几篇文章，而"本报专访"，如关于"臧大咬子事件"的报道，和许多本埠新闻，则都是顾家熙写的。

《建国日报》被封，《新华日报》不能复刊，偌大的上海和华东一带，没有一个宣传阵地，长江局九月十四日电报中提到的范长江、阿英、钱俊瑞又没有能赶到上海，我们该怎么办？当时上海只有一份柯灵主编，马叙伦、郑振铎、唐弢经常撰稿的《周报》，许广平等也在这刊物上写文章，我拜访马老的时候，他也要我写稿。但国民党的《中央日报》等许多日报都在上海复刊了，在"孤岛"上耽久了的人又或多或少地对那位"六十衰翁"还有一点幻想，不在大报上打开缺口是不行的。我对梅益建议并立刻得到上海党组织的同意，我们也可以运用全国人民希望和平、民主的愿望，和国民党当时还不敢公开要打内战和反苏反共这一弱点，团结一批爱国的、热望和平反对内战的上层知名人士和学者，请他们以个人名义写文章，通过各种渠道打进《申报》《时事新报》乃至《中央日报》里去，逐步地形成一种"反内战""要民主"的舆论。我们分头走访了马叙伦、郑振铎、许广平、宦乡、傅雷、李健吾……请他们撰写有关当前时局的专论，然后通过马骥良（唐纳）、柯灵等的关系，把这些文章在国民党办的和民办的大报上发表。由于当时正处在一个"谈谈打打"或"明谈暗打"的特定时期，美国也还口口声声以"和事佬"自居，所以我们组织的那些主张和平建国的知名人士的文章，连《中央日报》也登了不止一篇。自己没有宣传阵地，而以组织文化学术界知名人士撰写反对内战、要求和平建设的文章，在上海各大报上以"专论"或"本报特稿"的方式陆续发表，造成一种颇有声势的舆论，我们这种做法曾受到过王若飞同志转来的长江局的表扬。据我回忆，直到一九四六年初，由于战争末期进入东北的苏军拆卸和运走了日伪所属的所有工厂设备和机器，国民党在全国规模煽起了一场反苏运动的时候，《中央日报》《时事新报》才不再登载我们组织的民主人士的稿件。

从一九四五年冬到四六年初，国内外形势错综复杂。一方面，"双十协定"墨迹未干，国民党就调动大军向华东、华北、东北解放区进攻，内战在各地蔓延，为了镇压民众反内战运动，十二月初在昆明发生了屠杀学生的"一二·一"惨案；另一方面，美国杜鲁门政府为了争取时间，加紧装备蒋介石军队并把他们运往北方，所以还派遣马歇尔到中国来进行"调解"。这一年的"圣诞节"后一天，英、美、苏三国外长还在莫斯科召开了关于中国问题的三外长会议，发表联合宣言，表示希望中国各主要政党早日召开会议，解决内争。而就在这之后不久，就发生了所谓苏军拆运工厂事件。在当时，惨遭战祸的广大群众和爱国民主人士，都是渴望和平的，所以对马歇尔的调解难免还寄予一点希望。而苏联的拆走日本和伪满所有的工厂设备，又正好给了英美新闻媒介以一个很好的反苏宣传的机会。我记得很清楚，一九四六年二月二十三日，苏联驻上海总领事在外白渡桥领事馆举行建军节招待会，国民党就组织了一次有四五千人之多的反苏集会。群众包围了领事馆，高呼反苏口号，我和凤子等几个文艺工作者穿过包围圈进入领事馆，就遭到了一片"打倒卖国贼""打倒共产党"的呼声。国民党一直是害怕群众的，从来不敢也不可能动员群众来举行示威活动的，可是这一次苏联对盟友的掠夺行径，却给了国民党以一个反苏反共的机会。说实话，即使在当时，我们的心情也是很矛盾的。尽管英美通讯社的报道有夸张，但苏军运走了所有日伪留下来的工业设备，则是连塔斯社也不能否认的。这一事件和马歇尔的伪善性的"调解"合在一起，使过去一直同情我们的一些民主人士也在思想上造成了混乱。罗斯福当权时期，由于史迪威的反对蒋介石，我自己也曾由于看不清楚美帝国主义的侵略本质，在《新华日报》副刊上写过一篇有错误的文章，在《新华日报》整风时受到过董老的批评；那么现在呢？杜鲁门政府的亲蒋是显而易见的，但对苏联这一不友好行动又当怎样表态呢？我和梅益商量过，都拿不定主意。我硬着头皮去找了一下当时在上海当苏联商务处负责人的安特列耶夫（他过去在重庆苏联大使馆当过武官），问他苏联是否真像英美通讯社所说的那样"连一根螺丝钉也不剩地"搬走了所有的工厂设备？他一反过去的友好态度，居然摆出了一套既不承认也不否认的"外交辞令"。我想了许久，终于觉得我们不能让这一局部事件来混淆对社会主义国家和资本主义国家的区别，我们更不能让国民党利用这一事件来转移目标，欺骗群众，让他们把和平建国的希望寄托在杜鲁门、马歇尔之流身上。于是我写了一篇三四千字的替苏联辩护的文章，要发表这种意见，在那个时刻，在大报上是肯定不会发表的，我请柯灵转给了《周报》，但也未见发表。于是，我去拜访了马叙伦，闲聊了一阵之后，才说这篇文章希望能在《周报》上发表。马老迟疑了一阵，然后说，这个问题很复杂，而且我们也不了解真实情况……于是我就说，在文章前面加上"文责自负"，说明该文并不代表刊物的主张。这样，这篇文章终于发表了，但据我回忆，该文发表之后，连进步文化界也没有什么反响。这就说明了这篇文章即使在我们朋友之间，也没有多大的说服力。但这件事也使我接受了教训，为什么写三言两语的补白（如前述的《两种》）可以很快传遍上海，而正理八经地用自己的名字，再加上"文责自负"的文章，反而会不发生作用？这只能得出一个结论，就是写文章一要讲真话，二是要顺人心。

大概是一九四六年初，吴祖光、丁聪、郁风等人先后从重庆回到上海，他们也和我一样，抗战时期忙惯了，闲下来是很不习惯的。吴祖光打算办一份别出心裁的文艺杂志，所谓"别出心裁"，也就是尽可能地不板起面孔讲大道理，不搞老一套，加上他们都不是专写小说或评论的，而是剧作家和画家，所以他们提的要求是"图文并茂"。我同意他们的想法，表示愿意支持，这就是同年四月出版的《清明》。他们不知通过什么途径，弄到了一间很漂亮的编辑室，这大概是张善琨为着要洗刷自己的汉奸嫌疑，讨好"重庆来的文化人"而无偿借给他们使用的，地点是爱多亚路转角，"大世界"二楼，不仅闹中取静，陈设富丽，而且这地方大家知道是张善琨的"写字楼"，所以这一带的小流氓、小特务都不敢去干扰，于是，《清明》编辑室就成了我们这些人的落脚点。当时办杂志，并不像现在那样要有一个庞大的班子，也不需要经常"办公"，所以后来（在马思南路周公馆建立以前）这地方就成了一部分进步文化界人士碰头谈话的地方。我记得，刘长胜同志还在这个地方开过一次党的小会。在《清明》杂志，记得我只写过两篇文章，即《送鹿地荣归》和《科学与政治》。

三月下旬，或者四月初，我在朱葆三路二十五号和徐迈进聊天，有一位西装笔挺，眉目清秀的青年人来找我，说他们打算出一份小刊物，最好是三日刊或半周刊，要我帮忙，主要是出主意和写点文章，并说印刷发行都没有问题，同时，还说周建人、金仲华等都答允给这个刊物撰稿。这件事突如其来，梅益事先也没有和我提过，加上这位青年人衣冠楚楚，讲到办杂志也似乎并不外行，我还以为他是一个愿意拿出一点钱来办份杂志玩玩的进步"小开"；直到我表示愿意支持，并谈了一些我对目前这种情况下办刊物的看法和做法之后，他才告诉我，他过去在新四军工作，这次来找我商量办刊物，是张执一和梅益的意见，这样，我才知道这位自称宋明志的漂亮的青年人就是姚溱。于是，谈的问题就具体化了，我们决定办一个"匕首""投枪"式的小刊物，但还是要争取公开合法。从正面说，目的当然是反对内战，争取民主，但这样一个小刊物，不可能登长篇大论，所以用它来讽刺和揭露一切反动派小丑，反而可以起《周报》《文萃》所不能起的作用。他完全同意了我的意见，《消息》这个半周刊就这样办起来了。

《消息》创刊于四月七日，这日子我是记得很清楚的，因为就在发刊的第二天，就接到了王若飞、博古、叶挺等同志在山西兴县黑茶山飞机失事牺牲的不幸消息。

在文网十分严密的情况下办一张小报，一方面要争取合法，另一方面还得采用"打游击"的办法。《消息》有发行人（谢易）和编辑人（宋明志、丁北成），有发行所（广东路荣吉里十一号），但没有固定的编辑部。宋明志就是姚溱，丁北成就是方行，而荣吉里十一号的发行所，实际上就是谢易开的一家文具店，没有编辑室，也没有总编辑，所以稿件除姚溱与作者个别联系外，主要是在每周一次在"大三元"聚餐时决定的。经常写文章的有金仲华、胡绳、梅益、姚溱、方行和我，叶圣陶也给这张小刊物写过文章，此外，我们还请周予同、蔡尚思、韩述之、吴祖光等写过文章，我记得，还发表过一篇杨刚从美国寄来的通讯。当时，国民党已经用封官许愿的办法，收买了青年党和民社党，敌伪时期和汪精卫勾结过的青年党头子李璜，又跳出来拥蒋反共，过去一直留在上海的方行找到了一首李璜和汪精卫的唱和诗，于是我就写了一篇短文，把这首诗发表出来，作为青年党叛国的证据，还故意恐吓他说："本刊藏有不少李某与汪逆来往函件及唱和诗词，这些小丑如继续颠倒是非，兴风作浪，本刊即将继续将此类材料制版发表。"这是一种虚声恫吓，但这之后，李璜、左舜生之流也不敢再公开叫嚣反共了。

这张小刊物也和《救亡日报》一样，撰稿不付稿费，只是由于销路很好，所以一周可以吃一顿丰盛的午餐。姚溱和方行是《消息》的发起人和主持者，但他们都不是有钱的人，这张小刊物是一位名叫贾进者的开明绅士资助了"一根大条"（黄金十两）而办起来的。

王若飞、叶挺等同志的遇难，上海文化界表示十分悲痛，《消息》发表了遇难情况和挽联。夏丏尊先生去世，《消息》也辟了一个悼念专栏。

《消息》从一九四六年四月七日创刊，至五月二十七日被查封，一共出了十四期，历时一个半月，寿命比《建国日报》长得多，除了这是一株"小草"，不太引人注意之外，可能是我们刊登了黄炎培、朱学范的题词也有一点关系。

《消息》被禁之后，像农民失去了土地，于是我只能换了一个黎纬北的笔名，在姜椿芳、林淡秋等办的《时代》上写文章，从四六年四五月到同年九月，我大概写过约二十篇杂文和评论，从七月起，几乎每周都写一篇。四六年的下半年是很不平静的时期，七月十一日、十五日，国民党特务在昆明接连暗杀了"民盟"中央委员李公朴和闻一多，上海文化界人士响应中共代表团提出的对国民党反动派的严重抗议，一再掀起了反对法西斯特务残杀民主人士的抗议运动。在文化界，由于重庆的大部分文艺工作者陆续回到了上海，他们也在恩来同志的指示下，重新建立了戏剧、电影的阵地，话剧界演出了《捉鬼传》《升官图》，电影方面则由蔡叔厚、任宗德、夏云瑚三人合股，创办了"昆仑电影公司"。我当时已经得到恩来同志的同意，于七月中旬到了南京梅园新村中共代表团工作，所以昆仑公司的事主要由阳翰笙同志负责。

十月初，国民党攻占张家口，并悍然下令召开一党包办的所谓"国民大会"，国共谈判破裂已成定局，中共驻各地代表团准备撤退。这时，恩来同志又给了我一个任务，因为抗战胜利后，我们和散处在东南亚一带的文化界人士及爱国侨领们失去了联系，所以要我去新加坡向陈嘉庚先生慰问、致意，并把国内战事形势和我们今后的军事、政治方针向侨领和文化界传达。这样，我就在十月十日从南京回到上海。

在我准备去新加坡之前，发生了一件趣事，记下来作为这一段回忆的结尾。

十月十七日上午，我和乔冠华、龚澎到马思南路周公馆去见恩来同志，因为他们也决定在代表团撤退后去香港工作。恩来同志是九月十二日左右回到上海的，一连几天，分别会见了中外记者和各民主党派人士，向他们揭露了国民党重新发起全面内战的阴谋，表示了中共必能粉碎蒋介石全面进攻的信心，并安排了代表团撤退后的工作。我们谈到中午，打算告别的时候，恩来同志颇有感慨地说：好容易打败了日本，老百姓都想过和平生活，而现在又得打仗了，你们南行，我回延安，可能要几年之后再见面了，说到这里，他忽然提出，我替你们饯行,吃一次上海的大闸蟹。我们当然十分高兴,于是恩来同志就和乔冠华、龚澎、陈家康和我一起到高长兴去吃蟹饮酒,这天恩来同志兴致很好,一口气吃了五只螃蟹。一九八二年我到上海去参观已作为重点文物保护单位的思南路周公馆,在保管着的有关情报档案中,偶然看到了下记的一段特务向市公安局的报告:

> 查于今日(十月十七日)下午一时零八分,周恩来偕不知姓名之男子三人及女子一人(并非邓颖超)乘自备汽车第一七三六〇号,向北开去,追开过复兴中路时,中统局人员四人(其中一人姓张,不知其名)亦乘用昨日之汽车(惟将旧车照第二六六五号另换为一二一九三号)跟踪前往,惟于二时左右行经福州路天蟾舞台附近,又被周恩来发觉,即下车质问并欲令中统局人员同至吴市长处判断,惟中统局人员坚决否认为党部人员,并称乃系普通百姓,周氏无法,乃即登车而去。

下面是"谨呈副局长俞、局长宣、分局长赵佩瑾"。具报人是:"第二股股长赵其秋,第二股股员洪大勋"。

这件事很有一点喜剧性,它说明了当时反动派对中共驻沪办事处监视之严,也可以看出恩来同志在敌人心目中的威严,和这批特务的懦怯与无耻。

我为了安顿随同《新华日报》同人回到上海的家属,在静安寺路重华新村租了两间房子和胡绳夫妇合住;然后,于十月三十日和潘汉年一起,飞抵香港,当时,正是英国重新接管新加坡时期,所以要拿到入境证非常困难,经过了几个月的奔走,才于一九四七年三月十八日,和陆浮乘船经西贡抵新加坡。说也很巧,也正是这一天,中共中央撤出了延安。因此,当天晚上,《南侨日报》总编辑胡愈之同志就要我写了一篇关于我军撤出延安后的国内形势的时事述评。

7. 香港《华商报》《群众》

一九四一年，在廖承志同志的主持下，我们曾在香港出版过《华商报》，那是一张对开晚报，时间也只出版了八个月，太平洋战争爆发后就被迫停刊。抗战胜利后，毛泽东到重庆和国民党进行谈判之后不久，一九四五年九月，南方局和周恩来同志派徐迈进和我回上海，分别筹备在上海出版《新华日报》和复刊《救亡日报》。但是，由于国民党的种种阻挠，《新华日报》的出版一直未能实现，《救亡日报》改名《建国日报》，于十月十日复刊，只出版了十五天，也遭到了国民党上海市党部的查禁。于是，党中央、南方局就决定派章汉夫、胡绳、乔冠华、龚澎，廖沫沙、林默涵、范剑涯、邵荃麟等同志到香港，会同广东区党委派出的饶彰风、杨奇等同志，重新建立新的传播据点。后期《华商报》于一九四五年十月间开始筹备，翌年一月四日改为日报复刊，董事长和督印人仍旧是邓文钊，总经理是萨空了，经理是陈东，总编辑是刘思慕，副总编辑是邵宗汉、廖沫沙、杜埃。当时我在上海，没有参与筹备工作，对《华商报》只做了一件事，就是一九四六年四五月间，在"法币"猛跌之际，恩来同志要我把一笔现款通过我熟悉的通易信托公司的黄定慧，尽快汇寄给章汉夫同志。同年七月，我到南京梅园新村，恩来同志同意我在谈判破裂后一起去延安。可是九月间，恩来同志知道了陈嘉庚先生已安全回到新加坡之后，决定派我去新加坡了解抗战时期流散在东南亚一带的文化工作者的情况，并向陈嘉庚等爱国侨领转达党中央对他们的关怀，向他们通报国共谈判破裂后我党的方针政策。我于十月间和潘汉年一起从上海飞到香港，为了办去新加坡的"入境证"，在香港耽误了四个多月。这时，在香港除了《华商报》之外，还办了一张小型的《正报》（它的前身是东江纵队的机关报《前进报》），由方方同志直接领导。章汉夫、胡绳同志负责的《群众》，乔冠华、龚澎、张彦等同志负责的英文半月刊《今日中国》，都已陆续出版。同时，还创办了有利印务公司和新民主出版社。据我记忆，这时期的《华商报》比五年前更正规化了，除高天、赵元浩、黄新波、吕剑、华嘉、杨奇、司徒坚等同志负责日常工作外，还有一个阵容很整齐的社论委员会，它的成员是章汉夫、许涤新、陈此生、乔冠华、刘思慕、廖沫沙、饶彰风、张铁生等。我路经香港时，也参加了社论委员会，并在华嘉主编的副刊上写一些杂文随笔。大家知道，香港是一个藏龙伏虎的地方，战后的政治情况也十分复杂，"惨胜"之后，中国成了"五强"之一，内战也还没有全面展开，所以《华商报》复刊初期，港英当局的态度也还比较"友好"（二次世界大战之后，港英当局取消新闻检查制度，因此从这以后，报刊上就没有开"天窗"的事了）。但是，《华商报》是"中共喉舌"，已经是众所周知的事，因此在香港这个地方，它的销数一直是徘徊在一万份左右，经济上有不少困难。当我在一九四七年三月十四日动身去新加坡的前夕，章汉夫、饶彰风又交给我一个任务，要我在南洋展开一个"为香港进步文化事业筹款"运动。我在三月二十日（我军撤出延安的下一天）抵星洲，到同年八月下旬被"礼送出境"这半年多的时间内，通过胡愈之同志主持的《南侨日报》，给《华商报》和其他进步报刊募集了三万多元（叻币）经费。由于抗战时期国内有不少社团到南洋向侨领们募捐，有少数人没有把捐款用途向陈嘉庚先生报告，侨领们很有意见，所以我离开香港时和方方、章汉夫、连贯同志商定，这次筹款一定要通过群众路线，并且把筹得的经费数目逐日在《南侨日报》和《华商报》上公布。筹款不向侨领们伸手，靠的是集腋成裘，因此，这笔在半年内筹集的三万几千块钱，都是一元、五毛乃至三分、五分的小数目累积起来的。有时我和陆浮到《南侨日报》经理部去接受捐款，当我收到几个或者十几个侨胞——有橡胶工人、司机、小学教员以至清洁工人联合"捐献"的五元、十元捐款，和读到他们写的"向香港进步文化界致敬"之类的函件的时候，真的会禁不住掉下眼泪。去年冬，我收到过暨南大学新闻系给我的来信,要我写一点在华南和新加坡从事新闻工作的回忆的时候,我觉得,不论搞新闻史也好,写华侨史也好,这种处于华侨底层的劳动群众的崇高的爱国主义精神,节衣缩食地为革命事业献出几个"斗零"的义举,是永远不该忘记的。直到今天,事隔三十多年,我还能回忆得起,当时他们交出捐款信件,又急于想从我们口中知道一点国内解放战争情况的面影。这些侨胞实在太可爱、太可敬了!

我参加后期《华商报》,是从一九四七年九月到一九四九年四月底这一段时间。当时,党要我做的是统战工作,只是捎带着给《华商报》和《群众》写一点文章。近年来有人写回忆文章,说这段时期我分管文艺工作,并主编《华商报》的副刊,这样说,按实际情况是不完全准确的。当时在香港分管文艺工作的是邵荃麟和冯乃超。《华商报》副刊《热风》主编是华嘉,到一九四七年我从新加坡回到香港,华嘉一定要我替《热风》出主意,写文章,这样我就挤出一部分时间,到编辑部参加一点工作。讲到出主意,记得起来的只有两件事,一件是我曾怂恿郭沫若同志写一篇抗战时期的回忆录,在《热风》上连载,发表后轰动一时,这就是后来整理成书的《洪波曲》;其次是当司马文森的连载小说《阻街的人》登完之后,为连载《虾球传》续篇《白云珠海》,一九四八年二月我写了几句话作为"预告",并刊登了谷柳给我的一封信,因此很多人认为我是《热风》的主编。谷柳这位有才华的作家在十年内乱中折磨致死,为了怀念他,我把他给我的短简抄录如下:

> 夏先生:送上《白云珠海》稿,请指正。今天的珠江在啜泣,从理念上去解释珠江的苦难是比较不太费力的,但我现在准备做的却是记录她的生活和抒写她的情态,这件事就不容易了。我一定尽力做去。谢谢《热风》给我刊登的机会。

由于我几乎每晚都到编辑部去，经常看到读者来信，加上那个时候正是南京小王朝摇摇欲坠的时候，可笑可怒可骂的事情实在太多了，于是新闻记者的"职业病"复发，在《热风》和后来改名为《茶亭》上写了不少短文和补白。我现在只看到一部分《热风》和《茶亭》的复印本。其中能够认明是我用笔名写的三五百字的短文和"答读者"之类的东西就很不少。淮海战役前后，不仅大批民主党派人士从重庆、桂林、上海等地集中到香港（他们在香港召开各党派的代表大会，然后陆续去解放区参加新政治协商会议），还有不少爱国反蒋的青年人也被逼到了香港。当时的《华商报》实在已经是够"左"的了，而《热风》和《茶亭》，又必须是一个通俗的、力求为香港当地居民接受的副刊。可是编辑部接到了不少读者来信，有人批评我们"态度不够鲜明"，"多用曲笔"；也有人说我们"文风太俗"，"不像一个革命文化人办的副刊"。对此，我向韬奋学习，也写了一些"读者与编者"之类的补白。举一两个例子：当时胡希明（三流）同志是这个副刊的台柱，他用"打油诗""新乐府""心照不宣"的形式写了不少绝妙的文章，可是也有人不以为然，于是我写了一个简复：

　　××先生：你对本刊的爱护，十分感激。本报是人民的报纸，自然各版都是服务于人民的。凡是人民的希望，人民的愤慨，人民的控诉……一定发表，甚至仅仅做到消极的暴露，只要没有毒，不低级，不猥亵，也都欢迎。说到表现形式，小说、短剧、诗歌、报告、杂文、通讯、特写、打油诗、填词、唱本、说书、讲古、漫画、木刻以及不属于上述的"怪乐府""歪诗"，也都可以。不过我们有一点希望，就是文字尽量通俗，不拘一格，方言乃至文言，均无不可。

又如不止一次有读者批评我们的副刊上的文章太俗，乃至"俗不可耐"，我也作了"简答"：

××先生：雅与俗是相对的说法，本来这中间很难有一定的界限。譬如（一篇文章）甲看了，觉得太俗，"俗不可耐"，而乙看了觉得也还有趣。编者取稿尽可能以大多数读者的需要和趣味为标准，尽可能不让《茶亭》里有毒害的东西，至于爱吃不爱吃，那只好让广大读者去"自由选择"了。……从前《热风》编者说过：编辑像一个大杂院里的厨房，要开出来的每样菜全院子的人都爱吃，是一件很难的事情。这一点，只有请多原谅，包涵一下了。

上了年纪的人可能还回忆得起，一九四八年八月，国民党政府发布了发行"金圆券"的命令和"收兑民间所有黄金、白银、银币、外汇及外国货币"的条例，还派蒋经国到上海组织以"管制物价，打倒贪污"为口号的"戡乱建国大队"，一方面竭泽而渔，搜刮了总值达两亿美元以上的黄金外汇，同时还演出了一场"查封扬子公司"（宋子文系的财团）和"捉放杜维屏"（杜月笙的儿子）的滑稽戏，引起了蒋管区广大群众的极大愤慨。因此，我们除了在《华商报》《群众》上发表了大量社论、述评、专论之外，还几乎每天在《茶亭》上写杂文。当时胡希明同志写了一首打油诗，不仅传遍港九，而且很快地传到广州、上海。这首诗的题目是《闻道》，诗云：

闻到金圆券，无端要救穷。依然公仔纸，难换半分铜。
骗子翻新样，湿柴认旧踪。这真天晓得，垂死摆乌龙。

"斗零""公仔""湿柴""瓜直""摆乌龙"等等，都是广东人口头常用语，我们这些外江人在香港办报，为了"入境随俗"，争取更多的读者，是花了不少功夫才学到的。

从这一年八月下旬起，《热风》改名为《茶亭》，我用"亭长"的笔名写了一篇开场白《请大家来歇脚》,因此,在圈内人也认为这以后的《华商报》的副刊由我主编了,其时我依旧是一个随传随到或不传自到的撰稿者,编辑工作先后是由陆浮、吕剑、华嘉等负责。当时写"今日谈"的人不少,廖沫沙、杜埃、秦牧、楼栖、胡希明都经常写稿,用的笔名也随时更换。有人问我:"你用过多少笔名?"我自己也记不清楚,好在我们这些人都没有"敝帚自珍"的习性,那些"即兴杂文",也都是在乱哄哄的编辑室或者会客室里写的,有的甚至在从九龙到香港的渡轮上写的,一个笔名可以几个人合用,更谈不上版权和稿费的问题。也幸亏这样,"文化大革命"中的专案组也不能从这些副刊中找到什么"罪行"和"把柄"。顺便提一下,因为在《茶亭》副刊上我用过"亭长"的笔名。而在广东,"王老吉凉茶"是很有名的,因此,我又用"汪老吉"这个笔名,在《群众》上写了不少政论、杂文。《群众》是党的理论刊物,长文章多,销路打不开,也有不少读者批评它"太高深","内容单调,不够多样,不够活泼",于是章汉夫就开辟了一个《茶亭杂话》的专栏,要我每期写几篇介乎杂文、政论之间的随笔。我从《群众》三十一期起,用"汪老吉""任晦之"两个笔名,每期写两三千字,一直写到一九四八年底,一共大约写了十多万字。我忙于和各民主党派的联络工作,这时候《华商报》的《茶亭》主要撰稿人是胡希明同志,他当时还主持办一张《周末报》,但是用"三流"笔名的文章,《茶亭》上几乎每天都有。(我在《群众》上用任晦之、汪老吉笔名写的随笔,后经顾家熙同志整理成书,题为《蜗楼随笔》,由人民日报出版社于一九八二年出版。)

从一九四八年下半年开始,留在蒋管区的各民主党派人士就陆续撤退到香港,民盟、民革、民进、民促、九三学社、致公党……都在香港开过代表大会,并在《华商报》上发表了对时局的宣言。这时候东北已经解放,所以我们就租雇外国轮船,来往于东北解放区和香港之间,从解放区把大豆、农副产品运到香港,出售后购买了医药器材、轻工用品（如纸张等）运回东北。同时，民主党派领袖们就搭乘这些挂外国旗的货轮赴解放区。据我回忆，从一九四八年秋到一九四九年三月，何香凝、李济深、沈钧儒、马叙伦、郭沫若、邓初民以及大批文化、文艺界人士都是经过这一途径，先到大连、烟台，然后转到解放区的。一九四九年一月，北平和平解放后，我们也正是通过这一途径，首先看到了解放区的报纸。于是我们就把解放后北平的政治情况、人民生活等方面的消息改编为"本报北平专稿"，在《华商报》上发表。这时，正是一个"天翻地覆慨而慷"的时刻，不单港澳，连东南亚以至欧美各国的华裔、华侨，都渴望知道新北平和解放区的消息，所以从一九四九年一月起，《华商报》的销路从七八千份激增到一两万份以上。这种"本报北平专稿"或"本报记者北平电"之类的通讯，大部分是我自作主张地编写的。这时章汉夫已调到天津去担任外事工作，方方、林平都已经回到东江，我接替了章汉夫香港工委书记的工作，编委会同人也觉得这样做可以扩大影响。直到三月间我接到范长江从北平来信，说这种搞法是资产阶级的办报方法，我才停止了编写这种"特稿"。

一九四九年四月，人民解放军横渡长江。南京解放之后，港英当局对我们的态度也发生了一些变化（就在十二月，香港警察还搜查了许涤新的住宅）。我们乘胜前进，在四月二十六日中午，以新华社香港分社名义，在香港大酒店二楼举行了盛大的庆祝酒会，在港中外各界名流、工商界巨子以及文化、新闻、艺术界百多人参加了酒会，情绪非常热烈。四月二十七日下午，香港文化、新闻、文艺界人士六百多人又在金陵酒家举行了大规模的集团聚餐，还表演了庆祝胜利的文艺节目。

四月下旬，中央调潘汉年、许涤新和我三人回北平，准备接管上海。我们于四月二十八日离香港，五月六日到塘沽，我在香港的工作改由乔冠华接替。同年十月十四日广州解放，翌日，《华商报》发表社论，宣告完成了历史使命，与香港同胞告别。这样，后期《华商报》一共发行了三年九个月。

从香港回到上海

1. 离港赴京接受任务

一九四九年五月六日,潘汉年、许涤新、我和沈宁一行四人,从香港搭乘一条挂巴拿马旗的货轮到了塘沽。到码头来接我们的是冯弦同志,他和汉年很熟,我和涤新则是初次见面。在海员俱乐部吃了饭,在一家招待所住了一夜,次日就乘火车赶回北平。平津解放还不过几个月,天津街头还是那副败落的样子,但是随处都可以看到庆祝五一劳动节的标语,也不时能听到《解放区的天》和《团结就是力量》的歌声。傍晚到了弓弦胡同十五号李克农同志的住处。克农和我自一九四一年初在桂林分手,一转眼已经八年多了,相见甚欢,不知有多少话要说。刚坐定,克农就叫人来给我们拍照,他说:"我们这些人大难不死,居然在皇帝老爷所住的北平见面了,应该摄影留念。"晚上,他设宴为我们洗尘。自从离开香港,我们就听不到时局的消息,所以一到弓弦胡同,就先向克农要当天的报纸,一个"小鬼"拿来一个报夹子,又偏偏没有六日和七日的报纸,好容易才从克农口中知道了"三野"已在五月三日解放了杭州的消息。克农是酒豪,拿出一瓶据说是美国人送给他的陈年威士忌来殷勤劝酒，但我们三个人都不会喝酒，结果是他自酌自饮。谈了不久前刚从香港回到解放区的民主人士——李济深、黄炎培、郭沫若等人的情况，和与国民党谈判的花絮，他忽然想起似的指着我说，你的"老部下"金山在这次谈判中立了功，详细的情形让他向你们谈吧。久别重逢，话是讲不完的，这顿饭吃到十一点钟才散，最后他说，前几天陈毅来电，围攻上海的战役已经开始，你们在北平的日子不会太久，从明天起，你们就别想休息，今晚好好睡一觉吧。

我是平生第一次到解放区，什么"规矩"都不懂，如需要衣物和零花钱可以向后勤部去领，住旅馆、叫汽车可以不必付钱，一切都由"公家"供给，等等，好在潘汉年是老手，所以向组织部报到，向中央汇报香港情况之类的事，都由汉年去安排。我只请李克农给我和廖承志通了一个电话，想让沈宁寄住在他家里，以便我轻装南下，承志很高兴地同意了。

第二天，我们就住进了北京饭店三楼（现在的中楼），记得潘汉年住的是三〇三号。（事情也真巧，一九五五年四月底，潘汉年被捕，也住在这个房间。）

正如克农预料，这之后的日子果然忙得不可开交。为公，我们南下之前，必须接受中央领导同志的指示；为私，我们三个人都想和阔别多年的朋友们见见面，叙叙旧情，和了解一下他们的现在和将来的工作。前者一切都由汉年去联系，过了一天，汉年就初步拟定了一个日程，他说，毛主席、刘少奇、朱德同志都在香山，工作极忙，所以接见的日期要挤时间，由中央办公厅决定后临时通知。恩来同志则在城里，明后天就可能约见，所以还有一天我们可以自由活动。吃了早饭，我和汉年先到中央组织部，简单谈了一些香港的情况，然后又一起到了弓弦胡同，我急于想知道几位熟朋友的地址，以便抽空去拜访，克农就要秘书给我抄了一张郑振铎、周扬、袁牧之、金山、萨空了等人的住处和电话号码的单子。我问他钱杏邨现在哪里，他说钱被黄克诚留住在天津,但他本人很想回南方工作,假如你想见他,我打个电话要他来看你就是了。当天下午我到前能寺十六号去找周扬,我和他四六年在上海分手之后,也已经三年不见了,要谈的事很多,记得那天谈的主要是当时还在大后方和香港的文艺工作者的情况,因为恩来同志已经决定,要尽快召开一次全国文艺工作者的会师会议(即后来在七月间召开的第一次文代大会),所以他要我开一张能出席这次会议的大后方文艺工作者的名单。话还没有谈完,汉年就派车来接我,说晚上朱德同志约我们吃饭。

回到北京饭店,"朱老总"已经在三〇三号和汉年、克农、涤新聊天。这是我第一次见到这位被斯诺、史沫特莱描写成传奇性人物的将军,这一天他穿着一身深色粗呢中山装,热情地站起来,像见到老朋友似的和我握手,第一句话是:"早知道你的名字了,不容易啊,你们这些文化人。"我仔细端详着他,平易纯朴,真不像是一位叱咤风云、指挥百万大军的大将!已经是六十开外的人了(记得一九四七年冬,我曾在《华商报》写过一篇《祝福您,朱总司令》的祝寿文章),但显得意外的壮健、年轻。他请我们吃了一顿很好的,并不比香港差的西餐,饭后喝咖啡的时候,李克农还讲了一个笑话,说国共谈判的时候,张治中将军请共方工作人员吃西餐,饭后他问一个通讯员好不好吃?回答是西餐很好,只是最后的一杯"药"(咖啡)实在太苦,朱德同志哈哈大笑,对服务员说:我们这些人不怕苦,再来一杯苦药。

金山、袁牧之相继来访。金山谈了许多国共谈判中的花絮,及一九四六年接管"满影"的经过。牧之则告我钱杏邨已从天津到京,并已约好次日上午来访。

十一日晚,恩来同志约我们三人到设在后圆恩寺胡同的华北局见面,由汉年报告了三年来在香港的工作,主要是各民主党派在香港召开代表会议的经过,其中有一段是李济深先生离港时的惊险情景。恩来同志对接管上海工作作了很具体的指示,并告诉我们,中央决定潘汉年任上海市常务副市长，分管政法、统战工作，许涤新协助曾山同志接管财经，我则任市委常委兼文化局长，负责接管文教系统的工作。谈到近十一点，恩来同志用他的车子送我们回北京饭店，路上，他忽然想起似的说：前两天邵力子和他谈起钱昌照的事，问我钱是否还在香港；我回答，我和钱谈过两次，资源委员会的物资和技术人员他已作了安排，我离港后由乔冠华和他保持联系。恩来同志说这是一件大事，明天就电告乔冠华请钱早日回来。

十二日一早，钱杏邨来访。我于一九三七年冬离开上海，已和他阔别十二年了，他先在上海办书店，编杂志，写剧本，太平洋战争后他到了苏中抗日根据地，后来又随军到了苏北、山东，解放战争时期他又从威海卫到了大连，四九年东北解放后他才拖儿带女到了天津。经过这一段艰苦的战时生活，他还是精神抖擞，健谈如昔，但是他一再说，老了，手脚不轻便了，其实，他和我同年，这一年都是四十九岁，当然，他在战地跋涉了八九年，备历艰辛，所以我说，你身体上受折磨，可是思想上的收获可比我大得多了。他不忘故人，居然还送给我一本广州出版的我翻译的石川达三的《未死的兵》，和一本桂林出版的《愁城记》，他说这是在大连和天津的旧书铺里找到的。接着，金山、袁牧之来，我们一起到东单的一家小馆子里吃了午饭。下午，接到通知，中央负责同志将在香山接见我们，要我们晚八点以前到香山某一别墅，记得陪同我们去的是王拓同志。

晚十时，毛主席单独接见了我们，主要是听取潘汉年关于香港工作的汇报，当时，正是英国紫石英号在南京肇事之后，所以他问起港英当局对我们的态度，我们回答，在国共和谈破裂之前，港英当局还怀有一种"划江而治"的幻想，所以他们千方百计地想把李任潮留在香港；后来我军胜利渡江，南京解放，他们的态度有了一些改变，我们公开举行庆祝解放南京的酒会，他们也没有干涉，还让一些"太平绅士"参加了我们的酒会。至于紫石英号事件，发生在我们离开香港之后，所以这之后他们的态度有没有改变，我们就不知道了。毛主席笑着说，英国人比美国人老练，看来他们是会留有余地，不会把棋走死的。我们请他指示接管上海的方针政策，他说总的方针，中央已给陈、饶发了电报，重要的一点是尽可能完好地保存这个工业城市，不要让国民党实行焦土政策，至于具体做法，可以按恩来同志给你们的指示办理。谈了大约一个半小时，最后对我说，关于文化方面的事，少奇同志最近去天津视察了一下，有些要注意的事，他会具体地和你们交代的。毛主席情绪很好，一直面带笑容，在潘汉年作汇报时，他有几次很风趣的插话，使我有点感到意外的是他也把汉年叫作"小开"。

原先决定在香山住一天，等少奇同志接见，可是第二天一早就接到通知，说恩来同志决定当天晚上在中南海开会，我们三个人都要参加，所以吃了早饭就赶回北京饭店。恩来同志约定的时间是晚上九点，所以我抽空就到护国寺附近的麻花胡同（？）去找廖承志，见到了何香凝先生、经普椿和李湄。沈宁在香港时和李湄同在培侨中学念书，亲如姊妹，所以把她寄托在廖家，生活、上学等等，一切都请"肥仔"全权处理。

晚八时，和汉年、涤新一起到了中南海，是勤政殿还是别的什么殿，我已经记不清楚了，反正这是平生第一次到了皇帝住过的地方，茅盾、萨空了、胡愈之已经先到，接着周扬、袁牧之、钱杏邨、郑振铎相继到达，大家都是熟人，只有沙可夫是第一次见面。大多数人都是久别重逢，而且，除许涤新是经济学家之外，都长期从事文艺、新闻工作，所以对解放后的文化事业，各有自己的抱负和设想，大家谈得十分高兴，忘记了时间的流逝，直到恩来同志打电话来通知，说他正在和几位民主人士谈话，可能还要一个小时才能到会，要我们暂时等待，这时看了一下表，才知道已经近十点了。这是一次难得的聚会，每个人都有许多话要说，都有许多事想问，所以尽管劳累了一天，谁都希望有这样一个交换意见的机会。恩来同志大约快十二点钟才赶到会场，他先向大家道歉，说他迟到了两个小时，然后开门见山地说,今天约大家来,是想对几个急需解决的问题听听各位的意见,第一是新政治协商会议即将召开,中央决定要在政协开会之前,开一个文艺界的代表大会,目的是解放区的和大后方的文艺界会师,加强团结;第二是今后的新闻工作问题,特别是新解放区的办报方针,和如何对待民办报纸的问题;第三是上海即将解放,汉年等人很快就要南下,想听听大家对解放后上海文化工作的意见,因为上海是最大的文化中心,情况又比较复杂,今天在座的又都长期在上海工作过,所以希望大家对这项工作提点看法和意见。

对第一个问题,周扬、沙可夫先报告了对文代会的筹备经过,我也把周扬要我开的一张当时还在香港、上海和西南一带的文艺家名单交给了恩来同志。茅盾、振铎相继发言,谈的都是文学方面的事,钱杏邨作了补充,谈了戏剧和民间文艺的情况。然后恩来同志讲话,大意是说,这次文代会是会师大会,团结大会,团结的面要宽,越宽越好,要团结一切可以团结的人,不单解放区文艺工作者和大后方文艺工作者要团结,对于过去不问政治的人要团结,甚至反对过我们的人也要团结,只要他们现在不反共、不反苏,都要团结他们,不要歧视他们,更不该敌视他们,假如简又文、王平陵还不走,也要争取他们,团结的总方针是凡是愿意留下来的、爱国的、愿意为新中国工作的人,都要团结,都要争取,这是一个"闻道有先后"的问题。今天在座的都是新文艺工作者,新文艺工作者有责任团结旧文艺工作者,可以肯定地讲,旧文艺工作者(一般所说的旧艺人)在数量上比新文艺工作者多,在和群众联系这一点上,也比新文艺工作者更宽广、更密切。当然,新文艺工作者内部,也还有消除隔阂,加强团结的问题。最后,恩来同志说,这不是我个人的意见,而是党中央的决策,少奇同志不止一次和我谈过,要花大气力团结旧艺人的问题,特别是京剧和地方戏艺人的问题。(一九七八年文化部退回给我的文物和我的笔记本中,居然还找到了一本当时的札记本,以上恩来同志的指示,是确切无误的。)

谈完第一个问题,已经是午夜一点钟了,暂时休息,吃了宵夜,然后谈新闻工作的问题。恩来同志请胡愈之、萨空了坐在他的身边,以亲切的口吻说,我们过去在山沟里办报,读者对象主要是工农兵和干部,入城之后,情况就不同了,特别是像北京、上海、武汉、广州这些大城市,为此,要请你们这几位办报有经验的人给我们出主意,提意见。按解放前那样办当然不行,办成解放区那样,读者也会不习惯,达不到教育、宣传的目的。此外,还有一个民办报纸的问题,像《大公报》《申报》《新闻报》《新民报》,以及党领导的外围报纸,这是一个相当复杂、政策性很强的问题,我们初步的意见是北平、上海这样的地方,还可以保留几家民营报纸,具体办法,想听听你们的意见。国民党的党报,当然要接管改造,但是从业人员,还是要分别不同情况,妥善处理,这个问题要特别慎重,不能鲁莽从事。愈之、空了和我都谈了一些想法,大家一致同意恩来同志的指示。

谈到第三个问题,已经是凌晨两点钟了,恩来同志建议休息十五分钟,到外面去散散步。前一天下了一场雨,中南海的空气,特别凉爽,恩来同志对我说,抗战前你在上海工作了十年,这之后一直在蒋管区,熟悉大后方情况,所以中央决定派你到上海去主管文教工作,全国解放后,你有什么打算?我想了一下说,我在大学学的是电工,还是让我回本行吧。他摇了摇头,笑着说,不行了吧,丢了二十多年,学过的东西都忘了吧。我争辩说,落后了,可是和全外行比起来,总还可以……他说当然也可以考虑,但是我看你还是搞文化、新闻界的统战工作为好。回到会议厅,接着谈上海解放后文化——主要是文艺方面的问题,恩来同志先让潘汉年讲上海的一般情况,和我们在香港时对这一工作的设想和布置,例如党内通过刘长胜,党外通过张骏祥,让地下党和进步文化界安排的"应变"措施,等等,我作了一些补充,振铎谈了必须大力保护博物馆和图书馆的问题。时间已经不早了,来不及详细讨论,我记得恩来同志作结论时只讲了以下几个问题:一是总的方针一定要严格按照七届二中全会的决议办事,一定要谦虚谨慎，要学会我们不懂的事情，对文化教育等等方面，上海是半壁江山，那里有许许多多学者专家，还有许许多多全国闻名的艺术家、名演员，所以要尊重他们，听取他们的意见。他问杏邨和我，梅兰芳、周信芳、袁雪芬……是不是都在上海，你们到了上海之后，一定要一一登门拜访，千万不要随便叫他们到机关来谈话，他们在群众中的影响，要比你们新文艺工作者大得多；二是除旧政权的"留用人员"外，各大学、科学单位、图书馆、博物馆等等的工作人员，除极个别的反共分子外，一律让他们继续工作，维持原职原薪，这样做可能有人反对，但一定要事先做好思想工作；三是对一切接管机关，必须先作调查研究，摸清情况，等大局稳定下来之后，再提改组和改造的问题，请你们把这个意思告诉留在上海的地下党同志和进步民主人士，他们在沦陷时期吃了苦，受了委屈，但解放后千万要以大局为重，不要计较个人恩怨，总的一句话是要团结，要安定。讲完了这三个问题之后，他站起来走到振铎身边，对他说，对于保护文物和古籍问题，今天来不及讨论了，请汉年同志掌握，我相信陈毅同志是会妥善处理的，等政局稳定了之后，你可以到上海去看看，出点主意。

散会之后，回到北京饭店，已经快天亮了，刚睡下不到几个小时，金山闯进门来把我叫醒，说他已经约好了几位戏剧界的朋友，同到中山公园的一家餐馆去一叙，这当然是不能推却的，可是当我穿衣洗脸的时候，钱杏邨也来了，他说你好容易到了北平，不久就要走了，总得到琉璃厂去看看，当时我对书画、碑帖之类完全不懂，也没有兴趣，就把他拉在一起，到中山公园去喝茶，闲聊了一阵。

少奇同志在什么地方接见我们，我已经记不清了，谈的时间不长，主要谈的是政法、经济方面的事情。我记得他问潘汉年，青红帮会不会像一九二七年那样捣乱，潘回答说，他和杜月笙的儿子杜维屏有联系，四八年在香港，汉年和我还去看访过杜月笙，我们离开香港之前，杜月笙曾向我们作了保证，一定安分守己。又说，据他了解，黄金荣那帮人也不会闹事。少奇同志要潘汉年告诉陈毅、饶漱石，先不动他们，观察一个时期再说。临别的时候，少奇同志忽然想起似的对我说，他对天津解放后禁了一批旧戏很有意见，他说，对京戏和地方戏，先不禁，禁了戏大批旧艺人就会失业，就会闹事。旧戏宣传封建迷信，但我们也不怕，它宣传了几百年，结果还是共产党得了天下，戏剧要改革是肯定的，但不要急，你们要抓大事，这些事可以放一放，等天下平定了再说。

2．从北京到上海

我们于五月十六日乘火车经津浦线南下，这时已经不只我们三个人，而是一支"队伍"了，和我们同行的有盛丕华先生（后任上海市副市长），他的儿子盛康年，以及周而复，一位人家都叫他杨秘书的年轻人，和五六位我不认识的民主人士。为了我们的安全，中央还派了一班警卫战士。盛丕华先生一九四六年我在上海见过，是早已和地下党有联系的开明绅士，那位杨秘书不大讲话，也没人给我介绍，看样子就是一个颇有教养的知识分子。我们坐的车厢是旧式头等车，附挂在一列货车的后面，铁路刚修复，走得很慢，颠簸得很厉害，沿途不停，第二天到济南，有十来个人在车站迎接我们，为首的是当时山东省省长康生，一下车他就和汉年热烈拥抱，潘把我们向他一一作了介绍，他握着我的手说，还记得吧，二八年我们在上海见过，那时我叫赵容。赵容这个名字我是知道的，当时他先是闸北区委书记，后来又当了中央委员，但我还是记不清楚曾在什么地方见过他。下了车，才知道前面铁路出了事故，要在济南休息一天，康生很客气地陪我们到了车站附近的一座洋楼安顿下来，原来这儿是当时省政府的办公楼，据说马歇尔调解时期就在这儿和中共代表团谈判过。房子很宽敞，每人一间客房。康生和潘汉年很早就在一起工作过，三六年又在莫斯科见过面，加上还有盛丕华这样一位党外贵宾，所以康生晚间设盛宴为我们洗尘。他对那位杨秘书非常客气，吃饭的时候拉他坐在他的身边，后来潘汉年告诉我，原来他是毛主席的儿子毛岸英。饭后，我们这批人在火车上颠簸了一天，都已经有倦意了，可是康生还给我们准备了一场京剧晚会，演的什么戏，早已忘记得一干二净了，但还记得这个剧团叫"新生剧团"，是济南解放时从国民党军中俘虏过来的。

在济南耽了一天半，又继续乘车南下，可是到徐州，前面路轨又出了问题，据说不久就可修好，于是只能在车上干等。我和潘汉年、盛康年在月台上散步，忽然看到一张徐州市政府的安民布告，后面的署名是市长曹荻秋。荻秋是"社联"盟员，汉年和我都和他有过工作关系，要是他知道我们在车站上啃大饼，他也一定会像康生那样招待我们吧。火车越向南走故障越多，停停走走，直到二十三日傍晚才到丹阳。扬帆（他当时是华东局社会部副部长）带了一批人来迎接我们，把我们安顿在一处临时招待所之后，扬帆陪了汉年、涤新和我三人到三野指挥部所在的一座小洋房去见陈毅同志。房子不大，但花木扶疏，像是一家地方绅士的别墅。我们在小会客室内刚坐定，穿着黄褐色军服，剃了光头的"儒将"就从内室出来和我们热烈握手，这就是淮海战役中围歼了五十五万国民党军的陈毅同志。不等扬帆介绍，他就大声地说："等了你们几天了，好在你们都是老上海，不需要给你们介绍上海情况。"五月下旬，南方已经很热，他拿起一把扇子边扇边说，你们从北京来，接管上海的方针政策，人事安排，你们该已经知道了，我们印了一本小册子，主要是入城纪律和党员守则，可以看看，中央对你们有什么新的指示，倒想听你们讲一讲。接着，潘汉年向他汇报了毛主席和恩来、少奇同志对我们所作的指示，谈话中，机要员进来请他接电话，他到内室去接了电话回来，对我们说，我们已经包围了吴淞，国民党在上海只有几个军的残兵败将，已经没有什么仗可打了，我们随时可以拿下上海，我们在这里踏步不动，主要是对接管干部做点思想工作。上海是个好地方，又是一个烂泥坑，花花世界，冒险家的乐园，乡下人进城，会眼花缭乱的，你们得分出点时间来，分别对你们分管的干部讲讲上海情况，凡是要注意、要提防的事情，你们讲比我去讲更好，你们有感性知识。谈了不到一小时，有几次紧急电话向他请示，他站起来说："好，我去示他一下，你们先休息吧，刚才聂凤智来电话，可能明天就要开拨，今晚好好睡一觉吧。"扬帆陪我们出来，丹阳地方不大，可是在这里聚集了成千个接管干部，一上街，走几步就会碰上一个熟人，我们在十字路口分手，扬帆陪了潘汉年去见饶漱石和舒同，许涤新去找曾山，我在路上就碰到了黄源，知道于伶也已经从上海赶来了，我们就一起去看于伶，很快，文教接管委员会的干部就聚在一起了。华东局决定，文教接管委员会由陈毅任主任，我和韦悫、范长江、钱俊瑞为副主任，原来的决定是范长江负责接管新闻、广播、出版，钱俊瑞负责接管教育，我分管文艺——主要是电影，但是这时范长江和钱俊瑞都还留在北平，所以文管会先由我实际负责。文管会的领导班子是于伶、黄源、陆万美、钟敬之、向隅，还有一些人埋伏在上海，如唐守愚、姜椿芳、徐韬等，据黄源说，他们在丹阳已经学习了一个月，并根据刘晓同志和地下党提供的资料，对要接管的单位已经有了大致的分工。这个班子来自五湖四海，大多数人我熟悉，但也有不少人是第一次见面，由于陈毅同志说可能明天就要开拨，所以来不及叙旧和相互介绍，我就抓紧时间扼要地传达了一下中央领导同志对接管文教工作的指示之后，就说，我离开上海已经三年了，而这三年中变化很大，肯定会有许多新情况不了解，加上要我动动笔，编编报，勉强还可以，但完全没有行政工作的经验，所以对这样一个新任务，接管这么一个大摊子，实在感到力不胜任，再加上范、钱两位一时不能赶到，所以只能依靠大家帮助。

第二天一早我去找了舒同，他是三野的政治部主任，内定华东局宣传部长，所以这不是礼节性拜访，而是工作上、业务上的报告请示。他对我很客气，也问了对接管文教工作中央有没有新的指示之类，谈了约一小时，只是我听不懂他的江西话，看来他听我讲的浙江话也有困难，正谈话中，潘汉年派人来通知，要我立刻到陈毅同志住处，我赶到，已有几个人拿着笔记本在听陈毅和潘汉年讲话。这几个都是军人，我不认识，大家的神情很严肃，我迟疑了一下，陈毅指着旁边的座位要我坐下，对我说，我们谈的和你没有关系，可是听听也可以。我很拘束地坐在旁边，听他们讲的还是入城纪律问题，如一切要事前请示、事后报告，不懂的事情不准乱动之类，最后一句话是这方面的事一律听潘副市长的指示。他们走了之后，陈毅看出了我神色有点紧张，他莞尔一笑，说我们当兵的人讲话，交代任务，总是"不许""不准""一定要"等等，对你们文化人就不同了，"请你不要紧张"。这一下，三个人都笑了，于是我开始抽烟。陈毅先说，今天下午就要向上海进军，来不及详谈了，要你来，只是告诉你，文管会我当主任，实际工作由你负责，我挂个名，是为了你工作上方便，我这个名字还可以压压那些不听话的人。你人头熟，情况熟，你认识许多大文化人，所以可以放手工作，不要害怕，要和你讲的就是这一点。他站起来了，又想起了似的说，韦悫这位老先生你不认识吧，他是我们的老朋友，帮过我们许多忙，在上海有声望，他当副市长兼文管会副主任，名字排在你前面，但他也是挂个名，日常工作他不管，可是你得尊重他，重要的事要听取他的意见。这一段话在这个时候对我讲，特别感到语重心长，所以事隔多年，我一直记在心头。

走出会客室，一位管总务的同志等在门口，发给我一套黄布军装、一支手枪和一根皮带，穿上这套军服，就算入了伍，所以后来每次要我填履历表时，我就在"何时入伍"这一栏上，填上"一九四九年五月二十四日"。

为了防空，接管队伍随同华东局机关，于当天晚间分批乘火车从丹阳出发。二十五日中午到南翔，火车停了下来，据说前面路轨有故障，于是我和扬帆、于伶到车站附近去散步。南翔这个地方我们三个人都到过，就一直走到附近的镇上，我想买一个手电筒，但这时商店都关了门，老百姓也看不到了，街上屋檐下有许多前线撤下来的伤员，医护人员忙着给他们喂饭送水。伤兵，我是看到过的，淞沪战争、"八一三"抗战初期、广州撤守时期，我都看到过，但这样守纪律的伤兵，我看到的还是第一次。他们躺在潮湿的石板地上，不仅没有吵闹，甚至听不到叫痛的声音。我们这些从来不曾打过仗的人，现在就要以胜利者的姿态进入上海了，而正是他们，为了解放上海而默默地付出了鲜血和生命。

在南翔一直等到傍晚，忽然公路上开来了好几辆上海市内的公共汽车，前面有人在喊：地下党派汽车来接我们了。挤上去一看，除了公共汽车以外，还有几辆吉普车，接管队伍本来是分组的，如政法组、财经组、文教组等等，这时大家一拥而上，阵脚就乱了；只听见一个浦东口音的司机站在车门口大叫，"上海解放了！""欢迎解放军！"有人鼓掌，有人欢呼，这场面是激动人心的。

"解放军万岁！"

"共产党万岁！"

"上海解放了！万岁！"

好容易分组分批地上了车，暮色苍茫中向上海疾进。八时左右，到了沪西的交通大学，校门口有解放军守卫着，校内空无一人，我们文教组住在楼下的一间大教室，这里看不出有打过仗的痕迹，但是桌椅乱堆在一起，地上还有几床草席。安顿下来已经九点多了，但是据说炊事班还没有到，所以晚饭就落了空。我这个人有一种奇怪的习惯，只要出门赶路，不论是乘飞机、坐火车，就会食欲大振，可是这一天一直也不感到饥饿，大概是太兴奋了。五月下旬正是江南的黄梅时节，又热又闷，特别是蚊子又多又大，大家挤着躺在地板上，简直不能入睡。好容易挨到天亮，起来想洗脸，找到了自来水龙头，但是一点水也没有。这时听见有人用喇叭筒向大家报告，说苏州河以南全解放了，队伍准备出发，但是天潼路以北还有残匪在顽抗，所以要各组在原地集合，等候出发命令。这时大家都感到肚子饿了，不知谁得到消息，说前面不远的小街上有些店铺已经开了门，可能有东西可以买，但是谁也没有钱，而且大家都懂得入城纪律："买卖公平""不拿人民一针一线"！这时我忽然想起，从北京动身的时候，金山到车站来送行，塞给我两块银洋，说这是国共谈判时国民党代表团发给他的零用费，带上也许可以"派用场"。我就拿这两块钱请人到街上去打探一下，果然买来了一大包隔夜的油条大饼，好在文教组人不多，总算解决了肚子问题。

等到十点才得到出发的命令，天色阴沉，我们在交通大学挨蚊子咬的时候，又下过一阵雨，所以路途泥泞，汽车开得很慢，进入市区，不时可以看到一队一队满身泥水的解放军在街上巡逻放哨，和许许多多男女市民向解放军送茶水的情景。我在上海住过十多年，我知道上海人是怕"兵"的，甚至可以说他们怕兵如虎，他们怕孙传芳的北兵，怕日本的皇军，怕汤恩伯的蒋军，可是现在，一夜之间，他们被豪雨中不入民家、露宿街头的解放军感动了，这就是民心，中国共产党和人民解放军就这样用自己的实际行动获得了民心！

文管会机关先是设在旧法租界霞飞路原国民党的上海市教育局，安顿下来之后，接到华东局秘书长魏文伯的通知，告诉我们华东局机关设在瑞金路原国民党励志社所在地的三井花园，陈毅同志要各组负责人当晚八时到那里去汇报情况和听取指示。文管会的入城干部在旧教育局的会议室和留在上海的地下党会了师，按文化、教育、新闻……系统分了工。这时我进一步感到接管工作的艰巨了，真如恩来同志所说，在文化方面，对全国来说，上海是"半壁江山"，接管面很广，情况各异，政策性很强，因此必须加强解放区和地下党干部的亲密合作，审慎从事，才能完成任务。加上，当时分管教育工作的钱俊瑞还在北京，据潘汉年说，他可能会留在教育部工作，而接管上海的大、中、小学校的任务又是十分繁重，据唐守愚同志的统计，大学就有四十多所，有公立的、私立的、教会办的，全国闻名的复旦、交大、同济、暨南，以及圣约翰、东吴、沪江……都集中在这个地方，校长和教授中，有不少全国乃至世界知名的专家、学者。至于中小学，那么数字更大、人数更多，情况更复杂了。好在这方面进步力量很大，地下党也已经做了大量工作，特别是党领导的"大教联"有一百多位著名教授参加。"一二·九"以后，"复旦""交大"都被叫作"民主堡垒"，所以这方面的工作由韦悫同志分管，实际工作依靠李亚农、唐守愚、戴白韬、舒文同志，是可以放心的。当然，新闻、文化方面的任务也不轻，范长江要六月初才能到上海，所以接管之初，新闻方面的工作也只能由我负责。解放之前，上海有二十家大报，四五十家小报，还有大大小小的杂志、通讯社、电台、出版社。这中间既有国民党办的，也有民族资产阶级办的，不仅有中文报，而且有外文报，大概的轮廓我们都知道，但是解放前夕的变化（如改组、伪装等等），就只能依靠地下党和新闻界的进步人士了。我在丹阳就看到过一本地下党编的"上海情况"，对新闻界有详细的调查资料，加上，我们接管队伍中还有一位被叫作"上海滩的活字典"的恽逸群同志，和由山东《新民主报》《大众日报》干部组成的一支队伍，因此在范长江到达之前，接管和创办《解放日报》的工作主要由恽逸群、杭苇等同志负责。至于文化方面，我和于伶都比较熟悉，地下党也有相当的力量，但这方面也有不少我们过去较少了解的单位，如博物馆、图书馆，以及工部局办的在远东颇有一点名气的交响乐团等等，幸亏姜椿芳留在上海，我们就把他编进了接管队伍。

当天晚上，陈毅同志在三井花园召开会议，上海市军管会所属的军事、政务、财经、文教四个系统的负责人都参加了。据我记忆，军事接管委员会主任是粟裕，副主任唐亮；政务接管委员会主任是周林（后任市府秘书长），副主任是曹漫之；财经接管委员会主任是曾山，副主任是许涤新、刘少文；文教接管委员会主任由陈毅兼，副主任是韦悫和我。由于上海是当时最大的工业城市、经济中心，所以财经方面的接管班子人才荟萃，除正副主任外，骆耕漠、孙冶方、龚饮冰、顾准、吴雪之、徐雪寒……都是一时之选。开会之前，陈毅同志只简单地讲了几句开场白，然后按军、政、财、文的次序听取各系统的汇报和各自的接管方案，军事、政务讲得比较简单，但财经系统则头绪多，情况复杂，在委员会下面，就有十四五个处（如轻工、重工、财贸、邮电、航运等等），在汇报过程中，不断有人插话和提问，讲到某一个具体问题时，陈毅作了政策性的指示，所以轮到文教，时间已经很晚了，我正要开口，陈毅同志就说，时间不早了，会开到这儿为止。他对我说，你们的事隔天单独谈，文化艺术方面的事不简单，今天不谈，不是不重视，而是我对这方面的事有兴趣。明天起，就开始接，但是要注意"先接后管"，你们的对象大部分是知识分子、教授、专家、文学家，所以情况不摸清楚就不要乱管，先让他们安心，然后和他们谈心，交朋友，千万不要居高临下，你先把这个意见告诉文管会的所有的工作人员。不仅要平等待人，而且要谦虚谨慎。过几天，我要邀文教界知名人士开一次座谈会，请你们给我先准备好一个该邀请者的名单。

写到这里，还得补记一下入城那一天的一些私事。二十七日文管会总部进驻原国民党市政府教育局之后，和地下党的同志们会了师，按照刘晓、刘长胜等同志的安排，让新闻、教育两个处各就各位，分别进驻预定的住处，然后先和新闻处的同志们商谈了一下《解放日报》出版的问题（这方面在丹阳时就作了充分的准备），我就让过去以善于"打烂仗"出名的于伶"坐镇"在旧教育局，自己要了一辆吉普车，大约于下午四时左右，回到了一别三年的"重华新村"。当时还没有给我配备警卫员，也不知道接管初期负责干部不准单独行动的规矩，所以我只向陆万美讲了一句"两小时后就回来"，就匆匆忙忙地走了，想不到吉普车经过重华新村街口的"梅龙镇"，就引起了附近居民的注意，前天晚上在大雨中解放军露宿在街头，为什么会有一个身穿军服，挂着手枪的"军人"会单独地"进入民家"呢？人们用惊奇的目光注视着我。当然，我的妻子看到我这身穿着，也不免大吃一惊。沈旦华当时十二岁,在梅龙镇附近的弘毅小学念书,所以连这所学校的师生,也知道他的父亲是一个解放军的军官了。看到家里平安无事,安了心,洗了一个澡,拿了几件替换衣服,傍晚就回到了霞飞路旧教育局。当惯了地下党的人,觉得回家看一看是一件平常的事情,可是文管会负责保卫工作的人却认为这是一次"冒险"行动,他们立刻向公安局的扬帆作了报告,第二天一早,扬帆急急忙忙地来找我,指着一个年轻的军人对我说,今后,他当你的警卫员,出门一定得带着他,由他保护你的安全,有什么事都可以要他做,还给你一辆汽车,这是上级决定的。我面有难色地说,不需要吧,上海这地方我很熟,我的家也在上海,连回家也带警卫员吗?扬帆一本正经地回答我:"不行,你不是一般干部,这是必须遵守的制度,你没有参加丹阳的干部集训,可能不知道,你是文管会副主任,是一个不小的目标。"他压低了声音说:"告诉你,国民党逃跑前,在上海埋伏了上千个特务。"真有这样的危险吗?我还有点不相信,但是制度是不能不遵守的。我带上了警卫员,坐上了一辆很大的汽车,俨然成了一个被保护的"目标"。很巧的是,当我问驾驶这辆克拉斯勒轿车的那个胖子司机,这辆汽车过去的主人是谁时,他回答说,这是陈训悆的私人车,这件事使我有点高兴,一九四五年气势汹汹地查禁《建国日报》的,正是这个陈训悆,这也算是一个小小的"报应"吧。

二十八日,军管会主任陈毅正式接管了国民党上海市政府,这是上海历史上的一件大事,周林同志有一段如实的回忆:

> 这天下午,在约有八十平方米的市长办公室内,陈毅市长坐在市长办公的座位上,周围坐着潘汉年副市长,淞沪警备区司令员宋时轮和我,以及沙千里、周而复、刘丹等,由熊中节引进赵祖康代市长,面对着陈毅市长坐下,陈毅市长既爽朗又轻快地宣布举行接管旧市政府的仪式,由赵祖康代市长将旧市政府的印信上交给陈毅市长。陈毅同志简短地致

词说:"赵祖康先生率领旧市政府人员悬挂白旗,向人民解放军交出了旧市政府的关防印信,保存了文书档案,这种行动深堪嘉许。希望今后努力配合,做好市政府的接管工作,并请赵先生在工务局担任领导。"

这就是无产阶级政治家、将军兼诗人陈毅市长主持接管上海的一幕真实的历史记录。上海市军管会的接管工作从此开始。对赵祖康先生的及时任用,极大地安定了原在国民党市政府供职的许多工程技术、医务卫生、市政管理等方面的专家。

几天之后,文管会从旧教育局搬到了汉口路九江路的一家已经停刊了的报馆(似为《正言报》)。工作正常化了,赵行志同志当了文管会的办公厅主任,同时又给我配备了一位秘书葛蕴芳,当时还是二十多岁的小姑娘,谁也不会想到她的丈夫徐景贤后来成了"文革"中"一月风暴"的"大将"。

文教方面的接管任务是繁重的,有下述这样的一本账:

一、高等教育方面,大专院校二十六个单位,计教授、讲师、助教、研究生和职员工人共二千七百九十六人,学生八千一百零九人。

二、中小学方面,公立学校和教育机关共五百零三个单位,教职员工共五千五百十七人,学生十七万六千四百十二人。

三、新闻出版方面,接管和实行军管的共五十八个单位,其中报社及通讯社二十五个单位,书店和印刷厂三十个单位,从业人员二千三百十四人。

四、文艺方面,接管的计十三个单位,其中电影九个单位,剧院四所,员工一百七十三人,技术人员一百六十五人。

按入城政策,凡私立大、中、小学和私营文艺单位,一律不接管,也不实行军管。新闻方面情况特别复杂,所以接管工作也特别细致慎重,例如《新民晚报》过去和我们有联系,所以解放后照常出版,一天也没有停刊;《文汇报》虽在解放前被国民党查禁了,但当严宝礼、徐铸成希望协助复刊时，文管会也给了他们以纸张、印刷方面的资助。上海有好几家英文报，《密勒氏评论报》的主持人鲍威尔和我们地下党有联系，因此也照常出版；英文《大陆报》本来是孔祥熙办的，解放前夕他们作了些"应变"措施，登出启事说已将全部财产出盘给美国人阿乐满经营，挂上了"美商"招牌，但经过认真的调查，得到了确实证据，证实了所谓"出盘"完全是骗局，才报请军管会批准，于六月初予以没收。大概在六月初，范长江到了上海，暂时寄住在我家里，所以新闻出版方面的接管工作，主要由他和恽逸群负责。

电影方面的情况也很复杂。抗战胜利后，国民党接管了汪伪政权所属的电影机构，利用接收过来的厂棚、设备、技术人员，建立了CC系统的"中电一厂""中电二厂"、军统系统的"中制摄影场"，和三青团系统的"上海实验电影厂"，以及管制电影发行放映、进出口业务的"中央电影企业总管理处"，和"电影审查委员会"，按政策，这些产业和机构都应该接管，但考虑到这些制片厂的艺术、技术人员除极少数外，大部分人都是爱国的，而且在解放前夕，已经和地下党及进步电影工作者有了联系，所以我们采取了先接后管的方针，每个单位只派出一个联络员，让他们自己组织临时管理委员会，负责清点器材，登记造册，和进行政治时事学习。据我记忆，这些接管单位直到这一年九十月间，才开始清理改组。对于当时在上海的两个较具规模的私营电影公司——"昆仑"和"文华"，由于前者是从创办起，一直是党直接领导的（主持人蔡叔厚是党员，任宗德、夏云瑚都和我党有长期合作的历史），后者的主持人是民族资产阶级，它的不少编导、演员都是过去"苦干剧团"的班底，长期和地下党有过联系，所以文管会尽力帮助他们早日恢复生产。在电影界，特别是在创作人员中间，从三十年代起，我们已经做了大量的统战工作，有较大的影响，解放前夕，我们就通过地下党和张骏祥，进行了深入的团结工作，所以连"中电""中制"厂的艺术、技术人员，也都高高兴兴地迎接了解放。电影方面接管工作主要由于伶、钟敬之、蔡贲同志负责，留在上海的地下党员徐韬、池宁、张客，也参加了电影处的工作。

和政法、财经比较起来，文管会的任务显然要轻一些，但是一则"麻雀虽小，五脏六腑俱全"，二则是这方面有大量全国乃至国际知名的专家、学者、作家、艺术家，用当时常用的话来说，真是"知识分子成堆"，情况相当复杂，对此，陈毅同志在百忙中不止一次指示我们："不要急躁，更不得粗暴。"他说，同知识分子打交道，一定要"礼贤下士"，"我们尊重他们，他们才会尊重我们"。我记得很清楚，在他邀请文化界座谈之前，他和潘汉年对邀请参加者的名单，作了十分仔细的研究和补充。陈毅同志说："这一次是我和文化界见见面，讲讲党的政策，让大家安心工作，所以要记住团结面越宽越好，你们这些老上海要胸襟宽大，不要因为过去有过什么思想上、感情上的纠葛而抱成见，过去他骂过你一句，你嘘过他一声，这都已经是过去的事了，千万不要因为你们做了当权派，就可以报一箭之仇，凡是愿意为新中国服务的，一律都要团结，社会上地位相同的人，请了这一个不请那一个，人家就会生气，这就是古话说的'一人向隅，举座为之不欢'"。又说，有人把接管工作概括为"接、管、清、改"四个字，就是先接后管，然后再清理、改造，这个次序一般说来是可以的，但在文化界，我看清和改特别要慎重，不要图快，更不要性急，急了就会出毛病，误大事。做统战工作，特别是对知识分子，先要交朋友、谈心，让他们敢讲真心话，不入耳之言也要听，骂娘也不要紧，可怕的是他们有话不讲，放在心里。他说，我在苏北、皖南，对地主、老财、封建士绅，也是这样做的，"不信你们可以问问阿英和陈同生"。以上这些话，是我"文革"后找到的一本笔记本中抄下来的，相信不会有误记，我们在上海的文教接管工作，是按照这些指示做的。尽管后来也不止一次挨过批评，说我"只讲团结，不讲改造""吹捧知识分子，看不起工农干部"等等，但是我一直认为这个方针是正确的，是符合党的政策和人民的利益的。

现在回忆起来,从一九四九年五月上海解放到同年十月中华人民共和国成立这几个月,可以说在我的一生中,是任务最重,工作最忙的时期,除文管会副主任之外,我还当了上海市委常委、宣传部长、上海市文化局局长,华东军政委员会成立,我又当了常务委员,分管文教工作,每天从凌晨到深夜,大会小会,会见文化艺术界人士,个别谈话和对新接管的文化单位安排工作,做了市委的宣传部长,还要经常到区委和群众团体作时事报告。在这之前,我是最怕在大庭广众间"作报告"的,可是被安放在这个岗位上,责任在肩,只能向陈老总和老区干部学习,硬着头皮干下去了,好在这一年我四十九岁,精力充沛,每天只睡四五个钟头,也不感到疲累。

当然,书生从政,不习惯的事还是很多的。首先碰到的是一个"制度"问题,可以举出几件很为难也很有趣的事情。一件是文管会搬到汉口路之后不久,冯雪峰到文管会来找我,进门就被门岗挡住,到了传达室,又要他填表,这一下把雪峰激怒了,发生了争吵。葛蕴芳及时把这件事告诉了我,我下楼把他请进了办公室,他第一句话就是"你们的衙门真难进啊",我只能道个歉。事后我批评了警卫和传达室,说凡是我的朋友都不要阻挡,可是他们不服,回答我的只有一句话:"这是制度。"另一件事带有喜剧性,大概是六月中旬,华东局副秘书长吴仲超同志派一个人事干部来要我填表,我填了姓名、籍贯、性别、入党入伍时期之后,有一栏"级别",我就填不下去了,因为我入党二十多年,从来就不知道自己的级别。那位人事干部感到很奇怪,要我再想一想,我只能说"的确不知道"。对方问:"那么你每月领几斤小米?"我说我从来不吃小米,也从来没有领过。他更加惶惑了,那么你的生活谁供给的,吃饭、住房子……我说我的生活靠稿费、版税,除了皖南事变后中央要我从桂林撤退到香港,组织上给我买了飞机票,以及一九四六年恩来同志要我去新加坡,组织上给了我一笔旅费之外,我一直是自力更生、卖文为业。这一下对方只能问,那么你到上海之前,在党内担任的是什么职务?这倒容易回答的,我在香港时是南方分局成员、香港工委书记。他满腹怀疑地拿着我的表格走了。后来潘汉年告诉我,说华东局、市委根据你的党龄,过去和现在的职务,评了"兵团级",当然我还是不懂得兵团级是怎样一个职位。解放初期,干部待遇还是供给制,这是从解放区沿袭下来的,在那种特殊情况下,这也是别无他法可行的制度,可是,这就和接管政策中的原技术、艺术人员全部"包下来",对他们实行"保留工资"发生了矛盾。也就是说,"留用人员"拿的"保留工资"和党政干部的供给制之间,有了一个很大的差距。大学校长、教授、专家、工程师、名演员,一律拿"保留工资",用国民党的金元券折合老区人民币,再折合新人民币,他们的每月收入都在二百元到五百元不等,而从解放区来的和地下党的党政军干部,在一段不短的时期还是供给制,后来改为工资制,也还是"低薪制",就是市长、部长、司令员的收入要比工程师、名演员的低得多。这样,党政干部和业务人员之间,就有了各自的看法。举个例,有一次陈老总请刘伯承同志在他家里吃饭,潘汉年和我都在座,饭后闲谈,这两位大将军都在愁穷,陈毅同志孩子多,家累重,钱不够用,刘帅则说他想买一部开明书店出版的二十五史,一问价钱,就只能放弃了买的念头。陈毅同志风趣地对我说,老潘可以靠小董(董慧,她的父亲是香港巨富),你则有版税和稿费,你们都是老财,我们当兵的都是两袖清风。可是,另一面,拿保留工资的却有另一种看法,他们说你们住公家的洋房,有汽车,有办公室,有不花钱的秘书,出差旅费可以报销,我们呢,搭一次电车、打一个电话也得自己掏钱。在欢庆解放的热潮中,大家都自觉地服从政策,表面上平静无事,可是现在回想起来,工农干部和知识分子之间的疙瘩,或者说是矛盾,我认为是和解放初期的这两种制度的并存,是有一定的关系的。

当然,上海解放,蒋介石和他的后台美国政府是不会甘心的,先是派飞机来轰炸、扫射,接着,六月下旬,国民党公然宣布对上海实行军事封锁。上海是工业城市，但是上海的煤、石油、棉花乃至几百万居民的粮食，几乎都是靠外地输入的，所以美蒋认为只要封锁港口，断绝物资供应，那么上海的工厂就会停工，人民就会挨饿，当时外国广播不止一次"预言"，"没有一黑二白（煤、棉、粮），上海就会大乱"。潜伏在上海的国民党特务则散布谣言说"到八月十五，蒋介石要回上海吃月饼"等等，加上，也正在这个时期，上海还遭到了一次台风暴雨的袭击，针对这种困难，华东局和上海市委及时制定了反封锁的应急措施，依靠中央和后方的支援，和上海人民的团结奋斗，终于经受住和克服了严重的困难。

六月初，我相继接到周扬和阿英的来信，说文学艺术界第一次代表大会，决定在七月初在北平召开，要我赶快筹备，希望华东和上海的两个代表团能于六月二十日左右赴北平报到。这正值接管工作最紧张的时期，我忙得连吃饭睡觉的时间都没有，再要担负这样一个时间紧迫、头绪纷繁、政策性很强的任务，显然是有困难的。文艺处开了两次小会，最棘手的是代表名单问题，"团结面越宽越好"，不要使"一人向隅"，这是党的政策，但碰到具体人选，就不那么容易了；一是解放区的和蒋管区的、新文艺工作者、鸳鸯蝴蝶派以及所谓旧艺人之间要适当安排，二是各行各业的代表名额要有一个适当的比例。加上经过八年抗战和解放战争，即使同在爱国、民主阵营内部，人与人之间也还有不少一时难于解开的思想上感情上的疙瘩，甚至还听到过"假如某人参加，我就不参加"之类的意见。我把这些情况向陈毅和舒同汇报了之后，他们一致认为除了文代会筹备会提出的各界有代表性的人必须邀请之外，其他可以广泛地征求党外人士意见，强调团结的必要，做仔细的思想工作。我和于伶、黄源等人分别和文学、戏剧、音乐、美术各方面的代表人物洽商，结果很好，大家都同意了"少纠缠过去，寄希望于将来"的方针。由于我当时正忙于文管会的日常工作，所以征得了陈毅同志的同意之后，决定我留在上海，华东代表团由阿英任团长（抵京前由陆万美负责）；上海代表团由冯雪峰任团长，陈白尘为副团长。据我记忆，华东团大部分是解放区的代表，由陆万美领队，于六月十六日先到南京，与苏皖一带的代表会合，十八日抵北平；上海团则于二十五日由沪北上，由于这个团有许多知名人士，有巴金、陈望道、吴组缃、靳以、李健吾、陈中凡、倪贻德……特别是有梅兰芳、周信芳、袁雪芬，所以到车站送行的人简直挤得水泄不通。附带一说，组团之初，冯雪峰建议由巴金、梅兰芳任正副团长，但他们都一再谦辞，冯雪峰又要我挂名，最后还是由陈毅同志决定，由冯、陈任正副团长。

第一次文代会于七月二日在北平开幕，前后开了十八天，我没有参加，只记得开会前不久，收到茅盾寄来的一份发言稿（谈的是国统区十年间文艺工作），要我提意见，我匆匆忙忙读了一遍，复了一个"完全同意"的电报。

七、八两个月，是接管工作最繁忙的时期，我是文管会的常务副主任，各组的事情不能不管，而我分管文艺方面的具体工作，特别是电影方面，对于孤岛时期参加过"华影"的人，算不算"附逆"的问题，党内也有不同意见，幸亏陈毅同志作了明确的指示："凡在敌伪经营的文艺单位工作过，但没有帮助敌伪迫害过爱国民主人士的人，可以不作附逆论处。"所以我就把电影方面的工作完全交给于伶、钟敬之负责，但新闻、出版、广播等方面的接管工作不仅情况复杂，而且政策性很强，当时寄住在我家里的范长江揪住我不放，每天深夜都要和我商量，有时一直谈到"东方既白"，再加上陈毅同志告诉我，钱俊瑞决定留在北平，所以教育方面的事也要我多和唐守愚、戴白韬、舒文商量，同时要尽可能听听党外人士的意见。由于此，这两个月内我真有点像张天翼所写的"华威先生"，整天东奔西走，席不暇暖。到八月底、九月初，接管工作初步告一段落，但也正在这个时候，市委接到中央统战部的通知（同时，我也收到了徐冰的来信），内容是新政治协商会议决定在九月下旬召开，并附来了华东区的代表名额及统战部建议要保证参加的一部分代表名单。这个名单经过华东局和上海市委常委的多次讨论,才作出最后决定。由于总的名额中央有了规定,而华东、上海知名人士特多,所以一部分民主党派及工商界有代表性人物,征得中央统战部同意,分别参加了工、青、妇、文系统和特邀代表,实际上增加了华东和上海的名额。在这里要说明一点,周信芳、白杨、赵丹等,都属于中央指定要保证当选的名单,"文革"中上海造反派到北京来"批斗"我的时候,一口咬定说这些人当政协代表是我"一手保荐"的,为此纠缠了一个星期,实在是太可笑了。

七、八两个月实在太忙,连我长期以来成了习惯的、每天临睡之前静下来思考一下当天工作的时间也没有,更谈不上在札记本上记一点当时自己的思想活动了。每一个过来人都会记得,从八月中旬到九月中旬(新政协开会前夕),毛泽东同志一连发表了《丢掉幻想,准备斗争》等七篇论文,猛烈地批评了对美帝国主义还有幻想的"民主个人主义者",这在当时的环境下,应该说是必要的。读了这些文章我心情激动,出于爱国、爱党和反对美帝国主义的激情,我不止一次以市委宣传部的名义,在文教团体乃至区委召开过批判"白皮书"的报告会、座谈会,对"民主个人主义者"进行了尖锐的批评。不言而喻,在工人、农民、士兵中间是不会有民主个人主义者的,有这种思想的,只是那些正在彷徨、动摇着的、受过西方资产阶级思想影响的知识分子。抗战之后,我一直在做统战工作,不能说对团结知识分子这个问题上没有经验教训,但是,在强调人民民主专政这个前提下,讲话、写文章,就很难分清政治问题与思想问题之间、敌我矛盾与人民内部矛盾之间的区别,因此,也很容易忘记有理、有利、有节中间的这个"节"字,而误伤了一些正在转变中的爱国的正直的知识分子。轻视、歧视乃至不信任知识分子的思想和作风,在我们党内有很深很久也很复杂的基因,而这场批判民主个人主义的思想斗争过了火,我对这一点也不是没有感觉、没有反思的。

要团结知识分子,要尊重学者专家,要爱惜人才,在这个问题上，陈毅同志是抓得很紧的，凭这一点，在接管上海文教工作中，没有犯过太大的错误；可是接触到具体问题，我就拿不定主意，有时退而避之，有时就不能不作违心之论。上海解放之后不久，我第一次察觉到的是我们干部（这里指的是宣传、文化系统的干部）的知识水平太低，或者可以说是常识不足的问题，我和宣传部、文化局的处级以下的干部谈话时，有许多事情讲不通，一般说来，政治性的名词、术语他们知道，也随口会讲，但一接触到业务上的问题，连最普通的名词、人名、书名、地名，就"从来没有听说过"，知识面太窄，在当时是一个带有普遍性的问题。为此，我召开过宣传、文化系统的干部座谈会，号召大家学习毛主席在七届二中全会上的讲话，因为入城之后环境变了，过去熟悉的那一套用不上了，所以我劝大家多读书，多学一些过去不知道的事情，这样的话讲了又讲，但是没有引起人们的注意；于是我自作主张，对宣传部和文化局的科一级的干部（不包括区委）来了一次常识测验，以初中程度为标准，出了五十道题，每题二分，全对者得一百分，我的要求并不高，只希望得六七十分的能占多数，可是测验的结果，却使我大吃一惊，得八十分以上的只有两人，六十分以下的竟占百分之七十，连"五四"运动发生于哪一年这样的问题，答对的也寥寥无几，在常识问题上闹笑话的就不必讲了。好在我事先考虑到被测验者的"面子"问题，所以规定了答卷一律不署名，测验的结果也只供领导参考，不公开发表，只在事后发给大家一张正确的答案，让他们自己心中有数，事情就这样过去了。这件事是我心血来潮，自作主张干的，事先没有向上请示，事后也未作报告，可是几天之后陈毅找我谈话，一见面就说，测验的事姚溱（当时市委宣传部副部长）向我报告了，搞这样一次测验是好的，但是你们文化人办事就是小手小脚，要我来办，答卷上一定要署名，测验的结果得公开发表，只有让他们丢一下脸，才能使他们知道自己的无知。接着问我，你总算摸了一下底，今后怎么办？我根本没有想到这些，一时不能回答。他就说，要办补习班，派几个人给他们上课，实在太差的可以撤他们的职。我感到为难，只能说工作这样忙，要一大批人脱产办学习现在还办不到，只能慢慢来，多做些劝说工作。陈毅同志想了一下之后说，我去和舒同说，从外省调一些人来，加强你们的队伍。这在当时只是一件小事，知道的人也不多，我自己以为没有得罪了什么人，就没有放在心上，想不到后来华东局整风，居然有人慷慨陈词，说我搞"测验"是"长知识分子的志气，灭工农干部的威风"！我当然不服，但在当时的情况下，要辩解和说清楚是困难的，于是我只能承认"做法上有错误"。

除这之外，也还有不少更棘手的问题。当时在文艺界从上到下都有一个统一的口号："文艺为工农兵服务。"大家都这么讲，谁也没有提出过疑问，可是到了解放后的上海，就有一位党外的老作家向我提出了一个很难回答的问题，就是除了工农兵之外，文艺可不可以为小资产阶级服务的问题。由于我过去一直在蒋管区工作，写的剧本也都是给小市民看的，所以满不在乎地回答说"可以"，还拿出一本毛主席《在延安文艺座谈会上的讲话》，指着其中的一段说：毛主席明确地讲，文艺的服务对象有四种人，第一是工人，第二是农民，第三是士兵，"第四是为城市的小资产阶级劳动群众和知识分子"，他不是还说，"他们也是革命的同盟者，他们是能够长期地和我们合作的"吗？这位作家安心了，高兴地说，这样，我就可以写我要写和能写的东西了。当时，我是引经据典，按"讲话"的精神回答这位作家朋友的，所以讲了之后，就心无挂碍，根本没想到这句话会发生什么"后果"；可是不久之后，这句话在上海文艺界传开了，于是，当时在天津工作的阿英同志就给我写信，说北京文艺界"传说"我在上海"提倡"文艺为小资产阶级服务，所以委婉地劝我今后讲话要小心。

除了讲话不小心之外，这一段时期也还有"写文章不小心"的问题。这就是我在《新民晚报》上写"灯下闲话"的事，后来我在一篇短文中写过一段话：

全国解放后,我不当记者了,可是一个当惯了编辑或记者的人,一旦放下了笔,就会像演员不登台一样地感到手痒。上海解放后,《新民晚报》继续刊行,当超构同志问我:"可不可以给我们写一点?"的时候,我请示了陈毅同志之后,便欣然同意了。我写点杂文,当然不只是为了"过瘾"。而陈毅同志比我想得更为全面,他鼓励我写,还说,可以写得自由一点,不要把党八股带到民办报纸里去,和党报口径不同一点也不要紧。最使我难忘的是,他说:"可以用笔名,也不要用一个固定的名字,我替你保密。"超构同志给我辟了一个专栏,大概是叫"灯下闲话",每天四五百字,每隔一两天写一篇。当时上海刚解放,市民思想混乱,黑市盛行,潜伏的特务又不断散布谣言,因此那时写的文章主要从民间报纸的立场,想要匡正一些当时的时弊。当时我四十九岁,精力饱满,尽管工作很忙,还是不断地写,记得同年九月我在北京参加第一届政治协商会议,火车上也写,会场上也写,几乎每篇都换一个笔名,一直写到一九五〇年四五月间,大概有一百多篇。为什么不写下去呢?一则是忙,二则是"密"保不住,渐渐传开了,有人讲怪话,我就主动收摊了。

怪话各式各样,有的说我贪稿费,有的说党的"高干"在民办报上写文章,是无组织无纪律的自由主义。听到"高干"这两个字我有点吃惊,原来我已经不是普通党员,而是高级干部了!

这一类不自觉的自由主义还反映在日常生活上。我这个人爱开玩笑,讲话随便,特别是对熟悉的老朋友。有一次在文艺界的集会上,碰到赵丹,我拍了一下他的肩膀说:"阿丹,看你这个样子,当小生的连胡子也不刮。"赵丹乐了,说:"你这位部长未免也管得太宽了。"这一类事大概不止这一次,也不仅对赵丹,对白杨、秦怡等人也是如此，因为他们都是我三十年代的共过患难的老朋友，不这样反而会显得见外。可是想不到这件事就不止一次受到了批评，说你现在是部长、局长，用这种态度对待非党人士（他们当时还没有入党），实在是太不庄重，有失身份。我不买账，辩了几句，大概这些事也传开了，后来冯定同志诚恳地劝告我："今后还是注意一点为好，环境变了，过去我们是地下党，现在是执政党了，要注意到群众中的影响。"他的好意我是完全了解的，但当了执政党就一定要有"架子"？这一点我一直想不通。

这一类事碰到得多了，我也不得不静下来进行了反省，渐渐懂得了这是一种历史转折时期的社会风气，对革命的新风是不可违拗的，于是我就努力地去应顺和适应，后来也就渐渐地习惯了。但对于有些"规矩"，我还是不习惯，或者说始终感到不舒服，例如出门一定要带警卫员，出去开会或者到朋友家去串门一定要事先通知警卫班——乃至对朋友的夫人要叫"你的爱人"之类，对前者我只能服从，对后者我就"顽抗"到底。

在当时，有新风，也有"旧风"，在文化系统有不少"留用人员"，他们给我打报告、写信，开头要写"敬禀"，最后在自己的名字前面还要写上一个"职"字，对这些旧官场作风，我还是断然进行了批评和抵制。

到八月底，接管工作初步告一段落，记得九月三日，陈毅同志在"逸园"作了一次有几千人参加的大报告，宣布历时三个月的接管工作已经结束。第二阶段的管理和建设工作即将开始。这次报告会主要是对旧市政府留用下来的工作人员做思想工作，一是解除他们的顾虑，让他们安心工作，二是号召大家学习，学习党的方针政策，同时也要求他们毫无顾虑地把业务和经济管理方面的知识和经验告诉解放区来的干部。讲话中最重要也是最受听众欢迎的一段话是，他用大量事实，拿国民党和共产党、旧市政府和新市政府作了一个对比，强调了共产党实事求是、真心诚意地为最广大的人民服务的方针。他说，辨别一个党和一个政府的好坏，不单看他的宣言，要看他的对人民群众的态度，对一个党、一个政府、一个领导人，都应该如此。对领导人，不仅要看他的能力，还要看他的品质。他提高了嗓门说："首先可以看一看我和几个副市长、秘书长，看看我们是不是也像国民党那样的'五子登科'，看我们有没有贪污，有没有腐化？市政府的工作做得不好，首先由我们负责，然后才轮到你们。进军上海的这个部队叫'三野'，但这是野战军的野，并不是野蛮的野，进了城，必须文明，不能野蛮。我再一次宣布，从市长、局长到普通职员，责任有轻重，职权有大小，但在政治上一律平等。你们做错了事，我可以批评你们，我有不对的地方，你们也可以批评我，这才叫民主。国民党过去口头上也讲民主，美国人还把他们叫作民主政府，你们想想，你们过去能对市长提意见？解放才三个月，你们可能有话不敢讲，现在我正式宣布，有话都可以讲，讲几句错话也不要紧，但是要讲真话，要实事求是。"（大意）这是一次非常坦率、非常生动的报告，会场欢呼鼓掌之声不绝。我当时作了详细的记录，尽管札记本在"文革"中被抄走了，但他的肺腑之言，还一直记在我的心里。

写到这里，还得补记一下六月上旬，陈毅同志对上海知识分子的一次讲话。我在一九七九年五月为了纪念上海解放三十周年，曾在上海《解放日报》上写过一篇题为《从心底里怀念我们的好市长》的文章，在这里抄录其中的几段：

上海，不但是帝国主义者在中国的政治、经济、文化各方面的根据地，国民党也在这个地方经营了二十年之久。因此，尽管我们对于接管上海文教界已经有了具体的政策，而且由于地下党同志向我们提供的材料，我们对这方面的情况也有了一个大体的了解，但是接触到具体人事问题，那就的确是难以处理了。上海是一个藏龙卧虎的地方，在政治界，有清末民初的老政客，有日伪时期脚踏两头船或三头船的人物；有学术界，既学有专长、专心做学问的学者，也有沽名钓誉、哗众取宠的"名人"，因此，当你接管一个学校、一个报馆……的时候，就有很多很难处理的问题。为了这些问题，有一天，市委宣传部、统战部和文化局的人，主要是"文化接管委员会"的同志，去向陈市长请示。他听了我们的汇报之后，就说："你们提的这些认为难以处理的人，我听来都是有名人物、'知名之士'。这些人，一不跟蒋介石去台湾，二不去香港，三不去美国，这就表明，他们还是有爱国心的。有爱国心，只要他们没有具体反共行动，都应该用。有的还可以重用，而且要考虑到他们生活上、学习上、研究工作中的具体问题。"这件事对我们说来是一个很大的教育。根据他的指示，我们很快就召开了一次包括各方面知名人士参加的座谈会，请陈市长作报告。关于这个会，一九四九年六月六日的《解放日报》上有一段记载：

"上海市政府于六月五日下午二时，假基督教青年会邀集文化界举行座谈会，这是上海解放后文化界第一次盛大集会，也是上海文化界人士多年盼望的一天。到会的有科学、文化、教育、新闻、出版、文艺、戏剧、电影、美术、音乐、游艺等各界代表：吴有训、周仁、陈望道、周谷城、潘震亚、罗宗洛、陈鹤琴、茅以升、钟伟成、杨铭功、冯德培、涂羽卿、曹未风、金仲华、陈石英、徐森玉、周予同、蔡尚思、张孟闻、杨卫玉、冯亦代、杨刚、李平心、谢仁冰、张大炜、赵超构、浦熙修、王德鹏、张明养、冯雪峰、巴金、郭绍虞、梅兰芳、周信芳、黄佐临、陈白尘、熊佛西、陈鲤庭、吴蔚云、赵丹、蓝马、石挥、黄宗英、秦怡、袁雪芬、刘开渠、庞熏琴、张乐平、陈烟桥、陈秋草、周小燕、谭抒真、沈知白、董天民等一百六十二人。……陈毅市长即在热烈掌声中起立讲话。陈市长首先对在反动统治下坚持正义斗争的文化界，致以亲切的慰问。然后分析了目前革命形势及上海解放的重大历史意义，最后对共产党的文化教育等各种政策，进行了详尽的解释，欢迎文化界人士团结合作，共同建设新中国。……"

在这次会上，陈市长一口气讲了四个钟头，他的话是那样的深刻、具体而又幽默、风趣。有人说，听了这次报告之后，上海的文化界就成了"陈毅迷"，我想这不是假话。陈毅市长讲话之后，有许多过去从来不在公共场合讲话的学者也讲了话，例如去年逝世的吴有训院长，就在这次会上讲了国民党几次三番要把他送到台湾去，而他终于巧妙地拒绝了的故事。据说还有一位第一流的外科医生，就是因为听了这一次陈毅市长的报告而下了争取入党的决心。

接管上海文教工作中，文艺团体和游乐场所是一个最困难的问题。上海本来是一个消费城市，有几十家戏院、电影院、书场、游乐场所，而这些单位在当时被认为都是藏垢纳污的地方，因此，在处理这个问题上党内外都有不同意见。有的主张禁一些戏，有的主张把美国人经营的电影院一律没收，还有人主张"杀鸡给猴子看"，在游艺界抓几个明显的反动分子。对这个问题，陈市长作了极其精辟的指示："上海有几十家戏院、书场和大世界之类的游艺场所，直接间接依此为生的人大约三十多万。要是硬干，这些人马上就会发生吃饭问题。因为我们并没有新的节目给人家看，多少年来，还只有一出《白毛女》。不能天天都是《白毛女》，只好逐步逐步地改。估计真正做到符合工农兵的要求，需要十年。如果现在就把什么都反掉，痛快是痛快，却会使三十万人没有饭吃。没有饭吃，人家就会到市政府来请愿。那时候你再跟人家谈工农兵，人家就会打破你的脑壳。把什么都反掉，批评几句，是容易的，从实际情况出发逐步逐步地改，就不容易。"我们按照他的指示，采取了比较稳妥的办法。当时有人问，曲艺界还有少数有血债的人，也还有一些有可疑的现行活动的人，该怎么办？陈市长很快地说："你们把这些材料如实地写出来交给我，让政法部门处理。"

在整个接管过程中，我们没有禁过一出戏，更没有禁止过一本书，大家都很自觉，戏曲界由周信芳带头，订了一个"公约"，主动不演坏戏，像《杀子报》《大劈棺》之类的戏，不再在舞台上出现了。当然，在这大转变时期，有许多具体问题不好掌握，所以党内外意见也还不少，例如有人责问范长江，为什么还让外文报纸继续出版，也有人给陈市长写信，要求禁映美国电影，不止一个人在会议上批评我"手软"，说京剧界已经不演"粉戏"了，为什么还让《出水芙蓉》这样的美国影片照常上映。我向陈毅、潘汉年请示，潘说《出水芙蓉》我在香港看过，不能算是"黄色影片"，我们中国不是也有过杨秀琼这样的"美人鱼"么？陈毅更痛快，说不要禁，让那些道学家去吼一阵吧。这样，美国的旧影片继续放映到一九五〇年六七月，直到抗美援朝前后，电影院从业员激于反美热情，才相约主动停映。据我回忆，上海文化界的思想改造运动，是在一九五〇年十二月，中央发出了《关于在学校中进行思想改造和组织清理工作的指示》之后才正式开始的。在这之前，有些基层单位已经开始了酝酿和试点，在这过程中，由于某些单位要求过急过高，加上对情况不了解，方法简单，因此而伤害了一部分知识分子的感情的事，也还是不少的。

3．迎接新中国诞生

这一年的九月二十一日至三十日，由中国共产党、各民主党派、各人民团体、各地区、人民解放军、各少数民族、国外华侨及其他爱国分子的代表所组成的中国人民政治协商会议第一届全体会议在北平举行。我作为华东区的代表，于九月十八日随华东代表团到了北平，还是住在北京饭店（华东区代表十五人，候补代表二人，即：陈毅、许世友、周兴、管文蔚、梁从学、孙仲德、夏衍、沙文汉、龙跃、张林、韦悫、李坚真、张福林、季方、李伯龙、计雨亭、刘民生。其他均分别列入党、政、军、民代表团）。这正是北方天高气爽的季节，"时维九月，序属三秋"，"胜友如云，高朋满座"，真是一派开国气象。会议代行全国人民代表大会的职权，通过了起临时宪法作用的《共同纲领》，选举了中央人民政府委员会，毛泽东当选为中央人民政府主席，朱德、刘少奇、宋庆龄、李济深、张澜、高岗为副主席。会议通过了中国人民政治协商会议第一届全体会议宣言，庄严地宣告"中国人民已经战胜了自己的敌人，改变了中国的面貌，建立了中华人民共和国"。"中国的历史，从此开辟了一个新的时代"。

十月一日，中央人民政府委员会举行第一次会议，一致决议，接受中国人民政治协商会议《共同纲领》为政府施政方针，任命周恩来为政务院总理兼外交部长。同日首都三十万军民在天安门广场集会，隆重举行开国大典。朱德总司令在开国大典上举行阅兵式，宣读了中国人民解放军总部命令，命令人民解放军迅速肃清国民党一切残余武装，解放一切尚未解放的国土。

这次会议只开了十天，要讨论和作出决定的事情很多，但由于事先已经有了认真的协商和筹备，所以会议开得非常顺利。十月一日，当我看到五星红旗在天安门冉冉升起的时候，真是感慨万千，泫然欲涕。我们这个有五千年文化的古国，经历了数不清的苦难，终于像旭日东升一样，重新站起来了。我自己，也终于盼到了这一天，可是，有什么办法能把这个喜讯告诉已经牺牲了的同志呢？我想起了郑汉先、庞大恩、何恐、童长荣、洪灵菲、和柔石、冯铿⋯⋯这些英勇献身的烈士。

十天的时间在匆忙中过去了,在这期间,我会见了许多老朋友,也结识了不少新朋友。到北京的第二天,我和阿英去看了郭沫若、茅盾和周扬,有许多话要讲,但他们房间里都挤满了人,只能作礼节性的拜访。只有一天晚上,我正要上床,柳亚子敲门进来了,我和这位爱国忧民的南社诗人也算是老朋友了,过去,不论在香港,在重庆,即使在时局十分艰险的时候,他一直是爽朗、乐观的,可是在这举国欢腾的日子,他却显得有点心情抑郁,寒暄了几句之后,他就问我上海解放后有没有去过苏州,他说,假如那一带局面安定,他打算回吴江去当隐士了。这句话使我大吃一惊,"一唱雄鸡天下白",为什么会有这种想法呢?他就坦率地说出了他对某些人事安排的不满,他用责问的口吻说,李任潮怎么能当副主席,难道你们忘记了他二十年代的历史?对这样的事我当然不好插嘴,我想把话岔开,问他最近有什么新作?柳无垢是不是也在北京?可他还是滔滔不绝地讲了他对某人某事的不满。后来读了他和毛主席的唱和诗,才懂得他"牢骚太甚"的原因,并不在于"出无车"和"食无鱼",至于"莫道昆明池水浅"这句诗的谜底,则直到恩来同志和我讲了当时的情况之后,才弄清楚。浪漫主义诗人和现实主义政治家之间,还是有一道鸿沟的,亚子先生实在也太天真了。

会议期间,我还认识了好几位闻名已久的文艺界以外的新朋友,其中有梁思成、吴晗、侯德榜、朱洗……。我认识梁思成是恩来同志给我介绍的,是在讨论国徽的小会上,思成先生是国徽的设计者之一;恩来同志说,你不是很佩服梁任公吗,加上他的夫人是一位有名的诗人。第一次见面没有多谈,但是他的明智卓识给了我很深的印象,我早知道他是一位著名的建筑家,但想不到他对古典文学和古代建筑有这么渊博的知识和真挚的感情。我一直有一种错误的想法,以为五四以后的知识分子和作家都有一种看不起民族传统的偏见,所以他一再谈到继承和创新之间的关系,给了我很大的启发。和这个问题有关的,是阿英不止一次陪我去逛了琉璃厂和隆福寺,他在旧书店里流连忘返,借了钱去买旧书和碑帖,我则像发现了新大陆似的爱上了"扬州八怪"和齐白石。在香港的时候我就听说过,毕加索对张大千到法国去学画感到大惑不解,因为他认为中国画才是世界上最好的美术,现在看到了郑板桥、金冬心、李复堂、高翔,我也感到在绘画这个问题上,我过去也受过民族虚无主义的影响。

我认识吴晗,是郭沫若给我介绍的,我去看郭老时,他们正在为着对朱元璋的评价问题进行着争论。吴晗比我年轻,更不用说他是郭老的晚辈,可是在学术问题上他却坚持己见,不肯在"权威"前面让步。在史学上我是十足的外行,对朱元璋这个小和尚出身的皇帝也没有好感,只能坐在旁边洗耳恭听。郭老还是很豁达的,辩到后来,他笑着说:"你所举的论据我还得仔细研究,今天算是下了一盘'和棋'吧。"我对吴晗的博闻强记和科学态度深感钦佩,交谈几次之后,我们就成了很好的朋友。

开国大典之后的第三天,毛主席召开了一次有各大区负责人参加的座谈会,陈毅同志要我去列席;当时,各路野战军正在向西南、西北进军,所以谈的主要是军事问题。当朱德、刘伯承、陈毅、邓小平从进军西南谈到长征的时候,毛主席讲了一段意味深长的话,他说,我说过长征是宣言书,是播种机的话,但千万不要忘了迫使红军长征这一惨痛的教训;现在我们要开始建设了,忘记了这个教训,"前面乌龟爬泥路,后面乌龟照样爬",那就会犯更大的错误。他说,建党二十八年来,我们犯过两次大错误,一次是一九二七年的右,一次是六届四中全会以后的左,一右一左,都大丧元气,所以我们一定要好好总结经验,接受教训。他一边抽烟,一边加重了语气说,这一右一左的根子,都在于教条主义,今后可千万不要再犯了。会开到深夜才散,这时少奇同志叫我留下,交给我一个任务。为了庆祝中华人民共和国成立,苏联派来了一个以法捷耶夫为首的友好代表团,少奇同志要我和萧三陪同这个代表团到上海。他非常郑重地交代,现在帝国主义国家都反对我们,国际上只有苏联是我们的朋友,新中国成立,苏联派来了第一个友好代表团，团长法捷耶夫又是一个著名的大作家，所以我们接待这个代表团的工作，只准搞好，不准出一点差错。要记住，搞好一个党员和一个党员之间的关系，也许还容易，搞好一个党和另一个党之间的关系，特别是一个国家和另一个国家之间的关系，就很不容易了。一定要搞好我们和苏联的关系，这是当前的国策，千万不要粗心大意。苏联进军东北的时候，我们在大连的一个领导干部和苏联人的关系搞得很紧张，苏方提了意见，这个干部受了处分（当时他没有指名，后来我才知道，这个受处分的干部就是后来任华东局宣传部副部长的刘顺元同志，他在大连抵制了一下苏军的大国沙文主义和扰民行径，就受了处分；后来我知道了具体情况，对顺元同志产生了敬佩之情）。少奇同志说，你今后要做外事工作（当时恩来同志已内定我任外交部亚洲司司长），所以这是交给你的第一个外事任务。这件事我们已经和恩来、陈毅同志商量，你和萧三陪同他们，你们到上海后，要立即把我们的意见告诉饶漱石，总的一句话是这次接待工作一定要搞好，尽可能满足他们的要求，出了差错，你得负主要责任。我过去也曾做过一点外事工作，但这只是个人与个人之间的关系，所以要接待好这样一个官方代表团，对我说来实在是一件很难胜任的工作。当时我想，这是少奇同志亲自交下来的任务，上面有陈毅同志的领导和支持，还有萧三这样一位苏联通和我合作，就毫不推辞地接受了，但后来才知道，接待一个由著名文化界人士组成的代表团，要比接待一个一般的官方代表团要困难得多，因为不论是中国人或者外国人，文化人总有他们特有的习惯和要求。在华东局和上海市委及广大群众的协力下，在上海的接待工作没有出太大的差错，他们在上海也只耽了几天，总算平安地过去了。但说实话，困难的问题的确也不少，例如他们临时提出，要在大光明电影院作一次演出，为了要一架他们满意的钢琴，就让负责后勤工作的吕复同志跑断了腿；还有，当时根本没有空调设备，而他们却指定后台温度一定要保持在十三度到十六度之间，等等，这些都是后话，这里不多记了。

我和萧三同志陪这个代表团于十月四日或五日离北京回上海，忙了一个礼拜，向中央写了接待工作的报告，到十月中旬，才恢复正常工作。

这一年的十月二十九日（农历九月八日），是我四十九岁生日。生于忧患，成长于革命和战乱之中，忘记了岁月的流逝，已经年近半百了，真有不知老之"已"至之感。

从一九一九年十九岁那年参加五四运动以来，跌跌撞撞地跋涉了三十年。一九二七年入党，到这时已经有二十二年的党龄，有伤痛，也有欢乐，做了一些工作，也犯过不少错误。许许多多先辈和好友在战斗中倒下去了，我却不止一次"大难不死"，盼到了一轮旭日在地球的东方升起，可是展望将来，还是任重而道远。值得高兴的是"自我感觉"还有一股锐气。陆游晚年的诗中说："一齿已摇犹决肉，双眸虽涩尚耽书"，而我则一个牙齿也没有摇，双眸还可以看小五号乃至六号字的书。

孔夫子说"三十而立，四十而不惑"，我已经过了不惑之年，可是静下来想一想，三十年代在左倾教条主义影响下没有"立"正，四十年代在恩来同志领导下工作，"惑"了很快能得到纠正，现在进入了新社会，觉得"惑"的事情反而多起来了。"不惑"这句话出自《论语·为政疏》，"不惑者，志强学广，不疑惑也"[1]，按《辞海》的解释，"遇事能明辨不疑"。进入新社会，碰到了许多新事物，我深深感到要不惑是很不容易的。

在思想上，上海解放之后，我碰到的第一个问题是对知识的看法问题。具体的例子就是前面说过的那次对基层干部的"知识测验"。我记得《列宁论文学》（人民文学出版社版第一三八页）中明确地说过，文盲现象在夺取政权、破坏旧国家机器的任务中，是可以相容

---

[1] 此段话出自何晏、邢昺著《论语注疏》卷二·为政第二，原文为"四十而不惑者，志强学广，不疑惑也。"——编者注

的，但在夺取政权之后的经济文化建设时期，则是完全不相容的。我一直认为愚昧无知是不民主和专断的根源。"知识测验"之后听到不少"怪话"，遭到一种无形的抗拒，我也"惑"过一下，但还是坚持了自己的意见。也就在下一年，我推荐文华电影公司拍了萧也牧的《我们夫妇之间》；我自己后来也写了解放后唯一一个多幕剧《考验》，我也借剧中人之口，讲了一句"怪话"，你讲的话"外行人听来是内行，内行人听来是外行"。再后一点，一九五六年我还在青年作家进修班上作了一次题为"知识就是力量"的讲话。当然，在那个时期，阻力还是很大的。《我们夫妇之间》受到了批评和停映，《考验》上海人艺彩排之后，柯庆施就下令停演，"知识就是力量"则"批"声不断，直到十年浩劫之后还"余音"不绝。

其次，也是前面讲过的"文艺可不可以为小资产阶级服务"的问题，对此，我开始也还坚持了一下，后来反对之风强烈，我就"惑"起来了，学不广则志不强，要不疑不惑的确不容易，我就违心地作了"检讨"。

在抗战前后我当了十二年新闻记者，上海接管初期我曾不止一次和范长江、恽逸群谈论过办报的问题，坦率地说，我对解放后的新闻工作有不少意见——最少也可以说是不习惯。我曾在一篇短文中写过："从香港回到北平、上海，看报就有些不习惯，出版迟，新闻单调，社论短评很少，还有一件最使我很感奇怪的是报上看不到一条广告。"在北平、上海，当天的早报要到中午甚至下午才能看到，新闻呢，只有新华社一家，外国通讯社的电稿一律不用。我一直认为报纸应该是党和人民的耳目和喉舌，中国之大，国际变化之剧，不用外电，又没有"本报讯"和"专访"（当时还没内部发行的"参考消息"），读者怎么能不闭塞呢？当然，外电有许多造谣诬蔑之词，那么为什么不能像批"白皮书"那样地让群众知道而且一一加以批驳呢？政策、方针，报上可以看到党和政府的正式文件，可是为什么作为喉舌的党报，可以几天乃至一个星期没有一篇社论呢？不看、不听、不讲话，这怎么能完成耳目喉舌的任务呢？至于不登广告，那是连我这样一个没有学过政治经济学的人也不难看到，这是一种重生产、轻流通的表现。我把这些"大惑不解"的问题，向恽逸群和范长江请教，恽迟疑了一阵才说："过去《申报》每天出六七张，现在《解放日报》只出一张，消息少，又有什么办法？"范长江则似乎有点怪我多事，他说北京报纸也只出一张，上海当然不能例外，加上，不让外国通讯社发稿，是军管会下的命令。我说，美国新闻处天天造谣言，说什么上海屠杀了大批留用人员，上海每天每天有成千上万人饿死，等等，把这些弥天大谎揭露出来，不是可以激起广大群众的义愤么？长江摇了摇头说，这样的问题地方报纸不能做主。当时报上不登天气预报，所以不久后上海遭到强台风袭击，事先没有准备，损失很大，一次会议上我提了这个问题，回答是美蒋飞机经常来轰炸，发表气象预报会给敌人提供情报。看来这也是一个缺乏科学知识的问题。长江口就有美国兵舰，上海一带的气象，他们肯定是知道得很清楚的。台湾的天文台，也可以测度出上海一带的气象的。

除了思想感情上的问题外，也还有一个生活方式的问题，出门得带警卫员，到很近的地方去开会，也不让步行，非坐汽车不可，特别是在重庆、香港、丹阳，还是称兄道弟的老朋友，都不再叫我的名字，而叫我部长、局长了。有一次总政的马寒冰从北京到上海，我约他谈话，他一进门就立正敬礼，高声地喊："报告，马寒冰奉命来到。"这又使我吃了一惊。这一类使我感到拘束和不安的事情很多，据老区来的同志说，这是"制度"，目的是为了"安全""保密"和"上下有别"。难道这都是新社会的新风尚么？对这一类事，我也疑"惑"了很久。

党的制度和社会风尚是难于违抗的，我努力克制自己，适应新风，后来也就渐渐地习惯了。我学会了写应景和表态文章，学会了在大庭广众之间作"报告"，久而久之，习以为常，也就惑而"不惑"了。

我被任命为外交部亚洲司司长这件事，见报之前陈毅同志就知道了,他用带点责备的口气对我说,上海还有许多事情要你做,现在还不是撂挑子的时候。我说这是总理决定的,他说,这好办,我去和总理说。当然,我对上海也有一些留恋,所以这之后尽管章汉夫和陈家康(他是亚洲司副司长)一再来信催我,我还是一直挂名,没有到任。

在我陪苏联代表团回上海之前,李克农约廖承志、潘汉年和我到他家吃饭,谈了一些我们在桂林时期的往事。克农对我说,那时环境很坏,但是目标只有一个:反对国民党顽固派,所以你可以像野马一样地蹦跳,可现在环境变了,当了执政党的领导干部,你这匹野马也得戴上辔头了。对这几句话我当时不太在意,认为我在桂林、香港工作时,基本上还是循规蹈矩,算不上"野马"。直到同年初冬,为了一件难办的事向陈老总请示,他详细地指点了处理方法之后,忽然若有所感地笑着对我说,你别看我是个武人,我还是粗中有细的。办事要有锐气,同时也要有一点耐心。在复杂的环境中工作,你要记住两句话:"害人之心不可有,防人之心不可无。"他讲得很随便,但这两句话对我却有很深的启发。回想过去走过来的道路,我才比较清醒地感觉到,像我这样一个政治上缺乏经验的人,"文人办报"不容易,"文人从政"就更应该如履薄冰了。

《旧梦》到这里算是一个段落,这记录了我前半生的足迹。不止一位熟朋友说我五十岁以后就交上了"华盖"运,但我不相信命运能支配一切。乔冠华对我说过:"性格就是命运。"这对我说来似乎还有一点道理。十年浩劫伤残了我的躯体,但这不仅没有改变我的性格和信念,从噩梦中醒来,相反地似乎还增添了我的勇气。我是一个乐观主义者,几次大难不死,也许可以说是侥幸,但久经折磨而未改初衷,这是因为我对祖国,对人民,对全人类的解放还是抱着坚定的信心。我暗自庆幸"文革"末期(一九七四年初到一九七五年秋)在独房中得到了读书和反思的机会。我又想起了五四时期就提过的"科学与民主"这个口号。为什么在新中国成立后十七年,还会遭遇到比法西斯更野蛮、更残暴的浩劫，为什么这场内乱竟会持续十年之久？我从苦痛中得到了回答：科学是社会发展的推动力这种思想没有在中国人民的心中扎根。两千多年的封建宗法思想阻碍了民主革命的深入。解放后十七年，先是笼统地反对资本主义，连资本主义上升时期进步的东西也要反掉，六十年代又提出了"兴无灭资""斗资批修"这样不科学的口号。十七年中没有认真地批判过封建主义，我们也认为封建这座大山早已经被推倒了，其结果呢，封建宗法势力，却"我自岿然不动"！一九五七年以后，人权、人格、人性、人道都成了忌讳的、资产阶级的专有名词，于是，"无法无天"，戴高帽游街，罚站罚跪，私设公堂，搞逼供信，都成了"革命行动"。反思是痛苦的，我们这些受过"五四"洗礼的人，竟随波逐流，逐渐成了"驯服的工具"，而丧失了独立思考的勇气。当然，能够在暮年"觉今是而昨非"，开始清醒过来，总比浑浑噩噩地活下去要好一点。我还是以屈原的一句话来作为这本书的结语：

　　路漫漫其修远兮，吾将上下而求索。

一九八四年冬

附录

*

我的家史

我家原籍河南开封，宋室南渡时，才随当时的所谓"义民"南迁至临安（今杭州）落籍。经南宋、元、明、清四朝，至清朝末期，已成为相当富裕的中层地主阶级。从祖传的"堂名"（八咏堂）、我父亲的名字（雅言）以及亲戚关系来看，大致是中层官吏兼地主的所谓"书香门第"。十九世纪初，在仁和县（杭州府原有两个县：仁和、钱塘）骆驼桥及艮山门外严家弄，均有相当大的房产，祖坟也占很多土地，并出资修建了一个寺庙（在严家弄西，名"月塘寺"）。但经太平天国战争，这个家族就迅速没落，骆驼桥的房产被焚毁，严家弄的房子曾作为太平军大将陈玉成（即"四眼狗"）部属的指挥所。陈玉成占领杭州时，我祖父曾被俘，他当时才二十岁，因"知书识字"，陈玉成转战苏皖时，他当了陈玉成的侍从（或秘书），太平天国失败后，才回杭州。又在骆驼桥旧址置了一所较小的房子，不久考中了"举人"，但没有当上官，因此家业就逐渐衰落了。我的祖母是章太炎的堂妹。生二子三女，我父亲是长子，名沈学诗，号雅言，生于一八五七年，次子及一个女儿均夭折，所以我童年时，只见到过我的大姑母（适樊氏）二姑母（适李氏）及四叔父。大姑母的公公叫樊介轩，当过"学台"之类的官,住杭州门富三桥,二姑母的丈夫叫李巽甫,也在安徽做"道台"之类的官,二姑母死在安徽,二姑父即续娶了一位安徽籍的姑母,但这位二姑母还是对我家十分关切照顾。四叔父我只在五六岁时见过一次,只知道他住在苏州,家境也很困难。我父亲在考取了秀才之后,没有中举,中年就不再应考,他读了一些医书,据母亲说,他虽未正式行医,但经常有人找他治病,并搜集了不少民间验方,乐于为农村的熟人治病。四十岁后,他身体发胖,为此,在我四岁时的一个除夕前夕,他中风去世,终年四十八岁。我母亲是德清徐氏,名绣笙,他的哥哥徐爱庐,是德清的地主兼工商业者,开酱园,并在一家当铺有股本,他有七子一女,我粗知人事时,他已六十多岁,据说他也是一个不第秀才,中年经营商业,六十岁后把业务交给他的长子和四子(老三早逝,第五个儿子是一个白痴),自己种花养猫自娱。我母亲识字不多,但知道许多掌故和三国、水浒的故事,酷爱戏剧,农村庙会演戏,不论京剧、绍兴大班,她一定去看,而且要看到最后一出,我七八岁时,记得她还带了四姐和我,到杭州"成站"的戏院去看过一次京戏。她有一个特点是不信佛,她一辈子不上庙、烧香、念佛,但每逢"辛"日吃一天素,叫作"辛素"。据我所知,我十岁前后,还用过一个姓韩的长工,农忙时也请过短工,但对这些人她是很宽厚的,有病时她还送给他们一些家藏的药物。她曾一再对我们说,她的婆婆(即章氏)"很厉害",经常打丫头,所以她以不准买丫头定为"家训",因此我的几个姐姐,——特别是嫁在德清徐家的大姐和四姐,尽管徐家的三房、四房等都有了丫头,她们还是只雇保姆,不买丫头。我兄嫂也从未买过丫头。我同胞哥、姐六人,长兄名乃雍,号霞轩,大姐生于六月,名荷官,二姐生于五月,名榴官,三姐名阿芷,四姐无名,小名七毛,长成后自己取名明轩,我是"老来子",母亲生我时已四十七岁,取名乃熙,号端轩(后自己改名端先,在大哥和我之间,还有二人夭折)。大哥娶德清蔡氏,生三子(瑞华、葆华、彤华)、一女(斌娥,早夭折),大姐适德清徐梦兰（即我母舅的长子），二姐适德清袁翰周，三姐在十二三岁时过继给苏州的四叔父，后适苏州张剑鸣，四姐适德清徐景韩（即我母舅的第五子），大姐和四姐都是表兄妹结婚。我母亲于一九三六年卒于严家弄旧居，终年八十岁。抗战后，杭州沦陷，严家弄故居曾被日寇及其爪牙侵占，开了一家丝厂，一九三九年为新四军游击队袭击，纵火焚毁，我当时在桂林闻讯后，曾写短文《旧家的火葬》，发表于桂林《救亡日报》。

据我母亲和樊家的大姑母说，在太平天国之前，我们这一家是相当富裕的"书香门第"，这一点，从我祖辈的房地产和姻戚关系都可以说明：第一，严家弄的那间五开间、三进连带果园和后园的大屋子，在我祖父辈之前，据说是每年春冬祭祀扫墓（我家祖坟都在艮山门外）时暂居的地方，平时由"坟亲"（照料坟墓的佃户）保管，直到我祖父随陈玉成北上，兵败回杭州时，城内的本宅被焚毁，重建的房子很小，这样，我父亲才以严家弄的房子作为定居之处，这件事说明，在我父亲之前，"家业"很富裕；其次，从亲戚关系来看，祖母出生于"余杭章家"，是著名的浙江"望族"，我的两个姑母，都嫁给"官宦人家"，大姑母、二姑母的夫家，都是抚台、学台一类的官吏，这一点说明了我们老家的社会地位。太平天国战争之后，中国成了半殖民地，农村破产，加上我父亲是一个迂阔而比较恬淡的人，据我母亲说，他考了一次举人不中，就不再应试，在家里读书（读了不少医书）自乐，有人请他去"坐馆"（当私塾的教员），他也婉谢不去，这样，"坐吃山空"，很快就没落了，特别是在我父亲去世以后，我初知人事时，我们一家已经到了只有得到亲戚的周济，才能勉强维持的程度。当时能周济我们的，主要是大姑母的樊家、二姑母的李家和我母舅的徐家，所谓周济，也不过是逢年过节送一点衣物和借十元、五元的现金而已。我十二岁时，大姑母去世，樊家就渐渐和我家不相往来，李家则一直到我去日本时为止，仍保持着这种同情和接济的关系。至于余杭章家，在我童年时已无直接来往，只不过每逢婚丧大事，互相通知，致送一份仪礼而已。苏州的四叔父，据说家境也很困难，后来也很少来往。我父亲去世后，母亲带着六个孩子，大哥不久到德清去当了学徒，并送走了三姐，当时生活来源，主要是每年养一季蚕及从很少的田地上收获的粮食、蔬菜以及养了几口猪，由于全家没有一个整劳动力，除养蚕时全家动员外，采桑叶也还得请短工，特别是大姐、二姐出嫁，大哥娶妻，不得不卖掉十多亩地，因此，到我十岁时，连我上小学的费用也无法筹措了。母亲下了决心，把我送到德清徐家，母舅供住食，学费零杂由两个姐姐分担。我到德清上高小的第二年，碰上了辛亥革命，我母亲也带着七毛到了德清，当时浙江尚未光复，我表兄有意逗我，说革命党来了要剪辫子，你剪不剪？我说剪，这样他就给我剪掉了辫子。

在我童年时期，家境穷困到靠亲戚周济和当质衣物来维持的程度，我高小毕业后缴不起学费，只能在艮山门内的一家染坊当了半年学徒，但不久，德清县因我高小毕业时"名列前茅"，决定给我"官费"上中学（每学期六元，一年共十二元），我才进了浙江甲种工业学校。可是，有了官费只能供学费，伙食、书籍费还得自筹，这就形成了每学期都要欠缴膳费的情况，当时，同学们给我取了个绰号，叫"两榜秀才"，因为每学期考试成绩我不是第一就是第二，而同时，每学期催缴膳杂费的榜上，我也经常"榜上有名"。在这种情况下，母亲经千辛万苦，让我读完了四年中学。有一件事使我记忆很深，当时我有一双皮鞋，碰到下雨，因为没有替换，就得穿湿鞋子熬过几天，后来李家姑母知道了，送给我一双"钉鞋"，可是在当时，一般同学雨天都穿"皮鞋"了，我穿这双只有"乡下人"才穿的"钉鞋"，就成了同学们开玩笑的对象。从童年时代，我的几家亲戚都是富户，表兄弟们都穿新衣、带点心上学，而我则连一件没有补丁的长衫也没有，这种生活一方面造成了心理上的自卑感，而同时，由于我考试常常考第一，产生了一种只要"自我奋斗"，就能摆脱被人瞧不起的想法，更重要的，因为我在童年和青年时期，度过了一段艰辛的岁月，在我当了半年多的染坊学徒时，亲身经历和看到了工人生活的苦痛，因此，一九一九年五四运动后，我比较容易地接受了俄国十月革命的影响。一九二〇年我参加了学生运动，读了一些过去从未接触过的书籍杂志，但现在回想起来，触动我最大的，还是民族、民主思想，我读了《波兰亡国恨》《扬州十日记》之类的书，也看了《新青年》《解放与改造》之类的杂志，一九二〇年还参加了浙江第一个宣传社会主义的周刊《双十》（主持其事者为浙江第一批共产主义小组成员的宣中华等），但我当时并没有社会主义的思想，更分不清社会主义与无政府主义的区别，我读到第一本马列主义的书是《从空想到科学的社会主义》，但那已经是一九二二年到了日本之后的事儿了。

我在杭州甲种工业学校毕业时，学业成绩是"甲"，但因我参加了五四运动，当了浙江学生联合会的代表，所以"品行"被评为"丁"。毕业后，想去法国"勤工俭学"不成，这时"甲工"的校长许炳堃（缄甫）忽然找我，说学校可以以公费送我到日本去读书，我就于一九二一年秋到了日本，翌年，考上了在福冈户畑的明治专门学校（私立的工科大学）电机科，获得了官费，此后，一方面摆脱了穷困，同时也正在这时受到了五卅运动和当时日本高涨的学生运动（马列主义）的影响，参加了政治运动。

我在日本念书期间，大哥得到了他妻舅蔡谅友之助，在家里开了一家有三架织绸机的手工业工厂，为了办厂，又卖掉了仅剩下来的田地，从那时以后，我家和樊、李两家都已实际上不再来往。德清徐家，也逐渐衰落，到我一九二七年从日本回国时，除了三个姐姐之外，几乎是没有什么亲戚了。我在一九三〇年和蔡淑馨结婚，定居上海，这之后，有经常来往的就是蔡、袁两家，连德清徐家，也很少来往了。

我参加政治活动后，不论二十年代在日本搞国民党总支部的组织工作，或者三十年代在上海搞翻译、电影、写话剧剧本，以至抗战时期办报纸，尽管环境艰苦，但我的历程可以说是"一帆风顺"的，特别是在桂林、香港、重庆搞统战工作,不止一次得到上级的嘉许,这样,我从过去的自卑感走向反面,形成了一种自以为是的优越感,同时,也加强了我"自我奋斗""白手成家"的信心,年岁大了,这种性格就愈加凝固,直到"文化大革命",我才开始比较细致地做了自我解剖,可是,当我真正感到"今是而昨非"的时候,已经是身心俱惫、来日无多的年岁了。

一九七五年八月二十日,记于北京

历程

一九〇〇年
旧历九月八日,生于杭州。

一九〇四年
丧父。

一九〇六——一九〇九年
进乡塾,后入杭州正蒙小学。

一九〇九——一九一三年
入德清县立高小,一九一三年毕业。其间,辛亥革命,剪辫子。

一九一四年
在杭州艮山门内某染坊当学徒约八个月。

一九一五——一九二〇年
以德清县公费补助,进浙江甲种工业学校,学染织,一九一九年参加了五四运动后的浙江学生运动,翌年当了浙江学生联合会代表,参加《双十》周刊编辑,在《新青年》发表文章。

一九二一年

以甲种工业学校"保送"赴日本,进东京预备学校,同年冬,考入福冈县户畑的明治专门学校,学电机。

一九二二年

受五卅运动及当时日本左派学生运动的影响,参加了日本的社会科学研究会,并与日本学生一起,参与了"水平社"(一种贱民组织)的示威运动。

一九二四年

与同学郑汉先、庞大恩等会见了日本劳农党主席大山郁夫。

一九二五年

孙中山北上途经下关时,组织留学生上船欢迎,经孙中山先生提议,加入了国民党。不久,在东京的国民党总支部(左派)派人来联系,邀我去东京参加工作。

一九二六年

赴东京,任总支部常委、组织部长,其时,戴季陶奉蒋介石命到日本和日帝国主义者勾结,奉海外部命,以总支部代表名义,监视戴的活动。

一九二七年

国共分裂,蒋介石在上海屠杀工农群众,西山会议派在日本的伪总支部指使陆军士官学校的留学生捣毁了总支部,我由总支部指派,先回国向武汉国民党左派(当时负责人是汪精卫)联系,到上海后遇到了经子渊(经普椿之父),他告诉我汪精卫很快就会和蒋妥协,力主我不去武汉。决定留上海,与先后回国的何兆芳、何恐、郑汉先、庞大恩等汇合。因我写了反蒋文章,国民党中央(蒋集团)通缉彭泽民等海外部"异党分子"时我亦在内。同年秋,由郑、庞介绍,加入中国共产党。暂住蔡叔厚的绍敦公司。

一九二八年

编入中共上海市闸北区第三街道支部，搞沪东的工人运动，认识了蒋光慈、钱杏邨、林伯修（杜国庠）等。

一九二九年

冬，组织上调我离街道支部，参与"左联"的筹备委员会，在一起的有冯乃超、李初梨、彭康、钱杏邨、冯雪峰等，领导人是江苏省委宣传部长李富春，实际负责筹组"左联"与鲁迅联系的人是潘汉年。

一九三〇年

"左联"成立，当选为执行委员，在此时期，经吴觉农介绍，替开明书店译书，后又在立达学院、劳动大学教书，维持生活。同年结婚。

一九三一年

参加上海艺术剧社的首次、二次公演，担任导演及剧本翻译等工作。认识史沫特莱、尾崎秀实、山上正义等外国进步人士。九月十日（旧历七月三十日）宁儿生。

一九三二年

上海战争，参加明星公司，任顾问。瞿秋白领导上海文化工作，时有来往。参加宋庆龄主持的国际反帝会议的筹备工作，认识马莱爵士（英）和古久列（法）。

一九三三年

丁玲被捕，冯雪峰、瞿秋白先后去苏区。

认识李少石。上海文艺工作划归江苏省委领导。任文委成员（书记阳翰笙）。

一九三四年

江苏省委被破获，接着，阳翰笙、田汉、杜国庠等被捕。此后，文委和上级脱离了联系，但各联党组仍存在。

一九三五年

"怪西人事件"——即第三国际情报局远东方面负责人劳伦斯被捕。因此案牵连，袁殊被捕，我隐蔽约七个月。开始写多幕剧。

一九三六年

《赛金花》上演（十一月），写《包身工》《秋瑾》。与周扬、章汉夫、胡乔木等恢复"文委"，周扬提国防文学口号。西安事变。冯雪峰从陕北到上海。

一九三七年

两个口号论争结束。

郭沫若由日本回沪。潘汉年到上海，任八路军上海办事处主任。办《救亡日报》。

上海沦陷（十一月）后，离上海经香港到广州。在香港时，认识何香凝。

八月十五日，旦儿生。

一九三八年

在广州办《救亡日报》，至十月下旬广州沦陷，偕林林等十余人经三水、柳州到桂林。武汉失守，去长沙，向周恩来同志请示《救亡日报》今后方针，适值长沙大火，奉命护送郭、于立群、池田幸子等回桂林，同行者孙师毅、马彦祥。

一九三九年

《救亡日报》在桂林复刊。认识李克农。二月，去香港筹款，宁儿病，回上海一行，三月回桂林。十一月，再次经韶关、汕头去香港，购置印刷机器。淑馨偕旦华来港小住。十二月，经海防、河内回桂林。认识韩练成，订"君子协定"。

一九四〇年

《救亡日报》建成印刷厂，办《文萃》半月刊，试办"救亡通讯社"。

认识陈嘉庚。

一九四一年

皖南事变。李克农通知，周恩来电嘱即离桂林赴香港。旧历除夕夜到香港，和廖承志联系，与乔冠华合住弥敦道二楼。办《华商报》，参加邹韬奋的《生活》周刊。

同年冬，太平洋战争爆发，单身离九龙，廖承志决定分散经东江回国，后因联系中断，与金山、金仲华等乘小艇经澳门、下水、台山……回桂林。

一九四二年

四月飞重庆。任办事处文化组副组长（组长徐冰）。认识龚澎、王炳南等。

一九四三年

与于伶、金山等办中国艺术剧社。写《法西斯细菌》。

淑馨偕宁、旦来重庆，与唐瑜合造"捆绑房子"二间于中一路四德新村，定名"依庐"。上级指示，主要负责文化界的统战工作，认识曹禺、张骏祥、吴祖光等人。

一九四四年

与于伶等合写《戏剧春秋》。秋，董必武、章汉夫出席旧金山联合国筹备会，我代章汉夫任《新华日报》总编辑。

一九四五年

抗战胜利，八月十七日到重庆机场迎毛主席。

九月下旬（旧历中秋）奉命回上海复刊《救亡日报》。见到刘长胜、刘晓、梅益。

《救亡日报》复刊后一星期，被封闭。

与姚溱、金仲华合办《消息》三日刊。

一九四六年

淑、宁、旦先后由渝回沪，与胡绳合住重华新村。

七月，赴南京约一周，住梅园新村中共办事处。

九月，周命即赴新加坡，对陈嘉庚传达中共对时局的方针，十月底到香港，办"入境手续"，等待三个月。

一九四七年

二月，到新加坡。见陈嘉庚，应邀任《南侨日报》主笔，此时撤出延安，与胡愈之等候时局动态，及中共战略。与马共总书记陈平联系。

为"香港文化基金"筹款叻币三万余元。

同年十月，新加坡英国当局让刘牡丹转言要我"自由离境"，十月底飞回香港。中央来电，要我留香港，任香港工作委员会委员，负责民主党派及文化界统战工作。

沈宁到港，入培侨中学。

一九四八年

送各民主党派头头李济深、沈钧儒、黄炎培等经东北解放区到河北解放区筹开政协。

韩练成到香港，安排他与郭沫若、马叙伦等同船回东北。章汉夫回国，我任香港工委书记。

一九四九年

南京解放，举办庆祝酒会。组织文化界学习，并演出《白毛女》。

四月底，与潘汉年、许涤新等奉命回北京，准备接管上海工作。五月六日到天津，翌日到北京。宁儿同行回京。

毛主席、周总理等指示接管方针。五月二十三日离京，经济南

(见康生),到丹阳,到三野总部初晤陈毅。

二十五日随军赴上海,二十六日到郊区,宿交大。次日入城。

上海解放后,任华东军管会文教委员会副主任(主任陈毅兼,副主任有韦悫、钱俊瑞、范长江),负责接管文化、新闻单位。

华东军政委员会成立后,任委员、文化部长。后又任上海市委宣传部长、文化局长。

九月,出席第一届政协,参加开国典礼。十月三日陪苏友协代表团赴沪(法捷耶夫、西蒙诺夫),负责上海市外宾接待工作。

一九五〇年

参加三反五反,任亚洲司司长。

九月,赴北京参加二次政协会议。

一九五一年

五月,随林伯渠、沈钧儒赴苏联,参加五一节观礼,游览了高尔基城、列宁格勒等。六月随沈钧儒等赴东德,受到皮克总统接见和欢宴。七月下旬回北京。

毛主席发起对《武训传》的批判。

一九五二年

任华东局宣传部副部长,当选第一届人大代表。

一九五三年

出席第一次全国人大。

一九五四年

华东局扩大会议,揭发饶漱石。

四月与丁西林、谢冰心等访问印度,参加了尼赫鲁的家宴,认识英迪拉·甘地。

访问缅甸。

被任命为文化部副部长。文化部改组,周扬离文化部,钱俊瑞任党组书记。应陈、谭的请求，暂时仍在上海工作。

一九五五年

四月，参加全国党代表会议（作为华东区代表）。

潘汉年案发，被捕。五月中，因牵涉潘汉年的关系，到北京受中组部审查。

八月，回文化部工作，任党组成员，负责外事工作。

一九五六年

苏修二十大，赫鲁晓夫篡党。

毛主席作《正确处理人民内部矛盾》的报告及中宣部会议上的讲话。参加了这两次会议。

波、匈事件。《人民日报》发表了《无产阶级专政的历史经验》，"八大"开会。

十一月，十二指肠溃疡大出血，入北京医院，住院一月。

一九五七年

三月，去越南，重见胡主席。

"五一"宣布全党整风。鸣放开始。

反右派斗争。审查结束。任党组副书记。

一九五八年

参加"八大"二次会议。

大跃进，全民炼钢。十月下旬，为"省有电影厂"事，到山东、安徽、江苏、上海、广东、广西、云南，十二月底回京，陆定一、周扬反对文化部搞农村群众文化，刘芝明离文化部。

参加十三陵水库劳动。

一九五九年

准备国庆十周年电影新片献映（共故事片三十部）。

国庆十周年。赫鲁晓夫来华。

九月，赴莫斯科参加电影节，赴东德。

三年困难开始。

一九六〇年

赴捷克参加捷全国体育节及游览。

布加勒斯特会议。三次"文大"。

十二月，与郭沫若等经苏联、瑞士、葡萄牙、牙马加——赴古巴。参加古巴国庆，见卡斯特罗。后经埃及、黎巴嫩、印度、缅甸回国。

一九六一年

因心脏病去苏州休养一个多月，后去扬州、泰州游览。

十二月，与茅盾等赴开罗参加亚非作家会议，与苏联代表苦斗。

一九六二年

一月由埃及经香港回到广州，正值话剧儿童剧创作会在穗开会，听了周、陈报告后，搭周总理专机回京。

八月，到北戴河。

九月到上海，视察"上影"，改写《红岩》。

一九六三年

齐病，代党组书记，去成都、重庆，视察《红岩》摄制组。

主席对文化工作批示，刘、彭召开会议。

一九六四年

京剧会演。文化部整风。

一九六五年

离文化部。

皮炎大发，服中药治愈。

转到对外文委亚非拉文化研究所。

一九六六年

二月,去山西介休参加四清。在连福大队工作至五月。

发表林贼关于部队文艺工作报告,回京。六月十八日,参加集体学习班。八月初集中"打庙"。

"文化大革命"开始,红卫兵上街。

八月十二日,第一次斗争会。

十二月四日晨,被架走。七日,交解放军"监护"。

一九六七年

在大红X卫戍区某联队,前后二年。斗争不断。

五月,专案组嘱写"自传","重新审查历史"。

七月,武斗、逼供讯开始,九月二十九日达高潮。

一九六八年

三月起,卫戍区武斗,猛打,改吃粗杂粮,脚肿。

十二月初,足骨折,移至卫戍区交通干校。

一九六九年

二月肠出血,入空军医院,两次输血,在医一年余。

一九七〇年

三月出院。

一九七一年

林贼死。准许家属送衣物食品。

一九七二年

卫戍区传达毛主席、周总理指示,从南楼移至北楼,改善伙食。逼供信继续。

九月七日,第一次会见家属。是日为阴历七月三十日,宁儿生日。

一九七三年

二月,会见家属。

九月，会见家属。

一九七四年

六月十八日，会见家属。

十二月，嘱写"综合性检查"，三易其稿。

一九七五年

二月九日（阴历十二月二十九日），会见家属。

六月三日，移至小汤山秦城监狱。

七月十二日，"解除监护"，当日中午回家，前后共八年六个月八天。

八月二十六日，在"结论"上签字。

结论要点为：犯有路线错误，属于人民内部矛盾，恢复组织生活，补发监护审查时期停发工资。由外交部养。

几个值得记忆的日子

一九六六年

五月二十日，从介休回北京。

六月十六日，集中到社会主义学院。

八月十日，回文化部。

八月十二日，群众大会斗争（体育馆）。

八月十四日，与文化部司局级干部集中大庙。

十一月二十五日（？），回家。

十二月四日晨一时，红卫兵袭击，送到中央音团宿舍。

十二月五日夜，送往近密云县的山窝，一起者有彭真、刘仁、许立群、万里、田汉、林默涵、曹禺等。

十二月八日，集中到北影附近的大红门某卫戍区营地。

十二月十九日（？），群众性斗争（工人体育场）彭、陆、刘仁、林枫、周扬、许立群、夏、田等。

一九六七年

年初到五月，各单位斗争。

五月，中央专案组嘱写"自传"。写五万字。

七月起，专案组审查，"逼供信"不止。

一九六八年

二月，卫戍区管理处换了一个连队，开始乱打成风。吃粗粮半年。

十二月二十二日（？），腿骨被踢断。

一九六九年

年初，迁至安定门外"交通干校"。

二月肠出血。二月四日（？）送空军医院，当日输血二百cc。

二月八日，又输血二百cc。

二月底，意识开始清醒。

一九六九年

六月开始，继续逼供。

一九七〇年

三月出院，回交通干校"监护"。

打风止，罚站，逼供依然。

一九七一年

从报纸夹缝中察觉林陈事件。

一九七二年

四月（？），"传达"毛主席指示，不准有法西斯行为。

三日后，从南楼迁至北楼，伙食改善。

九月七日（旧历七月三十日）第一次会见家属，见淑馨、宁、旦、赵欣。

一九七三年

二月（旧历正月十二日）第二次会见家属。

九月，第三次会见家属。

一九七四年
六月十八日，第四次会见家属。

一九七五年
二月九日（旧历十二月二十九日）第五次会见家属。

二月十五日，写总结交代。

六月三日，送至秦城监狱。

七月十二日出狱。

八月二十六日，在结论上签字。

十月二十日，专案组发还被查抄冻结的存款、公债、现金及收藏的邮票等。字画、书籍等仍在查询中。

当晚开家庭会议，处理了存款等的分配事宜。

一九七六年
一月二十日，取回藏画一百六十余件，旧书九百余册。

沈宁妥存・七六・四・三

附录

一些早该忘却而未能忘却的往事

原载《文学评论》一九八〇年第一期

一九七九年二月,《新文学史料》第二辑发表了茅盾同志的《需要澄清一些事实》和冯雪峰同志一九六六年写的那篇材料之后,许多老朋友来找我,要我也像茅盾同志那样,写点文章来澄清被冯的那篇材料搞乱了的事实。写这类文章,我兴趣不大,同时忙,就搁了下来。今年三月上旬,犯十二指肠溃疡,进了医院。病好以后,一位年近八旬的老朋友认真恳切地对我说:"你得承认,你已经是风烛之年、来日无多的人了。你们这些人不把过去亲身经历过的事情实事求是地记录下来,立此存照,那么,再过些年,'文化大革命'前后某些人凭空捏造、牵强附会,以及用严刑逼供制造出来的诬陷不实之词,就将成为'史实'。这是对不起后人的事情。"这几句话给我印象很深,也想了很久。

关于冯雪峰同志一九六六年的材料中写的那些事,我也并不是没有讲过话,一九五七年中国作家协会党组扩大会议上批判冯的时候,我曾经讲过,也就是后来被叫作"爆炸性发言"的那篇讲话。那次讲话,现在想来,除了有点感情激动之外,讲的全是事实。由于这篇讲话,在"文化大革命"中,我被批斗了两三个月之久。现在重新看了冯的那份材料，里面涉及的问题太多。有一个大学中文系的讲师曾经写信给我，对这份材料提出了五十几个问题，要我一一回答。当然我不可能承担这样的义务。现在既然觉得有必要把一些尚未澄清的问题说明一下真相，那我只能挑出我自己记忆得比较清楚的若干问题来讲一讲。

在这之前，先得看一下冯写那篇材料的日期。那是一九六六年八月十日，后来在一九七二年十二月五日作了修改。这两个日子是值得注意的。因为一九六六年八月正是"文化大革命"开始的时候，红卫兵已经上街，各机关都出现了罚跪、示众、逼供之类的事，同时林彪委托江青炮制的座谈会《纪要》早已传布全国，我们这些人已经被点名批判，并且失去了自由；至于一九七二年十二月，是"文化大革命"专案组快要总结他们的材料的时候。因此，注意到这两个日子，我觉得冯当时那样写，把许多罪状堆在周扬同志和我身上，也有可以原谅的地方。在当时的情况下，迫于逼供信者的压力或者受到当时极"左"路线的影响而写一些过头话，也是常有的事情。

单从冯八月十日那份材料来看，其中与事实不符之处是不少的。我先说三件关系不大的小事：

一、关于他从瓦窑堡到上海的时间。冯的材料中说，"一九三六年四月二十日左右，党中央从陕北瓦窑堡派遣我到上海去工作"，又说"大约在四月二十五日左右到上海"。读者们想一想，一九三六年春，也就是"西安事变"之前，瓦窑堡外面还有几条军事包围线。冯从瓦窑堡出来，要通过这些军事封锁线到西安，然后再经过北京、南京到上海，五天时间显然是不够的。当时还没有波音式和三叉戟飞机呢。事实上，他五月下旬才到南京，首先找到了左恭同志（胥之，前北京图书馆副馆长，已去世），他是我党在南京的一个联络人。经左恭介绍冯见了王昆仑同志。为了筹募建立电台的经费，由王昆仑同志陪同冯去找了一个对蒋介石心怀不满的四川军阀（姑隐其名），捐了七万元，冯拿到的是一张川帮钱庄的划票。然后，左恭给冯置备了行装衣物（现在左恭同志虽已去世，王昆仑同志仍然健在。为了翔实起见，我以为也可以请王写点回忆文章)。由此可见冯绝不可能在五天左右从瓦窑堡到上海的。一九三八年在广州，我问过左恭同志（他当时是余汉谋部的高参)，所说的话，和上面所谈的一样，他还记得他见到冯，是在一个很热的下午。为什么冯要把自己到上海的时间提前，说成"四月二十五日左右"？这仅仅是一时记错，还是另有考虑？我想，也许这样可以造成一种印象，仿佛他四月下旬已经到了上海，而"'两个口号'的论争"是后来六月中才开始的——胡风文章提出"民族革命战争的大众文学"口号是在五月底，而不是四月下旬。

二、关于冯写他和胡风见面的事。冯的材料中说，胡知道冯到了上海，便到鲁迅家去找他。据冯的材料，鲁迅对他说，"有张谷非（胡风本名）这么一个人，想要见你，你看怎样"。这不是很奇怪吗？就在同一篇材料中，冯说，"我在一九三三年离开上海前已经同胡风来往密切"，又说，"在当时，胡风同鲁迅来往确实很密切"。三个来往密切的人，一朝见面，鲁迅还会讲"有张谷非这么一个人，想要见你，你看怎样"之类的话吗？

三、关于冯在材料中说，他用O.V.的笔名记录鲁迅的文章投到《光明》杂志，被拒绝登载云云。果真如此吗？《光明》杂志是生活书店出版的一个群众性文艺刊物，主编是洪深，实际负责编辑的是沙汀和我，李兰（沈起予同志的夫人）负责具体工作。现在沙汀和我都在。假如鲁迅有反托派文章投到《光明》，《光明》不登，那是不可想象的。我们当时争取得到鲁迅的文章，还求之不得呢。

以下，谈几个比较重要的问题：

第一，关于党中央派冯到上海来工作的目的，或者说任务。冯的材料中说有四点：一、在上海建立一个电台与中央联络；二、同上海各界"救亡运动"的领袖们取得联系，传达党中央对于建立抗日统一战线的政策；三、尽力和上海地下党组织取得联系，为重新建立党组织做好准备；四、对文艺界的工作附带管一下，首先传达中央的政策。在一九五七年我做的那次所谓"爆炸性发言"之后，我对他到上海的任务做过一点调查。中央派他到上海的工作任务有四，这个没有错，但内容却先后很有变化。这只要把他一九六六年写的这四项任务跟他以前写的一些回忆录对照一下就清楚了。周恩来同志一九六〇年春节约我们几个文艺界同志在西华厅便餐时（有齐燕铭、孙维世、袁雪芬等同志在座），我问过他关于冯一九三六年从瓦窑堡出发到上海的事。总理说，那是四月二十日，他甚至连那天是星期几都记得，交给冯的任务有四：一、筹建一个电台；二、找沈钧儒、章乃器等救国会的领导人取得联系，传达中央的方针政策；三、找到鲁迅，传达中央的统一战线政策；四、自从一九三五年江苏省委被破坏以后，中央与上海党组织失去联系，冯熟人多，可以了解一下情况，首先冯要找到周扬、夏衍等人了解情况，团结起来，开展活动，配合新的统一战线活动。说完，总理举起酒杯说："今天是春节，忘掉过去，咸与更新。"此情此景，我是永远不会忘记的。为什么我在这时候问起冯的事情呢？因为一九五九年反右倾斗争中文化部有些人又批了我在三十年代时期的"右倾"。后来我又问过张闻天同志。具体日期我记不清楚了。他所讲的四项任务中的第一、二项，同总理说的完全一样。第三和第四项是并起来讲的，要冯雪峰先找到鲁迅了解上海文艺界情况，然后把剩下的党员组织恢复起来，作为将来重新建立党组织的准备。我为什么要把这四个任务提出来呢？因为冯到上海约一个多月以后，我千方百计才找到了他，他根本没有同我提到这些任务，连一个字也没有提。他的一九六六年材料中所说，当时所有中央的政策、指示他都通过王学文同志向我们传达。我问过王学文和周扬同志，并无这种传达。

第二，是冯到上海以后和我、周扬见面的事。这需要讲一点历史。一九三三年临时中央从上海迁到中央苏区以后，上海的文化工作，规定由江苏省委领导。最初领导我们的是江苏省委宣传部部长李少石同志。李被捕后，是朱镜我同志。一九三五年二月，江苏省委被破坏，朱镜我、杜国庠、阳翰笙、田汉、许涤新等同志被捕以后，我们就失去了领导。我在这个时候，在一家白俄办的小旅馆隐蔽了几个月。两个月之后，我再和周扬同志见面时，周说，董维键同志曾和他联系过一次，不久，董又被捕，从此我们就和党中央断了联系。这时正是一九三五年夏秋之间，中央红军已经开始长征，我们既无法和中央联系，而江苏省委又被彻底破坏。虽然如此，当时"左联"跟其他各联组织并没有涣散，还照样进行工作。那时正是"华北事件""何梅协定""冀东事件"之后，上海的群众运动、"救亡运动"风起云涌，每个稍有爱国心的人都想参加工作。但是我们接不到中央的指示，只能从外国书刊上找到一些中央红军的消息，以及"第三国际"第七次代表大会的文件。在那个时候，我们天天盼着中央会派人到上海来，重新组织党的工作。那时，假如知道中央有人来，我们将会怎样地欢喜啊。可是冯雪峰到上海以后，根本不跟我们见面。我怎么知道中央有人到上海来的呢？是六月间，有一次我去找章乃器。他是当时救国会的负责人之一，章本人、他的夫人和他的弟弟章秋阳（党员）都跟我很熟悉，有工作关系，又是朋友。但是那次见了面，他很拘束，不大讲话。后来才说：我们是老朋友了，我现在只能告诉你，你们党中央已经派人到上海来了，指示我（主要是指救国会）只能和他联系，其他的人一律不要来往。当章乃器告诉这个人说，自己过去一直和沈端先经常有联系时，那人就说，"今后不要理他"，还说，"他要是来找你，轻则不理，重则扭送捕房"。这句话，我记得非常清楚，因为这不是一句一般性的话。在一九五七年，我在那次"爆炸性发言"中，讲到这句话之后，在座的楼适夷同志曾放声痛哭。这件事情作协有许多同志还能记得起的。我知道从陕北已经有人到上海，但不知来的人是谁。不久后，从一个同胡风有关系的人口中传出来消息，我才知道中央派来的人就是冯雪峰。在我被章乃器拒绝联系之后大约三五天，党领导的电影小组的成员王尘无同志曾经告诉我，他在一个咖啡馆中听到一个和胡风很熟悉的人讲，中央派冯到上海来做特派员，专管上海的工作。这一下，我就又惊又喜：惊的是，既然冯来了，为什么不和我们见面？喜的是，中央终于有人来了，而且来的是我们的熟人。因此，我就千方百计地想办法找冯。但是一直没有找到。最后，我又托王学文同志，并请他带了一封信。这封信的内容，现在记忆不起来了，大概态度是很不好的，主要是责备冯为什么到了上海以后，先跟胡风来往而不跟我们见面。这样，冯才约了我在一个地方见面。他约的地方，是上海旧法租界"杀牛公司"背后的一家小"燕子窝"。"燕子窝"是上海最下流的玩妓女、抽鸦片的小旅馆。而当时冯在上海已经有很多人知道了。他已经在"小有天"酒馆请过民主党派负责人吃饭，而且不止一次在内山书店和文化界的朋友见面。而约我见面偏偏要在这样一个奇怪的地方，而且时间是晚上十点。一见面，他当然很客气，笑脸相迎，热烈握手。但是他一开头就大讲两万五千里长征的故事，后来又谈到上海文艺界的一些作品，譬如张天翼的小说、何家槐的小说，等等。我实在忍不住了，就问："我找你的目的，就同托王学文带给你的信中所说的一样，主要是要了解党对当前工作的方针和政策，因为华北事件以后，连一般老百姓、中学生甚至小学生也都起来救国了，上街游行了，而我们没有一个方针，救国会方面的人不断催我们表态，我们究竟应该怎么办？我要问的是这个问题。"他怎么回答呢？他说："中央派我到上海来的任务有三个：一、建立电台；二、与救国会的沈钧儒等联系，建立关系；三、找到鲁迅，传达中央的政策。对文化界的事情，我一律不管。"明明不是管了吗？"两个口号"的问题，他不是亲自讲已经参加了吗？他在那篇材料里不是说捎带管一点文艺方面的事吗？当面却说：这方面的事，我一律不管。至于他的材料中说，他到了上海大概二十天之后就找过周扬同志，遭到拒绝，这件事的具体情况我不了解。但是我问过周扬，周说：当时我们希望中央来人或者得到中央指示，正如大旱之望云霓，岂有冯雪峰来了而我们不见之理？

第三，是一个比较重要的问题就是鲁迅《答徐懋庸并关于抗日统一战线问题》一文。这个问题要讲得长一点。大约在一九三四年秋，一次周扬找我，说好久没有向鲁迅汇报工作了，他跟阳翰笙想找鲁迅，约个时间，向他汇报一下工作，并听取他的意见，要我去和鲁迅约定时间。第二天，我到内山书店跟鲁迅约好了时间，他当时是非常高兴的。到约定的时间，出发的时候（这地点我记得很清楚，是在旧戈登路一家电影院前面），我雇了一辆"出差汽车"，准备到北四川路去。但这时和周扬、阳翰笙一起来的还有一个田汉。加了一个田汉，我当时就感到有点意外，因为在这之前，我曾不止一次地听到过鲁迅对田汉有不好的印象，而田汉又是一个心直口快、口没遮拦的人，不知他会说些什么让鲁迅不高兴的话来。但是既然来了，又没有法子让他不去，于是我们四个人就坐了车子到北四川路底。当我们到内山书店见了鲁迅之后，我说，这里人多，到对面一家咖啡馆去谈吧。鲁迅不同意。这时，内山书店的老板内山完造，他懂中国话，他说："不必到咖啡馆去了，我的会客室没有人，你们到那边去谈吧。今天我还有一点日本点心。"于是我们就在内山书店右侧的内山会客室坐下来谈。一开头，阳翰笙汇报了一下文委的工作情况，主要是说，经过了几年的白色恐怖之后，我们的工作有了一些转变，我们已经开始在《东方杂志》《申报月刊》等中间性的杂志上，以及在一些和国民党有关的报纸的副刊上发表文章，等等。其内容就是，我们正在开始克服那种狭隘的关门主义。鲁迅听了，没有不同意见，而且点头称是。接着周扬谈了一些"左联"的情况。我现在能记得起来的，主要是谈了当时沪西、美亚丝绸厂工人文艺运动的一些情况。但是，就在这个时候，田汉提出了胡风问题。田汉说，请鲁迅先生当心，不要太相信胡风，这个人政治上有问题。鲁迅很不高兴，说："你是从哪儿听来的？"田汉说："那是穆木天讲的。"鲁迅很生气，说："穆木天是转向者。转向者的话你们相信，我不相信。"这样，一时搞得很紧张。幸亏阳翰笙巧妙地把话题转开，才缓和下来了。此后，又谈了一些别的事情。临分手的时候，我记得很清楚，鲁迅先生还从口袋里掏出一张一百元的支票交给周扬，说："过去花钱可以捐官、捐差，捐个差事做做。现在我身体坏，什么事情也不能做了，只能捐点钱，作为一个

'捐班作家'吧。"说了这句话，就哈哈地笑了起来。因此，从总的情况来说，这次谈话尽管有一度紧张，但是鲁迅总的情绪还是很好的，并不像所传说的那样，特别是"四人帮"捏造的那样，似乎发生了什么"鲁迅怒斥四条汉子"等等的事情。而且就在这之前，我也经常，差不多隔一个礼拜、十天和鲁迅见面一次，从来没有再谈到胡风。关于这次事情，以及鲁迅给徐懋庸信中所讲的那些事情，由于正如冯雪峰材料所说，这封信最初是冯起稿的，因此有些事情是写得失实的。这一点，我在一九五七年所谓"爆炸性发言"中曾经讲过。例如，鲁迅给徐懋庸的信是一九三六年八月写的，那么，信中所说"去年的有一天，一位名人约我谈话了"一语的"去年"应该是一九三五年，而一九三五年秋天，阳翰笙、田汉早已被捕，被押到南京去了，怎么会有"四条汉子"去看鲁迅呢？这分明是错的。又如"却见驶来了一辆汽车，从中跳出四条汉子……一律洋服，态度轩昂"。到过旧上海的人知道，内山书店所在地北四川路底，是所谓"越界筑路"区域，那里既有工部局巡捕，又有国民党警探。在当时那种政治情况下，我们四个人在内山书店门口下车，会引人注意，所以我们的车过了横滨桥，在日本小学前停下来，然后四人分头步行到内山书店，而其时鲁迅是在书店门市部里间等着我们，不可能"却见驶来一辆汽车，从中跳出……"的。"一律洋服"也不是事实，其他三人穿什么我记不起来了，而我自己却穿着一件深灰色骆驼绒袍子。因为一进内山的日本式会客室，在席子上坐很不方便，就把袍子脱了，所以我还能记得。至于"态度轩昂"，那时我们都是三十上下的人，年纪最大的田汉三十六岁，身体也没病，所以"轩昂"了一点可能是真的。这是干部向领导人汇报工作，是战友间的会见，既不是觐见，也不是拜谒，那么不自觉地"轩昂"了一点，也不至于犯了什么不敬罪吧。读过鲁迅一些文章的人都会知道，鲁迅写到他不满的人的时候，常常会信笔写来，加以艺术夸张。如胡愈之同志一九七二年十二月二十五日在一次座谈会上，谈到鲁迅告诉他李立三曾想把一支手枪交给鲁迅，要他搞武装斗争。鲁迅回答:"我没有打过枪,要我打枪打不倒敌人,肯定会打了自己人。"胡愈之认为,这是鲁迅把谈话内容漫画了。以上这些事情虽小,也不涉及政治问题,但说明了一点:在这样一封政治性严重的信里,其中特别是涉及到鲁迅所说"我甚至怀疑过他们是否系敌人所派遣"等等,夹杂着一些不正确或者错误的东西,那就会造成不好的影响。这里,我还得附带谈一下冯雪峰和胡风的关系。胡是一九三三年从日本回到上海的。我认识胡是冯介绍的。胡认识鲁迅,也是冯介绍的。总之冯、胡两人关系很好。我和胡风没有什么来往,平时见面只是点点头。但很奇怪的是,一九三三年冯即将离开上海到中央苏区之前,有一天晚上约我到法租界蒲石路某一个地方见面。我到那里,谈了一些别的事情之后,冯说,"左联"里面文艺批评家太少,现在应该有一些,应该培养一些有文艺修养的人来做这项工作。我表示赞成。但接着雪峰对我说:我们两个介绍胡风入党,你看好不好。这件事使我感到突然,因为我没有精神准备,当时我认识胡风不久。我只能说,我们不熟,过一段时间再讲。这是一件很正常的事,但从以后看来,这件事情大概是胡风对我发生反感的重要原因之一。至于胡风的政治问题,前面讲过,的确穆木天被释放后曾经说过,胡风跟南京中山文化教育馆(属孙科系统)有关系,那边每个月送他津贴。穆还说,在国民党公安局审问他们时,问到"左联"的不少负责人,唯独不问胡风。但是关于胡风和南京有关系的事,其消息来源,却不只是穆木天一个人。早在一九三四年李少石同志担任江苏省委宣传部长的时候,曾问过我:胡风这个人怎么样?我说不太详细,不过,他还能写点文章。李说,据我们所得到的情况,胡风跟南京国民党方面有关系,今后你们要注意。这是一件事。其次,也就是茅盾同志那篇文章中所说的,陈望道、郑振铎等人提供的消息。这里面,茅盾没有提到他们在南京的那一个熟人的名字,而郑振铎却明确地告诉过我,那是开明书店的董事长、南京国民党的要员邵力子亲自跟陈望道、郑振铎讲的。有了这几方面的消息作证明,对于胡风这样一个在

"左联"里面结帮营私，进行挑拨离间的人，向鲁迅提出一些劝告，请他当心一点，尽管田汉的话讲得冲了一点，但这件事情直到现在，我认为并没有做错。那么，这就发生一个很奇怪的问题：为什么鲁迅会这样相信胡风、宠爱胡风呢？茅盾同志在《需要澄清一些事实》一文中说得好："我真不理解，胡风何以有这样的魅力，竟使鲁迅听不进一句胡风可疑的话。我以为造成鲁迅如此信任胡风，冯雪峰实在起了很大的作用。"胡风和周扬关系不好，这在当时是大家都知道的。但那时只不过认为这是文艺思想或者工作作风上的问题。但是到了一九三五年，特别是胡风得到了鲁迅的信任之后，情况起了很大的变化。胡风千方百计地通过和他接近的一些人，对"左联"的各支部进行各种拉人以至挖墙脚等各种不正当的手段来进行分裂，并对周扬同志和我进行人身攻击。一九三五年秋冬是一个很不平常的时刻："华北事件""何梅协定"、红军长征、上海党委遭到破坏。在这种情况之下，上海文艺界，也就是说文委领导下的各联以及各小组的主要工作，是要把剩下来的一百几十个党员重新组织起来，保持组织的完整，同时要他们等候中央有人来接受上海的工作。在这样一个时期，胡风跟他的同伴进行大量的破坏活动，现在说来，这可能也就是所谓"乱中夺权"的一种方法。至于后来，当我们看到巴黎出版的《救国时报》上的《八一宣言》以及国际情况系统的报刊上所登的季米特洛夫的报告，以及同年我们收到了萧三从莫斯科的来信（这封信是通过鲁迅转给我们的）之后，对"左联"今后怎样工作，进行了考虑和讨论，决定要解散"左联"，组织中国文艺家协会的时候，胡风这种破坏活动更显得激烈起来了。很清楚，解散"左联"这件事，在冯雪峰的那篇材料里也讲过，是周扬和我请茅盾同志征求鲁迅先生同意的。鲁迅最初有点怀疑，鲁迅说过一句话，这是茅盾同志跟鲁迅谈话以后，回来跟周扬和我讲的。因为这句话讲得很形象，所以直到现在我还记得很清楚。鲁迅最初不相信我们真的会解散"左联"。他说，我不相信孙悟空会丢掉他的那根金箍棒。意思很明白，就是说"左联"是我们手里的棍子，打人的棍子，也就是说"奴隶总管的鞭子"吧。后来，茅盾同志把具体情况跟他讲了一下，并说明了这个想法已经得到了郑振铎、叶圣陶和其他许多文艺界朋友们的同意之后，鲁迅说，解散也可以，但应该发表一个正式宣言，说明我们无产阶级文学革命的任务还没有达成。事实便是这样。就在这种情况之下，才开始酝酿"国防文学"这个口号的。一九三六年初，我们讨论过这个问题，要提出一个新的文学口号，成立一个抗日统一战线的（即不仅左翼，而且中翼，包括赞成抗日的右翼也可以来参加的）文学团体。这个问题决定以后，我们也曾跟茅盾同志以及已经同意参加中国文艺家协会的郑振铎等同志交谈过，并曾经请夏丏尊先生邀请一些人开过一次会。"国防文学"这个口号就是一九三六年二三月间提出来的。假如说胡风等某些人反对这个口号，为什么不在那个时候就提出来，而一直要等到冯雪峰到了上海之后，才把"民族革命战争的大众文学"的口号立即提出来呢？这一些情况很容易使人想到，提出后面这个口号并不是真正为着一种学术上或政策上的考虑，而是为了破坏左翼作家的团结。冯雪峰写的材料中说，自从鲁迅答徐懋庸的信发表以后，周扬等人的"'威信'大为降低"。事实是怎样呢？冯自己在材料后半也不得不讲周扬等人在上海文艺界的力量"占了优势"，而胡风所代表的那些人究竟还是少数，他们要完全统一领导上海的文学艺术界，在当时是不可能的。近年来，不是有许多人已经写文章说了吗？假如这个口号不是胡风首先提出来，而是鲁迅用自己的名字发表出来的话，那么，也许就不会引起这次论争了。这就说明，胡风在当时文艺界的声誉是很不好的。由于这个缘故，在当时一方面冯雪峰要统一文艺界，要让胡风来掌握上海的文艺界领导，另一方面所谓"周扬一伙"的力量在文艺界还很大的时候，有什么办法呢？冯雪峰有了一个想法，就是千方百计地要把周扬调开上海。这方面的事外面传说的很少，知道的人那就更少了。事实上，自从周扬和冯见面后，冯一直想把周扬调开上海。冯先是想把周扬派往日本，此计不成；后来，一九三七年春，有一位外国朋友要到延安去，冯写了一个条子，叫王学文同志照办。条子的内容是说："某某外国朋友要到延安去，需要有一个人陪送；周扬略通英语，可以由他陪同前去。"（大意）这件事，我是到后来才知道的。现在周扬、王学文两位同志都在，可以证明的。这件事未经中央决定，又未事先商量，是办得没有任何道理的。上海懂英文的人还不少，为什么要把一个他认为只"略通英语"的人调走呢？其实这么做的目的很清楚。而周扬拒绝调走，也是理所当然的，因为他还负有领导上海文艺界的责任。在冯的那篇材料中，再三地说周扬、夏衍一伙制造谣言，散布流言蜚语，分裂团结，等等。实际上，这些话对他们自己来说，倒很恰当。他们在这段时期，究竟散布过多少谣言，简直是令人难以想象的。比如说，某人某天跟国民党方面的人在什么地方喝茶，某月某日谁在什么地方碰到某几个人在秘密谈话，见了别人就走了，等等。甚至于连在鲁迅答徐懋庸那封信中也提到了一个青年人被关在南京。而这个人，现在谁都知道，就是彭柏山。信中又说，一个青年因被切断了关系，所以流浪街头。这也很清楚。那是因为彭柏山被捕自首以后，左联派叶以群通知跟彭柏山关系比较好的何谷天，要他暂时隐蔽一下。何谷天不相信。在那样紧张的情况之下，组织上只能暂时和何谷天断绝一段时间的关系。这类事情从什么地方，经过什么人，告诉鲁迅的呢？那不清清楚楚就是胡风，或者胡风的那一伙人吗？特别滑稽的是，他们说（甚至也写在冯雪峰的另一份材料中），我在外面讲，周扬、周立波、沙汀等人打算拿了棍子去打茅盾。试想在帝国主义统治下、白色恐怖严重的上海，我们这些人已经都是三十多岁的人了，还会做小孩子做的事情吗？一想就可知是谣言。但他们却再三地加以传播。

第四，关于"'两个口号'的论争"，已经有不少同志写了精辟的文章，在这儿我不打算多说。对此我只讲三点：一、我是"国防文学"这个口号最早的一批赞成者中之一，而且我还奉文委之命，到戏剧、电影、音乐、美术党组的联合会上去做过动员发言，号召大家写国防戏剧、国防电影、国防音乐等等，因此，假如这个口号是错误的、反动的，那么我绝不推卸责任。二、我不同意冯雪峰材料中断定说这个口号是王明右倾机会主义的口号，因为王明的右倾机会主义出现于一九三八年，我们不可能在两年前就知道他要变成右倾机会主义者。三、为着弄清这个问题，我建议读者看两个材料，一是吴黎平（即吴亮平）同志一九七八年在《文学评论》发表的有关"两个口号"的文章，二是徐懋庸留下来的一份关于毛主席一九三八年在延安和他谈"两个口号"问题的记录——这个记录曾请陈云同志审阅过，证明内容是符合实际的，而毛主席说的是：你们的口号是革命的，鲁迅的口号也是革命的。按照这些明摆着的事实，两个口号之争，充其量，也不过是文艺界的理论上、学术上的论争，其性质应属于人民内部矛盾，而不属于你死我活的敌我矛盾吧。可是文艺界的个别人从《答徐懋庸并关于抗日统一战线问题》一文中摘录几句，骂"四条汉子"，一直骂到打倒"四人帮"的第二年；他们今天还在讲坛上讲"国防文学"是王明的右倾修正主义口号。值得庆幸的是，经过十年"文化大革命"严峻的"政审"，过去曾被叫作"蛀虫"、被怀疑为"敌人所派遣"的那些人（有一百几十个党员，此外还有非党员），直到今天，还查不出一个货真价实的内奸、叛徒、特务。最近给徐懋庸也开了平反昭雪的追悼会。

第五，冯雪峰到上海后，为什么采取这样的态度？这一件事，我想了多年而一直未能得出答案。一九三六年夏秋，也就是"华北事件""何梅协定""一二·九"之后，西安事变之前，全国掀起了惊天动地的抗日救亡高潮，在上海，不仅学生、教育界、妇女界、工商界、店员（沙千里同志等领导的"职业界救亡协会"是一支很大的力量），都积极地参加了救亡运动，连过去若干年一直和左翼不敢接触的民族资本家、士绅、宗教界（牧师、神父、和尚）以及和英、美做买卖的买办，也主动找左派来了解国内外形势了。加上一九三五年江苏省委和文委被破坏之后，上海地下党没有遭到太大的破坏，不仅组织照样保存着，而且工作有了很大的发展——这儿所说的工作早已经超出了文艺、文化的范围，而是群众性的政治活动了，例如吕骥、孙慎、刘良模等同志所领导的群众救亡歌咏运动，一号召，就可以有上万人来参加。条件这样好，党中央完成两万五千里长征到达陕北后，派冯雪峰到上海来，传达党的民族抗日统一战线政策，这不是一个千载难逢的在蒋介石后方燃起抗日烈火的绝好时机么？周恩来同志不是明确指示，要冯寻觅地下党组织，把党员联合起来，领导群众的抗日活动么？冯为什么不这样做，偏要先找胡风呢？他先找鲁迅是完全对的，在鲁迅家遇到胡风也是有可能的。但是他不找一下地下党，不顾已经提出的、连鲁迅也说是"颇通俗""已经有很多人听惯""能扩大我们政治的和文学的影响""可以解释为作家在国防旗帜下联合，为广义的爱国主义的文学"的"国防文学"口号，而先和胡风合谋，另外抛出一个"民族革命战争的大众文学"的口号，则是不论怎样也说不过去的。特别是后面这个口号，最先是用胡风名义发表的。对于这个久久想不通的问题，我只能作些推测（可能是主观的想法）：冯到了上海以后，先听了胡风对"左联"一些同志的造谣诬蔑，听了他把"左联"的现状说得已经溃不成军的缘故。冯对周扬本来很推崇，但胡风到上海后，他就极力吹嘘胡风（他要我和他介绍胡风入党，就是一例），当一九三三年秋冬之间，冯从江苏省委宣传部长职位调往中央苏区，离开上海时，他早就对阳翰笙、周扬等当时文委的成员不满意，甚至有宗派、行帮情绪（当然，在这个问题上，我们也有错误，也有一定的责任）。而他这次重来上海，我认为一方面，在他心理上带着一种"长征干部"的优越感，另一方面又有一个中央特派员的名义，而且一到上海，他就从胡风口中听到了车载斗量的对"左联"的诽谤，例如说夏衍是蓝衣社分子、周扬和施蛰存等有来往、"左联"已经混乱不堪等等。因此冯就以为他既有鲁迅支持，又有中央特派员名义，再加上有胡风等人助威（当时冯对不少民主人士和文艺界常常吹捧胡风。他替鲁迅笔录的两篇文章，都用了O.V.这个很奇怪的笔名，可能是要使人很自然地联想到 O.V. 是胡风，暗示胡风最能够接近和代表鲁迅），那么上海乃至东南一带党对文化界的领导，非冯莫属了。其实，冯是受了胡风的骗。当时上海文委所属各团体，共有一百几十个党员和上千个非党干部，据我估计，完全听从胡风的，不会超过十五人。因此，经过一九三六年六、七两月的"两个口号"论战，冯开始觉得，完全不理会地下党，不仅工作搞不开，而且也不得人心的了。最明显的一次变化是那年九月初我和他的一次见面，也就是冯雪峰材料中谈到过的潘汉年从陕北回到上海之后，一天晚上，在潘的住所，冯对我说："我和潘汉年跑上层，群众运动还是你们管。"第二天一早我碰到"社联"负责人钱亦石，我把冯的话告诉了他。钱亦石是大家公认的一个忠厚老实人，这一次可很幽默，对我说：你太傻，你应该问他，"你相信像我们这样的人还能领导群众运动吗？"更有趣的是第十八集团军驻沪办事处第一次宴请救国会和其他爱国人士时，章乃器坐在我旁边，相互谈笑甚欢，既没有"不理"，更没有"扭送"之类的事了。

我认识冯雪峰同志是在一九二八年，算是老朋友了。当时他正在翻译日文书，那时差不多每个礼拜都要找我谈一次，谈一些翻译上的问题。他还在他翻译的一本书页上把我称作他的前辈。一九二九年开始筹备"左联"，一直到他一九三三年离开上海，我和他的关系一般是好的，至少没有发生过争吵。但是，从一九三六年他重新回上海以后，我对他的印象就完全变了。至于偏见、固执、宗派情绪，那是从来就有的。在"左联"筹备初期，这种情绪就可以从他身上看出来。据我所知，一九二八年的文化界的论争他并没有参加，但很奇怪的是，他对创造社、太阳社的人带有一种强烈的偏见。有一次，我和他从一个书店编辑部出来，我说，蒋光慈这几天病得很厉害，我去看看他，一起去吗？他扭头就走，还说，这个人我去看他？我听到就讨厌。后来，据我了解，蒋跟他根本无一面之缘。宗派主义、偏见、固执，这就必然会带来关门主义。记得有一次中国左翼戏剧界联盟筹备会上，当有人提出把洪深、应云卫这一些知名的戏剧导演吸收进来的时候（这时他们已经提出了申请），冯是反对的，而且说，这些人一参加，就不成其为左翼了。后来主持会议的一位同志讲，戏剧跟写小说、写诗不同，要租剧场，登广告，要有人出面导演，因此只要他们愿意，多一些知名的人士参加，对我们的工作是会有好处的。这样，他才停止了反对。至于偏见和固执，那就从很小的地方，从他的文风也可以看得出来。特别是当时的文化界，尤其是文艺批评界，在他心目中是一个也看不上眼的，大概后来就看上一个胡风吧。二十年代末、三十年代初，我们都还是二三十岁的人，有这样那样的毛病，也是事实。可是一九三六年冯雪峰同志经过两万五千里长征的锻炼，受到党的委托，到上海来担任中央委派的工作，那么，我们对他的希望应该有所不同了。也正因为如此，他对我们的态度更激起我们的反感。我并不讳言当时对他的这种反感。我甚至有一次讲过（大概是对王学文讲的）：假如你不替我找到他，而他经常在许多场合出面，我见到他，非吵架不可。这说明了我当时的激愤情绪。他当时除了前面所说的，对胡风及和胡风接近的一些人的偏信、偏爱和宗派情绪，还加上一种新出现的骄傲情绪，"一言堂"得厉害，什么事情都要决定于他，甚至包括他完全不知道的事情，也擅作主张，不少救国会的同志对我讲过。后来，我们把他叫作"钦差大臣"，这当然有挖苦的意思，但事实上这句话并没有过火。他本人有毛病，但同时，应该说，他也是胡风的一个受害者，因为胡风在他耳边讲了不少歪曲事实、有意离间党组织和鲁迅关系的流言蜚语。现在冯雪峰同志已经去世，他晚年很长一段时间又是在艰难困苦中度过的，我本来很不想讲这些往事。至于他的功过，我想将来是会有正确评价的。就我个人所知解放前他的活动而论，我认为他有功也有过，而总其一生，功大于过。他对无产阶级革命、对"左联"和它领导下的文艺活动，特别是"左联"成立初期，他对鲁迅做的一些工作——例如使鲁迅和过去对立过的创造社、太阳社的一些朋友重新团结起来——他是尽过力量的，没有人会忘记他的功劳。作为一个文学家，他参加了二万五千里长征；到上海之后，他也做了一些有益的事，如建立电台等等。

关于一九五七年作协党组扩大会议对他的批判，现在看来，其中有不少问题应该重新讨论，但他在一九三六年的行径，我认为仍然是很不对的。一九五七年以后，他在工作中和作风上都有了很大的变化（现在中青年的同志，对于他三十年代的气焰，恐怕是难以想象的）。一九五七年以后，他和我还常有往来，并不因为我作了那次"爆炸性发言"而疏远。一九六〇年，他曾到文化部找我，承认过去有错误，并诚恳地希望重新回到党的队伍。他对党的忠诚很使我感动，我鼓励了他，希望他好好工作几年，我替他把这个问题提出来。一九六三年，他为了写长篇小说《太平天国》，在我的办公室里，从下午二时同我一直谈到天黑后公务员来收拾屋子，我帮他出了些点子，他的情绪很欢畅。总之，对冯雪峰这样的同志，我认为应该一分为二，而我们之间的分歧，也是青年时期同志间的问题——虽然在当时，在一九三六年前后，"两个口号"论争前后，他所做的事几乎要把人民内部矛盾引向敌我矛盾去了。更严重的是，他借用了鲁迅的话，而鲁迅的话当时不仅在上海，就在全国都有极大的影响。甚至可以说，对鲁迅晚期的某些文章，今后大学文科的教师们也很难把真相解释清楚。这个问题，我不在这里多说了。我只是以亲身经历过这一斗争的当事人身份，说明情况，立此存照，如此而已。

一九七九年五月

补遗

此文写成后，因有几件事要查证，以致搁到现在。付排后，觉得还有几件事要补充几句：

一、"国防文学……就是资产阶级的口号"这句话，出典于林彪委托江青炮制的《纪要》，现在，中央已正式撤销了这个文件，因此，"国防文学"不是资产阶级口号，不是王明的"左"倾路线口号，是可以作结论了。

二、文中述及一九三五年江苏省委被破坏后，我隐蔽了一个时期。这件事，在许多人的回忆文章中颇有出入。一九三五年二月江苏省委、文委破坏后，我本来只打算隐蔽两三个月，不料同年四月，上海又被国民党破获了一件大案，即报上所说的"怪西人事件"。此事本与我无关，但因一个自首分子交出了他和我的联系电话（通过孙师毅同志），特务通过这个电话向孙师毅问我的地址，师毅同志机警地说沈端先早已离开上海了，并把这件事当天就通知了我。由于这案子涉及不少在国内外的中外党员，特务追索我很急，于是我作了隐蔽一年的打算，并告诉了周扬同志。实际上，后来我只隐蔽了七个月，我再次和周见面是在同年九月。至于有些人说我到了北京、日本等地，是不确的。这是我自己为了迷惑敌人而托朋友们放的"空气"。

三、江苏省委、文委破坏后，文委所属各联和小组的党组织破坏不大，组织依旧存着，而且还照样活动，这只要看一九三五年二月后左联、社联作家依旧在报刊上写文章，剧联领导人的"业余剧人协会"继续演出，电影方面还建立了一个电通影片公司，等等，这些事实就可以证明。一九三六年我们听说中央派人到了上海之后，周扬同志曾开了一个文委所属党员名单，我记得的是一百四五十人（包括"左联"的东京支部）。"双十二事变"后，据我知道，马纯古同志等领导的"全总"（全国总工会）损失也不大，党组织基本保存，"青年团"的骨干也没有损失，王学文等同志则奉命撤往香港，隐蔽半年后仍回上海，他们也同文委一样，继续在困难的条件下工作。因此，我认为通常所说的由于王明路线的危害，白区几乎损失了百分之百，不能解释为白区党组织已完全彻底地被消灭。

十二月又记

附录

*

新的跋涉

从一九四九年五月随军解放上海,到一九五五年七月调到国务院文化部,我在上海工作了六年,刚进城时,中共中央华东局宣传部与上海市委宣传部合为一套机构,我任副部长,部长是舒同。一九五〇年任华东局宣传部部长(兼市政府文化局局长)。一九五二年夏,我又调华东局当宣传部副部长,当然也兼了许多挂名的职务——如华东文联主席、上海人民艺术剧院院长等等。上海是我长期工作过的地方,但是形势变了,工作变了,连"身份"也发生了变化。我这个人适应性很强,前两者我都可以适应,而"身份"——从文人、记者、地下党员变成执政党的"高干",也就是说做了"官",这就使我感到了很不习惯。我们这些穷知识分子从来就讨厌"官",特别是抗日战争时期我接触过一些国民党的官僚,对他们的官架子、官腔有反感,当然那时我也只得想到,这是旧社会,这是国民党统治时期的事,现在社会制度变了,在共产党执政的时候,官和民不仅是应该地位平等,而且当官的应该为人民服务。这种想法在党的文件中,在领导同志的讲话中得到了证实。上海解放之后不久,一九四九年六月七日陈毅同志就在群众大会上反复强调了党的干部要紧密联系群众,要认认真真地为人民服务这个问题，所以当我被任命为宣传部长、文化局长的时候，并不觉得这就是做了官，身份和地位也会发生改变。我出生于清末，成长于民初，对旧社会的人际关系不能说没有一定的了解，但现在看来，社会制度改变了，风俗习惯不一定会同步改变，你自己不觉得已经做了官，可是别人（包括下级和同级）都确切无疑地把你看作一个官了。解放初期，我对随身带一个警卫员，出门必须通知保卫处，被过去的熟朋友叫部长、局长，我实在感到不习惯，有过一些可笑可叹的事，我在《懒寻旧梦录》中讲过，这里不重复了。

上海解放初期，上海市委领导是陈毅，市委分管统战文化工作的是潘汉年，他们一再要求我放手工作，有一些难办的事情也可以随时请示得到解决，工作很忙，但进行得都很顺利。调到华东局以后，情况就有了一些变化，华东局书记是饶漱石，他对文化工作很少过问，宣传文化工作都由华东局宣传部长舒同负责，他是江西中央苏区时期的老干部，华东军区政治部主任，在党内地位相当高，但没有架子，还写一手不俗的何绍基体的书法，对我也很客气。但是他第一次到上海，不了解文化艺术界情况，所以我向他汇报或请示时，他总是说：上海的事，还是请陈毅同志拿主意，很少提自己的看法和意见。经过几年之后，我了解到他是一个纪律性很强而生性懦弱的人。五四年高岗、饶漱石事件之后，华东局开会批饶，有不少人指责他是饶漱石的"嫡系"，这似乎有点过火。当时饶漱石的地位很高，权力很大，全国各大区的党委书记，一般都要野战军司令员兼任的，而只有华东区党委书记，不是陈毅而是饶漱石，所以舒同跟着饶走，看来也是时势造成的。舒同当华东局宣传部长，有一个很强的副部长班子，计有：冯定、匡亚明、刘顺元、沙文汉和我。这些人都是知识分子，除了沙文汉和我是国统区的地下党之外，其他都在解放区和新四军工作过，有老区工作的经验，对文化文艺工作也都有一定的理解，所以从始至终（华东局一九五四年撤销）我们之间一直合作得很好。当时约定的分工是由我分管文化和科技，而事实上，我主要力量只用在上海这一个地方，华东是一个大区，各省的情况我不了解，主要由匡亚明管。而上海这个科学技术界集中的地方，我也因为力不从心，所以经过请示了陈毅、潘汉年之后，这方面的工作逐渐交给上海市委的李亚群同志负责。据我记忆，我只分别拜访了几位著名的科学家（如吴有训、茅以升、冯德培、周谷城、周仁等）和出席了几次科技界的集会——只能说是做了一点统战工作。

解放后我在上海工作了六年，很忙，每天工作十小时到十二小时，但是在陈老总和谭震林领导下（一九五四年陈调北京任副总理后，谭震林同志任华东局书记），我可以尽心竭力地工作，没有犯大的错误。在上海市委和华东局，也没有受到批评和指责。当然，五三年华东局整风时，个别人说我对知识分子问题上右倾，但立即被谭震林制止了。在这里，我顺便要说说这位"谭老板"。解放前，我不认识他，但他任华东局书记后，第一次见面后就约我单独谈话，很坦率地对我说：他自己没有受过正规教育，深感没有文化知识之苦，现在要建设社会主义了，连文件上的一些名词也不了解，所以需要得到你们文化人的帮助。他说：自己要加紧学习，同时一定要团结广大知识分子，发挥他们的才能，为新中国服务。特别使我感动的是有一次（记得是五三年）他接待一位国际友人，要我给他起草一份短短的欢迎宴会上的讲话稿，总共不到八百个字，他看了说太长，要删到五百字，改了之后他又要念一遍给他听，说怕念错字。一位开国功臣、大区党委书记，对一个相识不久的知识干部能这样虚心坦率，我认为是难能可贵的。近年来，出版了不少老一辈革命家传记文学，但还没有人写谭震林传，这是一个遗憾。他一九五八年大跃进时犯过左的错误，但"四人帮"弄权时首先拍案而起，义正辞严地批评江青一伙的不也就是"二月逆流"中的谭震林吗？在十年浩劫中，在老一辈革命家当中，他受到了最残酷的迫害。一九七八年秋，和我一样打伤了腿的他，和我长谈了三个小时，至今还记得他说："我这个人最大的毛病是脾气不好，意气用事，自己管不了自己，这是没有文化的缘故。"

471

解放后我认识了不少身经百战的老革命家，在尊重知识、尊重人才这点上，谭震林同志是很突出的。

解放前，上海是人才荟萃的地方，闻名国内外的专家、学者、作家、艺术家都集中在上海。有一次，在市委开会时潘汉年说：在文化科学方面，上海是"半壁江山"，陈同生插话说：我看是"三分天下有其二"，这是实际情况。也由于此，上海解放前后，陈毅就一再强调一定要团结一切可以团结的知识分子和名流学者。我记得很清楚，上海解放后的下一天，五月二十八日，陈毅在市政府从赵祖康手中接过了旧市政府的印信，办完了接管任务之后，就对赵祖康说：你不单是旧市政府的代市长、工务局长，更重要的是你是一位专家，所以新的市政府不仅请你继续担任工务局长，还有许多市政建设方面的事希望得到你的协助。上海解放了，现在是专家可以大有作为的时候，希望你放手工作。我参加了这个会，当时在座的周而复同志也许还是记忆犹新吧。这是大时代中的一个插曲，但这件事树立了新社会尊重知识、尊重人才的一个榜样。

解放初期我在上海文化界工作，主要是执行了陈毅同志的尊重和团结知识分子的方针政策。我没有到过延安，也没有在解放区工作的经验，自问没有官架子，更没有"整人"的私心杂念。现在回想来，当时我颇有一点自我感觉良好，工作进行得很顺利之感。那么是不是一切顺当，没有阻碍和麻烦呢？当然不是。先是从一些小事情开始，有人背后讲怪话，说我对知识分子只讲团结，不讲改造，后来拔高到"长知识分子的志气，灭工农兵的威风"。这些小道消息从上海传到北京，又经过《文艺报》的内部刊物反馈到上海，这是点了名的。所以胡风在著名的"三十万言书"中也提到过，意思是说上面要整夏衍在上海工作中的右倾错误。但也由于点了名，所以引起了陈毅同志的注意，他在一次市委常委会上说：上海执行党中央的知识分子政策，一切措施都经过常委讨论批准，所以北京《文艺报》指名批判夏衍右倾是不对的，按理，夏衍是上海市委的宣传部长，《文艺报》事先不经过市委，我已经给恩来同志打了电话，他也同意我的意见。以上这些事可以说是暗流，文化界以外的人是不会察觉到的。中央公开批评我，则是一九五一年的所谓"武训传事件"。这是新中国文艺界的一件大事，有许多具体情况连文艺界也蒙在鼓里，以后当另作说明。

四九年五月我从香港调回北京，恩来同志就一再指示，要做好文艺界的"会师"工作，所谓会师，指的是国统区（包括在国外的、在香港的）文化工作者和解放区文化工作者的团结合作。上海解放之前，我在丹阳第一次见到陈毅同志的时候他也提了这个问题。我没有到过延安，也没有到过新四军，是一个道地的国统区文化工作者。因此，做好会师工作，一定要加强团结，我思想上是有准备的，加上上海市委的领导是陈毅和潘汉年。我调到华东局以后，接替市委宣传部长职务的是谷牧同志，他是一个有素养、通情达理的人，在山东当过市长，在老区和新区都有行政管理工作的经验，所以总的说来，上海文化界的接管、改组、人事安排等等，都进行得相当顺畅，可以说在政策上没有犯大的错误。但是文化属于意识形态范畴，文化人又都是非工农兵出身的知识分子，所以思想上、政治上比较容易求得一致，而生活方式、知识水平、工作作风、行为习惯等等要适应一个模式，像统一思想那样同步统一，就比较难办了。解放初期我在上海遇到的第一个难题，就是宣传、文化系统干部的知识水平和文化素质问题。当时上海市文化系统干部主要是在新四军工作过的和地下党及解放前就与党有联系的民主人士，到过解放区的只有冯雪峰一个，华东局则大部分来自老区（包括新四军、山东及中央调来的干部——如后来成为"四人帮"重要骨干的马天水等），省局级干部中地下党人不多，但局处级以下则地下党就占多数了，谈到文化素质，大致情况是：老区干部（包括新四军）来的不了解上海，不了解国统区的斗争情况（主要是抗日战争、解放战争时期），对国际形势也不大关心。使我吃惊的是，我在华东局宣传部时，有一位干部竟不知道上海有过公共租界和法租界，不知道"左联""社联"这些党领导的进步文化团体；

而地下党干部则只知道延安是革命圣地,连延安文艺座谈会是哪一年开的,毛泽东讲话的主要内容是什么也讲不清楚,当然更不知道延安还有过那次康生发动的"抢救运动"了。这种互不了解是客观现实造成的,主要是由于长达十多年的国民党的新闻和信息封锁。马克思说过:"人创造环境,同时环境也创造人。"(《马恩选集》一卷四十三页)任何一个人不可能不受到当时当地的社会风尚的影响,这是难于避免的事实。但在当时的上海,不论是老区的或地下党的干部,有一个共同的弱点,这就是知识面太窄,而又缺乏一点自知之明。我这里说的知识面太窄,主要指的是缺乏历史知识和科学常识。一九四九年三月,党中央发过一个要认真学习党的《七届二中全会决议》的通知,我在丹阳的时候,也听说过准备接管上海的干部也都结合上海地下党编印的《上海概况》,花一周时间学习了这个决议。这是解放初期党中央颁发的一个很有远见的文件,它的主要内容是:"夺取全国胜利之后,就要把党的工作重心从农村转到城市,过去知道的事情,用惯了的办法,将会不中用了,过去不知道的事情和不会做的事情正等待着我们去学习,所以号召全党特别是领导干部一定要保持谦虚、谨慎、不骄、不躁和艰苦奋斗的作风,认认真真地去学习从事城市工作必需的方法和知识。"

问题很明白,市委也抓得很紧,陈毅不止一次大会、小会上讲:"乡下人进了城",要接管这个中国第一大城市,务必改变"游击作风",认真深入生活,了解城市,了解上海,特别要了解上海的过去和现在,这是一个思想问题,也是一个政治问题。应该说,市委对这个问题考虑得很周到的,据我的感觉,和北京比,上海的接管和整改工作是做得不错的,因为和老解放区的干部比,新四军来的干部比较地了解城市,了解上海。但是,从"谦虚谨慎"而又积极主动地学习新事物这个问题上,就不像我主观想象那么容易了。当时的情况是,解放区和部队转过来的干部纪律严明,艰苦朴素,也就是有纪律有组织。他们看不惯地下党(和进步文化人)的自由散漫,讲话随便——

当然更看不惯上海这个半殖民地的"花花世界"。防腐蚀这个口号，我记得八九月间就提出来了，而地下党员和当地的文化人一方面佩服解放区干部的严谨作风，同时又觉得他们对人对事的态度过于呆板（如等级关系、党内外关系等等），有人私下对我说，某人过去是我的好朋友，在抗日战争时期我帮过他的忙，现在成了我的上司，要和他见面也困难了。这种相互"看不惯"的事是很多的，连我自己这个既是地下党、现在又当了"领导"的人也不例外，大家表面上和和气气，心里还是有些芥蒂。肯把这种心情坦率地向我直说的，就只有已故的章靳以同志一个，那是一九五〇年的事，我很感动。他和我早已认识，但算不上熟朋友。他为了文化界的团结，和我说了真心话，于是我作了一个决定。每星期五的晚七时，我在华东文联的一间会客厅，会见文化界人士，个别谈心，没有任何规定。大到国际国内形势，小到工作、生活问题，对文化领导的意见，等等。有话则长，无话则短，谈完就走。尽管这是试点，但的确也听到了不少开会时和办公室里很难知道的事情。有人说"讨好"群众，因为中国知识分子有一种洁癖，不愿和做了"官"的人有私人接触，所以我的这个试点（上海人说我摆"拆字摊"）只持续了一个多月。先是每次有四五个人来，后来渐渐少了——因为在社会大变动时期，找我的人谈及的大部分是政策性问题（谈私人问题的极少），这是早已明文公告了的。我只能结合当时实际，照本宣科，没有什么新意，有的问题我也无法作具体的回答（如要求设置新机构、增加编制等等）。这件事是我未向华东局、上海市委请示，自作主张办的，有人说好，有人说歹，有人讲怪话，这也是难免的。

我在上海时期最得罪人的一件事，就是一九五二年我自作主张，对宣传部和文化局系统的处、科一级干部作了一次常识测验，以初中文化程度为标准，出了五十道题，每题二分，全对者得一百分，请他们不记名地解答。结果使我大吃一惊，因为得六十分以上寥寥无几，绝大多数人只得三四十分，有一个还赌气交了白卷。事后想来，这也不值得惊奇,因为科员一级干部有许多是工农兵出身,不少人没有上过学,他们打过仗,立过功,有的在军中入党,入城后组织部门不能不给他们安排工作,于是就有了一个内行和外行的问题。上海是远东一大城市,文化系统有不少部门连原来的地下党人也从来没有涉猎过,如交响乐团、博物馆、图书馆、文物保护和科学研究所等等。对此,市委领导是早已认识到的,所以入城前后陈毅、潘汉年和孙冶方都明白交代过"先接后管",不懂的事不要乱碰。从五月到九月,不少接管了的文化单位我们只派一个军代表,事实上是由原单位自己推选出一个领导班子(有的仍叫临时管理委员会)来处理日常工作和本身业务。我记得六月中旬,陈毅和我分别拜访了徐森玉、沈尹默先生,向他们致意和关心他们的工作和生活问题,同时坦率地说,党和政府非常关心文物、博物馆事业,但这方面我们完全是外行,所以希望他们放手工作,如有困难,我们当尽力协助。抗战时期,拥有大批文物古籍的收藏家都把上海租界看作"安全区"(我们也把一些有关党史的原始资料存放在上海银行的保险柜里)。对于文物、古籍的抢救、搜集和保护工作,解放前夕恩来同志曾委托郑振铎同志负责,但这时振铎去了欧洲。陈毅和徐森玉先生谈话时提到过李一氓、徐平羽(白丁,原姓王,是清末扬州学派王念孙、王引之的后人,六十年代任文化部副部长,分管文物)。但李一氓另有任务,徐平羽在南京工作,所以市委只派了方行同志和徐、沈两位先生联系。

除此之外,最累人的是我和于伶分管的电影方面的工作,当时上海有两家私营电影厂,一是"昆仑电影制片厂",这是四十年代初就是党委托阳翰笙领导的唯一进步的制片厂,抗战胜利后拍过《一江春水向东流》《万家灯火》等优秀影片。"文华"的经营者是民族资产阶级,比较开明,导演、演员有许多来自抗战时期的"苦干剧团"。和国民党没有关系,所以我们仍采取了帮助他们恢复生产的方针(当时上海电影院放映的电影有百分之八十都是美国影片)。军管会很重视电影工作,接管班子除了于伶、地下党的徐韬、池宁之外,还加上了钟敬之，蔡贲。在地下党和进步电影工作者的配合下，接管工作很顺利，但一到秩序安定下来，各厂要恢复生产的时候，很快就发生了一个没有电影剧本的问题（当时就叫"剧本荒"）。新成立的中央文化部电影局提出"电影为工农兵服务"，"塑造工农兵形象"，但在上海，熟悉工农兵的不会写电影剧本。会写电影剧本的不了解工农兵。我召开过几次创作会议，提到剧本问题就冷了场，几乎是束手无策，于是我大胆地提出了所谓"白开水"也可以的问题，这是从电影对国家、对人民有利、有害这个问题谈起的，我打了一个比方，以粮食为例，大米、面粉、奶、蛋、蔬菜，都有营养，必不可少；但茶、咖啡，没有营养，但也没有害处，还可以提神，我们也不反对。但中国人过去吃过鸦片，那是有害处的，我们一定要反对。我说，电影题材只要不反共，不提倡封建迷信，有娱乐性的当然可以，连不起好作用，但也不起坏作用的"白开水"也可以。这些话传到北京就走了样，说夏衍在上海不讲电影为工农兵，反而"提倡"不为人民服务的"白开水"电影。这是一九五○年，是新民主主义时期，私营资本还没有改造，私营电影公司还只能让它存在，还要求他们拍出影片来供应绝大部分被美国影片占领的市场，加上"昆仑"和"文华"的创作人员又都在抗日战争时期就和我们合作过，所以我至今还认为这样做是和当时的实际情况相适应的。五○年我做了两件事，一是组织了"电影文学研究所"（后改电影剧本创作所），由我和章靳以、周而复任理事主席，陈鲤庭、田鲁任总干事，记得冯雪峰、柯灵、陈白尘都参加了这个组织，也的确培养了一批电影剧本作者；二是当"昆仑"和"文华"公司负责人向我要剧本而无法满足的时候，我建议他们可以从新小说改编，这就是后来拍成电影而受到了批评、停映的《关连长》和《我们夫妇之间》。这两部片子都是经由"作协"主办的《人民文学》上发表过的小说改编的；小说发表后，在全国文艺界都受到好评，于是我就向"文华""昆仑"表示"不妨一试"。这两部电影放映后，很受观众欢迎，可是完全出乎我的意料之外，很快传来了来自北京方面的批评。"文华"摄制的《关连长》是杨柳青改编，石挥导演并主演的。写的是解放上海前夕一场战争的故事，关连长为了不伤害一群小学生而作了自我牺牲，石挥演得很出色。在当时，这也是私营厂拍的第一部战争片。挨批的理由是"小资产阶级的人道主义"。有的还提高到歪曲了解放军的形象。

《我们夫妇之间》小说原作者是萧也牧，昆仑制片出品，编剧、导演是郑君里，主演是赵丹、蒋天流。内容是小资产阶级出身干部李克和工农出身的妻子张英入城之后在工作和生活上发生的矛盾。君里着手改编的时候，我还要他学习《七届二中全会决议》，反映一下"过去熟悉的事情用不上了，过去不熟悉的东西在等着我们去学习"的方针，这也是"好心不得好报"，先是批判萧也牧，说他是"反映和宣传小资产阶级思想的代表人物"，接着就拿这部影片作为"批右"的重点。由于这两部片子都是我向"昆仑""文华"推荐的，于是，上海文艺领导右倾、"小资产阶级思想泛滥"、抗拒工农兵路线等等罪名都落到了我的身上，也成了后来批判《武训传》前奏。对这件事，我也得到了一点教训，我懂得了有些题材可以写小说，但不是小说都可以改编电影。理由很简单，领导上不一定看小说，而拍成电影，那就逃不过领导的关注了。因此，一九五五年我调到文化部分管电影之后，包括我自己改编的电影，都是鲁迅、茅盾（当时他是文化部部长）的作品，这就比较保险了。当然，在"在劫难逃"的"文革"之前，批判我的文章，也首先是《林家铺子》。

总的说来，解放后我在上海工作约六年，犯的错误主要是对知识和知识分子的看法和对他们的态度——或者是政策问题，这一点我在那次"常识测验"之后就感觉到了，但我还是顽固不化，一是由于我这样做得到了陈毅的支持，二是我没有想到在上海这样做会引起北京方面如此强烈的反对。当然，在这个时期，上海也拍了一些比较优秀的电影，如《强扭的瓜不甜》《姐姐妹妹站起来》《太平春》《腐蚀》《我这一辈子》等等，这里不多说了。

附录

*

《武训传》事件始末

对于电影《武训传》的批判，现在文艺界五十岁以上的人，大多数是知道的，中国电影史料——特别是《当代中国丛书》之一的《当代中国电影》（上卷）有较详细的叙述。但这些只能说是"局外人言"，没有——当然也不可能了解事情的前因后果和当时不能公开发表的具体经过。这部影片是私营昆仑影业公司一九五〇年出品，《人民日报》发表社论：《应当重视电影〈武训传〉的讨论》，这是一九五一年五月二十日。

《武训传》的事说来话长，得从抗战末期的一九四四年的重庆说起。当时进步教育家陶行知送给当时在重庆中央电影制片厂的孙瑜一本《武训先生画传》，孙瑜正为有拍片机会而没有剧本发愁，于是就写了一个电影剧本大纲，据说还得到过当时文化工作委员会的郭沫若的赞许（这是孙瑜后来和我说的，当时我在重庆分管统战工作，不管文艺方面的事）。这样，这部片子便在中央制片厂开拍。但不久，就因经费短缺而停拍，接着抗战胜利，孙瑜等人相继于一九四六年（或四七年）回到上海。那时国共谈判破裂，国民党再一次发动内战，于是进步文化工作者就不愿意再在国民政府办的中央电影制片厂工作了，史东山、孙瑜、赵丹等人都加入了昆仑制片厂。大概在一九四九年秋冬之间，昆仑公司老板任宗德和孙瑜、赵丹三人到文化局来找我（当时我是文管会副主任兼文化局长），大意是说：昆仑有人才，有资金，有厂棚可以拍片，但是缺少剧本，因此，他们向"中央"买下了《武训传》的摄制权，现在打算开拍了。因此，向我提了两条要求：一、昆仑向文化局请求贷款三亿元（折合人民币三万元）；二、要我审定及修改剧本。我都婉言拒绝了。第一，不仅文化局没有钱，连文管会也很穷，你们说这件事七月间曾得到过文教委员会（主任郭沫若）的支持，这笔钱还是向政务院或文教委请求为好；第二件事，我坦率地说，我认为，"武训不足为训"（这件事后来孙瑜在《文汇报》上发表的《对编导〈武训传〉的检讨》中提到过）。我认为在目前的情况下，不必用这么多的人力物力去拍这样一部影片。但是任宗德和孙瑜都坚持要拍，说大批导演、演员没有事做，政府又要我们恢复生产，只有这部片子才能让许多有能耐的电影工作者在事业上有所发挥。于是我就提议：你们既然已经向中央文教委员会备过案，最好是你们跑一趟北京。这样，贷款和审定剧本就可以由文教会决定。这样，任、孙二人就去了北京。很快，大约十几天之后，任宗德告诉我，事情办得很顺利，钱借到了，剧本送中宣部，也说没有问题，所以这部片子快开拍了，争取一九五〇年上半年出片。又给我送来一张演员名单和赵丹的化装照片。事已至此，我当然只能祝贺他们开拍大吉了。

　　当时我工作很忙，对这部影片哪时拍完，也就顾不得了，但片子很长，拍了上下两集。赵丹很兴奋，不止一次对我说，这是他从影以来拍得最好的一部影片。

　　影片先送到上海市委宣传部和文化局审查，姚溱（市委宣传部副部长）和于伶（市文化局副局长）都认为这是昆仑一部重点片，国家贷款拍的，最好还是请华东局宣传部和市委共同审查。我请示舒同，他表示同意了，说冯定、匡亚明等几位副部长都想"先睹为快"。于是就约定了试映的地点和时间,由我通知任宗德。因为在华东局机关放映,所以公司方面除孙瑜、赵丹外,其他有关人员尽可能少去。由于影片太长,华东局和上海市负责人天刚黑就集合了。我准时到会,使我吃惊的是不仅舒同(中共中央华东局宣传部长)、冯定等已到,居然饶漱石也参加了。饶这个人表面上很古板,不苟言笑,更少和文艺界往来,所以这晚上他的"亲临",使我颇出意外。当然,更意外的是影片放完之后,从来面无表情的饶漱石居然满面笑容,站起来和孙瑜、赵丹握手连连说"好,好",祝贺他们成功。当时,他的政治地位比陈毅还要高,是华东的第一号人物,他这一表态,实际上就是一锤定音:《武训传》是一部好影片了。参加当晚审查的人不多,除华东局的领导外,上海市的只有姚溱、于伶、黄源、陆万美等。尽管那时没有现在这样的"小道消息",但是通过昆仑公司的人,这消息很快就传开了。上映之后,场场满座,上海、北京和各地的陶行知学派的教育工作者又在报刊上对此片作了许多过高的评介,这就引起了党中央和毛泽东的注意。

这一年四月初,上海市委接到中央通知,要刘晓(上海市委第二书记)和我立即赴京,准备参加以林伯渠为团长、沈钧儒为副团长的中苏友好代表团,赴苏联参加五一国际劳动节。这是建国之后第一个访苏代表团。团员共二十五人,有工人、农民、部队(加上抗美援朝的志愿军代表)、青年、妇女等各方面的代表,也有竺可桢那样的大科学家,欧阳予倩那样的戏剧界元老,谭惕吾这样知名的民主党派人士。我和刘晓及上海市的工人代表陆阿狗等于四月十日到北京,原定刘晓任这个代表团的秘书长,但是到北京不久,记得是十五日,刘晓忽然向林老报告,说全党要搞整党,上海要他留在上海主持这一工作,所以就由两位团长决定,由我任秘书长(代表团内还有一个临时党组,也由林老指定我为党组书记)。这是一件意想不到的事,又是一个非常繁重的任务。一是这是建国后第一个访苏民间代表团,绝大多数人都是第一次出国,没有外事经验;二是这个代表团来自五湖四海，有许多国内外知名人士，又是第一次汇在一起出国访问，对内对外有一个团结问题，又有一个内外有别问题。加上两位团长都是高龄的长者，他们不可能管团内外的具体工作，所以我被安排在这个岗位上实在是力不胜任。我找了一位无党无派的科学家袁翰青为副秘书长，帮我做一些日常工作。这个代表团四月十二日在北京集合，十六日乘火车经西伯利亚赴莫斯科。在苏联访问了十天，后经中央电报通知，要组织一个以沈钧儒为团长、我为副团长的中德友好代表团，访问新成立的民主德国，因此从四月中旬到同年六月，我一直在国外。《人民日报》批判《武训传》的事，是我从德国回国途中经莫斯科时，当时的驻苏大使馆文化参赞戈宝权告诉我的。我记不起具体日期了，回到北京，已经是六月下旬了，我记得很清楚，就在回到北京的第二天，我正在埋头写"出访总结"，周扬打来电话，要我到他家里去，有事面谈。见面之后，既没有寒暄，也不问我访苏情况。第一句话就是毛主席批《武训传》的事，知道了吧？我说：我回国途中在戈宝权处看到了《人民日报》的文章，具体情况不了解，现在正在赶写出访总结，还来不及考虑这件事情。周扬接着就说，总结之类的事让别人去干，你赶快回上海，写一篇关于《武训传》问题的检讨。对此我很意外，我说拍《武训传》这件事，与我无关。一、昆仑公司要拍此片，我不同意，对孙瑜说过"武训不足为训"的话。剧本是后来中宣部通过的，对这部片子上海文化局没有资助，贷款是政务院文化教育委员会给的，因此，不必由我来作检讨。我和周扬是老熟人，尽管他现在是中宣部分管文艺的常务副部长，是顶头上司，但我还是敢于和他抬杠。我有点感情激动，而周扬却非常平静。他说：你要知道问题的严重性。《人民日报》那篇文章，毛主席亲笔改过两次，有大段文章是他写的。为此我作了检讨，周总理也因为他事先没有考虑到这部片子的反动性而一再表示过他有责任。加上这部片子是上海拍的，你是上海文艺界的领导……我正要讲话，周扬很严肃地说，你再想想，除了《武训传》外，也还有一些别的问题，中央领导是有意见的，这样一说，问题就清楚了，我想到了"只讲团结，不讲改造"的问题，想起了"文艺可不可以为小资产阶级服务"的问题等等，于是我就说：好吧，明天写完出访总结，后天就回上海。这时周扬才露出了笑容，说这样就对了，现在我们是执政党，党员——特别是老党员要勇于负责，要你写检讨，主要是因为你是华东和上海的文艺界领导。

回到宿舍，我就托人买了下一天回上海的车票（当时还没有定期空运航班），同时也给恩来同志办公厅打了电话，说原定向他汇报访苏访德的事，因为有要事赶回上海，所以只能请他看书面总结了。意想不到，正在第二天下午收拾行装，准备赴车站的时刻，恩来同志亲自打来电话，要我当天到西华厅去，说除汇报外，还想和我谈谈其他问题。我只能说，一小时后我就要上火车回上海，所以只能请他电话中指示了。总理迟疑了一下之后说：关于《武训传》的事，我已和于伶通过电话，你回上海后，要找孙瑜和赵丹谈谈，告诉他们《人民日报》的文章主要目的是希望新解放区的知识分子认真学习，提高思想水平，这件事是从《武训传》开始的，但中央是对事不对人，所以这是一个思想问题而不是政治问题，上海不要开斗争会、批判会。文化局可以邀请一些文化、电影界人士开一两次座谈会，一定要说理，不要整人。孙瑜、赵丹能作一些检讨当然好，但也不要勉强他们检讨。最后还说你方便时可以把他的意见告诉饶漱石和舒同。这个电话使我放了心。我对总理说：这件事发生在上海，我当负主要责任。我回去后一定要公开作自我批评，还要对我在上海的领导工作进行一次检讨。总理又重复了一次对事不对人，要孙、赵等人安心，继续拍片、演戏。

回到上海，我先向饶漱石、舒同作了汇报（这时陈毅在南京），饶漱石面无表情，更不讲他对《武训传》的看法，只是听我说要公开作自我批评和写文章检讨时，点头表示同意。

我先在上海文化局召开的约一百多人的文化界集会上对《武训传》问题作了检讨，又把这次发言整理成文，寄给周扬，这就是在

《人民日报》一九五一年八月二十六日发表的《从〈武训传〉的批判检查我在上海文化艺术界的工作》。此文发表前夕，周扬还打来电话，说这篇文章送请毛主席看了，他还亲笔修改，有一段话是他写的。并说毛主席看了之后对他（周）说"检讨了就好"，所以要你"放下包袱"，放手工作。

对我来说，这件事问题不大，陈毅从南京回到上海后还约我去谈话，在座的还有市教育局长戴白韬（他因为写文章捧过《武训传》，也受到了批评和作了公开检讨）。陈毅说：这是一个思想问题，而不是政治问题，你们不要紧张。本来有不同意见各自写文章商讨就可以了。现在《人民日报》发了社论，文化部发了通知（指文化部电影局五月二十三日的通知），这对文化、教育界就造成了一种压力，特别是对留用人员，所以你们要掌握分寸，开一些小型座谈会，不要开大会，更不要搞群众运动。你们可以公开说，这是陈毅的意见，也就是市委的决定。由于此，上海只开过两次电影界的一百人左右的会，基本上没有搞运动。当然，《武训传》批判对电影界，对知识分子，影响还是很大的，一九五○年、五一年全国年产故事片二十五六部，一九五二年骤减到两部。剧作者不敢写，厂长不敢下决心了，文化界形成了一种不求有功、但求无过的风气。当时就有人向我开玩笑，说拍片找麻烦，不拍保平安。"大锅饭""铁饭碗"的毛病，这时候已经看得出来了。

在这里我们永远不能忘记周恩来同志对这一事件表示的宽广胸怀和负责态度。除了前面已经讲过的对孙瑜、赵丹的关怀之外，一九五二年三月，恩来同志到上海视察工作，在一次万人大会作报告的时候，他提到了《武训传》问题，他说：一九四九年七月第一次文代会时，当孙瑜向他提出想拍《武训传》时，他只提了武训这个人的阶级出身问题，而没有予以制止。后来看了影片（和刘少奇一起看的）也没有发现问题，所以对此他负有责任。同时，他还说，孙瑜和赵丹都是优秀的电影工作者，在解放前的困难时期，一直在党的领导下工作，所以这只是思想意识问题，千万不要追究个人政治责任。

《武训传》事件之所以会惊动党中央和毛泽东，这和江青的插手有关。孙瑜、郑君里、赵丹这些人三十年代都在上海电影、戏剧界工作，知道江青在那一段时期的历史，这是江青的一种难以摆脱的心病。加上赵丹、郑君里等人都是个自由主义者，讲话随便，容易泄露她过去的秘密，所以《武训传》就成了打击这些老伙伴的一个机会。这一次事件孙瑜、赵丹由于周恩来的保护而没有"整垮"，但是江青对他们是不会甘心的。"文革"开始，上海首当其冲的是电影界，就是郑君里和赵丹。这些具体情况在一九八一年特别法庭审判江青时，黄晨（郑君里夫人）揭露得很详细，当时报刊上也有记载，不详说了。

从上海解放到一九五五年七月我调到北京，在上海工作了六年，在华东局和市委，我都分管宣传、文教。所以我接触最多的是知识分子，最使我感动的也是中国的知识分子。后来我被攻击得最厉害的也就是我对知识分子的态度问题。我青年时代到过日本，解放后访问过印度、缅甸、东南亚、东欧各国和古巴，就我亲身经历，直到现在我还认为世界上最爱国、最拥护共产党的是中国的知识分子。知识分子爱自己的民族、自己的祖国，这在全世界都是很普遍的，但像中国知识分子那样真心实意地拥护中国共产党，这就很不寻常了。十月革命之后，大批俄罗斯作家、艺术家跑到欧洲和美国，我记得很清楚，一九五一年我访问民主德国，当时的总统皮克单独接见我的时候，他就说：德国有最优秀的思想家、艺术家，但现在由于他们不了解共产党，所以许多作家、演员还在西欧和美国，他真诚地希望他们能早日回到他们的祖国。我五十年代两次去捷克斯洛伐克，情况大概和德国相似。捷克斯洛伐克人热爱自己的民族，有自豪感，但在集会或单独会见的时候，很少谈到政治，几乎没有人敢谈到当时的执政党。在东欧，各国都有党领导的文化部门，但许多作家和艺术家都不关心政治。在罗马尼亚，有一位曾在中国读过大学的文艺评论家公开对我说，作家的任务就是写作，不写作而去当官，他就失去了自己的声誉和地位。这一切都和中国很不相同。十月革命之后,俄国的大作家如蒲宁、小托尔斯泰,以及不少演员都跑到西欧和美国,连高尔基也在国外呆了十年。而中国呢,一九四九年新中国成立,不仅没有文艺工作者"外流",连当时正在美国讲学的老舍、曹禺,也很快回到了刚解放的祖国。当然,这不只限于文艺界,科学家也是如此。被美国人扣住了的大科学家钱学森,不是经过艰难的斗争,而回到了祖国么。在上海解放初期,我接触过许多国内外有声誉的专家、学者,如吴有训、周予同、徐森玉、傅雷、钱锺书、茅以升、冯德培,以及梅兰芳、周信芳、袁雪芬等等,不仅拒绝了国民党的拉拢,不去台湾,坚守岗位,而且真心实意地拥护共产党的领导。

写到这里,不免有一点儿感慨,中国知识分子这样真心拥护和支持中国共产党,而四十多年来、中国知识分子的遭遇又如何呢?众所周知,一九五七年的反右派,一九五九年的反右倾、拔白旗,一九六四年的文化部整风,以及"史无前例"的"文化大革命",首当其冲的恰恰是知识分子。这个问题,我想了很久,但找不到顺理成章的回答,只能说这是民族的悲剧吧。

一九九一年秋·北京

图书在版编目（CIP）数据

懒寻旧梦录/夏衍著. --增订本. --北京：作家出版社，2022.7

ISBN 978-7-5212-1886-2

Ⅰ.①懒… Ⅱ.①夏… Ⅲ.①纪实文学-中国-当代 Ⅳ.①I25

中国版本图书馆CIP数据核字（2022）第064699号

懒寻旧梦录（增订本）

作 者：	夏 衍
责任编辑：	姬小琴
装帧设计：	棱角视觉
责任印制：	金志宏
出版发行：	作家出版社有限公司
社 址：	北京农展馆南里10号　邮 编：100125
电话传真：	86-10-65067186（发行中心及邮购部）
	86-10-65004079（总编室）
E-mail:	zuojia@zuojia.net.cn
http:	//www.zuojiachubanshe.com
印 刷：	北京盛通印刷股份有限公司
成品尺寸：	147×210
字 数：	428千
印 张：	16
印 张：	1—5000
版 次：	2022年7月第1版
印 次：	2022年7月第1次印刷
ISBN	978-7-5212-1886-2
定 价：	68.00元

作家版图书，版权所有，侵权必究。
作家版图书，印装错误可随时退换。